KB132777

릴리스의 관 I

릴리스의 관

I

FEEL
PREMIUM EDITION

해말 장편 소설

Contents

프롤로그

릴리스는 딱딱한 의자 위에서 눈을 떴다. 자리가 비좁아 한껏 몸을 옹송그린 탓인지 기지개를 켜자마자 온몸의 관절들이 요란스레 비명을 질러 대었다.

굳어 있던 몸을 대충 풀어 준 뒤, 그녀는 요 며칠 내도록 그러했듯 목을 쭉 빼고 벽 위쪽에 난 작은 창 너머로 보이는 바깥 풍경을 살폈다. 성인 남성 손바닥 두 개 정도를 합쳐 놓은 듯한 크기의 자그마한 그 창은 사방이 꽉 막힌 마차 안에서 누릴 수 있는 유일한 즐거움이었다. 보이는 것이라고는 휙휙 지나가는 키 큰 나무들의 거슬한 몸통뿐이다. 그러나 끌려가는 처지에 그보다 더한 것을 바랄 수도 없는 노릇이었으므로, 릴리스는 대개 종일토록 멍하니 그 풍경을 감상하며 시간을 흘려보내곤 했다.

그때였다. 노크도 없이 마차 문이 휙 열리며 찬 바람이 들이쳤다.

얇은 드레스 위로 훅 끼친 냉기에 반사적으로 양어깨가 부르르 떨렸다.

"내리시지요."

열린 문밖에 서 있던 남자가 냉한 얼굴로 그녀를 재촉했다. 서리를 품은 것만 같은 싸늘한 목소리가 바깥의 공기보다 더 몸을 춥게 했으나, 릴리스는 내색하는 대신 당연하다는 듯이 그 말에 순종했다.

쾅. 그녀가 땅에 두 발을 딛자마자 남자가 마차 문을 거칠게 닫으며 뒤를 돌아보았다.

"이만 흩어집시다."

무감정한 목소리가 해산을 재촉했다. 험상궂은 인상의 기사 몇이 다가와 남자와 몇 마디 말을 주고받았다. 된소리와 방언이 뒤섞인 낯선 언어들이 정수리 위로 날카로운 얼음처럼 쏟아져 내렸다. 릴리스는 저도 모르게 양어깨를 움츠렸다가, 시선 끝에 들어온 투박한 신발코에 깜짝 놀라 고개를 바싹 추켜올렸다.

곁에 있던 남자는 어느새 사라져 버린 뒤다. 대신 그녀의 앞에 선 것은, 스파티움인임을 한눈에 알 수 있을 만큼 커다란 체구를 가진 처음 보는 기사였다.

"이쪽으로 오시면 됩니다."

기사가 말하며 매몰차게 돌아섰다. 타국의 황녀를 대한다고는 상상조차 하기 힘들 만큼의 무례였다. 그러나 릴리스는 항의하는 대신 잠자코 그의 뒤를 따랐다. 그녀의 남편이자 이 스파티움의 왕족인 바이마르가 결코 그녀를 귀이 여겨 동행한 것이 아님을 모두가 알고 있으니, 그의 행동은 사실 퍽 마땅한 대우였던 것이다.

삼삼오오 모여 선 병사들 앞을 지나칠 때마다 경멸의 시선들이 올가미처럼 목덜미를 죄어 왔다. 키 작은 관목들은 가지를 뻗어 걸음걸음을 방해했고, 육중해 보이는 성벽은 어둠에 반쯤 묻혀 끝을 짐작하기 힘들 정도로 아득하게만 느껴졌다. 딱딱한 구두 뒤축에 발이 쓸려 아팠지만 릴리스는 내색하는 대신 잠시 멈춰 서 숨을 골랐다.

발자국 소리가 멎자 앞서 걷던 기사가 흘금 그녀를 돌아보았다. 릴리스는 다시 걸음을 재촉하며 시선을 떨어뜨렸다. 해자에 가득한 검은 물이 바람결에 휩쓸리며 음산하게 출렁였다.

바이마르는 성벽 바로 아래에 겨울을 맞아 앙상해진 나무처럼 반듯하게 서 있었다. 아테라를 떠난 뒤 처음으로 다시 보는 얼굴이었다. 우습게도 반갑다는 생각이 불쑥 들었지만 릴리스는 그를 일별한 뒤 잠자코 다시 기사의 뒤를 따랐다. 그것만이 지금 그녀가 할 수 있는 유일한 일이었으므로.

젊은 기사는 그녀를 길쭉한 탑 위로 안내했다. 무척 높고 길이 좁아 올라가는 데만도 상당한 시간이 소요되는 곳이었다.

그녀가 소박하고 어둑한 꼭대기 방을 둘러보는 동안 젊은 기사는 문을 닫고 커다란 자물쇠를 두어 겹 겹쳐 문에 둘렀다. 촤르륵거리는 쇠사슬 소리가 연신 이어지다 이내 탕탕, 돌계단을 내려가는 소리가 요란하게 울려 퍼졌다.

하아. 숨을 내뿜자 허공에 흰 김이 어렸다. 남쪽에 위치한 아테라와 달리 북부의 스파티움은 같은 계절이라 여기기 힘들 만큼 바람이 찼다. 릴리스는 먼지가 담뿍 쌓인 딱딱한 침대를 찾아 그 위에 놓여 있던 얇은 담요를 급히 어깨 위에 넓게 둘렀다. 따뜻하다고 표현하기는 힘들었으나 그래도 없는 것보다는 조금 나았다. 그녀는 그 상태로 몸을 옹송그려 체온을 유지했다.

방은 사람의 손을 제법 탄 듯 보였다. 군데군데 쌓여 있는 먼지를 제외한다면 쓰레기나 잡동사니가 많은 편도 아니었고, 커튼이나 침구는 낡았지만 그런대로 쓸 만한 모양새였다. 다소 퀴퀴한 냄새가 나긴 했지만 아주 못 견딜 정도는 아니라 릴리스는 조금 안심한 채로 앉을 수 있을 만한 곳을 찾았다.

황녀치곤 퍽 소박한 감상이었으나, 지금은 그저 양다리를 쭉 펼수 있음이 기껍게만 여겨졌다. 모름지기 덜컹이는 마차 안에서 보름을 넘게 지내다 보면 이런 소소한 것에도 충분히 감사할 줄 알게 되는 법이었다.

릴리스는 서늘한 돌벽에 등이 닿지 않도록 주의하며 자세를 조금 고쳐 앉았다. 추위에 잔뜩 곱아들었던 손가락에 온기가 돌아오며 빨갛게 부풀어 올랐다.

아테라.

그녀는 치맛자락을 헤쳐 두 손을 엉덩이 아래 깔고는 가만히 앉아 고국의 이름을 떠올렸다. 황족으로 10년이 넘는 세월을 살았으나 지금은 모든 것이 그저 허울 좋은 과거일 뿐이었다.

황제는 그녀를 버렸고, 내쳤으며 방관했다. 관대한 척 굴던 보호자의 역할을 이어받은 사람은 남편이자 스파티움의 왕자인 바이마르였으나, 그는 그녀를 인내할 뿐 살피지 않았다. 마치 그녀가 이전

날 그러했듯이.

릴리스는 간지러운 두 눈을 깜빡였다. 차갑게 식어 버린 마음과 달리 눈가는 델 것처럼 뜨겁기만 했다. 이윽고 퐁퐁 솟아난 눈물이 더러운 담요 위로 지저분한 얼룩을 만들었다. 찬 바람에 트고 갈라진 볼이며 손등에 물이 닿아 우릿한 통증이 느껴졌다.

바깥에서 불어오는 바람에 엉성하게 엮인 창문이 덜컹이며 자그마한 방 안으로 찬 바람을 들였다. 릴리스는 그 불규칙적인 소음에 끅끅거리는 울음소리를 한 꺼풀 얹었다. 그토록 귀애한다 일렀던 것이 전부 거짓이었던가. 홀로된 그녀를 거두어 먹이고, 입히고, 아낀다 속삭였던 것이 모두 그럴듯한 기만이었던가.

어느덧 축축해진 담요가 마음만큼이나 서러웠다. 오는 길 내내 억눌렀던 감정이 분수처럼 샘솟아 얼굴을 적셨으나 릴리스는 멈추지 못하고 밤새 울음을 뱉었다.

까무룩 잠들었던 모양이다. 커튼이 없는 창문으로 햇빛이 여과 없이 쏟아져 들어오고 있었다. 릴리스는 천천히 일어나 어제처럼 침대 머리맡에 몸을 잔뜩 웅크려 앉았다. 울다 지쳐 저도 모르게 잠들었는지 구태여 만지지 않아도 눈이 잔뜩 부어 있는 것이 느껴졌다.

릴리스는 한참을 그렇게 앉아 꾸벅이며 졸음을 쫓아내다, 침대 맞은편의 자그마한 문 하나를 발견했다. 물집과 딱지로 범벅이 된 발로 구두를 신을 자신이 없어 그녀는 곧 맨발로 울퉁불퉁한 돌바닥을 밟았다.

발치로 부연 햇빛이 쏟아졌다. 직선으로 뻗어 내린 그 희미한 빛은, 거무튀튀한 돌벽 위에 난 둥그런 창에서부터 시작되었다. 워낙 높은 곳에 있어 혼자서는 손도 잘 닿지 않는 높이였다.

릴리스는 아쉬운 기분으로 묵직한 철문을 힘주어 밀었다. 작은 화장실 벽면에는 바깥의 창보다 조금 더 큰 거울이 달려 있었다. 더러운 부분을 소매로 조금 닦아 내곤 얼굴을 확인하자 역시나, 눈가가 발갛게 부어올라 있는 것이 보였다.

시간이 얼마쯤 지났을까. 대야에 찬물을 받아 얼굴에 대충 끼얹고 있으려니 문밖에서 소란한 발소리가 들려왔다. 낮고 거친 목소리와, 그보다 조금 가늘고 높은 목소리가 한데 뒤섞이다 차츰 잦아들었다. 릴리스는 흘러내린 머리를 대충 넘겨 정리한 뒤 아픈 발을 질질 끌며 화장실을 나섰다.

"……직접 얼굴을 보는 건 처음이로군."

낯선 이의 그림자가 방 한가운데를 길게 가로질렀다. 처음 보는 방문객은 키가 무척 크고, 그만큼 체격 또한 우람한 남자였다. 머리칼은 칠흑처럼 검었고, 눈동자는 그보다도 좀 더 새까만 색이었으며 사나운 인상은 보는 것만으로도 위압감이 느껴져 어깨가 절로 움츠러들었다.

그러나 무엇보다 릴리스를 두렵게 하는 것은 그의 허리춤에 걸려 있는 커다란 검이었다. 검집도 없이 번들거리는 날이 생경해 주춤하고 있으려니 남자가 먼저 말을 걸어왔다.

"릴리스 반 모라 아테라."

"……누구신지요."

그녀는 가까스로 잠긴 목소리를 짜냈다. 긴장한 태가 역력한 모습에 남자가 이를 드러내며 웃었다.

잠시 뒤 그가 답했다.

"체자레."

릴리스의 입이 살짝 벌어졌다 다물렸다. 드레스에 닿아 있던 손이 옷감을 잡아 뜯듯 꽉 쥐었다 놓았다. 체자레는 기민한 시선으로 그 모양새를 훑으며 입맛을 다셨다.

"보아하니 이미 나를 아는 모양인데. 반에게 들었나?"

낯설기 짝이 없는 호칭에 둥그런 두 눈에 의아함이 차올랐다. 곰곰 생각하던 릴리스는 한참 뒤에야 그것이 그녀의 남편을 이르는 말임을 깨닫고 엉거주춤 고개를 끄덕였다. 맹세컨대 처음 듣는 별칭이었다.

"……예, 몇 번."

"그럼 이야기가 빠르겠군. 그대와 길게 말을 섞고 싶지는 않거든. 그저 그 낯짝이 좀 궁금했을 뿐이야."

체자레는 성큼성큼 걸어 릴리스와의 거리를 좁혔다. 작고 마른 몸이다. 주홍빛이 도는 금발은 여행길 내내 쌓인 먼지로 색이 바랬고, 입고 있는 드레스와 드러난 살갗도 처지가 비슷했다.

"아테라의 황녀가 남편을 박대한다는 소문이 스파티움에 파다했다는 건 알고 있나?"

릴리스의 눈꺼풀이 바르르 떨렸다. 왜 모르겠는가. 체자레가 다시 웃었다. 그리고 잠시 뒤, 릴리스는 서늘한 감각에 두 눈을 꾹 감았다. 소리도 없이 뽑힌 검이 섬뜩하게 목덜미를 위협하고 있었다.

체자레는 침조차 삼키지 못하고 얼어 있는 그녀의 볼을 두 번 툭

툭, 아랫것들 대하듯 가볍게 건드렸다.

"너무하다 생각하지 말게나. 내 동생이 겪은 무례는 분명 이보다 더했을 것이니. 아니 그런가?"

릴리스는 그 말에 흠칫 놀라 입술을 말아 물었다. 새로 즉위한 스파티움의 왕이 자신의 배다른 동생을 얼마나 아끼는지는 이미 귀가 따갑도록 충분히 들어 알고 있었다. 이제 와 할 말이 없는 것이 당연했다.

"때로는 무심함이 그 어떤 폭력보다 무서운 법이지. 그렇지 않은가, 황녀?"

체자레는 무언으로 긍정하는 릴리스를 잠시 내려다보다 검을 거두었다. 날이 스쳤던 살갗에서 피가 슬몃 배어 나왔다. 그는 감흥 없는 눈으로 그것을 일별한 뒤 릴리스에게서 미련 없이 등을 돌렸다.

"모쪼록 대접이 만족스러웠으면 좋겠군. 그럼."

키이익. 듣기 싫은 쇳소리와 함께 문이 닫혔다. 기다랗고 좁은 계단을 통해 소용돌이치며 올라온 찬 바람이 방 안을 한 바퀴 거세게 휘돌았다.

릴리스는 철컥이는 발소리가 잦아든 뒤에야 손을 들어 뜨끈한 상처를 훑었다. 손끝이 닿자마자 피가 주르륵 흘러내리며 소매에 지저분한 얼룩을 만들었다.

그녀는 휘청휘청 걸어 다시 화장실 문을 열었다. 받아 두었던 물로 거울을 좀 더 깨끗이 닦아 내고 나자 목덜미에 길게 난 상흔이 또렷이 보였다. 살짝 눌러 보니 뜨끔한 통증이 느껴지며 다시 울컥 피가 솟아 나왔다.

릴리스는 더러워진 물을 비우고 깨끗한 새 물을 대야에 다시 채웠다. 그새 드레스 위로 지저분하게 말라붙은 핏자국이 자꾸만 마음에 걸린 탓이었다. 두 손으로 얼룩을 벅벅 문질러 빨아 보았지만 도리어 흔적이 번져 안 하느니만 못한 꼴이 되고 말았다.

급기야는 꽁꽁 언 손이 엇나가 대야를 엎기까지 했다. 피가 섞여 옅은 선홍빛이 된 물이 발을 흠뻑 적셨다. 여전히, 마음만큼이나 물이 찼다.

⚜ ⚜ ⚜

체자레가 방문한 날부터 릴리스는 벽에 금을 그어 날짜를 세기 시작했다. 거칠거칠한 돌벽에서 떨어져 나온 듯한 작은 돌조각을 이용한 것이다. 고작해야 엄지손가락만 한 크기에 불과했지만 힘주어 그으면 제법 선명한 흰 줄이 생겼다.

시종도 방문객도 없는 날이 이어졌다. 간간이 순찰을 도는 기사들의 저벅이는 발소리가 선잠을 방해했으나. 그 외의 소음이라곤 아침을 성가시게 만드는 새들의 지저귐뿐이었다. 철저한 배척이었다.

"살이 조금 빠지셨습니다."

아홉째 날. 덜덜 떨며 일어나 고양이 세수를 마친 릴리스는 담요를 두른 채 햇빛이 잘 드는 책상 옆의 빈 공간에 몸을 욱여넣었다. 그러고는 잠깐 졸았을까. 그녀는 기대하지 않았던 목소리를 듣고 일어나 둥그렇게 눈을 떴다. 의외의 방문객은 그녀의 남편이었다.

"그간 잘 지내셨습니까?"

바이마르는 여상하게 물었다. 흡사 아테라에서 주고받던 안부 인사 같기도 했다. 그는 대답하지 못하고 주춤주춤 일어서는 릴리스를 무감정한 눈으로 살피다 이내 붙박이 책상에 기대어 섰다.

"스파티움은 아테라보다 기온이 낮지요. 본래 추위를 많이 타는 분이시니 밤이 조금 고되시겠습니다."

"조금 그렇긴 하지만…… 괜찮습니다."

"……그렇군요."

물론 괜찮을 리가 없었다. 그러나 바이마르는 사견을 덧붙이지 않고 그저 방 안을 휙 둘러보았다.

대대로 왕족을 가두어 온 곳이다. 빛 한 줄기 들지 않는 지하 감옥에 처박혀 낮밤도 알지 못한 채 죽어 가는 다른 죄수들에 비한다면야 대단히 온건한 처사였으나, 실상 이 탑에서 죽어 나간 왕족들의 수를 헤아리기 위해서는 열 손가락을 다 동원해도 모자란 감이 있었다.

"귀애하던 누이가 이런 곳에 짐을 풀었으니 황제 폐하께서도 심려가 크시겠습니다."

창밖으로 보이는 것이라곤 구름 한 점 없는 하늘뿐이다. 바이마르는 손끝으로 그 색을 찍어 내려는 듯 장갑 낀 손을 위로 죽 뻗었다. 아테라에서는 이렇듯 그를 살펴볼 일이 없었으므로, 릴리스에게 그것은 다소 이질적인 광경이었다.

그의 어깨에는 어두운 남청색의 두터운 가죽 망토가 얹혀 있었다. 끈을 당겨 길이를 조절할 수 있도록 되어 있어 실용성이 뛰어났다. 끼고 있는 장갑은 빛바랜 고동색이었고, 튼튼해 보이는 부츠는 눈밭을 굴러도 끄떡없을 것처럼 투박하고 커다랬다.

아테라에서는 겨울이라도 이처럼 두꺼운 옷을 입는 일이 드물었다. 그러나 오늘의 그가 낯설게 느껴지는 이유는 비단 옷 때문만은 아닐 것이리라. 릴리스는 잠시 그렇게 선 채로 넋을 놓았다.

"……폐하께서도 어쩔 수 없으셨겠지요."

추위에 둔해진 머리는 반응이 더뎠다. 릴리스는 그녀를 빤히 쳐다보는 푸른색 눈동자를 보며 손끝을 꼼지락거렸다. 바이마르가 하하, 짧게 웃었다. 이를 드러내는 웃음이었으나 그다지 유쾌한 느낌은 아니었다.

"……형님과 많이 닮으셨습니다."

그 모습에 무심코 말이 튀어 나갔다. 바이마르가 의아한 듯 고개를 기울였다. 선이 굵지는 않으나 턱이 각지고 코가 높아 남성다운 면모가 있는 얼굴이었다.

"형님과 말입니까? 그런 소리는 처음 들어 보는군요. 저는 형님과는 달리 유약하게 생겼다는 이야기를 많이 듣는 편이라."

"……웃는 모습이 닮아 그리 생각했나 봅니다."

"형님이 웃으셨습니까?"

이곳에서? 바이마르의 눈동자가 생략된 뒷말을 대신했다. 릴리스는 설핏 어깨를 으쓱했다. 감정의 종류를 분류하긴 어려웠으나, 어쨌든 웃음이기는 했던 것이다. 바이마르는 잠시 그녀를 보다 뻗었던 팔을 거둬들이고 앞으로 흘러내린 망토를 걷어 냈다.

"세상에 어쩔 수 없는 일이란 그리 많지 않습니다. 특히나 그 행동의 주체가 제국의 황제씩이나 되는 자라면야 더더욱."

릴리스는 잠시 기억을 더듬은 뒤에야 그가 아까 그녀가 했던 말에 대한 답을 했음을 깨달았다. 푸른 눈이 탐색하듯 번득였다. 그는 마치, 그녀의 얼굴에서 무엇이라도 읽어 내기를 바라고 있는 것 같았다. 눈두덩이 다시 뜨거워졌다.

"……이유가 있으셨을 겁니다."

릴리스는 떨지 않고 말하려 애썼다. 대답은 돌아오지 않았다.

"분명 이유가……."

그럼에도, 그녀는 스스로를 설득하듯 다시 입을 달싹였다. 그러나 그 목소리는 아주 작고, 아까보다 한층 더 초라하게 들렸다.

"아테라에서의 삶이 당신에게 끔찍했단 건 압니다. 제 탓이에요. 하지만 폐하께서는, 폐하께서는 결코 이렇게 되길 바라지 않으셨을 겁니다. 분명……."

허나 실은, 그렇지 않았다.

스파티움으로 향하는 짧지 않은 여정 내내, 릴리스는 흔들리는 마차 안에 웅크리고 앉아 다정했던 황제의 기만을 곱씹었다. 부정과 분노, 수용과 절망 사이에서 갈피를 잡지 못하던 더딘 감정은 종국에 그 애틋함의 부질없음을 비로소 깨닫고 그대로 무너졌다. 마치 벼락같은 충격이었다.

어쩌면, 마음 한편 어디에선가는 이미 의심의 싹이 들썩이며 움을 틔우고 있었으리라. 단지 깨닫지 못했을 뿐인 것이다. 그의 다정함이 오로지 가치 있는 물건을 향해 베푸는 한 자락 온정이었음을.

릴리스는 채 말을 맺지 못하고 고개를 떨구었다. 눈물이 뚝뚝 떨어져 바닥에 점점이 검은 얼룩을 만들었다. 바이마르는 한참 그것을 내려다보다 긴 한숨을 뱉어 냈다. 시선을 들자 흰 목덜미가 눈앞에 바로 보였다. 어깨와 턱선 사이, 아직 덜 아문 상처 위로 거뭇한 딱지가 얹혀 있었다.

그는 홀린 듯 손을 뻗어 가는 목을 쓸어 보았다.

"왕자……?"

물기에 젖어 떨리는 목소리가 의아한 듯 끝을 올리며 귓가를 스쳤
으나 바이마르는 모른 척 손에 좀 더 힘을 주었다. 뜨끈하고 보드라
운 살결이 손바닥을 뭉근하게 간지럽혔다. 생경하고 뭉클하여 조금
은 이상한 감각이었다.

한때는 이렇게 닿는 것을 꿈꾸었던 적도 있었다. 볼모처럼 끌려가
찾아오는 이도 없이 방에 갇혀 매일을 살아 내던 그때. 정원을 거니
는 릴리스와 시녀들의 모습이 얼마나 부럽고 또 원망스러웠던지.

그는 실소하며 손을 거둬들였다.

"……그럴 수도 있겠지요. 하지만 이것 하나는 알아 두셔야 합니
다."

그리고 어느 순간부터는 이 얼굴이 그토록 미웠더랬다. 눈을 뜨면
스파티움이길 바라 마지않았던 수많은 밤들 사이에, 그녀에 대한 원
망과 서러움이 켜켜이 쌓여 견고한 층을 이루었다. 그리고 지금도,
아마—

"……당신은, 당신의 무지 때문에 죽는 겁니다."

바이마르는 그쯤에서 생각을 멈추었다. 어차피 더 이상 볼 일 없
는 사람이 아닌가. 구태여 이런 결말을 바랐던 것은 아니었으나, 이
이상 선처를 구하기에는 황제의 의사가 너무도 확고했다.

적국의 젊은 왕은 황녀를 언급하는 그의 제안에 다소 유감을 표하
면서도, 반절의 독립 보장에 만족하여 결국 협정서 아래 제 서명을

21

적어 넣었다. 어차피 피를 흩뿌려 얻어 낼 종전이라면 셋보단 둘이, 둘보단 하나가 낫지 않겠느냐는 무언의 합의였다. 그리고 물론, 이 비인도적인 결탁의 유일한 제물은 릴리스였다.

"그럼. 며칠 뒤에 뵙지요."

그러나 모두 지난 일일 따름이었다. 바이마르는 눈물로 범벅이 된 얼굴을 가만히 쳐다보다 천천히 몸을 돌렸다. 이상하게 가슴 한구석이 수런거리는 듯도 했으나 그는 애써 그 감각을 무시한 채 철문을 밀었다.

처형일이 앞으로 열흘 뒤였다.

⁂

정오.

수도 폴리스의 중앙 광장은 모여든 사람들로 대단히 북적거렸다. 과장을 조금 보태, 스파티움 백성의 반 이상이 이곳에 있다 해도 과언이 아닐 지경이었다.

릴리스는 삐걱거리는 나무 수레에 실려 군중의 조롱 섞인 경멸을 받으며 공터 한가운데에 자리한 단상으로 옮겨졌다. 벌건 낯빛의 군중들이 기다렸다는 듯 그녀를 향해 사나운 말들을 쏟아 냈다. 단상을 둥그렇게 둘러싼 병사들이 흥분한 얼굴로 뛰쳐나오는 사람들을 연달아 밀쳐 내며 힘겹게 제자리를 지켰다. 릴리스는 띄엄띄엄 귓가를 스치는 단어들을 곱씹으며 시선을 멀리 두었다.

아테라는 스파티움의 오랜 적이다. 남녀 모두 무예를 연마하고,

무력을 큰 가치로 두는 스파티움인들에게 속국으로서의 역사는 입에 담기조차 꺼려지는 치욕이었다. 서자라 한들 어쨌거나 왕족인 바이마르의 수치스러운 혼인 또한 그랬다.

그러한 시기에 새로운 왕이 된 체자레는 민족주의를 강조하는 패기 넘치는 젊은이였다. 그는 무엇보다 스파티움의 번성을 위해 노력했으며 결정적으로 나라의 완전한 독립을 주창했다.

젊은 왕에 대한 스파티움인들의 충성이 과열되면서 아테라의 불안이 커졌음은 물론이었다. 스파티움의 영토였으며 아테라의 정복지였던 카리알이 최근 독립을 선언한 것 또한 이런 불안에 한 축을 담당했을 것이다.

릴리스는 시선을 조금 내려 성난 군중을 한 바퀴 둘러보았다. 마음의 준비는 전부 끝났다고 생각했다. 그러나 막상 날 선 얼굴들을 마주하니 어쩔 수 없이 양손이 벌벌 떨렸다.

예거라트는 그녀의 죽음으로 저들의 불만과 성토를 누그러뜨릴 심산이었다. 대외적으로 쌓아 놓은 그녀에 대한 애정이 제법 견고했으니만큼, 실제 그 정도의 효과는 기대할 법도 했다.

릴리스는 멍하니 기사의 손에 이끌려 무릎을 꿇고 단두대 위로 하얀 목을 내밀었다. 밧줄이 단단히 매이고 머리칼이 거칠게 앞으로 쏟아졌다. 마치 분풀이라도 하듯 거친 손길이었다.

"형을 집행하라."

삽시간에 고요해진 군중들의 귀에 짤막한 한마디가 박혀 들었다. 형식적인 애도조차 없었다. 릴리스는 고개를 조금 틀어 그리 멀지 않은 곳에 있는 체자레를 보았다. 여전히 강건하며 사납고 오만해 보이는 얼굴이었다.

그리고 그의 곁에서, 드레스를 입은 채 허리춤에 검을 매단 키가 큰 여자가 이쪽을 빤히 바라보며 서 있었다.

순간 눈이 마주친 듯도 했다. 여자가 살짝 고개를 기울이더니 오른손으로 체자레의 어깨를 툭툭 건드려 그의 시선을 끌었다. 고개를 튼 체자레가 부드러운 눈빛으로 그 손을 끌어당겨 장갑 위에 입을 맞추었다. 옅은 갈색 머리칼과 그보다 조금 진한 고동색 눈동자.

그 광경을 살피던 릴리스는 문득, 여자의 머리 위에 얹혀 있는 자그마한 은빛 관을 발견했다. 어쩐지 눈에 익은 물건이었다. 그녀는 지끈거리는 머리로 이제는 어렴풋해진 기억을 더듬었다. 귀걸이, 반지, 목걸이와 허리 장식, 그리고—

'……비의 관인가.'

바이마르가 가져온 스파티움의 예물 중 분명 비슷한 것이 있었다. 세공이 워낙 정교해 한동안은 제법 관심을 가지기도 했었더랬다. 릴리스는 여자의 관 정가운데에 박혀 있는 샛노란 호박석을 물끄러미 응시했다. 햇빛을 그대로 담아낸 듯 깨끗하고 화사한 빛깔이었다.

'어쩌면 나도.' 문득 그런 생각이 들자 묘한 기분에 가슴께가 울렁거렸다.

"형을 집행하라 하신다!"

이내 걸걸한 목소리가 고함을 내질렀다. 그에 응답하듯 함성 소리가 성난 파도처럼 와르르 밀려들었다. 등줄기로 섬뜩한 감각이 내달렸다. 릴리스는 긴장하지 않으려 애쓰며 눈을 치떠 앞을 노려보았다.

야트막한 단 위에는 흑색의 커다란 옥좌가 놓여 있었다. 중앙에 자리한 체자레의 오른편엔 바이마르가 앉아 그녀를 응시했다. 종종 예쁘다고 생각했던 푸른빛 눈동자가 쨍한 정오의 햇살을 그대로 받아 마치 보석처럼 영롱하게 빛났다.

그리고 다음 순간, 높이 솟아오른 날붙이가 빛 아래에서 번뜩이는 찰나, 사지가 찌르르 저려 오는가 싶더니 천천히 시야가 기울어졌다. 불이 꺼지듯 가물거리는 풍경 너머에 새파란 눈이 있었다.

여전히 깊이를 알 수 없는 무감한 색이었다. 릴리스는 그 안에서 동정이나 미련, 측은함과 이해 같은 어떤 다정하고 따스한 것들을 찾으려 노력했지만 점멸하는 의식으론 어떤 것도 확신할 수가 없었다.

그리고 아주 잠시, 얼음 호수 같던 냉한 눈동자 속에 황금빛 햇살이 한 줄기 비쳐 들었다. 희미한 무언가가 설핏 떠올라 수면 위를 아스라이 배회하고 있었다. 릴리스는 그것을 좀 더 자세히 보기 위해 눈을 깜빡여 보았지만―

이후로는 그저 암전이었다.

째베력 123년 봄.
아테라의 황녀 릴리스 반 모라 아테라가
스파티움의 테베 광장에서 처형당하다.

1부

1장

다시 눈을 떴을 때는 새벽녘이었다.

시선이 닿은 곳에 익숙한 그물 무늬의 천장이 보였다. 그 옆의 섬세한 몰딩과 은실로 수를 놓은 부드러운 실크 벽지, 반투명한 휘장을 둘러놓은 침대와 휘장 너머로 흐릿하게 보이는 화려하지 않은 가구들이 스멀스멀 윤곽을 드러내며 천천히 기시감을 불러일으켰다.

그리고 마침내 푹신푹신해 보이는 회색빛 러그와 연하늘색 바닥까지 전부 눈에 담았을 때, 릴리스는 퍼뜩 일어나 주변을 둘러보았다.

"어떻게……."

아테라에 있는 그녀의 방과 꼭 같은 모습이었다. 덮고 있는 이불 위로 일렁일렁 빛 그림자가 졌다. 무심코 그 빛을 따라 시선을 들어 올리던 릴리스는 하얀 장미목으로 마감한 커다란 발코니 창 너머로 들이치는 여명을 보며 잠시간 넋을 잃었다.

그녀는 한동안 눈을 껌뻑이다 얼떨떨한 기분으로 목덜미를 쓸어내렸다. 문득 손끝에서 느껴지는 낯선 감촉에 머리꼭지에 찬물을 끼얹은 듯 정신이 번쩍 들었다. 그녀는 덜덜 떨리는 손으로 늘어진 머리칼을 걷어 내고 땀에 젖어 번들거리는 목덜미를 확인했다. 희미하지만 기다란 흉터가 살갗 위에 선명히 남아 있었다. 체자레의 검이 닿았던 곳이다.

죽은 게 아니었던가.

릴리스는 황망한 기분으로 양팔을 늘어뜨렸다. 정오의 태양빛 아래 날이 번뜩였고, 인식할 새도 없이 몸이 허물어졌다. 끔찍한 감각이었으나 그만큼 생생했다.

"마마, 오늘은 이만 일어나시…… 어머나, 벌써 기다리고 계셨네요."

두 번쯤 숨을 몰아쉬었을 무렵, 작은 노크 소리와 함께 문이 열렸다. 희끗한 갈색 머리를 말끔하게 묶어 넘긴 중년의 여인이 방 안으로 살포시 고개를 들이밀었다. 개비였다.

"전 마마께서 분명 주무시고 계실 거라 생각했지 뭐예요. 안 그런 척하시더니……. 역시 오늘 열리는 대회가 궁금하셨던 것이 맞지요?"

황녀궁의 시녀장이자 연륜 있는 유모인 그녀는 오랜 세월 릴리스를 돌봐 온 몇 안 되는 측근이었다. 다시 보지 못할 것이라 생각했던 이의 등장에 릴리스의 얼굴이 당혹으로 굳어졌다.

"저도 실은 어제부터 가슴이 좀 떨렸답니다. 아드람 자작이라면 그 얼굴로 이미 지방에서부터 유명세를 떨친 사람이잖아요? 유부남이라는 게 좀 아쉽기는 하지만 뭐, 마창 솜씨가 그렇게 빼어나다고 들 하니 폐하께서 관심을 가지실 만도 하죠. 워낙에 인재 모으는 것을 좋아하는 분이시잖아요."

개비는 그 기색을 눈치채지 못한 듯 수다의 물꼬를 틀어 놓은 채로 연신 분주히 방을 오갔다. 좌르륵. 조잘대는 목소리에 박자를 맞추듯 두터운 커튼이 양옆으로 갈라졌다.

열을 맞추어 들어온 시녀들이 향유와 손수건, 미지근한 물이 담긴 대야와 잘 다진 꽃잎들을 탁자 위에 일렬로 늘어놓았다. 릴리스는 따끈한 수건이 팔다리를 문지르고, 향유를 묻힌 부드러운 손길이 손발을 누르는 감각을 익숙하게 받아들이며 두 눈을 깜빡였다.

"어제 시녀 애들도 그 얘기로 한참을 떠들어 대었답니다. 늦게까지 도통 자질 않아서 결국 제가 자정 전에 한 바퀴를 더 돌아야 했지 뭐예요. 나, 참. 그래 봐야 결국 손도 못 댈 접시일 뿐인데. 그렇지 않니, 알레나?"

걷어 낸 커튼을 고정시켜 놓은 개비가 이내 조금 들뜬 낯으로 오늘 입을 옷가지들을 고르기 시작했다. 꿈이라기에는 지나치게 생생한 아침이었다.

수석 시녀 알레나가 푹신한 실내화 한 쌍을 침대 아래 사뿐히 놓아두었다. 릴리스는 뻗어 나온 손들이 이끄는 대로 천천히 일어나 커다란 거울 앞으로 자리를 옮겼다. 그녀의 등 뒤로 다가온 알레나가 입술을 비죽이며 커다란 빗을 집어 들었다.

"아이, 참. 그래도 궁금한 걸 어떻게 해요. 내로라하는 영애들께서도 그분만 나타나시면 얼굴을 붉히신다고 들었는데, 저희가 어떻게 아무렇지도 않을 수 있겠어요?"

"아니면 뭐가 달라지기라도 하고?"

"어쩜, 구경보다 더한 걸 바랄 수 있을 리가 있나요. 먼발치서 어떻게 얼굴만이라도 한번 볼 수 있을까 기대하는 것뿐이지요. 시녀장님도 참. 꼭 다 아시면서 그러신다니까요."

그렇지? 하는 충동질에 꺄르르— 청량한 웃음소리가 터져 나왔다. 늘어뜨린 머리를 꼼꼼하게 위로 틀어 올리고 나자 누군가 그녀를 일으켜 욕실로 안내했다. 욕조 안에 가득 찬 뜨거운 물이 모락모락 흰 김을 뿜어내고 있었다. 릴리스는 평평한 턱에 엉덩이를 대고 앉아 여전히 얼떨떨한 기분으로 시녀들의 익숙한 면면을 훑었다.

"헌데 마마, 오늘따라 유독 말이 없으시네요?"

커다란 거품 망에 비누를 문지르던 개비가 문득 고개를 갸웃하며 그녀를 돌아보았다. 미워한 만큼 그리워했던 눈길이었다.

그 사실을 깨닫자 순식간에 눈시울이 뜨끈해졌다. 릴리스는 다급히 두 손을 들어 얼굴을 가렸다. 울컥울컥 새어 나온 눈물이 닦을 새도 없이 두 볼을 흠뻑 적셨다.

난데없는 울음에 퍽 당황한 듯 허둥거리던 개비가 조심스럽게 바닥에 무릎을 꿇고 앉았다. 눈치 빠른 시녀들이 일사불란하게 욕실을 빠져나가며 문을 닫았다.

어색한 침묵이 이어지는 가운데 물 떨어지는 소리만이 욕실 안에 선명했다.

"혹 제가 모르는 새 무슨 일이라도 있으셨나요, 마마? 아니라면 어젯밤 나쁜 꿈을 꾸셨나."

꿈.

릴리스는 그 천진한 말에 그만 홀로 조금 웃어 버렸다. 차라리 그랬다면 기꺼웠으련만.

그러나 웃음도 잠시, 곧 다시 퐁퐁 솟아난 눈물이 얼굴을 뒤덮었다. 바구니를 뒤져 부드러운 손수건을 하나 꺼내 온 개비가 연신 손을 놀려 젖은 눈가를 닦아 내며 중얼거렸다.

"잠투정도 잘 안 하시던 분이 오늘은 왜 이리 서럽게 우실까……."

"……개비."

잠들지 못하는 밤마다 그녀를 달래 주던 친숙한 목소리였다. 릴리스는 습관처럼 곁에 선 이의 이름을 입에 담았다. 평소와 다름없는 다정한 대답과 함께, 거칠고 따끈한 손이 젖어 흐트러진 머리를 쓸어 넘겼다. 릴리스는 잠시 그 온기에 취해 옛일을 되짚었다.

열 살 생일을 며칠 앞두었던 어느 겨울날. 그녀는 생애 처음으로 수도에 발을 디뎠다. 선황제가 일찍 타계한 양친 대신 그녀의 신변을 거두겠다 공표한 이후 한 달이 채 지나지 않았을 무렵이었다.

어미가 선황제의 먼 친척 누이들 중 하나였으므로, 릴리스는 이를테면 그의 먼 조카뻘인 셈이 되었다. 친하다고 하기에는 다소 애매한 사이임이 분명했음에도, 선황제는 동기며 혈육을 죄 죽이고 제위에 오른 이답지 않게 그녀를 제법 살뜰하게 챙겨 모두의 놀람을 자아냈다.

황녀라는 직위와 더불어 하사받은 드넓은 별궁 또한 공공연한 총애의 일환이었다. 어디 그뿐인가. 연회 때마다 빼놓지 않고 마련되는 황제 옆의 빈자리는 위태롭던 릴리스의 위치를 금세 공고히 만들었다. 보란 듯 아낌을 과시하는 태도에 귀족들의 반발도 적지만은 않았으나, 그마저도 오래가지 못해 두더지가 제 구멍에 몸을 숨기듯 자취를 감추었다.

당연한 이야기였다. 황태자인 예거라트조차 아비를 거스르지 않는데, 감히 누가 더 나서 그것을 부정한단 말인가.

'모시게 되어 영광입니다, 마마.'

개비는 그로부터 2년 뒤, 선황제가 서거하며 제위를 이어받은 예거라트의 명을 받아 시녀장으로서 황녀궁에 첫발을 들였다.

하루아침에 죄 바뀐 사용인들의 면면에 한껏 움츠러들어 있던 어린 황녀는 새 유모의 살뜰한 보살핌에 빠르게 길들여졌다. 선황의 급사로 혼란했던 정국이 차츰 안정되어 감에 따라, 세간은 황제의 너그러운 면모에 박수와 환호를 함께 보내며 두 사람의 우애를 칭송했다. 언뜻 보기엔 모두가 행복한 결말이었다.

'마마. 내 예쁜 마마. 저를 용서하시어요.'

그러나 종국에 그녀의 등을 떠민 것 또한 그 다정한 손이 아니었던가.

릴리스는 연달아 떠오르는 기억에 속절없이 휩쓸렸다. 어둑했던 숲길과 시큼한 풀 내음, 울음을 참듯 떨리던 목소리와 서늘했던 밤 공기.

마치 어제 일인 듯 생생하게 떠오르는 장면들에 가슴이 못내 먹먹해졌다.

어쩌면 개비는 평생 그녀의 편이 아니었으리라. 아니, 실은 그 누구도 그녀의 편은 아니었을 것이다. 뒷배 없는 황녀가 가진 권력은 황제의 총애가 유일했으므로, 결국은 그 또한 허울 좋은 양날의 검에 불과했다. 손바닥 뒤집듯 쉬이 바뀔 수 있는 감정에 명예를 걸 만큼 멍청한 이들이 궁에 넘쳐 날 리 없었다.

선황제를 쏙 빼닮은 황제의 냉혹한 성정 역시 그러한 분위기에 한몫을 거들었다. 피바람을 일으키며 황위를 찬탈한 아비와, 그 아비를 죽이고 옥좌를 차지한 아들. 전자는 역사요, 후자는 의심에 불과했으나 어찌 되었건 부자가 휘두른 공포라는 권력은 모두를 손쉽게 그들의 발아래로 굴복시켰다.

그러나 곧 내쳐질 것이라는 세간의 기대와는 전혀 반대로, 예거라트는 황태자였던 시절과 다름없이 릴리스를 귀히 여겼다. 심지어는 그것을 드러내는 걸 즐기는 듯 보이기도 했다. 그러니까, 적어도 물질적으로는.

새로 바뀐 사용인들은 황제의 눈과 귀가 되었고, 가뜩이나 드물던 방문객도 어느 순간 뚝 끊기며 그녀를 자연스레 고립시켰다. 그럼에도 행복하다 여겼던 것은 그 관심마저 애정이라 착각했던 탓이었다. 기쁜 마음에 허겁지겁 주워 먹었던 것이 도리어 독이 되어 돌아올 줄 그때 어찌 알았을까.

역시 모두가 행복한 결말은 없었다.

눈물이 멎는 데에는 제법 오랜 시간이 걸렸다. 그새 식어 버린 목욕물이 미지근한 온기를 품고 가슴 근처에서 찰랑거렸다.

릴리스는 애써 마음을 가라앉히곤 양손으로 서툴게 얼굴을 훔쳤다. 그래도 탑에서의 나날이 아주 헛된 것은 아니었던지, 전보다는 감정을 숨기는 일에 퍽 능숙해졌다.

"오늘이…… 며칠이야?"

릴리스는 서둘러 말문을 텄다. 애써 태연한 목소리를 내려니 모래 알을 삼킨 듯 목구멍이 까끌했다. 대야에 따뜻한 물을 담아 릴리스의 어깨 위로 천천히 붓고 있던 개비가 그 물음에 고민도 없이 냉큼 답을 내놓았다.

"세베력 122년 2월이지요."

"……122년."

"예에. 2월 16일이요. 마침 시합 날이라고 그렇게들 떠들어 대었던 걸 벌써 잊으셨어요?"

"……그런가 봐."

릴리스는 두 손을 조심스레 겹쳤다. 오목하게 팬 손바닥으로 식어 버린 물을 한가득 떠내어 얼굴의 열을 식히는 동안 다시 들어온 시녀들이 눈치를 살피며 맡은 일에 열중하기 시작했다. 가라앉은 분위기에 다들 몸을 사리는 기색이었다.

평소였다면 어떻게든 개비를 설득해 대충 단장을 마쳤을 것이나, 어쩐지 오늘은 그런 재촉을 입 밖에 내고 싶지 않았다. 치장하는 동안만큼은 잡생각이 끼어들 틈이 없었으므로 릴리스는 나긋한 손길들 아래 드레스를 갖춰 입고, 볼과 입술에 연지를 찍어 바르는 일에 그녀답지 않게 무척 열을 올렸다. 풀어진 분위기에 마음이 놓였는지 시녀들도 조금씩 재잘대며 분위기를 띄웠다.

어깨 위로 제국의 문장이 수놓인 화려한 붉은색 망토가 얹혔다. 속이 훤히 비치는 레이스 장갑을 양손에 나눠 낀 뒤, 굽 낮은 구두를 골라 신고 일어서자 비로소 모든 준비가 끝났다. 릴리스는 발간 눈가를 장갑 낀 손으로 살짝 문지르며 방을 나섰다.

대회 장소는 서문 쪽에 있는 커다란 연무장이었다. 늦을까 싶어 몸이 단 개비가 걱정스러운 듯 연신 재촉을 해 댔으나 릴리스는 그 기색을 모른 체하며 길옆에 자리한 육각형의 분수를 한 바퀴 크게 돌았다.

웅장하고 화려한 아테라의 궁은 그 자체만으로도 하나의 미술품이라 부르기에 손색이 없었다. 수도 메트로의 반을 차지할 만큼 면적도 넓어, 사흘을 다 써도 전부 구경하기 힘들다는 소문이 온 대륙에 파다할 정도였다. 릴리스는 마치 처음 궁에 들었던 철모르는 어린 시절처럼 생경한 기분으로 정원을 거닐었다.

얼마간 걸었을까. 저 멀리 구름처럼 모여 있는 사람들이 보였다. 릴리스는 잠시 멈춰 서 숨을 가다듬은 뒤 치맛자락을 가볍게 들어 올려 물이 고인 웅덩이를 넘었다.

봄의 초입에 열리는 마창 대회는 아테라의 여러 행사들 중에서도 제법 큰 축에 속하는 편이었다. 무예를 뽐낼 만한 일이 많지 않은 아테라의 특성상 이 기회를 틈타 눈도장을 찍고 싶어 하는 영식들도 제법 되었다. 관중들 또한 분위기에 편승해 한껏 멋을 부리고 왔기에 관람석만 보고 있자면 마치 연무장이 아니라 댄스홀에 온 듯한 착각이 일기도 했다.

멀리서도 보이는 크고 흰 천막의 불투명한 가림막이 바람이 불 때마다 춤을 추듯 펄럭였다. 총 세 개의 천막 중 가운데는 황제와 릴리스의 것이었으며, 양옆으로 자리한 나머지 두 개의 천막은 참석한 귀족들을 위한 여분의 자리였다. 휑한 공터에 놓여 있는 수십 개의 의자들은 자작 이하의 귀족이나 더 낮은 신분의 참석자들을 위한 것이다. 대부분은 그곳에 앉는 대신 나무 그늘 아래 숨어 낮의 햇살을 피하곤 했지만 일단 대회가 시작되면 발 디딜 틈이 없을 정도로 온 자리가 금세 꽉 들어찼다.

"왔구나, 릴리스."

삼삼오오 모여 담소를 나누고 있던 사람들이 릴리스를 발견하곤 일제히 몸을 바로 세웠다. 그러나 누구보다 먼저 나서 그녀를 맞이한 것은 제국의 지고한 지배자이자, 하나뿐인 황녀의 다정한 보호자인 예거라트 황제였다. 그린 것마냥 흠 없이 다정한 미소가 그의 입가에 매달렸다. 릴리스는 문득 발걸음을 멈췄다.

'이번에야말로 황족으로서의 네 본분을 다해야 하지 않겠느냐. 사랑하는 누이야.'

스파티움으로 그녀를 보낼 것임을 통보하던 그날 밤도 예거라트는 지금과 꼭 같은 웃음을 보이며 그녀에게 차를 권했다. 잘 재단된 무복을 입고 반듯하게 서 있는 황제의 얼굴 위로 그날의 잔상이 덧씌워졌다. 불쑥 현기증이 일었다.

"릴리스! 괜찮으냐?"

성큼 다가온 예거라트가 비틀거리는 몸을 든든히 받쳤다. 다정한 행동에 주변에서 작게 탄성이 흘렀다. 사이좋은 남매의 표본이라 할 법한 모습이었으나 릴리스는 도리어 그 목소리에 토기를 느끼곤 닿은 손을 다소 급하게 밀어 냈다.

"저는 괜찮습니다."

의아한 시선이 그녀의 안색을 빤히 살폈다. 해명해야 한다. 릴리스는 그런 생각에 사로잡혔음에도 결국 그의 눈을 오래 마주 볼 수가 없어 시선을 돌려 버리고 말았다. 영 미심쩍은 기색이던 예거라트가 이내 다시 물었다.

"정말이더냐? 얼굴이 아직 창백해."

"……어제 잠을 좀 설쳐 그런가 봅니다. 어쩐지 자꾸만 긴장이 되어서요."

"하긴 네가 이런 자리에 자주 얼굴을 비치는 편은 아니었지."

엄밀히 말한다면 '자주 나오지 못하게 막는' 다는 표현이 더 적절할 터다. 그러나 릴리스는 속내를 숨긴 채 애써 평소처럼 소소한 투정을 부렸다.

"아시다시피 이런 자리에는 영 면역이 없는지라…… 오라버니 곁에만 계속 붙어 있을 테니 귀찮아도 이해해 주셔야 해요."

"하하하, 물론이지. 딱 붙어 있어야 한다."

변명이 퍽 마음에 들었던 모양이다. 굳어 있던 얼굴을 완전히 풀어낸 예거라트가 마침내 의심의 기색을 거두고는 한쪽 팔을 내밀어 에스코트를 청했다. 릴리스는 그와 발을 맞추어 걸으며 사방에서 쏟아지는 인사들을 가볍게 받아넘겼다.

"헌데 오늘은 평소보다 더욱 눈이 부시구나. 혹여 누구 마음에 둔 자라도 있었던 것은 아니더냐?"

"그럴 리가요. 제게 누군들 오라버니만 하겠어요."

목소리가 짐짓 은근해졌다. 자못 유쾌한 듯 눈까지 찡긋거리던 예거라트는 돌아온 답에 커다랗게 웃음을 터뜨렸다. 젊은 왕의 호탕한 웃음소리에 시선이 몰렸다. 릴리스는 그의 눈길이 떨어진 틈을 타 땀에 젖은 손바닥을 가볍게 한 번 꽉 쥐었다 폈다.

천막 안으로 들어온 두 사람이 자리를 잡고 나자 곧 대회가 시작되었다. 시녀들이 그토록 고대하던 아브람 자작은 기대에 부응하듯 한껏 멋을 낸 모습이었다. 훤칠한 외모에 여기저기서 작은 소란이 일었으나 경기가 시작되자 언제 그랬냐는 듯 곧 사위가 적막해졌다.

초반의 경기들은 늘 그러했듯 별다른 긴장감이 없었다. 그리고 얼마 뒤, 키가 큰 청년 둘이 환호성과 함께 말을 몰며 경기장 한가운데로 들어왔다. 뿔피리 소리가 크게 울리고 말 두 마리가 각자 거세게 앞발을 박찼다.

실력이 엇비슷한지 한동안 지루한 공방이 이어졌다.

"오늘은 누가 이길 것 같으냐?"

무료한 얼굴로 경기를 지켜보던 예거라트가 슬쩍 몸을 기울이며 말을 붙였다. 릴리스는 조심스레 말을 골랐다.

"……글쎄요. 일단 요번 경기는 로드릭 영식이 승기를 잡은 듯한데. 오라버니께선 어떻게 생각하시나요?"

"모르는 새 보는 눈이 높아졌구나. 자, 보거라. 비욘 자작은 벌써 창을 놓쳤어."

예거라트가 손뼉을 짝 치며 연무장을 가리켰다. 고함 소리, 야유 소리와 응원 소리가 시끄럽게 뒤섞인 가운데 심판이 자작의 실격패를 선언했다.

다음으로 등장한 사람은 스벤 남작이었다. 비쩍 마른 몸과 창백한 얼굴이 유독 눈에 띄는 사내였는데, 유약한 이미지 때문인지 시작 전부터 그의 패배를 당연시 여기는 분위기가 팽배했다.

예거라트가 목소리를 낮추어 다시 말을 걸어왔다.

"저치는 창보다는 펜이 어울릴 법하구나. 이번에도 로드릭 영식이 승리의 기쁨을 누릴 듯한데, 어떻게 생각하느냐, 릴리스?"

예고도 없이 낯익은 장면들이 불쑥 떠올라 머릿속을 스쳤다.

이전 생에서의 스벤 남작은 등장 이후 연승을 거듭하며 끝내는 준 우승을 거머쥐었던 숨겨진 실력자였다. 우승자인 옐림 영식마저 그 와의 경기에서 초반에 고전을 면치 못했던 기억이 아직도 어제 일처 럼 뇌리에 생생했다.

우물쭈물하는 얼굴을 물끄러미 바라보던 예거라트가 무슨 생각을 했는지 짓궂게 웃으며 고개를 주억였다.

"하하, 좋아! 내기를 하자꾸나. 내가 로드릭 영식에게 금화 열 닢 을 걸 테니 너는 스벤 남작에게 금화 한 닢을 걸도록 해라. 누가 봐 도 내가 손해이니 설마 싫다고는 하지 않겠지?"

농이라 한들 황제의 명이다. 손해 여부를 떠나 거부권이 있을 리 없었다.

그런 예거라트를 놀리기라도 하듯, 스벤 남작은 뿔피리 소리가 울 리기 무섭게 창을 던져 영식이 탄 말의 숨통을 끊었다. 뜻밖의 결과 에 흥분한 관중들이 연신 남작의 이름을 외쳤다. 예거라트는 진 것 이 불쾌한 양 작게 혀를 차면서도 기분 좋은 얼굴로 릴리스에게 금 화 한 주머니를 건넸다.

흥미진진하게 이어지던 대회는 두어 시간이 지난 뒤에야 완전히 마무리되었다. 릴리스는 우승자에게 월계관을 내리는 것으로 제 소임을 마치고는 조용히 물러나 자리를 지켰다. 분명 이날, 예거라트와 정원에서 식사를 같이했던 기억이 있었다.

수고한 참가자와 관중들을 위해 즉석에서 소소한 연회가 열렸다. 제철 과일과 푹 묵힌 꿀술 등 온갖 음식으로 가득한 쟁반들이 자리마다 넉넉하게 돌아갔다. 슬슬 저물기 시작하는 해를 배경으로 모두가 먹고 마시며 즐거운 한때를 보냈다. 예거라트는 퍽 흡족한 얼굴로 그 모습을 지켜보다가 포도주 한 병을 말끔히 비운 뒤에야 자리를 털고 일어섰다.

"릴리스. 간만에 정원에서 저녁을 드는 것이 어떻겠느냐? 날이 좋아 이대로 들어가기는 아쉬운 듯하구나."

천막을 반쯤 걷고 나서던 예거라트가 문득 뒤를 돌아보며 말을 걸었다. 릴리스는 흠칫 놀라 그 자리에 석상처럼 굳었다. 우뚝 선 훤칠한 얼굴 뒤편으로 주홍빛 노을이 이글대는 것이 보였다.

꿈이라면 지독한 악몽이요, 현실이라 한들 믿기 힘든 행운이었다.

"왜 그리 보는 것이야. 오늘은 내키지 않는 것이냐?"

선뜻 답이 나오지 않아서인지 예거라트의 양미간이 서서히, 그러나 확연하게 좁아 드는 것이 보였다. 릴리스는 황급히 고개를 내저었다.

"그럴 리가 있나요. 잠시 다른 생각을 하느라……. 오라버니와의 식사라면 언제나 환영이에요."

"그렇다면 다행이지. 자, 함께 식당으로 가자꾸나."

취기 덕일까. 예거라트는 그녀의 머뭇거림을 딱히 마음에 담아 두지 않는 듯했다. 릴리스는 앞서가는 그를 따르며 쿵쾅대는 가슴을 한 손으로 꾹 눌렀다. 기억이 재연되는 것을 지켜보는 느낌이 이루 말할 수 없이 기묘했다.

식사는 금방 준비되었다. 릴리스는 울렁이는 속을 모른 척하며 아무 일도 없는 사람처럼 뻣뻣하게 식기를 놀렸다. 너무 노력을 했는지 평소보다 잔뜩 먹어 버린 것이 실수라면 실수였다.

뼈만 잔뜩 남은 접시를 보며 예거라트가 작게 웃었다.

"네가 평소 오리고기 요리를 좋아한다는 건 알았다만……. 이렇게 한 마리를 통째로 발라 먹을 정도일 줄은 몰랐다. 배가 많이 고팠나 보구나."

선황을 시해하고 제위에 올랐다는 흉흉한 소문이 뒤따르는 사람이라곤 믿기 힘들 정도의 상냥함이었다. 한때는 이 또한 황녀이기에 누릴 수 있는 특권이라 여겼으나, 지금에 와선 무엇도 확신이 어려워 머릿속이 혼란했다.

다행스럽게도 불편한 식사 자리는 평소보다 일찍 파했다. 릴리스는 본궁으로 향하는 예거라트의 뒷모습을 잠깐 바라보다 곧 반대쪽을 향해 몸을 틀었다. 황녀궁은 본궁과 다소 거리가 있었지만 그녀는 보통 마차를 타기보단 걷는 쪽을 택하는 편이었다.

그녀는 뒤따르는 이들을 대동한 채 천천히 걸어 황녀궁의 담벼락 앞에 섰다. 성인 남성의 어깨 높이 정도 될까 말까 한 황녀궁의 낮은 담벼락은 귀하다는 백돌로 만들어져 낮에는 새하얗게, 어둠 속에서는 희부옇게 빛나며 존재감을 뿜어냈다. 선황제가 본래 있던 담을 부수어 새로이 단장해 준 것이다.

"세상에. 꽃들이 완전히 개화했네요."

백돌 담을 지나 왼편으로 방향을 틀자 곧 드넓은 정원이 눈에 들어왔다. 황녀궁 정원에 그득 피어난 붉은 아마릴리스 위로 군청색 어둠이 내려앉아 그림 같은 풍경을 자아내고 있었다.

개화한 꽃잎들 사이사이로 빼꼼 나온 수술이 샛노란 빛을 내며 별처럼 반짝였다. 정원에 나와 있던 시녀들이 삼삼오오 무리 지어 그 광경에 감탄하는 동안 릴리스는 눈앞에 펼쳐진 장관을 무심한 눈으로 둘러보았다.

곁에 있던 개비가 조심스레 말을 붙였다.

"뭔가 마음에 안 차시어요? 꽃은 썩 좋아하지 않으셔도 아마릴리스만큼은 매해 찾으셨잖아요."

그랬었던가. 릴리스는 과거를 추억하다 이내 가만히 고개를 내저었다. 황녀궁의 아마릴리스 꽃밭은 이미 궁 내외에서 유명한 장소였으나, 기실 그녀는 꽃구경을 그리 즐기는 편이 아니었다.

그럼에도 너른 정원을 오롯이 아마릴리스로 그득 채워 놓았던 것은 오로지 단 한 사람만을 위함이었다. 궁에 든 첫날. 꽃 한 송이를 내밀며 웃던 상냥한 환대가 어린 마음에 어찌나 기꺼웠던지.

'꽃 이름이 네 이름과 꼭 같더구나.'

허나 돌이켜 보면 의미라고는 정말로 고작, 그뿐이었던 것이다.

"……이제는 아닐 거야."

"예?"

개비가 고개를 갸웃했다. 릴리스는 물음에 답하는 대신 그녀를 재촉해 서둘러 정원을 지나쳤다.

"그런데…… 황녀 마마께서 오늘따라 이상하신 것 같지 않아? 뭔가 멍해 보이시기도 하고."

"응……. 평소에 그렇게 좋아하시던 아마릴리스인데. 오늘은 영 심드렁하시네."

"꽃향기가 너무 진해 싫어지셨나?"

남겨진 시녀들이 조잘대며 귓속말을 나누었다. 작지 않은 목소리에 걸음이 느려지는 것은 당연지사였다. 개비가 기어이 뒤돌아서 눈을 부라린 뒤에야 끝없이 이어질 것 같던 수다가 멈추었다.

릴리스는 그들의 행태를 모른 척하며 곁눈으로 흘긋 꽃밭을 스쳤다. 흐드러지게 핀 커다란 꽃들이 시야를 어지럽혔다.

"가자."

그녀는 걸음을 더욱 빨리해 그곳을 지나쳤다. 오늘따라 유독 꽃향기가 역했다.

⚜ ⚜ ⚜

뜬눈으로 밤을 새운 다음 날 아침. 릴리스는 밤새 했던 고민을 실천에 옮기기로 마음먹었다.

"예에? 갑자기 그게 무슨 말씀이세요? 정원을 엎으시겠다뇨."

차를 따르던 개비가 깜짝 놀란 얼굴로 목소리를 높였다. 릴리스는 찻잔을 만지작대며 양어깨를 으쓱했다. 이럴 때 가장 좋은 변명은 역시 변덕이었다.

"말 그대로야. 새 정원을 꾸미고 싶어졌거든."

"허면 지금 피어 있는 꽃들은 어찌하시려구요? 한창 개화했는데. 며칠 전만 해도 제일 예쁠 때라고 좋아하지 않으셨어요?"

머리를 매만지던 시녀 아이가 손에 향유를 듬뿍 덜어 곱게 빗질한 머리에 조심스레 펴 발랐다. 릴리스는 솜씨 좋게 땋아 올린 뒷머리 위에 손바닥만 한 나비 장식을 힘주어 꽂아 넣었다. 머리꼭지에서 팔랑이는 샛노란 날개를 보고 있자니 어쩐지 마음이 가벼워졌다.

"……글쎄. 이젠 싫어졌나 보지."

"그렇지만 폐하께서 아쉬워하실 텐데요. 아무 말씀 올리지 않아도 괜찮으시겠어요?"

릴리스는 들고 있던 손거울을 탁자 위에 내려놓았다. 개비는 어느새 보석함에 코를 박을 듯 고개를 아래로 푹 수그린 채였다. 무례하기 짝이 없는 태도였으나 방 안의 어느 누구도 그 점에 불편함을 느끼지 않는 듯했다. 릴리스는 새삼 그 사실에 놀라 눈을 깜빡이다가 무의식적으로 입술을 안쪽으로 말아 물었다.

그녀는 짐짓 아무렇지 않은 척 대꾸했다.

"내 궁에 딸린 정원을 꾸미는 일에 폐하의 허락까지 필요한 거야?"

"그럴 리가요. 단지 폐하께서 아마릴리스를 심을 때 구근 선물을 잔뜩 보내 주셨으니 혹 서운하다 하실까 봐 그러는 것이지요."

뱉고 보니 꼭 투정 같은 말이 되었다. 그사이 장신구를 몇 개 골라낸 개비가 그녀의 귓불 앞에 달랑이는 보석을 이것저것 대어 보며 의견을 물어 왔다. 릴리스는 개중 가장 단정해 보이는 오팔 귀걸이를 골라 귓불에 뭉툭한 침을 꽂았다.

"……결정을 바꾸지는 않을 거야. 게다가 어차피, 아마릴리스는 더 이상 심지 않을 생각이니까."

"그렇게 하시어요."

개비가 말했다. 틈도 없이 나온 답이다. 릴리스는 고개를 모로 틀었다. 그러나 눈앞의 거울이 시야를 가려 개비의 표정은 볼 수 없었다.

"자, 다 되었네요."

잠시 뒤 거울이 스르륵 내려갔다. 의심이 무색하게도, 평소와 다름없는 얼굴이 그 너머에 있었다.

ꗠ ꗠ ꗠ

예거라트는 대략 보름에 한 번꼴로 릴리스와 오찬을 함께하곤 했다. 제위에 오른 뒤 거른 적 없는 오래된 습관이었다. 수요일 점심나절 황제의 위치를 모르는 이가 있다면 궁의 시종이라 부를 수 없다는 우스갯소리가 나돌 정도였으니 그 꾸준함이야 더 설명할 필요조차 없을 것이다.

"그래. 정원을 바꾸려 한다고? 갑자기 무슨 생각이더냐?"

예거라트가 고기를 썰며 물었다. 핏기가 비치는 것을 꺼려 하는 황제의 스테이크는 안까지 완전히 익어 두툼한 살이 온통 갈색이었다.

"별 뜻은 없답니다. 그저 분위기를 조금 바꿔 보고 싶어서요."

릴리스는 마지막 남은 고기 조각을 육즙에 적시며 예거라트의 눈치를 살폈다. 개비에게 정원 이야기를 꺼낸 후로 이제 고작 이틀이 지났다. 아무리 '귀애하는 누이의 궁에서 일어나는 일'이라 한대도, 역시 지나치게 짧은 간격이었다.

"……오라버니께서 신경 쓰실 만큼 큰일은 아니니 걱정 마시어요. 바쁘실 텐데 괜한 심려를 끼친 것은 아닌지 걱정이네요."

"아니, 아니, 그럴 리가 있느냐. 네 궁이니 모쪼록 네가 원하는 대로 해야겠지."

"감사해요. 아, 주셨던 꽃들은 다른 곳에 옮겨 심을까 하는데."

"그래. 혹 필요한 게 더 있다면 사양 말고 이야기해야 한다."

그럼요. 릴리스는 부러 우물대며 대답했다. 실상 아마릴리스 따위야 어찌 되든 상관없다 말하고 싶었으나 그 불만은 결국 고기 조각과 뒤섞여 목구멍 너머로 덩어리째 넘어갔다.

"응? 표정이 왜 그러한지 모르겠구나. 음식이 별로인가?"

그러나 그렇다 한들, 한 번의 죽음이 없었던 일이 되는 것은 아니었다.

"아뇨, 그것이……."

릴리스는 시선을 들어 올렸다. 황제가 당황한 낯으로 그녀의 얼굴을 살피고 있었다. 한때는 저 걱정이 온전한 진심이라 믿었던 시절이 있었는데. 정이 고팠던 어린 시절의 철없음이 어쩐지 우습고 또 처량하게 느껴져 입맛이 썼다.

'왜 몰랐을까.'

실은 어떻게 생각한들 다소 과한 보호였다. 예거라트는 황녀궁에서 벌어지는 모든 일들을 늘 제 손바닥 보듯 훤히 알고 있었고, 과시하듯 먼저 나서 권력을 행사하길 꺼리지도 않았다. 포악하고 냉정하다 소문난 황제의 또 다른 면모였다.

황제의 포용력 있고 너그러운 의외의 모습에 사람들은 차츰차츰 감화되었다. 젊은 황제에 대한 칭송의 목소리가 역병을 밀어내는 축복처럼 빠르게 사방으로 퍼지는 동안, 그의 즉위를 둘러싼 험험한 소문들은 말라비틀어진 식물처럼 힘을 잃고 뒷골목의 그림자 안으로 숨어들었다.

어린 황녀는 세간의 소문에 손쉽게 휩쓸렸다. 아주 약간의 의구심이 남아 있긴 했으나, 어쨌건 릴리스는 점차 주어진 생활에 익숙해졌다. 그저 갑갑하게만 느껴졌던 예거라트의 '보호' 조차도 어느 순간부터는 익숙해져 마치 아주 당연한 일처럼 여겨졌다.

절대 그래서는 안 되는 것이었는데.

"이런……."

부모 없는 그녀를 친누이처럼 대해 주었던 예거라트다. 그토록 믿고 따랐던 상대가 웃으며 자신을 사지로 몰았다는 것이 다시 생각해도 서럽고 끔찍해 속이 뒤집어졌다.

울적한 기운을 풍기는 누이의 모습에 예거라트가 품속을 뒤져 지니고 있던 손수건을 건네주었다. 부드러운 천에서는 익숙한 향이 풍겼다. 어린 그녀를 끌어안아 줄 때, 머리를 쓰다듬어 줄 때, 가까이 다가와 손을 잡아 줄 때, 그 순간마다 희미하게 맡아지던 묵직한 향이었다.

"혹, 달튼 백작 때문이더냐?"

잠시 뒤, 팔을 거둬들이던 예거라트가 문득 생각났다는 듯이 그녀를 보며 말했다.

"그러고 보니 백작의 기일이 얼마 남지 않았구나. 내 그 일을 미처 생각지 못했다. 정원을 바꾼다니, 무슨 심경의 변화일까 걱정했는데."

릴리스는 구태여 그 말을 부정하지 않았다. 달튼 백작이라. 까맣게 잊고 있던 사람이라 미안한 마음이 드는 한편 예거라트의 오해가 다행스러웠다. 그녀는 눈을 내리깔며 찬물로 바싹 마른 입술을 축였다.

"미안하다, 이 오라비가 무심했구나."

달튼 백작은 선황제가 고르고 골라 붙여 준 그녀의 전 약혼자였다. 똑똑하고 상냥한 신진 학자로, 내색하진 않았으나 릴리스는 사실 그를 퍽 친근하게 여겼더랬다. 단명이 그의 유일한 흠이었으니 따져 보면 누구보다 황녀의 부군 자리에 가까웠던 이이기도 했다.

"아까운 인재였지. 불의의 사고라니 어쩔 수 없는 일이었다마는, 아버님께서 살아 계셨다면 퍽 속상해하셨을 게야."

예거라트가 아쉬운 듯 혀를 차며 눈을 가늘게 떴다. 애도라 하기에는 다소 거친 언사였다.

"헌데 오늘따라 유독 말수가 적구나. 평소라면 분명 이쯤에서 나를 잔뜩 질책했을 텐데 말이지. 그렇지 않으냐?"

릴리스는 그 말에 호응해 억지로 입꼬리를 끌어 올렸다. 구역질이 왈칵 솟았다. 아무렇지도 않게 농을 거는 모습이 믿기 어려울 정도로 뻔뻔하게 느껴졌다.

그러나 이곳은 황제궁이었다. 가뜩이나 오늘 여러 번 의심을 샀으니, 이 이상 평소답지 않은 모습을 보인다면 분명 뒷일이 곤란해질 터다.

"……."

그러나 입술은 딱 붙은 채 떨어질 생각이 없는 듯했다. 무슨 말이라도 해야 하는데. 웃어 주기라도 해야 하는데. 억지 미소는 이미 완전히 자취를 감췄고 속에서는 연신 신물이 솟구치고 있었다. 릴리스는 두어 번 더 입을 달싹이다가 결국 포기하곤 시선을 아래로 내리깔았다. 이 순간이야말로 악몽이었다.

그날 밤, 본궁에서 보내왔다는 커다란 선물 상자 다섯 개가 황녀궁의 응접실에 그득 쌓였다. 대부분 옷감이었으나 개중 한 상자에는 커다란 루비를 박아 넣은 황금관과 수북한 금화가 함께 들어 있었다.

개비가 호들갑을 떨며 수북이 쌓인 선물들을 정리했다.

"어머나, 마마. 여기 카드도 같이 왔네요."

붉은색 밀랍이 찍힌 카드가 옷감들 사이에서 툭 굴러떨어졌다. 뾰족한 뿔이 담긴 술잔 문양은 아테라의 상징이자 황제의 문장이었다.

내 누이의 추모를 담아.

유려한 필체가 종이 위에 선명했다.

51

"정말 상냥하세요."

누군가 중얼거렸다. 시녀들이 입을 모아 그 말에 격렬한 동조를 표했다. 릴리스는 안 들리는 척 물러서서 그들의 수다를 방관했다. 누군가의 죽음이 이렇듯 가벼운 위로로 쉬이 대치될 수 있다는 것이 새삼 놀랍고 조금 슬펐다. 그녀의 죽음 역시 분명 이런 식으로 잊혔으리라.

릴리스는 카드를 한 손에 대강 구겨 쥔 채 여기저기 널린 상자들을 피해 응접실을 나섰다. 정리하는 데 여념이 없던 개비가 눈치 있게 빠져나와 그녀를 수행했다.

오른쪽으로 죽 뻗어 있는 기다란 회랑 사이사이에 흰 등이 중간중간 걸려 있었다. 흐릿한 빛 아래를 지날 때마다 그림자가 생겼다 사라지길 반복하며 끈질기게 그녀의 뒤를 따랐다. 그것이 마치 떨쳐 내지 못한 두려움 같아 릴리스는 한층 걸음을 빨리해 회랑을 벗어났다.

방에 도착하자 그제야 숨통이 조금 트였다. 릴리스는 침대에 풀썩 드러누워 한 손을 휘장 너머로 흔들었다.

"혼자 있고 싶어."

잠시 망설이듯 주변을 서성이던 개비가 이내 창문을 걸어 잠그고 램프 불을 껐다.

"쉬세요, 마마."

문 닫히는 소리가 났다. 달칵하는 그 소리가 신호라도 된 양, 내내 억눌러 두었던 눈물이 막을 새도 없이 툭 터져 나왔다.

사랑하는 유모. 사랑하는 예거라트.

그리 생각했던 릴리스 반 모라 아테라는 죽었다. 모든 것이 변했으되 그 무엇도 변하지 않았음을 깨닫는 순간, 마음속의 무언가가 산산조각 나 버린 듯했다. 그것이 서러워서일까. 불쑥불쑥 화가 솟아 가슴이 답답했다.

누구를 위한 화인지 알 수 없었다. 무엇을 위한 화인지도 알 수 없었다. 릴리스는 그저 이불 속에 숨어 소리를 참기 위해 얼굴에 닿은 천을 그득 물었다. 춥고 긴 밤이었다.

⚜ ⚜ ⚜

릴리스는 그날부터 며칠을 끙끙 앓았다. 때늦은 몸살이었다.

"황녀 마마께서 전 약혼자에 대한 순정으로 반쯤 죽어 가신다는 소문이 수도에 파다하던데 말입니다요."

침대 머리맡에 베개를 놓고 비스듬히 기대어 앉아 있던 릴리스는 빈 약그릇을 내려놓고 쥐고 있던 사탕 중 다섯 개를 골라 입 안 그득 물었다. 간만에 보는 호위기사의 멀끔한 낯이 반가워 자꾸만 입꼬리가 위로 치솟으려 했던 탓이다.

"그래서 직접 보니 감상이 어때, 와트만 경?"

"반은 적절치 않은 표현인 것 같습니다요. '이미 거의 죽었다'라는 말이 더 어울릴 것 같은뎁쇼."

쓴맛에 뻣뻣하게 굳었던 혀가 단물에 흐물흐물 절여졌다. 릴리스는 사탕을 와작와작 씹어 삼키고 맹물을 머금어 입을 헹궜다. 평소와 다름없이 연식 있어 보이는 갑옷을 차려입고 서 있던 와트만이 히죽 웃으며 빈 잔을 뺏어 들었다.

"아직도 약 먹는 것이 그렇게 싫으십니까? 누가 보면 성년도 채 안 지난 애라고 하겠습니다요. 아, 참 그건 그렇고. 오다 보니 꽃을 죄다 뽑고 있던데 어떻게 된 일입니까?"

릴리스는 자신을 열 살 아이 대하듯 하는 그의 말투를 지적하고 싶었으나 정원 이야기에 곧 신경을 빼앗겼다.

"그냥. 기분 전환이야."

"퍽 적절한 조치로군요. 본래 실연을 당했을 땐 파괴적인 욕구가 솟아나는 법입니다."

"글쎄 아니라니까!"

"예, 물론 그러시겠죠. 그보다 이거나 받으십쇼. 그렇게 드시고 싶다 하시던 겨울딸기 한 바구닙니다. 이걸 구하러 국경 근처까지 다녀왔습죠."

와트만은 이제 열세 살짜리 조카를 어르는 듯한 얼굴로 큼지막한 꾸러미를 풀고 있었다. 불만을 표하려던 릴리스는 내용물을 확인하는 순간 입을 딱 다물었다. 어른 주먹만 한 크기의 빨갛고 탱탱한 딸기가 바구니 안에 한가득 담겨 있었다.

"멀리 다녀왔으니 이제는 제발 좀 봐주십쇼. 나이 들어서 돌아다니려니 온몸이 다 쑤신단 말입니다."

"신소리는. 아직도 펄펄 날아다니는 거 누가 모를 줄 알고?"

시녀가 재빨리 딸기 한 접시를 씻어다 탁자 위에 올려놓았다. 와트만이 포크로 커다랗고 싱싱한 딸기를 찍어 그녀의 눈앞에 들이밀었다. 어찌나 큰지 한입에 다 넣기도 힘들 지경이었다.

"그래 보인다면야 다 황녀님 덕 아니겠습니까. 여기 눌러앉은 덕에 요즘 아주 인생이 편하다 못해 지루합니다요."

"그러고 보니 경은 최전방에 있었다고 했지."

"한동안은 그곳이 집이었습죠."

본래 본궁 소속이었던 와트만은 생의 절반을 변방에서 보낸 잔뼈 굵은 기사였다. 딱히 신뢰가 두터운 사이라고는 생각해 본 적 없었으나 과거, 그는 오른팔이 잘린 채 피를 철철 흘리면서도 끝까지 바이마르의 앞을 막아서며 그녀를 보호했다.

거기까지 생각하자 식욕이 뚝 떨어졌다.

하필 다친 쪽이 검을 잡는 팔이었으니 치료를 받고 재활을 했더라도 예전처럼 검을 다루기는 힘들었을 것이다. 릴리스는 포크를 내려놓고 나이답지 않게 아직도 팽팽한 와트만의 얼굴을 빤히 올려다보았다.

"……왜……."

"예?"

다시 만난다면 왜냐고 묻고 싶었다. 왜 그랬냐고. 왜 살렸냐고. 혹…… 나를 원망했던 적은 없었느냐고.

"아냐."

그러나 릴리스는 말을 잇는 대신 딸기 하나를 더 입 안에 욱여넣는 것으로 충동을 억눌렀다.

생각해 보면 그에게는 처음부터 조금 묘한 구석이 있었다. 어린 조카 대하듯 허물없이 구는 것은 둘째 치고서라도, 개비에게 사사라도 받은 양 사소한 것까지 챙기려 드는 점이 특히 그랬다. 어찌나 친근하게 구는지 모르는 이가 본다면 구면이라 착각할 정도였다.

평생 자신을 그렇게 대한 이가 없었던지라, 때로는 욱하는 마음에 억지로 되지도 않는 일을 시킨 적도 있었다. 이번이 바로 그런 경우라서, 돌이켜 볼수록 낯이 뜨거워졌다. 봄이 다 된 이 시점에 겨울딸기를 구해 오라니. 이 무슨 말도 안 되는 심술이란 말인가.

"……아냐. 그냥, 미안하다고."

"예에?"

조그맣게 내뱉은 말에 와트만의 눈이 휘둥그레졌다. 순식간에 심각한 표정이 된 그가 바구니를 잽싸게 저 멀리 치워 놓고는 릴리스에게 침대에 누울 것을 종용했다.

"마마, 몸이 정말 많이 안 좋으신 듯합니다. 얼른 누우십쇼, 얼른."

"그게 아니라, 좀! 미안하다니까."

"그러니까 뭐가 말씀이십니까?"

"알잖아. 괜히 쓸데없는 심부름이나 시키고, 뭐……."

릴리스는 와트만의 우격다짐에 못 이긴 척 이불을 덮고 누웠다. 가만히 눈을 감고 있자 곧 커다란 손이 이마를 짚었다.

"알고 있으니 더 말씀 안 하셔도 됩니다."

"뭐?"

"아, 알고 있으니 좀 일찍 주무시란 말입니다. 소리 지르지 마시고. 화도 내지 마시고요. 혹여나 또 열이라도 오르면 어쩌시려고."

거칠고 단단한 손바닥에는 검을 잡아 생긴 굳은살이 그득했다. 릴리스는 이마에 얹힌 손을 떼어 내려다 하필 그것이 오른팔이라는 걸 깨닫고 언제 시끄럽게 굴었냐는 양 얌전히 입을 다물어 버렸다.

그리고 잠시 후, 와트만은 손끝에서 느껴지는 축축하고 미진한 온기에 눈살을 찌푸렸다.

"아니 왜 또 우십니까. 아프십니까?"

"……아냐."

"……그럼 달튼 백작 때문이겠군요. 샌님같이 생긴 놈이 보기보다 수완이 대단했던 모양입니다."

"아니라니까!"

릴리스는 단호함을 표하고자 목소리를 한껏 높였다. 물론 와트만은 들은 체도 하지 않았다.

"여자의 순정이란……."

더 부정할 힘도 없어 그녀는 말을 꺼내는 대신 넓적한 손등을 한 번 찰싹 내리쳐 주었다. 그러자 와트만이 이번에는 왼손으로 그녀의 입에 박하 막대를 물리고는 들으라는 듯 끌끌대며 커다랗게 혀를 찼다.

릴리스는 입술을 우물거렸다.

"므음하다……."

"므음이 아니라 무엄입니다."

실은 그렇게 말한 것이나 막대 때문에 발음이 제대로 나오지 않았다. 릴리스는 대답 대신 눈을 감고는 박하 막대 끝을 꾹 씹었다. 뭉툭하고 딱딱한 막대 끝에서는 맵싸하고 조금은 단맛이 났다.

"계속 우시면 열이 더 오를 겁니다."

와트만이 조용히 말했다. 이번에야말로 다섯 살배기 어린애를 달래는 듯한 의심스러운 목소리였다. 입에 무언가 물고 있는 것이 차라리 다행이었다. 그렇지 않았다면 분명 무슨 말이든 꺼냈을 것이 분명했으므로. 그리고 필시 금방 후회했을 것이다.

쯧, 혀 차는 소리가 다시 들렸다. 릴리스는 이대로 잠들기 위해 노력했다. 혼자가 아니라 조금은 좋은 듯도 했다.

✤ ❀ ✤

열은 3일이 더 지나고서야 완전히 떨어졌다. 간만에 침상을 벗어난 릴리스는 개운한 기분으로 바깥 산책을 나섰다. 살랑이는 바람결에 꽃향기가 담뿍 얹혀 있었다. 그녀는 붕 떴다 가라앉는 모자챙을 한 손으로 잡은 채 정원을 한 바퀴 빙 돌았다.

황녀가 상사병으로 인해 식음을 전폐한다는 소문이 아직도 궁에 파다했던 탓에, 오가다 만나는 일꾼들 모두가 아닌 척 그녀에게 한 번씩 눈길을 주었다. 불쾌하지 않다면 거짓말일 것이나 이내 의심을 피하기에는 오히려 이 편이 낫겠다는 판단이 섰다. 편리한 오해를 굳이 나서서 정정할 필요까진 없지 않은가.

눈앞에서는 아직도 땅을 뒤엎는 공사가 한창이었다. 릴리스는 고개를 돌려 찌푸린 얼굴을 숨기곤 방향을 틀어 황녀궁 뒤편의 서재를 향해 걷기 시작했다. 별관에 위치한 서재는 선황제가 죽기 전 그녀에게 친히 하사한 마지막 선물이었다.

벽 전면을 꽉 메운 향나무 책장에서 은은한 나무 냄새가 뿜어져 나와 책으로 가득한 방 안을 그득 메웠다. 아테라를 떠나 보낸 세월과 돌아와 새로이 얻은 날들. 들르지 않았던 시간이라곤 고작 그뿐이었음에도 마치 낯선 공간에 온 듯 마음이 들떴다.

그리고 막 안으로 들어서기 직전. 릴리스는 좁은 문간에 선 채 고개를 틀어 개비와 똑바로 시선을 맞대었다.

"개비. 서재로 차를 좀 내와 주겠어? 알레나를 시켜도 좋고…… 아무래도 내 시중만 들기에는 몸이 바쁠 테니 말이야."

며칠 전부터 벼르고 별러 온 말이었다. 긴장으로 말라붙은 목구멍이 껄끄러워 자꾸만 헛기침이 흘렀다. 이게 뭐라고. 답을 기다리는 짧은 순간이 마치 영원처럼 길게만 느껴졌다.

이윽고 답이 돌아왔다.

"그럴 수야 있나요. 제겐 늘 마마가 우선인걸요."

"아…….."

"곧 가져다드릴 테이니 조금만 기다리셔요."

와트만에게 꾸벅 고개를 숙여 보인 개비가 발걸음도 가볍게 왔던 길을 되돌아갔다. 바싹 올라붙었던 어깨가 축 처지며 맥이 탁 풀렸다. 릴리스는 그대로 자박자박 걸어 들어가 닫혀 있던 창문을 활짝 열어젖혔다.

그녀는 책상에 앉아 한동안 손때 묻은 깃펜을 만지작거렸다. 굴러다니는 먼지 한 점조차 없이 말끔히 정리된 책상이 어쩐지 새삼스러웠다. 활자를 보는 것으로 바깥나들이를 대신했던 갑갑한 유년기가 온 사방에 빼곡해 릴리스는 다시 조금 의기소침해졌다.

"폐하의 보호 아래 평안히 지내지 않으셨습니까. 갑자기 왜 이리 분주하게 구시는 것입니까?"

와트만이 입을 뗀 것은 그로부터 반나절이 지난 뒤였다. 서걱거리던 깃펜 소리가 뚝 멎었다. 흐릿한 기억을 더듬고 있던 릴리스는 당황해 그만 눈살을 살짝 찌푸렸다가, 들킬세라 얼른 표정을 바로 고쳤다.

"폐하의 귀애에는 물론 감사하고 있어. 단지 조금 경각심이 생겼달까…… 그간 너무 자립심이 없었던 것 같기도 하고."

"생각만이 아니라 실제로 없으셨지요."

"아, 정말!"

휙. 쿠션이 날아왔다. 가볍게 어깨를 틀어 그 공격을 피해 낸 와트만이 히죽 웃으며 어깨를 으쓱했다.

"그러게 왜……."

그는 평소처럼 통박을 놓으려다 문득 말을 멈추었다. 시선을 내리자 작은 머리통이 눈에 쏙 들어왔다. 그는 고개를 기울이며 요 며칠새 눈에 띄게 달라진 릴리스의 태도를 되짚었다.

좋은 일인지 나쁜 일인지. 묘하게 투박한 눈매가 일순 가늘어졌다. 그리고 막 그의 입이 살짝 벌어지려는 순간, 정갈한 노크 소리가 그것을 방해했다.

문틈으로 얼굴을 내민 사람은 다름 아닌 개비였다. 릴리스는 난잡하게 흩어져 있던 종이들을 급히 그러모아 서랍 속으로 던져 넣었다. 그사이 근처로 다가온 개비가 서신이 놓인 작은 쟁반과 다과 접시를 책상 위에 내려놓았다.

"황제궁에서 온 것이로군요."

와트만이 말했다.

"그래, 이제 기분은 좀 나아졌느냐?"

다시 본 황제는 처음보단 훨씬 익숙한 낯이었다. 아직도 그 친근한 태도에 약간의 거부감이 일었지만, 그래 봐야 좋을 게 없다는 것을 자각하고 나니 그나마 전처럼 마주 보는 것이 어렵지는 않았다. 릴리스는 어색함을 감추려 애쓰며 생긋 웃었다.

"그럼요. 별것 아니었는걸요."

"네가 그리 말하니 맘이 놓이는구나. 내가 몰라 무심했던 것이니 부디 이해해 다오."

두 사람은 긴 식탁에 앉아 있었다. 예거라트가 상석을 차지했고, 릴리스는 꺾인 상판의 기다란 쪽, 개중에서도 그와 가장 가까운 왼편에 자리를 잡았다.

말을 마친 예거라트가 둥근 잔을 제 얼굴 앞으로 내밀었다. 도수낮은 포도주가 안에서 작게 출렁였다. 릴리스는 마주 잔을 부딪친 뒤 씁쓸한 액체를 살짝 입에 머금었다.

"해서, 내 새롭게 네 혼처를 생각해 봤는데 말이다."

풋. 그리고 이어진 말에 릴리스는 막 삼키려던 포도주를 뱉어 냈다. 기도로 넘어간 액체 때문에 쿨럭쿨럭 기침이 튀어나왔다.

예거라트가 퍽 미안한 얼굴로 그녀를 살폈다.

"많이 놀랐나 보구나. 내 언질이라도 미리 해 줄 것을 그랬어. 생각이 짧았다."

겨우 기침이 멎자 릴리스는 식기를 내려놓고 접시를 저만치로 물렸다. 예거라트가 한쪽 눈썹을 추켜올리며 물었다.

"이런, 입맛이 없는 게냐?"

"조금요. 워낙 갑작스런 이야기라서……."

"그래, 이해는 한다. 사실 결정된 지 그리 오래된 일도 아닌지라……. 단지 네가 외로움을 타는 것 같아 서둘러 말해 준다는 것이 그만 이렇게 되어 버렸구나."

하하. 그가 멋쩍은 웃음소리를 흘리며 손을 한 번 흔들었다. 시립해 있던 시종장이 다가와 작은 두루마리를 두 손으로 받쳐 올렸다.

떨리는 손으로 매듭을 당기자 기다렸다는 듯 편지가 튀어나왔다. 릴리스는 사방에서 쏟아지는 시선을 느끼며 천천히 서신의 내용을 훑었다. 예상했던 전개였음에도 처음인 것마냥 가슴이 마구 뛰었다. 그녀는 종이 위에 적힌 익숙한 이름을 조심스럽게 읊어 보았다.

"바이마르 갈바르…… 스파티움의 왕족이군요."

"서자이긴 하다마는 어쨌거나 왕족이 아니냐. 성품도 괜찮다 들었으니 네게도 그리 나쁜 상대는 아닐 테지."

친절한 설명에 내심 웃음이 났다. 허울뿐인 말이 어찌나 번드르르한지 알고 있으면서도 다시 깜빡 속을 뻔했다.

그러나 어떻게 포장한들, 실제 아테라의 귀족들에게 바이마르는 그저 속국의 서자에 불과했다. 가뜩이나 서출을 혐오하는 아테라가 아닌가. 바이마르가 다른 두 형제처럼 왕후의 소생이었더라면 어쩌면 모두가 조금이나마 더 그에게 유했을지 모를 일이나 지금에 와서는 그조차 부질없는 가정일 뿐이었다.

그녀의 생각을 알 리 없는 예거라트가 말을 이었다.

"혹, 마음이 불편하다면 내 마음의 준비를 할 시간을 좀 더 주마."

사근사근한 말투 기저에 깔린 강압이 무섭도록 뚜렷했다. 거절하지 못할 것임을 알고 꺼낸 말이었다. 결국은 어떻게든 제 의지를 관철하리라.

릴리스는 그 언젠가 펑펑 울며 끌려 나가던 시녀 아이를 떠올리곤 식탁보 아래로 두 손을 바투 쥐었다. 그녀의 잘못이 아니었는데.

"……아닙니다. 폐하께서 골라 주신 남편감이니, 분명 좋은 사람이겠지요."

손바닥에서 식은땀이 퐁퐁 배어났다. 한참 그녀를 바라보던 예거라트가 이윽고 상체를 뒤로 물리며 포도주를 새로 따랐다.

"그렇게 생각해 주니 다행이야. 내 초상화를 보았는데 얼굴도 제법 잘났더구나. 너도 필시 좋아할 테지."

릴리스는 그 말에 문득 과거의 그림자를 떠올렸다. 살짝 마른 몸에 낯선 복식을 갖춰 입고 있던 장신의 남자.

"분명 그럴 거예요."

그녀는 어설프게 미소했다.

식사를 마치고 돌아오는 길이었다. 릴리스는 황량해진 정원 앞에서 잠시 걸음을 멈췄다. 색색깔 아마릴리스가 전부 뽑혀 나간 흙바닥은 일꾼들의 발자국으로 뒤덮여 요란하게 어지러웠다.

그녀는 몸을 굽혀 부슬거리는 흙을 손에 한가득 욕심내어 담았다가, 팔을 휘둘러 다시 그것들을 바닥에 흩어 버렸다. 파헤치다 만 흙바닥 군데군데 어설프게 박혀 있는 죽은 뿌리들이 눈에 아프게 박혀 왔다.

"곧 내게 부군이 생길 것 같아, 경."

반보 뒤에 서 있던 와트만은 그 말에 고개를 왼쪽으로 틀었다. 릴리스는 그를 보지 않은 채 여전히 흙을 가지고 손장난을 치고 있었다.

"폐하께서 혼담을 꺼내셨습니까?"

"응."

분명 이맘때일 거라 짐작은 하고 있었다. 달튼 백작의 이름을 직접 그 입에 올렸으니, 그녀의 상실감을 가엾이 여겨 잠시라도 여유를 주지 않을까, 멍청하게도 그런 허튼 기대에 잠시 희망을 걸어 보았을 뿐.

괜히 기대했다 홀로 실망했단 생각에 입맛이 까끌했다.

"외로워하는 누이에게 말벗을 붙여 주고 싶으셨다더군. 모실 이가 한 명 더 늘게 생겼으니 경도 마음의 준비를 해 둬야 하지 않겠어?"

"상대가 누구인지 여쭈어도 됩니까?"

"스파티움의 바이마르 왕자. 서자라 하던데."

아는 사람을 모르는 사람처럼 말하려니 몹시 어색한 기분이 들었다. 와트만은 그렇군요, 대답하곤 무슨 생각을 하는지 모를 얼굴로 입을 굳게 다물어 버렸다. 릴리스는 흙에서 손을 떼고 몸을 일으켰다.

"그가 오면 잘 대해 줘야 해."

와트만은 무심한 얼굴의 황녀를 물끄러미 응시했다. 최근의 릴리스는 다소 순종적인 모습이던 예전과 달리 감정 표현이 퍽 다채로운 편이었다. 그러나 지금만큼은 마치 과거로 돌아간 듯 표정을 읽어 낼 수 없어, 그는 아주 조금 의아해졌다.

✤ ✤ ✤

황녀의 혼인에 대한 소문은 그녀의 상사병에 대한 것만큼이나 빠른 속도로 퍼져 나갔다. 예거라트가 그녀에게 저의를 물은 지 일주일도 채 되지 않아 스파티움 왕자 이야기로 온 나라가 들썩이기 시작했던 것이다.

"난리도 아니군요. 하긴, 상대가 그 스파티움의 왕족이니 당연하다고 해야 할까요."

황녀궁의 분위기도 좋지만은 않았다. 그간 황제의 사랑을 독차지해 왔던 릴리스가 아닌가. 그런 이의 부군이 적국이자 속국인 스파티움의 왕족이라니. 이것만으로도 뒷목을 잡고 넘어갈 일인데 들리는 소문으로는 심지어 상대가 서출이란다. 사생아라면 치를 떠는 아테라인들이 이 혼사를 즐거이 받아들일 리 없었다.

"참, 폐하께서도 너무하시지. 갑자기 속국의 왕자라니요. 우리 황녀님 배필이라면 적어도 두 공작가 중 하나 정도는 되어야 할 텐데. 하물며 서자라니, 참……."

"개비."

"네, 네. 다 알고 있으니 너무 걱정 마시어요. 그저 마음이 좋지 않아 그러지요. 얼마나들 멋대로 떠들어 댈지 벌써부터 머리가 아프다 니까요.”

개비가 한숨을 푹푹 내쉬며 덧창을 열었다. 릴리스는 창 너머로 쏟아져 들어오는 봄기운을 한껏 즐기다 협탁 위에 놓아두었던 청혼 서를 조심스레 집어 들었다. 처음이 아님에도 바짝 긴장해 손이 떨 렸다.

이내, 가는 손가락을 타고 두어 장의 종이가 딸려 나왔다. 릴리스 는 점잖게 그것들을 들춰 보다가, 밑바닥에 깔려 있던 초상화를 다 소 급한 손놀림으로 끄집어냈다.

“어머나.”

“훤칠하십니다요.”

종이를 빼내기 무섭게 양옆에서 탄성이 새어 나왔다. 속국의 왕자 운운하던 기세는 어디 갔는지, 개비마저 의외의 수려함에 놀란 표정 이었다. 자신을 칭찬한 것도 아닌데 어쩐지 머쓱한 기분이라 릴리스 는 괜히 얼굴을 붉히며 코끝을 긁적였다.

“앳된 얼굴이시네요. 이제 열아홉이라 하셨던가요?”

개비가 말했다. 릴리스는 그제야 바이마르가 퍽 어린 나이였음을 상기했다. 그녀가 올해 스물넷이었으니, 바이마르와는 딱 다섯 살 차이가 나는 셈이다.

와트만이 검지로 턱을 문지르며 씩 웃었다.

“스파티움은 조혼 풍습이 없다 알고 있는뎁쇼. 이거야 원. 잡아먹 기엔 너무 어린 나이 아닙니까?”

“그거 나 들으라고 하는 소리지?”

"그럴 리가 있겠습니까요. 그냥 절대 잊지 마시라— 재차 당부드리는 것입죠. 아시다피시 마마께선 이미 너무 성숙한 나이신지라……."

와트만이 빙글거리며 그녀를 놀려 대었다. 릴리스는 입을 비죽이다 괜히 발끝으로 탁자 기둥을 툭툭 찼다. 와중에도 그의 말이 옳음을 부정할 수 없다는 점이 제일 분했다.

아테라는 대체로 혼인 시기가 빠른 편이다. 타국에 비해 다소 개방적인 성문화 탓이 컸다. 일찍, 많이 놀아난 만큼 보통은 스물두어 살이 되면 누군가의 부인이나 남편이 되는 일이 잦았다.

그런 주제에 사생아에 대한 대우가 각박하다는 것이 다소 의문이었지만, 어찌 되었건 나이와 직위를 따져 보았을 때 릴리스의 혼인은 다소 늦어진 감이 있는 것이 맞았다. 그간 빈자리를 노리던 이들이 수두룩했다는 것을 감안한다면야 더더욱.

"아무튼, 개비. 마음에 차지 않는 것은 알겠지만 그 역시 타국의 왕족이야. 곧 내 부군이 될 사람이기도 하고. 다시 한번 말하지만 앞으로 언동에 주의를 기울여 주었으면 해."

어찌 되었든 이미 무를 수 없는 일이다. 릴리스는 혹시 모를 사태를 대비하여 바이마르에 대한 궁인들의 태도를 몇 번이고 주의시켰다. 부인인 그녀의 무심함과 궁인들의 냉대에 상처받았을 과거를 구태여 다시 겪게 할 필요는 없을 테니까.

체자레를 생각한다면 더욱 그랬다. 그가 미래에 스파티움 왕이 되는 것이 확실하다면, 바이마르와 좋은 관계를 유지해 나쁠 것은 없을 터다. 데면데면한 사이일 때조차도 먼저 나서서 선처를 청해 주었던 이가 아닌가. 형식적인 부부로나마 원만히 지낼 수 있다면 그를 뒷배 삼는 일도 아주 불가능한 기대는 아닐 것이다.

"큼, 연하가 취향이신 줄은 미처 몰랐습니다만."

생각에 잠겨 있던 릴리스는 능청스러운 목소리에 정신을 차렸다. 와트만이 노골적인 시선으로 그녀와 초상화를 번갈아 보고 있었다.

시원시원한 입매가 비스듬히 기울어졌다. 그 모습을 지켜보던 개비가 와트만의 옆구리를 팔꿈치로 쿡 찔렀다.

"경도 참. 모르는 소리 마시어요. 누구든 기왕이면 한 살이라도 어린 게 낫지요."

"아니, 남들 사정이야 그렇다 치더라도. 우리 마마께서 이러시면 안 되지. 성품도 모르는 이를 대하는 데 고작 나이에 이리 집착하시니……. 모르는 새 혹 잘못된 이성관을 키우신 것이 아닌가 이 수하가 몹시 걱정이 되는뎁쇼."

와트만이 짐짓 서운한 척 눈썹을 팔자로 끌어 내렸다. 우스꽝스럽기 짝이 없는 어설픈 연기였다.

그는 가증스러우니 그만두라는 험한 말이 나가고서야 능청스럽게 얼굴 힘을 풀었다. 고작 기사 주제에 넉살이 지나치다며 개비가 가볍게 눈을 흘겼지만, 릴리스는 그녀를 두둔하는 대신 말을 돌리는 것으로 은근슬쩍 와트만의 편을 들어 주었다.

"그럼, 잠시 한 바퀴 돌아보고 오겠습니다."

와트만은 훈련 시간이 한참 지나고 난 뒤에야 어슬렁거리며 방을 나섰다. 개비 역시 할 일이 있다며 얼마 지나지 않아 그녀의 곁을 비웠다.

홀로 남은 릴리스는 종이들을 한 아름 그러안고 침대 위로 기어올라 가 몸을 빙글 돌렸다. 팔을 앞으로 쭉 뻗자 낯설고도 익숙한 소년의 얼굴이 다시 보였다. 한숨이 절로 새어 나와 종이가 팔락팔락 흔들렸다. 두 번째 결혼이라니, 다시 생각해도 도무지 실감이 나질 않는다.

그녀는 다시 벌떡 일어나 초상화를 물끄러미 들여다보았다. 황제의 은근한 압박이 없었더라면, 어쩌면 과거보단 좋은 관계를 유지할 수도 있었을 상대였다.

이전 생의 예거라트는 그녀의 혼인에 대해 언제나 조심스러운 태도를 취했다. 누군가 그런 이야기를 꺼낼 때면 은연중에 불쾌한 심기를 내비치기도 했었다. 달튼 백작조차 예외는 아니었다. 연인이 함께 밤을 보내는 것을 당연하다 여기는 아테라였음에도 황제는 언제나 그녀에게 '황족으로서의 품위'를 강조했다. 섣불리 아이라도 낳으면 황실에 누가 될 것이라는 일종의 경고였다.

머리 좋은 달튼 백작이 이 사실을 몰랐을 리 없다. 덕분인지 때문인지, 두 사람은 약혼 기간 내내 몹시 건전한 만남을 가졌다. 약혼이라기보단 소꿉장난에 가까운 가벼운 관계였다.

하지만 그럼에도 예거라트는 종종, 달튼 백작을 폄하하는 말을 꺼내어 그녀를 의아하게 만들곤 했다. 예전이었다면 그저 지나친 의심이라 치부했을 일이건만 다시 돌아온 지금은 모든 정황이 미심쩍었다. 아무리 생각해도 그의 죽음은 다소 갑작스러운 감이 있었던 데다가—

"마마, 저녁 식사 시간입니다."

굵직한 목소리가 상념을 끊어 냈다. 창밖이 어둑한 것을 보니 어느덧 저녁이었다. 릴리스는 생각을 접고 이불 위에 어지럽게 널린 것들을 한데 그러모았다.

"……."

그러다, 릴리스는 다시 종이 더미 사이로 한 손을 집어넣었다. 초상화는 유독 빳빳한 질감이라 감각만으로도 쉬이 찾을 수가 있었다. 두 번 꾹꾹 눌러 접고 나자 그것은 곧 손바닥보다 좀 더 작은 크기가 되었다. 그녀는 잠시 고민하다 작게 접힌 초상화를 조심히 베개 밑에 쑤셔 넣었다.

"마마……."

대답이 없어 벌컥 문을 열고 들어왔던 와트만은 공교롭게도 이 사태의 유일무이한 목격자가 되었다. 릴리스는 눈꼬리를 바짝 세웠다.

"아무 말도 하지 마."

와트만은 충실히 명을 따랐다. 그러나 얼굴이 멋대로 씰룩이는 것까지는 도무지 막지 못해 아까보다 한층 우스꽝스러운 얼굴이 되고 말았다. 주군과 기사는 한마음으로 말을 아꼈다.

⚜

시간은 이후로도 충실히 흘러갔다. 스파티움 왕자에 대한 불신은 누이의 마음을 달래고자 하는 젊은 황제에 대한 찬사로 천천히 뒤바뀌었고, 그의 평판에는 여전히 어떠한 문제도 없는 듯했다. 당연하게도 예거라트는 이 결과에 크게 만족했다.

"오늘 기분이 좋아 보이세요."

후식으로 나온 케이크를 잘라 먹고 있던 릴리스가 문득 말을 꺼냈다. 혼인 상대가 마음에 차지 않을 것이 분명했으나 릴리스는 식사를 하는 내내 현명하게 말을 아낌으로써 그를 더욱 기껍게 했다.

그는 상의 일종으로, 돌아가는 릴리스의 손에 아끼던 포도주 한 병을 쥐어 주었다. 기실 릴리스는 술을 썩 즐기는 편이 아니었으나 예거라트는 종종 그래 왔듯 이번에도 그녀의 기호를 무시했다.

"갑자기 웬 술입니까?"

와트만이 릴리스가 들고 나온 포도주병을 받아 들며 가볍게 휘파람을 불었다.

"폐하께서 주셨지. 기왕 받은 김에 경이 가지렴. 난 어차피 마시지도 않을 텐데."

오찬 자리에 동석할 수 있는 것은 극히 제한된 인원뿐이다. 기다리는 시간이 퍽 지루했을 텐데도 와트만은 그런 기색 없이 서글서글한 낯으로 고개를 주억였다.

"뭐, 저야 좋습니다만, 괜찮으시겠습니까?"

"내게 주셨으니 이제 내 것인데 뭘."

틀린 말은 아니었다. 와트만은 이제는 본인 소유가 된 거무튀튀한 유리병을 조심히 고쳐 안으며 콧노래를 흥얼거렸다. 과연 황제의 하사품이라는 것인지 연식이며 품종이 제법 고급이었다.

그때였다. 앞서가던 릴리스가 갑자기 걸음을 멈추더니 멈칫하며 등을 곧게 세웠다. 와트만은 병에서 시선을 떼어 내어 그들을 가로

막고 선 이를 살폈다. 희끗한 백발이 인상적인 사내가 먼저 허리를 굽히며 정중히 인사를 건넸다.

"이런, 여기서 황녀 마마를 뵙는군요."

"스타렉 공작."

릴리스는 가벼운 목례로 상대의 인사에 화답했다. 노회한 가주가 아직도 수장 자리를 지키고 있는 스타렉가는 아테라의 오래된 공신 가문이었다.

"오랜만에 뵙습니다, 마마. 일전의 신년회 이후 처음인 것 같군요."

"기억이 맞을 거라 생각하네. 내 마창 대회에서 공의 얼굴을 찾지 못했거든."

"아아, 그렇습니다. 잠시 외유를 나가 있었지요. 우승자의 솜씨를 직접 보지 못해 아쉽기 그지없더군요."

의례적인 인사가 오고 갔다. 나이답지 않게 선명하고 날카로운 시선이 어쩐지 껄끄럽게 느껴져 릴리스는 설핏 목을 움츠렸다. 문득 그가 손을 들어 와트만을 가리켰다.

"오늘 폐하와 오찬을 함께하셨다지요. 선물이라도 받으셨나 봅니다."

잠시 움찔했던 와트만은 그가 가리키고 있는 것이 품속의 병임을 인지하고서는 곧 그것을 공작의 손에 넘겼다. 잠시 상표를 훑어보던 스타렉 공작이 웃으며 병을 다시 그에게 돌려주었다.

"과연 좋은 술이군요. 폐하의 황녀 마마에 대한 베풂이야 더 설명할 필요가 없지요. 헌데……."

스타렉 공작은 황제의 제일가는 경계 대상이었다. 귀족파와 황제파 그 어느 쪽에도 속하지 않았으나, 그럼에도 언제나 교묘하게 상황을 조종해 이득을 취해 왔기 때문이다. 탄탄한 입지와 강력한 발언권 또한 무시할 수 없는 부분이었다.

릴리스는 조금 긴장한 채 이어질 말을 기다렸다.

"마마의 표정을 보아하니 무언가 하실 말씀이 있으신 듯합니다. 개의치 말고 털어놓으시지요."

그러나 이런 전개는 정말이지 예상치 못한 것이라, 릴리스는 그만 한순간 표정을 허물어뜨리고 말았다.

작별 인사라면 모를까. 대체 그와 개인적으로 무슨 말을 더 나누어야 한단 말인가.

눈치 빠른 노공작이 이를 눈치채지 못했을 리 없었으나, 그는 어째서인지 쉬이 물러날 생각이 아닌 듯했다. 외려 덫에 걸린 짐승을 확인하는 사냥꾼처럼 번득이는 눈길에 등줄기를 타고 뾰족한 긴장이 내달렸다.

릴리스는 잠시 고민하다 스타렉 공작의 허리춤에서 달랑거리고 있는 화려한 검에 시선을 주었다.

"……별것 아닐세. 그저 공의 검이 제법 좋아 보여 보고 있던 참이었지."

"아, 이것 말입니까."

스타렉 공작이 웃으며 검을 허리춤에서 떼어 냈다. 시종일관 딱딱하게 굳어 있던 분위기가 그제야 조금 녹아내리며 막혀 있던 숨통이 훅 트였다.

"진검은 아니지만, 장식품으로는 더할 나위 없이 귀한 물건입니다. 마침 저도 오늘 예기치 않게 받은 것이라 아직까지 몸에 지니고 있었습니다만 마마께서 이 물건에 관심을 두실 거라곤…… 혹, 스파티움에서 오실 왕자님 때문이십니까?"

"무슨……."

순간 당황하여 목소리가 삐끗했다. 릴리스는 급히 표정을 가다듬었다. 정작 스타렉 공작은 아무렇지도 않은 기색으로 허허 웃으며 보검을 관찰하는 중이었다.

"듣자 하니 바이마르 왕자님께서도 검술에 조예가 있으시다더군요. 그래도 벌써부터 부군을 챙기시다니…… 역시 가족을 아끼는 걸로는 황실을 따라갈 수가 없을 것 같습니다."

"……이것도 다 폐하께 배운 것 아니겠는가."

"그렇지요, 황제 폐하께서……."

스타렉 공작이 눈을 가늘게 떴다.

"그럼요. 세간이 다 알지요. 마마께서 산채의 귀한 보물처럼 보호받고 계시니 이 어찌 아니 기쁜 일이겠습니까. 아시다시피 바깥은 위험한 곳이니까요."

은근한 목소리만큼이나 기묘한 언사였다. 릴리스는 치미는 불편함을 감추지 않고 축객령을 내렸다.

"험한 일은 피하고 싶은 것이 곧 내 바람이기도 하지. 그보다 공작, 이제 그만 가 보아야 하지 않겠는가?"

"물론입니다. 하지만 마마, 사고는 궁 안에서도 언제든 벌어질 수 있는 법임을 아셔야 합니다. 외려 그러한 상황이 더욱 위험할 수도 있지요……. 하지만 이런 이야기는 본래 재미가 없는 법. 늙은이가 멋대로 떠들어 심기를 불편하게 해 드렸으니, 축하와 사죄의 의미로 이 검은 마마께 바치도록 하겠습니다.”

능구렁이 같은 달변에, 혼인 선물이란 말까지 덧붙이니 더는 거절할 명분이 없었다. 릴리스는 결국 엉거주춤 보검을 받아 든 채 그를 배웅했다.

“즐거운 시간이었습니다.”

스타렉 공작은 의뭉스런 말투만큼이나 느긋한 걸음걸이로 정원을 가로질렀다. 릴리스는 보검을 들고 멀뚱히 선 채 그의 말을 곱씹어 보았다. 즐거웠던가. 안타깝게도 마냥 그렇지만은 않은 듯싶었으나 그와 이런 사적인 대화를 나누어 본 것은 분명 두 번의 생을 통틀어 처음 있는 일이었다.

“검을 좋아했었나.”

황녀궁으로 돌아온 릴리스는 보검을 눈앞에 둔 채 자못 심각한 고뇌에 빠졌다. 전남편, 엄밀히 말한다면 이전 생의 남편이었지만. 어쨌든 그런 남자의 정보를 노공에게서 얻은 것은 예상외의 일이었다. 릴리스는 새삼 그녀가 바이마르에 대해 아는 것이 거의 없음을 깨달았다.

이전 생의 그는 이 궁에서 철저한 이방인이었다. 스파티움에서부터 함께 왔던 이들은 며칠 간격을 두고 죄다 국경 너머로 내쫓겼고, 황녀궁의 시종들은 속국의 왕자에게 한결같이 냉랭한 태도를 취했다.

그래서일까. 바이마르는 스스로를 위해 돈을 쓰거나 무언가를 청하는 일이 거의 없었다. 청하기는커녕 스스로를 치장하는 일에도 별반 관심이 없는 듯했다. 그의 몫으로 주어진 보석이며 장신구가 제법 되었으나 릴리스는 바이마르가 그것들을 차고 다니는 것을 단 한 번도 실제로 본 일이 없었다.

"검 두고 제전이라도 치르려 하십니까? 아까부터 내리 한숨만 쉬고 계십니다요."

정확히 일곱 번째 탄식이 새어 나왔을 무렵이었다. 더는 참지 못하겠는지 와트만이 다소 걱정스러운 목소리로 말문을 텄다.

"바이마르에 대해 생각하고 있었어."

릴리스는 상념에서 천천히 깨어났다. 이어, 무심코 내어 놓은 대답에 와트만의 눈이 휘둥그레졌다.

"지금 한 번도 만나 본 적 없는 남편을 이름으로 부르신 겁니까요? 아니, 펑펑 울어 대셨던 게 엊그제 같은데 초상화 한 장 보시고는 손바닥 뒤집듯 마음을 바꾸시면 어쩝니까?"

바람난 누이동생을 추궁하는 오라비의 기세가 아마 이와 비슷하지 않을까. 황망한 표정으로 눈을 굴리던 와트만이 전에 없이 딱딱하게 굳은 얼굴로 릴리스를 다그쳤다. 릴리스는 당황해 살짝 말을 더듬었다.

"아, 아니, 그게."

"허, 참. 사람 취향이 아무리 만 가지라지만 마마께서 그러실 줄은 정말 몰랐습니다."

"아니, 그게 아니라!"

답답해 속이 다 타들어 갈 지경이다. 그러나 아는 바를 전부 털어

놓을 수는 없었으므로, 릴리스는 울화를 겨우 눌러 삼키곤 투정 같은 말을 대신 내었다.

"연하 밝힌다고 놀려 댈 땐 언제고, 왜 이제 와서 그래?"

"그때는 단순한 농인 줄 알았습죠."

그렇게 말하는 와트만은 퍽 진지한 얼굴이었다. 가라앉은 목소리에 명백한 책망이 어렸다. 릴리스는 할 말을 잃은 채 그저 이리저리 눈을 굴렸다. 둘 모두 입을 다물고 있으니 어쩐지 기묘한 침묵이 흘렀다.

"……이 나이대의 사내들은 말입니다, 엄청나게 예민하고 생각보다도 훨씬 더 사납기 마련입니다. 당연합죠. 성년을 목전에 두었으니 오죽하겠느냐 말입니다."

고요를 깨뜨린 것은 이번에도 와트만이었다. 갈색 눈이 무언가를 고심하듯 복잡한 빛을 띠었다. 그가 머리를 몇 번 긁적이더니 하아, 긴 숨을 내쉬었다.

"게다가 그 혈통도 문제입니다. 아테라인들의 사생아에 대한 대접이 얼마나 형편없는지는 마마도 익히 알고 계시지 않습니까. 스파티움에서도 서자라는 이유로 취급이 각박했던 모양이던데, 그나마 형제의 비호가 있어 온건히 살아왔다 하더군요."

릴리스는 그 '형제'의 정체를 어렴풋이 짐작했다.

"……그래서?"

"아, 그래서는요. 그렇게 살다 이제는 숫제 볼모 신세가 되었으니……. 아테라에 대한 감정이 좋을 리 없겠지요. 그러니 마마, 마마께서 정말 이 어린 왕자님께 관심이 있으시다면 접근에 신중을 기하셔야 할 겁니다."

릴리스는 설핏 눈살을 찌푸렸다. 다른 건 다 수용하고 넘어간다손 치더라도, 군데군데 납득할 수 없는 발언들이 섞여 있었다. '관심'과 '접근'이란 단어들이 특히 그랬다.

"난 잘 보이고 싶은 게 아냐. 잘해 주고 싶은 거지."

그러나 와트만은 소심한 항변을 단번에 묵살했다.

"제가 보기에는 그게 그겁니다."

⚜

겸손보단 자만을 검소보단 허영을.

아테라인들은 그들을 겨냥한 이 짓궂은 농담을 대개 퍽 기꺼운 마음으로 받아들였다. 아름다움을 숭상하는 게 대체 무슨 문제란 말인가. 그 덕에 이만큼 융성한 문화를 꽃피웠으니, 도리어 다행이라 여겨야 하는 것이 아닌가.

그러나 이런 아테라인들이라도, 일생에 한 번은 놀라울 정도의 실리주의자가 되어야 하는 순간이 있었다.

신랑, 신부, 그리고 집.

아테라인들은 이 세 가지만 준비되어 있다면 언제 어디서나 식을 올리고 부부가 될 수 있었다. 가족과 친구들은 증인이 되어 신랑 신부가 한집에 드는 것을 지켜보았고, 식이 끝나면 각자 축하의 말을 남기는 것으로 조촐하게 행사를 마무리했다.

분수에 맞지 않는 화려한 장식도, 술과 음식이 넘쳐 나는 떠들썩한 연회도 이날만큼은 허락되지 않는다. 행운은 소문이 퍼질수록 달아나고, 불행은 떠드는 입이 많을수록 더 빨리, 더 크게 찾아온다는 미신 때문이었다.

부와 권력을 드러낼 수 있는 것은 오로지 의복뿐이었기에 메트로의 살롱들은 봄만 되면 밀려드는 주문에 언제나 행복한 비명을 지르곤 했다.

"정말 이걸로 괜찮으시겠어요, 마마?"

그러나 안타깝게도 요번의 신부는 그 어떤 치장에도 특별한 관심을 보이지 않았다. 보석 하나 달리지 않은 수수한 드레스를 보는 개비의 눈에서 미련이 뚝뚝 떨어졌다.

릴리스는 드레스를 입고 서 있는 거울 속 여자를 다소 낯선 기분으로 마주 보았다. 무표정한 얼굴 위로 과거의 인영이 흐릿하게 일렁였으나 그녀는 고개를 저어 그 잔상을 가볍게 털어 냈다.

"얀셀산 최고급 실크인데 보석이 굳이 필요하겠어?"

"하지만 생애 한 번뿐인 혼인식이신데……."

개비가 말끝을 흐렸다.

재봉 시녀에게 수선이 끝난 드레스를 안겨 주면서도 그녀의 표정은 풀어질 줄을 몰랐다. 릴리스는 거울에서 눈을 떼곤 미지근하게 식은 차를 한 모금 들이켰다.

"본래 첫 물이 제일 깔끔한 법인데. 다시 내어 드릴까요?"

"아니, 괜찮아."

그 와중에도 제 일에 충실한 개비가 찻주전자를 들었다 놓았다 하며 수선을 떨었다. 릴리스는 그녀를 말리곤 이미 오랜 시간 우러나 씁쓸한 차를 목구멍으로 털어 넣었다. 찻물의 떫은맛에 혀가 아렸다.

"허면 마마, 연말에 입으실 드레스는 어찌하시겠어요?"

신혼부부는 적어도 100일이 지난 후에야 공식 석상에 함께 모습을 드러내는 것이 허용되었다. 관습대로라면 그 뒤 바로 연회를 여는 게 옳은 일일 것이나, 릴리스는 바이마르의 처지를 고려하여 연말 연회 전까지는 되도록 나들이를 삼갈 생각이었다.

알아서 하라는 의미를 담아 어깨를 으쓱하자 개비의 얼굴이 그제야 꽃처럼 활짝 피었다.

"그럼 그건 제가 준비하지요."

"그렇게 해."

아무렴 어떤가. 릴리스는 거울 속 자신의 모습을 흘긋 보며 아주 잠시 이전 생을 떠올렸다.

당시 입었던 드레스는 몸매를 그대로 드러내는 벨라인 디자인으로, 눈처럼 하얀 실크 원단과 섬세한 러플이 가장 큰 특징이었다. 아랫단에는 금실로 온갖 수를 놓았고, 둥글게 파여 있는 네크라인 바깥쪽에는 자그마한 보석들이 다닥다닥 붙어 있었다. 어찌나 화려한지 샹들리에 아래 서기라도 하면 반사된 빛으로 인해 사방이 환해졌다. 모르긴 몰라도 저택 한 채 값은 족히 넘기고도 남았으리라.

"그럼 이만 물러가 보겠습니다."

가봉을 마친 바느질 시녀들이 개비의 뒤를 졸졸 쫓아 나갔다. 릴리스는 비로소 찾아든 고요에 만족하며 침대에 걸터앉아 베개 밑에 슬며시 손을 집어넣었다. 혹시 누가 볼세라 방문 쪽을 등지고 앉는 치밀함도 잊지 않았다.

곱게 접힌 초상화를 조심스럽게 펼쳐 들자 여전히 앳된 얼굴이 눈 안에 가득 찼다. 아직 젖살이 남아 있는 탓인지, 기억 속 모습보다 한층 통통한 볼이 유독 눈에 띄었다.

푸른 눈은 물끄러미 앞을 응시하는 중이었고, 두 손은 가지런히 무릎 위에 놓여 있었다. 양어깨 위에 얹혀 있는 짙은 색 망토는 슬쩍 보기에도 그 무늬가 독특해 그림으로 보는 것임에도 능히 값비싼 물건임을 짐작게 했다.

릴리스는 손끝으로 구겨진 천 모서리를 톡톡 쓸어 보다 뚱해 보이는 입매를 쿡 찔렀다. 종이에 주름이 지며 입꼬리가 살짝 끌려 올라갔으나 손을 떼자 곧 그 기색도 사라졌다.

"와트만."

"예."

작게 부르자 곧바로 답이 돌아왔다. 문밖에 서 있는 게 분명한데도 참 놀랍도록 귀가 밝았다.

"좀 들어와 봐."

벌컥 문이 열렸다. 릴리스는 손을 까딱이며 침대 옆의 비어 있는 안락의자를 가리켰다. 시키는 대로 자리에 풀썩 걸터앉은 와트만이 눈앞에 디밀어진 손바닥만 한 초상화를 보며 불량스럽게 눈썹을 까딱였다.

"느낌이 어때?"

"……솔직히 말해도 됩니까?"

"그러라고 부른 거야. 그래서, 어떠냐니까?"

"대단히 못마땅해 보이십니다."

릴리스는 잠시간 침묵하다 어깨를 늘어뜨렸다. 물론 당연히 그럴 것이라 짐작은 했다지만, 막상 생각과 같은 답을 들으니 어쩐지 조금 힘이 빠졌다.

"바이마르…… 왕자 저하도 분명 이 혼사가 내키지 않으신 모양이지."

"그러시겠지요. 그나저나…… 그, 참. 언제 들어도 친근한 호칭입니다요."

스파티움과 아테라의 언어는 기본적인 그 뿌리를 같이하지만, 문법과 억양이 달라 다소 혼란스럽게 여겨지는 부분이 있었다. 지금에 와서는 따로 배우지 않는다면 말을 섞기 어려울 정도로 그 격차가 심했으므로 사실 와트만의 지적은 퍽 적절한 감이 있었다.

"……연습을 좀 해서 그래."

"물론 그러시겠죠."

릴리스는 적당한 답을 찾지 못해 말을 얼버무렸다. 대수롭지 않은 듯 고개를 주억이던 와트만이 문득 고개를 비스듬히 기울였다.

"그런데 마마, 외람된 말씀입니다만……. 마마께선 이 혼인에 대해 정말 아무런 불만이 없으십니까? 그게, 생각보다 너무 덤덤해 보이셔서 드리는 말씀입니다."

릴리스는 그를 흘긋 올려다보았다. 나이보다 젊어 보이는 중년 기사의 미간에 오늘따라 살벌한 주름이 잡혀 있었다. 그녀는 눈동자를 굴려 와트만의 무릎께에 시선을 고정했다.

"불만이 있을 리가."

"폐하의 명이기 때문입니까?"

릴리스는 다시 고개를 들어 올렸다. 방금 전과는 달리 와트만은 인상을 찌푸리고 있지도, 화를 내고 있지도 않았다. 안부 인사인 양 나직한 목소리는 덤이었다.

"……그럴지도 모르지."

"스파티움이 호시탐탐 독립을 노리는 한 긴장을 늦추시면 안 됩니다. 혹 불미스러운 일이라도 생긴다면 마마께도 피해가 가게 될지 모를 일 아닙니까."

그는 마치 미래를 보고 온 사람처럼 차분히 최악의 상황을 짚어냈다. 예언가 저리 가라 할 법한 정확도였다. 릴리스는 수정 구슬을 앞에 놓고 점을 보는 호위기사의 모습을 상상하다 그만 작게 웃음을 터뜨리고 말았다.

와트만이 표정을 굳힌 채 그녀를 응시했다.

"마마께서 죽을 수도 있다는 이야기가 그렇게 재미있으십니까?"

"아냐, 그럴 리가. 그보단 갑자기 옛날 생각이 나서."

"……저도 아는 이야깁니까?"

릴리스는 누운 채 반쯤 몸을 일으켰다. 와트만은 어느덧 산처럼 굳게 서서 그녀를 내려다보고 있었다. 그러나 그는 모를 것이다. 다른 누구도 아닌, 그 바이마르 갈바르가 과거, 그 '불미스러운 일'을 막기 위해 나서 주었던 몇 안 되는 우군이었다는 것을.

"아니, 경은 모를 거야."

하지만 그는 모를 이야기였다.

식 당일은 이전 생과 전혀 다를 것이 없었다. 동도 트기 전부터 방 안으로 들이닥친 시녀들이 공손하지만 전투적인 손길로 치장에 열 을 올리는 동안, 릴리스는 인형처럼 얌전히 앉아 폭풍우 이는 바다 처럼 심란한 마음을 다스렸다. 긴장 탓에 굳어 버린 양어깨가 몹시 도 뻐근했다.

"세상에, 그렇게 긴장되세요, 마마?"

기민하게 그 기색을 눈치챈 개비가 부드럽게 목을 매만져 주며 설 핏 웃었다. 릴리스는 손거울을 잽싸게 협탁 위에 내려놓곤 고개를 가로저어 의심을 부정했다.

"그런 거 아냐."

"그러시다면야 어쩔 수 없겠지만요."

릴리스는 무어라 더 대꾸하는 대신, 괜히 빈 찻잔을 입가에 가져 다 대며 밝지 않은 얼굴을 가렸다. 귓불에 매달린 묵직한 귀걸이만 큼이나 마음이 무거워 도무지 웃음이 나질 않았던 탓이다.

그 속을 알 리 없는 개비가 땋은 머리를 위로 돌돌 말아 올리며 혼 잣말처럼 중얼거렸다.

"마마께서 혼인을 하신다니…… 기쁘기도 하고, 서운한 것 같기도 하고 기분이 이상하네요. 마마께선 그렇지 않으세요?"

"……나도 그래."

속죄할 기회가 생겨 기뻤고 죽기 전 보았던 그 무심한 눈을 다시 마주해야 한다는 것이 두려웠다. 말 그대로, 정말이지 이상한 기분이었다.

"자, 준비는 끝났으니 이제 뭐라도 좀 드셔야겠네요. 어제저녁부터 줄곧 끼니를 거르셨잖아요."

작은 티아라를 머리에 얹는 것으로 마침내 번잡한 치장이 끝났다. 릴리스는 천천히 일어서 거울 속 자신의 모습을 확인했다.

둥글게 팬 목선과 겹겹이 베일을 두른 치맛단이 수수한 듯하면서도 우아한 분위기를 자아냈다. 수정 귀걸이는 움직일 때마다 달랑거리며 사방으로 흰빛을 뿌렸고, 한데 묶어 둥글게 틀어 올린 머리는 터럭 한 올도 용납하지 않겠다는 듯 단정한 모양새를 자랑했다. 불편한 기분과는 별개로, 퍽 만족스런 치장이었다. 별다른 트집 없이 고개를 끄덕이니 긴장한 채 숨을 죽이고 있던 시녀들의 입에서 안도의 숨이 흘러나왔다.

릴리스는 창가의 안락의자에 앉아 화장이 망가지지 않도록 조심하며 손등에 가만히 턱을 괴었다. 곁에 선 개비가 연신 간식을 권했으나 속이 시끄러워 영 뭔가 들어갈 것 같지가 않았다. 장대를 세우고 휘장을 두르느라 번잡한 정원 풍경도 거슬리기는 매한가지였다.

생각이 밖으로 흐른 탓일까. 절로 퉁명스런 목소리가 샜다.

"폐하께서 신경을 많이 써 주셨나 봐. 물건들이 하나같이 고급품인 걸 보면."

"그럼요. 하나뿐인 누이의 결혼인데요."

개비가 여상하게 답했다. 릴리스는 듣기만 할 뿐 대답 없이 발끝으로 툭툭 바닥을 찼다.

"원래 이런 일을 앞두고서는 다들 마음이 불안한 거예요."

"……개비도 그랬어?"

"그랬었죠."

다 옛날 일이지만요. 개비가 웃으며 덧붙였다. 그녀는 25여 년 전 결혼해 아이를 낳았고, 20년 전 처음 궁에 들어와 황태자궁의 시녀가 되었다. 까마득한 기억들이었다.

"개비는 날 만난 걸 후회한 적 있어?"

릴리스가 굽혔던 상체를 바로 펴곤 물었다. 개비는 절레절레 고개를 흔들었다.

"마마를요? 아뇨, 그럴 리가 있나요. 이렇게 예쁘게 성장하시어 혼례를 올리신다니 저야 그저 감격스럽기만 한걸요."

"폐하께서도…… 같은 마음이시겠지?"

흐트러진 면사를 정리하던 그녀의 손이 잠시 멎었다 다시 바삐 움직이기 시작했다. 두 쌍의 시선이 흐릿한 유리창에 비친 서로를 살폈다.

"……그럼요. 분명 그러실 거예요."

"그럼 됐어."

릴리스는 발끝으로 바닥을 차던 것을 멈추고 자리에서 일어섰다. 바깥이 유독 소란스러웠다. 시녀들이 덩달아 긴장된 얼굴로 창밖을 내다보며 호들갑을 떨어 대었다. 손바닥에 땀이 차 살갗이 미끌거렸다.

릴리스는 얼굴을 가린 면사가 벗겨지지 않도록 조심히 계단을 내려갔다. 너무 떨려서 바닥이 제대로 보이지 않았다. 여러 번 발을 헛디디는 바람에 와트만이 어쩔 수 없이 그녀의 한 팔을 붙들었다. 개비가 옷감이 구겨진다며 불평했지만 별다른 방법이 없었다.

정원은 겹겹이 둘린 휘장들로 무척이나 좁아 보였다. 바람이 불 때마다 흰 천들이 허공에서 흩날리며 부드러운 선을 그렸다. 휘장을 받치고 있는 길쭉한 장대들은 금박을 입히고 무늬를 새겨 넣어 언뜻 황금색 대나무가 빽빽하게 자라난 듯 보이기도 했다.

릴리스는 그 사이를 지나쳐 정원 한가운데의 붉은색 융단 위에 섰다. 이미 당도해 그녀를 기다리고 있던 예거라트가 입가에 흐뭇한 미소를 띠었다. 황실의 행사가 있는 날이니만큼 드물게도 정복을 차려입은 모습이었다. 워낙 훤칠한 외모인 데다 화려한 옷을 빼입으니 박수가 절로 나올 정도로 태가 났다.

"예쁘구나, 릴리스."

흡족하게 웃어 보인 예거라트가 이윽고 몸을 돌려 반대편을 향해 성큼성큼 걸어 나갔다. 휘장을 둘러친 둥그런 공터는 오롯이 신랑과 신부만을 위한 공간이었다.

곧 요란한 뿔피리 소리와 함께 식이 시작되었다.

입장을 알리는 누군가의 목소리가 길고 높게 울려 퍼졌다. 릴리스는 숨을 가다듬고 자세를 바로 했다. 시선이 붉은 융단을 따라갔다. 궁 안에서부터 시작된 좁은 길이 황녀궁으로 들어서는 담장의 커다란 문 앞까지 부드럽고 팽팽하게 이어져 있는 것이 보였다.

바이마르는 그 융단의 끝, 아치형의 커다란 꽃 덤불 장식 아래 서 있었다.

릴리스는 눈을 부릅뜨고 흐릿한 인영을 꼼꼼히 뜯어보았다. 짧게 깎은 검은 머리와 곧게 뻗은 팔다리 덕에 그는 마치 맨땅에 뾰족 솟은 창대처럼 보였다.

키는 작지 않았으나 크지도 않았으며 양옆으로 곧게 뻗은 어깨는 또래보다 조금 더 넓어 한층 듬직한 분위기를 풍겼다. 금실로 수를 놓은 아테라식 예복은 맞춤옷처럼 그에게 딱 맞았고, 저벅저벅 붉은 천 위를 걷는 남자의 눈동자는 구름 한 점 없는 오늘의 하늘처럼 새파랗게 빛났다.

릴리스는 점차 가까워지는 얼굴을 보며 그녀의 마지막을 떠올렸다.

꼭 오늘처럼 맑은 날이었으나, 주변은 다소 시끄러웠다. 무릎이 딱딱한 바닥에 닿았고, 목 언저리가 선뜩하다 느끼는 순간 보석같이 푸른 눈이 그녀를 옭아매었다. 손발을 곱아들게 하는 찬 바람보다 더 서늘하게 마음을 얼리는 눈이었다.

"황녀 마마."

낮은 목소리가 수면 위에 던져진 조약돌처럼 그녀의 정신을 일깨웠다. 어느덧 지척에 다다른 바이마르가 그녀를 마주 보고 서 있었다. 릴리스는 그가 내민 손 위로 덜덜 떨리는 장갑 낀 손을 얹었다. 면사를 사이에 두고 두 눈이 마주쳤다. 심장이 너무 빨리 뛰어 숨이 가빴다.

자박자박. 두 쌍의 발이 융단 위를 걸어 궁으로 들어서는 문 앞에 섰다. 푸른 눈이 앞을 곧게 응시하고 있었다. 릴리스는 나란히 잡은 손에 저도 모르게 힘을 주었다. 식은땀이 흐르고 토기가 치밀었다.

기색을 느꼈는지 바이마르가 눈살을 찌푸리며 그녀를 돌아보았다. 릴리스는 그 손을 잡아끌며 급하게 문을 넘었다.

마침내 식이 끝났다.

"마마!"

그리고, 그녀는 그대로 도망쳤다.

2장

바이마르 갈바르의 어머니는 왕후의 몸종 시녀였다.

그녀는 오랫동안 왕후의 수발을 들다, 몸이 약했던 그녀가 세상을 뜬 뒤 왕의 눈에 들어 함께 밤을 보냈다. 스파티움에서 사생아는 본래 그리 큰 흠이 아니었으나 아비가 왕이요, 어미가 천한 신분이라면 상황에 따라 충분한 흠이 되기도 했다.

바이마르는 세수를 마친 뒤 거울 속의 얼굴을 물끄러미 응시했다. 푸른 눈의 소년이 매끈한 판 위에 어른거렸다. 왕가의 일원임을 상징하는 새파란 눈은 왕의 세 아들들 중 오직 그만의 것이었다.

"……마! ……마!"

시종이 건네는 수건으로 물기를 닦아 낸 바이마르는 침대에 풀썩 드러누워 눈을 감았다. 대체로 조용하던 궁 복도가 오늘따라 어수선 했지만 그가 신경 쓸 만한 일은 아니었다.

"마마! 황녀 마마!"

분명, 이 소리를 듣기 전까지는 그럴 생각이었다.

바이마르는 몸을 일으켜 침대에 걸터앉았다. 한데 뭉쳐 어렴풋이 들리던 소리들이 그사이 명확히 두 갈래로 나뉘었다. 커다랗고 걸걸한 남자의 목소리와 앳된 듯 차분한 여자의 목소리. 포도주와 물처럼 전혀 다른 색을 지닌 그 소리들은 어느 순간 놀랍도록 선명해졌다가 다시 차츰 작아지며 사그라들었다.

"······?"

아니, 착각이었다.

이제야 조용해진다 싶었던 복도가 언제 그랬냐는 듯 다시 처음처럼 소란해졌다. 바이마르는 왜인지 모를 불길한 느낌에 완전히 몸을 일으켜 방을 가로질렀다.

콰앙—

마디 굵은 손이 막 문고리를 잡기 직전이었다. 요란한 소리와 함께 방문이 벌컥 열렸다. 그는 퍼뜩 놀라 한 발짝 물러섰다가, 어쩐지 분한 기분에 다시 그만큼 발을 앞으로 내디뎠다.

"······어, 바이마르 공."

흰 나이트가운 차림의 여자가 문간에 선 채로 그를 물끄러미 응시하고 있었다. 주홍빛이 강하게 도는 금발 머리는 다소 산발이었고 슬리퍼 한 짝은 윗면이 반쯤 접혀 있었다.

바이마르는 시선을 다시 올려 한참을 생각한 뒤에야 상대의 정체를 확신했다. 다소 지저분한 꼴이기는 했으나 어쨌든 일주일 만에야 다시 보는 황녀의 얼굴이었다. 그는 찬찬히 그녀를 훑어본 뒤 비딱하게 문틀에 기대어 섰다.

"이리 뵙게 되어 반갑습니다, 마마. 헌데……."

"……?"

"무장을 하고 오신 것은 제가 어떻게 받아들여야 하는 겁니까?"

아직 젖어 있는 수건을 꼭 쥐고 있던 시종은 그제야 여자, 그러니까 릴리스 황녀가 한 손에 검을 꼬나쥐고 있음을 깨달았다. 알아차리지 못한 것이 이해가 되지 않을 정도로 화려하고, 또 커다란 검이었다.

"맹세컨대 험한 의도는 없었답니다, 그보다 일단은…… 좀 앉아도 될까요, 공?"

다리가 아파서요. 릴리스가 덧붙이며 검 끝을 들어 방을 가리켰다. 바이마르는 눈썹을 추켜올렸다. 움찔한 릴리스가 천천히 검 든 팔을 내렸다.

"……들어오시죠."

새파란 시선이 그녀를 맹렬히 응시하다 이윽고 바닥으로 떨어졌다. 어찌 되었건 황녀의 청이 아닌가. 바이마르는 내키지 않는 기색으로 성큼성큼 걸어 들어가 빈 의자를 내어 주었다. 허둥대던 시종이 눈치를 보며 재바르게 방을 나섰다.

황녀를 뒤따라온 중년의 기사는 문을 등지고 방 안쪽으로 시선을 두어 경계 태세를 강화했다. 험악한 기세에 둘만 둘 수 없다 판단한 모양이었다. 바이마르는 그를 일별한 뒤 의자에 앉아 싸늘한 목소리로 먼저 말문을 텄다.

"찾아오신 연유가 무엇입니까?"

차도 한잔 내지 않은 채다. 손님 대접을 할 생각이 없음이 명백했다. 누구를 탓할 수도 없는 일이라 릴리스는 그저 어물어물 그의 얼굴을 마주 보았다.

"그…… 전에는 결례가 많았습니다, 공."

적의 가득하던 푸른 눈이 순간, 아주 조금 커다래졌다. 미간을 찌푸린 바이마르가 고개를 몇 번 흔들고는 귀를 두어 번 만지작댔다. 마치 무언가를 확인하듯 연신 그 동작을 반복하던 그가 이내 다시 그녀에게 되물었다.

"지금 뭐라고 하셨습니까?"

"결례가 많았다고……."

"그거 말고 말입니다."

"공……?"

아직 앳된 얼굴이 눈에 띄게 일그러졌다. 그러나 화가 난 것처럼 보이지는 않았다. 릴리스는 빤히 그의 눈을 마주 보았다. 불신과 의문, 놀람 같은 것들이 푸른 눈 속에서 물결처럼 일렁이다 찬찬히 가라앉았다. 그녀는 왠지 모를 아쉬움을 느끼며 괜히 손을 꼼지락댔다.

"……그래서 이 밤중에 사과를 하기 위해 제 방에 뛰어들었단 말씀이십니까? 저리 커다란 검까지 챙기셔서요?"

어조에 채 숨기지 못한 비아냥이 가득했다. 와트만이 눈살을 찌푸리며 큼, 커다랗게 헛기침을 뱉었다. 릴리스는 가볍게 손을 흔들어 그를 저지한 뒤 어색한 얼굴로 목을 가다듬었다. 두 사람을 번갈아 보던 바이마르가 미간에 주름을 만들며 짧게 한숨지었다.

릴리스는 변명을 시도했다.

"그게, 처음부터 이리 무례하게 굴려고 했던 것은 정말로 아닙니다. 헌데 공께서 7일이 넘어가도록 방문 신청이며 식사를 전부 거절하지 않으셨습니까. 그래서……."

"그러니 제 탓이다 이 말씀이시로군요."

바이마르는 빈정거림을 멈추지 않았다. 다소 지나친 건방이었다. 와트만이 인상을 있는 대로 구기고 보란 듯 아래위로 바이마르를 훑어 내렸다. 바이마르도 지지 않겠다는 듯 덩달아 눈을 세우며 그를 마주 보았다. 허공에서 불꽃이 튀는 듯하더니 삽시간에 분위기가 험악해졌다.

릴리스는 급하게 탁자를 몇 번 두들겨 두 사내의 주의를 끌었다.

"실수였어요. 그건, 그저 당시에 제가 몸이 좀 좋지 않아서…… 그러니까…… 긴장해서 그랬던 것뿐이니 오해하지 말아 줬으면 합니다. 무례를 범할 생각이었던 것은 결단코 아니었어요. 내내 사과하고 싶어 기다렸는데 영 기회가 없더군요."

"……그것 참 감사한 일입니다."

바이마르는 코웃음을 치지 않기 위해 노력하는 얼굴이었다. 릴리스는 개의치 않는 태도로 말을 이었다.

"그리고 한 가지 더 말씀드리고 싶은 것이 있어 찾아왔어요. 물론 이미 알고 계시리라 생각하지만…… 공께서 이 궁 안에서 못 하실 일은 없답니다. 서재이건 정원이건, 가시지 못할 곳 또한 없으니 이역시 알아주셨으면…… 해요."

말을 이어 갈수록 고개가 아래로 푹 수그러들었다. 탁, 탁. 가는 손가락이 탁자를 두들겼다. 키에 비해 훌쩍 커다란 손이었다. 언뜻 보면 악공의 것처럼 손가락이 길었지만, 툭 불거진 뼈마디 때문에 좀 더 자세히 보고 있자면 외려 남자다운 느낌을 물씬 풍겼다.

릴리스는 눈으로 가만히 굽어진 손마디가 내는 규칙적인 박자를 좇았다. 손가락 끝, 바짝 깎은 손톱이 정갈해 보여 자꾸만 시선이 그리로 흘렀다.

"말씀이 의미하는 바를 모르겠습니다."

냉랭한 대답은 그보다 딱 반박자 늦게 나왔다. 낯선 감각에 정신이 팔려 있던 릴리스는 뒤늦게야 그가 밖으로 목소리를 냈음을 깨닫고 급하게 말을 이어 붙였다.

"……그간 방 안에만 머무르셨다지요. 혹 돌아다니는 게 꺼려져 그러신 것일까 걱정이 되어서 드린 말씀이랍니다."

일주일이었다. 낯선 하늘을 머리에 이고 그 긴 밤들을 보내는 동안 바이마르는 방에서 한 발짝도 나서지 않았다. 향수병. 서러움. 분노. 이유라 꼽을 만한 것들은 많았으나 릴리스는 가장 큰 원인이 그녀임을 이미 알고 있었다. 타국에 홀로 떨어져 마음이 불안할 것이 뻔한데, 혼인 첫날부터 신부가 도망을 쳤으니 분명 자존심에 큰 상처를 입었을 것이다.

"……참고하지요. 그럼 이제 용건은 끝나신 것입니까?"

목소리에 불신이 그대로 묻어났다. 어조로 보아 나가라는 뜻이 분명했으나 릴리스는 이번에도 못 알아들은 척 의자에 엉덩이를 뭉개며 그대로 앉아 있었다. 기다리다 못한 바이마르가 먼저 몸을 벌떡 세우며 의자를 거칠게 밀어 내자 와트만이 바짝 긴장하며 칼자루에 손을 대었다.

노크 소리가 들려온 것은 바로 그때였다.

"송구합니다. 준비가 늦었습니다."

문 너머에 선 개비가 허리를 깊게 숙여 보였다. 종종걸음 치는 그녀의 뒤로, 시녀들이 줄줄이 따라 들어와 꽃이며 등불 등을 바닥에 내려놓기 시작했다. 두 사람이 어리둥절한 얼굴로 서로를 마주 보고, 남은 하나가 대놓고 눈살을 찌푸리는 가운데 시녀 아이 하나가 바구니에 든 장미 꽃잎을 하얀 침구 위에 조심히 흩뿌리기 시작했다.

"아침까지 아무도 들이지 말라 하겠습니다."

이윽고, 세 개의 향초를 창틀 위에 올려놓는 것으로 모든 작업이 끝났다. 은은한 불빛. 붉은 꽃잎과 코끝을 스치는 그윽한 향기. 의도가 너무 빤해 얼굴이 절로 달아올랐다. 릴리스는 다급히 문간으로 달려가 개비의 팔을 붙들었다.

"아니야, 개비! 오해야, 오해! 절대 그런 게 아니라고!"

당황과 의문이 뒤섞인 시선들이 그녀와 바이마르를 번갈아 오갔다. 릴리스는 붉어진 볼을 감싸 쥔 채 그대로 자리에 주저앉았다. 얼굴이 뜨거워 차마 고개를 들 수가 없었다.

개비가 주저하며 그녀의 귓가에 속삭였다.

"하지만 마마……."

"아니야! 아니라니까? 뭘 생각하건 전부 틀렸으니까 제발 저것들 좀 빨리 치워 줘. 대체 무슨 상상을 하고 온 거야?"

마지막 말은 거의 비명이었다. 다시 우르르 몰려들어 온 시녀들이 부산하게 장식들을 거둬 내었다. 옷자락 스치는 소리만이 방 안을 빼곡히 채운 가운데 어색한 침묵이 세 사람을 에워쌌다.

릴리스는 공기 중에 떠도는 유혹적인 향기를 들이마시지 않으려 숨을 잠깐 멈추었다가 다시 크게 두 번을 길게 뿜었다.

그녀는 그런 뒤 발치를 내려다보다 문득 스스로의 옷차림을 자각했다. 붉었던 얼굴이 금세 바싹 마른 밀랍처럼 창백해졌다.

하늘거리는 슬립 위에 걸친 것이라곤 반투명한 실내용 로브뿐이다. 조금만 움직여도 팔다리가 훤히 드러나 보일 정도였다. 아무리 개방적인 아테라라고 한들, 이런 차림으로 밤중에 남성의 침소에 뛰어드는 것을 무의미하다 여기지는 않았다. 모르긴 몰라도 스파티움 역시 크게 다르지는 않을 것이리라.

릴리스는 로브의 여밈을 꼭 당긴 채 횡설수설 변명을 늘어놓았다.

"미안합니다. 이런 무례를 범하려던 게 아닌데…… 개비가 제 몰골을 보고 오해를 했나 봐요. 아, 개비가 누구냐면 제 유모인데…… 아무튼…… 그게 중요한 게 아니지요. 하여간 전부 제 잘못입니다. 내내 고민해 보아도 역시 빨리 오해를 푸는 것이 우선일 것 같아 생각도 없이 뛰쳐나오는 바람에……."

와트만은 릴리스의 헛소리를 한 귀로 흘리며 커다란 손으로 얼굴을 가렸다. 제 낯이 다 뜨거웠던 탓이었다. 역시 더 열심히 말렸어야 했는데. 종일 끙끙대다 방을 나서는 것을 끝까지 막지 못한 그의 불찰이 바로 이 사태의 주범이었다. 황녀만 아니었다면 진즉에 들쳐 메 방 안에 가둬 두었으리라.

"제 나이가 어려 이리 무시하시는 것입니까?"

그러나 바이마르의 화는 전혀 엉뚱한 곳에서 폭발했다.

"예……?"

각자의 과오를 곱씹던 기사와 주군이 멀뚱히 서로를 마주 보았다. 릴리스는 반사적으로 의미 없는 추임새를 던졌다가, 다시 습관처럼 두 눈을 깜빡였다. 순진한 듯 말간 그 얼굴에 바이마르의 눈꼬리가 파르르 떨렸다.

"제가 미성년이라 밤 시중을 못 들 거라고 생각하시는 것 아닙니까!"

이를 갈아붙이듯 성난 목소리였다. 셈 빠른 와트만은 바이마르의 말이 끝나기 무섭게 고개를 틀어 허공 어딘가에 시선을 두었다. 눈앞의 무용한 소란에 끼어들고 싶지 않다는 분명한 의사 표현이었다.

유일한 아군을 잃은 릴리스는 답을 고심하느라 홀로 머리를 부여잡았다.

그러니까 따지고 보자면 바이마르는 미성년이 맞았고, 밤 시중은…… 아니, 그건 애초에 고려할 만한 문제조차 아니었다. 릴리스는 망연한 기분으로 말을 고르다 한참 뒤에야 겨우 궁색한 대답을 짜냈다.

"아니, 그게 아니라. 그러니까 애초에 그런 의도가 아니었단 말이지요. 게다가 공께서는 법적으로 아직 미성년이 맞지 않으십니까? 듣기로 스파티움은 미성년의 성행…… 아니, 그……런 게 제한된다고……."

그녀는 끝내 말을 맺지 못했다. 바이마르가 입술을 안쪽으로 말아 물며 되물었다.

"허나 아테라는 아니지 않습니까?"

"예에, 물론 그렇지요. 아테라는 아니에요. 하지만 어쨌거나 공께서는 아직 어리신 데다가……."

"어리지 않습니다!"

바이마르가 다시 목소리를 높였다. 푸른 눈이 분노와 짜증으로 새파랗게 타올랐다. 원망과 질책 그리고 그 밖의 뭐라 정의하기 어려운 감정들이 그 안에서 사납게 소용돌이쳤다. 그녀는 안절부절못하다 억울한 목소리로 하소연했다.

"아니 어린 걸 어리다고 하지 그럼 무어라 하겠습니까?"

"뭐……."

"저보다 다섯 살이나 나이가 적으시지요. 성년식도 아직이이신 데다가, 이 궁도 그저 낯설기만 하실 테니 분명 적응하는 데 시간이 필요하실 것이라 판단했습니다. 설마 공께서도 오늘 저와의 동침을 기대하신 건 아니실 테구요. 아니 그렇습니까?"

되는대로 꺼낸 말이었지만 이어 붙이고 보니 제법 논리적인 느낌이 들었다. 릴리스는 한층 의기양양해져 콧대를 세웠다.

"그걸 말이라고 하십니까?"

그러나 바이마르도 지지 않았다. 그가 꽥 소리치며 숨을 씩씩 몰아쉬었다. 앳된 얼굴이었으나 성을 내니 또 제법 분위기가 거칠었다. 두상이 다 드러나도록 파르라니 깎인 머리가 유난히도 눈에 띄어 릴리스는 숨을 가다듬며 눈을 굴렸다.

아직 할 말이 남아 있는지 입을 빠끔대던 바이마르도 그녀와 눈이 마주치자 입술을 꾹 닫곤 홱 고개를 돌려 버렸다. 옆을 보느라 드러난 귀 끝이 불타듯 새빨갰다. 그 얼굴이 마치 화가 난 듯도 했으나, 한편으론 이 상황을 몹시 부끄러워하는 것처럼 보이기도 했다.

릴리스는 상대가 풀이 죽자마자 다시 소심해졌다.

"……그럼 된 것 아닙니까. 화해를 청하고자 가져온 선물이니 우선은 이것부터 받아 주세요."

가라앉은 목소리에 사납던 분위기가 대번에 한풀 꺾였다. 릴리스는 괜히 어설프게 목을 가다듬으며 탁자 위에 올려 두었던 검을 맞은편으로 쓱 밀어 내었다.

흘긋 시선을 내리던 바이마르의 눈이 곧 휘둥그레졌다. 방금 전까지 싸우고 있었다는 것도 잊어버렸는지 홀린 듯 검을 보는 모습이 조금 귀엽게 여겨졌다. 있는 대로 화를 낼 땐 언제고. 릴리스는 입을 비죽이면서도 뿌듯한 마음에 괜히 헛부채질을 거듭했다.

"이게 뭡니까?"

"장식용 보검입니다. 검을 좋아하신다 들어서요."

"……밤 시중도 못 드는데 이런 좋은 걸 받아도 되는 겁니까?"

말과 다르게 바이마르의 한 손은 이미 검집을 쓸다 못해 제 몸으로 끌어당기는 중이었다. 적의로 불타던 푸른 눈이 반쯤 누그러져 흐물거리는 꼴을 보니 마음이 더더욱 심란해졌다. 어쩐지 손해 본 기분이 만만이었다.

"그럼 가 보겠습니다."

그녀는 곧 자리를 털고 일어났다. 당연히도 친절한 배웅은 없었다. 바라지도 않았건만 막상 정말로 돌아보지도 않는 것을 보니 그만 마음이 팍 상해 버렸다.

쾅! 요란한 소리와 함께 문이 닫혔다. 와트만이 쯧 혀를 차며 그녀를 달랬다.

"거참, 선물 주는 태도가 왜 그러십니까."

"뭐, 왜. 내가 뭘 잘못했는데."

성이 난 릴리스가 체통 없이 콩콩 발소리를 내며 복도를 걸었다. 경비를 서던 기사들이 하늘거리는 침의 차림의 황녀를 차마 마주 보지 못하고 눈을 내리깔았다.

와트만은 두 사람의 한심한 행태에 혀를 내두르며 앞서가는 황녀의 등과 굳게 닫힌 문을 우뚝 선 채 한참이나 번갈아 보았다. 모든 정황을 눈치챘을 것이 분명한 보초병이 측은한 눈빛으로 그에게 살짝 고개를 숙여 보였다.

"애가 하나도 아니고 둘이라니……."

아이고 머리야. 보모 노릇 할 생각에 벌써부터 뒤통수가 지끈거렸다. 터덜터덜. 힘 빠진 발걸음 소리가 탄식과 함께 울적하게 뒤섞였다.

✤ ❀ ✤

이어진 나흘은 인고의 시간이었다. 릴리스는 눈을 뜨자마자 바이마르의 동태를 물었으며, 점심을 먹은 뒤에도, 산책을 하면서도, 저녁을 먹으면서도 시녀들에게 매번 같은 질문을 던져 그녀들을 곤란하게 했다.

차라리 별일이라도 있다면 좋으련만. 요사이 새신랑이 하는 일이라고는 식사와 칩거가 전부인지라 매번 답하기도 참 곤란한 문제였다. 눈 달린 사람이라면 같은 말을 올릴 때마다 점점 어두워지는 황녀의 표정을 모를 리 없었다.

그리고 마침내 5일째가 되던 날. 가뭄 난 논처럼 말라붙은 인내심이 기어코 쩍쩍 갈라진 밑바닥을 드러냈다.

"아니, 얌전도 이 정도면 병 아닌가? 어떻게 사람이 열흘이 넘도록 한 발짝도 밖으로 안 나올 수 있지? 누가 보면 내가 괴롭히려 이를 갈고 있는 줄 알겠어. 어디 무서워 물어보기나 하겠느냔 말이야."

"그럼 물어보지 않으시면 되잖습니까."

릴리스는 당연하게도 와트만의 진실된 충고를 모른 척했다.

"그래서 말인데. 확인도 할 겸 한 번 더 방문을 청할까 하는데."

"또 쫓겨나시려굽쇼?"

"……쫓겨나긴 누가? 나 스스로 나왔다 해야지. 경은 작별 인사한 것도 못 들었나 봐."

릴리스가 억지를 썼다. 와트만은 부스스한 머리를 거칠게 쓸어 넘겼다. 애새끼들…… 아니, 애 둘 보기가 여간 피곤한 것이 아니었다.

"그러게 제가 말씀드리지 않았습니까요. 그 나이대의 남자들은 대개가 성질이 예민하고 거칠단 말입니다. 그렇잖아도 혼인 때문에 감정이 많이 격해져 있었을 텐데, 미성년이네, 덜 자랐네 하며 기름을 부어 대시니 결국은 이 사달이 나지요."

흥. 홱 돌아선 릴리스가 더 듣기 싫다는 듯 고개를 흔들었다. 와트만은 한숨으로 대답을 갈음했다. 간만의 외출에 신난 개비가 고개를 주억이며 행거를 뒤적였다.

"그렇다면 오늘은 이 연노란색 드레스가 좋을 것 같네요."

그리고 다음 순간, 콧노래까지 흥얼대며 서랍장을 열어젖히던 그녀의 입에서 희미한 탄성이 흘러나왔다.

"어머나, 이건……."

주름지고 통통한 흰 손 위에 눈에 익은 물건이 들려 있었다. 세월의 흔적이 느껴지는 작고 수수한 은색 관이 잊고 싶었던 이전 생의 한 장면을 불현듯 의식의 수면 위로 끄집어냈다.

릴리스는 떨리는 손으로 그것을 두 손바닥 위에 받쳐 들었다. 잠시 미동도 없이 서 있던 그녀는 가운데에 박혀 있는 커다랗고 납작한 판을 손끝으로 가볍게 한 번 쓸어내리며 참고 있던 숨을 뱉었다.

보석을 고정하기 위함인지, 타원형의 테두리 가장자리에 촘촘하고 작은 가시들이 오돌토돌 박혀 있는 것이 보였다. 상단부를 감싸고 있는 섬세한 물결무늬와, 양감이 느껴지는 표면 장식 또한 담백한 반면 제법 품을 들인 느낌이었다.

릴리스는 조심스럽게 몸을 틀어 들고 있던 관을 화장대 옆의 협탁 위에 올려놓았다. 개비가 보석함을 열며 고개를 갸웃했다.

"유난히 그 관을 신경 쓰시네요, 마마. 그야 저하께서 가져오신 것들 중에선 그나마 이 관이 가장 값나가 보이는 물건이라지만……. 보세요, 폐하께서 내려 주신 것들만으로도 이미 서랍이 넘쳐흐를 정도인걸요. 장담컨대 이 중 몇 개만 들고 나가도 영지 하나 정돈 능히 살 수 있을 거예요."

"그렇지만 폐하께서 주선하신 혼사잖아? 나쁜 소문이라도 나면 분명 궁 전체가 곤란해질 테니……."

릴리스는 번쩍이는 장신구를 보는 둥 마는 둥 하며 중얼중얼 변명을 이어 붙였다. 알아들은 것인지 모른 척을 하려는 것인지. 개비는 가타부타 답이 없었다.

릴리스는 어쩐지 머쓱한 기분이 들어 괜히 귀걸이를 만지작대다 몸을 일으켰다. 금속의 감촉에 귓불이 차가웠으나 정작 시린 것은 마음이었다.

"가자, 와트만 경."

그러나 속도 모르고 날씨는 그저 좋기만 했다. 궁을 나서는 릴리스의 눈에 황량해진 정원이 들어왔다. 여기저기 뒤집힌 땅이 마치 그녀의 들썩이는 마음 같기도 해 릴리스는 걷다 말고 그 모습을 한참 바라보았다.

"왜 솔직하게 말씀하지 않으십니까?"

와트만은 둘만이 남은 뒤에도 한참 동안 말을 아끼다 불쑥 입을 떼었다. 릴리스는 당황스러움을 숨기곤 그를 마주 보았다. 속을 알 수 없는 무표정한 얼굴 위, 연륜이 느껴지는 갈색 눈동자가 늪처럼 고요했다.

"뭐가."

"……아닙니다."

찰나에 그의 얼굴에 망설임이 스쳤다. 두어 번 달싹이던 입술이 일자를 그리며 가만히 다물렸다.

적지 않은 시간이 흘렀으나 와트만은 릴리스의 침묵을 가만히 인내했다. 그 역시, 그녀에게 묻고 싶은 것들이 있었으므로.

"……늦었어. 서둘러야지."

그러나 릴리스는 입만 벙긋거리다 결국 그를 외면하고 말았다. 와트만은 돌아서는 그녀의 뒤를 재촉도 실망도 없이 천천히 뒤따랐다. 망설임 가득한 침묵이 그림자를 따라 길게 늘어졌다.

✦ ✿ ✦

"저하. 황녀 마마께서 오셨습니다."

황제와의 오찬은 언제나 그렇듯 불편하고 어색해 속을 거북하게 만들었다. 궁으로 돌아온 릴리스는 충동적으로 계단을 올라 바이마르의 침실 앞에 섰다. 방문을 알리자 곧 문이 벌컥 열리며 퉁명스러운 얼굴이 드러났다.

릴리스는 여전히 독기 서린 눈으로 그녀를 보고 있는 바이마르를 지나쳐 터덜터덜 안으로 들어섰다.

"……오늘은 또 무슨 일이십니까?"

"그냥 얼굴이나 뵐까 해서요."

릴리스는 여상하게 답했다. 바이마르는 당황한 표정을 감추지 못한 채 그녀의 맞은편에 엉거주춤 엉덩이를 대고 앉았다. 탁자를 사이에 두고 어색한 침묵이 감돌았다.

"……마마와 제가 그럴 만큼 친한 사이였는지는 몰랐습니다."

"여전히 외출을 꺼리신다 들었는데, 아직 여독이 풀리지 않으셨는지요?"

보란 듯이 말을 돌리는 모습이 퍽 의외로웠다. 바이마르는 황망한 기분에 저도 모르게 헛웃음을 흘리다 입매를 굳혔다.

"어? 저 검."

그때였다. 릴리스가 손을 뻗어 침대 머리맡을 가리켰다. 판판한 벽에 보란 듯이 매달려 있는 것은 분명 며칠 전 그녀가 선물했던 보검이었다. 바이마르는 같은 곳을 향해 시선을 두었다가, 무의식중에 손끝을 마주 비볐다.

"버리지 않으셨네요."

"……마마께서 주신 것을 그리 방치할 수는 없지요."

"그렇게 말씀해 주시니 기분은 좋습니다. 제 얼굴을 보시는 게 그리 달갑지는 않으실 터인데."

바이마르의 눈이 조금 커졌다 제 크기로 돌아갔다. 그렇게 잘 안다면 그냥 나가 주면 좋을 텐데. 애석하게도 그럴 생각은 전혀 없는 모양인지 릴리스는 그의 시선을 눈치챘으면서도 내내 딴청이었다.

그가 그런 생각을 하는 동안 머뭇거리던 릴리스가 다시 입술을 뗐다.

"별관에 제법 괜찮은 서재가 있답니다. 물론 본궁의 것과는 비교할 수 없겠지만……. 그래도 괜찮다면 한번 들러 보는 것이 어떠신지요?"

"책은 이미 몇 권 가지고 있습니다."

"그럼 산책이라도요."

"길눈이 어두워 나서기가 조금은 어려울 듯합니다."

"저와 함께 가시면 되지요."

"스파티움에 비해 기온이 높아 아직 적응이 힘들더군요. 산책은 다음번으로 미루는 것이 좋겠습니다."

릴리스는 지치지도 않는지 계속해서 그에게 말을 걸었다. 바이마르는 꼬박꼬박 대꾸하면서도 여지를 주지 않으려 노력했다. 갈빛 눈이 그의 얼굴을 빤히 응시하고 있었다. 커다랗고 맑갛고 또렷한 눈이었다. 보고 있노라면 제 속을 다 들킬 것만 같아 바이마르는 지레 뜨끔한 마음으로 눈을 좌우로 슬쩍 굴렸다.

지금의 태도가 대단한 실례임을 안다. 속국의 왕자로서, 하물며 볼모를 겸한 황녀의 부군 신분으로서 그의 행동거지가 적절치 못하다는 것을 바이마르는 그 누구보다도 잘 알고 있다 생각했다.

"그럼 다음 주 정도라면 괜찮을까요? 산책 말이에요."

하지만 그렇다면, 아슬아슬한 무례를 이렇듯 관대히 보아 넘기는 황녀는 대체 무어란 말인가.

서자 왕자를 남편 삼은 것만으로도 패악을 부리기에 부족한 감이 없는데, 도리어 이렇듯 친근한 태도를 보이니 마주할 때마다 마음이 번잡했다. 아테라로 오는 길 내내 온갖 냉대와 모욕을 상상했던 바이마르다. 그의 기준에 비추어 보았을 때 릴리스는 온건하다 못해 지나치게 무른 감이 있었다.

생각의 끝에서 불쑥 물음이 튀어 나갔다.

"……왜 제게 잘해 주시는 겁니까?"

왕족의 상징이라는 푸른 눈을 타고났지만, 정작 바이마르는 그 혈통의 증명 아래 어떤 것도 갖지 못했다. 빼앗기는 것, 갖지 못하는 것은 익숙한 일이나 이런 호의는 낯설었다.

릴리스는 잠시 생각하는 듯하다 되물었다.

"제가 지금 공께 충분히 잘해 드리고 있는 게 맞나요?"

"그럼 아닙니까?"

스스로 듣기에도 날 선 어조라 바이마르는 입술을 잘근 물었다. 속이 부글부글 끓는 것만 같았다.

변방을 떠돌며 유년기를 보내고, 간신히 궁에 발을 붙인 것이 고작 9년 전의 일이다. 하물며 10년도 채 못 되어 조공품 신세가 되었으니 우습고 고깝게 대한다 한들 변명할 말이 없었다. 차라리 못되게 굴어 준다면 당연한 미움이라도 돌릴 수 있었으련만. 황녀의 태도는 시종일관 공정하고 차분하기 짝이 없어 도리어 가슴을 답답하게 만들었다.

그는 이를 악문 채 말했다.

"공물로 왔으니 필요한 만큼 쓰다 버리시면 될 것을 이리 챙겨 주시니 여쭙는 말입니다."

"공물이라뇨."

"틀린 말입니까?"

목소리가 높아졌다. 그는 급히 한 손을 들어 눈을 가렸다. 몇 번 억지로 심호흡을 거듭하니 마음이 조금 가라앉는 듯도 했다. 가린 손 아래로 드러난 얼굴 반절이 난폭한 감정을 따라 일그러졌다 펴지기를 반복했다.

그녀의 잘못이 아니다. 왕족을 팔아 귀찮은 일을 떨치고자 한 것은 스파티움의 왕이자 그의 아버지였다. 그를 방치하고 고아처럼 키운 것 또한 릴리스가 아니었으나 바이마르는 그녀가 자신을 볼 때마다 어쩐지 비참하게 녹슨 고철이 된 듯한 기분을 느꼈다.

이윽고 의자 끄는 소리가 났다.

"오늘은 이만 가 볼게요."

차분한 목소리가 그를 책하듯 정수리 위로 떨어졌다.

기왕이면 내일도, 모레도 오지 않았으면 좋겠다. 그는 그렇게 말하려 고개를 쳐들었다가, 분노를 오롯이 되받아치는 깨끗한 눈동자를 마주하고는 그만 볼썽사납게 얼어 버리고 말았다. 매시간마다 감정이 오르락내리락 널을 뛰었다. 그녀를 미워하고 싶었다가도 다음 순간이 되면 그 다정함에 기대고 싶어지니 도무지 모를 노릇이었다.

바이마르는 목구멍 밖으로 튀어 나가려 하는 말을 힘주어 억눌렀다. 대체 무슨 말을 하고 싶은 것인지 스스로도 판단이 서지 않았던 탓이다.

자박이는 발걸음 소리에 뒤이어 문 닫히는 소리가 났다. 덜컹이는 소음이 꼭 그의 마음 같아 바이마르는 두 손으로 귀를 막았다.

한편, 방으로 돌아온 릴리스는 전혀 다른 방향으로 머리를 쥐어짜는 중이었다.

"보통 남자들은 무심한 여자를 선호하나 봐?"

그녀가 물었다. 와트만은 당최 그 말을 이해할 수가 없어 설명을 청했다.

"무슨 말씀이십니까?"

"바이마르 공 말이야. 고작 두어 번 찾아갔을 뿐인데…… 귀찮게 굴지 말라고 저렇듯 화를 내시니……."

"……."

와트만은 새삼 릴리스가 남자라고는 달튼 백작밖에 만나 보지 못한 숙맥 중의 숙맥임을 상기했다. 그러나 무지가 오판을 지지하도록 둘 수는 없는 법이라, 그는 '남자들'의 대표라는 막중한 책임감을 짊어지고 격하게 그녀의 말을 부정했다.

"그럴 리가요."

"헌데 공께서는 왜 그런 말씀을 하셨을까."

충직한 수하인 그는 이쯤에서 미묘한 갈등에 봉착했다. 그야 호위 기사로서의 책임을 생각한다면 당연히 바이마르의 무례를 탓해야겠으나—

"……."

실은 그의 처지가 다소 가엾게 여겨지는 것도 맞았다. 와트만은 최대한 주의를 기울여 말을 골랐다.

"반쯤은 진심이셨을 거라 생각합니다. 어쨌거나 왕자님…… 아니, 저하께도 입장이라는 게 있는 법이니까요. 팔려 오듯 식을 올렸다는 것만큼은 부정할 수 없지 않겠습니까."

릴리스는 불만스럽게 볼을 부풀렸다. 따지고 보자면 그녀의 입장도 썩 다른 것은 아니었으나 와트만의 의중을 모르는 이상, 대놓고 예거라트를 헐뜯을 수는 없었다. 무작정 참으려니 입이 퍽 근지러워 릴리스는 각설탕 하나를 입에 물곤 그것을 힘주어 꽉꽉 씹었다.

"……검은?"

"스타렉 공작의 말이 옳았던 듯합니다. 보는 내내 검에서 눈을 못 떼시더군요. 연무장에라도 가시면 기분이 좀 풀리실 것 같습니다만……."

"쉽지 않겠지. 멋모르는 내가 보기에도 분위기가 퍽 험악해 보이던걸."

릴리스는 애써 상념을 끊어 내며 한 손을 내저었다. 어디 쉽지 않다 뿐인가. 모르는 사이 대련이랍시고 칼이나 맞지 않으면 다행이라 해 줄 판이다.

그때였다. 무언가 생각하듯 심각한 표정으로 창밖을 내다보던 와트만이 문득 휑한 정원 한구석을 가리키며 물었다.

"정원 한구석을 연무장으로 사용하는 건 어떻겠습니까?"

"정원을?"

"어차피 아직 비어 있잖습니까. 마마께서 딱히 뭔가에 의욕이 넘치시는 것도 아닌 것 같으니 드리는 말씀입니다."

"요 근래 경이 한 말 중 가장 의미 있는 조언이야."

릴리스는 부루퉁한 와트만의 표정을 모른 척하며 종을 흔들어 개비를 불러들였다. 한동안 고요했던 황녀궁이 금세 다시 부산해져 사방에 활기가 넘쳐흐르기 시작했다.

일꾼들이 땀을 내며 땅을 다지고 모래를 까는 동안 릴리스는 하루에도 몇 번씩 정원을 서성이며 그 과정을 지켜보았다. 차곡차곡 새 흙이 덮이며 예거라트의 흔적을 지워 가는 모습이 몹시도 보기 좋아 자꾸만 이상하게 마음이 들떴다.

"정원에 연무장을 새로 만들고 있다 들었다."

그러나 그런 기분은 예거라트의 앞에서는 언제나 씻은 듯 사라졌다.

여느 때와 다름없는 오찬 자리였다. 오늘의 메뉴는 어린 토끼를 주재료로 만든 걸쭉한 스튜였다. 릴리스는 커다란 숟가락으로 기름이 둥둥 떠 있는 멀건 액체를 휘저었다.

"그럴까 해요."

"왕자를 위함이냐?"

예거라트가 식탁 너머로 그녀를 빤히 쳐다보았다. 매양 입가에 달려 있던 미소마저 어느덧 자취를 감춘 뒤다. 녹빛 눈이 추궁하듯 그녀를 재촉했다. 릴리스는 땀이 배어 나온 손을 식탁보에 몰래 슥슥 문질러 닦았다.

"아무래도 활동 반경이 자유롭지 않으신 듯하여⋯⋯."

흐음. 예거라트가 길게 숨을 내뿜었다. 숟가락을 든 채 곰곰 생각에 잠겨 있던 그의 고개가 곧 위아래로 짧게 흔들렸다. 릴리스는 구겨진 식탁보에서 얼른 손을 떼어 냈다.

"그래. 왕자가 듣는다면 좋아할 이야기로군."

"⋯⋯저도 그랬으면 해요."

"분명 그럴 게다. 네가 해 주는 일인데 뭔들 싫을 리 없지 않겠느냐."

예거라트의 입매가 다시 그린 듯 휘어졌다. 식당을 그득 메우고 있던 무거운 공기가 그제야 조금 걷혀 모두의 숨통을 틔웠다. 사색이 되었던 시종장이 가슴을 쓸어내리며 두 사람의 얼굴을 살피고 있었다. 릴리스는 홀로 웃으며 숟가락을 내려놓았다. 기실, 예거라트의 기분을 맞추는 것은 이미 습관이 되어 구태여 신경을 쓸 필요조차 없었다.

"내키지 않는 혼사가 아니었을까 고민이 많았는데. 이제 보니 잘 지내는 것 같아 마음이 놓이는구나."

"하지만 그래 보아야 속국의 왕자인걸요. 아, 물론 폐하 앞에서 이런 이야기는 그다지 적절치 않을지도 모르겠지만……."

그러니 이런 말까지 입에 담을 수 있는 것이다. 어쩐지 입맛이 써 릴리스는 말을 하면서도 연신 혀끝을 입천장에 비볐다.

"괜찮다, 괜찮아. 오라비에게 못 할 이야기가 뭐 있겠느냐? 물론 잘 대해 주려 노력하는 모습은 대단히 보기 좋은 것이 사실이다마는."

예거라트는 매우 흡족한 기색이었다. 릴리스는 대답 대신 꾸역꾸역 음식들을 목구멍 너머로 밀어 넣었다.

마침내 식사가 끝난 뒤, 홀로 남은 릴리스는 연달아 찬물을 들이켜다 어느 순간 급하게 입을 틀어막았다. 머리가 빙글빙글 도는 듯했다. 구역감이 일었다가 가라앉기를 반복하며 눈앞이 새하얘졌다.

문밖에서 그 모습을 지켜보던 와트만이 급히 달려와 그녀의 안색을 살폈다.

"마마, 괜찮으십니까? 이리 물을 드시다간 급체하십니다요."

"하지만 이미 얹힌 것 같은걸."

릴리스가 끙끙대며 배를 부여잡았다. 부리나케 달려온 의사가 3일 치의 약과 금식을 처방했다. 릴리스는 쓴 약을 억지로 삼키고는 비틀거리며 자리에서 일어섰다.

"그러게 왜 쓸데없는 말을 하셨습니까."

와트만이 바닥에 무릎을 굽히고 앉아 그녀를 향해 너른 등을 내밀

었다. 릴리스는 익숙하게 그 목덜미에 팔을 감으며 고개를 갸웃했
다.

"무슨 말?"

"속국의 왕자라느니 하는 말 있잖습니까."

릴리스는 입을 작게 벌렸다. 안에서 한 말인데.

"……그게 다 들려?"

"웬만한 기사라면 다 듣습니다."

그런 줄은 몰랐다. 그녀는 업힌 채 식당을 나서며 아무것도 못 들
은 척 식당 앞을 지키고 서 있는 기사들의 면면을 유심히 살폈다. 와
트만이 혀를 차며 나직한 목소리로 그녀를 타일렀다.

"본궁 기사들은 입이 무거우니 걱정하실 필요 없을 겁니다. 물론
애초에 좋아하는 이를 상대로 그런 말을 하지 않으시는 게 가장 현
명한 방법이겠지만."

"좋아한다고?"

릴리스는 무심코 그 말을 반복하고는 저도 모르게 웃음을 터뜨리
고 말았다. 불규칙한 호흡이 이어지며 몸이 절로 들썩였다. 와트만
은 황녀를 떨어뜨리지 않기 위해 몸을 받치고 있는 팔에 좀 더 힘을
주었다.

"그리 보인다면 됐어."

웃음기가 조금 사그라들었 무렵 저 앞에 익숙한 풍경이 나타났다.
릴리스는 점점 가까워지는 커다란 궁 전경을 말없이 눈에 담았다.
둥그렇게 주변을 두르고 있는 흰 담벼락이 오늘따라 갑갑한 우리처
럼 보였다.

"세상에, 마마. 다치셨어요?"

업힌 채 들어서자 궁이 순식간에 소란해졌다. 마침 문 앞을 서성이며 목을 빼고 있던 개비가 깜짝 놀란 얼굴로 두 사람에게 달려들었다. 릴리스는 걱정을 쏟아 내는 시녀들을 다독이며 널찍한 홀을 업힌 채 천천히 가로질렀다.

지긋한 시선을 감지한 것은 현관에서 계단으로 향하는 짧지 않은 거리를 딱 반쯤 남겨 두었을 무렵이었다. 시선 끝에 계단 아래 우뚝 서 있는 바이마르가 걸렸다. 막 나가려던 참이었는지, 그는 아테라 청년들이 주로 입는 감색 바지와 흰 셔츠 위에 스파티움식 로브를 겉옷처럼 걸친 차림이었다. 언제나와 다름없이 단출한 모양새다.

곧 눈이 마주쳤다. 주저하는 듯하던 바이마르가 이내 성큼 걸어와 그녀의 앞에 섰다.

"여기서 뵙네요, 공."

"……오랜만에 뵙습니다. 헌데, 무슨 일이 있으셨습니까?"

청년과 소년 사이의, 다소 앳된 얼굴이 살짝 놀란 듯 동요했다. 푸른 눈이 업혀 있는 릴리스의 얼굴을 찬찬히 훑어 내렸다. 괜히 놀란 그녀가 두 팔에 힘을 주었다.

"컥, 마마. 괜찮으시다면 우선 이…… 팔 좀……."

"아, 미안해."

불시에 목이 졸린 와트만이 컥컥대며 릴리스를 내려놓았다. 두 발을 땅에 온전히 디디고 보니 바로 코앞에 바이마르의 얼굴이 보였다. 분명 이전 생에는 이보다 훌쩍 커다랬던 기억이 있었는데. 아직 덜 자란 그의 눈높이가 새삼 어색하게 느껴져 릴리스는 서둘러 말을

115

꺼냈다.

"어디를 가려 하시는지 물어도 될까요?"

"바람이나 조금 쐴까 하여……."

바이마르가 한 걸음 물러서며 말끝을 흐렸다. 내내 틀어박혀 있던 것이 마음에 걸렸던지 평소보다도 표정이 조금 더 어두웠다. 릴리스는 개의치 않고 홀 벽의 커다란 창 너머로 눈을 돌렸다.

"그렇군요. 아, 정원에 연무장을 만들 생각이에요. 마음에 드셨으면 좋겠는데."

"들어 알고 있습니다……. 마마의 배려에 감사드립니다."

바이마르는 며칠간 거울을 보며 연습했던 그대로 살짝, 그러나 결코 비굴해 보이지 않으려 애쓰며 고개를 수그렸다. 공사가 시작된 지도 벌써 8일이 훌쩍 넘었다. 무슨 속셈인지 전부 알 수는 없겠으나 어쨌건 그에게는 좋은 일이 분명했다. 바이마르는 여전히 아테라가 싫었지만, 은혜를 모르는 인간이 되는 건 그것과는 조금 궤를 달리하는 문제였다.

"어, 네."

릴리스는 뜻밖의 감사에 몹시 얼떨떨한 표정으로 대꾸했다. 와트만은 그 서투른 화법에 울화를 느꼈으나 차마 내색할 수 없어 홀로 입을 달싹였다. 새파란 시선이 두 사람을 물끄러미 번갈아 보다 곧 슬그머니 떨어져 나갔다.

"그럼, 돌아가 보겠습니다. 몸조리 잘하시길."

바이마르는 어색한 침묵을 깨며 묵례를 건넸다. 지위가 높은 자 앞에서 먼저 등을 돌리는 것은 분명 예법에 어긋났지만 바이마르는 공식적으로 황녀와 동등한 지위를 가진 그녀의 남편이었다. 개비가 저, 저 하며 중얼중얼 분통을 토해 냈다. 릴리스는 그 투덜거림을 한 귀로 흘려버리곤 멀어지는 작은 등을 흘금 보았다.

어쩐지 오늘은, 아주 조금 다정한 듯도 했다.

⚜ ✻ ⚜

체기는 이틀이 넘도록 계속되었다. 릴리스는 꼬박 이틀을 굶고 나서야 겨우 물 외의 유동식을 입에 댈 수 있었다. 그마저도 다 넘기지 못해 반 그릇씩만 비워 내는 것이 식사의 전부였다.

"아니, 아픈 걸 보셨으면서 어째 문병도 한번 안 오신답니까."

"큰 병이 아니니 그렇겠지."

개비가 툴툴거렸다. 릴리스는 이미 반쯤은 그 말에 넘어갔으면서도 안 그런 척 열심히 바이마르를 두둔했다.

"그래 보아야 한 층 차이인데……."

음식 그릇을 챙겨 나가는 개비의 등 뒤로 말이 흘렀다. 릴리스는 물로 입을 두어 번 헹구고는 창가에 기대 선 채 정원을 내려다보았다. 이틀 전과 꼭 같은 차림의 바이마르가 키 작은 관목 근처를 서성이고 있었다. 말은 하지 않아도 연무장이 퍽 기대되는 모양인지, 그는 릴리스가 자리를 보전하는 내내 그녀를 대신하듯 뻔질나게 정원을 드나들었다.

그때였다. 산책하듯 오솔길을 거닐던 바이마르가 갑작스레 방향을 틀어 야트막한 계단을 오르기 시작했다. 릴리스는 급하게 차림새를 갈무리하곤 방을 가로질러 문을 벌컥 열었다.

"와트만! 빨리! 나 좀 업어 봐."

동시에 긴 한숨이 터졌다. 당연한 듯 그를 부려 먹는 작은 주군의 행태가 참으로 괘씸했으나, 와트만은 권력 없는 호위기사답게 성질을 내면서도 시키는 대로 성큼성큼 속도를 냈다.

"공!"

한편, 몸을 구부린 채 바닥의 흰 모래를 살피던 바이마르는 계단 근처에서 그를 향해 어색하게 손을 흔들고 있는 황녀와 와트만을 발견하곤 천천히 손을 털며 자리에서 일어섰다. 벗어 두었던 로브를 한쪽 팔에 걸친 그는 홑겹의 셔츠 차림이었다. 다가오는 두 사람에 비한다면 다소 얇은 차림이었지만, 아테라의 초여름은 스파티움 출신인 그에게 다소 더운 감이 있었다.

"몸도 성치 않으신 분이 어쩐 일이십니까."

그사이 핼쑥해진 황녀의 얼굴에 왜인지 자꾸만 시선이 갔다. 바이마르는 저도 모르게 툭 말을 뱉었다가 날 선 어조에 스스로 놀라 살짝 눈을 내리깔았다. 이런 식으로 말하려던 것이 아니었는데. 스스로 듣기에도 너무나 명백한 시비조라 무어라 더 변명할 말이 없었다. 그는 머쓱한 기분으로 아닌 척 릴리스의 눈치를 살폈다.

"공을 뵈러 왔지요."

끙끙대던 그를 구원한 것은 생각지도 못했던 무뚝뚝한 위로였다. 젖살이 덜 빠진 앳된 얼굴 위로 설핏 의문이 고였다 사라졌다. 릴리스는 답을 하는 대신 와트만의 어깨를 툭툭 치며 허공에 뜬 발을 흔들었다.

"좀 잡아 주시겠어요, 공?"

와트만은 말없이 몸을 내렸다. 잠시 고민하던 바이마르가 조심스레 팔을 뻗어 릴리스를 부축했다. 걷어 올린 소매 아래로 드러난 팔이 생각 외로 제법 단단하고 굵었다.

"지금 제게 미안하다 생각하고 계셨지요?"

문득 릴리스가 말했다.

"……."

"아닌가요? 분명 그리 보이는 얼굴이었는데."

그녀가 붙든 팔을 흔들며 재차 물었다. 바이마르는 얼굴을 잔뜩 붉힌 채, 어설픈 표정으로 입을 벙긋거리며 시선을 피했다. 풋, 조용히 서 있던 와트만의 잇새로 채 눌러 담지 못한 웃음소리가 새어 나오다 이윽고 쿨럭이는 작위적인 기침 소리로 변모했다.

어쨌거나, 계단을 내려온 일행은 곧장 반대편의 오솔길을 향해 걷기 시작했다. 황녀궁 뒤편에 있는 작은 향나무 숲은 릴리스가 태어나기도 전부터 이 궁을 지키고 있던 오래된 문지기였다. 숲 사이로 정원사가 심혈을 기울여 내 놓은 길은 너무 넓지도 너무 좁지도 않아 두 사람이 걷기에 딱 적당할 만큼의 간격이었다.

그러나 오붓한 시간은 얼마 가지 못했다. 급격히 떨어진 체력 탓에 헉헉대던 릴리스가 급기야 바닥에 주저앉아 버린 것이다. 바이마르는 허리에 팔을 감아 아래로 쏠리려는 체중을 급히 받쳤다.

부축을 받아 근처의 벤치에 힘겹게 기대앉은 릴리스가 아쉬운 듯 중얼거리며 애꿎은 다리를 매만졌다.

"산책을 함께하기로 했었는데……."

"방금 하지 않았습니까."

꽤 전에 지나가듯 흘렸던 말이었다. 벤치를 등진 채 딱딱하게 대꾸하자 릴리스가 떨떠름한 목소리로 반박했다.

"스파티움에서는 이런 것을 산책이라 부르나 봅니다."

물론 그럴 리가 없었다. 바이마르는 더 이상 말을 잇지 못한 채로 빛이 드는 둥그런 입구만을 꼿꼿하게 응시했다.

문득 소매 끝에 무게가 느껴졌다. 고개를 조금 틀자 말간 얼굴이 틈도 없이 시야에 꽉 들어찼다. 그는 설핏 놀라 뒷걸음질 치다가 소매를 당기는 힘에 끌려 제자리로 돌아왔다.

"좀 앉으세요."

"괜찮습니다."

"저와 앉는 게 싫으셔서요?"

바이마르는 인상을 찌푸렸다.

"그런 게 아닙니다."

"부정하지 않으셔도 돼요. 저도 눈치라는 게 아주 없진 않으니."

말문이 막혀 허둥지둥하는 틈을 타 릴리스가 늘어진 소매를 다시 당겼다. 어, 어 하는 사이 엉덩이에 나무판자가 닿았다. 이미 앉은 것을 떨치고 일어날 수도 없어 바이마르는 어쩔 수 없이 몸에 힘을 조금 빼고 엉거주춤 그녀의 곁에 걸터앉았다. 반쯤은 자의였고 반쯤은 타의였다.

불편하지 않은 침묵이 흘렀다. 우거진 녹음에 시야가 트였다. 머리 위에서는 새소리가 끊이지 않았고, 저 멀리서 기합을 넣는 기사들과 일꾼들의 고함 소리가 간간이 그 사이로 끼어들어 불협화음을 만들었다.

바이마르는 선선한 바람을 맞으며 눈을 감았다. 나뭇잎 틈으로 짓쳐들어온 햇빛이 언뜻언뜻 감긴 눈꺼풀 위를 근지럽혔다. 고요 속에서 시야가 점멸했다. 번쩍이는 빛에 마음이 한 꺼풀 녹아들었다.

"제가…… 밉지 않으십니까?"

그리하여, 감상이 마음을 충동질한 것은 찰나의 순간이었다.

"네?"

"제가 함부로 굴어……."

풀벌레 소리가 먹먹하던 귓가를 어지럽혔다. 물먹은 귀에 청력이 돌아오듯 먹먹하던 오감이 선명해졌다. 멍하니 제가 한 말을 곱씹던 바이마르는 그러다, 퍼뜩 놀라 붙들린 소매를 떨쳐 내고 일어섰다. 낭패였다.

"실언입니다."

그는 다급하게 변명했다. 변성기가 지난 목소리는 소년의 것이라기에는 조금 많이 낮고 굵직한 편이었다. 목을 긁어내듯 자못 거칠기도 했다.

"밉지 않아요."

도망치듯 자리를 뜨려던 그의 뒷덜미를 작은 목소리가 잡아챘다. 분명 착각이겠으나 바이마르는 그 목소리가 다소 다급하게 들린다 생각했다. 그는 차마 뒤를 돌아보지 못하고 제자리에 선 채 주춤거렸다.

도망쳐. 거짓말이야. 누군가 속삭이며 마음을 쿡쿡 찔렀다. 희미한 목소리가 오후의 햇살처럼 귓가에서 부서졌다.

바이마르는 손쉽게 그 꾐에 굴복했다. 홀로 기대했다 실망하는 것만큼 볼썽사나운 일이 또 있을 리 없었으므로. 하물며 이곳은 아테라가 아닌가.

그는 걸음을 좀 더 빨리해 와트만의 곁을 지나쳤다. 침묵을 동반한 시선이 닿는 귓불이, 목덜미가 이상하게 뜨끈했다. 더워서 그런 거야. 바이마르는 애써 스스로를 타일렀다.

그러다, 그는 잠시 멈춰 서 숲을 돌아보았다. 둥그런 입구가 어느덧 한 손에 다 가려질 만큼 멀어져 있었다. 근처에 난 커다란 나무들 아래로 그림자가 져 입구가 어둑했다.

정신을 차리고 보니 숨이 찼다. 아직도 시선이 뒤통수를 잡아끄는 듯해 바이마르는 잠시간 제자리를 맴돌다 다시 느릿느릿 걸어 궁으로 돌아갔다.

역시나, 아테라의 여름은 그에게 너무 더웠다.

⚜ ⚜ ⚜

"그래, 혼자만 재미를 보니 좋더냐?"

예거라트가 찻잎를 우려내며 다정히 농을 건넸다. 식사 대신 간단한 다과로 배를 채운 두 사람 사이에 빈 접시가 두어 개 놓여 있었다. 찻주전자 뚜껑에 난 작은 구멍 사이로 달큰한 향이 섞인 김이 몽글몽글 새어 나와 코끝을 간질였다.

"그러는 오라버니께서는요? 이제 그만 비를 들이실 때도 되지 않으셨나 싶은데."

릴리스는 당황스러움을 드러내지 않으려 애쓰며 최대한 자연스럽게 물음을 되돌렸다. 무릎 위에 모아 쥔 손바닥 안쪽에서 식은땀이 송골송골 배어 나왔다. 그로 인해 치마 위에 지저분한 얼룩이 졌지만, 릴리스는 그것을 가릴 생각도 하지 못한 채 그저 예거라트의 표정을 살피는 일에 온 신경을 쏟았다.

"하하, 이거 내가 한 방 먹었구나."

예거라트가 짐짓 호탕하게 웃으며 찻잔을 기울였다.

"하지만 옳은 말이기는 하지."

"예?"

릴리스는 예상외의 대답에 퍼뜩 놀라 과자를 들고 있던 손에 힘을 주었다. 파스스, 부스러기가 지저분하게 소파며 탁자 위로 떨어졌다. 느른한 목소리가 조각난 과자들 위로 얹혔다.

"말을 꺼낸 것은 네가 아니냐. 그리 놀라니 민망하구나."

과거의 그는 릴리스를 스파티움으로 보내기 직전, 간택전을 열어 한 명의 여인을 골랐다. 아직은 때가 되지 않은 듯해 그저 꺼내 본 말이었는데. 릴리스는 더듬거리며 변명을 덧붙였다.

"……아시다시피 제가 친분을 나누는 이가 없어…… 별 도움이 되지 못할까 싶어 그렇지요."

"그래도 나보다야 네가 더 잘 알겠지. 그렇지 않으냐?"

티타임은커녕 살롱 출입조차 하지 않는 것을 모를 리 없었음에도, 예거라트는 단언 같은 말로 능숙하게 그녀의 입을 막았다. 반박의 여지조차 두지 않는 강압이었다.

찜찜하기 그지없는 오후. 발을 끌며 황녀궁 정원으로 들어서던 릴리스는 거의 완성된 연무장 앞에 서 있던 바이마르와 정면으로 마주쳤다. 향나무 숲에서 어색하게 헤어진 뒤로 며칠 만에 다시 보는 얼굴이었다.

"서재에 다녀오시는 길인가요?"

먼저 말을 붙여 온 것은 릴리스였다. 바이마르는 잠시 고민하다 선선히 고개를 끄덕였다.

"예, 좋은 곳이더군요."

사근사근한 대꾸에 말간 눈이 휘둥그레졌다. 바이마르는 살짝 고개를 틀며 들고 있던 책으로 옆얼굴을 슬몃 가렸다. 빤히 바라보는 시선을 감내하기 힘들었던 탓이다.

그런 마음을 아는지 모르는지. 책 제목을 두어 번 읊조리던 릴리스가 다시금 입을 열어 대화를 시도해 왔다.

"내용이 쉽지 않을 텐데. 독해에도 꽤 능숙하신가 봅니다."

"……말하는 것만큼은 아닙니다만 어떤 책이든 천천히 읽으면 제법 볼만하더군요."

편히 응대를 해 주자 말간 얼굴 위로 눈에 띄게 기쁜 기색이 어렸다. 바이마르는 어쩐지 쑥스러워져 부러 그쪽으로는 시선을 두지 않고 걸음을 뗐다. 발을 맞추어 걷는 두 사람의 발꿈치 아래로 그림자가 짧게 겹쳤다 떨어지기를 반복했다.

"그러고 보니 말이 정말 유창하신데, 혹 따로 아테라어를 배우셨나요?"

재잘대는 목소리가 흡사 아침마다 창밖에서 지저귀는 새소리처럼 경쾌했다. 잠시간 그 부드러운 울림에 취해 있던 바이마르는 한 박자 늦게 정신을 차리곤 입을 열었다.

"어릴 적 살았던 곳에 아테라인들이 제법 있어 그렇습니다. 어울려 살다 보니 자연스레 익히게 되었지요."

"하지만 수준이 퍽 높으신걸요. 저도 스파티움어를 배운 적이 있지만⋯⋯. 발음이 워낙 엉망이라 빠른 대화는 아직도 따라잡기가 쉽지 않아요."

정원을 지나 궁 입구로 들어서자 널찍한 홀 너머에 있는 커다란 중앙 계단이 한눈에 들어왔다. 그들은 조금 떨어져 천천히 단을 오르며 보조를 맞추었다.

"쓸 일이 없다면 구태여 알 필요도 없지요."

한 박자 늦은 대꾸가 돌아왔다. 릴리스는 그 말이 아까의 칭찬에 대한 답임을 뒤늦게야 깨닫고 서둘러 말을 이어 붙였다.

"그럴 리가요. 이리 공을 뵙게 될 줄 알았다면 분명 좀 더 열심히 배웠을 거예요."

큼. 헛기침이 끼어들며 잠시 걸음이 멈추었다.

"⋯⋯그렇습니까."

푸른 눈이 빤히 그녀의 얼굴을 훑어 내리다 정신을 차린 듯 서둘러 떨어져 나갔다.

이윽고, 그들은 다시 계단을 오르기 시작했다. 릴리스는 한 단 위에 올라서 있는 그의 뒷모습을 응시하다 저도 모르게 손을 뻗어 축 늘어진 미색 옷소매를 잡아챘다. 바이마르가 뒤돌아보며 비스듬히 고개를 기울였다.

"더 하실 말씀이라도?"

용무가 없으시다면 이만 가 보도록 하겠습니다. 무표정한 얼굴 위에 그런 내심이 뚜렷했다.

"아뇨, 그게."

릴리스는 아랫입술을 잘근거리며 필사적으로 텅 빈 머릿속을 쥐어짰다. 그러나 본래 없는 말주변이 갑자기 생길 리 없었으므로, 그녀는 결국 할 말을 찾지 못해 조금 시무룩해하며 손의 힘을 풀고 말았다.

"……용건이 없으시다면 이만 돌아가 보겠습니다."

그러나 곧바로 떨치고 가 버릴 거라 생각했던 것과 달리, 바이마르는 그로부터도 한참 동안 인내심 있게 자리를 지켰다.

시간이 얼마나 흘렀을까. 이윽고 뿌리라도 내린 듯 단단히 바닥에 닿아 있던 두 발이 천천히 떨어지며 신발 앞코 방향을 바꾸었다. 릴리스는 고개를 푹 수그린 채 그 모습을 바라보다가, 불쑥 머릿속을 스친 생각에 급하게 다시 오른팔을 앞으로 내밀었다.

"제게 스파티움어를 가르쳐 주세요."

바이마르는 대답 없이 겹쳐진 손을 물끄러미 응시했다. 릴리스는 그제야 자신이 쥐고 있는 것이 옷소매가 아닌 그의 손가락임을 깨달았다.

그러나 물러나는 대신, 그녀는 단 하나를 더 올라 바이마르와 어설프게나마 눈높이를 맞추었다. 그가 발갛게 달아오른 양 볼을 씰룩였다. 불만스러운 것도 같고, 의아해하는 것도 같은 묘한 표정이었다. 혹여나 거절의 답이 돌아올까 두려워 릴리스는 얼른 한마디를 덧붙였다.

"연무장이 완공되기 전까지는 시간이 조금 남았으니까요."

생각 없이 꺼낸 말이었으나, 생각할수록 이보다 더 좋은 핑곗거리가 없었다. 릴리스는 빈손을 말아 쥐곤 초조하게 나올 답을 기다렸다.

"⋯⋯그러지요."

잠시 뒤, 뜸을 들이듯 침묵하던 그가 선선히 고개를 끄덕였다. 바라 마지않던 답이었으나, 한편으론 기대조차 버렸던 답이었다. 릴리스는 깜짝 놀라 잡고 있던 손을 놓곤 입을 가렸다. 히끅, 그새를 못 참고 딸꾹질이 튀어나왔다.

"점심 식사 뒤에 뵙는 게 어떻겠습니까?"

물끄러미 그녀를 응시하던 바이마르가 옆구리에 끼고 있던 책을 들어 보이며 물었다.

"예?"

"수업 말입니다."

릴리스는 여전히 입을 막은 채 고개를 주억거렸다. 바이마르가 팔을 도로 내리며 그사이 구깃구깃해진 소맷자락을 자연스럽게 등 뒤로 돌려 감추었다. 어째서인지 주름을 도로 펴는 것은 영 내키지 않는 표정이었다. 이유는 잘 모르겠지만, 그 태도에 덩달아 손끝이 간질거렸다.

"그럼 식사 뒤 뵙겠습니다."

어색한 침묵이 부담스러웠던지, 홱 몸을 돌린 바이마르가 먼저 휘적휘적 계단을 오르기 시작했다. 릴리스의 침실은 2층이었고, 바이마르의 방은 그보다 한 층 위에 자리했다. 식을 올렸으니 본래라면 합방을 해야 할 일이나 누구도 그 당연한 사실을 내색하지 않아 바이마르는 자연스럽게 손님방 중 한 곳에 짐을 푼 상태였다.

저벅저벅 뒷모습이 멀어져 갔다. 릴리스는 아랫입술을 지그시 깨물었다. 아무리 개비라 한들 이런 사항을 독단으로 처리할 수는 없었을 것이다. 분명 은연중 누군가의 입김이 닿았을 터. 그리고 그 '누군가'를 특정하는 것은, 지금에 와선 그리 어려운 일조차도 아니었다.

다소 울적한 기분으로 점심 식사를 마친 뒤, 그녀는 필기구를 챙겨 들고 서둘러 바이마르의 방으로 향했다. 기사가 도착을 고하기 무섭게 방문이 벌컥 열렸다.

"스파티움에서 가져온 것입니다. 아테라식 번역본도 있는 걸로 압니다만, 원본을 보는 편이 발음을 연습하는 데 도움이 될 듯해 골라 보았습니다."

바이마르가 말하며 두툼한 책 한 권을 탁자 위에 올렸다. 제목을 보니 퍽 유명한 고전이었다. 차라리 아까의 것이라면 아는 척이라도 할 수 있었으련만. 릴리스는 아쉬운 마음을 감추며 그의 맞은편 자리에 앉았다.

"그럼 시작하지요."

바이마르가 먼저 책을 펼쳤다. 한 문단을 먼저 소리 내어 읽은 그가 차례를 암시하듯 입을 꾹 다물었다. 릴리스는 길쭉한 손가락이 가리키는 곳을 더듬더듬 읽어 내려가다가, 얼마 가지 못해 얼굴을 새빨갛게 붉히고 말았다. 어릴 적 배운 것이 전부라 변명한대도 부정하기 힘들 만큼 처참한 실력이었다.

릴리스는 풀이 죽은 얼굴로 흘금 바이마르의 눈치를 살폈다.

"화내셔도 되어요. 선생님이시잖아요."

"제가 어찌 마마께 화를 내겠습니까."

'매번 그랬으면서.' 릴리스가 웅얼거렸다. 바이마르는 못 들은 척 일어나 책을 도로 선반에 꽂아 두었다. 사실이었기에 더 대꾸할 말이 없었다.

"마마, 들어도 되겠습니까?"

어색한 고요을 깨뜨린 것은 작은 노크 소리였다. 사뿐히 걸어 탁자 앞까지 다가온 개비가 황금 매듭이 묶인 서신을 정중하게 빈 공간에 올려 두었다. 보지 않아도 출처를 알 만했다. 릴리스는 내키지 않는 얼굴로 느슨한 매듭을 풀어냈다.

제자리로 돌아온 바이마르가 내용이 궁금한 듯 그녀를 빤히 쳐다보았다.

"⋯⋯폐하께서 저녁을 같이 들자 하시네요."

절로 떨떠름한 목소리가 튀어 나갔다. 바이마르가 살짝 미간을 찌푸렸다 고개를 끄덕였다. 릴리스는 자리를 털고 일어나 가볍게 머리를 매만졌다. 본궁까지는 제법 거리가 있으니 천천히 걷다 보면 얼추 시간이 맞을 것이다.

"마차는 부르지 않을 생각인데, 괜찮으시겠어요?"

말하고 나니 이전 산책의 연장선 같아 어쩐지 쑥스러운 기분이 들었다. 너무 조르는 것처럼 보이진 않았을까. 고민 끝에 말을 거두려하기 직전, 먼저 나선 바이마르가 문을 잡고 선 채로 그녀를 돌아보았다. 릴리스는 생각을 지우고 서둘러 그를 따라잡았다.

요즘 들어 늘 그렇듯 오늘 역시 걷기에 제법 좋은 날씨였다. 묵묵히 걷던 바이마르는 본궁 지붕이 시선 끝에 걸릴 무렵이 되어서야 침묵을 깨고 불쑥 물음을 던졌다.

"폐하께서는 어떤 분이십니까?"

"좋은…… 분이시죠."

릴리스는 가만 생각하다 가장 무난한 대답을 내어놓았다. 말하면서도 혀끝이 가슬가슬했다. 빤한 눈길이 한동안 왼뺨을 배회했다. 릴리스는 애써 그 시선을 털어 내며 발걸음을 빨리해 반보 앞으로 나섰다. 어느덧 궁문이 코앞이었다.

예거라트는 길쭉한 탁자의 맨 끝, 둥글게 다듬어 놓은 매끈한 상석에 앉아 있었다. 발자국 소리를 기민하게 감지한 그가 열린 문을 향해 몸을 틀며 두 팔을 활짝 벌렸다.

"어서 오거라, 릴리스. 바이마르 왕자 그대도 환영하네. 본궁에서 이리 함께 식사를 드는 것은 처음이로군."

바이마르는 처음, 아니 두 번째 마주하는 황제의 얼굴에서 부러 시선을 비끼며 바닥을 응시했다.

"초대에 감사드립니다."

"무얼. 내가 바빠 초대가 늦었으니 도리어 사과를 해야겠지. 앉게나."

형식적인 인사가 짤막하게 오고 갔다. 사람 좋게 웃어 보인 예거라트가 잔 옆에 놓여 있던 작은 종을 흔들어 오찬의 시작을 알렸다. 곧, 커다란 쟁반을 요령 좋게 한 팔로 받쳐 든 시종들이 줄지어 식당 안으로 들어와 차례차례 음식을 놓고 떠났다. 달착지근하고 고소한 냄새가 물씬 풍기며 후각을 자극했다.

"입에 맞았을지는 모르겠네만. 모쪼록 만족했으면 좋겠군."

식사 시간은 제법 무난하게 흘러갔다. 예거라트는 타고나길 화술에 무척 능했으므로, 기실 본인이 의도하지 않는다면 누군가와 쉬이 마찰을 빚는 편은 아니었다. 바이마르가 냅킨으로 입가를 닦아 내며 정중하게 대꾸했다.

"과분한 걱정이십니다. 음식 솜씨가 무척 훌륭해 넘치게 배를 불린 듯하니 도리어 그 점이 아쉽습니다."

"하하, 들었나 플립? 자네 솜씨가 왕자의 마음에 쏙 들었나 보아."

직접 나와 접시를 나르고 있던 주방장 플립이 황제의 말에 가볍게 고개를 숙여 보였다. 예거라트가 웃으며 포크로 릴리스를 가리켰다.

"오늘의 후식은 내 사랑하는 누이를 위한 것이지. 릴리스가 복숭아를 아주 좋아하거든."

과시하듯 목소리가 유난히 다정했다. 릴리스는 물컹한 푸딩을 묵묵히 씹어 삼키며 어색하게 미소했다. 볼록한 뺨에 다시 빤한 시선이 와 닿았다 떨어졌다.

"헌데…… 왕자 그대는 요즘 편안히 지내고 있는가? 듣자 하니 둘 사이가 제법 좋다고들 하던데. 황녀가 부군을 위해 정원까지 뒤엎었다는 소문에 내 귀가 따가울 지경이라네."

빈 그릇을 내려놓고, 포도주로 입 안을 헹궈 낸 예거라트가 여상하게 탁자를 두들기며 물었다. 릴리스는 고개를 숙이며 흘긋, 꼬리가 뾰족한 녹빛 눈을 살폈다. 그것은 마치 뱀의 눈 같기도 했고, 먹이를 노리는 독수리의 눈 같기도 했다.

바이마르는 식기를 정리하며 충분히 시간을 끈 뒤에야 느릿하게 그의 물음에 답했다.

"저 역시 완공을 고대하고 있습니다. 타국에서 지내는 데에 불편함이 없으니 이 또한 황녀 마마의 배려 덕이지요. 항상 감사하게 생각합니다."

잠시 기묘한 침묵이 흘렀다. 릴리스는 혀를 살짝 빼내어 마른 입술을 가볍게 축였다. 이윽고, 예거라트의 입가에 예의 그린 듯한 미소가 내걸렸다.

"잘 지내고 있다니 다행이군그래. 내 그대의 아비를 볼 면목이 이제야 서는 것 같아."

"황공합니다."

"아니, 아닐세. 급하게 치른 혼사였던지라 나 역시도 걱정이 많았지. 모쪼록 앞으로도 누이를 잘 부탁하네, 왕자."

"명심하겠습니다."

"내 더 머무르고 싶으나 나랏일이 바빠 여의치 않군. 먼저 일어날 테니 천천히 돌아가게나."

상냥한 인사가 이어졌다. 벗어 두었던 망토를 한쪽 팔에 걸친 예거라트가 성큼성큼 걸어 먼저 식당을 떠났다. 거대한 문이 소리도 없이 열렸다 닫혔다. 릴리스는 비로소 고요해진 식탁 앞에서 가슴을 크게 부풀려 숨을 들이쉬었다.

"······황제께서 누이를 무척 귀애한다고 들었는데, 이제 보니 꼭 그런 것만도 아닌 모양입니다."

나직한 목소리가 귓가를 스친 것은 그때였다. 컥. 막 숨을 내뱉던 릴리스에게서 볼썽사나운 기침 소리가 터져 나왔다. 바이마르는 다소 냉랭한 손놀림으로 그녀에게 새 냅킨을 건넸다.

"예서 밤이라도 새실 생각이십니까?"

황망한 기분으로 입가를 닦고 있으려니 재촉하는 말이 다시금 이어졌다. 기침을 갈무리하느라 고개를 숙이고 있던 릴리스의 얼굴 앞으로 희고 긴 손이 불쑥 들어왔다.

단지 에스코트를 하기 위함이었는지 바이마르는 그녀가 손을 붙들고 일어나기 무섭게 팔을 거둬들였다. 릴리스는 그 온기가 완전히 떨어지기 직전, 반사적으로 닿아 있던 손끝에 힘을 주었다. 뿌리치고자 마음먹는다면 문제조차 되지 않을 가벼운 힘이었다.

그러나 바이마르는 어떤 행동도 하지 않았다.

"큼······."

나란히 나오는 두 사람을 한 번, 어설프게 겹쳐진 손을 또 한 번 쳐다본 와트만이 입을 떡 벌리고는 양손으로 제 눈을 벅벅 비볐다. 릴리스는 어쩐지 멋쩍은 기분이 되어 황급히 그 앞을 지나쳤다.

잠시 머물렀을 뿐이라 생각했는데, 돌아보니 어느덧 석양이 지고 있었다. 둥그런 궁 지붕 위에 부드럽게 녹아들던 주홍빛 햇살 한 줌이 머리칼, 어깨, 목덜미 위로 올라앉아 사방을 불그스레하게 물들였다.

와트만은 무슨 낌새를 채기라도 한 사람처럼 한껏 느릿느릿하게 두 사람의 뒤를 따랐다. 분주히 정원을 오가며 하루를 마무리하던 사용인들이 의아한 눈으로 이 이상한 조합을 흘금거리다 이내 제 일로 돌아갔다.

그리고 그날 밤.

릴리스는 푹신한 침대에 반쯤 파묻힌 채 오른손을 위로 쭉 뻗어 보았다. 오는 길 내내 닿아 있던 살갗에 아직도 미진한 온기가 남은 듯했다.

그것은 사포로 손끝을 갈아 낸 것처럼 거칠하고 저릿한 감각이었다. 어쩌면 일종의 성취감일지도 모른다. 혹은 희열이나 놀람, 설렘이나 위안 같은 좀 더 단순한 감정일지도.

릴리스는 그러한 감정들을 명확히 구분하는 법을 알지 못했다. 배우지 못해서이기도 했고, 알 필요가 없어서이기도 했다. 그러나 지금 이 순간만큼은 그 무지가 한없이 아쉬워졌다. 손끝을 성냥 삼아 가슴속에 불씨 하나를 피워 놓은 듯한 이 감정을.

사람들은 과연 뭐라고 부를까?

⚜ ⚜ ⚜

연무장은 그로부터 며칠 뒤 완공되었다.

바이마르는 이 소식에 눈에 띄게 기뻐했지만, 흙이 마르는 동안은 얼씬도 하지 말라는 인부들의 엄포를 덧붙이자 급격하게 말을 잃었다. 세상의 온갖 시름을 다 짊어진 사람처럼 울적해 보이기까지 했다.

"사브르어에도 조예가 있으실 줄은 몰랐는데요."

릴리스는 책장을 넘기며 부러 목소리를 조금 키웠다. 미련이 뚝뚝 떨어지는 얼굴로 창밖을 내다보고 있던 바이마르가 퍼뜩 놀란 듯 그녀를 돌아보았다.

그가 이내 머쓱한 표정으로 고개를 흔들었다.

"형님이 뭐든 배워 두는 게 좋다 하셔서…… 어릴 적 조금 익혀 둔 것뿐입니다. 대단한 재주랄 것까지는 없어요."

신어라고도 불리는 사브르어는 누구도 쓰지 않는 사장된 언어였다. 고작해야 지금처럼 각주에 달려 언어학자들의 골머리를 썩이는 게 남은 역할의 전부라 해야 할 것이다. 그러나 바이마르는 대수롭지 않은 얼굴로 그것들을 술술 읽어 내려 방 안의 모두를 놀라게 했다.

릴리스는 그의 겸손을 부정했다.

"이 정도면 대단한 재주가 맞지요. 형님께서 선견지명이 있으셨네요."

"그건…… 그럴지도 모르겠습니다. 늘 할 줄 아는 것이 많아야 살아남을 길이 있다고 하셨으니까요."

대답하는 목소리가 유독 밝았다. 바닷물이 출렁이듯 푸른 눈에 생기가 흘러넘쳤다. 처음 보는 소년 같은 얼굴이었다. 릴리스는 저도 모르게 바이마르를 따라 웃다가 눈이 마주치자 흠칫 놀라 괜스레 다시 책에 눈길을 박았다.

"······형님은 어떤 분이십니까?"

한참을 기다려도 시선이 떨어지지 않아 릴리스는 결국 다시 고개를 들었다. 바이마르가 도둑질을 하다 들킨 사람처럼 깜짝 놀라며 깃펜을 잉크병에 푹푹 찍어 눌렀다.

"······형님은 두 분이 계신데······ 실은 큰형님과는 거의 왕래가 없는 편이라 드릴 말씀이 썩 많지 않습니다. 대신 둘째 형님과는 아주 친해요. 체자레라 합니다."

"체자레."

릴리스는 배운 대로 그 이름을 따라 읊어 보았다.

"예. 스파티움어로 강철이란 뜻이지요. 어머니가 다르지만 제게 무척 잘해 주셨습니다. 카리알에서도 늘 저와 함께 시간을 보내셨어요."

강철이라. 군사력으로 스파티움을 장악하고 제국과의 협상을 시도했던 그의 행보와 놀랍도록 잘 맞아떨어지는 이름이었다. 릴리스는 바이마르의 말을 설핏 흘려들으며 흐릿한 기억을 어렵게 되살렸다.

"카리알은 산지가 많은 곳이라 들었는데······ 맞나요?"

"맞습니다. 다소 척박한 환경이지만 살아 보면 그리 나쁘지만은 않아요. 사람들도 모두들 순박합니다."

쾌활한 어조로 이야기를 이어 가던 바이마르는 그러다 문득, 우물쭈물하며 급히 입을 다물었다. 오랜만에 꺼내는 가족 이야기에 그만 너무 흥분했던 모양이다. 추태를 보였다는 생각에 낯이 절로 붉어졌다.

"아, 제가…… 너무 말이 많았나 봅니다."

릴리스는 그녀대로 당황해 바이마르를 다독였다. 침묵이 길어 그를 오해하게 만들었다는 자책감이 들었다.

"아뇨, 아니에요. 부럽다는 생각을 하느라……."

"마마께서도 좋은 오라버니를 두지 않으셨습니까."

그리고 바이마르는 곧 후회했다. 불과 얼마 전 건넸던 말이 그제야 떠올랐다. 이제 와 우애를 칭찬하다니 개가 들어도 웃을 이야기였다.

"전에는 결례가 많았습니다."

그는 일단 사과했다. 릴리스가 말간 고동색 눈에 그를 담고 말했다.

"무슨 말씀이신지 모르겠네요."

"그……."

"틀린 말도 아닌걸요."

바이마르는 의연한 척 깃펜을 빼내려다 그만 잉크병을 엎고 말았다. 표정을 숨기지 못하는 하얀 얼굴 위로 난감함이 얼핏 어렸다.

"……아닙니다. 아낌에도 여러 종류가 있는 법이니 제가 잘못 보았나 봅니다."

푸른 눈이 조금 떨리다 기어이 아래로 내리 감겼다. 촘촘하게 난 검은 속눈썹이 매끄러운 피부 위로 옅은 그늘을 만들었다. 흡사 사고 친 강아지가 꼬리를 만 모양새였다.

"왜 그렇게 보십니까?"

빤한 눈길이 한참 동안 이어졌다. 그리고 마침내 손에 묻은 잉크가 말라붙어 지저분한 얼룩이 되었을 무렵, 바이마르는 정수리에 내리꽂히는 시선을 더 이상 감내하지 못하고 고개를 들어 올렸다. 릴리스가 어깨를 으쓱했다.

"제가 공을 살피지 못할 이유라도 있습니까?"

"아니 그래도 이건 너무……."

"오늘따라 솔직하셔서 그렇습니다."

얼굴이 순식간에 새빨개졌다. 바이마르가 달아오른 얼굴로 입을 뻐끔거렸다. 릴리스는 조금 들뜬 기분으로 맞은편의 얼굴을 살폈다. 퉁명스러운 말투와 딱딱한 무표정 너머에 이런 다채로운 모습이 숨어 있었다는 게 못내 신기하게 여겨져 자꾸만 그리로 시선이 흘렀다.

"그만, 그만 돌아가 주십시오."

다음 순간 바이마르가 그 얼굴로 벌떡 일어나 말했다.

"예? 하지만 수업은……."

"오늘은 제가 피곤하여 더 이상은 안 되겠습니다."

그러니 그만 돌아가세요. 그가 말하며 허둥지둥 몸을 돌렸다. 릴리스는 커다란 덩치가 화급히 침실로 사라진 뒤에야 주섬주섬 깃펜과 손수건, 다 읽은 책을 챙겨 들고 자리에서 일어났다.

"저하께서 많이 당황하신 모양입니다."

와트만이 히죽대며 방문을 열었다. 마침 복도를 지나던 기사 한 명이 깜짝 놀란 얼굴로 허리를 구부리며 인사를 건네 왔다. 릴리스는 그의 어깨 너머로 보이는 낯선 얼굴에 고개를 갸웃하며 방 밖으로 완전히 몸을 빼냈다.

탁. 등 뒤에서 문이 닫혔다.

"처음 보는 시종인데…… 새로 들인 이인가?"

"예? 아, 예. 그렇습지요. 매번 일손이 부족하다고 불만이 많지 않았습니까. 이놈도 수도에서 일하다 입궁했다 들었는데, 그러니까 이름이……."

기사가 볼을 긁적이며 말끝을 흐렸다. 세 쌍의 시선이 일제히 낯선 사내에게 향했다. 기민하게 눈치를 살피며 서 있던 사내가 성큼 나서 허리를 넙죽 숙였다.

"시렌이라 합니다. 몰튼 백작가에서 다행히도 추천서를 넣어 주시어 새로이 궁에 들게 되었습니다. 뵙게 되어 영광입니다, 황녀…… 마마."

"몰튼?"

"에반젤린의 먼 친척이라 들었습니다. 그, 세탁실의 빨간 머리 시녀 말입지요."

처음 듣는 이름에 고개를 갸웃하고 있으려니 기사가 다시 나서 설명을 부연했다. 이번에는 틀림없다는 듯 퍽 자신만만한 어조였다.

릴리스는 숱이 빽빽한 시종의 머리꼭지를 물끄러미 응시했다. 밀빛 머리카락에 갈색 눈. 분명 처음 본 이가 틀림없음에도 이상하게 눈에 익은 느낌이 들었다.

"가시지요."

그러나 그럴 리가 없지 않은가.

괜한 사람을 의심하는 것은 과거로 돌아온 뒤 새로 얻은 나쁜 버릇들 중 하나였다. 어쨌거나 사람을 들이는 것은 개비의 일이었고,

황녀궁처럼 폐쇄적인 집단의 경우 인맥으로 인원이 충원되는 일이 흔했다.

릴리스는 머리를 흔들어 생각을 털어 냈다. 아무래도 조금 쉬어야 할 것 같았다.

✤ ✤ ✤

"검은 누구에게 배우셨습니까?"

협소한 연무장 안에 두 사람이 서 있었다. 바이마르는 목검을 허리춤에 갈무리한 뒤 물에 적신 수건을 넓게 펼쳐 정수리 위에 올렸다. 찬물이 뚝뚝 떨어지며 햇빛에 달아오른 피부를 식혔다.

"스파티움에 있을 적에 처음 검을 잡았다. 카리알로 떠난 뒤에는 다양한 이에게 꾸준히 훈련을 받아 왔으니 누군가를 특정하긴 다소 곤란할 듯한데."

"뭐…… 검로가 정형화되어 있지 않아 그럴 것이라 짐작은 했습니다만. 그래도 기본기는 착실히 다져 오신 것 같으니 실전 경험만 좀 더 쌓으시면 되겠습니다. 앞으로도 이렇게만 열심히 하십쇼."

"……정말인가?"

"물론입니다. 제가 장담합지요."

와트만이 제 입에서 떼어 낸 물통을 바이마르에게 불쑥 건넸다. 바이마르는 잠시 주저하다 물이 반쯤 남은 병을 받아 천천히 제 입가에 대었다. 불룩 나온 목울대가 물을 삼킬 때마다 눈에 띄게 꿈틀거렸다.

이윽고 빈 물통을 내려놓은 그가 대강 물이 빠진 수건을 걷어 내고는 마른 천으로 머리의 물기를 털어 내기 시작했다. 정오의 햇살 아래 허공으로 튀어 오른 물방울들이 빛을 머금고 사방으로 흩어졌다.

"체력도 나쁘지 않고, 눈치도 있으신 것 같으니 내일부터는 대련에 집중하십쇼. 본래 검술에 왕도란 없는 법 아니겠습니까."

가감 없는 칭찬에 목덜미를 붉혔던 바이마르는 그러나, 기쁜 내색을 숨기려는 듯 금세 다시 무표정을 가장했다.

"잘되었네요, 공."

근처를 서성이고 있던 릴리스가 냉큼 다가와 생긋 웃었다. 반짝거리는 푸른 눈동자가 슬쩍 그녀의 얼굴을 훑었다. 릴리스는 그 시선을 모른 척하며 보송한 새 수건을 커다란 손에 쥐어 주었다.

연무장이 생긴 지도 벌써 일주일이 지나가고 있었다. 따로 허락을 구하지는 않았으나, 릴리스는 시간이 날 때면 종종 나와 오늘처럼 훈련을 구경하곤 했다. 처음에는 꺼려 했던 바이마르도 이제는 제법 적응해 간단한 목례로 인사를 갈음하는 수준이 되었다. 격식 차린 인사를 주고받던 몇 달 전과는 비교도 할 수 없을 정도의 진전이었다.

"그럼 모처럼 좋은 날이니…… 점심이나 같이할까요?"

릴리스는 대답도 듣지 않고 그를 끌며 길을 앞서 나갔다. 바이마르 역시 구태여 그 손을 털어 내지 않았다. 짧은 그림자가 길 위에서 한데 겹쳤다.

황녀궁의 사용인 대대수가 아직도 바이마르를 무시하고 꺼려 했지만, '음식에는 피아의 구분이 없다'는 주방장의 신념에는 국적과 핏줄을 초월하는 어떤 철학 같은 것이 있었다.

그에 걸맞게 식탁 위는 오늘도 갖가지 음식들로 풍성했다. 대부분이 요 근래 특히나 식욕이 왕성해진 바이마르의 몫이었다. 릴리스는 자리에 앉기 무섭게 거침없이 접시들을 비워 내는 그를 보며 눈을 휘둥그레 떴다.

한참 동안 배를 채운 뒤 냅킨으로 입을 닦던 바이마르는 뒤늦게야 그 시선을 눈치채곤 주춤주춤 자세를 바로 했다.

"더 드시지 않구요."

"충분히 먹었습니다."

그는 진심으로 답했다. 실은 충분하다 못해 배가 터질 지경이다. 디저트 대신 냉차로 입가심을 했음에도 속이 조금 더부룩했다.

식사를 마치고 방으로 돌아온 바이마르는 의사를 부르는 대신 서랍을 뒤져 손에 익은 약 꾸러미를 꺼내 들었다. 찬물을 가져오라 이르자 시녀가 곧 주전자와 물잔을 찾아 들고 돌아왔다.

그는 익숙한 내용물을 한꺼번에 입 안에 털어 넣고는 미리 따라 놓았던 물을 벌컥벌컥 들이켰다. 분명 약을 먹는 모습을 보았음에도 시녀는 말 한마디 없이 빈 쟁반을 받쳐 들고 방을 나섰다.

바이마르는 쓴맛이 남아 있는 입 안을 새 물로 말끔히 헹궈 냈다. 애초에 기대가 없었으니 상처받을 일도 없었다.

그때였다.

"시녀장이옵니다. 마마께서 전해 달라 하시어."

뜻밖의 객이 방문을 청했다. 바이마르는 약 꾸러미를 서둘러 옷 속에 감추고는 그녀를 방 안으로 들였다.

"물푸레나무 뿌리를 우려낸 차입니다. 더위를 이기는 데에 좋다 하여 황녀 마마께서 직접 보내셨지요."

총총 다가온 개비가 쟁반을 내려놓으며 딱딱한 얼굴로 말을 읊었다. 떨떠름할 것이 분명한 속내와는 별개로, 그녀는 늘 바이마르에게 수준 이상의 무례를 범하지 않으려 애쓰는 편이었다. 분명 황녀의 엄명이 있었으리라.

"고맙다 전해 드리게."

개비와 그녀 휘하의 사용인들에게 바이마르는 황녀의 부군이라기보다는 스파티움의 왕자였으며, 왕가의 일원이라기보다는 적국의 서출이었다. 서자를 배척하는 아테라의 정서상 반감이 더하리란 것 또한 이미 예상했던 범주에 속했다. 바이마르는 반쯤은 체념한 마음으로 그 홀대를 받아들였다.

"물러가겠습니다."

그런 관점에서 보았을 때, 황녀가 만들어 준 개인 연무장은 분명 대단한 특혜가 맞았다. 궁 구석에 박아 두곤 신경조차 쓰지 않던 타국 왕자를 황제가 다른 이유로 찾았을 리 없지 않은가.

"저하."

문득 바깥에서 익숙한 기척이 들렸다.

"들라."

바이마르는 생각을 멈추고 조금 풀어진 얼굴로 새로운 객을 맞았다. 시종 복장을 한, 호리호리한 체격의 청년이 주변을 둘러보며 방문을 닫았다.

밀빛 머리에 갈색 눈. 시렌이었다.

"세상에 저하, 오랜만에 뵙습니다! 그새 키도 많이 크셨고, 무슨 일인지 체격도 한층 좋아지셨고……. 이제 보니 아테라에서 퍽 대접을 잘해 주는 모양입니다?"

목소리를 한껏 낮춘 시렌이 탁자 주변을 빙빙 돌며 호들갑을 떨었다. 바이마르는 오래된 수하의 시끄러운 인사를 예전처럼 무심히 받아넘겼다.

"됐으니 적당히 해. 그보다 잠입하는 데 생각보다 시간이 오래 걸렸군. 4개월 만인가?"

"무슨 말씀을! 그보다 3주는 더 쳐주셔야 합니다요. 뭐, 그간 잘 지내신 듯하니 일단은 다행입니다만……."

시렌이 눈을 가늘게 뜨며 가슴 앞으로 팔짱을 턱 끼었다.

"저는 그간 팔자에도 없는 시종 노릇을 하느라 허리가 다 굽었는데, 생각보다 너무 평온해 보이시니 솔직히 조금은 억울합니다. 이러시기 있습니까?"

그럼 어디 한 군데 부러지기라도 했어야 한단 말인가? 바이마르는 불손한 투덜거림에 미간을 와락 구겼다. 찔끔한 시렌이 눈치를 보듯 큼, 흠 헛기침을 연발했다.

"아니, 세상에 코딱지만 한 저택에 무슨 일거리가 그렇게나 많은지. 골골거리는 걸 뻔히 보면서도 아주 그냥 사람을 더 못 굴려서 안달이더라니까요. 그나마 일이 잘 풀려 다행이지요."

"미심쩍은 이들은 없더냐?"

"뭐 딱히 그렇지는…… 아, 참 그렇지. 요 며칠 전에 말입니다. 하필 이 앞을 지나다 황녀와 정면으로 마주쳤지 뭡니까. 뭐 언젠간 볼 거라 생각했다지만…… 어휴, 그땐 정말이지 심장이 다 졸아붙는 줄 알았다니까요. 헌데 이건 무엇입니까? 냄새가 영……."

불쑥 튀어나온 검지가 김이 모락모락 피어오르는 찻잔을 가리켰다. 바이마르는 어깨를 으쓱 추켜올리곤 적당히 식은 차를 단번에 꿀꺽꿀꺽 들이마셨다. 비릿한 흙 내음에 절로 인상이 찌푸려졌다.

"황녀 마마께서 보내 주셨다."

빈 잔을 내려놓으며 말을 꺼내자 시렌의 눈이 급격히 커다래졌다.

"황녀요?"

"그래."

"아니, 그런데 이걸 지금 아무렇지도 않게 드셨단 말씀이십니까?"

텅 빈 잔을 샅샅이 훑어보던 시렌이 바이마르를 채근하듯 빤히 노려보았다.

"입조심해라, 여긴 황녀궁이야."

"알지요, 알지요."

"게다가 마마께서 이런 얕은 수로 날 해치려 드실 리도 없으니……."

"예?"

시렌의 얼굴이 삽시간에 눈에 띄게 해쓱해졌다.

"아니, 저하. 잠시만요. 대체 지금 무슨 말씀을……."

바이마르는 차마 같은 말을 반복하지 못하고 목덜미를 조금 붉혔다. 시렌이 탄식하며 양손으로 머리를 감싸 쥐었다.

"아니, 예, 솔직히 황녀 마마께서 생각만큼 나쁜 분이 아니시라는 것 정도는 이제 저도 충분히 알겠습니다만. 그래도 저하의 이런 모습은 좀 많이 놀랍습니다?"

바이마르는 이제 완전히 당황해 자신도 모르게 말을 더듬고 말았다.

"뭐, 뭐가 말이냐?"

"뭐고 자시고, 이제야 사춘기 소년처럼 행동하시니 제가 좀 얼이 빠진다 이 말이지요. 뭐 그건 그것대로 나쁘지 않겠습니다만……."

시렌이 말꼬리를 길게 늘였다. 바이마르는 한순간 울컥해 얼굴을 일그러뜨렸다가 곧 양손을 휘휘 성의 없게 내저었다.

"오늘따라 말이 많다, 시렌. 입씨름하고 싶지 않으니 할 말 없으면 그만 나가 봐. 오전 내내 뒹굴어서인지 온몸이 다 결리는 것 같다."

"뭐…… 어차피 저도 이만 나가 봐야 합니다. 자주 찾아뵙도록 할 테니 너무 걱정 마시고, 아, 뭐 더 필요한 건 없으십니까?"

"없어. 그보다, 형님께서는?"

"그분이야 늘 그렇듯 편히 지내시겠지요. 참, 듣자 하니 개인 연무장이 생기셨다지요? 마침 잘되었지 뭡니까. 이제 일과 외의 일은 신경 쓰지 마시고, 시간 나는 대로 틈틈이 단련이나 해 두세요. 장담컨대 언제고 득이 될 겁니다."

"알겠다, 그건 그런데……."

"예?"

문제가 또 있었나. 시렌의 머릿속이 그런 걱정으로 분주해졌다. 심각하게 대화를 반추하고 있는 와중, 바이마르가 픽 웃으며 말을 이었다.

"다시 보니 그 복장이 참으로 잘 어울리는 것 같아서 말이야. 이래서야 정체를 밝혀도 아무도 믿어 주지 않을 듯한데."

"……."

너무 어이가 없어 화조차 나지 않는 평이었다. 심지어는 그 말을 완전히 부정할 수 없다는 점이 가장 기가 막혔다.

시렌은 무심결에 옆을 돌아보았다. 오른편에 놓여 있던 커다란 전신 거울 안에 말쑥한 차림의 청년이 비쳤다. 단정하게 깎은 머리와 목에 맨 검은 띠, 몸에 딱 맞게 재단된 조끼와 들고 있는 커다란 쟁반까지.

"……아무튼 몸조리나 잘하세요. 종종 오겠습니다."

그는 물기로 쪼글쪼글해진 손가락을 우울하게 노려보다 방을 나섰다. 이미 제법 오랜 시간 자리를 비웠다. 이 이상 머물러 쓸데없는 의심을 사는 것은 사양이었다.

다소 수다스러웠던 스파티움 출신의 젊은 청년은 문을 닫고 복도에 발을 딛는 순간 소심하고 주눅 든 얼굴의 아테라인 시종이 되었다. 낯익은 경비병이 익숙한 듯 몸을 물려 길을 내주었다. 시렌은 한숨을 삼키며 곧장 빨래터로 향했다. 아직도 남은 일이 산더미였다.

✢ ✿ ✢

보름, 한 달, 두 달이 가까워지면서 바이마르의 일상은 보다 안정되었다. 새벽에는 와트만과 연무장을 뛰었고, 아침 식사 뒤에는 얼마간 혹독한 대련이 이어졌다. 몸을 씻고 난 뒤에는 점심을 들고, 간간이 있는 릴리스와의 어학 공부를 마치고 나면 지루하다 느낄 새도 없이 하루가 훌쩍 지났다.

"정말 많이 자라셨습니다. 뭐 저도 이맘때 쑥쑥 컸던 기억이 있기는 합니다만······."

와트만이 감탄하며 목검을 챙겨 들었다. 두 사람은 막 오늘 치의 훈련을 끝마친 참이었다. 바이마르는 소맷단을 흔들어 옷에 묻어 있던 흙을 말끔하게 털어 냈다. 몇 달 사이 부쩍 커 버린 몸 탓에, 소매며 바지가 죄다 아이 옷처럼 짤막했다.

일주일마다 맞는 옷을 짓기 위해 재단사가 방문하는 것은 이미 예삿일이었다. 성장통으로 온몸이 쑤셔 밤새 잠을 설치는 통에 급히 불려 온 의사가 처방해 준 수면향도 아직 머리맡에 잔뜩 남아 있어 성가실 지경이다.

"그나저나 이리 보니 정말 스파티움인 같으시군요. 저도 아테라인 치고는 제법 덩치가 큰 편이라 생각했는데······ 이거야 원. 저하께는 앞으로 덤비지도 못하겠습니다."

솔직한 칭찬에 바이마르가 머쓱한 표정으로 주변을 훑었다. 푸른 눈이 연무장 주변을 살피는 것을 발견한 와트만이 입가에 헤벌쭉한 웃음을 걸었다.

"마마를 찾으시나 봅니다?"

타지 않은 하얀 목덜미가 설핏 붉어졌다 도로 제 색을 찾았다. 와트만은 웃음소리를 내지 않으려 애쓰며 아무렇지도 않게 말을 이었다.

"최근 폐하께서 황녀님께 일거리를 주셨지요. 그래서인지 요즘 마음이 퍽 바쁘신 모양입니다. 아침부터 종일 머리를 부여잡고 계시던 걸요."

"……그러한가."

"암요. 힘들다며 어찌나 투정이신지 원 참."

잠도 제대로 못 잔다느니, 아침도 먹는 둥 마는 둥 했다느니 하는 소리가 내내 쏟아졌다. 지겨울 법도 했으나 바이마르는 자리를 뜨지 않고 유심히 그 이야기를 들었다.

"같이 가 보시겠습니까? 좋아하실 텐데요."

와트만은 원하는 만큼 떠들어 댄 뒤에야 본론을 꺼내 들었다. 찬물에 적신 수건으로 이마를 닦아 내던 바이마르는 그 말에 조금 틈을 들이는가 싶더니 이내 고개를 저었다.

"……아니, 되었다. 바쁘신데 방해가 되겠지."

절대 그렇지는 않을 텐데요. 와트만은 덧붙이고 싶었으나 바이마르가 서둘러 자리를 뜨는 바람에 아쉽게 그 말을 삼켜야 했다. 길어진 다리만큼 걷는 속도도 빨라져 금세 뒷모습이 손톱만큼 작아졌다. 와중에도 고개는 궁을 향해 못 박혀 있는 것이, 아닌 척해도 최근 들어 유난히 릴리스를 신경 쓰는 모양새라 지켜보는 그로서는 그저 재미가 만만이었다.

"아, 왔어?"

지저분한 책상 너머에 앉아 있던 릴리스가 유달리 반색하며 그를 반겼다. 설렁설렁 문을 닫고 방 안으로 들어선 와트만은 널려 있는 종이들 위에 적힌 이름들을 눈으로 가볍게 훑어 내리며 콧잔등을 찡그렸다.

"갑자기 황후를 들이시겠다니……. 대체 무슨 심경의 변화이신지 모르겠습니다."

궁에 새 사람을 들이는 일은 예로부터 혈통을 이어 온 자들의 고유한 소관이었다. 설령 그 주체가 허울뿐인 황녀라 한들 가벼이 넘길 만한 관습이 아니었으므로, 결국 후보를 추려 내는 일은 전적으로 릴리스의 책임이 되었다.

"글쎄. 신하들의 채근이 지겨우셨던 모양이지."

젊은 황제의 옆자리가 비어 있다는 것은 시절을 막론하고 언제나 신하들의 대단한 걱정거리였다. 예거라트라 하여 예외일 수는 없다. 권력으로 찍어 누르니 대놓고 항의하지 못했을 뿐, 그의 혼사에 관한 것은 언제나 정무 회의의 주요 안건으로 올라 침 튀는 입씨름을 유발하곤 했다.

메리엔 드와이트.

릴리스는 죽기 전 들었던 황후의 이름을 되뇌며 급히 종이 더미를 뒤적였다. 허리까지 굽혀 가며 책상 위의 지도를 들여다보고 있던 와트만이 꺼내 놓은 종이에 적힌 이름을 소리 내어 읊고는 의아한 기색으로 왼뺨을 긁적였다.

"드와이트가의 영애라……. 그러고 보니 여긴 국경 근처 외곽이 아닙니까? 용케도 이런 변방의 가문이 후보에 올라왔군요."

"그렇지. 나도 의외라 생각하긴 해. 영지에 무언가 특별한 것이 있나?"

"그렇지는 않습니다. 다만, 아래 지방에서는 국경을 수호하며 제법 오랫동안 맥을 이어 온 가문인지라…… 공식적으로는 백작가입니다만, 선황제 폐하께서 그 공을 참작하시어 명예 후작위를 내리셨다 하더군요."

"국경에선 제법 권세가 있겠는걸."

"그런 셈입니다."

그렇다면야 심중을 이해 못 할 바도 아니었다. 국경에 대한 권한을 확장하는 한편, 수도 귀족들의 입을 다물게 할 수 있으니 돌멩이 하나로 두 마리의 새를 죽이는 격이라 해야 할 것이다.

릴리스는 드와이트 영애의 신상이 적혀 있는 종이를 접어 근처에 있는 책 사이에 곱게 끼웠다. 기왕지사 과거로 돌아오게 되었으니 보다 세력 있는 가문을 골라 도움을 청하는 방법도 있을 것이나, 릴리스는 아직 미지의 미래에 인생을 걸 만큼 도박에 능하지 못했다.

"그러고 보니 바이마르 저하께서 마마를 찾으시는 것 같던데요."

정원을 내려다보던 와트만이 불쑥 말을 꺼냈다. 텅 빈 연무장 위로 햇살이 따갑게 내려앉고 있었다.

"……공께서?"

"요 며칠 뜸하셨으니 그런 것 아니겠습니까. 뭐 어쨌든 두 분이 잘 지내시는 것 같아 저로서는 다행입니다. 마마께서도 외로움을 많이 타시는 편이니까요."

"내가?"

"설마 아니라고 생각하시는 건…… 아니, 됐습니다."

와트만은 어리둥절한 얼굴을 보며 습관처럼 혀를 찼다. 릴리스는 책상 위에 팔꿈치를 대고 앉아 손바닥에 비스듬히 턱을 괴었다.

"뭐…… 경이 그렇게 봤다면 그런 거겠지."

와트만이 미묘한 눈길로 그녀를 마주 보았다. 릴리스는 자유로운 한 손으로 깃펜 끝을 만지작거리며 시선을 떨구었다. 실은 그녀 자신조차도 이 마음을 무어라 불러야 할지 알지 못했으므로. 살고 싶어 잘해 주고자 했고, 한편으로는 과거 그를 홀대했던 죄책감을 덜어 내고 싶었다.

그러나 지금은 마치ㅡ

"……."

쏟아지는 빤한 시선 탓에 뒤통수가 따가웠다. 굳이 몸을 돌려 보지 않아도 와트만이 짓고 있을 표정이 생생히 그려졌다. 입을 조금 내밀고, 분명 눈살을 잔뜩 찌푸리고 있겠지. 못마땅한 일이 생길 때면 으레 그렇듯 어쩌면 팔짱을 끼고 있을지도 모를 일이다.

기실, 요사이 느끼는 소소한 관계의 변화는 비단 바이마르와의 사이에만 국한된 것이 아니었다. 와트만과 이런 대화를 나누는 것부터가 퍽 생소한 일이었을 뿐 아니라, 그가 이렇듯 세심하게 자신을 살피고 있었으리라곤 생각조차 해 본 일이 없어 더욱 기분이 심란했다.

그리고 그것은 릴리스의 마음속에 퍽 생경하면서도 뭉클한 감정을 불러일으켰다. 지난 3년간 그를 방치하며 소홀히 굴던 자신이 새삼 부끄러워지는 순간이었다.

다행히 남은 것이 후회뿐만은 아니었다. 열두 번의 계절을 함께 보냈고, 죽음을 넘어 돌아온 지금은 홀로 전보다 더한 신뢰를 마음에 쌓아 두었더랬다. 릴리스는 그럴 때마다 너도 폐하의 사람이냐 캐묻고 싶은 것을 몇 번이고 꾹 눌러 참았다.

언제까지고 미룰 수 없음을 안다. 그러나 조금만. 가능하다면 조금만 더 유예를 두고 싶었다.

"……위층으로 갈 거야."

릴리스는 생각의 끝에서 침묵을 방관하는 편을 택했다.

제법 일찍 도착했음에도 바이마르는 이미 모든 준비를 마친 뒤였다. 목덜미 근처까지 오는 머리를 깔끔히 빗어 넘기고, 칼라 없는 미색 셔츠를 받쳐 입은 그는 평소와는 다르게 금실로 수가 놓인 잿빛 재킷까지 어깨에 비스듬히 걸친 채 릴리스를 맞이했다.

'이것 참.'

비슷한 색감의 바지가 몸에 착 달라붙어 길쭉한 다리의 윤곽을 선명히 드러냈다. 연무장을 구르던 흙투성이 기사는 온데간데없이, 한껏 치장한 채 스스로를 뽐내는 미성숙한 청년만이 그곳에 남아 있었다.

잘됐다고 해야 할지, 아니라 해야 할지. 와트만은 복잡한 속내를 감추며 묵묵히 두터운 문을 밀어 닫았다.

"이틀 만에 뵙네요. 어제도 얼굴을 못 봤으니."

"바쁘시다 들었는데 괜찮으십니까?"

이제 방 안에 남은 것은 두 사람뿐이었다. 성큼 다가선 바이마르가 책을 건네받으며 의자를 빼 주었다. 릴리스는 익숙하게 그 시중을 받으며 가볍게 한숨을 뱉었다.

"폐하께서 황후 후보를 추려 보라 하셨답니다. 물론 제 의사가 그리 중한 것은 아니겠지만 신경이 쓰이는 것만은 어쩔 수가 없더군요."

"그렇습니까."

곧 다과가 들어왔다. 시원한 냉차 안에 꽃 얼음이 그득했다. 릴리스는 숟가락으로 달그락 소리가 날 때까지 얼음을 휘젓다가 단맛이 나는 홍차로 목을 축였다.

바이마르마저 입을 다물고 나자 방 안이 조용해졌다. 종종 있는 일이었고 처음만큼 어색한 분위기도 아니었다. 반쯤 녹은 얼음 속에서 노란 꽃봉오리가 둥실 떠오르며 얼굴을 드러냈다. 호박석을 깎아 만든 듯 모양이 어여뻤다.

"……그러고 보니 형님이 두 분 계시다고 하셨었지요. 혹 둘째 왕자님께서는 부인이 있으신가요?"

의식은 자연스레 호박 관을 쓰고 있던 장신의 여자에게로 흘렀다. 릴리스는 고요를 즐기다 문득 그 하얀 낯을 떠올렸다. 유약한 이미지는 아니었으나 퍽 상냥해 보이던 얼굴이었다.

"정인은 있으시지만 식은 아직이십니다. 나랏일이 바빠 가까운 시일 내에는 혼인할 생각이 없으신 듯하더군요."

"형제 사이에 대화가 많은 것 같아 부럽네요."

릴리스는 이름 모를 여인의 신상을 상상하다 샐쭉 웃었다. 어딘가 모르게 씁쓸한 기색이라 바이마르는 그 얼굴을 빤히 바라보다 홀린 듯이 입을 열었다.

"……반입니다."

불쑥 튀어나온 말끝에 어색한 침묵이 흘렀다. 바이마르가 3초 전의 자신을 책하는 사이 릴리스는 제 귀를 의심하다 조심스레 되물었다.

"예?"

"……반이라 불렸습니다."

이미 꺼낸 말이니 아닌 척 무를 수도 없었다. 바이마르는 한 손으로 얼굴을 넉넉하게 덮어 가렸다. 뱉고 나니 부끄러워 시선을 견디기가 힘들었다.

릴리스는 입 속으로 몇 번 그 이름을 읊어 보다 마침내 밖으로 소리를 뱉었다.

"반."

커다란 몸이 움찔 떨렸다.

"반."

다시 부르자 이번에는 귀 끝이 붉어졌다. 바이마르는 재미있다는 기색이 역력한 릴리스의 눈을 차마 마주 보지 못하고 웅얼거렸다.

"부르지 마십시오."

"부르라고 알려 주신 것이 아닌가요?"

그는 하릴없이 입을 떼었다 붙였다. 수도 없이 듣던 이름이지만 릴리스가 부르니 어쩐지 마음 한구석이 근질근질했다. 체자레의 부름이 바람이라면 릴리스의 입에서 나오는 이름은 마치, 식후에 먹는 말캉한 복숭아푸딩 같았다.

"무슨 뜻인지 물어봐도 되나요?"

릴리스는 평생 그저 릴리스였다. 애칭을 불러 줄 부모는 일찍 죽었고, 예거라트는 자신을 람이라 부르라 하면서도 정작 그 이름을 종용한 적은 거의 없었다.

"……스파티움 고대어로, 푸른 바다라는 뜻입니다."

탑에서 체자레를 만났던 날, 그가 분명 바이마르를 일컬어 반이라 하지 않았나. 릴리스는 그 사실을 상기하며 다시 웃었다.

"공의 눈 색과 아주 잘 어울려요."

"어머니께서도…… 그렇게 말씀하셨다 들었습니다."

"어머니께서요."

"예. 지금은 돌아가셨지만."

바이마르의 어미는 그를 낳은 지 얼마 되지 않아 산고를 가장해 살해되었다. 공공연한 비밀이었다. 그는 살짝 어깨를 움츠렸다.

"반."

릴리스는 다시 그 이름을 불러 보았다. 바이마르가 또다시 얼굴을 붉혔다. 릴리스의 마음도 덩달아 붉어졌다. 이유는 모르겠으나 어쩐지 손바닥이 간지러웠다.

"……밖에서는 안 됩니다."

느릿한 말이 뒤따랐다. 릴리스는 고개를 들어 올렸다. 벌겋게 달아오른 광대 위, 새파란 시선이 끈덕지게 그녀를 훑고 있었다. 그녀는 홀린 듯 되풀이했다.

"밖에서는."

"밖은…… 아니요, 둘만 있을 때 불러 주세요."

"……."

"……지금처럼."

사과처럼 농익은 두 뺨이 꼭 손을 대면 델 것처럼 발그레했다. 바이마르는 그 얼굴을 숨기려 하는 대신, 그저 천천히 손을 뻗어 그녀의 늘어진 옆머리를 걷어 올려 주었다.

마디 굵은 커다란 손이 가만히 다가와 눈 위로 그늘을 만들었다. 손끝이 떨어져 나간 뒤 릴리스는 얼음을 한가득 입 안에 물었다. 입속도 뜨거워 얼음은 금방 물이 되었다. 차가운 잔을 볼에 대자 유리잔에 뿌옇게 김이 서렸다.

날이 더웠다.

3장

한시가 바쁘다는 듯 그녀를 불러들였던 것과 달리, 정작 예거라트는 그날 이후 눈에 띄게 데면데면한 태도로 혼사에 관한 이야기를 피하는 기색이었다.

본래 이런 사람이었던가. 황제궁을 나서며 고개를 갸웃하던 릴리스는 그러나, 곧 생각을 고쳐먹곤 고개를 가로저었다. 정사에 관여해 본 일이 없으니 판단 기준조차 모호한 것이 아닌가 하는 합리적인 의심이 들었던 탓이었다.

하나뿐인 누이를 온실 속 화초처럼 대하고 싶다는 예거라트의 대외적인 아낌은 사교계의 오래된 불문율이기도 했다. 릴리스가 종종 이 점에 대하여 불만을 토로할 때면 예거라트는 다정한 미소를 입가에 걸고 퍽 상냥하게 그녀를 얼렀다.

'어리고 순진해 보인다 한들 결국은 귀족들이지. 나는 네가 그런

것에 관여하여 상처받는 대신, 그저 편하고 즐겁게 매일을 지냈으면 좋겠구나.'

돌이켜 보자면 뻔한 구슬림에 불과했으나 그것이 사탕보다도 더 달게 느껴졌던 때가 분명 있었다. 한없이 천진하고 한없이 멍청했던, 다시는 돌아갈 수 없는 시절이었다.

"햇빛이 강한데, 마차를 타시지 않구요."

어두워진 낯빛이 피곤 때문이라 생각했는지, 뒤따르던 와트만이 걱정스런 눈길로 그녀를 살폈다. 릴리스는 고개를 가로저었다.

"그냥 조금 쉬었다 갈래."

마침 눈앞에 커다란 원형 쉼터가 보였다. 릴리스는 얼마간을 더 걸어 분수대 바로 앞의 평평한 돌 벤치에 엉덩이를 대고 앉았다. 정원사, 기사들, 시녀들과 관리들이 황망한 얼굴로 고개를 수그리며 그녀를 지나쳤다.

"레빈 노백작이로군요."

주변을 경계하듯 돌아보던 와트만이 문득 분수대 건너편을 가리키며 말했다. 릴리스는 앉은 자세로 같은 방향을 향해 목을 쭉 뺐다. 과연, 머리가 희끗한 풍채 좋은 사내가 양팔에 어린아이 둘을 끼고는 널찍한 풀밭 위를 이리저리 걸어 다니고 있는 것이 보였다.

"레빈 백작?"

"예, 소백작이 얼마 전 학자단에 들어갔다 들었습지요. 아마 그 일로 입궁한 게 아닐까 합니다만……. 보아하니 노백작도 함께 온 모양이로군요."

릴리스는 그 말을 듣는 둥 마는 둥 하며 단란한 가족의 한때를 물끄러미 응시했다. 아이들의 웃음소리와, 노백작의 걸걸한 목소리가 뒤섞여 귓가를 건드렸다.

가라앉은 목소리가 문득 물었다.

"부러우십니까?"

"……아니라고 한다면 거짓말이겠지."

릴리스는 덤덤한 갈색 눈을 마주했다. 책하는 것도, 동정하는 것도, 의중을 가늠하는 것도 아닌 차분한 눈동자가 오늘따라 유난히 따스하게 느껴졌다.

"그렇군요."

이윽고 그가 말했다. 릴리스는 벌떡 일어서 다시 길을 따라 걷기 시작했다. 소란한 웃음이 뒤통수 너머로 차츰 멀어져 갔다.

두 사람은 한참 늦은 오후가 되어서야 황녀궁에 이르렀다. 점심을 들기에는 너무 늦었고 저녁을 들기에는 너무 이른 시간이었다. 릴리스는 그대로 계단을 올라 이제는 낯익은 방문 앞에 섰다.

"본궁에 다녀오셨다고 들었습니다."

미처 인기척도 내기 전, 고동색 문이 기다렸다는 듯 벌컥 열렸다. 노크를 하기 위해 주먹을 쳐들고 있던 릴리스는 그대로 바이마르에게 팔목을 붙잡힌 채 방 안으로 끌려 들어갔다. 어쩐지 상기된 얼굴의 바이마르가 그녀를 늘 앉던 자리로 인도하며 수줍은 듯 탁자 위를 눈짓했다.

평평한 상판 한가운데에 커다란 디쉬 돔 하나가 놓여 있었다. 뭔가를 기대하듯 반짝이는 눈동자가 릴리스의 얼굴과 돔 사이를 분주하게 오갔다. 그녀는 고민하다 조심스럽게 검은색 뚜껑을 비틀어 열어 보았다.

갓 구운 과자와 따끈한 마들렌이 작은 바구니 안에 소복이 담겨 있었다. 훅 올라오는 고소한 냄새에 절로 입 안에 침이 고였다. 릴리스는 무심코 과자 하나를 집어 들어 입에 넣었다. 끈적한 단맛에 울적했던 기분이 흔적도 없이 녹아드는 듯했다.

그러나 한 번으로 끝날 줄 알았던 간식 공세는 다음 날도, 그다음 날도 계속해서 이어졌다. 종류도 어찌나 다양한지, 릴리스는 며칠 지나지 않아 스파티움과 아테라의 모든 빵과 과자들을 능숙하게 구분할 수 있게 되었다.

그리하여 마침내 열흘째가 되던 날. 릴리스는 여전히 수북하게 쌓여 있는 과자들을 물끄러미 보며 그간 참아 왔던 물음을 조심스레 던졌다.

"혹시 궁의 식사가 부실한가요?"

바이마르는 의미를 몰라 고개를 기울이다, 혹시 그녀가 그 동작을 긍정으로 받아들일까 싶어 급하게 고개를 저었다.

"아닙니다, 이건 그게 아니라……!"

그가 입을 뻐끔거리다 두 손으로 얼굴을 가렸다. 하루가 다르게 쑥쑥 커 가는 몸집 덕에 이제 바이마르는 구태여 똑바로 서지 않아도 어렵지 않게 릴리스를 내려다볼 수 있었다. 그 큰 덩치가 몸 둘 바를 몰라 하니 어쩐지 제가 더 몸 둘 바를 모를 듯한 기분이 들어, 릴리스는 습관처럼 검지로 코끝을 긁적였다.

"단 걸 좋아하지 않으십니까?"

이내, 얼굴을 가리고 있던 손을 떼어 낸 바이마르가 난감한 듯 조심스레 물음을 던져 왔다. 굵어진 뼈대에, 근육이 붙어 훤칠해진 어깨가 눈에 띄게 축 처져 있었다.

"……물론 좋아하지요. 하지만 매일 이렇게 디저트를 먹어 댄다면 머지않아 뒤룩뒤룩 살이 찌고 말걸요."

"그렇습니까……."

바이마르는 멋쩍게 웃었다. 그러다 손도 대지 않은 과자 더미를 보고는 곧 다시 침울한 낯이 되었다. 이제는 확연히 청년에 가까운 얼굴이 마치 소년처럼 울상이었다.

"요 며칠간 기분이 좋지 않아 보이셔서…… 하지만 괜한 일을 했나 봅니다."

"아뇨, 아니에요! 맛있는걸요."

낙담한 듯 침울해진 목소리가 다시금 귀에 꽂혔다. 당황한 릴리스가 다급히 손을 뻗어 수북하게 쌓인 과자들 중 하나를 집어 들었다. 한입 크게 베어 물자 쫀득한 젤리가 기다렸다는 듯 이에 끈끈하게 달라붙었다. 스파티움식으로 구워 낸 휘낭시에였다.

다소 빠르게 하나를 해치우고, 다른 하나를 집어 드는 와중 이마에 진득한 시선이 느껴졌다. 그새 평소의 얼굴로 돌아간 바이마르가 뚫어져라 그녀를 보고 있었다. 같이 먹고 싶은 건가 싶어 접시를 밀어 주자 그가 화급히 손사래를 쳤다.

흔들리는 품 너른 소매 안에서 커다랗고 흰 손이 너풀거렸다. 몇 달 사이 몰라보게 달라진 모습이 봐도 봐도 어색하기 짝이 없었다. 바이마르는 남자라 금방 자랄 거라던 와트만의 말이 새삼스럽게 떠올랐다.

"왜······."

"예?"

"왜······ 그렇게 보십니까?"

"아뇨, 그냥······."

무슨 말을 해야 할지 알 수가 없었다. 릴리스는 어색함을 타파하고자 다시 과자 하나를 집어 그의 손에 들려 주었다. 이번에도 거절하려는 듯해 직접 손을 오므려 주자, 바이마르가 그것을 허겁지겁 제 입으로 가져갔다.

과자로 부른 배를 두드리며 저녁 식사까지 마치고 나니 기다렸다는 듯 밤이 찾아들었다. 바이마르는 쌩하니 먼저 자리를 뜨던 처음과 달리 최근 들어서는 릴리스를 방 앞까지 데려다준 뒤에야 아쉬운 듯 몸을 돌려 계단을 올랐다.

냉랭하던 눈빛에는 온기가 감돌았고, 어색하던 손놀림은 차츰 자연스러워져 가끔은 마치 과거와 전혀 다른 사람을 보는 듯했다.

어쩌면 이번 생은 다를지도 모른다. 릴리스는 지친 몸을 침대에 누이며 설핏 그런 기대를 해 보았다.

홀로 시간을 거슬렀다 한들, 변한 것은 결국 아무것도 없었다. 스파티움은 언제고 아테라를 향해 칼을 빼어 들 준비가 되어 있었고 예거라트는 때가 되면 기꺼이 누이를 제물로 바칠 것이다.

과거 역시 그랬다. 오랜 평화에 젖어 있던 아테라가 독을 품고 달려드는 왕년의 군사 강국을 온전히 막아 낼 수 있을 리 없었으므로, 전쟁의 끝은 당연하게도 협상이었다.

첫 시작은 카리알이었다. 바이마르가 유년기를 보냈던 카리알은 본디 스파티움의 땅이었으나 5년 전 아테라의 영토로 편입된 곳이었다. 숨죽이고 있던 그들이 독립을 선언하면서부터 체자레는 아테라에 대한 적의를 전처럼 구태여 숨기려 들지 않았다. 무력시위를 꺼려 했던 부왕과는 정반대의 행보였다.

갈등이 격화될수록 바이마르의 입지는 좁아졌다. 황녀의 남편이란 지위 덕에 그나마 온건한 수준을 고수하던 비난마저 스파티움 군사들이 야금야금 국경을 밀고 들어오기 시작하면서부터는 걷잡을 수 없이 거세어져 황녀궁 담을 넘나들었다. 예거라트는 귀애하던 황녀를 감싸는 듯싶었으나 종내에는 침묵을 지키는 것으로 은근하게 제 속내를 내비쳤다.

'그나저나, 들었나? 황제가 직접 황녀의 목을 쳐 달라는 조건을 내걸었다던데.'

마차 창문을 막고 있던 헐거운 나사못을 뽑아내는 데에는 정확히 사흘의 시간이 걸렸다. 바깥 공기를 마시고 싶어 맨손으로 철 조각을 뜯어내길 여러 번. 릴리스는 마침내 엿듣게 된 낯선 이들의 대화에 한껏 숨을 죽였다.

'쉿! 그런 소린 대체 어디서 들은 거야? 죽고 싶어서 그래? 여기 아직 아테라라고!'

'뭐 어때. 어차피 우린 곧 스파티움으로 돌아갈 테고. 황녀는 저 지저분한 마차 안에서 옴짝달싹도 못 하는 처지인데.'

'그래, 누군 이렇게 더러운 흙바닥 위를 구르는데 말이야. 귀하

신 몸은 마차 안에서 아늑하게 엉덩이나 뭉개고 계신다 이거지, 캭, 퉤!'

'더러운 침 튀기지 마, 새끼야. 네놈이 그래 봤자 저 귀하신 분 엉덩이에 손끝이나 한번 대 볼 수 있을 것 같아?'

'아테라 여자? 참 내. 더러워서 줘도 안 가진다.'

'안 가지는 게 아니라 못 가지는 거겠지. 그나저나…… 우리 왕자님도 의외로 배포가 크시지 뭐야. 저런 여자를 위해 사형만은 면해 달라 황제에게 청까지 넣었다 하셨으니.'

'아, 그게 다 무슨 소용이겠어. 황제가 그 말을 귓등으로도 들었을 리 없는데.'

'당연한 거 아니냐, 새꺄. 아테라에서 왕자님 취급이 어땠을지 안 봐도 빤한데. 하여간 예의도 의리도 없는 것들.'

'하지만 그렇게 따지고 보자면 체자레 저하께서도…….'

'좆 까라. 우리 저하께 무슨 잘못이 있다고 그래? 협상 조건이 그렇다면야 할 수 없이 따라야지. 너 설마 저 아테라 황족이 죽는 게 아쉬워서 그러냐? 어? 엉덩이 못 만졌다고 그러는 거야?'

'미친놈.'

킬킬킬. 젊은 기사들의 수다가 멈추고 늘어지는 웃음소리가 대신 침묵을 메웠다. 덜컹이는 마차 소음 너머로 끊길 듯 말 듯 하던 나지막한 목소리는 한참이 지난 뒤에야 다시 슬금슬금 이어졌다.

'아니, 근데 이 새끼야 둘째 치고서라도, 그렇게 애지중지했다던 핏줄을 이렇게 덥석 죽여 달라 보낼 일인가? 아테라 황제 말이야.'

'척하면 척이지. 쓸모가 없으니 버리겠다 이거 아니냐. 왕자님 숨 붙여 놓으라는 게 체자레 저하의 하나뿐인 조건인데, 아테라 놈들은 하나같이 헛소리나 지껄여 대고 있으니…… 황녀라도 대신 제물 삼겠다는 심산이겠지.'

'뭐야, 그런 거였어?'

'멍청하긴. 우리가 굳이 이렇게 밤을 틈타는 이유가 뭐겠냐? 종일 움직이면 훨씬 빨리 도착할걸. 이게 대체 무슨 가당찮은 생고생인지.'

'에이. 그래도 여기서 제일 인생 꼬인 건 누가 봐도 저 황녀 아니냐. 왕자님이 몸 성히 귀환하시면 탈출을 도왔다, 나라를 배신했다, 온갖 독박을 뒤집어쓸 판인데.'

'아테라인들이 가만히 있지 않을 것 같은데?'

'아 지금까지 뭘 들은 거야? 그러니 황녀를 죽여 달라 조건을 내건 것 아니겠느냐 말이야. 아테라고 스파티움이고 어차피 발붙일 곳이 없을 텐데. 어쨌든 누군가는 이 상황에 책임을 져야 하지 않겠어?'

'나 참 이놈은 온갖 걸 보고 들어도 영 대가리가 안 굴러간단 말이야…….'

릴리스는 회상을 멈추고 이불을 머리끝까지 단단히 덮어썼다. 푹신한 솜으로 귀를 막고 나자 걸걸한 목소리들이 차츰차츰 밀려났다.

얼마나 그렇게 누워 있었을까. 릴리스는 사방이 고요해진 뒤에야 이불을 걷고 나와 침대 헤드에 등을 기대어 앉았다. 두터운 커튼을 뚫고 들어온 희부연 달빛이 갈 곳 잃은 먼지처럼 어두운 방 안을 하염없이 떠돌았다.

한참 그 광경을 보고 있자니 자신 역시 저것과 별다르지 않다는 생각이 문득 들었다. 실은 기사들의 말이 전부 옳지 않은가. 스파티움도 아테라도 나를 바라지 않는다면.

그럼 나는 어디로 가야 하지?

두려움이 왈칵 치밀어 올랐다. 아닌 척 꽁꽁 묶어 자루째로 가슴 밑바닥에 박아 두었던 감정이었다. 릴리스는 태연하려 무던히도 애쓰며 덜 마른 웅덩이처럼 마음속에 고여 있던 생경한 지명을 입 속으로 조용히 읊어 보았다.

카리알.

쉭쉭 바람 새는 소리가 났다. 아테라에서는 잘 쓰이지도 않는 묵음이 음절마다 돌부리처럼 박혀 있어 발음이 성가셨다. 릴리스는 몇 번 더 같은 시도를 반복하다 침대 위에 모로 누워 데구르르 몸을 굴렸다.

바이마르는 카리알을 고향처럼 여긴다 했다. 그토록 애정을 가진 곳이니 어쩌면 너그러이 눈감아 줄 수도 있겠지. 또는 그녀를 가엾이 여겨 함구해 줄 수도 있을 것이고, 그도 아니라면 전처럼 무심하게 그녀를 모른 체할 수도 있을 것이다. 분명 그럴 터였다.

램프 밑이 어둡다는 옛말도 있지 않던가. 생각할수록 그곳만큼 좋은 대안이 없을 듯했다. 릴리스는 희망적인 기대를 애써 마음속에 차곡차곡 쌓아 올렸다. 그렇게 몇 번을 반복하고 나니 어쩐지 뭐든 할 수 있을 것 같은 이상한 자신감이 차올랐다.

그러나 이 긍정적인 자기암시에는 한 가지 치명적인 단점이 있었다.

"……잠이 안 와."

과도한 망상은 불면을 일으킨다 했던가. 릴리스는 결국 뜬눈으로 밤을 꼬박 새고 말았다. 아침나절 들이닥친 와트만이 시뻘게진 눈을 보며 기겁한 채 물었다.

"얼굴이 왜 그 모양이십니까?"

"내 얼굴이 왜?"

"왜라뇨. 거울이나 좀 보고 말씀하십쇼."

그가 말하며 유리잔에 찬물을 따라 건넸다. 부어오른 눈가에 시린 것이 닿으니 얼굴이 찌릿거렸다.

"지키고 있을 테니 좀 더 주무십쇼."

그새 빈 잔을 도로 거둬들인 와트만이 한숨을 뱉으며 손수 침대 휘장을 단단히 여며 주었다. 릴리스는 채 온기가 식지 않은 이불을 목 끝까지 힘껏 당기곤 가볍게 하품했다. 어째서인지, 몇 시간 전엔 그렇게도 오지 않았던 잠이 놀랍도록 순식간에 쏟아져 눈꺼풀을 덮쳤다.

"나 대체 얼마나 잔 거야?"

"반나절은 족히 지났다고 봐야지요. 두 끼나 굶으셨는데 배는 안 고프십니까?"

다시 눈을 떴을 때는 이미 어슴푸레한 저녁이었다.

수건을 물에 적셔 가볍게 얼굴을 닦고 일어선 릴리스는 곧장 시종을 불러들여 바이마르에게 방문하겠다는 기별을 넣었다. 두툼한 로브를 양쪽 팔에 주섬주섬 꿰고 있으려니 와트만이 두 눈썹을 모로 꺾었다.

 "이 밤중에 또 어디를 가십니까?"

 "공을 좀 뵈어야겠어. 여쭐 것이 있었는데 종일 자 버리는 바람에……."

 선선한 대꾸가 이어졌다. 와트만은 전 재산을 도박으로 날린 사람처럼 심각한 표정이 되어 아래턱에 한껏 힘을 주었다.

 "지금 이 시간에 말씀이십니까?"

 "응? 아직 그렇게 늦지는 않았잖아."

 "물론 그렇습니다만. 그래도 기왕이면 차림을 좀……."

 말끝이 차츰 흐려졌다. 여전히 심각한 표정으로 방 안을 둘러보던 와트만이 은사로 짜인 얇은 숄을 발견하곤 그것을 조심스레 두 손가락으로 집어 올렸다.

 "이거라도 걸치고 가시는 게 좋겠습니다요."

 "이걸 왜?"

 "가 보시면 압니다."

 와트만은 그답지 않게 말을 아끼는 기색이었다. 릴리스는 고민하다 결국 하늘거리는 실크 드레스 위에 방금 찾은 숄을 걸쳤다. 머리까지 서툴게 땋아 올리고 나니 방금 잠에서 깨어난 사람치고는 제법 단정한 모양새가 되었다.

 "마마, 깨어나셨다는 이야기를…… 어머나, 이 시간에 그런 차림으로 어딜 가시려구요?"

"……."

그러나 '단정한 모양새'에 대한 정의는 사실, 몹시도 주관적인 감이 있었다. 릴리스는 복도 저편에서 들려오는 낯익은 목소리에 다소 불만스러운 기분으로 양 볼을 부풀렸다. 왜. 이 차림이 뭐 어때서. 그런 생각에 절로 불퉁한 목소리가 새어 나갔다.

"공을 좀 뵈러 가려고."

"아."

그새 성큼 다가온 개비가 탄성인지 탄식인지 도무지 모를 소리를 냈다. 유순해 보이던 눈꼬리가 바짝 치켜 올라가고, 가지런한 이가 초조한 듯 아랫입술을 잘근 물었다. 문틀에 얼굴이 교묘히 가려진 탓에 릴리스는 그 기색을 눈치채지 못했다.

"저, 하오나. 마마……."

"크흠!"

그때였다. 난데없이 튀어나온 걸쭉한 기침 소리가 고요한 복도에 메아리쳤다. 화들짝 놀란 개비가 그제야 와트만의 존재를 알아챈 사람처럼 당황한 낯으로 눈을 굴렸다.

"이만 서두르시지요. 저하께서 기다리시다 목이 빠지시겠습니다요."

보란 듯이 재촉을 거듭하자 분한 듯 뾰족해진 눈길이 날아왔다.

치밀한 신경전이 오가는 가운데 멀뚱히 서 있던 릴리스가 두 사람을 슬며시 지나쳤다. 뒤늦게 그것을 알아차린 개비가 급히 계단을 오르려 했으나, 그녀보다 먼저 나서 릴리스를 맞이한 이가 있었다.

시렌이었다.

"바이마르 왕…… 저하께서 기다리고 계십니다."

아차. 시렌은 입술을 잘근 깨물었다. 빤한 시선이 그의 얼굴을 훑어 내렸다.

'낭패로군.'

아테라의 국법에 따라, 바이마르는 혼인 후 정식으로 황가에 편입되어 대공위를 하사받았다. 스파티움의 왕자라는 기존의 직함 역시 여전했으므로 실제 그를 '저하'라 부르는 것 또한 전혀 예법에 어긋난 일은 아니었으나, 아랫것이 감히 존칭도 없이 직함을 논한 것은 분명한 멸시이며 조롱이었다. 질책을 넘어 더한 벌을 받아도 할 말이 없으리라.

"그대 이름이 무엇이라 했었지?"

"시렌입니다."

아니나 다를까. 릴리스의 어깨 너머로 개비가 서슬 퍼렇게 눈을 치켜뜨고 있는 것이 보였다. 젠장할. 뒤에서는 욕설도 서슴지 않으면서, 상전 앞에서 흠을 보이는 것은 또 다른 문제인 모양이었다. 이중적인 모습에 환멸이 이는 한편, 돌이기 들을 꾸중 생각을 하니 벌써부터 속이 울렁거렸다. 하여간 이놈의 빌어먹을 시종 노릇만 아니었더라면…….

"고개를 조아린 것은 그대의 잘못을 안다는 뜻이겠지. 그렇지 않은가?"

고저 없는 목소리가 정수리 위로 후두둑 떨어졌다. 시렌은 퍼뜩 정신을 차리고는 고개를 한층 더 아래로 수그렸다.

"그러합니다."

계단에 한 발을 걸치고 서 있던 황녀가 마침내 몸을 완전히 단 위로 끌어 올렸다.

그녀가 다시 물었다.

"……허면, 그대가 공의 새로운 전속 시종이란 뜻이로군."

……하. 이번에야말로 속이 들끓어 시렌은 의식적으로 한껏 숨을 들이켰다. 그는 최대한 또박또박 말을 하기 위해 노력했다.

"송구하오나, 저하께는 전속 시종이 없습니다."

"없다고?"

그러나 생각과 달리 황녀는 진심으로 의아한 기색이었다. 시렌은 당장이라도 고개를 들어 그 얼굴을 확인하고 싶은 것을 반토막 난 인내심을 바닥까지 긁어모아 간신히 참아 냈다.

"그렇습니다."

"……헌데도 예 있다는 것은, 그나마 공의 얼굴을 자주 뵙는 이가 그대라는 뜻인가?"

그는 침묵으로 긍정했다. 바이마르와 가까이 지내고 싶어 하는 사용인들이 드물었던 탓에 시렌은 최근 자연스럽게 그의 시중을 도맡다시피 하는 중이었던 것이다. 목적을 생각하면 다행이라 해야겠으나, 취급을 생각하면 이가 절로 득득 갈렸다.

그런 내심을 아는지 모르는지, 황녀는 말을 아끼기라도 하듯 입을 꾹 다문 채였다. 침묵이 길어질수록 시렌은 더욱더 안달이 났다.

그는 과장을 조금 보태어, 황녀의 표정이 궁금해 거의 말라 죽기 직전이 되었을 즈음이 되어서야 다소 위험한 결단을 내렸다.

'일단 한번 저질러 보자.'

그리고 생각과 거의 동시에, 불쑥 뻗어져 나온 손이 그의 턱을 가볍게 받쳐 올렸다.

"잘 알아들었네."

맑은 갈색 눈동자가 그를 빤히 훑어 내렸다. 시렌은 당황을 감추기 위해 억지로 눈에 한껏 힘을 주었다.

황녀가 이어 말했다.

"이야기를 들었으니 보답을 해야겠지. 그대가 오늘 저지른 실수는 내 관대히 넘어갈 것이나 다시는 이런 일이 벌어지지 않도록 주의해야 할 거야."

물론, 시키지 않는대도 기꺼이 그리할 생각이었다. 시렌은 진심을 담아 고개를 주억였다.

"명심하겠습니다."

"앞장서게."

가느다란 손이 그의 턱을 놓아 주었다.

결국 이번에도 그를 방치한 꼴이 되고 말았다.

릴리스는 앞서가는 사내의 마른 등을 물끄러미 응시하며 입술을 깨물었다. 바이마르 갈바르는 아테라의 대공이며 황녀의 남편이다. 형식상 그는 릴리스와 동등한, 혹은 그에 준하는 대우를 받아야 옳았으며, 비록 그의 출신이 적국의 서자 왕자에 불과하다 할지라도 예외는 없어야 했다.

적어도 이번 생에는.

"드시지요. 저하께서 기다리고 계십니다."

골똘히 생각에 잠긴 사이 어느새 방 앞이었다. 소리도 없이 문이 열리고, 촛불이 일렁이는 어두운 내부가 어렴풋이 드러났다.

초조한 얼굴로 방 안을 거닐던 바이마르가 릴리스를 발견하곤 성큼성큼 다가와 에스코트를 청했다.

"오늘 내내 끼니를 거르셨다 들었습니다."

그는 오늘따라 퍽 상기된 표정이었다. 다소 성급하게 릴리스를 탁자로 안내한 바이마르가 의자를 빼내어 그녀를 앉혀 주었다.

"이게……."

릴리스는 체면도 잊고 깜짝 놀라 입을 벌렸다. 어쩐지 좋은 냄새가 난다 싶더라니, 그리 크지 않은 탁자 위에 음식이 듬뿍 쌓인 접시들이 그득했다.

맞은편에 자리를 잡고 앉은 바이마르가 아주 자연스레 냅킨을 건넸다. 릴리스는 얼떨떨한 기분으로 그것을 무릎 위에 올린 뒤, 스푼을 쥐고 따끈한 수프를 한 숟갈 떠 넘겼다.

"이것도 드셔 보시지요."

이러려던 게 아니었는데. 릴리스는 그런 생각을 거듭하면서도 순순히 입가에 닿은 빵을 베어 물었다. 텅 비어 있던 위장에 음식이 들어가자 잊고 있던 허기가 급격히 밀려들었다. 그녀는 결국 사양할 틈도 없이 바이마르가 내미는 것들을 주섬주섬 받아먹다 부른 배를 통통 두들길 정도가 되어서야 제정신을 차렸다.

"꽁."

식사가 끝나자 시종들이 들어와 지저분해진 탁자를 부산하게 치웠다. 릴리스는 잠긴 목을 가다듬곤 그를 다시 불렀다. 공. 그러자 바이마르가 대답하며 고개를 숙였다.

"예."

다소곳한 그 모습이 영 어색해 그녀는 코끝을 조금 긁다가 입을 떼었다.

"실례가 되지 않는다면 카리알에 대해⋯⋯."

"그럴 리가 있겠습니까. 마마의 뜻이라면 얼마든지⋯⋯."

'실례가 되지 않는다면' 이란 말이 다 끝나기도 전에 바이마르가 고개를 급하게 쳐들었다. 강경한 어조에 놀란 릴리스의 눈이 방금 비운 접시만큼 둥그레졌다. 목덜미며 귓불이 잔뜩 달아오른 그의 모습이 몹시도 생경했다.

"어 그게⋯⋯."

"성년이 되지 않아 곤란하다 하셨지만⋯⋯ 저는 정말로 괜찮습니다."

바이마르는 이번에도 릴리스가 채 말을 다 잇기도 전, 그만 먼저 나서 순서를 가로채고 말았다. 말간 얼굴에 당황한 기색이 역력히 떠올랐다.

역시 너무 성급했을까. 뒤늦게야 그런 후회가 설핏 들어 바이마르는 머쓱한 기분으로 두어 번 제 목덜미를 문질렀다.

어느덧 둘만 남겨진 방 안은 숨이 막힐 정도로 고요했다. 갈빛 눈동자가 물끄러미 아래를 보고 있었다. 주홍색 불그림자가 볼록 튀어나온 이마와 그 사이의 콧대, 둥글게 뻗은 눈썹과 촘촘한 속눈썹을 차례로 덧그렸다.

바이마르는 일렁이는 그 빛을 따라 오밀조밀한 이목구비를 섬세하게 뜯어보았다.

볼록한 눈두덩이, 동그란 광대뼈가 섬세하게 빚어낸 도자기마냥 부드럽게 굴곡졌다. 손으로 만지면 체온에 그대로 녹아 버릴 것처럼 연약해 보이면서도, 한편으론 억세게 주물러 녹여 보고 싶은 상반된 감정이 휘몰아쳐 숨이 턱턱 막혔다.

그는 뻐근한 가슴을 무시한 채 일어나 천천히 탁자 주변을 한 바퀴 빙 돌았다.

"마마께서 바라신다면 저 역시……."

그는 한쪽 무릎을 꿇고 앉아 얌전히 고개를 아래로 떨구었다. 긴장 탓에 어쩔 수 없이 목소리가 벌벌 떨려 나왔다. 살짝 만져 봐도 되지 않을까. 잠시 고민하던 바이마르는 아주 천천히 팔을 뻗어 릴리스의 손등을 건드렸다.

두 쌍의 시선이 허공에서 얽혀 들었다. 떨리는 손끝이 살갗이 맞닿는 감촉에 온몸으로 천천히 열이 올랐다. 잉크가 물에 퍼지듯 뭉근하고 아스라한 감각이었다.

"그러니까, 카리알 말인데요……."

과하게 뛰는 심장 소리에 귓가가 먹먹했다. 목소리가 꿀처럼 찐득하게 귓속으로 스몄다. 바이마르는 고개를 흔들어 상념을 떨쳐 내곤 릴리스를 물끄러미 올려다보았다. 방금, 분명 마마께서 내게 무어라 말씀하셨는데.

"……아뇨, 아니에요."

어째서인지, 무언가 체념한 듯 허탈할 표정을 짓고 있던 릴리스가 이윽고 짧게 숨을 뱉으며 가볍게 고개를 흔들었다. 잘못 들었던가. 바이마르는 홀로 중얼거리며 손을 뻗어 탁자에 놓여 있던 쟁반을 끌어당겼다. 커다래진 몸만큼이나 길쭉해진 팔이 힘들이지도 않고 한 손으로 포도주병을 기울여 잔을 채웠다.

"술은 즐기지 않으신다고 들었지만, 역시 조금은 괜찮지 않을까 싶어서……."

다행히도 릴리스는 그가 내미는 잔을 거절하지 않았다. 그것만으로도 이미 충분히 가슴이 벅찬 데 더해, 달콤한 술을 몇 잔 나누어 마시고 나니 금세 눈 주위가 따끈해졌다.

그때였다. 눈을 두어 번 깜빡인 릴리스가 들고 있던 잔을 내려놓곤 코를 킁킁거렸다.

"왜 그러십니까?"

"공에게서 좋은 냄새가 나요."

보드라운 볼이 술기운으로 달아올라 금세 발그레해졌다. 바이마르는 조금 주저하다, 아주 천천히 팔을 뻗어 손끝으로 발개진 귓불 근처를 덧그렸다. 차마 제대로 닿지 못해 그저 허공만을 더듬을 뿐이었지만, 그마저도 간지러웠는지 코끝을 가볍게 찡그린 릴리스가 곧 제 손으로 가볍게 그것을 잡아 쥐었다.

바이마르는 화들짝 놀라 어깨를 움츠렸다.

"죄송합니다, 제가……."

꺼질 듯 희미한 목소리가 흘렀다. 이어, 죄인처럼 떨어지려는 고개를 한 손으로 받쳐 든 릴리스가 허리를 숙여 그의 옆얼굴 근처에서 깊게 숨을 들이쉬었다.

"만지고 싶으면 만져도 되는데……."

단 숨결이 훅 끼쳐 와 코끝을 간질이고 떠나갔다. 고작 그것만으로도, 온몸이 독초라도 먹은 듯 뻣뻣하게 굳어졌다. 그는 그 상태로 두 눈을 껌뻑이다 되물었다.

"……정말이십니까?"

'끙'인지 '응'인지, 어쨌든 그 엇비슷한 소리가 희미하게 들려왔다. 긍정인지 부정인지 확신할 순 없었지만, 적어도 지금은 그것만으로도 충분했다. 바이마르는 용기를 내어 허공을 배회하던 손끝에 살짝 힘을 실었다. 종잇장 하나 들어갈 만큼 벌어져 있던 틈이 서서히 좁혀졌다.

그리고 마침내, 보드라운 살결에 손톱 밑 연약한 살이 닿았다. 찌르르한 감각에 온몸의 솜털이 곤두서는 듯했다. 주체할 길 없이 심장이 쿵쿵 뛰었다. 함께 마신 포도주 때문일지도, 어쩌면 완벽한 승률을 자랑한다며 시렌이 건네준 향유 때문일지도 몰랐다. 릴리스를 위해 바른 것인데 도리어 제가 휘둘리는 모양새가 조금은 우습게 느껴지기도 했다.

"그렇게 불편하게 앉아 있지 말고 일어나세요."

굵은 손가락은 단 세 개만으로도 손바닥을 전부 채웠다. 릴리스가 손아귀에 힘을 주어 바닥에 앉아 있던 바이마르를 끌어당겼다. 바이마르는 그 알량한 노력에 조금 장단을 맞추어 주다가, 결국은 엉거주춤 엉덩이를 뒤로 뺀 채 의자 팔걸이에 몸을 살짝 기댔다.

더운 숨이 얼굴 근처를 배회했다. 심장이 빨리 뛰다 못해 곧 터져 나갈 것만 같았다. 바이마르는 기어이 두 눈을 질끈 감고 외쳤다.

"제가 아직 경험이 없어 어떻, 어떻게 해야 할지 알지 못합니다."

숙성된 포도 향이 달다 못해 끈적했다. 꿀꺽. 어디선가 침 넘어가는 소리가 들려왔다.

한편, 멍하니 앉아 있던 릴리스는 얼마간 침묵이 흐른 뒤에야 조금 전 그녀가 들었던 말을 상기했다.

"……경험이요?"

"그, 잠자리 말입니다."

바이마르가 목이 졸린 사람처럼 말했다. 릴리스는 놀라 몸을 일으키다가, 두 팔을 벌린 채 그녀를 감싸듯 의자에 기대어 있던 바이마르의 어깨에 정통으로 얼굴을 부딪치고 말았다.

"괜찮으십니까?"

몸이 일어난 만큼 다시 뒤로 밀렸다.

"아뇨, 네. 괜찮아요. 그런데 잠자리요?"

릴리스는 난데없는 고백에 두 눈을 한 번 질끈 감았다 떠 보았다. 물론 변하는 것은 없었다. 그사이, 바이마르가 목소리만큼이나 어색한 얼굴로 그녀를 보며 되물었다.

"……오늘 방문하겠다 기별을 주신 것이 그런 의미가 아니었습니까?"

물론, 결단코, 절대로 그런 뜻이 아니었다. 릴리스의 얼굴이 급속도로 붉어졌다. 아까까지만 해도 붉기만 하던 바이마르의 얼굴이 밀가루처럼 허옇게 변한 것과는 정반대였다.

"아니, 저는 그저 뭘 좀 여쭤보려고……."

"예에……."

바이마르가 고개를 떨구고 대답했다. 덕분에 릴리스는 앉은 채로 그의 동그랗고 예쁜 정수리를 한눈에, 그것도 매우 가까이서 마주할 수 있게 되었다. 가마가 바르게 나 있어 정갈한 느낌까지 주는 예쁜 두상이었다.

"근데 저……."

"말씀하십시오."

바이마르의 목소리는 아까보다 한층 더 낮고 작았다. 릴리스는 드러난 목덜미에 무심코 손을 얹었다. 꿀꺽. 어디선가 침 삼키는 소리가 났다.

"뭔가 오해하고 계신 듯해서요. 다른 뜻이 있는 건 아니고, 그저……."

"……."

"저도 경험이 없거든요. 공께서 잘못 알고 계신 것 같아……."

릴리스는 차마 그를 마주 보지 못하고 시선을 비껴 날카로운 턱선에 관심을 집중 했다. 손을 거둬 내려 하자, 바이마르가 눈치 빠르게 먼저 팔을 뻗어 그것을 한 손에 그러쥐었다. 가운데 모인 눈썹 사이로 얇은 주름이 세 줄 패었다. 그가 잡아챈 손을 만지작거리며 입을 떼었다.

"……아테라 여자들은 좀 더 개방적이라 들었는데요."

릴리스는 떨떠름한 기분으로 긍정했다.

"대체로 그렇기는 하지요."

"분명 저 이전에 약혼자가 있으셨다 알고 있는데."

"달튼 백작 말인가요? 하지만······ 그와는 어떤 성적인 관계도 없었는걸요. 접촉이라고 해 봐야 간단한 입맞춤 정도였고. 무엇보다 그 이상은 오라버······ 폐하께서 내키지 않아 하셨으니까요."

릴리스는 다소 급하게 설명을 덧붙였다. 형형한 눈빛으로 그녀를 마주 보던 바이마르가 전혀 고맙지 않은 얼굴로 감사의 말을 읊었다.

"달튼 백작이라······ 제가 부족해 미처 그자의 이름까지는 알지 못했습니다만, 마마 덕에 오늘 여러 가지를 잘 배워 가는 듯합니다. 하물며."

"······."

"누이의 성생활까지 간섭하는 오라비라니. 아테라의 관습은 듣던 것과는 조금 많이 다르군요."

바이마르는 이제, 목이 졸린 사람이라기보단 숫제 상대의 목을 조르기 위해 만반의 준비를 갖춘 사람처럼 보였다. 릴리스는 아직 남아 있는 포도주를 입 안에 털어 넣으며 변명조로 웅얼거렸다.

"······폐하께선 혈통의 귀함을 중시하는 분이시거든요."

"혈통이라. 선대 황제 폐하께서 승계에 어려움을 겪으셨다는 이야기는 익히 들었습니다만."

"근친 간의 다툼이었지요. 폐하께서도 그 일을 직접 눈으로 목도하셨으니······."

그리고 바로 그런 이유로, 선대 황제는 평생 단 한 명의 비를 들여 후사를 보았다.

그는 본래 슬하에 두 명의 아들을 두었으나 일찍이 한 명이 요절

하여 황태자위는 자연스레 예거라트의 것이 되었다. 이미 죽은 이를 입에 올리기는 퍽 조심스러운 일이었지만 혹자들은 차라리 그 편이 죽은 황자에게는 행운이라 말하기도 했다.

릴리스는 방계 전부를 아울러 족히 여덟은 되었던 아이들 중 살아남은 단 한 명의 황족이었다. 떼쓰던 아이도 갑옷만 보면 울음을 뚝 그친다는 우스갯소리가 온 나라에 파다할 정도로 치열한 다툼이 계속되던 시절이었다.

"폐하의 어릴 적 경험이 마마를 구속하는 것과 어떤 관계가 있는 겁니까?"

바이마르는 답을 아는 이의 얼굴로 그녀를 재촉했다. 궁에서 몇 달을 지내며 이미 짐작한 바가 있으나, 오히려 그래서 더욱 그 이유를 직접 듣고 싶었다.

"오라버니께서는 제 핏줄을 원치 않으세요."

곧 성토하듯 말이 나갔다. 술기운인지 감성적인 충동인지 도무지 모를 노릇이었다.

처연하다 느꼈던 푸른 눈이 사납게 일렁이다 가라앉았다. 언뜻 화가 난 듯 보이기도 했다. 릴리스는 그러나, 그 분노가 그녀를 향한 것이 아님을 알아 두렵지 않았다.

한참 그녀를 응시하던 바이마르가 이윽고 그러쥔 손에 힘을 주었다. 팔이 당겨지며 몸이 딸려 올라갔다. 릴리스는 시트 위에 곱게 뿌려진 장미 꽃잎들을 보고 딱 그만큼 발그레하게 얼굴을 물들였다. 바이마르는 비슷한 얼굴색으로, 그러나 짐짓 아무렇지도 않은 척 그녀를 눕히고는 작은 몸 위에 이불을 꼼꼼히 덮어 주었다.

"……오늘은 그냥 주무시는 게 좋겠습니다."

커다란 손에 손목까지 잡힌 릴리스는 제대로 된 반항 한번 하지 못한 채 침대 위에 붙들렸다. 그녀가 코끝까지 덮인 이불을 자유로운 한 손으로 끌어 내리고 말했다.

"공은요? 아니, 그보다 여기서 잠들면 정말 오해가 불거지지 않겠어요? 어쩐지 다들 반응이 조금 수상하다 싶었는데."

"무슨 상관이겠습니까. 이미 제멋대로들 짐작하고 있을 텐데요."

게다가 실은 그 편이 훨씬 더 기껍게 느껴졌다. 하지만 바이마르는 현명하게 뒷말을 감추고 여전히 '그래도, 그래도'를 연발하는 릴리스의 얼굴 위로 고개를 수그렸다.

"폐하가 두려우십니까?"

일렁이는 촛불 아래 커다란 몸이 흐릿한 그림자를 만들었다. 바람결에 흔들리는 불처럼 그림자가 일렁이며 그녀를 덮었다.

'당신은, 당신의 무지 때문에 죽는 겁니다.'

낮은 목소리 위로 과거의 환청이 덮였다. 바이마르가 재촉하듯 잡은 손을 흔들었다. 릴리스는 몽롱한 기분으로 과거를 반추하고 현재를 떠올렸다. 선뜻 답이 나오지 않았다.

"……역시 그냥 주무시는 게 낫겠습니다."

긴 숨이 붉은 뺨을 사분사분 간지럽혔다. 한 손으로는 제 얼굴을, 다른 손으로는 릴리스의 눈을 가린 바이마르가 손가락으로 이마 근처를 살살 쓸어내렸다.

규칙적인 손길에 머리가 차츰 무거워졌다. 정말 괜찮은 걸까. 한

가닥 의구심이 불티처럼 남아 연기를 피워 올렸다. 그러나 더 이상은 생각할 힘이 없었다. 릴리스는 마지막 남은 이성의 속삭임을 뒤로한 채 수마에 몸을 맡겼다.

✛ ✤ ✛

다음 날 아침. 릴리스는 개운한 기분으로 기상해 옆자리를 살폈다. 당연하게도, 커다랗고 푹신한 침대에 다른 사람의 흔적은 없었다. 그녀는 이불을 걷고 치렁치렁한 드레스 자락을 갈무리한 뒤 협탁에 놓여 있는 희끄무레한 숄을 집어 들었다.

"……."

가벼운 손짓에도 유난히 살랑이는 불투명한 옷감은 이제 보니 몸을 가려 주는 본연의 목적보다는 다른 용도에 더 충실해 보였다. 릴리스는 새삼 어젯밤 숄을 추천하던 와트만의 표정을 떠올리곤 홀로 얼굴을 조금 붉혔다.

침대 옆에 늘어진 기다란 휘장을 걷고 나서자 가장 먼저 삐죽 나온 발이 보였다. 방 가운데 놓여 있는 기다란 소파 위에 바이마르가 다소곳이 누워 있었다. 기다란 몸이 불편하게 구겨져 있는 것을 보고 있자니 마음이 언짢아졌다.

깨울까 말까. 고민 끝에 마침내 결정을 내렸을 무렵이었다.

"마마."

문 너머에서 나직한 부름이 들렸다. 아직 자고 있으리라 생각하는 모양인지 목소리에 조심스러운 기색이 가득했다. 릴리스는 큼큼, 목을 가다듬고는 문에 붙어 덩달아 소리를 낮추었다.

"무슨 일이더냐."

"아침 식사를 들일까 합니다. 괜찮으시겠습니까?"

흘금 시선이 등 뒤로 돌아갔다.

"……간단하게 차려 올리도록 해."

"그리하겠습니다. 새 옷도 함께 들일까요?"

함의를 파악할 필요조차 없는 물음이었다. 릴리스는 괜히 옷자락을 매만지며 마치 누군가 보고 있기라도 한 듯 고개를 흔들었다.

"그건 되었다."

"알겠습니다."

자박자박 들리던 발소리가 점점 멀어지며 작아져 갔다. 릴리스는 한동안을 문 앞에 쪼그려 앉아 있다가, 소리가 완전히 사라지고 난 뒤에야 몸의 힘을 풀었다.

그녀는 다시 당면한 문제로 관심을 돌렸다.

"반."

어떻게든 끼워 누운 듯했지만 종아리부터 발까지는 도저히 갈무리할 수가 없었던 모양이었다. 릴리스는 삐죽 나온 발에 걸리지 않도록 조심히 걸어 푹신한 소파의 등받이 너머에 바르게 섰다.

"반."

흔들어 깨워야 할 것 같은데. 그녀는 고민하다 손을 뻗었다.

어깨를 쿡쿡 찌르자 몸을 뒤척인다. 팔을 잡아 흔들자 얼굴이 구겨졌다. 좀 더 세게 잡아 밀자 그제야 끄응 하는 소리가 났다. 곧 눈꺼풀이 천천히 올라가고 잠기운에 흠뻑 취한 푸른 눈이 드러났다.

푹 잠긴 목소리가 느릿하게 그녀의 안부를 물었다.

"마마. 편히 주무셨습니까?"

"저는 그렇습니다만. 공께선 불편하셨겠습니다."

바이마르가 그 말에 설핏 웃었다. 잠시 어색한 기류가 흘렀다. 마침 아침 식사가 들어와 두 사람은 마주 보고 있던 시선을 재빨리 비겼다.

"좋은 시간 보내셨습니까?"

와트만이 쾌활한 어조로 아침 인사를 건넸다. 릴리스는 능글맞게 웃고 있는 중년 기사의 얼굴에 반투명한 숄을 집어 던지는 것으로 답을 대신했다.

"그런 생각을 했으면 말을 해 줬어야지!"

"그런 생각이 무슨 생각입니까, 마마?"

그가 바닥으로 떨어진 숄을 집어 들곤 되물었다. 릴리스는 책상에 걸터앉아 두 손을 꼼지락댔다. 와트만이 그녀의 어깨 위에 한결 두툼한 로브를 얹어 준 뒤 물러났다.

"어제도 이런 걸 좀 주지 그랬어."

부드러운 천을 매만지며 투덜거리자 와트만이 어깨를 으쓱했다.

"그 시간에 부부가 한방에 든다는 이야기를 듣는다면 누구나 비슷한 생각을 할 겁니다."

"난 그저 공께 궁금한 게 있었을 뿐이란 말이야."

"그래서 원하던 답은 얻으셨습니까?"

릴리스는 고개를 살래살래 내저었다. 묻고 싶은 것들이 실은 아주 많았는데. 결국 본전은 찾지도 못하고 날이 밝았다.

와트만과 머쓱하게 마주 보고 있는 사이 개비가 들어와 황금 쟁반을 내려놓았다. 금색 매듭이 오늘따라 유난히 눈에 박혔다. 예거라트의 호출이었다.

"바로 본궁으로 가시는 거지요? 오늘은 진주 핀이라도 달아 볼까요?"

"뭐든 상관없어."

"그럼 이건 어떠세요? 폐하께서 탄일 선물로 주셨던 물건이온데…… 하긴, 그렇게 말하기엔 보내 주신 것들이 워낙 많기도 하지만요. 아직 풀지도 않은 상자가 장 아래에만 해도 족히 열 개는 되니원……."

보석함을 들고 온 개비가 굵게 땋은 머리를 솜씨 좋게 돌돌 말아 고정시켰다. 릴리스는 그 유난이 듣기 싫어 말을 돌렸다.

"그런가 보지. 헌데 오늘은 왜 부르신 걸까? 오찬은 본래 내일모레일 텐데."

"글쎄요. 그보다 오늘은 혼자이신가요? 바이마르 저하께서는요?"

"동행하란 말씀은 없으시던걸."

"그렇군요. 그럼 사용인을 보낼 필요는 없겠어요."

"아, 그거 말인데."

릴리스는 딱딱한 표정을 짓지 않으려 애쓰며 물었다.

"바이마르 공께 전속 시종이 없다 들었는데. 정말이야?"

"……말씀대로랍니다. 마마께서 아무 언질이 없으셔서……."

개비가 난처한 얼굴로 말끝을 흐렸다. 릴리스는 흐르는 한숨을 억지로 막지 않았다. 머리를 매만지던 손길이 멎고 침묵이 방 안을 에워쌌다.

"지금껏 궁의 살림을 도맡았으니, 이번에도 어련히 알아서 해 주리라 생각했었지. 분명 예우를 다하라 일렀던 듯한데. 설명이 부족했던가?"

입을 다물며 가볍게 손을 내젓자 엉거주춤 서 있던 시녀들이 줄지어 방을 빠져나갔다. 그새 바닥에 넙죽 엎드린 개비가 머리를 조아리며 용서를 구했다.

"제가 주제넘었습니다. 부디 마음을 푸세요, 마마."

"나는 서운한 게 아니야, 개비. 화가 난 거지."

릴리스는 둥그런 등을 유심히 내려다보았다. 비단 개비만을 책하여 될 일이 아님을 알아 더욱 속이 쓰렸다. 침묵 또한 동조요, 그러니 기실 이 자리에 있는 모두는 일종의 암묵적인 공범이었다. 시종들, 시녀들, 기사들과…… 그녀 자신을 포함한 모두가.

릴리스는 천천히 자리에서 일어섰다.

"됐어, 일어나. 새 시종을 뽑아 바이마르 공의 전속으로 붙이도록 하고."

"명 받들겠습니다."

치마를 갈무리한 뒤 자세를 바로 한 개비가 묵묵히 고개를 수그리며 대답했다.

마주하지 않는 시선이 못내 불편해 절로 떨리는 한숨이 샜다. 지

금껏 단 한 번도 오늘처럼 반목해 본 적이 없음을 떠올리자 이번에
는 왈칵 두려움이 차올랐다. 릴리스는 잠시 고민하다 늘어진 손을
가볍게 낚아채 한 번 슬쩍 다독여 주었다.

가뜩이나 황제의 사람들로 꽉 차 있는 궁이 아닌가. 한순간 참지
못해 속내를 보였다지만, 괜한 의심이라도 사면 어쩌나 싶어 심장이
꽉 조여들었다. 잡아 쥔 손끝에서 축축한 땀이 솟았다.

하물며, 상대는 어찌 되었건 10년이 넘도록 그녀를 키워 온 하나
뿐인 유모였다. 경계해야 함을 누구보다도 잘 알고 있음에도, 오랜
세월 쌓아 온 기대와 애착은 늘 이렇듯 불쑥 튀어나와 마음 한구석
을 불편하게 만들곤 했다.

이런 자신이 너무나 한심했다. 릴리스는 무서움을 꾹 참고 천천히
손을 거두어들였다. 토할 것처럼 속이 어지러웠다.

✿ ❀ ✿

예거라트가 그녀를 부른 것은 이튿날의 일이었다. 치장을 마치고
건너간 황제궁은 여느 때와 다름없이 부산스러웠다. 릴리스는 집무
실에서 예거라트를 기다리다 늦는다는 기별에 홀로 앉아 간단한 점
심을 들었다.

"미안하구나. 생각보다 독대가 길어지는 바람에."

예거라트는 그녀가 샌드위치 몇 조각으로 배를 채우고, 홍차 두어
잔을 비워 낸 뒤에야 느지막이 모습을 드러냈다.

"괜찮아요. 저야말로 바쁘신데 방해가 될까 늘 저어되는걸요."

"방해라니. 그럴 리 있겠느냐. 감히 내 하나뿐인 누이에게."

예거라트가 눈을 접으며 웃었다. 서른 중반이 꽉 찬 나이임에도 미소가 아름다웠다.

"그래, 비 후보는 어떻게 잘 추려 보고 있느냐?"

"그럼요. 새 가족을 맞이하는 일인데 어찌 소홀할 수 있겠어요."

"가족이라, 그렇구나. 이제 너도 그런 것을 꿈꿀 때가 되었지. 그래서…… 어젯밤은 좋았더냐?"

녹색 눈이 다정한 빛을 띠었다. 풋. 릴리스는 간신히 차를 뿜어내는 추태를 막아 내고 냅킨으로 입가를 조심히 닦아 내었다. 다정한 눈빛 기저에 깔린 의심이 뭉근하게 공기를 조이고 있었다.

"오라버니도 참. 그런 걸 물어보시면 어떻게 해요."

릴리스는 간신히 애교 섞인 투정을 부리는 데 성공했다. 바늘 같은 침묵이 흐르는 동안 그녀는 아무것도 모르는 사람처럼 순진한 얼굴을 가장하기 위해 애썼다.

"하하, 그렇구나. 내 걱정되는 마음에 괜한 것을 물었어."

이윽고 예거라트가 너그러운 어조로 적막을 거두었다. 릴리스는 축축한 손바닥을 치마 위에 문지르곤 재빨리 찻잔을 들어 제 얼굴을 가렸다.

"……공은 아직 어린걸요. 밤새 이야기를 나눈 것뿐이어요."

"말동무가 생겼다니 다행스러운 일이기는 하다만은…… 그래도 이 오라비를 잊으면 서운할 게야."

"오라버니도 참. 제 걱정은 마시라니까요. 성년이 지난 지도 벌써 한참인데……."

"어찌 그럴 수 있겠느냐. 내 착한 누이가 근본 없는 놈의 꼬임에 빠지면 어쩌나 노심초사한 세월이 이미 한참 길었던 것을."

예거라트가 웃으며 말했다. 릴리스는 들고 있던 찻잔을 조심히 내려놓았다.

"그리고 지금도. 언제나 걱정하고 있단다."

자신도 모르게 손이 떨렸다. 달그락. 부딪친 찻잔과 접시에서 작은 소음이 났다.

"……우려하실 만한 일은 없을 거예요."

"그럴 거라 믿는다. 언제나 그랬듯이 말이야."

형체 없는 손이 목덜미를 틀어쥐는 것만 같았다. 잠시 탁자 위를 내려다보던 예거라트가 이내 태연한 얼굴로 새로 내온 과자를 권했다.

짧은 티타임 뒤 릴리스는 발길 닿는 대로 궁을 거닐었다. 인적 드문 도서관에 들어서자 사서가 벌떡 일어나 인사를 건넸다. 그녀는 하릴없이 서고를 빙빙 돌다 가장 구석에 위치한 커다란 책장 앞에 멈춰 섰다.

일전 바이마르가 권했던 스파티움 책이 문득 눈에 띄었다. 워낙 유명해서인지 같은 제목의 번역가만 다른 책이 족히 열 권도 넘게 한 칸에 줄지어 꽂혀 있었다. 릴리스는 슬쩍 사서가 있을 법한 방향을 살핀 뒤 개중 한 권을 꺼내 근처에 자리를 잡고 앉았다.

"저, 마마……."

잠깐 머물 생각이었으나 정신을 차리고 보니 어느덧 저녁이었다. 배고픈 닭마냥 그녀의 주위를 빙빙 돌던 사서가 눈치를 보며 다가와 조심스럽게 폐관 시간을 일러 주었다.

릴리스는 노을 지는 하늘을 뒤로한 채 황녀궁을 향해 바삐 걷기 시작했다. 저녁을 준비하는지 곳곳에서 풀풀 풍기는 음식 냄새가 시장기를 부추겼다. 와트만이 콧노래를 부르며 휘적휘적 그녀의 뒤를 따랐다.

"마마?"

황녀궁에 도착한 두 사람은 곧장 식당을 향해 방향을 틀었다. 먼저 도착해 어둑한 복도를 서성이던 바이마르가 멀찌감치 걸어오는 그녀를 발견하곤 반색했다.

멈칫하며 제자리에 멈추어 선 릴리스의 눈이 위에서부터 아래로 천천히 떨어지며 그의 모습을 훑어 내렸다. 그 시선을 따라 고개를 숙이던 바이마르가 이내 부끄러운 듯 목덜미를 쓸었다.

"아, 이건 아직 옷이 도착하질 않아서……."

훌쩍 짧아진 바지 때문에 허연 복숭아뼈가 천 아래 그대로 드러났다. 어른이 아이 옷을 꺼내 입은 것마냥 우스운 몰골이었다. 그는 입술을 씰룩이는 릴리스를 모른 척하며 앞장서 식당 문을 밀었다.

부드러운 빵으로 시작된 저녁 식사는 두 사람만을 위한 것이라고는 믿기 어려울 만큼 호화로웠다. 바이마르가 매일같이 엄청난 양을 먹어 치워 대었던 탓이다. 덕택인지 때문인지, 최근 황녀궁의 부엌에는 불이 꺼질 날이 없었다.

"여기서 뵈니 좋네요. 매번 방에서 드신다 하여 내심 아쉬웠는데."

핑거 샌드위치 몇 개로 점심을 때워서인지 평소보다 음식이 입에 잘 붙었다. 릴리스는 방울토마토를 씹어 삼키며 맞은편에 앉아 있는 바이마르에게 조심스레 말을 건넸다. 그가 눈치를 보듯 눈을 굴리다 큼, 헛기침을 하곤 대꾸했다.

"이제 식사는 가급적 이곳에서 할까 합니다. 물론, 마마께서 허락하신다면요."

"그러실 필요 없어요. 말씀드렸잖아요? 공께서 이곳에서 못 하실 일은 없다고."

"하지만……."

바이마르가 난처한 얼굴로 그녀를 마주 보았다. 머리 위에 귀가 달렸다면 필시 반쯤 꺾여 풀이 잔뜩 죽은 모습이었을 것이다. 릴리스는 그 상상에 홀로 조금 웃다가, 물잔을 들어 목을 축였다.

"그보다…… 사과드리고 싶은 일이 있어요."

예거라트에게 바이마르는 언제나 '왕자'에 불과했다. 식을 올리고 형식적으로나마 아테라의 황족으로 편입되었음에도, 그는 그런 식으로 본인이 생각하는 바이마르의 위치를 드러내길 서슴지 않았다.

개비의 의견도 그와 꼭 같았으리라. 겉으로는 꼬박꼬박 존칭을 붙이지만, 그녀가 내심으로는 바이마르를 퍽 경시한다는 것을 이미 알고 있었다. 강력히 제지하지 못했던 것은 단지, 그 행동에 예거라트의 의사가 어디까지 반영되어 있는지를 확신하지 못했던 탓이다.

"며칠 전, 공께 전속 시종이 없다는 이야기를 들었답니다. 부리는 이들을 온전히 살피지 못한 제 탓이니 부디 이해해 주셨으면 해요."

과거는 분명 이보다 처참했을 것이다. 주에 한 번이나 볼까 말까 했으니 신경 써야 한단 생각조차 하지 않았을 것이 빤했다. 새삼 그 사실이 뼈아파 릴리스는 설핏 인상을 찌푸렸다.

그 모습을 바라보던 바이마르가 급히 고개를 흔들었다.

"저는 정말 괜찮습니다. 지금껏 신경 써 주신 것만 해도 충분히 감사드리고 있으니 제발 그런 말은 마세요."

그것으로도 모자랐는지 그가 벌떡 일어서서는 두 손을 크게 내젓기 시작했다. 그때였다. 길쭉한 팔이 허공을 휘젓다 테이블 위에 놓인 목이 긴 물병을 건드렸다. 요란한 소리와 함께 쓰러진 병 주둥이에서 물이 콸콸 새어 나왔다.

"아니, 이게, 그…… 죄송합니다!"

당황해 몸을 옮기던 바이마르의 정강이가 이번에는 식탁 모서리를 무심코 걷어찼다. 젖은 식탁보가 경사면을 타고 미끄러지며 접시들이 바닥으로 내동댕이쳐졌다.

놀란 얼굴로 달려오던 시종이 샐러드 볼에 담겨 있던 드레싱에 푹 젖은 시금치 이파리를 밟아 대차게 미끄러지고, 들고 있던 접시가 빙글 뒤집히며 그 위의 날붙이들이 챙강챙강 허공에 커다란 포물선을 그렸다.

그리고 마침내 사방이 고요해졌다.

"죄송합니다……."

바이마르는 두 손으로 얼굴을 가렸다. 옷 밖으로 드러난 몸 곳곳이 마치 꽃물을 들인 듯 불그스레했다. 오늘의 메인 요리였던 토마토스튜가 바지를 흠뻑 적신 채 덩어리진 피처럼 무릎에서부터 뚝뚝 떨어지고 있었다.

"공…… 하하, 크흠, 괜찮, 괜찮으세요? 많이…… 흠, 뜨겁지는 않으시구요?"

릴리스는 웃음을 참으려 몹시 애썼다. 바이마르가 한 손을 내리고는 드러난 한쪽 눈으로 원망스럽다는 듯 그녀를 흘겼다.

"……너무하십니다. 오늘의 스튜는 식혀서 나왔다는 걸 뻔히 아시는 분께서."

"아하하하, 흡…… 큭큭…… 죄송해요, 공. 웃으면 안 되는데."

릴리스는 결국 체통도 잊은 채 커다랗게 웃음을 터뜨리고 말았다. 불퉁한 표정으로 그녀를 쳐다보던 바이마르가 곧 체념한 듯 어깨를 축 늘어뜨렸다.

"……괜찮습니다. 이제 기분이 좀 나아지신 것 같으니, 조금 우스꽝스러운 꼴이 되었다 한들 뭐 어떻겠습니까."

웃음소리가 멈추고, 하얀 얼굴에 의아한 기색이 담뿍 어렸다. 바이마르는 새 냅킨으로 옷의 얼룩을 대강 훔치며 쑥스러운 표정을 감추기 위해 얼굴을 아래로 푹 숙였다.

"저, 그런데."

"예?"

"이런 꼴로 여쭐 생각은 아니었지만 혹시……."

더러워진 옷을 대강 정돈한 바이마르가 성큼 걸어 앉아 있는 릴리스와의 거리를 좁혔다. 선 채로 그녀의 옷자락을 슬쩍 잡아 쥔 그의 널찍한 가슴이 커다랗게 부풀었다 가라앉았다. 바이마르는 몇 번 그렇게 심호흡을 반복하다 마침내 눈을 질끈 감고는 오늘 내내 연습했던 말을 뱉었다.

"오늘도 주무시고 가실는지⋯⋯."

얇은 천을 틀어쥐고 있는 커다란 손이 육안으로도 확연히 보일 만큼 바들바들 떨렸다. 릴리스는 괜히 손을 몇 번 꼼지락대다 우물쭈물 되물었다.

"그래도 되는 건가요?"

"마마의 궁이 아닙니까."

눈꺼풀이 반쯤 들렸다. 푸른 눈이 빤히 그녀의 얼굴 위를 배회했다. 걱정과 설렘 사이에서 후자가 승기를 거머쥐는 것은 순식간이었다.

개비는 썩 달가워하지 않는 기색으로 그녀의 잠자리를 챙겼다. 릴리스는 그녀가 건네는 노출 없는 잠옷과, 어느 모로 보아도 부부 관계를 위한 것이라고는 할 수 없는 두툼한 로브를 받아 챙기며 엷게 웃었다. 와트만이 혀를 찼다.

"수절하는 과부도 이렇게는 안 입겠는뎁쇼."

"공께서 아직 어리시잖아."

"저는 열넷에 동정을 뗐습니다만. 따지고 보자면 그다지 어린 나이는 아니시지요."

"경. 정말 진지하게 물어보는 건데. 내가 경의 첫날밤 이야기에 얼마나 관심이 있을 거라 생각해?"

"글쎄요. 적어도 바이마르 저하보다야 많으시지 않겠습니까."

와트만이 킬킬 웃으며 목을 돌렸다. 우두득우두득 뼈 맞추는 소리가 요란했다. 탁자 옆에 시립한 채 릴리스를 기다리고 있던 시렌은 붉어진 얼굴을 가라앉히기 위해 스파티움 군가를 속으로 내쳐 불렀다.

기사와 여주인의 성적인 대화라니. 스파티움이었다면 당장에 옥으로 끌려가도 할 말이 없을 일이었으나,

"그래서, 연상이었어?"

"당연한 것 아닙니까. 한참 누님이었습죠."

놀랍게도 문란한 두 아테라인은 평소처럼 덤덤한 낯을 하고 있었다. 시렌은 암담한 기분으로 저도 모르게 마른세수를 거듭했다.

물론 그 역시 장성한 청년이었고 당연히 여자와 밤을 보낸 경험도 있었으나 아테라의 개방적인 문화는 그가 평생 살아온 도덕관념을 초월하는 어떤 것이 있었다.

"검은 누구에게 배웠나?"

그때였다. 어느새 가까이 다가온 와트만이 얼굴을 쓸던 시렌의 팔목을 잽싸게 낚아채었다. 어마어마한 악력에 손끝이 저릿해졌다. 무언가 눈치라도 챈 것인가? 설마 내가 군가를 소리 내어 불렀나? 불안과 당황으로 맥이 쿵쿵 뛰었으나 시렌은 침착한 척 목소리를 가다듬었다.

"……어릴 적 마을을 지나가던 떠돌이 기사들에게 드문드문 배움을 청하긴 했습니다만…… 그것이 다입니다."

"그런 것치고는 군은살이 제법인데."

"미련을 가진 세월이 생각보다 길었지요. 큰 재주는 없어 곧 포기

했습니다."

침묵이 흘렀다. 물건 감정하듯 꼼꼼한 눈길로 시렌을 훑던 와트만이 이윽고 손의 힘을 풀었다. 시렌은 다급하게 보이지 않으려 애쓰며 잔떨림이 이는 손가락으로 소매를 끌어 내렸다.

"제 한 몸 지킬 줄 안다는 것은 좋은 일이지."

와트만이 그리 말하며 시렌을 지나쳤다. 등골을 타고 식은땀이 흘렀다. 시렌은 고개를 푹 숙인 채 두 사람의 뒤를 따랐다. 아직도 가슴이 쿵쿵 뛰었다.

⚜

접촉은 노을이 지듯 천천히 자연스러워졌다.

두 손을 꼭 잡은 황녀 부부가 다정하게 정원을 거니는 모습은 이제 사용인들에게도 퍽 익숙한 풍경이었다. 간간이 멈춰 선 바이마르가 그 손등에 길게, 혹은 짧게 입을 맞추는 것 또한. 그리고 황녀가 그럴 때마다 눈가를 불그스름하게 물들이는 것 또한 그랬다.

그러나 호의가 곧 삶을 보장하는 것은 아니었다.

몽글대는 마음 한편에는 언제나 작은 마수처럼 불안감이 도사렸다. 간혹 꾸는 꿈속에서 릴리스는 매번 끝도 없이 길쭉한 탑의 계단을 올랐고, 때로는 뜬눈으로 밤을 지새 까만 얼굴로 아침을 맞고는 했다.

괜히 장부를 뒤지는 것은 그런 불안감의 일환이었다.

"갑자기 웬 바람이 불어 장부를 들여다보십니까?"

"……나도 이제 홀몸이 아니잖아."

와트만이 갓 걸음마 시작한 아이를 보듯 기특한 눈빛으로 고개를 끄덕였다. 릴리스는 복잡한 기분으로 그 시선을 외면했다.

'체자레가 다시 거래를 받아들인다면……'

악몽 끝에는 늘 같은 걱정이 뒤따랐다. 바이마르가 그것을 온전히 막아 낼 수 있을지조차 확실치 않은 지금, 생각의 끝이 닿는 곳은 언제나 카리알이었다.

릴리스는 다시 장부를 뒤적이며 짧은 숨을 뱉었다. 평소였다면 어림도 없을 감상이었으나, 지금만큼은 예거라트의 '아낌'이 더할 나위 없이 기껍게 여겨졌다. 넘쳐 나는 내탕금과 발에 차일 만큼 많은 보석들. 한 주먹 빼돌리는 것으로는 티도 나지 않을 터다.

릴리스는 마음을 정하곤 장부를 탁, 소리 나게 덮은 뒤 내려놓았다. 마침내 정의로운 도둑이 될 시간이었다.

그로부터 일주일 뒤. 황녀궁 앞에 낯선 마차들이 줄줄이 늘어섰다. 릴리스는 응접실에 자리를 잡고 앉아 거만한 자세로 상인들이 내미는 물건을 살폈다. 사실 살핀다기보단 보이는 족족 사들인다는 표현이 더 어울릴 기세였다.

"이걸 전부 다 말씀이십니까?"

"그러하네. 혹시 어려운 일인가?"

"그럴 리가 있겠습니까. 영광이옵니다."

호리호리한 남자가 깊게 허리를 숙였다. 그는 막 소문만 무성하던 황녀에게 붉은색 옷감 두 상자를 팔아 치운 참이었다. 다음으로 들어온 젊은 재봉사는 밀려드는 주문에 벌어지는 입을 감추지 못하고 흥겨운 걸음으로 응접실을 나섰다.

아침부터 알현 행렬이 이어졌지만 줄은 짧아질 기미를 보이지 않았다. 다과를 들이던 개비마저 온갖 보석들로 번쩍이는 바닥을 보며 혀를 내둘렀다.

"아쿠아마린은 가진 것이 없나?"

"송구하오나 마린석은 워낙 희귀해 구하기가 어렵사옵니다."

방금 들어온 귀금속 상인이 굽실거리며 그녀의 눈치를 보았다. 벌써 몇 번째 듣는 똑같은 답이었다. 릴리스는 한숨으로 그를 내친 뒤 푹신한 소파에 몸을 깊게 묻었다.

호박석은 체자레의 상징이었다. 그의 비가 제 관에 자랑스레 그것을 박아 넣었듯, 릴리스 또한 바이마르에게 같은 것을 주고 싶었다. 그의 눈 색과 같은 짙푸른색 아쿠아마린으로 관을 장식한다면 분명 그 어떤 것보다도 아름답고 가치 있는 선물이 될 것이리라.

사치품을 사들이는 것은 훗날을 위해서였으나 이것만큼은 온전한 사심이었다.

"두 번만 신경 쓰셨다간 아주 지네라도 되시겠습니다."

벽에 붙어 서 있던 와트만이 투덜거리며 응접실을 가로질러 다가왔다. 널려 있는 상자들을 피하기 위해 발끝을 곧게 세우고 까치걸음을 걷는 모양새가 솔직히 말해 조금 많이 우스웠다. 쪼그려 앉아 짐을 정리하던 시녀들이 그를 보며 소리 죽여 킬킬대었다.

"그러고 보니."

흔들리는 몸을 따라 덥수룩한 머리가 팔랑거렸다. 릴리스는 그 모양을 가만 지켜보다 문득 입을 떼었다.

"경이 치장하는 모습은 도통 본 적이 없는 것 같아."

"갑자기 무슨 말씀이십니까?"

와트만이 눈살을 찌푸렸다. 갓 구워 낸 빵처럼 그을린 피부 위에 깊지 않은 주름이 겹겹이 졌다. 릴리스는 벌떡 일어서 그를 지나쳐 복도에 한 발을 디뎠다.

"치장 말이야. 보통은 남자들도 많이 하잖아?"

"저야 몸에 주렁주렁 뭔가를 매다는 게 영 습관이 되질 않아 그렇습니다만, 그 말씀이 맞긴 하지요. 신입들 중에 귀 안 뚫은 놈 찾기가 더 힘들 지경 아닙니까요."

숨 한번 몰아쉬지 않고 그녀의 뒤로 따라붙은 와트만이 마침 근처를 지나던 젊은 기사 두엇을 가리키며 말했다. 사복을 차려입은 두 사람의 귓불 아래로 화려한 금붙이가 찰랑이며 늘어졌다.

"결국은 다 취향의 문제입죠. 실은 저도 스파티움식 복식을 더 선호하는 편이긴 합니다마는…… 그쪽 사람들 무뚝뚝한 성미에는 영 정이 안 가더란 말입니다. 에드몽도 아마 스파티움 놈들이라면 질색 팔색 치를 떨 겁니다. 장발이란 이유로 온갖 욕을 다 들어 먹었거든요."

아테라인들은 성별을 가리지 않고 뽐내기를 즐긴다. 치장에 들이는 시간을 결코 아까워하지 않았다. 아테라 남자를 만나고 싶다면 살롱으로 가라는 우스갯소리가 결코 빈말이 아닌 이유이기도

했다.

릴리스는 잠시 그의 말을 곱씹다 고개를 갸웃했다.

"머리가 왜? 길면 안 되나?"

"그놈들 입장에선 영 거슬렸던 모양입니다. 어찌나 시비를 털어 대는지 결국에는 참다못한 에드몽 그놈이 꼬박 2년 동안 기른 머리를 미련도 없이 잘라 버리더라니까요."

와트만이 킬킬 웃으며 손가락으로 창틀을 톡톡 두들겼다. 마침 정원 쪽으로 난 창 너머로 바이마르가 그늘진 연무장 바닥에 앉아 한숨을 돌리고 있는 것이 보였다. 두 사람은 잠시 멈춰 선 채 그 광경을 눈에 담았다.

"……그러고 보니 저하께서도 머리가 많이 기셨습니다. 금방 자르실 줄 알았는데 말입죠."

"처음엔 분명 많이 짧았지."

"뭐…… 그랬었지요."

그때였다. 쉬고 있던 바이마르가 다시 일어나 검을 바투 쥐었다. 릴리스는 그 모습을 보다 불쑥 떠오른 생각을 무심코 입 밖에 내었다.

"그러고 보니 공께 선물을 드릴까 하는데."

"장신구 말씀이십니까?"

"뭐든."

귀 끝에 겨우 오던 머리칼이 어느덧 옆얼굴 전체를 완전히 덮고 있었다. 깔끔하게 묶기에는 길이가 조금 모자라 매번 귀 뒤로 남은 머리를 꽂아 넘겨야 했으나, 실은 어차피 그 외에 별다른 수가 없기

도 했다. 손재주 좋은 아테라 남자들조차 관리가 까다로워 마의 구
간이라 부르는 길이었다.

"성년식 선물로 드리면 되겠군요."

"성년식? 아, 그러고 보니."

어느덧 12월이 가까워 오고 있었다. 연말 연회 뒤에는 곧장 신년
무도회가 예정되어 있어 남은 시간이 그렇게 많지 않았다. 릴리스는
생각에 잠겨 다시 걷기 시작했다. 머리 길이가 애매하니 귓바퀴에
거는 장신구도 나쁘지 않을 듯했다. 슬슬 연회복도 맞추어야 할 테
니 선물을 고르기엔 퍽 적절한 시기였다.

다음 날.

바이마르는 난감한 기분으로 눈앞의 색색깔 옷 더미를 뒤적였다.
단출한 복식에 익숙해져 있던 그의 눈에 비추어 보았을 때, 아테라
의 옷감들은 하나같이 화려하고 장식이 과한 감이 있었다. 이 천이
저 천 같고, 저 천이 이 천 같아 눈이 핑핑 돌아갔다. 그나마 후보를
두 개로 좁힌 것이 그의 최선이었다.

"스파티움에서는 성년식을 어떻게 축하하나요?"

지친 얼굴로 늘어져 있던 바이마르는 릴리스의 물음에 반색했다.

"보통 생일이 지나면 다음 날부터 바로 성년 대접을 해 주는 편입
니다. 해마다 연초에 사냥 대회를 크게 열곤 하는데, 전해에 성년을
맞이했던 모든 이들은 신분의 고하에 관계없이 참석이 가능합니다.
사냥감의 크기에 따라 상을 수여하기도 하지요."

"공의 생일은 겨울이 아니었던가요?"

"기억하고 계셨습니까?"

바이마르가 기분 좋은 듯 미소했다. 릴리스는 차마 과거의 그가 겨울 내내 궁 안에 틀어박혀 있어 그 사실을 알게 되었노라 털어놓지 못하고 어색한 미소를 되돌렸다.

"사냥은 좋아하시나요?"

"즐기는 편은 아닙니다만 싫어하지도 않습니다. 어릴 적에는 체자레 형님을 따라 제법 커다란 마수를 잡아 본 적도 있지요."

바이마르가 자랑스럽게 말했다. 어지간히 내세우고 싶은지 가슴까지 내민 폼이 퍽 생경하게 느껴져 시렌은 나오려는 한숨을 억눌렀다. 난생처음 보는 왕자의 재롱이다. 장성한 청년이 풋풋한 혈기를 내뿜으며 아양을 떠는 꼴을 보려니 눈꼴이 시리다 못해 눈물이 날 지경이었다.

"혹 마마께서도 검을 다루십니까? 스파티움에서는 많은 귀족 영애들이 무예를 배웁니다만, 아테라는 그렇지 않다 들어 궁금합니다."

그러거나 말거나, 바이마르는 관심 있는 대화에 한창 열을 올리는 중이었다. 릴리스가 시위를 당기듯 두 팔을 허공으로 뻗어 올리며 그를 바라보았다.

"검은 제대로 배워 본 적이 없습니다만, 활은 제법 쏠 줄 알지요."

"활이요?"

"이래 봬도 제법 명중률이 좋답니다. 석궁도 배워 보려 했는데…… 너무 무거워 들 수가 없더군요."

"석궁이라뇨! 그 가는 팔로 어찌……. 이제 그런 생각은 하지도 마세요. 제가 반드시 지켜 드릴 터이니 무리하시면 안 됩니다."

바이마르가 기겁하며 양손을 거세게 흔들었다. 의식 없이 튀어나온 말이었는지 뒤늦게 그것을 깨닫고 얼굴을 붉혔으나 꺼낸 말을 도로 무를 생각은 없는 듯했다.

빤한 시선이 답을 바라듯 릴리스의 얼굴 위를 배회했다. 기다란 속눈썹은 눈을 깜빡일 적마다 나비처럼 팔랑거렸고, 죽 뻗은 콧대는 백돌을 섬세하게 깎아 놓은 듯했다. 커튼 사이로 들이친 흰빛이 수려한 이목구비 위를 후광처럼 부드럽게 감싸고 돌았다.

꿀꺽. 이어 침 삼키는 소리가 천둥처럼 세 남자의 귓가에 꽂혔다.

"맙소사."

와트만이 탄식하며 한 손으로 눈을 가렸다. 시렌은 그의 공감성 수치에 지극한 위로를 보내면서도 주군의 성장에 못내 뿌듯한 기색을 감추지 못했다. 방금 전까지만 해도 그 주군을 본인이 나서 비웃었단 사실 따위는 이미 까맣게 잊은 채였다.

"저…… 마마?"

와중에도 바이마르는 포기를 몰랐다. 릴리스는 어정쩡하게 그의 눈길을 피하며 코끝을 긁적였다.

"예? 아, 예."

"왜 말씀이 없으십니까. 답을 안 주시니 안심이 되지 않습니다."

"아, 그럼요. 그렇게 할게요."

홀린 듯 가벼운 승낙이 이어졌다. 하. 어디선가 다시 탄식 소리가 흘러나왔다.

"약속하신 겁니다."

그러거나 말거나, 바이마르는 그저 대답을 들은 것이 기쁜 눈치였다. 그가 신난 목소리로 말을 이었다.

"허면 활을 쏘시는 모습을 좀 보여 주실 수 있으시겠습니까? 마마께서 무기를 들고 계신 것은 한 번도 뵌 적이 없어 무척 궁금합니다."

"예? 아, 예. 그리하지요."

평범하기 짝이 없던 기억 속의 모습은 대관절 어디로 간 것인지, 바이마르는 요사이 마치 물 만난 고기처럼 제 미모를 뽐내는 중이었다. 남자다우나 아직은 풋풋한 기가 남아 있는 그의 얼굴은 소년과 청년의 경계에 놓여 가끔은 몹시도 묘한 느낌을 풍겼다. 그런 얼굴이 전력으로 부딪쳐 오며 답을 채근하는데, 거절의 말이 쉽게 나올 리 없었다.

"정말이십니까? 무척 기대됩니다."

릴리스는 자각 없는 미인계에 모든 전의를 상실했다.

"마마께서는 무복도 참 잘 어울리시는군."

며칠을 이어 내린 비 때문에 결국 약속은 일주일이 훌쩍 지난 뒤에야 이루어졌다. 바람 방향을 가늠하던 릴리스가 활줄을 갈라 자리를 뜬 사이 바이마르가 한숨처럼 투덜거렸다.

큰일이다. 왕자가 점점 스파티움인으로서의 정체성을 잊어 가고 있었다. 단단한 팔뚝에 천을 감아 주던 시렌은 인상을 찌푸리며 매듭을 짓던 손에 힘을 주었다.

"저하. 황녀 마마께서 아테라인이시라는 건 기억하시죠?"

"……언제는 잘 지내야 한다고 신신당부를 하더니만."

"그거랑 이거랑 똑같습니까? 그만 좀 보십쇼, 좀!"

시렌이 씩씩대며 목소리를 낮추었다. 바이마르는 가볍게 그를 떼어 내며 눈을 내리깔았다.

"좋은 걸 어찌하라고."

"예에? 아니, 좀! 저하!"

"시끄럽다. 남편이 되어 부인을 섬기겠다는데, 대체 무엇이 문제라는 거야?"

덩달아 목소리를 죽인 바이마르가 퉁명스러운 태도로 매듭을 매만졌다. 젖살이 빠지며 드러난 매끈한 턱이 서늘한 선을 그리고 있었다. 다소 차갑게 느껴지는 얼굴에 표정마저 사라지니 북풍을 맞은 듯 기세가 사나웠다.

"공?"

문득 자박이는 발소리가 가까워졌다. 입술을 삐죽이던 바이마르의 얼굴 위로 금세 환한 미소가 걸렸다. 시렌은 한숨을 삼키며 뒤로 두어 걸음을 물렸다.

"우선 세 발만 쏴 볼게요. 너무 오랜만이라 자신은 없네요."

연무장 한가운데에 반듯이 선 릴리스가 가볍게 활시위에 살을 걸었다. 줄을 살짝 당겼다 놓자 바람 가르는 소리와 함께 순식간에 세 발이 과녁 한가운데 꽂혔다. 그녀는 다소 으스대는 얼굴로 옆을 돌아보다가 뻐근한 어깨에 눈살을 찌푸렸다.

다음 순간, 바이마르가 팔을 뻗어 그녀의 양어깨를 부드럽게 문질렀다. 한 손을 오른 어깨 위에 얹고, 다른 한 손을 왼쪽 팔꿈치 아래에 받친 그가 힘을 주어 구부러진 근육을 살살 풀었다.

"이렇게 당기시면 아까보다는 힘이 덜 들어가실 겁니다. 명중률은 이미 충분하시니 이런 식으로, 어깨에 힘을 빼시고……."

릴리스는 몸을 빳빳하게 굳혔다. 그녀와 달리 곱슬기 없는 검은 머리카락이 사르륵 흘러내리며 사방에 은은한 향내를 풍겼다.

"혹 싫으셨습니까……?"

바이마르가 눈치 보듯 그녀를 흘긋거리다 조심스레 물음을 던졌다. 산만 한 사내가 분명한데도 어쩐지 그 모습이 귀엽게 느껴졌다. 릴리스는 고개를 흔들고는 다시 활시위를 당기며 천천히 목표물을 겨누어 보았다.

"황녀 마마."

막 네 번째 살을 끼워 넣던 와중이었다. 바이마르는 처음 듣는 목소리에 동작을 멈추었다. 큰 키의 사내가 연무장 바깥에 선 채 웃음기 어린 얼굴로 두 사람을 번갈아 보고 있었다. 목소리만큼이나 낯선 얼굴이었다.

"오랜만에 뵙습니다. 그새 더 아름다워지셨군요."

어느새 두 사람 앞으로 훌쩍 다가온 남자가 모래 바닥 위에 선 채로 유려하게 허리를 굽혀 릴리스에게 인사를 건넸다. 호리호리한 체구와 목 끝까지 꽉 채운 셔츠 단추가 단정한 인상을 돋보이게 했다. 감색 바지와 그와 비슷한 색의 재킷을 걸친 남자의 땋은 머리가 길게 늘어져 허리춤에서 흔들거렸다.

"발칸 소공! 정말 오랜만이로군. 그대도 그간 잘 지냈는가?"

릴리스가 활을 내리고는 반가운 목소리로 낯선 이의 이름을 불렀다. 남자가 웃으며 그 말에 응수했다.

"물론입니다. 그나저나 절 아직까지 소공이라 불러 주실 줄은 몰랐습니다. 부끄럽군요."

"입에 붙어 그런지 그 칭호가 금방 나오는 걸 어찌하겠나. 불쾌했다면 사과하지."

"그럴 리가 있겠습니까. 오랜만에 들어 오히려 좋았습니다. 그보다…… 분명 이쪽이 소문의 부군이시겠지요. 이거, 인사가 늦었군요. 처음 뵙겠습니다. 바이마르 공."

릴리스의 곁에 서서 관심 없는 척 몰래 그를 흘금거리던 바이마르는 뜻밖의 호칭에 내심 놀라 양미간을 좁혔다. 서글서글한 눈매를 지닌 남자가 처음과 다름없이 반듯한 자세로 그의 대답을 기다리고 있었다. 자신과는 달리 붙임성이 퍽 좋은 듯했다.

거기까지 생각하자 기분이 더욱 저조해졌다. 그러나 어쩐지 릴리스의 앞에서 그것을 드러내고 싶지는 않아, 바이마르는 인내심을 끌어모아 최대한 덤덤하게 자신을 소개했다.

"바이마르 갈바르라 합니다."

"듣던 대로 훤칠하시군요. 발칸 후작가의 리안입니다."

"하지만 보통은 이름보단 성을 부른답니다."

친근한 어조에 바이마르의 눈꼬리가 살짝 들렸다. 발칸은 그 기색을 모른 척 슬몃 미소했다.

"리안은 보통 여성에게 많이 붙는 이름이죠. 공께서는 그런 고민이 없을 것 같아 부럽습니다. 저는 도통 몸을 움직이는 것에는 재능이 없어서."

"이름값을 하는 것 아니겠나."

"이것, 참. 너무하십니다. 아, 그보다 황녀 마마. 긴히 드릴 말씀이 있습니다만……."

발칸이 말끝을 흐리며 바이마르에게로 슬쩍 시선을 주었다.

"제가 잠시 마마를 모셔도 괜찮겠습니까, 공?"

어차피 거절할 수 없는 제안이었다. 바이마르는 불퉁한 표정으로 고개를 끄덕였다.

릴리스는 활을 바이마르에게 맡기고는 앞장서서 손님을 서재로 안내했다. 시녀들이 들어와 다과상을 차리는 동안 발칸이 방 안을 둘러보며 작게 웃었다.

"이곳은 변한 것이 거의 없는 듯합니다."

"소공이 싫어했던 저 커튼도 말이지?"

"바로 맞히셨습니다."

묵직한 차향이 서재 안에 퍼졌다. 릴리스는 편안한 얼굴로 티스푼을 휘저었다. 각설탕 세 개를 연달아 넣자 발칸이 그럴 줄 알았다는 듯 어깨를 들썩였다.

"이렇게 앉아 있으니 어릴 적 생각이 나는군."

"벌써 10여 년도 더 지난 일이군요. 어리셨던 마마께서 벌써 가정을 꾸리셨단 이야기를 듣고 얼마나 놀랐는지 모릅니다. 게다가 상대가 스파티움의 왕자라니요."

"그렇게 말하는 것치고는 제법 격식을 차려 주던데."

"마마의 부군이시니 응당 그에 맞는 대접을 해 드려야지요. 무엇보다 두 분 사이가 돈독해 보여 다행입니다. 폐하께서도 마마의 안녕을 우려하시더군요."

릴리스는 얼핏 표정을 굳혔다. 눈치 빠른 발칸이 그 기색을 모를 리 없었으나, 그는 능청스럽게 이야기를 이어 갈 뿐이었다.

"마마께서 황후 간택에 관여하고 계시다 들었습니다. 혹 심중에 두고 계신 이가 있는지 폐하께서 궁금해하시어 제가 이리 찾아왔지요."

"……오라버니께서 국혼에 관한 일로 소공을 부르셨다는 말인가?"

"직접적인 부름은 아니었습니다. 단지, 아버님의 말씀으로는 폐하께서 혼사 이야기를 크게 벌리고 싶어 하지 않으신 듯하다더군요."

발칸 후작은 아테라의 원로대신으로, 스타렉 공작과 함께 선황제 때부터 국사에 관여해 온 잔뼈 굵은 인사였다. 그런 이가 알 정도라면 예거라트의 결심이 제법 확고하단 뜻일 것이다.

"혹 심중에 두신 이라도 있으십니까?"

그가 다시 물었다. 릴리스는 어깨를 으쓱했다.

"……알다시피 내가 워낙 바깥출입이 드물지 않은가. 소문에 어두우니 쉬이 결정을 내리기 힘들어. 그대 생각은 어떠한가?"

"글쎄요. 한낱 관료가 입을 대기에는 지나치게 큰 사안이라."

릴리스는 한 손으로 지끈거리는 머리를 짚었다. 기억하건대, 드와이트 영애가 황후로서 궁에 든 것은 그녀가 죽기 바로 며칠 전의 일

211

이었다. 식사를 들이던 기사를 겨우 구슬려 얻어 낸 이야기에 따르자면 식조차도 몹시 조촐했던 모양이었다. 귀애하던 황녀의 죽음을 애도하고자 함이라던가.

"나 역시 그렇다네."

그러나 확실한 것은 아직 아무것도 없었다. 릴리스는 그저 침묵했다.

다행히, 넉살 좋은 발칸은 곧 다른 화제를 꺼내 들었다. 한동안 소원했다지만 해를 넘기도록 함께 수학했던 사이다. 기억을 더듬어 한번 물꼬를 틀고 나니 제법 나눌 말이 많았다.

대화를 나누는 사이 어느덧 오후가 훌쩍 지났다. 릴리스는 아쉬움을 감추지 않고 발칸을 궁 입구까지 배웅했다. 정중하게 몸을 구부린 그가 장갑 낀 손등 위로 가볍게 입을 맞추었다.

"이제 가시는 모양입니다."

고개를 든 그의 시야에 헐레벌떡 뛰어오는 바이마르가 잡혔다. 내내 연무장에 있었던 것인지 온몸이 땀에 흠뻑 젖은 몰골이었다. 깜짝 놀란 릴리스가 목소리를 높이며 그를 살폈다.

"공, 아직 밖에 계셨나요?"

"예, 조금 마음이 어지러워……."

바이마르가 말끝을 흐리며 시선을 슬쩍 그녀의 뒤로 넘겼다. 발칸은 마주한 푸른 눈동자에 서린 선명한 적의를 가볍게 무시하곤 어깨를 들썩였다.

"현명한 선택이십니다. 마음이 불안할 때에는 몸을 움직이는 것이 가장 좋지요."

"무예에는 재능이 없다 하지 않으셨습니까?"

날 선 목소리가 튀어 나갔다. 그러나 퍽 무례한 응수에도 발칸은 머쓱한 미소를 입가에 걸었을 뿐, 그다지 기분이 상한 기색이 아니었다. 바이마르는 그 얼굴을 물끄러미 응시하다 입술을 꾹 깨물고는 대뜸 릴리스를 돌아보았다.

"마마. 오늘은 스파티움식 식사를 준비하라 이를까요? 일전에 한번 드셔 보고 싶다 하셨었지요."

"저녁 말인가요? 저야 상관없으니 공께서 원하시는 대로 하세요."

릴리스는 난데없는 제안에 그저 얼떨떨한 표정이었다. 발칸은 말이 떨어지자마자 그에게로 향하는 의기양양한 시선에 웃음을 참으려 입가를 씰룩였다.

"그럼 저는 이만 가 보겠습니다."

"아쉽군. 저녁도 함께 들고 가는 것은 역시 무리인가?"

"물론 제안해 주신다면야 제게는 큰 영광……이겠지만 아쉽게도 선약이 있군요."

새파란 눈동자 속에서 불길이 일었다. 눈치 없이 머물다간 시선만으로 통구이가 되고 말 판이다. 그는 곧 미련 없이 몸을 돌렸다. 소기의 목적을 달성했으니 굳이 눈칫밥을 먹으며 엉덩이를 들이밀 필요가 없었다.

'남 연애사엔 간섭하지 않는 게 제일이지.'

발칸은 황녀궁을 떠나며 슬쩍 뒤를 돌아보았다. 나란히 선 두 사람이 그에게 등을 보인 채 멀어져 가고 있었다.

"발칸 공자와 무슨 이야기를 나누셨습니까?"

바이마르는 멀찍이서 느껴지는 시선을 부러 무시한 채 릴리스를 궁 안쪽으로 이끌었다. 그가 어깨를 잡고 몸을 돌려 릴리스는 자연스럽게 발칸의 뒷모습에서 시선을 떼어 내야 했다.

"……그냥 어릴 적 이야기를 조금 나누었지요. 만나지 않은 세월이 긴데도 이야기를 하다 보니 그것조차 추억처럼 여겨지더군요."

찰나의 짧은 망설임에서 채 숨기지 못한 주저가 역력히 묻어났다. 바이마르는 굳어진 얼굴을 들키지 않으려 바닥으로 시선을 내렸다.

"그렇습니까. 즐거우셨다니 다행입니다."

"헌데 공. 무슨 일이 있나요? 기분이 좋지 않아 보이는데."

반보쯤 앞서 걷던 릴리스가 갑자기 몸을 휙 돌려 그의 팔을 붙들었다. 한 손에 쏙 들어올 듯한 작은 얼굴 위로 한없이 천진한 표정이 어렸다.

순간, 원망스러운 마음이 삐죽 솟아 심장을 쿡쿡 찔렀다. 그가 아닌 낯선 남자와 웃고 있는 것도 싫었고, 그자와 나눈 이야기를 마음껏 캐묻지 못하는 것도 싫었다. 그러나 그보다 더 싫은 것은 설익은 질투심을 드러내는 일이다.

바이마르는 말을 돌렸다.

"아무것도 아닙니다. 그보다 마마의 옛날이야기라면 저도 궁금하군요."

"제 이야기라고 해 봐야 평범한걸요. 일단 입궁한 뒤로는 한 번도 제대로 나가 본 일이 없었던 데다가……."

"허면 전에는 주로 어디서 지내셨습니까?"

릴리스는 어색하게 웃었다. '주로'라는 말이 붙을 만큼 오래 머물렀던 곳이 있었던가 하는 의문이 먼저 불쑥 떠올랐지만, 어쩐지 기운이 없어 보이는 바이마르를 실망시키고 싶지 않았다. 그녀는 최대한 신중히 말을 골랐다.

"……남부 해안가에 아주 작은 도시가 하나 있답니다. 아름다운 풍경도 볼만하지만, 사시사철 따뜻한 곳이라 겨울에도 눈을 보기가 쉽지 않아요."

"눈이 없는 겨울이라니 상상하기 어렵습니다."

"카리알은 그렇지 않지요?"

"물론이지요. 산이 많아 오히려 바람이 다소 찬 편입니다. 그래도 토양 자체가 척박하지 않아 농사에 큰 어려움은 없는 모양이더군요. 적어도 제가 지내는 동안 흉작이 들었던 적은 없었습니다."

홀을 지나 중앙 계단으로 향하는 길목에 개비가 서 있었다. 두 사람을 발견한 그녀의 눈이 잠시, 닿아 있는 두 손에 머물렀다 떨어졌다. 릴리스는 계단 위에 천천히 한 발을 올리며 그 시선을 털어 냈다.

"말씀을 들으니 무척 궁금해지네요. 꼭 한번 가 보고 싶어요."

"이 궁에 비한다면야 많이 누추하겠지만 마마께서도 분명 그곳을 좋아하게 되실 거라 생각합니다. 그러니 언젠가는 꼭……."

함께 가고 싶어요. 흘긋 주변을 돌아본 바이마르가 목소리를 한껏 낮추어 귓가에 속삭였다. 뒤따라오던 이들에게는 결코 들리지 않을 만큼 자그마한 소리였다.

"그럼."

복도 끝에 선 바이마르가 아쉬움이 그득한 얼굴로 밤 인사를 건넸다. 가기 싫어하는 기색이 역력했으나, 최근 들어 한방에 든 횟수가 잦았기에 당분간은 조금 거리를 둘 필요가 있었다. 릴리스는 늘어진 옷자락이 계단 너머로 완전히 사라진 것을 확인하고 나서야 천천히 몸을 돌려 방 안으로 들어섰다.

"아니, 마마. 이런 모습으로 발칸 소공을 만나셨단 말씀이세요?"

탁. 그리고 문이 채 닫히기도 전, 잽싸게 안으로 뛰어든 개비가 내내 이 순간만을 기다려 온 사람처럼 참아 왔던 잔소리를 터뜨렸다.

예쁘게 땋아 두었던 머리칼은 바람에 휘날려 제멋대로 뻗쳤고, 찬 바람에 발갛게 달아오른 얼굴은 활을 쏘느라 맺힌 땀자국들로 온통 엉망이었다. 릴리스는 거울 속에 비친 자신의 모습을 확인하고는 머쓱한 얼굴로 머리 끈을 당겨 풀었다.

"개비도 아직 그를 그렇게 불러? 소공도 오늘 그 이야기를 하던데."

"하긴 아직도 소공이라 불리기에는 공자님 나이가 좀……. 아이 참, 마마 그리 말을 돌리시면 아니 되어요."

전날의 일을 아주 잊은 듯, 개비는 여전히 살갑게 그녀를 챙겼다. 릴리스는 불편한 마음을 애써 숨기며 짧게 미소했다.

"에이, 들켰네."

"정말이지……."

개비가 투덜거리며 서둘러 욕조에 뜨거운 물을 그득 채웠다.

"상인들도 불러들이시고, 보석들도 사들이시기에 이제야 치장에 좀 관심이 생기셨나 했는데. 마마께서는 정말이지 외모에 너무 무신경하시다니까요."

툭. 습기를 먹어 축축해진 옷이 하나둘 바닥으로 떨어졌다. 릴리스는 라벤더 향이 나는 붉은 소금을 한 주먹 쥐어 김이 오르는 뜨끈한 물 위에 가볍게 흩뿌리며 말을 돌렸다.

"그보다 공께 선물로 장신구를 드릴까 하는데. 괜찮은 장인이 누가 있는지 알 수 있을까?"

"저하께요? 글쎄요…… 무스메 거리의 보석상들에게 물어보면 아마 솜씨 좋은 이를 추천해 줄 거예요. 제가 한번 알아보지요. 그런데 괜찮으시겠어요?"

"뭐가?"

"선물 말이에요. 치장을 그리 즐기시는 것 같진 않던데."

적당히 식은 물이 벌거벗은 몸을 부드럽게 감싸 왔다. 릴리스는 몸을 좀 더 뒤로 젖혀 등받이에 편안하게 몸을 기댔다.

"성년식 선물로 드릴 거야. 시간이 촉박하니 개비가 편지를 좀 보내 줘. 내가 의뢰를 원하니 괜찮다면 방문을 바란다고 말이야."

"그렇게 할게요."

개비가 대답하며 수면 위로 솟은 두 어깨에 뜨거운 물을 끼얹어 주었다. 온몸이 노곤해지며 자꾸만 깜빡깜빡 눈이 감겼다.

언뜻 졸다 깨어났을 때에는 눈에 익은 시녀 아이 둘이 늘어진 그녀에게 깨끗한 가운을 입히려 고군분투하고 있는 와중이었다.

"이런, 깨우지 그랬니."

미안한 마음에 괜한 꾸중이 나갔다. 시녀 둘이 서로를 마주 보며 배시시 웃었다.

"아니어요, 마마. 이게 저희 일인걸요."

"됐으니 나가 보렴. 혼자 할 수 있단다."

손을 휘휘 내젓자 그들은 큰 결심이라도 한 듯 주춤거리며 드레스 룸을 떠났다. 릴리스는 풀어진 매듭을 느슨하게 동여맨 뒤 방으로 향하는 작은 문을 열었다. 탁자에 걸터앉아 검을 손질하던 와트만이 그녀를 보며 고개를 까딱였다.

"늘 생각하는 거지만 경은 참 무례해."

"늘 생각하는 거지만 황녀 마마께서는 참 관대하십니다."

릴리스는 그가 빼어 준 의자에 앉아 나태한 자세로 탁자 위에 엎어졌다. 탁자를 빙 돌아 제자리로 돌아간 와트만이 주머니에서 흰 손수건을 꺼내 잘 벼린 검날을 닦기 시작했다.

릴리스는 물끄러미 그 일과를 구경하다 불쑥 물었다.

"……경. 경은 카리알에 가 본 적이 있어?"

"몇 번 있지요. 헌데 그건 왜 물으십니까?"

"그냥 궁금해서."

연마된 강철에서는 반짝반짝 빛이 났다. 검날에 제 얼굴을 몇 번 비춰 본 와트만이 이윽고 능숙하게 검을 갈무리했다.

"글쎄요. 카리알은 아테라의 정복지들 중에서도 가장 안정되지 않은 땅입니다. 복속된 지 얼마 되지 않아 아직도 스파티움의 영향력이 지대한 곳이기도 합죠."

"공께서 숨어 지내시기에 꽤 적합한 곳이었다는 소리처럼 들리는데."

그가 검집을 툭툭 두들기며 긍정했다.

"독립 시도가 심심찮게 일어나는 곳이기도 하니까 말입니다. 헌
데…… 전부터 그곳에 대해 관심이 퍽 지대하십니다? 바이마르 저하
께서 이미 충분히 설명해 주셨다 생각했는데요."

"……그냥. 듣다 보니 궁금해져서."

릴리스는 고개를 모로 틀어 시원한 탁자 표면에 달아오른 볼을 부
볐다. 체통 없는 행동임을 알고는 있었지만, 어째서인지 와트만 앞
에서는 자꾸만 마음이 풀어졌다. 황녀 릴리스가 아닌, 마치 궁 밖에
살던 시절의 평범했던 자신으로 돌아간 것처럼.

그때였다. 규칙적으로 들려오던 소음이 뚝 멎으며 가라앉은 침묵
이 사방을 에워쌌다. 릴리스는 흘금 시선을 위로 올렸다. 와트만이
눈을 가늘게 뜬 채로 그녀를 바라보고 있었다.

"가뜩이나 혼란한 곳이니 저하와 함께라면 더한 의심을 받으셔도
할 말이 없을 겁니다."

나른했던 몸에 힘이 들어가며 순식간에 뒷목이 뻣뻣해졌다. 릴리
스는 주춤주춤 상체를 일으켜 와트만을 마주 쏘아보았다.

"무슨…… 뜻이야?"

대답 대신 벌떡 일어선 와트만이 보란 듯 창문을 한 번 소리 내어
열었다가 다시 닫았다. 덧창의 틈까지 꼼꼼히 확인한 그가 탁자 가
까이로 다가와 빈 의자의 등받이에 손을 올리고 섰다.

"괜한 위험을 자초하실 필요가 있습니까?"

"뭐야. 걱정하는 거였어?"

일련의 과정에 긴장하고 있던 릴리스의 맥이 탁 풀렸다.

"주군을 염려하지 않는 기사는 없습니다."

릴리스는 웃다 말고 얼굴을 굳혔다. 그러나 와트만은 따라 웃지도, 마주친 눈을 피하지도 않은 채 석상처럼 서 있을 뿐이었다. 탁. 습관처럼 검지가 움직이려는 것을 의식적으로 막고 나자 이윽고 팽팽한 침묵만이 둘 사이에 남았다.

"무슨 말을 하는지 모르겠는데."

목이 탔다. 그러나 찻주전자는 비어 있었고, 문은 여전히 굳게 닫혀 있었다. 릴리스는 침을 삼켜 바싹 마른 목구멍을 축였다.

충복인지 첩자인지. 우군인지 적군인지.

황녀궁에 들기 전, 와트만은 본궁의 기사로서 황제의 명을 충실히 받들었다. 변방을 전전했던 것 또한 예거라트가 내린 임무의 일환이 아니었던가. 만약 와트만이 정말 예거라트의 사람이라면 그에게 속내를 털어놓는 것은 독보다 더한 실책이 될 것이다.

"저, 혹시 마마. 정말 기억하지 못하시는 겁니까?"

그때였다. 몸에 좋다는 개구리즙을 한 사발 들이켠 사람처럼 괴상한 얼굴을 하고 있던 와트만이 난처한 듯 한숨을 내쉬었다. 릴리스는 반사적으로 양미간을 한껏 모았다.

"뭐?"

"저는 그저 마마께서 일부러 절 모른 체하시는 것이라 생각했습니다만. 그러니까 정말로, 제가 누군지 모른다 이 말씀이시죠?"

"내가 경을 안다고?"

무심코 되묻자 다시 긴 한숨 소리가 흘러나왔다. 한 손으로 거칠게 얼굴을 쓸어내린 와트만이 이어 무어라 알아들을 수 없는 말을 중얼거렸다. 그것으로도 모자랐는지 정신 나간 사람처럼 방 안을 한참 서성이기까지 했다.

이윽고 그가 릴리스를 돌아보았다.

"전 또 무례를 죄다 받아 주시는 게 절 기억하셔서 그런 줄 알았습죠. 이제 보니 전부 착각이었군요. 이것 참."

말끝에 다시 긴 한숨이 붙었다. 그는 이제, 마치 부인이 도박에 빠져 전 재산을 날려 버렸다는 사실을 방금 알게 된 사람처럼 허탈해 보였다.

"잠깐만. 그러니까 경 말은 우리가 이미 아는 사이였다는 거야?"

"적어도 저는 그렇게 기억하고 있었습니다만. 정말 모르시겠습니까? 왜, 그, 가끔 들러서 사탕 주고 가던 남자 있잖습니까. 신년 축제 날 밤에도 왔고. 마마 탄신일에도 왔었구요. 또…… 어, 아무튼. 별일 없어도 가끔 들러 과자 한두 개씩 쥐여 드리곤 했는데. 정말 기억 안 나십니까?"

와트만이 그답지 않게 급한 어조로 말을 쏟아 냈다. 릴리스는 앉은 채 곰곰이 기억을 더듬었다. 신년 축제. 사탕과 과자 주머니. 그리고…… 매번 담을 넘어 찾아오던 커다란 남자의 얼굴.

"그러고 보니……."

"기억나시는 겁니까? 예?"

와트만이 반색했다. 릴리스는 미간을 찌푸린 채 대략의 해를 가늠했다. 그러니까 아마도, 대략 열다섯 살 무렵의 일이었으리라.

황녀궁 정원에서 처음 만난 낯선 남자는 키가 무척 컸고, 얼굴이 제법 반반했지만 그럼에도 어딘가 조금 이상해 보이는 사람이었다.

스스로를 본궁의 기사라 소개했으면서도 그녀보다 궁 지리에 어두워 보였던 데다가─그는 자신이 오랫동안 수도를 떠나 있어 그렇다며 변명했다─ 다 큰 성인이 커다란 주머니에 사탕이며 과자를 가득 욱여넣고 다니는 것도─이번에도 그는 이것들은 자신을 위한 것이 아니라며 극구 혐의를 부인했다─ 그랬다.

개비 몰래 나가는 길을 알려 주었던 그다음 날부터, 남자는 종종 찾아와 그녀에게 이런저런 간식거리를─주로 그 이상하고 커다란 주머니에 담긴 것들이었다─ 쥐어 주곤 했다. 끼니마다 함께 나오는 주먹만 한 케이크와는 비교도 할 수 없을 정도로 작고 허술한 것들이었다.

그러나 하루 종일 책이나 읽으며 방과 정원을 오가던 단조로운 일상에 그가 주는 바깥 과자는 그 어떤 음식보다 달고 맛있게 느껴졌다.

릴리스는 뭉개진 파이처럼 형체밖에 기억나지 않는 남자의 얼굴과 눈앞에 있는 중년 기사의 얼굴을 겹쳐 보려 노력했다.

"듣고 보니 대충 그런 일이 있었던 것 같기는 한데…… 근데 그 남자는 분명 경보다 훨씬 젊었고, 머리도 길었던 데다가 뭐랄까, 지금보다 좀 더 귀족 같은 느낌이었는걸."

"그야 10년도 더 전의 일이니 당연히 지금보단 훨씬 젊었을 테고, 그땐 머리를 길렀으니 다른 게 당연한 데다, 본격적으로 변방을 구르기 전이었으니 지금과 비교하기 힘들 만큼 사람답긴 했겠죠. 알겠습니다……. 이제야 좀 이해가 가는군요."

말과 다르게 와트만의 얼굴빛은 먹구름이 낀 듯 어둡기만 했다.

릴리스는 지지 않고 응수했다.

"훌쩍 떠나 버린 건 경이었잖아."

"갑자기 임무를 받았는데 그럼 어떻게 합니까……. 아니, 그렇다고 지금 절 비난하시는 겁니까? 제가 그 시절 사다 바친 군것질거리만 해도 얼마 치인데요. 일개 기사 봉급으로는 그것도 제법 부담이었단 말입니다."

"알겠어. 잘 먹었으니 됐잖아. 치사하게 먹을 거 가지고 찌르는 게 어디 있어?"

"진짜 치사한 건 제가 아니라 황녀 마마시지요. 무슨 생각을 하시는지 제게는 하나도 알려 주지 않으시잖습니까? 매번 혼자만 고민하시니 그게 더 너무한 일이죠. 제가 대체 누굴 위해 여기 있다고 생각하시는 겁니까?"

와트만이 웃음기를 지우고 물었다. 릴리스는 입술을 잘근 깨물었다.

"……경의 주군이 황제 폐하가 아니라는 말을 하고 싶은 거야?"

"이 궁에 오기로 결심한 이후부터 저는 마마의 사람입니다. 설마 지금껏 저를 폐하의 간자라 생각하셨던 겁니까?"

무언이 곧 긍정이었다. 신경질적으로 머리를 흐트러뜨린 와트만이 목소리를 낮추어 속삭였다.

"마마께서 정말 경계해야 할 자는 시녀장입니다."

"알아."

와트만은 금방 돌아온 답에 미간을 찌푸렸다.

"알고 계셨습니까?"

"……조금은."

"그럼 이야기가 쉽겠군요. 아실는지 모르겠습니다만. 폐하께서는 마마를 내치고 싶어 하십니다. 언제든. 그럴 기회가 온다면 주저하지 않으실 분이시지요."

남의 입을 통해 듣는 진실은 홀로 깨달았던 것보다 몇 배로 뼈아팠다. 아마릴리스 꽃밭을 없애기로 한 게 천만다행이었다. 이런 기분으로 그 꼴을 보았다면 필시 감정을 숨기지 못했으리라. 릴리스는 두 손에 얼굴을 묻고 숨을 크게 들이켰다.

"도망칠 생각이십니까?"

와트만이 재차 물었다. 도망. 릴리스는 몇 번 그 말을 곱씹다 미간을 좁혔다.

"……간다 해도 어디로? 오라…… 아니, 폐하께서 쫓지 않으실 거란 보장이 없잖아?"

"물론 그렇겠지요. 손속의 자비를 두지 않는 분이시니 그도 대비하셔야 합니다."

오라비가 반드시 누이를 죽일 것이라 단언하는 목소리에는 우습게도 확신이 가득했다. 릴리스는 정말이냐는 말 대신 그간 궁금했던 것을 물었다.

"경은 언제부터 알았어? 폐하께서 날…… 그렇게 대하신다는 것 말이야."

"형제로도 모자라 제 아비까지 해한 이가 아닙니까. 하물며 친혈육도 아닌 이를 정말 그리 아낄 리 없지요. 불쾌한 이야기였다면 죄송합니다만."

말을 잇던 와트만이 아차 싶은 얼굴로 사과를 건넸다. 릴리스는 눈썹을 추켜올렸다.

"그건 됐어. 그보다⋯⋯."

"엿듣는 귀는 없습니다. 걱정 마십쇼."

"⋯⋯그렇다 해도 소문에 함부로 입을 대는 건 위험할 텐데."

"소문이 아니니 위험한 일이라는 생각은 안 드십니까?"

"뭐?"

릴리스는 황급히 주변을 둘러보았다. 어디선가 누군가 이 대화를 엿듣고 있을 것만 같아 온몸에 오싹 소름이 끼쳐 왔다.

"마마께서는 어리시어 모르셨겠지만 선황제 폐하 역시 황위에 대한 집착이 대단하셨습니다. 황태자였던 예거라트 폐하마저도 끊임없이 경계하실 정도였지요."

와트만은 덤덤히 말을 이었다. 평온한 그 어조에 마음이 절로 가라앉았다. 릴리스는 몸의 긴장을 조금 풀었다.

"하지만⋯⋯ 돌아가신 황자님은 그저 사고가 원인이었다고 들었어."

"낙마 말입니까? 물론 그럴 수도 있겠습니다만."

와트만이 잠시 말을 끊었다.

"적어도 저는 그렇게 생각하지 않습니다. 검술도 승마도 열심이셨지요. 그렇게 허무하게 돌아가실 분이 아니셨습니다."

"추측일 뿐이잖아."

반사적으로 부정하는 말이 나갔다. 정말 아니라 생각해서일 리가 없었다. 그저 그렇게 착각하고 싶기 때문이었다.

불투명한 막으로 사방이 둘러싸인 것만 같았다. 아테라 내에는 갈 곳이 없으니 도망친다면 역시 국경을 넘어가야 하리라. 적국으로 넘어가 몸을 숨길 것이라는 대담한 생각을 과거의 그녀가 쉬이 했을 리 없으니, 어쩌면 스파티움도 나쁘지 않은 선택지가 될 수 있을 것이다. 논리적인 생각을 이어 가던 릴리스는 퍼뜩 든 생각에 스스로 놀라 고개를 흔들었다.

살기 위해 죽었던 곳으로 가야 한다니. 이 같은 모순이 또 어디 있겠는가.

"최근 가장 왕성한 상승세를 보이고 있는 곳은 역시 스파티움이지요. 속국이 된 역사가 그리 긴 것도 아닌 데다 듣기로는 체자레 왕자가 강경한 독립파라 들었습니다."

릴리스는 멍하니 와트만의 얼굴을 마주 보았다. 그가 의아스러운 듯 고개를 갸웃했다.

"마마?"

"아니, 아니야. 그보다 체자레 왕자라면…… 공의 이복형제를 말하는 거지? 그 둘째 말이야."

"맞습니다. 확신할 순 없는 일이나, 분명 어떻게든 연락을 이어 가고 있겠지요. 바이마르 저하께 잘 대해 주시는 것은 물론 저도 찬성입니다. 앞으로 어떤 일이 생길지 모르니 우호적인 관계를 유지할 수 있다면 더할 나위 없이 좋겠지요. 그러나…… 체자레 왕자는 보다 냉혹한 자라 들었습니다. 그가 마마를 어떤 식으로 이용하려 할지는 알 수 없는 일이니 조심해 나쁠 것은 없을 겁니다."

냉엄하던 검은 눈을 떠올리자 다시 오스스 팔뚝에 소름이 돋았다.

와트만이 한층 낮아진 목소리로 경고했다.

"그러니 바이마르 저하를 온전히 믿으셔서는 안 됩니다."

릴리스는 반박하지 못했다.

4장

　카리알의 산들 중 대부분은 활동을 멈춘 죽은화산이었다. 움푹 팬 분화구만 가득한 산꼭대기는 사람은커녕 동물조차 살지 않아 사냥꾼들이 종종 들르곤 하는 산지기의 움막조차 철거된 지 오래다.

　그러나 릴리스는 그 척박한 땅이 머지않아 기회의 땅으로 둔갑할 것임을 이미 겪어 알고 있었다. 광물이며 보석들로 가득한 거대 광산이 무너진 절벽 사이에서 잇따라 발견되었던 것이다.

　궁 깊숙한 곳에 박혀 고립된 생활을 하고 있던 그녀조차 소문을 들었을 정도이니 그 규모는 구태여 상상할 필요조차 없을 것이리라. 릴리스는 기억을 떠올린 스스로를 아낌없이 칭찬했다.

　"버려진 화산 지대를 사들이란 말씀이십니까? 아니 대체 무슨 이유로요? 게다가 하필이면 카리알이라니…… 분명 제가 위험하다 말씀드리지 않았습니까요."

물론, 와트만에게는 그저 날벼락에 불과한 이야기였다.

"알아. 다 알고 하는 말이니 걱정 말고 사 두라니까."

"은신처를 만들 요량이라 쳐도 굳이 그렇게 험한 곳을 고르실 필요가⋯⋯."

"아, 글쎄 그런 게 아니라니까!"

릴리스는 답답한 기분으로 탁자를 두들겼다. 한 번 죽어 봤으니 안다고는 입이 찢어져도 말할 수가 없었던 것이다. 그사이, 연신 고개를 좌우로 가로젓던 와트만이 영문을 모르겠다는 얼굴로 한숨을 푹푹 내쉬기 시작했다. 릴리스는 그의 품에 보석 주머니를 밀어 넣으며 목소리를 죽였다.

"다 필요한 곳이 있어서 그래. 같이 살자고 하는 일이니까 너무 의심은 말고. 일종의 투자라고 생각하면 되잖아."

"아니, 그러니까 투자를 해도 하필 왜 그런 위험 지대에 하시냐 이 말입죠."

"나도 주워들은 게 있다니까 그러네. 게다가 북부 한정이잖아? 화산 지대라고 해 봤자 어차피 몇 개 되지도 않아."

"그건 그렇지만."

"그러니까 빨리 다녀와. 개비한텐 또 변덕으로 심부름이나 보냈다고 둘러댈 테니까."

그래도 주군이라는 것인지, 와트만은 미간을 잔뜩 좁히면서도 어쩔 수 없다는 얼굴로 주머니를 받아 챙겼다. 릴리스는 불룩한 덩어리가 옷 안으로 사라지는 것을 보며 작게 안도의 숨을 뱉었다.

직접 보석들을 선별했던 와트만은 주머니 안에 든 것들만으로도 작은 영지 하나 정도는 능히 살 수 있을 거라며 드물게도 손을 벌벌 떨었다. 바꿔치기한 모조품들은 전부 쪼개어 가루로 만들라 지시했고, 개중 반은 매일 아침 치장할 때 소모해 벌써 바닥을 드러내는 중이었다. 꾸밈에 열을 올리는 아테라인들의 습성이 의외의 부분에서 빛을 발하는 순간이었다.

"그럼 다녀오겠습니다."

"무사히 다녀와. 빨리 오면 더 좋고."

"몸조심하고 계십쇼. 에드몽이 잘 보필해 드리겠지만 혹시 모르니까요."

"알겠다니까."

와트만은 등을 떠밀리면서도 잔소리를 멈추지 않았다. 어째 최근 들어 말이 더 많아진 모양새다. 릴리스는 싫은 척을 하면서도 속으론 그 말을 고이 들으며 등을 미는 손에 좀 더 힘을 주었다. 어쩐지 입가에 자꾸만 웃음이 걸렸다.

"그러고 보니 오늘은 하루 종일 와트만 경이 보이질 않던데. 혹 무슨 일이 있습니까?"

수업을 위해 착석한 바이마르가 문을 등지고 선 에드몽의 얼굴을 보며 물었다. 릴리스는 오늘 내내 했던 거짓말을 태연한 척 반복했다.

"사정이 있어 잠시 자리를 비웠지요. 종종 있던 일이니 너무 신경 쓰지 않아도 괜찮아요."

"아……."

미심쩍은 시선으로 에드몽을 훑던 바이마르는 곧 흥미를 잃은 듯 화제를 돌렸다.

"그나저나 요즘 궁이 소란하더군요. 시렌이 하는 이야기를 들으니 곧 연회가 열릴 예정이라 하던데요."

"그렇지 않아도 오늘 말씀드리려 했는데…… 곧 연말 연회가 열릴 예정이랍니다. 몇 달 후에 신년 무도회가 또 열리겠지만, 보통은 이맘때의 차림이 좀 더 화려한 편이지요."

이야기가 길어지지 않아 천만다행이었다. 캐묻는다면 분명 어디선가 허술한 변명이 튀어나왔으리라. 안심한 릴리스가 손뼉을 두 번 치자 대기 중이던 재봉 시녀들이 줄지어 우르르 방으로 들어왔다. 줄자를 들고 가까이 다가선 이들이 바이마르와 릴리스의 주변을 빙빙 돌며 치수를 재기 시작했다.

"키가 정말 많이 자라셨네요. 바지 길이를 좀 더 늘여야겠습니다. 모쪼록 두 달 뒤에 또 훌쩍 자라 계시지 않기만을 바라야겠어요."

줄자를 갈무리하던 시녀가 혀를 내두르며 슬쩍 양 볼을 붉혔다. 요 몇 달간 매일같이 수련한 덕에 탄탄해진 근육이 얇은 옷감 아래로 선명히 드러났다. 먼저 일을 끝내고 앉아 그를 기다리던 릴리스가 보일 듯 말 듯 설풋 눈살을 찌푸렸다.

"큼, 커험!"

눈치 빠른 에드몽이 어깨에 댄 줄자를 뗄 줄 모르는 시녀를 향해 예고 없이 격렬한 헛기침을 퍼부었다. 바이마르가 갑작스러운 소음에 영문을 몰라 하는 동안 릴리스는 개비가 따라 주는 식은 차를 느긋한 척 들이켜며 딴청을 피웠다.

"오래 기다리셨지요."

마침내 시녀들의 손에서 놓여난 바이마르가 머쓱한 얼굴로 탁자 맞은편에 앉아 볼을 긁적였다. 릴리스는 빈 잔을 내려놓곤 손등에 가볍게 턱을 받쳤다.

"훌쩍 자라신 모습이 새삼 신기해서 그렇지요. 스파티움인들이 아테라인보다 체격이 좋다고들 하던데, 공을 보니 이제야 그 말뜻을 알겠어요."

"……형님께서도 성년이 지난 뒤에 더 많이 자라셨다고 하더군요. 아마 집안 내력인가 봅니다."

"쑥쑥 자라는 건 몸만이 아닌가 보지요. 긴 머리가 익숙하지 않으실 텐데…… 불편하진 않으실지 걱정이에요."

"아닙니다. 그보다, 혹…….."

바이마르가 습관처럼 흘러내린 머리를 귀 뒤로 넘기며 고개를 가로저었다. 처음에는 분명 어색하기 짝이 없는 동작이었으나, 이마저도 몇 달 하다 보니 언제 그랬냐는 듯 익숙해졌다. 초반에는 질겁하던 시렌마저 이제는 당연한 듯 핀을 건넬 정도였다.

"그, 혹…….."

"예?"

두툼한 목울대가 한 번 크게 꿀렁였다. 긴장한 듯 귓불이 새빨갛게 달아올랐다. 어찌나 색이 짙은지, 혹 아프지는 않을까 걱정될 지경이었다. 그가 그 상태로 눈치를 살피듯 주춤거리며 말을 끌었다.

그리고 잠시 뒤.

"제게는 어울리지 않습니까? 그러니까, 긴 머리 말입니다. 아테라 남자들은 많이들 머리를 기른다고 들어서, 혹시 마마께서도 그런 것을 좋아하시지는 않을까 싶어 따라 해 보았습니다만. 말씀하신 대로 저는 키도 크고 몸집도 크니 어울리지 않을 수도 있을 듯하여……."

'걱정이 됩니다' 횡설수설하던 것을 비로소 멈춘 바이마르가 퍽 작은 소리로 말을 끝맺었다. 듬직한 어깨가 처분을 기다리듯 아래로 늘어졌다. 릴리스는 손사래를 쳤다.

"아뇨, 아니에요. 아주 잘 어울린다고 생각했답니다. 칭찬이었어요."

"……그렇습니까?"

푸른 눈이 흘긋 위를 향했다. 릴리스는 목소리에 좀 더 힘을 실었다.

"그럼요. 게다가 공께서는 워낙 잘나셨으니 어떤 머리건 다 잘 어울릴 게 분명하답니다. 제가 장담할게요."

"정말입니까? 기쁩니다."

한겨울 고드름이 햇빛에 녹아내리듯, 눈부신 미소가 천천히 바이마르의 얼굴 위로 스몄다. 그 광경에 잠시 넋을 놓고 있던 릴리스는 뒤늦게야 자신이 뱉은 말이 마치 고백처럼 들릴 수도 있음을 깨달았다. 그러나 이미 엎질러진 물이었다.

다디단 분위기 속에서 일을 마친 시녀들이 옷감과 브로치를 소중히 들고 방을 나섰다. 릴리스는 막 문간에 선 그녀를 서둘러 붙들어 승마복 두어 벌을 더 만들라 지시했다. 혹시 모를 훗날을 위함이었다.

바이마르는 뜻밖의 주문이 다소 의아한 기색이었다. 그러나 릴리스는 차마 속을 털어놓지 못하고 그저 말끝을 얼버무렸다. 그가 보내는 확연한 신뢰와 애정이 반가운 한편 버겁게 느껴졌다. 그 정성에 마음이 끌리지 않는다면 거짓말일 것이다. 그러나―

"그럼 함께 말을 타고 달릴 수도 있겠군요! 저 역시 승마를 무척 좋아합니다. 카리알에서는 매일 아침 일과처럼 말을 타곤 했지요."

그녀는 뒷생각을 이으려다 활기찬 목소리에 그만 조금 웃고 말았다.

"산세가 험한데 그럴 수가 있나요?"

"산이 많긴 하지만 평지가 없는 것은 아닙니다. 오히려 야트막한 경사로를 달리는 것이 평지보다 훨씬 즐거울 때가 있지요. 혹 아테라에도 그런 곳이 있습니까?"

"글쎄요, 그것까진 제가 잘 알지 못하는 분야라…… 어떻게 생각해, 에드몽?"

릴리스는 에드몽에게 자연스럽게 책임을 떠넘겼다. 두 사람을 등지고 서 있던 그가 슬쩍 돌아서며 아래턱을 긁적였다.

"황궁의 사냥터는 크게 세 곳이 있습니다. 한 곳은 국경 근처 남쪽에 위치한 곳이라 어지간한 일이 아니라면 잘 열리지 않지요. 수도 근교에 다른 두 곳이 있는데, 개중 한 곳이 저하께서 말씀하신 카리알과 비슷합니다. 기사들이 교대로 지키고 있으니 방문하고자 하신다면 제가 기별을 넣어 드릴 수 있습니다만."

말을 끊고 슬쩍 눈을 굴리던 에드몽이 난처한 기색으로 슬며시 웃었다. 릴리스는 자신도 모르게 손을 들어 굳어 있을 얼굴을 더듬었다.

"서신을 보낼까요?"

에드몽은 의식의 흐름을 따라 제안했다. 릴리스는 흠칫 놀란 기색이었으나 그가 설명을 시작할 때부터 이미 기대로 빛나는 얼굴이던 젊은 왕자는 마치 꼬리라도 흔들 기세로 그녀를 열렬히 응시하는 중이었다. 에드몽은 이어 나올 답을 확신했다.

"……그도 나쁘지 않겠군."

허락은 오래가지 않아 떨어졌다. 바이마르는 기쁨을 주체하지 못해 벌떡 일어났다가 푸드득 도로 자리를 찾아 앉았다. 릴리스는 벌렁거리는 가슴을 다스리기 위해 부러 과한 웃음을 되돌렸다.

대강의 날짜를 잡고 나자 일은 일사천리로 진행되었다. 안전을 위해서라는 핑계를 대고 처음의 사냥터에서 근교의 숲으로 장소를 바꾸기는 했지만, 한번 날뛰기 시작한 마음은 도무지 진정이 되질 않았다.

"궁 밖으로 나가신다니. 이게 대체 얼마 만의 외출이신지 모르겠네요."

로브와 승마복, 장갑과 망토 등을 커다란 가방에 챙겨 넣던 개비가 문득 흐릿하게 웃으며 말했다.

"저는 항상 마마께서 좀 더 넓은 세상을 보셨으면 하고 바랐답니다."

주름진 손이 부츠의 끈을 단단히 묶었다. 반대할 거라 생각했던 것과 달리 개비는 이 난데없는 외출 선언을 여상하게 받아들였다. 걱정하듯 내어놓는 말이 너무도 달콤해서, 릴리스는 아주 조금 아무 것도 몰랐던 과거의 그녀가 그리워졌다.

⚜

숲은 마치 홀로 뚝 떨어진 섬처럼 고요했다. 가끔씩 들리는 새의 날갯짓 소리, 나뭇잎이 서로를 스치며 내는 버석거리는 소리가 휘파람처럼 가볍게 귓가에 얹혔다가 바람결에 흩어졌다.

"공기가 무척 상쾌합니다, 마마."

바이마르가 안장에서 내려오는 릴리스의 허리를 한 팔로 받치며 말했다. 선뜻 답이 돌아오지 않자 그가 의아한 듯 그녀를 다시 불렀다.

"마마?"

"네? 아, 네, 정말 날이 좋네요."

릴리스는 침을 꿀꺽 삼켰다. 바이마르가 그제야 마음을 놓은 얼굴로 작은 손을 익숙하게 더듬어 잡았다.

"몸이 좋지 않으시다면 지금이라도 돌아갈까요?"

"아뇨. 그렇지 않아요. 그저 조금 신기해서."

릴리스는 서둘러 고개를 흔들었다. 손바닥에서부터 시작된 미지근한 온기에 들썩이던 마음이 천천히 가라앉았다.

예거라트는 오랜 세월에 걸쳐 바깥세상의 위험함을 그녀에게 주입시켰다. 거듭된 거절과 교묘한 강압은 자연스레 체념과 순종으로 이어졌고, 학습된 무기력은 암묵적인 틀이 되어 그녀를 가두었다.

그러나 끝은 결국 죽음이었더라.

"아, 그리고 이건 시녀장에게 치수를 물어 받아 온 것인데⋯⋯."

손안에 머물던 온기가 떨어져 나가며 릴리스의 상념도 덩달아 끊어졌다. 품을 뒤적여 무언가를 꺼내 든 바이마르가 이윽고 다시 그녀의 손을 꼭 찾아 쥐고는 손끝부터 천천히 갈색 천을 덧씌웠다.

그것은 가죽을 얇게 무두질해 만든 장갑이었다. 어찌나 손질에 공을 들였는지 갈색 가죽이 마치 면사처럼 부드러웠다. 끼고 있는 느낌조차 잘 나지 않을 정도로 가볍고 폭신해 이대로 활을 쥐어도 아무런 불편함이 없을 듯했다.

"아주 마음에 들어요. 고마워요, 공."

긴장된 얼굴로 답을 기다리던 바이마르는 그 말을 듣고서야 딱딱하던 표정을 허물어뜨렸다. 한데 넘겨 묶은 머리와, 가벼운 경장에 어울리는 은 수술 장식이 녹음 우거진 숲과 무척 잘 어울렸다. 착장조차 모두 새것인 듯 유난히 번쩍거려 어쩐지 자꾸만 눈길이 갔다. 릴리스는 그를 마주 본 채 떨리는 마음으로 미소를 되돌렸다.

"가시지요."

주변을 정찰하고 돌아온 에드몽이 이내 두 사람을 깊지 않은 숲 초입으로 안내했다. 죽 뻗은 오솔길을 얼마간 따라가자 곧 눈앞에 둥그런 공터가 나타났다. 잠시 걷던 두 사람은 다시 각자의 말에 올라 등자에 발을 단단히 걸었다.

신이 난 바이마르가 앞장서 말을 몰았다. 잘 빠진 흑마가 흙먼지를 일으키며 장애물 없는 길을 달렸다. 릴리스도 지지 않고 채찍을 휘둘렀다. 기분 좋은 말발굽 소리와 싱그러운 나무 향이 기분을 마구 들뜨게 했다. 오감을 열고 나니 감회가 새로웠다. 불안감이 가신 자리를 설렘이 대신해 입가에 꽃 같은 웃음이 피어났다.

"마마! 저쪽을 보세요."

그때였다. 앞서가던 바이마르가 말을 멈추고는 몸을 수그려 릴리스를 향해 보일 듯 말 듯 손짓했다. 길쭉한 손가락이 가리키고 있는 곳에 작은 토끼 한 마리가 다소곳이 앉아 있었다. 풀을 뜯는 중인지 고개를 풀숲에 한껏 박은 채였다.

"쉿! 조용히."

릴리스는 천천히 활시위에 살을 걸었다. 바이마르가 두 주먹을 불끈 쥐곤 등 뒤에서 열심히 그녀를 독려했다. 일정 거리를 두고 멈춰 선 기사들도 덩달아 소리를 죽였다. 오랜만의 사냥에 긴장한 릴리스의 손끝이 바르르 떨렸다.

쉭! 팔꿈치가 아래로 떨어진다 싶더니 화살이 비틀대며 허공을 갈랐다. 머리통 바로 옆에 꽂힌 화살에 기겁한 토끼가 씹던 풀을 뱉어내곤 그대로 줄행랑쳤다. 재차 공격을 시도했으나 토끼는 이미 저만치 멀어져 복슬복슬한 꼬리조차 찾기 힘들었다.

"크흠…… 다른 놈을 찾아보지요."

에드몽이 웃음을 참는 목소리로 그녀를 격려했다.

다음 사냥감은 사슴이었다. 바이마르가 어렵지 않게 한 마리를 잡고 나자 뒤따라오던 에드몽이 죽은 몸체를 능숙하게 갈무리해 제 안장 위에 던지듯 올려놓았다.

다시 나타난 토끼는 이번에도 그녀의 몫이었다. 두 팔을 걷고 나선 바이마르가 토끼를 반대편으로 능숙하게 몰아 주었다. 릴리스는 숨 쉬는 것도 잊은 채 아까보다 한층 신중하게 시위를 당겼다. 첫 발은 처음처럼 빗나갔으나 다행히 두 번째 화살은 명중이었다.

"잘하셨습니다, 마마!"

바이마르가 눈을 빛내며 손뼉을 짝짝 쳤다. 릴리스는 쑥스러운 얼굴로 코끝을 긁적였다.

"고작 토끼 한 마리 잡은 것치곤 과한 찬사 같은데요."

"하지만 오늘의 첫 수확이시잖습니까. 성공만으로도 충분히 의미가 있는 것이지요."

말에서 훌쩍 뛰어내린 바이마르가 널브러진 토끼 귀를 한데 모아 잡았다. 에드몽이 입을 벌린 자루를 축 늘어져 대롱거리는 몸 아래에 갖다 대었다. 생각보다 무게가 나가는 놈이었던지, 그리 작지 않은 자루가 금세 뚱뚱해졌다.

벌써 시간이 이렇게 되었나.

허리를 펴고 일어선 바이마르는 하늘을 보며 대략적인 시간을 가늠했다. 나온 지 얼마 되지도 않은 듯한데, 우습게도 어느덧 저녁이 가까워 오고 있었다. 그는 아쉬운 마음을 숨기며 다시 제 말에 올랐다.

"이제 그만 돌아갈까요? 생각보다 시간이 많이 지난 것 같은데…… 혹 힘들지는 않으십니까?"

"전혀요. 오랜만에 즐거운걸요."

릴리스가 웃으며 고개를 붕붕 저었다. 불안한 듯 연신 주변을 살펴 대던 초반과는 확연히 다른 얼굴이었다. 궁을 떠난 적이 없다 듣기는 했으나 고작 이 정도에 저리 설레어 할 줄은 몰랐다. 바이마르는 그 변화에 만족하는 한편, 치솟는 불쾌감에 이를 조금 악물었다.

황녀에 대한 예거라트의 총애는 기실 스파티움에서도 퍽 인기 있는 이야깃거리였다. 조공에 불과하다며 겉으론 그리 꺼렸으면서, 내심 그의 처지를 부러워했던 어리석은 작자들도 제법 되었다. 황녀를 연줄 삼아 황제의 눈에 들고자 하는 빤한 바람이 빚어낸 질투였으리라.

바이마르는 거기까지 생각하다 자신도 모르게 혀를 차고 말았다.

딱히 자랑이라 할 일만은 아니었으나, 그는 눈칫밥 먹는 것에 스스로가 제법 일가견이 있다 생각하는 편이었다. 득보다는 실에 가까운 과거였지만 상황이 이리되고 보니 순탄치 않았던 예전 삶에조차 미약한 감사의 마음이 일었다. 적어도 그가 보기에, 황제의 애정에는 분명 어딘가 석연치 않은 부분이 있었던 것이다.

"공? 안 오세요?"

겹겹이 자라난 나무숲 너머에서 릴리스의 목소리가 들렸다. 바이마르는 생각을 접고 고삐를 조여 잡았다. 천천히 달리는 동안 키 큰 나무들이 사라지고 관목이 길옆을 빼곡히 채웠다. 앞서간 기사들의 꽁무니도, 뒤따르던 호위들의 모습도 어느샌가 사라져 보이지 않았다. 길을 잘못 든 모양이었다.

"꽁!"

릴리스의 목소리가 다시 들렸다. 그러나 아까와 달리, 이상하게도 그 소리는 등 뒤에서 나는 듯했다. 아차 싶어 고삐를 당겼으나 소용없었다. 때마침 말이 앞발을 구르며 온몸을 부르르 털었다. 묘한 감각에 목 뒤가 서늘해졌다. 푸르릉 새어 나오는 콧김이 여간 이상한 것이 아니었다.

"큭……!"

그때였다. 비틀거리며 목을 좌우로 흔들어 대던 말이 난데없이 앞을 향해 달리기 시작했다. 순간 중심을 잡지 못하고 손이 미끄러져 바이마르는 말 등에 매달리듯 엎어졌다. 안장에 배가 눌려 신음이 절로 새어 나왔다.

말은 어느덧 길도 아닌 곳을 달리고 있었다. 제멋대로 자란 나뭇가지들이 드러난 몸과 얼굴을 가차 없이 때려 대었다. 혹시라도 누군가와 이대로 부딪힌다면 필시 양쪽 모두 크게 다칠 것이 분명하다. 바이마르는 와중에도 릴리스가 있는 방향이 아니라 다행이라 생각하며 양팔에 힘을 주었다.

그때였다. 어디선가 뚜두둑, 나뭇가지 부러지는 소리가 났다. 몸이 기우뚱 기울어지는가 싶더니 옆구리에 둔중한 충격이 느껴졌다.

"꽁!"

또다시 어렴풋한 목소리가 들렸다. 히히힝! 그 소리를 따르듯 말이 사납게 울부짖었다. 그러곤 한동안 투레질을 거듭하더니, 더는 달리지 않고 붉은 이파리가 무성한 덤불숲 근처를 미친 듯이 뱅뱅 돌기 시작했다.

길쭉한 주둥이에서 침이 부글거렸다. 바이마르는 어찔한 정신으로 주변을 둘러보다 고삐에 팔이 엉켜 그대로 머리부터 아래로 고꾸라졌다. 줄이 짧아 바닥에 처박히는 사태는 다행히 면했으나 머리에 피가 쏠려 골이 띵했다. 숨이 막혀 문득문득 토악질이 치밀어 올랐다.

"공!"

"마마! 이리 오시면……! 큭! 안 됩니다!"

목소리는 이제 한층 가까워져 마치 그의 바로 뒤에 있는 듯했다. 바이마르는 그녀에게 답하기 위해 배에 한껏 힘을 주었다. 소리치는 사이 앞을 제대로 보지 못해 말안장에 옆구리가 세게 치였다. "윽." 절로 신음이 터져 나갔다.

그리고 마침내, 나뭇잎이 바스락거리는 소리와 함께 릴리스가 덤불 뒤에서 모습을 드러냈다. 말을 타고 전속력으로 달려왔는지 온통 벌겋게 달아오른 얼굴로 가쁜 숨을 내쉬고 있었다.

'오셨어.'

급박한 상황임에도 그 모습에 기분이 한껏 부풀었다. 미친 듯 몸이 흔들리는 와중에도, 바이마르는 끈덕지게 시선으로 릴리스를 좇았다.

말 다리가 반쯤 꺾이고 흰 거품이 목을 타고 흘렀다. 누구도 섣불리 다가가지 못하고 주변을 맴도는 동안 바이마르의 몸이 다시 풀썩 아래로 한층 기울어졌다.

동행한 모든 기사들은 검과 창을 다루는 근거리 공격수다. 궁수는 보통 따로 육성해 궁수 부대에 배치되기 마련이었고, 호위직은 대체로 암살자를 상대하는 것에 특화된 보병이나 기병 출신의 기사들로 채워져 원거리 공격에는 다소 약하다는 단점이 있었다.

"모두 비켜서라."

이윽고, 입술을 잘근잘근 씹고 있던 릴리스가 무언가 결심한 표정으로 등에 메고 있던 활을 내렸다. 에드몽이 기겁한 표정으로 그녀를 말렸다.

"마마, 위험합니다!"

"그럼 이대로 밟혀 죽기만을 기다리란 뜻인가?"

다시 돌아선 릴리스가 보란 듯 팔에 힘을 주어 활시위를 당겼다. 잘못했다가는 살이 비껴 나갈까 싶어 에드몽도 더 이상은 섣불리 그녀를 건드리지 못했다.

깜빡.

바이마르는 흐릿한 눈을 천천히 한 번 내리 감았다. 속눈썹에 맺혀 있던 땀방울이 흩어지며 시야가 조금 분명해졌다.

기실, 그는 이제 거의 바닥에 나동그라지기 직전이었다. 두 팔로 간신히 말의 목을 끌어안고 있었으나 그마저도 한계인 듯 발이 조금씩 바닥에 끌렸다. 거침없이 움직이는 말의 네 다리가 그의 몸을 찰 듯 말 듯 아슬아슬하게 스쳐 지나갔다.

깜—빡.

다시. 바이마르는 양미간을 한껏 모아 시선을 최대한 날카롭게 가다듬었다. 자신 쪽을 향해 겨누어진 뾰족한 화살촉이 보였다.

말이 몸을 뒤틀 때마다 조준점이 따라 흔들리며 불안하게 출렁였다.

아니지. 바이마르는 곧 생각을 정정했다. 토끼도 단번, 아니 두 번에 쏘아 맞추던 실력이 아닌가. 게다가 멍청한 꼴을 보이고 있는 것은 다름 아닌 바로 그 자신이었다.

깜─빡.

집중하느라 주름진 미간마저 예쁘기 짝이 없었다. 바이마르는 남은 힘을 죄다 짜내어 오른 다리에 힘을 주었다. 소리쳐 신호를 줄 틈도 없어 몸을 비틀어 그대로 힘껏 발을 쳐올렸다. 부츠 코에 물컹한 것이 닿으며 시야가 빙글 뒤집어졌다.

이윽고, 퉁퉁한 배가 빙 돌아 하늘을 향했다. 때마침 쏘아져 나간 화살이 정확히 말의 목덜미 안쪽을 맞추었다. 바이마르는 긴 울음소리와 함께 바닥으로 굴러떨어졌다. 나무토막처럼 뻣뻣하게 굳어진 몸이 볼썽사납게 흙바닥 위를 굴렀다.

"공, 괜찮은가요?"

활을 내던지며 달려온 릴리스가 다급하게 그의 상태를 살폈다. 바이마르는 필사적으로 눈을 깜빡여 마지막으로 맺혀 있던 땀방울을 털어 냈다. 온몸이 흠씬 두들겨 맞은 듯 욱신거렸고 오른 다리는 누군가 바늘로 연신 찔러 대는 듯 쓰리고 따끔했다. 온통 까진 손바닥이 불에 덴 듯 화끈하다. 그러나 그 모든 것보다 선명한 것은 눈앞을 꽉 메운 창백한 얼굴이었다.

웃는 얼굴이 아니라 아쉬웠으나, 한편으론 다치지 않았으니 되었다는 안도감이 들었다. 긴장이 풀려 입매가 절로 허물어졌다.

"지금, 지금 웃음이 나와요? 반! 반!"

"이름은…… 단둘이 있을 때 불러 주셔야지요."

릴리스가 황망한 표정으로 입술을 깨물었다. 바이마르는 마주 웃어 주려다 가슴을 강타하는 격통에 무심코 미간을 일그러뜨리고 말았다.

"괜찮아요?"

동그란 눈 속이 온통 그로 가득했다. 비록 순수한 걱정뿐일지라도 그것이 못내 좋아 가슴이 벅찼다. 바이마르는 그 생각을 끝으로 까무룩 정신을 놓아 버렸다. 시렌의 말마따나, 정말이지 중증이었다.

⚜ ⚜ ⚜

황녀궁은 유례없는 사건으로 소란했다. 항상 차분하던 릴리스 황녀가 이처럼 격분하는 모습을 보이는 것 또한 처음 있는 일이었다.

사냥을 나갔던 일행이 엉망이 된 꼴로 돌아온 뒤, 황녀는 의심 가는 모든 이들을 즉시 색출하여 추궁할 것을 명했다. 의사와 시녀들, 마구간지기와 잡일꾼들이 기사들의 손에 이끌려 차례로 심문실을 들락거리는 동안 사용인들은 입을 닫고 묵묵히 제 할 일에 열중했다. 행여 불똥이라도 튈세라 다들 잡담마저 자제하는 모양새였다.

"왼쪽 다리의 인대가 늘어나 한동안은 부목을 대셔야 하겠습니다만…… 다행히도 그 외의 치명상은 없사옵니다. 타박상은 시일이 지나면 자연 치유될 것이니 우선은 멍을 빼는 연고부터 처방해 드리겠습니다."

심각한 표정으로 의사의 이야기를 듣는 황녀의 얼굴이 전에 없이 딱딱했다. 잠시 자리를 비운 개비 대신 그녀의 시중을 들고 있던 알레나가 불안한 얼굴로 손을 꼼지락거렸다.

"마마. 마구간지기를 불러왔사옵니다."

익숙한 목소리가 릴리스를 부른 것은 그때였다. 알레나가 한시름 놓은 얼굴로 바삐 걸어가 침실 문을 살짝 열었다. 릴리스는 자고 있는 바이마르를 잠시 내려다보다 의사를 내보내곤 조용히 방을 나섰다.

복도를 서성이고 있던 에드몽이 그녀를 어두운 방 안으로 안내했다. 아침에도 보았던 나이 든 마구간지기가 불안한 듯 눈을 굴리다 그녀를 발견하곤 바닥에 털썩 무릎을 꿇었다.

"마마! 저는 정말 모르는 일입니다. 저는, 결코!"

"설명하게."

릴리스의 말이 끝나자마자 기사 하나가 마구간지기의 입을 막았다. 에드몽은 충실히 황녀의 명을 따랐다.

"말은 마마의 활에 맞은 뒤 얼마 되지 않아 절명하였습니다. 눈에 띄는 외적 징후가 없는 것으로 보아 특수한 약을 썼을 확률이 높습니다만. 이자의 말에 따르면 베라 덤불에 누군가 마약성 흥분제를 발라 둔 것 같다고 합니다."

"흥분제?"

릴리스가 되물었다. 그녀의 시선이 마구간지기에게 향하자 기사가 압박하고 있던 손힘을 슬쩍 풀었다. 마구간지기가 고개를 조아리며 몸을 벌벌 떨었다.

"예, 예. 그러합니다. 말이 보, 본래 가지 않아야 할 방향으로 달렸으니 아마 흥분제와 촉매제를 함께 사용한 것이 아닐까 합니다. 만약 마마의 말에도 같은 약을 썼다면 두 마리 모두가 비슷한 반응을 보였어야 할 터인데 그렇지 아니했으니 분명⋯⋯."

"그대 말을 내가 어찌 믿을 수 있지?"

릴리스는 미간을 좁혔다. 겁먹은 얼굴로 히끅, 숨을 들이마신 마구간지기가 바닥에 고개를 박고 횡설수설하며 아는 바를 쏟아 냈다.

"정말, 정말입니다. 저하께 드린 흑마는 어릴 적부터 제 손으로 길러 온 놈입지요. 성질이 순하고 잘 길들여진 놈이라 그런 일이 있으리라고는 꿈에도 생각지 못했습니다. 제 이름을 걸고 맹세코 이 모든 것은 진실입니다⋯⋯."

"마지막으로 말을 돌보았던 이 역시 그대인가?"

"아닙니다. 아침나절 문단속을 책임졌던 것은 여물을 책임지는 시동 아이였습니다."

마구간지기가 손을 내저으며 어린 소년의 인상착의를 쏟아 내었다.

그때였다. 문밖을 지키고 서 있던 알레나가 허둥지둥 방 안으로 달려 들어왔다. 그 경거망동을 미처 꾸짖기도 전, 다급한 목소리가 터져 나왔다.

"바이마르 저하께서 깨어나셨다 합니다!"

바이마르가 정신을 차린 것은 해가 다 저물고도 한참이 지났을 무렵이었다. 의사의 말대로 그리 큰 부상은 아니었으나, 눈을 뜨자마자 온몸에 둔통이 밀려와 절로 앓는 소리가 새어 나갔다. 한참을 끙끙대다 겨우 편한 자세를 잡고 나니 기다렸다는 듯 릴리스가 문을 밀며 들어섰다.

"공, 정신이 드십니까?"

그렇잖아도 하얀 얼굴이 오늘따라 유난히 창백해 보였다. 바이마르는 누운 채 눈만 굴려 릴리스의 안부를 다시 살폈다.

"그럼요. 저는 괜찮습니다만 마마께서는……."

"보시다시피 저 역시 무사하지요."

걱정 어린 눈길이 세심히 그를 훑었다. 바이마르는 민망한 기분에 눈을 깜빡였다. 연고가 채 마르지 않은 탓에 맨몸 위에 걸친 것이라곤 홑겹의 로브뿐이다. 이불이 덮여 있어 보이지는 않겠으나 신경이 쓰이는 것만은 어쩔 수가 없었다. 그는 서둘러 화제를 돌렸다.

"그보다, 대체 무슨 일이었는지 들을 수 있겠습니까?"

"마구간지기의 말로는 누군가 덤불숲과 안장에 약을 발라 두었다고 하더군요. 말이 다른 방향으로 달렸던 것도 아마 그 때문이었던 듯합니다만……. 워낙 개방된 곳이다 보니 아직 범인을 특정하진 못했어요."

바이마르는 방금 전까지만 해도 부끄러움에 몸을 사리고 있었다는 것을 깜빡 잊은 사람처럼 눈살을 찌푸리며 상체를 일으켰다.

"감히 누가 마마의 외유에 해를 가하려 했단 말입니까? 자칫하다 마마께서 제 말을 타기라도 하셨다면 어쩌려구요!"

"상처가 덧날까 무서우니 이만 진정하세요. 잘못이 있는 이들에게는 기필코 합당한 처벌을 내릴 것이니 너무 걱정도 마시구요."

"그……."

그런 소리는 말라. 막 그런 말이 뒤따를 차례였다.

"아무렴. 그래야 하고말고."

불쑥 끼어든 목소리가 순서를 가로챘다. 바이마르는 입을 닫고 릴리스의 어깨 너머로 시선을 던졌다. 문간에 서 있던 예거라트가 망토를 털며 성큼성큼 방 안으로 걸어 들어왔다. 두툼한 천 끝자락에서 서느런 바깥바람 냄새가 났다.

뒤따라온 시종장이 닫힌 문 앞에 반듯이 선 채 그들을 향해 등을 보였다. 당황한 릴리스가 재빨리 자리를 양보하려 했지만, 예거라트는 그녀를 만류한 뒤 직접 빈 의자를 침대 옆으로 끌어다 앉았다.

그가 물었다.

"낙마를 했다 들었는데, 괜찮은가, 왕자?"

"다행히 조금만 쉬면 곧 털고 일어날 수 있을 듯합니다. 심려를 끼쳐 드려 죄송합니다."

바이마르는 몸을 반쯤 누인 채로 예거라트를 맞았다. 무심한 눈길이 그를 일별하곤 금세 떨어져 나갔다.

"심려라니. 괜한 말은 되었네. 급한 대로 좋다는 약재를 챙겨 왔으니 잘 챙겨 달여 먹도록 하게나. 그리고, 릴리스."

고개를 돌린 예거라트가 손끝으로 릴리스의 손등을 어루만졌다. 세상에 하나뿐인 가족을 보듯 애틋한 시선이었다.

"이리 있어도 정말 괜찮은 게냐? 듣자 하니 너도 팔을 다쳤다 하던데. 더 누워 있지 않고 어찌 예 있는지 모르겠구나."

긴장한 듯 뻣뻣하게 굳어 있던 릴리스가 화들짝 놀라며 고개를 가로저었다. 그러나 겁먹은 기색도 잠시. 말간 낯은 곧 평소의 덤덤한 표정으로 되돌아갔다. 그 변화가 어쩐지 생경해 바이마르는 고개를 틀어 이를 앙다물었다.

"활줄을 오래 당겨 몸이 조금 뻐근한 것뿐인걸요. 며칠만 지나면 곧 괜찮아질 거예요."

사근사근한 목소리가 뭉근하게 날이 서 있던 공기를 누그러뜨렸다.

"내 말이 바로 그 말이란다, 릴리스. 무리를 했으니 당연히 쉬어야지. 게다가 큰일까지 해내지 않았더냐. 듣자 하니 왕자의 목숨을 구했다지?"

그 노력을 아는지 모르는지, 예거라트가 쯧, 커다랗게 혀를 차며 눈살을 찌푸렸다.

"어쨌거나 살았으니 다행이긴 하다마는…… 다시 생각해도 괘씸하기 짝이 없는 일이야. 감히 누가 내 궁에서 황녀를 해하려 한단 말인가?"

뾰족한 시선이 그를 꾸짖듯 무겁게 스쳤다. 바이마르는 눈을 내리깔며 못마땅한 기분으로 침을 삼켰다. 인정하고 싶진 않으나 이번에는 그의 말이 백번 옳았다. 황녀궁에서 그녀의 부군을 해치려 했으니 당장 참수해도 할 말이 없을 정도로 큰 죄가 맞았다.

"이야기는 대충 들었다. 내 알아서 처리할 테니 너는 더 이상 나서지 말거라."

예거라트가 틈을 놓치지 않고 릴리스를 다독였다.

"하지만, 폐하."

"오라버니라 부르렴. 아픈 누이 앞에서까지 격식을 차리고 싶지는 않구나."

부드러운 목소리였다. 릴리스의 시선이 잠시간 바이마르에게 머물렀다 떨어졌다. 별말 없이 그 모습을 바라보고 있던 예거라트의 입가에 이내 그린 듯한 미소가 내걸렸다.

"하지만 오라버니. 제 궁에서 벌어진 일이에요. 누군가 공을 해치려 했던 것이 분명한데 이대로 넘어갈 수는 없어요."

예거라트는 의외의 반응에 미간을 조금 좁혔다. 본디 의견을 내세우는 법이 드물었던 릴리스다. 당연한 듯 수긍할 거라 생각했던 그의 예상이 보기 좋게 빗나간 것이 불쾌한 한편 조금은 흥미롭게 여겨졌다.

의외로움에 잠시 뜸을 들이던 그는 그러나, 곧 단호하게 누이의 청을 거절했다.

"글쎄다. 솔직히 말해, 내 보기에는 왕자가 아니라 너를 노린 게 분명한 듯한데. 스파티움의 왕자를 공격해 봤자 무엇을 더 얻을 수 있겠냐? 반면 너는 내 하나뿐인 혈육이자 소중한 누이가 아니냐. 나를 자극하고 싶다면 이보다 좋은 방법이 없겠지."

"오라버니."

"부디 내게서 의무를 빼앗지 말아 다오. 게다가 넌 쉬어야 해. 머리 아픈 일에 구태여 끼어들 필요는 없단다. 언제나처럼 모두 내게 맡기려무나."

학습된 무기력처럼 릴리스의 손에서 힘이 빠져나갔다. 예거라트는 만족스러운 얼굴로 그녀의 머리를 쓰다듬었다. 커다란 손 아래에서 머리칼이 살짝 흐트러졌다. 새파란 시선이 그 언저리를 배회했으나 그는 그것을 무시한 채 일어나 릴리스를 그녀의 방으로 돌려보냈다.

형식적인 병문안이 끝난 뒤, 예거라트는 인사도 없이 바이마르에게서 등을 돌렸다. 복도로 나서자 어느새 따라 나온 시종장이 그의 뒤에 그림자처럼 조용히 자리했다. 예거라트는 주저 없이 걸음을 놀려 계단을 내려갔다. 현관 앞의 커다란 홀 앞에 두 남녀가 함께 서 있는 것이 보였다. 서로를 마주 보고 있던 두 사람이 뒤늦게 그를 발견하곤 예를 갖추어 허리를 굽혔다. 예거라트는 그들을 스쳐 지나가는 대신 잠시 멈춰 서 말을 걸었다.

"그대가 부단장이라 했던가?"

고개를 숙이고 있던 에드몽의 시야에 반질반질한 구두코가 들어왔다. 황제가 그의 정수리를 뚫어져라 응시하고 있었다. 그는 바짝 긴장해 큰 소리로 답했다.

"그렇습니다, 폐하."

"와트만 경이 없는 걸 보니 릴리스가 또 번거로운 심부름을 시킨 모양이로군그래. 하필 이럴 때 궁이 소란스러우니 경도 제법 곤란하

252

게 되었겠어."

에드몽은 참담한 기분으로 입술을 깨물었다. 두 사람을 볼 낯이 없었던 탓이다. 이대로 궁에서 쫓겨난다 해도 온건한 처분을 받았다 해야 할 판이었다.

"송구하오나 그렇습니다. 황녀 마마께 원한을 가진 이들도 없을뿐 더러 마구간은 워낙 개방된 장소라⋯⋯."

"허면."

예거라트가 여상하게 그의 말을 끊었다. 에드몽은 전신을 딱딱하게 굳혔다. 바짝 붙어 선 황제에게서 은은한 향유 냄새가 났다.

그때였다. 예거라트가 주변을 한 번 둘러보는 듯하더니 에드몽의 귓가에 목소리를 낮추어 속살거렸다.

"내가 이번 일로 왕자를 의심한다면 경은 어찌 대응할 텐가?"

"바이마르 저하를⋯⋯ 말씀이십니까?"

되묻는 목소리가 바르르 떨렸다. 무거운 침묵이 바닥에 깔렸다. 우락부락한 얼굴이 어느덧 허옇게 질려 있었다. 그 모습을 보던 예거라트의 눈이 가늘어졌다.

"저하라. 그래. 그렇군."

예거라트가 이내 고개를 끄덕였다. 에드몽은 침을 꿀꺽 삼키고는 조심스레 입술을 뗐다. 황제를 제외한다면 근처에 있는 사람이라곤 그가 감시를 맡고 있던 황녀궁의 시녀장과 황제를 따라온 시종장뿐 이었다.

"허면 폐하께서는 저하를 의심하시는⋯⋯."

"글쎄⋯⋯ 내가 그런 말을 한 적이 있던가."

그러나 황제는 손바닥 뒤집듯 태도를 바꾸었다. 에드몽이 혼란한 표정으로 멍청하게 서 있는 사이, 예거라트가 빙긋 웃으며 어깨를 으쓱였다. 순식간에 거리를 벌린 예거라트가 언제 말을 걸었냐는 듯 여유롭게 뒤돌아서 황녀궁을 나섰다.

정원을 순찰하던 기사들이 황제를 발견하곤 서둘러 경례를 붙이며 제자리에 멈춰 섰다. 예거라트는 낮은 담벼락을 따라 걷다 사라진 꽃밭 대신 자리하고 있는 아담한 연무장을 발견했다. 걸음이 절로 멈추었다.

"아무래도 새 부군이 릴리스의 마음에 쏙 든 모양이야. 그렇지 않은가?"

"예, 폐하."

"올 적마다 보이던 아마릴리스 꽃밭이 한꺼번에 사라지니 마음이 서글프군그래. 고이 길러 온 새가 둥지를 새로 단장하려 하는 모양새가 아닌가 말이야."

입궁 첫날. 귀하게 자라 온 황자의 눈에 비친 릴리스 반 모라 아테라는 제법 귀여운 구석이 있는 계집애였다. 비쩍 마른 작은 몸과 커다랗고 말갛던 다갈색 눈동자. 그러나 무엇보다 눈길을 끌었던 건 역시 노을빛을 받아 마치 불타오르는 것만 같던 선명한 주홍색 머리칼이었다.

"처음에는 전혀 닮은 구석이 없다 생각했었는데 말이지. 요즈음 보면 꼭 그런 것 같지도 않아."

기다란 손가락, 움푹 들어간 눈두덩이와 살짝 팬 보조개를 보고 있노라면 문득문득 낯익은 모습들이 튀어나왔다. 타인의 얼굴에서 자신을 본다는 것은 퍽 기분을 묘하게 만드는 일이었다. 예거라트는 어느새 또 훌쩍 자란 듯한 릴리스의 모습을 떠올리다 다시 걷기 시작했다.

"그나저나 생각보다 왕자가 멀쩡해 보이더군."

"……약을 선별해 올리라 할까요?"

시종장이 나직이 물었다. 그는 본래 태자의 전속 시종이었던 이로, 이 궁 안에서 누구보다도 잔뼈가 굵은 사람 중 하나였다.

예거라트는 입 속의 혀처럼 매끄럽게 나온 제안에 고개를 내저었다.

"되었네. 그보단 소문을 잘 관리하는 편이 나을 듯해. 기왕 터진 일을 이대로 묻어 버리기엔 너무 아깝지 않은가."

"알겠습니다."

"게다가. 스파티움의 기세가 요즘 심상치 않은 듯해 그 또한 신경이 쓰여. 체자레 왕자가 최근 왕태자를 위협할 정도로 세력을 불렸다 들었는데. 바이마르 왕자와 막역한 사이라 했으니 이번 일에 대해 알게 된다면 어찌 나올지 조금은 궁금하군그래."

예거라트는 백돌 담에 기댄 채 생각을 이어 갔다. 곧 마차가 도착했다. 지척에 서 있던 기사가 앞서 나가 문을 고정하고 있던 걸쇠를 조심스럽게 풀어냈다.

"잠깐."

그리고 출발 직전, 불쑥 튀어나온 말에 채찍을 내리치려던 마부가 흠칫 놀라 팔을 거두어들였다. 예거라트는 작은 창을 가리고 있던 커튼을 걷어 내고 시선을 멀리 두었다. 정원 끝에 서 있던 자그마한 인영이 그의 손짓에 곧 천천히 가까워졌다.

지척까지 다가온 개비가 고개를 조아리며 열린 문 앞으로 가까이 다가섰다. 창밖으로 나온 커다란 손이 둥근 어깨를 가볍게 짚었다.

"딸이 슬슬 혼기가 찼다 들었는데."

"……."

"내 신경 쓸 터이니 그대는 지금처럼 충실히 지내게나."

접촉은 찰나였다. 의뭉스러운 말을 남긴 채 손을 거둬들인 예거라트가 마차 지붕을 가볍게 두어 번 두들겼다. 화려한 바퀴가 천천히 굴러가기 시작했다.

⚜⚜⚜

황녀궁의 사고에 대한 소문은 들판에 붙은 불길보다 빠르게 사방으로 퍼져 나갔다. 릴리스는 와전된 이야기 속에서 가련한 피해자가 되어 황제의 보살핌을 갈구했고, 정체를 알 수 없는 범인은 독립을 열망하는 스파티움인이 되어 아테라의 민심을 뒤흔들었다.

"이럴 때일수록 몸을 챙기셔야 합니다."

"저는 다친 곳이 없다니까요."

"아직도 붕대를 감고 계시지 않습니까."

작은 다반을 그녀의 앞으로 들이밀던 바이마르가 눈을 차분히 내리깔았다. 숱 많은 속눈썹이 눈시울을 촘촘히 덮고 있었다. 털 한 오라기마저 어찌나 깔끔한지 어긋난 곳 하나 찾기가 어려웠다. 릴리스는 쓸데없이 정갈한 그 모양새에 넘어가 결국 쓴 약이 든 잔을 한 손으로 꾸물꾸물 받아 들었다.

'그날' 이후 벌써 일주일이 지나갔다. 그러나 바이마르의 고집으로 릴리스는 아직까지도 중병 환자마냥 요양 생활을 이어 가는 중이었다. 몰래 나서기라도 할라치면 그가 도리어 끙끙 앓아눕는 바람에 어영부영 붙들린 횟수만도 네댓 번이 훌쩍 넘는다. 이래서는 안 된다는 걸 잘 알고 있지만, 불퉁한 얼굴을 보면 도무지 단호하게 굴 수가 없어 릴리스는 매번 빤한 수작을 받아넘겨 주곤 했다.

와중에도 살피듯 따라붙는 시선이 걸쭉한 액체만큼이나 끈적하게 느껴졌다. 그녀는 내키지 않는 기분으로 잔을 깨끗이 비워 내고는 침대 헤드에 놓여 있는 커다란 쿠션 위에 등을 기댔다.

"이것도 좀 드셔 보시지요, 마마. 전에 숲에서 가져온 사슴고기로 만든 것이라 합니다. 제가 아테라에서 제일 처음 잡은 사냥감이지요."

빈 잔을 잽싸게 받아 치운 바이마르가 김이 폴폴 나는 스튜를 휘저으며 말을 돌렸다.

"스파티움에서는 첫 사냥 때 잡은 짐승을 가장 아끼는 사람에게 바치곤 합니다. 특별히 푹 고아 오라 했으니 부디 한 입만이라도 넘겨 주세요."

그릇에 푹 담갔다 뺀 숟가락에서 모락모락 더운 김이 솟았다. 릴리스는 반쯤 포기한 심정으로 얌전히 입을 벌렸다. 오물대는 입술을 물끄러미 바라보던 바이마르가 눈에 띄게 목덜미를 붉히며 열심히 음식을 퍼다 날랐다.

문간에 붙어 서 있던 에드몽은 그에게 이런 시련을 떠넘기고 간 와트만을 향해 오늘만 해도 벌써 열 번째가 넘는 지주를 날렸다. 짝 없는 그에게 이 방은 출구 없는 지옥이었다. 곁에 선 시종도 비슷한 심정인지, 심지어 그는 거의 죽다 살아난 사람처럼 누렇게 뜬 얼굴로 두 상전을 바라, 아니 노려보는 중이었다. 에드몽은 때 아닌 동질감에 안도의 숨을 짧게 뱉었다.

그사이 스튜 한 그릇을 힘겹게 비워 낸 릴리스가 부른 배를 두들기며 침대 위에 모로 누웠다. 바이마르는 당연한 수순처럼 빈 쟁반을 저만치 밀어 놓고는 품속을 뒤져 작은 주머니를 꺼내 들었다.

"이건 스파티움에서 챙겨온 것인데…… 근육통에 무척 효과가 좋지요. 혹 바른 뒤에 아프다 싶으면 바로 말씀해 주셔야 합니다."

애초 그리 대단한 부상도 아니었건만, 바이마르는 별거 아닌 작업에도 무섭도록 집중했다. 부어오른 손끝마다 꼼꼼히 연고를 바르고, 붕대까지 새것으로 갈고 나서야 개운한 얼굴이 된 그가 단정한 매듭을 매만지며 흐뭇한 듯 입매를 끌어 올렸다.

"드셔 보세요. 말린 복숭아를 넣어 무척 답니다."

정작 몸져누워 있어야 할 환자가 멀쩡한 이를 간호하고 있으니 몹시 민망한 기분이 들었다. 릴리스는 입가에 닿은 과자를 냉큼 입 안에 털어 넣으며 에드몽에게 슬며시 눈짓을 보냈다. 우중충하던 얼굴 위로 어째서인지 화색이 도는 듯싶더니, 그가 곧장 시렌을 이끌어 방을 나섰다.

"자꾸 이러면 안 되는데. 그렇지 않아도 요즘 통 움직이질 못해서 걱정이란 말이에요."

문 닫히는 소리가 희미하게 들려왔다. 먹이 나르는 어미 새처럼 간식을 넘겨주던 바이마르가 그녀의 말에 문득 양 눈썹을 어긋나게 모았다.

"먼저 이야기를 꺼내셨으니 말입니다만. 마마께선 좀 더 많이 드셔야 합니다. 아무리 봐도 지나치게 마르셨어요."

"무슨 소리예요? 전 아테라 여성 평균 체격이라구요. 당장 거리에만 나가 봐도 저보다 마른 여자들이 거리에 한가득일걸요."

"그런 여자들이 다 무슨 소용입니까. 게다가 보세요. 이렇게 가늘고."

판판한 손바닥이 팔을 살살 쓸어내렸다. 왼손으로 팔목을 잡고, 오른손으론 팔꿈치를 지분거리던 바이마르가 몸을 숙여 살갗 위에 입술을 부볐다.

"이리 힘도 없으신 분이."

"콩."

"어떻게 절 지켜 주시겠다는 겁니까?"

슬쩍 밀듯 힘을 주자 낭창한 몸이 뒤로 사뿐 넘어갔다. 바이마르는 한 손으로 부드러운 머리칼을 매만지며 그녀의 위로 커다란 상체를 굽혔다. 방금 나눠 먹었던 과자 탓일까. 어디선가 달콤한 향기가 났다.

머리 위로 늘어진 금줄을 당기자 휘장이 내려가며 사위가 어두워졌다. 푸른 눈이 전에 없이 가까워 릴리스는 서둘러 눈을 감았다. 내리 감긴 눈꺼풀이 파르르 떨렸다. 그녀는 속으로 다섯을 세고서야 천천히 눈을 떠 다시 앞을 바라보았다. 바이마르는 웃는 듯 마는 듯 묘한 얼굴이었다.

"상대가 무슨 짓을 할 줄 알고 눈을 감으시는 겁니까, 마마. 전사로서는 실격이십니다."

그렇게 말하는 굵은 목소리도 그녀의 눈꺼풀 못지않게 떨리고 있었다. 바이마르가 붉어진 얼굴을 내려 그녀의 목덜미에 이마를 비비더니, 풀썩 쓰러지듯 옆으로 누워 작게 웃었다.

"잠깐……!"

어쩐지 진 것 같은 기분이라 조금 분했다. 그리하여 찰나의 고민 끝에, 릴리스는 널찍한 어깨를 짚은 채 바이마르의 배 위에 올라앉아 입가에 의기양양한 미소를 띠었다.

서툴게 혀를 내밀어 가지런한 치아를 쓸자 곧바로 반응이 돌아왔다. 어설픈 입놀림에 타액이 입가로 흘러내렸다. 그러다 릴리스는 휙 팔을 돌리는 힘에 떠밀려 처음처럼 도로 아래에 짓눌리고 말았다. 억눌린 신음이 새어 나왔다. 뜨겁고, 조금은 축축한 것이 입가를 쓸다 살짝 벌어진 입 안을 가볍게 훑고 떨어져 나갔다.

"달아요……."

바이마르는 몽롱한 표정이었다. 그야 설탕 덩어리를 잔뜩 먹었으니 달긴 할 테지만…….

"……."

어쨌건 이겼으니 되었다. 릴리스는 마치 방금 전 아무 일도 벌이지 않았던 사람처럼 딴청을 피우며 괜히 뜨끈한 볼을 매만졌다.

한편, 바이마르는 어딘가 모르게 기쁜 기색이었다.

"남 말 할 처지는 아닙니다만, 마마께서도 그리 능숙하지는 않으신 듯합니다. 혹시…… 입맞춤이 처음이십니까?"

그가 서툰 손짓으로 흐트러진 옆머리를 쓸어 넘기며 물어 왔다. 승리감에 취해 있던 릴리스는 퍼뜩 놀라 격렬하게 고개를 가로저었다.

"아니거든요!"

"그렇군요."

그러나 말과는 다르게 바이마르는 그 말을 전혀 믿지 않는 표정이었다. 릴리스는 다시 항변을 시도했다.

"진짜라니까요! 달튼 백작이랑도…… 읍!"

"알겠다고 했잖습니까. 그러니 다른 남자 이름은 말하지 말아 주세요."

'정말이지 너무하다 생각하지 않으십니까.' 그가 덧붙이며 다시 입술을 마주 대었다. 살짝 벌어진 틈을 찾아 들어온 혀가 이내 저돌적으로 입 안을 탐험하기 시작했다. 처음치곤 퍽 대범한 침입이었다. 입술이 붙었다 떨어지며 나는 젖은 소리가 온 방 안을 울렸다.

"……덧붙이자면 저는 마마가 처음입니다."

바이마르가 몸을 조금 위로 올려 그녀를 끌어안고 웅얼거렸다. 릴리스는 난데없는 베갯머리송사에 꼬물꼬물 몸을 움직여 눈앞에 늘어진 옷자락 안으로 고개를 쑥 밀어 넣었다. 귀 끝이 발갛게 달아올랐다.

"자고 가도 됩니까?"

바이마르는 흐트러진 머리칼 사이로 보이는 희고 둥근 이마 위에 입술을 한 번 더 살짝 내리눌렀다. 릴리스가 대답 대신 고개를 흔들었다.

"……하지 말아요, 너무 뜨거워……."

"그러니 자고 가도 된다고 해 주세요."

"그게 무슨 상관인데요……."

"몸이 아프시니 당연히 제가 간호를 해 드려야 하지 않겠습니까."

훌쩍 큰 몸만큼이나 고집이 부쩍 늘었다. 그러나 뻔뻔한 듯 응수하고 있으면서도, 바이마르는 불그스름한 눈가만은 어쩌지 못하는 듯 부끄러운 얼굴을 하고 있었다.

릴리스는 소리 내어 대답하는 대신 머리를 매만지는 커다란 손을 끌어다 뜨거워진 볼을 살짝 대었다. 바이마르가 기쁨을 숨기지 못한 채 작은 몸을 힘주어 끌어안았다.

오후였고, 궁은 언제나 그랬듯 고즈넉했다. 창을 통해 들이친 따사로운 햇살이 겹쳐진 몸 위로 오롯이 떨어졌다. 가만히 몸을 맞대고 있으려니 뭉근히 올랐던 열이 차츰 가라앉았다. 살결이 마주 스칠 때면 여전히 발끝이 간지러웠지만, 자장가처럼 귓가에 겹겹이 얹히는 나직한 숨소리 탓에 자꾸만 꼬박꼬박 졸음이 쏟아졌다.

"마마?"

가슴팍에서 새근거리는 숨소리가 들렸다. 얇은 이불을 살짝 들추자 선잠에 빠진 말간 얼굴이 보였다. 얼굴은 여전히 붉은 채였고, 입술은 그보다 좀 더 붉었다.

무심한 얼굴이었다. 희고 말간 얼굴은 웃지 않으면 다소 차갑게 느껴졌지만 바이마르는 그보다 더 자주, 그녀가 얼굴을 붉힌다는 것을 알고 있었다. 그리고 그 모습을 볼 때마다 자신의 얼마나 가슴이 뛰는지도, 역시.

바이마르는 떨리는 속눈썹과, 오물거리는 입술을 물끄러미 바라보다 참지 못하고 조금 깊이 고개를 숙였다. 희미한 숨결이 얼굴을 간지럽혔다. 그는 몇 번, 멋대로 그 숨을 빼앗다 몸을 조금 뒤척여 늘어져 있는 하얀 손을 눈앞에 바싹 가져다 대었다. 무리하게 활줄을 당겨 부풀어 오른 살갗에 작은 물집이 두어 개 잡혀 있는 게 보였다. 장갑을 끼고 있었음에도 이 지경이 되었으니, 분명 그녀도 무척 필사적이었을 것이다.

그를 구하기 위해.

그렇게 생각하니 가슴이 뻐근해 왔다. 몸의 통증보다 이쪽이 더 고통스러워 곤란할 지경이었다. 그는 한참을 그렇게 누워 있다 릴리스를 따라 두 눈을 감았다. 단잠이었다.

⚜ ⚜ ⚜

연회가 일주일 앞으로 다가왔을 무렵, 황녀궁에 익숙한 방문객이 들었다. 발칸 소공이었다.

릴리스와 그가 목소리를 높여 대화하는 동안 바이마르는 냉차를 두 주전자 넘게 비워 내며 자리를 지켰다.

냉큼 떠나라는 서슬 퍼런 눈빛을 받으면서도 기어코 엉덩이를 뭉개고 있던 소공은 저녁 식사 시간이 되기 직전에서야 주섬주섬 벗어 두었던 옷을 걸쳤다.

"헌데 공께서는 참석이 곤란하시지 않겠습니까? 물론 혼인 후 맞이하시는 첫 연회이니만큼 얼굴을 보이는 것이 옳겠으나…… 거동이 불편해 보이시어 무척 걱정이 되는군요."

자리에서 일어서던 발칸 소공이 붕대 감긴 다리와 목발을 번갈아 보며 말했다. 단순히 떠보는 것임을 다 알면서도, 바이마르는 그만 서툴게 발끈하고 말았다.

"마마 혼자 보낼 수는 없지. 내 소공의 마음만 감사히 받겠네."

"그렇군요. 혹시나 해서 여쭈어본 것이니 너무 노여워하지 않으셨으면 좋겠습니다."

능청을 떠는 폼이 여간 신경에 거슬리는 게 아니었으나 릴리스 앞에서 그런 티를 낼 수는 없었다. 바이마르는 너그러운 척 그 사과를 받아 주면서도 홀로 이를 득득 갈았다.

"공. 이리 좀 와 보세요."

그러나 속상함도 잠시였다. 릴리스가 불쑥 건넨 작은 상자를 보자 스멀스멀 피어오르려던 불안감이 흔적도 없이 쓱 녹아내렸다. 그는 고개를 갸웃했다.

"이게 무엇입니까?"

"선물입니다. 아테라의 연회에는 처음 참석하시니 기념하는 의미로 준비해 본 것이지요. 단지 저 홀로 고른 것이라…… 혹 마음에 안 드신다면 주저하지 말고 말해 주셔야 합니다."

릴리스는 잔뜩 긴장해 두 손을 꼭 쥐었다 폈다. 정작 바이마르는 선물이라는 말에 흐물흐물 풀어져 입꼬리를 올린 채였다. 꼬리라도 흔들 기세로 벌떡 일어선 그가 작은 상자를 손에 꼭 쥐고 방 안을 서성였다.

"정말입니까? 열어 봐도 되는 거지요?"

"물론이에요."

"선물이라니 정말 기쁩니다. 정말 지금 봐도 됩니까? 아니, 조금 있다 방에 가서 혼자 보고 싶은데."

"안 돼요! 그랬다가 마음에 안 들면 어쩌려구요."

뚝, 바이마르의 발걸음이 멎었다. 방 한가운데에 멈춰 선 그가 해 사하게 웃으며 고개를 저었다.

"그럴 리가 있겠습니까. 마마께서 주신 것인데."

입을 맞춘 것도 아닌데 볼이 한껏 달아올랐다. 릴리스가 눈 둘 곳을 몰라 괜히 딴청을 피우는 동안 바이마르는 자리로 돌아와 떨리는 손으로 상자 뚜껑을 열어젖혔다. 커다란 손안에 들어 있는 조그만 상자가 마치 거인이 장난감을 들고 있는 것처럼 작아 보였다.

"이게 무엇입니까?"

"귀걸이예요. 굳이 구멍을 뚫지 않으셔도 귓바퀴에 걸 수 있다 하여 골라 보았는데…… 괜찮은가요?"

검은 비단 위에 화려한 장신구 한 쌍이 단출하게 놓여 있었다. 바이마르가 이리저리 그것을 돌려 보는 사이 가까이 다가온 릴리스가 조심스레 한 손으로 흘러내린 머리칼을 걷어 올려 주었다.

보드라운 감촉에 몸이 절로 움찔거렸다. 바이마르가 조심스럽게 고개를 기울여 옆얼굴을 드러냈다. 릴리스는 드러난 하얀 목에 시선을 주지 않으려 노력하며 귓바퀴에 조심조심 뭉툭한 고리를 걸었다.

"어떤가요?"

상단에 박혀 있는 녹색 페리도트가 바이마르의 흰 피부와 무척 잘 어울렸다. 길쭉한 나뭇잎 모양으로 정교하게 세공된 금장식이 귓바퀴를 둥글게 덮고 있었고 귓불 아래로는 작은 넝쿨들이 대롱대롱 늘어져 화려함을 더했다.

바이마르는 거울 속의 제 모습을 관찰하며 이쪽저쪽으로 고개를 흔들어 보았다. 머리칼 사이로 보일락 말락 숨어 있는 황금색 꼬리들이 움직일 때마다 희미하게 차릉거리는 소리를 냈다.

"정말 마음에 듭니다. 황녀 마마께서 보시기에는 어떻습니까?"

"무척 예뻐요. 사실 이 정도로 잘 어울릴 거라곤 생각하지 못했었는데."

"그렇습니까?"

바이마르는 기쁨을 감추지 못했다. 손거울을 들고 벌떡 일어나 왔다 갔다 하기를 반복하며 얼굴을 감상했다. 창가에 서서 햇빛 아래의 제 얼굴을 관찰해 보기도 하고, 방구석으로 들어가 그늘진 곳에서의 모습을 살펴보기도 했다. 명백히 들떠 있는 얼굴에 릴리스의 마음도 덩달아 붕붕 날아올랐다.

"걱정을 많이 했는데. 마음에 드신다니 다행입니다."

"걱정이라뇨. 저는 마마께서 빈 상자를 주셨어도 분명 이만큼 기뻤을 겁니다. 게다가 말씀대로 생각보다도 더 잘 어울리는 것 같아요. 그렇지 않습니까?"

"그럼요."

어울리다마다. 릴리스는 열성적으로 고개를 끄덕였다. 빈말이 아니라, 정말이지 치장을 위해 태어난 사람처럼 보일 정도로 지금의 바이마르는 화사하기 그지없었다. 첫날 보았던 까까머리 소년의 태는 흔적도 없이 사라진 지 오래다. 단발만큼 기른 머리칼이며 잡티 없는 피부에서 윤기가 좔좔 흘렀다.

"잠깐, 공!"

그런 생각을 하는 사이 성큼 다가온 바이마르가 탁자 위에 손거울을 올려 두고 릴리스를 번쩍 안아 들었다. 그는 무거운 내색도 없이 가볍게 그녀를 들어 탁자 위에 앉히고는 손 이곳저곳에 쉴 새 없이 입을 맞췄다.

"정말 기뻐요. 마음 같아서는 하루 종일 하고 다니고 싶습니다. 모두에게 자랑하고 싶어요. 그래도 됩니까?"

릴리스는 기겁했다.

"하, 하루 종일이요?"

"예. 안 될까요?"

"아뇨, 물론 안 될 건 없지만."

릴리스는 얼떨떨하게 그의 청을 수락했다. 이렇게 좋아할 줄 알았더라면 더 일찍 줄 걸 그랬다는 후회마저 살짝 들었다. 바이마르가 커다랗게 웃으며 그녀를 와락 끌어안았다.

"그럼 내내 하고 있어야겠군요. 오늘은 계속 거울을 보고 싶을 것 같습니다."

"……그렇게 하세요."

"마마께서 주신 것이라고 자랑해도 되는 거지요?"

"물론이에요."

"훈련을 할 때에는 땀이 날 테니 빼 두어야겠습니다. 씻을 때도요. 그래도 절대 잃어버리지 않게 잘 간수하겠습니다."

"그렇게 하세요."

"그럼…… 입 맞춰도 됩니까?"

"예. 그럼요."

"정말이시지요?"

"그렇다니까요…… 예?"

마주하고 있던 두 눈이 크게 뜨였다. 바이마르는 기회를 놓치지 않고 한 손으로 그녀의 볼을 감쌌다. 부드러운 혀가 이제는 제법 익숙하게 안쪽을 파고들었다. 커다란 손이 뒷목을 감싸 당겼다. 릴리스는 어설프게 코로 숨을 쉬며 고개를 기울이다 먼저 나서 까끌까끌한 입술을 빨아 당겼다.

"마마께서는 정말이지……."

한참 뒤에야 얼굴을 떼어 낸 바이마르가 한 손으로 젖은 입가를 슬쩍 훔쳤다. 발개진 눈꼬리며 부어오른 입술이 유난히 눈길을 끌었다.

"아, 그러고 보니 벌써 약 먹을 시간이 다 되었습니다."

릴리스가 얼굴을 찌푸렸다. 훈훈하던 분위기가 단번에 흐트러졌으나 바이마르는 물러서지 않고 시렌을 방 안으로 불러들였다.

"저기, 공. 이거 안 먹으면."

"제 청입니다, 부디 드셔 주세요."

진한 풀 냄새가 방 안을 꽉 메웠다. 예거라트가 보내온 각종 약재

들을 고르고 골라 달인 것이다. 세간의 시선을 의식했던지 보내온 것들 모두가 제법 귀한 품종이었다. 시렌이 이미 여러 차례 확인을 거듭했으니만큼 약효에는 의심할 여지가 없었다.

고민하고 있으려니 바이마르가 부드럽게 한 손을 그러쥐었다. 나긋한 손길과는 달리 악력이 어마어마해 도저히 빠져나갈 구멍이 없었다. 훅 올라오는 쓴 내에 눈꼬리가 절로 축 처졌다.

어쩔 수 없지. 릴리스는 눈을 꾹 감은 채 꿀꺽꿀꺽 쓴 차를 들이마셨다. 혀끝이 떫었다. 빈 잔을 받아 든 바이마르가 제 몫을 따라 마시는 동안 그녀는 물로 입 안을 헹궈 내곤 사탕 하나를 입에 물었다.

"큼. 그럼 이제 공부나 해요, 우리."

옆으로 밀린 커다란 쟁반 대신 두꺼운 책 두 권이 탁자 위에 올라왔다. 릴리스는 책갈피를 빼내고 흠흠 목을 가다듬었다.

"……그리하여 바위산을 건넌 오르페우나는 절벽 아래의 바우…… 바위에 올라 앉아 머우를 바라보며……."

"머우가 아니라 매라고 읽습니다. 여기, 이 부분이 아테라와 달라요."

기다란 손가락이 종이 위를 짚었다. 릴리스는 잠시 침묵하다 변명했다.

"……사탕 때문에 그래요."

답은 없었다.

띄엄띄엄 어설픈 낭독이 이어졌다. 시렌은 헤벌쭉 웃고 있던 바이마르가 짐짓 진지한 척 표정을 가다듬는 것을 보며 괜스레 싸한 아랫배를 감싸 쥐었다. 최근 들어 잦아진 신경성 복통이었다.

'나 참.'

그러나 그도 잠시뿐이다. 목소리가 다시 들려오기 무섭게, 언제 그랬냐는 듯 흐물흐물 입매가 풀어졌다.

체자레가 이 꼴을 본다면 필시 버럭 성을 낼 것이리라. 그렇잖아도 애지중지하던 동생이 다쳤다는 이야기에 어찌나 화를 내던지. 편지로 글줄을 읽은 것뿐인데도 벼락같은 호통이 귓가를 찌르는 기분이었다.

시렌은 반사적으로 혀를 내두르다 다시 사르르 찾아오는 통증에 허리를 구부렸다.

이 일과가 전적으로 누구에게 더 행복한지를 묻는다면 그는 잠시도 생각하지 않고 바이마르의 손을 들어 줄 자신이 있었다. 그도 그럴 것이 바이마르가 두 시간이 넘도록 하는 일이라곤 황녀의 얼굴—실은 얼굴보다는 정수리였다—을 감상하는 것이 거의 전부였으며, 더 솔직히 말하자면 이제 황녀의 실력은 제법 일취월장해 굳이 교사가 없어도 될 지경이었던 것이다.

'아이고.'

거기까지 생각하자 이제는 몹시 화장실이 급해졌다. 시렌은 식은 땀을 흘리며 애써 다른 곳으로 생각을 돌렸다.

"그럼 오늘은 이만할까요."

필사의 노력을 다 하는 동안 시간이 훌쩍 흘렀다. 스파티움에 있을 적엔 그저 길게만 느껴졌던 하루가 시종이 되고 나니 마치 흐르는 물처럼 빨랐다. 눈 한 번 깜빡이고 나면 점심이 왔고, 분주하게 뛰다 보면 저녁이 오니 밤만 되면 피곤해 나가떨어지는 것이 일상이었다.

문간에 서서 꾸벅꾸벅 고개를 떨구고 있으려니 재봉 시녀가 들어와 완성된 연회복을 탁자 위에 펼쳐 놓았다. 피곤이 덕지덕지 묻었던 눈이 화려한 색감에 절로 번쩍 뜨였다.

무채색에 한껏 익숙해져 있던 그에게 아테라식 예복은 난잡하고 지저분해 마치 값비싼 광대복을 보고 있는 듯했다. 시렌은 저도 모르게 눈살을 찌푸렸다.

"……."

그러나 놀랍게도, 완성된 옷은 바이마르에게 맞춤처럼 딱 맞아떨어졌다. 반년 새 화사하게 피어난 수려한 미모가 장식이 가득한 옷에도 전혀 밀리지 않고 제 몫을 다했다. 찰랑이는 귀걸이가 그 정점을 찍은 것은 물론이었다.

'정말이지 아테라 사람 다 되셨군.'

이 사태는 또 어찌 보고해야 하나. 시렌은 구겨진 인상을 펴지 못하면서도 눈앞의 훤칠한 자태에서 시선을 떼지 못했다. 쑥스러운 듯 얼굴을 붉히고 선 모습이 우스운 한편 조금 짠했다.

몇 년 동안 지척에서 바이마르를 보필해 왔으나 이렇듯 환히 웃는 모습은 난생처음 보았다. 그렇게 생각하니 다시 마음이 약해졌다. 시렌은 머릿속을 스쳐 지나가는 체자레의 얼굴을 애써 지워 내며 스스로를 다독였다. 뭐, 어떻게든 되겠지.

와트만은 연회가 시작되기 전 부리나케 돌아왔다. 일이 잘 풀렸다며 밝은 얼굴로 환궁했던 그는 황녀궁의 사고 소식에 한 번, 바이마르의 꼴을 보고 또 한 번 놀란 뒤 세간의 소문에 뒷목을 세게 잡으며 풀 곳 없는 분노에 홀로 숨을 씩씩거렸다.

"아니, 그러게 왜 하필이면 제가 없을 때 궁을 나가고 그러십니까."

"그게 공께서……."

"저하 얼굴에 홀렸다는 말은 마십쇼. 진짜 화가 날 것 같으니까요."

와트만이 그녀를 흰 눈으로 보며 못마땅하게 중얼거렸다. 지은 죄가 있는 릴리스는 차마 대거리도 하지 못한 채 그저 눈치껏 입을 다물었다.

구불거리는 긴 머리를 매만지던 시녀들이 동그란 정수리 위로 땋은 머리를 예쁘게 둘러 주었다. 생화 몇 송이를 더 꽂자 마치 화관을 쓴 듯한 모양새가 되었다. 와트만은 그 모습을 건성으로 지켜보며 바이마르를 만나면 반드시 한 소리를 던지리라 속으로 단단히 마음먹었다.

"이야…… 이것, 참."

그러나 결론적으로 말해, 그는 결국 제 다짐을 지키지 못했다. 에스코트를 위해 내려온 바이마르의 낯선 자태에 그만 말을 잃었던 탓이었다.

눈 색에 맞춰 고른 푸른색 견장이 하얀 피부를 유난히도 돋보이게 했다. 탄탄한 몸 선이 딱 맞게 재단된 예복 아래 은근하게 드러났고, 달랑이는 황금색 귀걸이는 검은 머리와 대비되어 묘하게 나른한 느낌을 풍겼다. 소년이라 부르기에는 지나치게 성숙하지만, 청년이라 보기에는 또 다소 앳된 모습이었다.

그러나 그 모든 것보다 눈길을 끄는 건 강건한 어깨 위의 수려한 얼굴이다. 단장에 얼마나 공을 들였던지 움직일 때마다 매끈한 피부 위로 흰 광채가 발했다.

볼록 솟은 광대가 쏟아지는 시선들 아래 서서히 붉게 물들었다. 릴리스는 한 박자 늦게 정신을 차리고는 바이마르의 한 팔을 앞으로 잡아끌었다.

"귀를 뚫었나요, 공?"

"예. 오늘 꼭 이 귀걸이를 하고 싶어서……."

바이마르가 목발을 짚지 않은 손으로 보란 듯 귓불을 슬쩍 쓸었다.

며칠 동안 귓바퀴에서 달랑이던 귀걸이는 이제 목선을 따라 길게 늘어져 섬세한 이목구비를 한층 강조하고 있었다. 릴리스는 뿌듯한 기분으로 그 모습을 가만히 눈에 담았다. 전후 모두 우열을 가리기 힘들 정도로 그에게 잘 어울렸지만, 굳이 꼽자면 역시 이쪽이 좀 더 취향에 부합하는 면이 있었다.

"그럼 이제……."

천천히 얼굴에서 손을 떼어 낸 바이마르가 한 쪽 무릎을 아래로 구부리며 정중하게 에스코트를 청했다. 흠잡을 곳 없는 아테라식 예법이었다.

이윽고 천천히 걷기 시작한 두 사람 뒤를 정복을 차려입은 와트만이 저벅저벅 뒤따랐다. 릴리스는 한숨을 삼켰다. 정말 가야 할 시간이었다.

나무에 주렁주렁 매달린 조롱박 모양의 램프 안에서 주홍 불빛이 은은하게 흘러나왔다. 바닥에는 보석 가루를 잔뜩 뿌려 장식한 얇은 베일이 깔려 있었고, 온실에서 갓 나와 계절을 잊은 꽃들은 관목 사이사이에 섬세하게 꽂혀 마치 본래부터 그곳이 제자리였다는 양 싱그러움을 한껏 뽐냈다.

어찌나 성심을 다해 꾸며 놓았는지, 구경에 정신이 팔린 이들이 앞을 비켜 주지 않아 입장이 연신 지연되고 있었다. 아름다운 풍경과 어울리지 않는 고성이 별안간 여기저기서 터져 나오는 것도, 경비병들이 목 쉰 소리로 이를 으득으득 가는 것도, 그러니 전부 이해할 법한 일이 맞았다.

궁끼리 이어진 뒷길이 있어 다행히 릴리스는 그 소란에 편승할 일이 없었다. 그녀는 커튼을 살짝 걷어 발 디딜 틈도 없이 복잡해 보이는 중앙 길을 눈으로 슬쩍 훑었다. 평소에는 마차 두 대도 너끈히 다닐 만큼 널찍한 길이 오늘은 그야말로 난장판이었다.

생각에 잠겨 있는 사이 어느덧 마차가 천천히 멈추었다. 인적 드문 복도를 지나 황족들만이 드나들 수 있는 커다란 문 앞에 서자 며칠 동안 물 한 모금 마시지 못한 사람처럼 목구멍이 바싹 말랐다. 그 기색을 알아챘는지 커다란 손이 주춤주춤 그녀의 손등을 덮어 왔다.

온기가 맞닿고, 손바닥에 배어난 땀이 조금 식어 미지근해졌을 무렵 거대한 문이 소리도 없이 열렸다.

두 손을 꼭 잡고 서 있는 황녀 부부의 등장에 좌중이 약속이나 한 듯 일제히 침묵했다. 릴리스는 의연한 얼굴로 바이마르를 이끌어 회장을 가로질렀다. 따각따각. 차분하게 흐르는 음악 소리 위로 나무 목발이 대리석 바닥을 찍으며 내는 불규칙적인 소음이 얹혔다.

빠르지도, 그렇다고 느리지도 않은 걸음이었다. 눈이 마주칠 때마다 사람들이 공손히 시선을 내리깔며 몸을 뒤로 물렸다. 이윽고 칼로 공간을 도려낸 듯, 자연스럽게 눈앞에 길이 트였다. 릴리스는 그 길을 따라 황금색으로 치장된 화려한 옥좌를 향해 걸었다.

황제의 옥좌가 세 개의 단 위에 우뚝 선 황금 산처럼 놓여 있었다. 릴리스는 야트막한 단을 한 번, 그리고 또 한 번 올라 커다란 붉은색 의자 앞에 반듯이 섰다. 어색한 침묵 사이로 불쾌감이 역력한 시선들이 사방에서 날아와 두 사람 언저리를 맴돌았다.

"공. 괜찮은가요?"

머리도 꼬리도 없는 불친절한 물음이었다. 바이마르는 뜻을 되묻는 대신 엷은 미소로 긍정을 표했다. 릴리스는 영 믿지 못하겠다는 듯 미심쩍은 표정이었지만, 재차 같은 질문을 던지지는 않았다.

바이마르는 허리를 펴고 앉아 부러 고개를 빳빳이 세웠다. 못마땅한 기색이 가득한 얼굴들이 눈 아래 그득 깔려 있었다. 성가시지 않다 한다면 거짓말이 되겠지만, 이런 것이 주눅이 들 정도로 나약하게 자라지도 않았다.

게다가 그는, 실은 그 모든 눈길보다는 바로 곁에서 소곤대는 달콤한 목소리에 한층 관심이 쏠려 있었다.

"황제 폐하 드십니다—"

예거라트는 두 사람이 지났던 바로 그 문을 통해 연회장 안으로 발을 들여놓았다. 삼삼오오 모여 담소를 나누고 있던 귀족들이 그를 향해 무릎과 허리를 한껏 굽히며 예를 표했다. 어깨부터 시작해 바닥을 쓸 듯 길게 늘어진 붉은색 망토가 걸음 뒤로 기다랗게 꼬리를 그렸다.

우아한 걸음걸이로 단상 아래 도착한 예거라트가 릴리스를 향해 미소했다.

"좋은 밤이구나, 릴리스."

천천히 단을 오른 예거라트가 옥좌에 앉자 총총 다가온 시종장이 그의 어깨에서 두텁고 기다란 망토를 벗겨 내 옥좌 위의 길게 솟은 봉에 걸었다. 예거라트는 머리 위로 망토에 수놓인 아테라의 문장이 길게 늘어지는 것을 확인한 뒤 옥좌의 등받이에 느긋하게 몸을 기대고는 입을 열었다.

"친애하는 내 누이."

또렷한 목소리가 연회장을 응응 울렸다.

"이리 건강한 모습을 내 마음이 몹시도 흡족하구나. 황실을 능멸한 이들에게는 내 합당한 벌을 내릴 것이나 오늘같이 좋은 날 그런 이야기를 더 할 필요는 없겠지. 그렇지 아니한가?"

애초 답을 바란 물음이 아니었으므로 누구도 말이 없었다. 예거라트는 반쯤 채워진 샴페인 잔을 들고 천천히 일어나 아래를 굽어보았다.

"한 해가 또 이렇게 저물었으니 모든 것이 그대들의 덕임을 안다. 죄질이 경미한 이들은 무죄 방면 될 것이며, 거리에 술과 음식을 풀어 아테라의 모두가 이날을 즐길 수 있도록 할 것이다. 그대들도 오늘만큼은 고민을 잊고 연회를 즐기도록 하라."

예거라트를 따라 모두가 잔을 치켜들었다. 챙, 챙 잔 부딪치는 소리 뒤로 곧 경쾌한 춤곡이 울려 퍼지기 시작했다.

침묵이 가시고 두런두런 이야기를 나누는 소리가 점차 커져 가고 있을 무렵이었다. 한 단 내려선 예거라트가 빈 잔을 바이마르에게 불쑥 내밀었다.

"황실 주최 연회에서는 자고로 그 핏줄이 직접 나서 춤의 서막을 열어야 하는 법이지. 절차대로라면 릴리스와 그대가 그 역할을 맡아 주어야겠으나…… 애석하게도 오늘은 날이 아닌 듯하군, 왕자."

"……송구합니다."

"대신이라기에는 뭐하지만. 이 잔이라도 받게나. 마실 것이라도 있어야 기다림이 조금 덜 지루하겠지."

황제가 친히 내리는 술에는 대개 나름의 의미가 담겨 있는 법이었다. 바이마르는 경계 어린 눈길들을 익숙하게 무시하곤 예거라트가 직접 따라 주는 빛깔 고운 샴페인을 두 손으로 공손히 받았다.

"자, 이제 그만 내려가자꾸나. 사람들이 목을 빼고 기다리고 있지 않으냐."

목이 긴 유리병을 내려놓은 예거라트가 먼저 몸을 돌려 단을 내려갔다. 뒤따라 몸을 일으킨 릴리스가 그의 앞을 막 스쳐 지나가려는 찰나, 바이마르는 아래로 늘어진 그녀의 왼손을 살며시 잡았다 아주 천천히 놓아 주었다. 그러곤 온기를 가두듯 손을 꼭 말아 쥐고 춤을 추기 위해 내려가는 두 남녀를 눈에 담았다.

지루했던 춤곡은 잔을 다 비우고도 한참을 기다린 뒤에야 완전히 마무리되었다. 바이마르는 릴리스를 쫓아 천천히 연회장으로 내려 섰다.

"옷은 불편하지 않으세요?"

걱정스러운 눈길이 그를 훑었다. 바이마르는 그 시선을 따라 릴리스를 마주 보았다. 풍성하게 부풀린 붉은 드레스와, 어깨 위에 두른 흰 망토가 마치 본래부터 한 벌이었던 듯 무척 잘 어울렸다.

폭신한 담비 털 망토는 그가 혼인 선물로 가져온 최고급 가죽을 재단해 만든 것 이다. 혹독한 겨울로 유명한 스파티움에서도 최고급 으로 쳐주는 물건인지라 아테라의 것과는 비교도 하기 힘들 만큼 부드럽고 따뜻했다.

뿌듯한 기분으로 습관처럼 머리를 쓸어 넘기려던 바이마르는 아침나절 왁스로 가르마를 고정시켜 두었다는 것을 뒤늦게 깨닫고 엉거주춤 손을 내리며 고개를 저었다.

"괜찮습니다. 스파티움에서도 무복에는 여유를 크게 두지 않는 편이니까요. 정복이라 할지라도 용도에 따라서는 이보다 더 딱 맞게 입는 경우도 있으니 사실 그렇게까지 불편하지도 않습니다. 단지……."

"시선들이 신경 쓰이시는 거지요?"

릴리스는 냉큼 나서 말을 가로채었다. 바이마르가 얼굴을 조금 붉히며 고개를 끄덕였다.

"솔직히 말하자면, 조금 그렇습니다. 하지만 오늘의 마마는 정말이지 아름다우셔서…… 저는 그 모습을 볼 수 있다는 것만으로도 좋습니다."

릴리스는 하얀 망토 속에 덩달아 붉어진 얼굴을 파묻었다. 뽀얀 털 위로 불쑥 솟은 얼굴이 낮달처럼 희게 빛났다.

이윽고 일어선 두 사람은 절차대로 벽을 따라 연회장을 한 바퀴 크게 돌았다. 걷는 내내 마주친 익숙한 얼굴들이 릴리스에게 머뭇머뭇 인사를 건네며 바이마르를 흘금거렸다. 감히 황녀의 면전에서 대놓고 멸시를 드러내는 이는 없었으나, 계속해서 이어지는 미묘한 신경전에 릴리스는 결국 거의 한 바퀴를 다 돌았을 즈음해선 완전히 녹초가 되고 말았다.

"아, 역시 오셨군요. 바이마르 공께서는 이리 치장하시니 완전히 아테라인 같으십니다."

저만치 서 있던 발칸 소공이 다가오자 약속이나 한 듯 인파가 훅 갈라졌다. 후작가의 유망한 자제와 황녀 부부의 조합이 제법 흥미로웠던지 둥글게 그들 주위를 둘러싼 사람들이 입을 다물고 아닌 척 대화에 귀를 기울였다. 릴리스는 가장 무난하게 들릴 법한 말을 골라 목소리를 높였다.

"그러는 소공이야말로 스파티움 복식이 아주 잘 어울릴 것 같군. 제법 키가 큰 편이니 말이야."

"하하, 그렇습니까? 언제 한번 시도해 볼 수 있다면 좋겠군요. 참.

두 분의 춤은 멀리서나마 아주 잘 보았습니다. 여전히 이처럼 사이가 좋으시니 부러울 따름입니다."

"그러는 소공에게도 어린 누이가 있지 않았나?"

"그렇지요. 오늘도 따라오고 싶어 하는 걸 달래느라 어머니께서 고생이 많으셨습니다."

발칸 소공이 가족들이 서 있는 테라스 쪽을 가리키며 말했다.

그때였다. 중후한 목소리가 대화의 틈을 파고들었다.

"허나 소공녀도 몇 년 후면 성년이 될 것 아닌가……. 아, 직접 얼굴을 뵙는 것은 처음이로군요, 바이마르 공. 부족하게나마 공작가를 이끌어 가고 있지요. 에퀼레 스타렉이라 합니다."

제국의 법규상 바이마르는 대공에 준하는 작위를 받은 이로서 그에 맞는 대접을 받을 자격이 있었다. 백작가 이하의 귀족들은 존칭을 붙여 그를 불러야 했으나, 공작인 스타렉에게는 물론 해당되지 않는 이야기였다.

스타렉 공작이 눈을 가늘게 접으며 느물느물 웃었다.

"그러고 보니 선물은 잘 받으셨는지 모르겠습니다."

마치 들으란 듯 커다란 목소리였다. 모두의 귀가 쫑긋 섰다. 부러 경칭을 떼어 낸 것이 분명했으나 따로 지적할 만큼 커다란 잘못이라곤 할 수 없어 릴리스는 분한 마음으로 침묵을 지켰다.

한편, 스타렉 공작을 빤히 마주 보던 바이마르는 낮은 목소리로 방금 들은 바를 확인했다.

"선물 말인가?"

"예, 보검이지요. 혹 모르셨습니까?"

시선이 흘긋 릴리스를 향했다. 바이마르는 새로이 알게 된 선물의 출처에 미약한 아쉬움을 느꼈으나 그것을 최대한 내색하지 않으려 애썼다.

"……그 아름다운 검이 공에게서 나온 것이었군. 방에 잘 간수해 두고 있으니 염려 말게."

"그렇게 말씀해 주시니 한결 마음이 놓이는군요. 첫째 손주가 살아 있었다면 공과 엇비슷한 나이였을 겁니다……. 비록 성별조차 알기 전 비명에 갔다지만 어찌 되었건 공작가의 핏줄이 아닙니까."

순간 싸늘한 침묵이 일었다. 일행을 둘러싸고 있던 귀족들이 하나같이 굳은 낯으로 시선을 피하며 걸음을 물렸다. 릴리스는 뒤늦게야 그의 딸, 다시 말해 전 스타렉 공녀가 과거 2황자의 비였다는 사실을 떠올리고는 마른침을 꿀꺽 삼켰다.

그의 딸은 과거, 계승권 다툼이 한창이던 무렵 젊은 나이에 세상을 떠났다. 아이를 가진 채로 감금된 방 안에서 목을 매달았다 했다. 어차피 죽은 것이나 다름없는 목숨이었으니 잘한 선택이라 떠들어 대는 이들도 있었으나 그조차도 어디까지나 산 자의 입장일 뿐이었다.

"이런. 제가 이 좋은 날 눈치도 없이 너무 우울한 이야기를 했나 봅니다. 역시 이럴 땐 곁에 부인이 있어야 하는데 말이지요……. 노인이 옆구리가 쓸쓸해 허튼소리를 했으니 부디 너그럽게 넘어가 주시기 바랍니다."

스타렉 공작은 노련하게 분위기를 환기시켰다. 울적함이 가득했던 목소리마저 어느덧 감쪽같이 사라진 뒤다. 빠져나갈 구멍이 생겼다는 사실에 만족한 것인지 주변 귀족들도 뒤따라 어색한 웃음을 입가에 걸었다.

"그러고 보니 부인께선 아직 영지에서 요양 중이시라고 들었습니다. 공기 좋은 곳이니 분명 곧 쾌차하시겠지요."

발칸 소공이 때를 놓치지 않고 재빨리 맞장구를 쳤다.

"물론 그럴 걸세. 그러니 마마께서도 필요하시다면 언제든 말씀을 주시지요. 분명 제 아내 역시 흔쾌히 모시고자 할 것입니다."

"……부부의 마음이 똑같이 너그럽군. 내 공의 제안은 잘 기억해 두고 있겠네."

"신성한 서약 아래 함께 맺어진 사이이니 마음이 통할밖에요. 공과 마마께서도 다르지 않으신 듯하여 이 늙은이의 마음이 한결 가뿐합니다. 황손을 볼 날이 머지않았다는 뜻이나 마찬가지이니 어찌 아니 기쁘겠습니까."

그러나 그도 잠시. 스타렉 공작의 돌발 발언에 다시 분위기가 얼어붙었다.

그리고 몇 분 뒤. 야트막한 둑이 터지듯 종알종알 다시 목소리들이 흘러나왔다.

"참 공께서도 설레발이 지나치십니다. 게다가 그것이 정말 기뻐할 만할 일일는지……."

"그렇지요. 하물며 황손이 아닙니까. 함부로 입을 댈 만한 사안이 아니지요."

성긴 소리들이 커졌다 작아지며 귓속을 어지럽혔다. 조롱과 경멸이 뒤섞인 눈빛들이 밀물처럼 밀려왔다 썰물처럼 빠져나갔다. 릴리스는 어느새 다시 순한 양으로 돌변한 귀족들을 보며 입술을 깨물었다.

"……다들 걱정이 과하군그래."

"다 충심의 발로가 아니겠습니까."

"그대 역시 마찬가지일세, 공작. 무엇보다 폐하께서도 혼인이 아직이시지 않은가."

"허나 황실에 인물이 너무 없는 것 또한 사실이지요. 마마께서야말로 가장 유력한 승계권자가 아니십니까."

스타렉 공작이 허허롭게 웃었다. 릴리스는 눈살을 찌푸리고 짐짓 엄한 목소리를 냈다.

"공의 말을 이해할 수가 없군. 후사는 나도 아직 생각해 본 적 없는 일일세. 괜한 분란을 만드는 이야기는 꺼내지 않았으면 좋겠어."

"허허, 그렇게 생각하신다면야…… 이 늙은이가 입조심을 해야겠군요. 마마께서도 이후 연회를 무탈하게 즐기시길 빌겠습니다."

주름진 눈가 안쪽. 원망과 후회, 미련과 동정이 뒤섞인 빤한 시선이 릴리스의 얼굴 위에 한동안 머물렀다. 이내 예를 갖추며 대화를 끝맺은 스타렉 공작이 눈 깜짝할 새 무리를 떠나 회장을 가로질렀다. 지금까지의 신경전은 마치 장난이었다는 양 가뿐한 태도였다.

한 자리가 빈 것을 발견한 사람들이 기다렸다는 듯 그들 주변으로 몰려들었다. 릴리스는 그들을 서툴게 쳐 내며 서둘러 단상 위로 복귀했다. 예거라트는 이미 떠난 모양인지 텅 빈 옥좌만이 홀로 자리를 지키고 있었다.

단상 위에 꼿꼿이 선 채 부름을 기다리고 있던 와트만이 먼저 손을 뻗어 릴리스를 부축해 주었다. 바이마르는 그녀를 따라 자리에 앉으며 고개를 갸웃했다.

"헌데, 마마. 조금 전 스타렉 공작이 꺼냈던 이야기가 아테라의 도리에 어긋나는 것입니까? 분명 분위기가……."

"……그의 딸이 선황 폐하의 손에 죽었다는 명백한 사실을 제한다면야, 아니라고 답할 수도 있겠지요."

그때였다. 조용히 두 사람의 대화를 듣고 있던 와트만이 얼굴을 딱딱하게 굳힌 채 말했다.

"잠시만 기다리십쇼, 스타렉 공작부인이라면 딸 일로 충격을 받아 내려간 것이 아닙니까? 이후로 수도에는 거의 발을 붙이지 않은 것으로 알고 있는데요……. 아니, 잠깐. 설마 지금 저 아래에서 그 이야기를 나누셨단 겁니까? 맙소사. 폐하께서 이를 아신다면 틀림없이 불쾌해하실 겁니다."

릴리스가 한숨을 내쉬었다.

"나도 알아. 스타렉 공작 역시 알고 있겠지. 헌데 갑자기 그런 이야기를 사람들 앞에서 떠들어 댄 연유가 무엇인지 도통 감이 잡히질 않는단 말이야."

"그가 마마께 무엇인가 바라는 것이 아니겠습니까?"

"글쎄. 내가 그에게 줄 만한 것이 있을지 모르겠는데……. 아, 그보다 경. 혹시 드와이트 양을 이 안에서 본 일이 있어? 아무리 찾아도 도무지 내 눈에는 보이질 않아서."

와트만이 흠칫 놀라며 목소리를 낮추었다.

"그게…… 실은 폐하께서 조금 전에 그녀를 따로 부르셨다 들었습니다."

믿기 힘든 이야기에 입이 절로 헤벌어졌다. 릴리스는 뒤늦게야 스스로의 상태를 자각하곤 얼른 표정을 갈무리했다. 분명 몹시 얼빠진 얼굴이었을 것이나 다시 그 말을 듣는대도 같은 반응을 보일 것이라는 근거 없는 확신이 들었다.

어쩌면 이전 생에도 꼭 이런 식으로 다른 이들을 기만했을 것이리라. 간택전도 없이 황후를 들일 수 있었던 까닭을 이제야 알 것 같은 기분이 들었다. 제국의 황제와 시골 출신 아가씨의 흔치 않은 사랑이라.

"……어찌 된 일인지 알겠군. 됐다. 오늘은 이만 돌아가야겠어."

아테라인들의 낭만 넘치는 정서에 이보다 딱 맞는 이야기가 있을 리 없었다. 릴리스는 얼떨떨한 기분으로 자리를 털고 일어섰다.

다시 커다란 문을 지나 회랑으로 나서자 갑작스레 찬 기운이 훅 밀어닥쳤다. 며칠 새 확 낮아진 기온에 금세 코끝이 발갛게 텄다. 난간 앞에서 바람을 막고 선 바이마르가 제 손바닥을 넉넉히 펼쳐 릴리스의 두 손을 그러쥐었다.

릴리스는 가만히 그 온기를 나누어 받다 불쑥 물었다.

"저…… 혹시 누군가 공에게 은밀히 접근한 일이 있었던가요?"

"그랬다면 가장 먼저 마마께 알렸겠지요. 헌데 어찌 그런 것을 물으십니까? 아직도 스타렉 공작이 신경 쓰이십니까?"

"조금은요. 그가 뭘 바라고 말을 걸어온 건지 도통 짐작이 가질 않으니 문제지요."

"과거에는 그도 황가의 일원이었지요. 혹 승계권을 바라고 있는 것은 아닐까요? 그에게 어린 손자가 하나 있다 하지 않았습니까."

릴리스는 그만 픽 웃고 말았다.

"스타렉 소공은 아직 어려요. 고작 열여덟이라 들었는걸요."

바이마르는 대답 대신 모아 쥔 손에 입김을 뿜어냈다. 릴리스는 몇 분 뒤에야 아차 싶은 얼굴이 되어 그의 눈치를 살피듯 눈을 굴렸다. 바이마르가 짐짓 씁쓸하게 읊조렸다.

"분명 저 역시 아직 어리다 생각하고 계시겠지요."

꼭 쥔 손을 가슴께로 당기자 작은 몸이 손쉽게 딸려 왔다. 가까워진 얼굴에서 향긋한 분내가 물씬 풍겼다.

"마마, 저하! 내려오십쇼!"

마침 들려온 목소리에 릴리스의 얼굴 위로 화색이 돌았다. 바이마르는 웃음을 참으며 그녀와 함께 마차에 올라 문을 잽싸게 걸어 잠갔다. 꼿꼿이 앉아 있는 릴리스의 옆에 눕듯이 기대어 앉자 딸꾹! 어디선가 숨 들이켜는 소리가 났다.

"하하하!"

기어이 웃음이 터져 나왔다. 발끈한 릴리스가 휙 몸을 돌려 바이마르의 무릎 위에 한 손을 얹었다. 그대로 얼굴을 앞으로 들이밀자 푸른 눈이 크게 뜨였다.

그렇게 입을 맞추었음에도 아직 부끄러운지 광대 위로 발간 홍조가 떠돌았다. 웃음소리마저 어느덧 멎은 지 오래였다. 릴리스는 매끈한 볼을 손끝으로 가볍게 쓸어 보았다.

286

"……이리 보니 어리신 게 맞는 듯합니다."

괜히 놀려 주고 싶어 말을 꺼내자 평평하던 미간이 눈에 띄게 꿈틀했다. '어어' 하는 순간 릴리스의 허리를 한 팔로 휘감은 바이마르가 그녀를 달랑 들어 제 두 무릎 위에 앉혔다. 턱을 타고 내려와 목덜미를 지분거리는 입술에 헉, 숨이 제멋대로 흘러나왔다.

"성년이 되면."

바이마르는 팔딱거리는 핏줄 위로 젖은 입술을 내리눌렀다. 혀끝으로 살살, 파르르 떨리는 살갗을 쓸자 끙 하는 소리가 새어 나왔다.

"그땐 결코 저를 어리다 하실 수 없을 겁니다. 약속하지요."

나직한 목소리가 목덜미를 타고 올라와 귓가를 근지럽혔다. 말캉한 것이 아프지 않게 살갗을 물었다. 릴리스는 저도 모르게 숨을 멈추었다가, 한 번 더 가볍게 물고 떨어지는 감촉에 두 손에 힘을 주었다.

"……저는 지금도……."

"거짓말."

단언과 동시에 마차가 멈췄다. 도착했으니 내리라는 와트만의 목소리가 들려왔으나 바이마르는 꼼짝도 하지 않았다. 움직이기는커녕, 아쉬운 얼굴로 미적거리며 연신 목덜미에 얼굴을 비벼 댈 뿐이다. 귀 끝이 마치 불로 지진 듯 새빨갰으나 도무지 그 힘을 당할 도리가 없어 릴리스는 반쯤 포기한 채 그 응석 같은 애교를 받아 주었다. 사실, 커다랗고 따뜻한 것이 몸을 꽉 덮고 있으니 조금 노곤한 기분이 들기도 했다.

"거참, 왜 이리 오래 걸리십니까? 수상하게."

결국 두 사람은 한참이 지나고 나서야 꾸물거리며 마차 문을 열었다. 바깥에서 추위에 떨고 있던 와트만이 두 사람의 상기된 얼굴을 번갈아 보며 툴툴거렸다.

"아, 참. 마마. 드와이트 아가씨 말입니다만…… 제 기억으로는 가문을 이을 예정이라 들었던 듯합니다. 오라비가 하나 있는데, 정확히는 모르겠지만 그 문제로 한동안 남부가 제법 시끄러웠습죠."

손잡이를 잡고 막 땅에 발을 디디려던 릴리스가 그를 돌아보며 눈을 크게 떴다.

"후계자란 말인가? 장자를 제치고?"

"예. 이 말씀을 드리려고 내내 기다렸는데, 도무지 나오질 않으시…… 마마? 같이 가셔야지요! 마마!"

쌩쌩 부는 바람에 에취! 가벼운 기침 소리가 흘러나왔다. 설명을 듣는 둥 마는 둥 와트만을 스쳐 지나간 릴리스가 뛰듯 걸어 바삐 궁 안으로 사라졌다. 바이마르마저 절룩이며 그녀를 뒤따르고 나자 와트만은 눈 깜짝할 사이 홀로 찬 바깥에 남겨지게 되었다.

그는 서러운 마음에 마차 문을 괜히 주먹으로 쾅쾅 두들겼다.

"애새끼들 키워 봐야 다 소용없다더니……."

불경한 투덜거림이 이어졌다. 불평할 곳 없는 마부만 불쌍한 밤이었다.

⚜ ❀ ⚜

"어서 오거라. 네가 직접 찾아오는 것은 오랜만이구나."

릴리스는 아침이 밝자마자 예거라트의 집무실을 찾았다.

장미목을 깎아 만든 우아한 나무 탁자 위로 곧 단출한 다과상이 차려졌다. 벽에 딱 붙여 세워 놓은 기다란 책장들과, 창 바로 앞에 놓인 널찍한 책상 역시 같은 장미목으로 만든 것이다.

가구들과 비슷한 톤으로 맞춘 듯한 카펫은 적갈색이었고 말끔히 정리되어 있는 커튼은 부드러운 크림색이었다. 예거라트는 고풍스러운 방 분위기와 딱 맞는 가구처럼 앉아 그녀의 말을 기다리고 있었다. 릴리스는 조심스럽게 운을 떼었다.

"어젯밤 드와이트 양을 만나셨다는 이야기를 들었는데⋯⋯."

"드와이트?"

예거라트가 되물었다.

"그래, 분명 그랬었지. 헌데 네가 그것을 어찌 알고 나를 찾아온 게냐?"

평온한 말투와는 달리 날 선 눈빛이 긴장감을 고조시켰다. 릴리스는 그 낌새를 눈치채지 못한 것마냥 가볍게 답했다.

"그야 물론 국혼 때문이지요. 설마 제게 후보를 추려 보라 명하신 것을 벌써 잊은 것은 아니시겠지요?"

"그럴 리 있겠느냐. 헌데 국혼이라니 더욱 의아하구나. 혹 네가⋯⋯ 그녀를 후보 중 하나로 눈여겨보고 있었다는 뜻이 맞더냐?"

"그러하답니다. 하지만 설마 오라버니와 의견이 같을 것이라곤 미처 예상치 못해⋯⋯."

물론 죄다 새빨간 거짓말에 불과했다. 그러나 사실을 알 리 없음에도, 예거라트는 끝까지 미심쩍은 눈길을 거두지 않았다. 잠시 생각하던 그가 다시 말을 이었다.

"네가 그리 신경을 써 주고 있었다니 듣던 중 고마운 일이다마는, 하필이면 변방의 한미한 가문 출신을 골라 내게 알리려 했던 이유가 궁금하구나."

충분히 합리적인 의심이었다. 릴리스는 어깨를 으쓱한 뒤 최대한 느릿하게 말을 골랐다.

"……메트로의 살롱은 사교의 폭이 대단히 좁다고 들었답니다. 수도의 웬만한 숙녀들은 전부 보아 알고 계실 오라버니께서 제게 굳이 상대를 고르라 명하신 것이니…… 분명 다른 뜻이 있으실 것이라 생각했지요."

"그래서."

"헌데 마침 오라버니께서 어젯밤 만남을 가지셨다 들어 궁금증을 이기지 못하고 이렇게 달려와 버렸지요. 이제 와 생각하니 조금 부끄럽습니다. 헌데 단지, 하나 마음에 걸리는 점이라면……."

"무엇이더냐?"

예거라트가 냉큼 뒷말을 물어 왔다. 긴 변명이 나름대로 먹힌 모양인지 목소리가 아까까지와는 비교도 할 수 없을 만큼 부드러웠다. 릴리스는 긴장한 것을 감추기 위해 풍성한 치마 주름 속으로 두 손을 감추었다.

"아무래도 드와이트 가문은 수도의 공후작 가문들만큼의 세력이 없으니 걱정이지요. 황권을 지지할 외척 세력이 없으니 혹 꺼려 하실까 우려되어……."

하하, 그 말에 예거라트가 시원하게 미소했다. 지금까지의 추궁은 마치 없었던 일이었다는 듯 산뜻하기 그지없는 태도였다.

"쓸데없는 일로 마음을 졸였구나. 반대로 생각해 보자면 외려 매우 좋은 조건이 아니더냐."

"좋은 조건이요."

릴리스는 끝말을 되풀이했다.

"친정이 멀리 있으니 비도 수도에 마음 붙이기가 보다 수월하겠지. 그렇지 않으냐?"

아주 이해하지 못할 바는 아니었다. 선황제가 형제들을 축출하며 다져 놓은 탄탄한 황권은 그의 대에서도 빛을 잃지 않은 채 여전히 찬란하게 유지되는 중이었으므로. 그러니 이제 와 구태여 권세 높은 가문의 여식을 궁에 들여 힘을 실어 줄 이유가 대체 어디에 있겠는가.

그러나 그럼에도, 예거라트의 입에서 나오는 말들은 본래의 것보다 배는 더 냉정하고 날카롭게 느껴졌다. 대답하지 못하고 있는 사이 그가 다시 읊조리듯 덧붙였다.

"본래 소중한 것은 멀리 두어야 하는 법이니라."

"소중한 것은 가까이 두어야 하지 않나요?"

릴리스는 뜻밖의 말에 무심코 물음을 되돌렸다. 흠칫 놀라 눈을 내리까는 사이 예거라트가 느른한 말투로 화제를 돌렸다.

"어제 스타렉 공작과 꽤 오랫동안 이야기를 나누더구나."

"……손주 이야길 하더군요."

손수 끊어 낸 이야기를 굳이 다시 이어갈 필요는 없었다. 릴리스는 언제나 그랬던 것처럼 예거라트의 의도에 순종했다. 여상히 나온 대답에 그가 한쪽 눈썹을 추켜올렸다.

"……스타렉 전 공녀는 내 큰어머니 되시는 분이었지. 끝맺음이 그리 좋지는 못했지만 말이다."

그때도 지금과 같은 겨울이었다. 벽난로에서는 연신 장작 타는 소리가 났고 갈퀴 같은 겨울바람이 몇 분마다 드득드득 창을 긁어 대었다. 예거라트는 그 익숙한 소리를 동무 삼아 단 한 번도 희미해진 적 없던 기억을 끄집어냈다.

"아직도 기억이 나는구나. 당시 난 어머니와 함께였지. 피바람이 몰아치는 황궁 한가운데에서 말이야."

"……."

"이제부터는 내가 황태자라는 이야기를 들었을 때……. 하하, 그 말이 어찌나 현실감 없게 느껴지던지. 다음 날 눈을 뜨고 나니 모든 일이 그저 꿈인 것 같더구나. 네가 어릴 적 자주 했던 말과 꼭 같았지."

"예?"

"기억나지 않는가 보구나."

"그것이……."

예거라트는 느긋하게 턱을 괴었다. 데운 와인을 한 모금 삼키자 속이 홧홧해졌다. 바깥의 찬 바람 소리가 규칙적인 소음을 만들어 냈다. 그리운 소리였다. 어린 시절, 더 어렸던 릴리스를 앉혀 두고 그답지 않은 투정을 부렸던 그날을 끌어 온 듯도 했다. 알아듣지도 못하는 이를 상대로 퍽 우스운 억지를 부렸다. 아니, 실은 그랬기에

이 아이를 이용했다는 말이 더 적절했지만.

그는 생각을 털어 냈다.

"구태여 떠올릴 필요는 없다. 단지 내 심정이 딱 그러했다는 뜻일 뿐이야."

"······."

"황태자위에 오른 뒤부터는 딱 죽기 직전만큼 바빴던 듯싶구나. 아버지께서 애도에 심취하시어 한동안 칩거하시는 바람에 말이지."

릴리스는 선황제의 얼굴을 떠올렸다. 언제나 피로하고 그늘진 얼굴이던 그의 모습이 기억 속에 흐릿하게 남아 있었다. 릴리스는 예거라트의 말을 어렴풋이 이해했다. 그토록 많은 피를 뿌렸으니 죄책감에 짓눌릴 만도 하지 않은가.

"친혈육들이었으니 아무래도 신경이 쓰이셨겠지요."

그러나 그 생각은 보기 좋게 빗나갔다.

"음? 하하. 아니, 그렇지 않다."

예거라트가 커다랗게 웃음을 터뜨렸다. 그러나 호탕한 웃음소리와 달리, 그의 눈은 웃고 있지도 즐거워 보이지도 않았다.

"죽음은 삶을 피폐하게 만들지. 그가 애도했던 건 단 한 명뿐이야."

"······."

"단 한 명뿐이지."

종이 위에 꾹꾹 눌린 펜 자국 같은 목소리였다. 초점 없는 시선이 찰나 그녀의 몸 쪽으로 향했다.

그러나 순간이었을 뿐이다. 예거라트가 턱을 괴었던 손을 풀어내곤 느릿하게 말했다.

"그러니 소중한 것이 생기면 잘 지켜야 한다, 릴리스. 내가 이 황좌를 지키려 하는 것처럼 말이야."

⚜ ⚜ ⚜

릴리스는 누운 채 몸을 뒤척였다. 낮에 나누었던 대화가 내내 머릿속을 떠돌아 도무지 잠이 오질 않았다.

빼꼼 문을 열자 밤 보초를 서고 있던 와트만이 볼을 긁적이며 물었다.

"잠이 오지 않으시면 따뜻한 차라도 한잔 가져다드릴깝쇼?"

"아니, 그보단 낮에 하던 얘기나 계속했으면 좋겠는데. 괜찮을까?"

"뭐, 상관은 없습죠."

순찰을 돌던 기사도 어느덧 한 층 위로 사라진 뒤다. 와트만은 주변을 한 번 둘러본 뒤 안으로 들어섰다. 반 이상 녹아내린 초를 끄고 새 심지를 꽂아 넣자 어둑했던 방 안이 저녁처럼 환해졌다.

"명하신 대로 카리알의 화산 지대는 전부 매수했습니다. 위험 지대라 그런지 생각보다 값이 높지는 않더군요."

"기왕이면 근방에 기거할 만한 저택도 있었으면 좋겠어. 어려울까?"

"어려울 것까지는 없습죠. 다행히 그곳에서 예전 동료를 만났거든요. 지금은 은퇴해 빵집이나 하고 있는 놈이니 부탁하면 흔쾌히 들어줄 겁니다."

"의심받을 확률은 없고?"

와트만이 어깨를 으쓱했다.

"앞으로 어떻게 일을 추진하시려고 벌써부터 그런 걱정을 하십니까? 조심은 하고 있으니 너무 걱정 마십쇼. 그보다…… 잠이 안 오시는 건 역시 폐하 때문입니까? 아니면 스타렉 공작?"

"둘 다야. 아니지. 폐하께서 스타렉 공작의 이야기를 입에 올리셨으니 폐하 때문이라고 해야 하려나?"

릴리스는 피곤한 얼굴로 중얼거렸다. 예거라트의 마지막 말이 계속해서 마음에 걸리는 것은 단순히 예민해졌기 때문만은 아닐 것이다. 소중한 것을 잘 지키라 했던가. 충고같이 들렸지만 실상 릴리스에게 그것은 경고에 가깝게 느껴졌다.

실은, 발칸의 의견도 그와 그리 다르지는 않았다.

"스타렉 공작가가 선선대 황제 폐하의 치세하에서 승계권을 가장 위협하고 있었다는 것만은 부인할 수가 없겠군요. 황태자의 위치가 위태롭던 당시 가장 두각을 드러냈던 것이 바로 2황자였고, 스타렉 공작의 딸이 바로 그 2황자의 비였으니까요."

다음 날 아침. 일찍 부름에 응답한 그는 여느 때와 다름없이 단정한 차림새였다. 검은 코트를 벗어 팔걸이에 걸쳐 놓은 발칸은 다리를 모은 채 바르게 앉아 릴리스를 마주 보았다.

"소공도 공작의 접근이 승계권 때문이라 생각하나?"

그는 얼굴을 굳혔다. 평생 들을 일 없을 거라 생각했던 물음이었기에 그만큼 의외로웠다. 릴리스가 쓴웃음을 지었다.

"내가 이런 것을 물을 줄은 몰랐나 보아."

"실은 그 말씀이 옳습니다만……. 조금 당황스럽군요. 본래 이런 분이셨습니까?"

"글쎄."

짧은 웃음소리가 샜다. 그리고 잠시 뒤, 릴리스가 조심스레 속내를 털어놓았다.

"단지 내 벗이라 부를 만한 사람이 소공뿐인지라. 의견을 구하고 싶었던 것만은 사실이라 하겠네."

"제가 이대로 폐하께 마마와 스타렉 공작의 이야기를 전하면 어찌 하시려고 그러십니까? 공녀가 죽은 뒤 스타렉 공작이 그 누구보다도 강하게 황실에 반감을 품었다는 것을 모르는 이가 없는데 말입니다."

"그렇게 묻는 것을 보니 내 짐작이 맞나 보군."

오늘은 어제에 비해 바람이 많이 잦아들었다. 올라간 기온 탓인지, 창틀에 얼어붙어 있던 서리들이 흐물거리며 주르륵 녹아내리고 있었다.

발칸은 한동안 침묵을 지키다 들고 있던 찻잔을 내려놓았다.

"……폐하께서 심중에 황후 후보를 두고 계시다 하더군요. 연회장에서 두 사람의 밀회를 목격했다는 이야기가 떠돌고 있습니다."

"부인은 하지 않겠네."

"후계자가 없는 지금이 누군가에게는 적기이겠지요. 폐하께서 비를 들이시면 머지않아 황손이 태어날 테고. 그렇게 되면 마마의 순위는 자연히 밀리게 될 테니 말입니다."

"소공은 정말 내가 폐하를 밀어내고 황제가 될 수 있을 거라 생각하나?"

탁. 아슬아슬하게 붙어 있던 얼음덩어리가 떨어지며 창문틀에 부딪쳤다. 발칸은 뭉개진 얼음덩어리를 물끄러미 바라보다 답했다.

"아니요."

그는 이어 고개를 릴리스에게로 완전히 돌렸다.

"그럴 수 없으실 겁니다."

"……동의하네."

"하지만 사람이란 으레 확실하지 않은 위협에도 신경을 곤두세우는 법이지요. 바이마르 공을 이 자리에 부르지 않으신 것도 그 때문 아니십니까."

릴리스는 말문이 막힌 듯한 얼굴이었다. 발칸은 그녀를 재촉하지 않고 시선을 돌려 벽난로의 불꽃을 가만히 응시했다.

"외람된 말이오나 저는 마마를 간혹 가엾게 여겼습니다."

그는 장작 하나가 전부 타 숯덩이가 되어 버릴 만큼의 시간이 지나고 난 뒤에야 문득 입을 떼었다.

"궁에 올 적마다 마음껏 밖을 오갈 수 있는 제 처지에 감사했지요. 특히나 폐하께서 어린 저를 불러 마마의 동태를 물어 오실 적에는 더더욱이나."

"……오라버니께서? 소공을 부르셨단 말인가?"

"고작 몇 번이었습니다만. 그때는 그저 폐하께서 누이를 너무나 염려하시어 그런 것이라 생각했었지요."

"지금은 생각이 다르다는 말처럼 들리는데."

발칸은 담쟁이가 정교하게 조각된 나무 의자 팔걸이를 힘주어 잡았다. 팔걸이를 버팀목 삼아 일어난 그가 담담한 얼굴로 코트를 집어 들었다. 호리호리한 몸 위로 빳빳이 깃을 세운 코트가 주름 없이 겹쳐졌다. 군더더기 없는 동작이 마치 그의 성정을 드러내는 듯했다.

"제게서 조언을 듣고 싶으십니까?"

"……."

"마마께서 정말 잃고 싶지 않은 것이 무엇인지 생각하십시오. 사석이기에 올리는 조언이자 한때의 벗으로서 드리는 걱정입니다."

벽난로 근처에 두었던 코트에는 온기와 함께 탄 나무 향이 배어 있었다. 릴리스는 멀어지는 훈기를 느끼며 눈을 감았다.

☙ ❧ ☙

건강한 신체에 건강한 정신을.

평생 귀가 닳도록 들어 왔던 그 말이 요즘처럼 절실했던 적이 없었다. 시렌은 젖은 손을 바지춤에 쓱쓱 문질러 닦으며 이제는 입에 붙은 긴 한숨을 흘렸다.

"네가 요즘 고생이 많다."

지나가던 선배 시종 하나가―이름을 기억하지 못했으므로 시렌은 홀로 그를 선배1이라 지칭하는 중이었다― 안쓰러운 얼굴로 시렌의 어깨를 토닥토닥 두들겼다. 곁에 있던 선배2가 주머니를 뒤적이더니 길쭉한 연초 하나를 그의 손에 쥐여 주며 동정 가득한 눈빛을 날렸다.

시렌은 두 사람의 뒷모습이 저만치 멀어졌을 무렵 손안에 쥐고 있던 연초를 신경질적으로 내팽개쳤다. 괜한 심술을 부리고 나니 그제야 기분이 조금 풀렸다.

시렌은 그대로 바닥에 털썩 주저앉아 젖은 빨랫감을 바구니에 가득 담았다. 명색이 왕자의 전속 시종이었음에도, 시녀장은 여전히 시렌을 궁의 많은 사용인들 중 하나인 양 대했다. 명백히 바이마르를 무시하는 처사였으나 그것에 항의할 명분조차 없다는 사실이 가장 치욕스러웠다. 어쨌든 지금의 그는 스파티움의 귀족이 아니라 빨래터와 주방을 오가는 하찮은 사용인일 뿐이었으므로.

그러나 실은 일보다 더 그를 미치게 하는 것이 있었다.

"오늘도 안 오시는군."

벌써 두 시간째. 홀로 탁자에 앉아 맞은편의 비어 있는 의자를 응시하던 바이마르가 울적하게 중얼거렸다. 아니 대체 뭘 잘못했기에. 시렌은 속으로 투덜거렸다.

"내가 무얼 잘못했나?"

때마침 바이마르가 중얼대며 한숨을 내쉬었다. 어이쿠야. 흠칫 놀란 시렌이 뜨끔한 마음을 갈무리하는 사이 벌떡 일어선 바이마르가 휘적휘적 걸어 방을 나섰다.

"아, 저하 나오셨습니까."

텅 빈 연무장을 서성이던 에드몽이 갑자기 나타난 바이마르를 보며 기쁜 얼굴로 모래주머니를 내밀었다. 말없이 그것들을 받아 든 바이마르가 어두운 얼굴로 바위 위에 걸터앉아 팔을 아래위로 휘두르기 시작했다. 시렌은 남몰래 한숨을 삼켰다.

'이걸 좋아해야 할지 말아야 할지.'

릴리스가 바이마르의 방을 찾지 않은 지도 벌써 닷새가 가까워져 가고 있었다. 하루 이틀 정도야 그러려니 했으나 사흘째가 넘어가면서부터 바이마르는 눈에 띄게 초조한 기색을 보였다.

그러나 마음이 불안한 것은 시렌 또한 다르지 않았다. 체자레 때문이었다.

그의 세력은 날이 갈수록 불어나 이제는 1왕자와 일견 비등할 정도로 성장했다.

대부분의 조력자가 숨어 있어 아직은 완전히 태를 갖추지 못했으나 이대로라면 바이마르를 무사해 빼내 오는 것도 분명 그리 먼 일만은 아닐 것이다.

무엇보다, 체자레는 그가 왕위를 찬탈했을 경우 황제가 바이마르를 데리고 벌일 수 있을 어떤 인질극에도 동참해 주고 싶은 마음이 없었다. 그러니 이런 서먹함은 사실 그로서는 대단히 환영해야 할 일이 분명했으나―

"마마께서 돌아오시는 모양입니다."

그때였다. 건들건들 서 있던 에드몽이 정원 한편에서 들려오는 소란에 목을 쭉 뺐었다. 백다섯 번째로 모래주머니를 들어 올리고 있던 바이마르가 황급히 그 소리 따라 시선을 돌렸다.

"황녀 마마."

연무장 근방. 궁으로 들어서는 넓은 돌길 위에 릴리스가 서 있었다.

급하게 일어선 바이마르가 서둘러 그녀의 앞으로 달려가 주저하
며 말을 걸었다.

"어딜 다녀오시는 길이십니까? 날이 추운데 최근 외출이 잦으신
듯합니다."

"……어쩌다 보니 그렇게 되었습니다. 공께서는 오늘도 열심이시
네요. 시간이 조금 늦은 듯한데."

"따로 기별이 없으셔서…… 오늘은 오실 줄 알고 한참을 기다렸습
니다."

그렇지 않아도 춥던 연무장은 바이마르의 한마디에 살얼음판으
로 변했다. 에드몽의 입이 딱 벌어졌다. 어떻게 해석해도 황녀를
탓하는 말이 아닌가. 그러나 릴리스는 그 말을 지적하는 대신 난감
한 듯 눈을 깜빡일 뿐이었다. 그는 새삼 왕자의 젊은 혈기에 감탄
했다.

"죄송해요. 급하게 나가느라 제가 전해 드리는 것을 깜빡 잊었나
봅니다."

"괜찮습니다. 내일은 늦지 않으시면 되지요."

대답은 선뜻 나오지 않았다. 이내 보일 듯 말 듯 고개를 끄덕인 릴
리스가 종종걸음으로 연무장을 지나쳐 갔다. 와트만이 급하게 그녀
를 쫓아가며 뒤를 흘금거렸다. 입술을 한 번 짓이긴 바이마르가 아
무렇지 않은 척 다시 훈련에 집중하기 시작하자 연무장은 아까보다
한층 어색한 침묵에 휩싸였다.

몇 번이나 같은 동작을 반복했을까. 눈바람 속에서도 구슬땀을 흘
리던 바이마르의 손에서 어느 순간 모래주머니가 미끄러졌다. 바닥

으로 낙하해 볼썽사납게 터져 버린 주머니 안쪽에서 고운 모래가 줄 줄 새어 나왔다.

"이런! 괜찮으십니까, 저하? 다행히 다치신 곳은 없는 듯한데……."

멀찌감치 서 있던 에드몽이 잽싸게 달려와 사태를 수습했다. 바이마르는 배가 터진 모래주니에서 시선을 떼지 않고 대답했다.

"아니. 괜찮지 않다."

터져 버린 주머니가 마치 그를 보는 것 같아 바이마르는 습관처럼 입술을 깨물었다. 그는 한참을 그대로 서 있다 릴리스가 있을 방 창문을 올려다보았다. 낮의 햇빛이 서리 낀 창문에 반사되어 아무것도 보이지 않았으나 꼭 커튼이 움직인 것 같다는 생각이 들었다.

그러나 아마 착각이었을 것이다. 바이마르는 그리 생각하곤 돌아섰다.

"카리알 쪽 공사가 시작되었다고 하더군요. 지시하신 대로 지하실을 넓혀 객실로 꾸며 둘 예정입니다. 예전 산지기가 버리고 갔다는 낡은 집이 있어 일단 그곳으로 거점을 잡았습죠."

창가에 서 있던 릴리스가 손을 뻗어 커튼을 쳤다. 무심코 밖을 내다본 와트만은 위를 올려다보고 있는 바이마르와 눈이 마주치곤 흠칫 놀라 괜히 목을 큼큼 가다듬었다. 낮이니 해가 반사되어 안이 보이지는 않았을 것이나 어쩐지 마음 한구석이 체한 듯 불편했다. 버림받은 개마냥 꼬리를 말고 다니는 커다란 덩치의 청년이 자꾸만 눈에 밟혔던 탓이었다.

"그나저나 저하와는 계속 내외하실 생각이십니까? 영 표정이 좋지 않으신데 말입니다요."

"……폐하의 신경이 아직 날카로워. 스타렉 공작의 발언 때문이겠지."

릴리스는 와트만의 물음에 답하며 묶었던 머리를 성기게 풀어 내렸다. 요 며칠 내내 끈질기도록 따라붙던 푸른 시선이 아직도 뒤통수에 매달린 양 신경이 쓰였다.

와트만이 끙 소리를 내며 제 머리를 흐트러뜨렸다.

"하지만 계속 이렇게 피하기만 하신다고 될 일도 아니지요. 폐하의 의심이 하루 이틀 일은 아니잖습니까."

맞는 말이었으나 릴리스는 선뜻 그 의견에 동의할 수 없었다.

그는 죽음을 겪은 자가 아니었으므로.

릴리스는 목이 떨어지던 찰나를 어렴풋이 기억했다. 그것은 퍽 기묘한 감각이었다. 바닥으로 떨어진 시선 끝에서는 더러운 신발들이 분주하게 움직였고 이명이 울리는 귓가에선 누군가 욕설 섞인 고함을 내질렀다. 두 번은 겪고 싶지 않은 경험이었다. 설사 그 대상이 그녀 아닌 다른 누군가가 된다 하여도.

"……나는 공을 위험하게 만들고 싶지 않아."

"저하를 위협하는 사람은 황녀님이 아니라 폐하이시지요."

"적어도 내가 그 시기를 늦출 수는 있겠지. 달튼 백작에 대한 건 조사해 봤어?"

와트만은 잠시 주저하는 듯했으나 더는 토를 달지 않았다.

"그야 명하신 대로 했습죠."

"그래서 답은?"

"물증은 없습니다."

"심증은 있다는 말이로군."

와트만이 어깨를 으쓱했다.

"공식적으로는 완벽한 사고사입니다. 하지만 아시다시피, 때로는 너무 완벽해 의심이 가는 일도 있는 법이지요."

"그가 내게 밤을 함께 보내고 싶다 청했었는데."

와트만이 눈살을 찌푸렸다.

"……저하와 달튼 백작은 다릅니다. 그는 기껏해야 백작에 불과했지만 저하께서는 일국의 왕자가 아니십니까."

"그래 보아야 서자일 뿐이야. 적통이 아니라면 별 의미가 없지."

내켜 하는 말이 아님을 알았는지, 와트만은 섣부른 위로 대신 말을 아끼는 편을 택했다. 릴리스는 그 배려를 고맙게 받았으나, 그 정도로 나아질 기분이었다면 애초 이만큼 울적했을 리가 없는 것도 사실이었다. 그녀는 결국 저녁도 거른 채 홀로 방에 틀어박혔다.

체자레의 세력이 아직 완전히 수면 위로 떠오르지 않은 지금, 예거라트에게 바이마르는 손톱 밑의 가시처럼 거슬리는 존재일 것이다. 소중한 것은 멀리 두어야 한다는 그의 말이 잊히지 않았다. 잠이 들라치면 불쑥 그 목소리가 떠올랐고 꿈속에선 스파티움에서의 보름이 끝도 없이 되풀이되었다. 죽음이 삶을 방해하고 있었다.

까무룩 잠들었던 모양이었다.

릴리스는 한밤중에 눈을 떴다. 불을 붙여 램프를 켜고 커튼을 걷자 하얗게 빛나는 정원이 한눈에 들어왔다. 문득 신선한 바람을 쐬고 싶다는 생각이 들었다. 그녀는 두툼한 망토를 머리부터 둘러쓰곤 방을 나섰다. 와트만 대신 저녁 호위를 맡은 에드몽이 그림자처럼 그녀를 따랐다.

정원으로 나서자 발밑으로 자박자박 흰 눈이 밟혔다. 저녁나절 눈이 더 내린 모양인지 포슬거리는 싸락눈이 설탕 가루처럼 곱게 땅 위를 덮고 있었다.

"마마."

문득 굵직한 목소리가 그녀를 불렀다. 릴리스는 소스라치게 놀라 뒤돌아섰다. 눈 덮인 커다란 나무 아래에 바이마르가 미동도 없이 서 있었다.

릴리스는 무심코 바닥을 내려다보았다. 그녀가 낸 자그마한 발자국 오른편으로 좀 더 커다란 발자국 한 쌍이 끊어질 듯 이어질 듯 기다란 선을 그리고 있었다. 이걸 못 보았다니 어지간히도 정신이 없었던 모양이다.

"황녀 마마."

바이마르가 다시 그녀를 불렀다. 소복이 쌓여 있는 흰 눈 위로 성큼성큼 발걸음이 이어졌다. 베일처럼 흰 눈을 덮고 있던 본래의 발자국이 그 거침없는 돌진 아래 형체를 잃은 채 으스러졌다.

이윽고 지척까지 다가온 푸른 눈이 가만히 릴리스를 제 안에 담았다. 밤중에 홀로 뛰기라도 했던 것인지 검은 머리칼이 땀에 젖어 이마에 가닥가닥 달라붙어 있었다.

눈가에서 문득 더운 숨이 느껴졌다. 릴리스는 뒷걸음질 치며 돌아섰다가—

"릴리스."

그대로 붙들려 제자리에 섰다. 뜨겁고, 크고, 단단한 손이 손목을 부드럽게, 그러나 단단히 그러쥐었다. 가슴이 쿵쿵 뛰었다.

"무슨 일입니까."

바이마르가 물었다. 성급히 다가온 것과는 다르게 조심스러운 목소리였다. 릴리스는 대답하지 않았다. 어떤 말을 해야 할지조차 알수가 없었다. 사과를 해야 할까, 변명을 해야 할까. 그러나 그 모든 고민보다 바이마르가 좀 더 빨랐다.

"무슨 일이기에. 왜, 나를, 저를—"

그러나 바이마르는 채 말을 맺지 못했다. 감정이 북받쳐 절로 말꼬리가 흐려졌다. 머릿속엔 하고 싶은 말이 한가득인데, 그 모든 말보다도 감정이 한껏 앞서 모든 것을 무력화했다. 서러움이 왈칵 치밀어 올랐다.

"……공."

"반이라…… 반이라 불러 주십시오."

반. 릴리스가 입술을 달싹였다. 바이마르의 손에 한층 힘이 들어갔다. 그러나 반사적으로 흘러나온 신음에 곧 다시 조임이 느슨해졌다.

"제가 무엇을 잘못했습니까?"

바이마르는 고목 뿌리처럼 그녀를 단단히 붙들고 선 채 다시 물었다.

"제가 혹 마마를 거슬리게 했습니까? 꺼려지게 했나요? 아니면 그저 이제는 제가…… 싫어지셨습니까?"

"공."

"반이라 불러 주세요. 왜 그리 거리를 두십니까? 저를 이렇게 만들어 놓으시고서. 먼저 손을 내밀어 주신 것은 마마님이 아닙니까. 저는, 릴리스. 저는."

떨리는 목소리가 포말처럼 부글거리다 아래로 푹 꺼졌다. 말끝에 축축한 물기가 어렸다.

릴리스는 황급히 시선을 올렸다. 어슴푸레한 달빛 아래 드러난 수려한 얼굴 위로 눈물이 뚝뚝 흘러내리고 있었다. 보석 같던 눈동자가 형편없이 일그러진 모습에 가슴이 철렁했다.

릴리스는 다급하게 한 손을 들어 턱 아래 방울져 있는 눈물을 훔쳐 냈다.

"아니에요. 공. 아니, 반의 잘못이 아닙니다."

"마마께서는 매번 거짓말을 하십니다."

달래듯 말하자 정말로 울음소리가 새어 나왔다. 릴리스는 더욱더 황망해져 다급히 손을 놀렸다.

"그런 것이 아니에요. 정말입니다. 제 탓이에요. 절대 반의 탓이 아닙니다. 그러니 울지 마세요."

장성한 청년이 눈물을 뚝뚝 떨구고 섰음에도 전혀 볼썽사납지 않았다.

그녀는 조심스레 손을 놀렸다. 가는 손가락이 뾰족한 턱 끝에 매달린 미지근한 물을 훔쳐 내고는 흠 없이 잘 뻗은 옆선을 쓰다듬듯 덧그렸다. 잡티 하나 없는 매끈한 피부와, 도톰하게 솟은 광대, 오뚝한 콧날과 촉촉하게 젖은 입술을 지나 앙다물린 턱을 쓰다듬던 와중 구부러진 손가락 마디 위로 차고 뾰족한 무언가가 닿았다.

떨리는 손으로 귀를 덮은 머리카락을 거두어 내자 대롱대롱 늘어진 금 이파리가 가장 먼저 보였다. 열매처럼 매달린 연녹색 페리도트가 겨울바람에 차게 식어 있었다.

귀걸이 주변으로 눌린 살이 빨갛게 얼어붙어 하얗게 텄다. 단단히 굳은 살 주변으로 물집 자국이 역력했다. 매일 하고 다녀도 되냐 묻던 쾌활한 목소리가 바람 소리에 섞여 귓전에서 웅웅거렸다.

할 말을 잃고 서 있는 사이 팔을 옥죄던 손가락이 스르륵 풀려 나갔다. 그가 한 걸음 물러나자 귀걸이에 닿아 있던 릴리스의 손도 저절로 떼어졌다. 입술을 꾹 물고 선 채 잠시간 그녀를 강렬하게 응시하던 바이마르가 이내 천천히 몸을 돌렸다.

"먼저 돌아가겠습니다."

가겠다 말했으면서 그는 마치 잡아 주길 바라는 사람처럼 한동안 그 자리를 서성였다. 어느새 눈발이 다시 휘날리고 있었다. 희끄무레한 밤의 장막 너머로 멀어지는 뒷모습이 탑에서의 마지막 만남을 떠올리게 했다. 홀로 떨궈진 손이 오늘따라 유난히도 시리게 느껴졌다.

"마마. 날이 많이 춥습니다."

에드몽이 그녀의 어깨 위로 제 망토를 둘러 주었다. 릴리스는 천천히 시선을 내렸다. 발치에 나란히 남아 있는 두 쌍의 발자국이 보였다. 그녀는 물끄러미 그 자국을 내려다보다가 발을 들어 그것을 흩어 버렸다.

채 몇 분도 지나지 않았는데. 그런데도 그 얼굴이 다시 보고 싶었다.

✢ ✤ ✢

시간은 언제나 그렇듯 빠르게 흘러갔다.

바이마르는 밤의 정원에서 만났던 일을 잊어버린 듯 여상한 태도로 릴리스를 대했다. 마치 며칠 전 처음 만난 사람들처럼 예의를 차린 대화가 오고 갔다. 닿을 듯 말 듯 간지러운 접촉도, 퍽 익숙하게 나누던 입맞춤도 꿈이었던 것처럼 감쪽같이 사라졌다. 때때로 달라붙는 진득한 시선만이 시간의 간극을 증명할 뿐이었다.

그러나 와중에도 릴리스는 제 할 일을 잊지 않았다. 결코 잊지 않으리라 다짐에 다짐을 거듭했던 바이마르의 생일이 어느덧 코앞으로 다가왔던 것이다. 웃전의 재촉에 아랫것들도 덩달아 몸과 마음을 바삐 놀렸다. 재봉 시녀는 평생 입어 본 적도 없던 스파티움식 옷을 짓느라 매일 밤 바늘귀에 실을 꿰었고, 주방장들은 이름조차 생소한 음식들로 만찬을 준비하라는 황녀의 명에 사색이 된 얼굴로 혀를 내둘렀다.

"마마, 드와이트 아가씨께서 오셨습니다."

"들라 하라."

예비 황후에게 예법을 가르치는 것 역시 새롭게 추가된 릴리스의 일과였다. 유난히도 추위를 많이 타는 황녀를 위해 주로 만남이 이루어지는 본궁의 응접실에는 항상 과할 정도의 훈기가 가득했다. 그

309

러나 오며 가며 드는 찬 바람까지는 막을 수 없었던지 몇 주가 지나자 곧 몸이 으슬으슬해졌다.

"마마, 안색이 좋지 않아 보이십니다."

응접실로 들어서던 드와이트 영애가 걱정스러운 눈길로 릴리스를 살폈다. 릴리스는 고개를 흔들었다.

"걱정해 주어 고마워요. 하지만 아직은 괜찮답니다."

"그래도 오늘은 이만 돌아가시지요. 그렇잖아도 어젯밤 사이 기온이 많이 내려가 수도관이 꽁꽁 얼었다 들었습니다."

그러나 드와이트 영애는 평소답지 않게 강경한 태도를 취했다. 그정도로 안색이 나쁜가 싶어 릴리스는 결국 그녀의 권유를 받아들였다. 돌아간단 생각에 긴장을 풀어서일까. 마차에 올라타자마자 까무룩 잠이 쏟아졌다.

잠시 눈을 붙였나 싶었는데. 눈을 뜨니 어느새 황녀궁이었다. 바삐 정원을 지나던 그녀는 얼마 전의 그 밤처럼 가는 길 중간에서 바이마르를 마주쳤다.

연무장을 서성거리는 바이마르의 손에는 이제 목검 아닌 진검이 들려 있었다. 릴리스는 냉기에 새빨갛게 얼어붙은 얼굴을 빤히 보다 먼저 말을 붙였다.

"날도 추운데 왜 여기 계십니까, 공?"

"……집중이 잘되지 않아 잠시 나왔습니다."

작지만 선명한 목소리였다. 릴리스는 나오려는 기침을 억누르며 천천히 말을 골랐다.

"와트만 경이 말하길 공께서 최근 연무장에서 많은 시간을 보내신다 하더군요. 혹 몸이라도 상하실까 걱정이 됩니다."

"……몸이 상하면."

겨울이라 짧아진 해가 어느새 뾰족한 궁 지붕 너머로 넘어가려 하고 있었다. 추위에 희게 질린 조각구름들 아래로 진홍빛 노을이 옅게 깔렸다. 노을을 등진 채 서 있던 바이마르가 문득, 그 불에 데기라도 한 듯 황급히 뒤돌아섰다.

"아니, 아닙니다."

저벅저벅 걸어가는 커다란 발 아래로 모래 파인 자국이 깊게 생겼다. 정원사들이 다가와 갈퀴로 부지런히 땅 위의 구멍을 메웠다. 릴리스는 한참 동안 그 모습을 내려다보다 코를 훌쩍이며 궁 안으로 들어섰다.

"세상에, 이러다 정말 감기 드세요! 정말이지 요사이 다들 왜 이러신담."

알레나가 발갛게 달아오른 볼을 보고는 기겁하며 끓인 물을 챙겨 들고 돌아왔다. 김이 오르는 따끈한 찻물이 순식간에 온몸을 덥혀 주었다. 릴리스는 그 시중을 고맙게 받으며 그녀의 호들갑에 장단을 맞추었다.

"미안, 알레나. 헌데 다들이라니. 또 누가 아프다고 하던가?"

"예? 아, 그것이…… 별것은 아니옵고. 바이마르 저하의 시종이 며칠 전부터 자꾸만 약차를 찾아 대기에 나온 말이었습니다. 심려하지 마시어요."

심려하지 않을 말이 아니었다.

"알레나. 혹 공께서 아프신가?"

릴리스는 장난스럽던 태도를 고쳐 알레나를 다시 불렀다. 공손히 두 손을 모으고 서 있던 알레나가 그 말에 고개를 살래살래 흔들었다.

"송구하오나 저하의 방에 드는 이는 주로 시녀장님과 전속 시종 하나뿐인지라 저는 잘 알지 못한답니다. 원하신다면 그 시종을 불러 드릴까요?"

"공의 방에 드나드는 이가 그 둘뿐이라고?"

알레나는 낮아진 목소리에 덩달아 긴장해 침을 꿀꺽 삼켰다. 불편해 보이는 표정이 황녀의 심기를 고스란히 드러냈다.

"······괜찮다, 나가 봐."

상냥한 축객령이 이어졌다. 알레나가 안심한 얼굴로 잽싸게 방을 빠져나갔다. 릴리스는 문 닫히는 소리가 나기 무섭게 자리에서 벌떡 일어서 방 안을 부산하게 서성였다.

"위층에 가 보시렵니까?"

"그럴까?"

꽁지 빠진 새마냥 사방을 누비는 모습을 보다 못한 와트만이 인심 쓰는 것처럼 넉넉한 말투로 한마디를 툭 던졌다.

그러나 기다렸다는 듯 당차게 방을 나섰던 것과는 달리, 릴리스는 선뜻 도착을 알리지 못해 한동안 문 앞 복도를 부산하게 서성였다.

"그럼, 저하. 저는 이만 가 보겠— 황녀 마마?"

이윽고 결심한 듯 막 문고리에 손을 대려던 찰나, 달칵 소리와 함께 방문이 먼저 열렸다. 문간에 선 채 안쪽을 바라보고 있던 시렌이 인기척에 놀랐는지 어리둥절한 얼굴로 앞을 향해 몸을 틀었다.

두 사람 모두 문에 바짝 붙어 서 있었던 탓에 릴리스와 시렌의 얼굴 사이에는 겨우 손바닥 한 뼘 될 법한 아주 좁은 틈밖에 남지 않았다.

"너…… 이런 얼굴이었군."

릴리스는 지척에 놓인 얼굴을 찬찬히 뜯어보았다. 마주칠 때마다 드는 묘한 기시감. 이상하게도 낯익게 느껴지는 생김이었다.

"글쎄요. 제가 보기에는 평소와 똑같이 멀건 얼굴인뎁쇼."

"그렇긴 한데 뭔가……."

와트만은 대수롭지 않게 응수했다. 박한 평가가 영 불쾌했는지, 시렌이 발끈한 기색으로 입술을 달싹였다. 그때였다. 불쑥 커다란 손이 튀어나와 둘 사이를 갈라놓았다.

"왜 들어오지 않고 거기 서 계십니까?"

릴리스는 화들짝 놀라 고개를 뒤로 뺐다. 워낙 시렌과 밀착해 있던 터라 중심을 잡는 것이 쉽지 않았다. 순식간에 뒤로 넘어가려는 몸을 뒤에 서 있던 와트만이 가볍게 받쳐 주었다. 그녀는 비틀비틀 다시 중심을 잡으며 자신 없는 얼굴로 웅얼거렸다.

"아니, 그게. 들어가도 되는지 확신이 서질 않아서……."

"들어와도 되는지 모르겠다 하셨습니까?"

바이마르가 허탈한 듯 되묻고는 한 손으로 얼굴을 쓸어내렸다. 그리고 다음 순간, 시렌을 단번에 문밖으로 밀어 낸 바이마르가 와트만을 일별하곤 보란 듯이 코앞에서 쾅, 문을 닫아 버렸다. 그사이 제정신을 차린 시렌이 코앞에서 문전박대당한 와트만의 얼빠진 얼굴을 보며 입을 틀어막고 킬킬거렸다.

"마마께서 이 방에 오지 못하실 이유가 없지 않습니까."

두 사람이 밖에서 그러거나 말거나, 바이마르는 릴리스를 자리에 앉힌 뒤 그 앞에 다소곳이 양 무릎을 꿇고 앉았다. 이렇게 얼굴을 마주하는 것이 대체 며칠 만인지. 당장 눈앞에 그리던 이가 바로 앞에 있음에도 마치 환각을 보는 듯 현실감이 없었다.

"공, 얼굴이 붉습니다. 열이 나는 것 같아요."

릴리스가 그를 보며 걱정스러운 얼굴로 미간을 슬쩍 모았다. 그 말을 못 들은 척, 자세를 더 낮추어 두 팔을 앞으로 죽 뻗은 바이마르가 한숨을 쉬며 몸을 가볍게 기대 왔다. 작은 등에 그대로 팔을 두르자 자연히 허리께에 얼굴이 닿았다.

"……."

다소 민망한 자세에 그를 밀어 내 보았으나 단단한 몸은 마치 커다란 바위처럼 꿈쩍도 하지 않았다. 결 좋은 검은 머리칼이 가슴 아래서 마구 흐트러졌다. 릴리스는 무심코 손에 닿은 얼굴을 쓸어내리다가 깜짝 놀라 바이마르를 앞뒤로 마구 흔들었다. 이마가 불덩이였다.

"공, 공!"

"……저는 괜찮습니다. 아무렇지 않아요."

"아무렇지 않은 게 아니잖아요. 열이 난다니까요! 의사를 불러야겠으니 이것 좀 놔 봐요. 반, 반!"

도리질 치는 바이마르를 억지로 일으켜 세우던 릴리스는 다음 순간 그의 무게에 휘청이며 옆으로 기울어졌다. 건장한 몸을 홀로 지탱하려니 힘이 달렸다.

"와트만! 이것 좀⋯⋯!"

릴리스가 끙끙대며 목소리를 키웠다. 다급한 부름을 듣고 벌컥 문을 열었던 와트만이 눈앞의 광경에 멈칫 굳은 채 눈을 굴렸다.

"전⋯⋯ 죄송합니다. 제가 방해를⋯⋯."

다시 나가려는 그를 불러 세운 릴리스가 벌컥 성을 내며 발을 굴렀다.

"아니, 그게 아니라. 와트만! 의사를 불러야지. 의사를!"

"예?"

멀뚱히 서 있던 와트만이 그 말에 황급히 고개를 틀었다. 그때였다. 억 하는 소리와 함께 누군가 볼썽사납게 바닥으로 나동그라졌다. 들고 있던 상자가 덜컥 열리며 가위와 붕대, 약봉지들이 우수수 주변으로 떨어졌다. 뒤늦게 의사를 쫓아온 시렌이 반쯤 정신을 잃은 듯한 바이마르를 보고는 기겁해 방으로 뛰어들었다.

릴리스는 바이마르의 어깨를 흔들어 그를 깨웠다.

"반, 일단 이것 좀 놓아 보세요. 진찰은 해야지요."

"싫습니다. 놓으면 또 가려고 그러시지요⋯⋯."

"안 갑니다. 여기 있을 테니 이제 좀 놓아 보세요."

"거짓말. 마마께서는 거짓말만 하십니다. 이제 안 믿을 거예요⋯⋯."

실랑이가 벌어졌다. 놓으라는 릴리스의 말에도 꿈쩍 않고 있던 바이마르가 열에 들뜬 얼굴을 도리도리 흔들었다. 무릎으로 일어서 두 팔로는 황녀의 허리를 있는 힘껏 끌어안고, 열이 오른 얼굴을 봉긋 솟아난 가슴 위에 깊게 파묻은 채였다.

차마 눈 둘 곳을 찾지 못한 의사와 시렌, 와트만은 원수진 듯 바닥만을 노려보았다.

"반!"

"버리지 마세요……. 버리시면 안 됩니다……."

"안 그래요. 안 그럴게요."

"버리지 마세요, 예?"

열에 들떠 휘청이면서도 바이마르는 연신 같은 말만을 반복했다. 호수에 비친 하늘 같은 새파란 눈동자 한복판에서 눈물이 샘처럼 퐁퐁 솟아났다.

"버리시면 안 됩니다……."

마지막 소원처럼 혼잣말을 웅얼거린 바이마르가 이윽고 천천히 눈을 감았다. 와트만과 시렌이 황급히 커다란 몸을 침대 위로 옮겼다. 주춤주춤 그 앞으로 다가간 의사가 한시라도 빨리 방을 벗어나고 싶은 듯 난감한 얼굴로 처방을 내렸다.

와트만은 그를 붙들고 입조심을 당부했다.

"오늘 본 일은 함구해야 하네. 마마의 명일세."

난데없는 젊은 연인의 사랑싸움을 목격해 기력이 쇠한 의사가 부르르 떨며 고개를 조아렸다.

릴리스는 홀로 남아 밤새 바이마르의 곁을 지켰다. 억지로 먹인 약 덕인지, 새벽녘이 되자 열도 한결 떨어져 마음이 놓였다. 누적된 피로가 그제야 몰려와 눈꺼풀이 무거워졌다.

그녀는 물수건을 내려놓고 꾸물꾸물 침상 위로 올라가 두터운 이불 속에 몸을 숨겼다. 누워 있는 바이마르를 옆으로 조금 밀어 내고 한쪽 팔과 옆구리 아래의 틈에 자리를 잡자 마치 벽난로를 안고 있는 것처럼 따뜻했다.

눈앞에 곧고 흰 손이 보였다. 검을 잡아 생긴 굳은살이 유난히 눈에 띄었다. 쿡쿡 찔러 보아도 바이마르는 눈을 뜨지 않았다.

릴리스는 그 위를 조금 긁어 보다 까무룩 잠들었다.

바이마르는 개운한 기분으로 눈을 떴다. 며칠 동안 계속되던 두통도, 두들겨 맞은 듯 욱신대던 근육통도 씻은 듯 사라져 온몸이 마치 깃털처럼 가벼웠다. 단지 조금 이상한 점이라면…….

"……."

시선 끝에 볼록 솟아있는 이불이 보였다. 시렌이 넣어 둔 탕파 정도 되겠지. 바이마르는 그런 가벼운 생각으로 이불을 걷었다가, 전혀 예상치 못한 상황에 놀라 얼른 그것을 도로 덮었다.

어쩌면 잘못 보았을지도 몰라. 그는 심호흡을 거듭하며 마음을 가라앉혔다.

"……."

그리고 잠시 뒤. 바이마르는 다시 이불을 걷은 채로 뻣뻣하게 굳고 말았다. 부드러운 살결, 따끈한 체온, 규칙적인 숨소리와 달콤한 라벤더 향. 릴리스가 그의 품 안에 바싹 안긴 채 곤한 잠에 빠져 있었다.

더할 나위 없이 마음에 드는 풍경이었다. 할 수만 있다면 눈 안에 촘촘히 새겨 넣어 매일 밤 꺼내어 보고 싶을 정도로.

"응……."

문득 끙끙대는 소리가 났다. 혹여나 릴리스가 깰세라, 바이마르는 서둘러 숨을 참고는 한 팔을 위로 뻗었다. 희뿌연 창을 뚫고 들어온 햇빛이 온 이불 위로 아지랑이처럼 어른어른 떨어지고 있었다. 커다란 손이 만들어 낸 그림자가 자그마한 얼굴 위를 어설프게 덮자 차츰 잠꼬대가 잦아들었다.

시간이 얼마나 흘렀을까. 졸고 있던 바이마르의 귀에 다시 뒤척이는 소리가 들렸다. 어느새 손 위를 비껴 나간 햇살이 하얀 얼굴을 한층 부옇게 비추고 있었다.

"공……?"

자세를 바꿀 틈도 없었다. 눈꺼풀이 바르르 떨린다 싶더니 이윽고 개암처럼 동그란 갈색 눈동자가 빛 아래 완전히 드러났다.

바이마르는 반쯤 몸을 일으킨 채 허리춤에 걸쳐져 있던 작은 몸을 손쉽게 가슴 위로 끌어 올렸다. 엎드린 자세로 남의 몸 위에 올라타게 된 릴리스의 눈이 휘둥그레졌다.

"깨어 계셨어요? 말씀을 하시지."

잠기운이 가시지 않아 낮아진 목소리가 가볍게 그를 책했다. 바이마르는 대답 대신 반쯤 감긴 눈가에 가볍게 입술을 가져다 대었다.

가슴 위에 얹힌 몸이 순식간에 뻣뻣해졌다. 그는 릴리스가 멈칫 굳어 버린 틈을 타 볼과 턱과 목과 손등에 차례로 입맞춤을 쏟아부었다. 아직도 먼저 손을 뻗는 것이 퍽 부끄럽게 느껴졌지만, 보지 못하고 만지지 못했던 날들이 너무나 길어 생각할 새도 없이 절로 몸이 움직였다.

까칠한 입술이 다시 목덜미에 닿은 순간, 릴리스가 어깨를 아주 조금 움츠렸다. 바이마르는 아쉬운 마음을 감추지 못해 물었다.

"싫으십니까?"

"아뇨. 그건…… 아닌데……."

"저는 마마의 이런 솔직하신 면이 정말 좋습니다."

그는 참지 못하고 커다랗게 미소했다. 잠시간 멍하니 그를 마주
보던 릴리스가 미지근한 손으로 땀에 젖어 축축한 이마를 쓸어 주며
말했다.

"간밤에 열이 많이 났어요. 어제 일 기억나세요?"

"당연히 기억하지요. 하지만 이제 괜찮습니다. 마마께서 직접 이
리 찾아와 주지 않으셨습니까."

바이마르는 그녀의 몸을 감싸고 있는 팔에 한껏 힘을 주었다. 고
개를 푹 숙인 채 판판한 가슴팍에 얼굴을 묻고 있던 릴리스가 잠에
취한 듯 웅얼대는 목소리로 물어 왔다.

"어제는 왜 그러셨어요?"

바이마르는 가만히 제 심장이 뛰는 소리를 들었다. 두근두근. 규
칙적이던 고동 소리가 한층 빨라졌다가 다시 원래의 박자로 돌아왔
다.

"……절 버리시려는 줄 알았습니다."

"버리다뇨! 절대로 그런 게 아니에요."

릴리스가 깜짝 놀란 듯 두 손으로 그의 가슴팍을 짚으며 상체를
들어 올렸다.

"제가 잘못한 것이 있다면 말해 주세요."

바이마르는 아주 조심히 팔을 풀어 릴리스의 몸을 받쳤다. 충격이

없도록 푹신한 이불 위에 그녀를 내려놓은 그가 천천히 침대를 벗어나 비틀거리며 두 발로 바닥을 딛고 섰다.

"저는 아직 서툴러 마마의 마음을 전부 알지 못합니다. 하지만 뭐든 고칠 수 있어요. 말씀만 해 주신다면 언제든, 무엇이든 바꿀 수 있으니……."

커다란 몸이 천천히 아래로 내려가더니, 이윽고 두 무릎이 푹신한 카펫 위에 닿았다. 전날처럼 몸을 낮춰 앉은 바이마르가 물끄러미 릴리스를 올려다보았다. 축 처진 눈꼬리에 마음이 쓰였다. 이런 얼굴을 보고자 했던 것이 아니었는데. 릴리스는 얼핏 드는 후회에 입술을 잘근 물었다.

"반, 그게 아니에요."

"차갑게 굴지 말아 주세요. 마마께서 그리하시면 마음이 너무 아픕니다. 내치지도 말아 주세요. 분명 약속하지 않으셨습니까."

머리를 쓸던 손이 가볍게 붙들렸다. 부드러운 손바닥 위에 제 얼굴을 부비던 바이마르가 정 중앙의 오목한 살갗 위에 입술을 길게 묻었다. 릴리스는 침대 끝에 엉성하게 걸터앉아 한 팔로 그를 당겨 가볍게 끌어안았다. 옷감 한 장을 사이에 두고 맞닿은 몸이 긴장으로 돌처럼 딱딱하게 굳어졌다.

"미안해요. 반의 탓이 아닙니다. 괜히 마음 쓰지 말아요."

커다란 몸이 이끄는 대로 움직이는 것이 기꺼운 한편 조금 안쓰러웠다. 릴리스는 충동적으로 눈앞의 입술에 입을 맞댔다. 스스로도 놀라 얼굴을 슬몃 뒤로 물리자마자 닿아 있던 것이 황급히 쫓아와 그녀에게 매달렸다. 그럴 리 없을 텐데도 숨이 달았다.

그간 못 보았던 것을 죄다 갚기라도 하려는 듯, 바이마르는 집요하게 입술을 물고 빨았다. 밖으로 새지 못한 공기가 차곡차곡 가슴에 쌓여 차츰 호흡이 달렸다. 릴리스는 목을 감고 있던 손으로 그의 어깨를 아프지 않게 탁탁 쳤다.

마침내 아쉬운 듯 입술이 떨어졌다. 그래 보아야 종이 한 장이나 겨우 끼워 넣을 수 있을 정도로 좁기만 한 틈이었다. 릴리스는 간신히 트인 숨을 한껏 모아 그를 달랬다.

"좀 더 주무세요."

그러나 바이마르는 대답 대신 말이 끝나기 무섭게 다시 달려들었다. 기갈이 난 듯 입맞춤에 열중하던 그는 한참 뒤에야 머뭇머뭇 얼굴을 뒤로 물렸다.

"……어디 가지 않으신다고 약속하신다면 자겠습니다."

"약속할게요."

있는 힘껏 장담했음에도 바이마르는 영 미덥지 못한 듯 불만스런 표정이었다. 자리에 눕기 무섭게 릴리스의 한 손을 단단히 그러쥔 그는 그것을 다시 제 몸 위에 올려 이불로 단단히 동여맨 뒤에야 만족한 듯 얌전히 눈을 감았다.

"아주 보기 좋으십니다요."

약 쟁반을 들고 들어오던 와트만이 두 사람을 보며 흐뭇한 듯 미소했다. 릴리스는 머쓱한 마음에 괜히 퉁명스런 목소리를 냈다.

"온전히 믿지 말라던 게 어디의 누구였더라?"

와트만이 어깨를 으쓱하곤 말없이 대야와 수건을 챙겨 들었다. 그새 곤히 잠든 바이마르는 문 닫히는 소리에도 뒤척임 하나 없이 고른 숨을 뱉었다.

릴리스는 잘 정돈된 눈썹과 반듯한 미간, 미동도 없는 눈꺼풀과 그 아래 촘촘히 나 있는 속눈썹을 손끝으로 살며시 쓸어 보았다. 접촉이 간지러웠는지 내리 닫힌 눈꺼풀이 파르르 떨리다 다시 멎었다.

릴리스는 아주 잠시, 그 아래 있을 상냥한 푸른 눈을 떠올렸다. 보고 있는 것만으로도 마음을 술렁이게 하는 다정한 눈이었다.

그러나 예거라트 역시—

예고도 없이 불쑥 끔찍한 기억이 떠올랐다. 릴리스는 황급히 두 손을 거두었다. 혹한의 땅에 내동댕이쳐지기라도 한 듯 등골이 서늘했다.

'네가 정말 소중하단다, 릴리스.'

녹음처럼 싱그럽던 다정한 두 눈.

'내 그동안 네게 최선을 다했다는 것을 알아주었으면 좋겠구나. 잘 가거라, 릴리스.'

그러나 내치는 손길에는 한 자락의 온기조차 없었던.

그녀는 이제 눈을 마음의 창이라 일컫는 음유시인들의 달콤한 헛소리를 믿지 않았다. 누군가 그런 것을 강요한다면 생전 처음으로 모욕적인 말을 면전에 퍼부어 줄 수도 있을 것만 같았다.

"……."

그러나 그럼에도.

릴리스는 거기까지 생각하다 눈을 돌렸다. 바이마르가 여전히 꼭 쥐고 있는 자신의 손이 보였다. 밧줄처럼 단단히 옭아매인 손가락이 마치 영원히 풀리지 않을 매듭 같았다.

자각할 새도 없이, 안도감이 물처럼 찰랑찰랑 가슴속에 차올랐다. 생의 마지막에 보았던 시리도록 새파란 눈. 그 시선이 그녀를 향하지 않는다는 것만으로도 뭐든 할 수 있을 듯한 자신감이 생겼다. 모순이었다.

릴리스는 스스로의 나약함을 인정했다. 생전 처음 마주하는 폭력적인 마음 아래 아직도 채 썩지 않은 기대가 희미하게 고여 있음을. 바싹 말랐다 생각한 우물 밑바닥의 어둑한 그늘 아래, 생명을 이어가는 검푸른 이끼처럼 축축한 희망이 남아 있음을 이제는 받아들여야 했다.

이끼처럼. 릴리스는 앉은 채 가만히 그 말을 되뇌어 보았다. 그것은 조금 차갑고, 축축하고, 미끌미끌했지만 한편으론 무척 부드럽고 폭신하게 느껴졌다.

"반."

그녀는 괜히 잠든 이의 이름을 불러 보았다. 당연하게도 답은 돌아오지 않았으나, 어쩐지 지금은 그 편이 더욱 기꺼웠다.

⚜ ⚜ ⚜

"아니, 그러게 왜 열이 펄펄 끓는 사람 옆에서 주무시고 그러십니까."

와트만은 드물게도 성이 난 얼굴이었다. 릴리스는 불퉁하게 그의 말에 반박했다.

"아, 글쎄. 그때는 열이 안 났다니까 그러네."

"원래 열이라는 게 한번 내렸다고 없어지고 그런 게 아니잖습니까. 아니, 다 아실 만한 분이 왜 그러시는지 원."

"알겠으니 잔소리 좀 그만해. 경 때문에 머리가 더 아픈 것 같단 말이야."

릴리스가 보란 듯 손을 들어 양쪽 귀를 틀어막았다. 와트만은 커다랗게 혀를 차며 방을 나섰다. '부부는 닮는다더니 하루걸러 번갈아 드러눕는 꼴이 참 잘도 봐 줄 만하다'는 불경한 중얼거림이 그를 따라 긴 꼬리처럼 문틈 새로 빠져나갔다.

"와트만 경의 말이 맞습니다. 방에 가서 주무시는 게 더 나았을 텐데."

수건을 찬물에 적시던 바이마르가 넌지시 와트만의 편을 들었다. 릴리스는 어이가 없어 눈꼬리를 한껏 뾰족하게 세웠다.

"그보단 입맞춤이 더 유력한 이유라 생각되지 않으세요?"

"그렇게 따지자면 마마의 잘못이 훨씬 크지요. 먼저 다가와 주셨으니 참을 수 있을 리 없지 않겠습니까. 제가 늘 마마께 닿고 싶어 안달한다는 것을 잘 아시면서 그러십니다."

뻔뻔한 응수에 뺨이 절로 붉어졌다. 불그스름한 뺨을 젖은 수건으로 부드럽게 닦아 내던 바이마르가 설풋 웃으며 이마에 촉, 입맞춤을 내렸다.

"하지만 며칠 전의 일은…… 다시 생각해도 정말로 꿈 같았습니다."

"……왜요?"

열기로 말라붙은 목구멍에서 갈라진 목소리가 새어 나갔다. 바이마르가 물잔을 건네며 쓴웃음을 흘렸다.

"마마께서 한동안 저를 밀어내지 않으셨습니까. 궁 안에서는 얼굴을 거의 뵐 수가 없으니, 혹시나 하는 마음에 내내 바깥을 맴돌았지요."

춥다 느낄 사이도 없었다. 어떻게 하면 한 번이라도 더 마주칠 수 있을까. 그저 그것에만 매달려 시간을 보냈더랬다.

"그때 새삼 알았습니다. 마마께서 저를 원치 않으신다면, 저는 마마의 얼굴조차 마음껏 볼 수 없는 처지라는 것을 말이지요."

그것은 퍽 비참한 깨달음이었다.

그러나 우습게도 생각의 끝은 언제나 다시 릴리스였다. 먼저 다가와 쑥스러운 듯 손을 내밀던 그 모습을 떠올리고 있노라면 주책없이 또 가슴이 두근거렸다. 세상에 이런 머저리가 또 있을까. 체자레가 안다면 삼 일 밤낮을 비웃어 댈 일이 분명했다.

인기척이 들린 것은 그런 생각에 한창 빠져 있던 도중이었다. 문이 열리고 보인 것이 내내 그리던 얼굴이었으니 실제가 아니리라 짐작한 것도 무리는 아니었다.

"그렇지 않아도 최근 외출이 잦으신 듯하여 걱정이 많았습니다. 결국 이렇게 누워 계신 걸 보니 마음이 아픕니다만, 이마저 저 때문이라 하시니 한편으론 기분이 무척 좋아요. 제가 아니면 마마를 이렇게 만들 수 있는 사람이 없다는 뜻이지 않습니까?"

바이마르가 맞닿은 손을 살짝 쓸며 릴리스를 마주 보았다. 다정한 눈길이 열로 상기된 얼굴을 섬세하게 훑어 내렸다. 그리고 다음 순간. 빈 잔을 받아들며 몸을 돌리던 그의 시야에 문득 익숙한 물건이

걸렸다.

　침대가에 위치한 기다란 협탁 위에 은색 관 하나가 얌전히 놓여 있었다. 절차에 맞추어 직접 골라 온 몇 안 되는 예물들 중 하나임이 분명했다. 바이마르는 벌떡 일어서 협탁 근처로 다가갔다. 이곳에서 보리라곤 전혀 예상치도 못했던 탓일까. 묘하게 감회가 새로웠다.

　"비의 관이지요? 반려가 완성하는 전통이 있다 들었어요."

　그러나 어떤 것도 이보다 뜻밖일 수는 없었다. 바이마르는 관을 만지작대던 것을 멈추고 놀란 듯 두 눈을 휘둥그레 떴다.

　"어떻게…… 아셨습니까? 제가 마마께 말씀드린 적은 없는 듯한데."

　"혼자 알아냈지요. 반의 눈 색과 같은 마린석을 박아 넣고 싶었는데. 마음에 차는 것이 없어 아직 그대로 두고 있어요."

　……이런 말은 정말이지 반칙이었다.

　바이마르는 무심코, 체자레에게 처음 진검을 선물받았던 어린 시절의 어느 날을 떠올렸다. 말조차 잇기 힘들 정도로 기쁘고 벅찼던 순간이었다. 그때의 감동을 세 배쯤 부풀린다면 지금의 기분을 아주 조금은 설명할 수 있지 않을까. 바이마르는 멈추었던 숨을 천천히 내쉬며 두어 번 제 가슴을 들썩였다.

　"마마께서는 정말로……."

　그러나 이토록 그를 몰아붙였으면서도, 릴리스는 늘 그렇듯 무심하기 짝이 없는 얼굴을 하고 있었다. 이런 말로 누군가를 이만큼 감동시킬 수 있으리라고는 상상조차 해 본 적도 없다는 듯이. 마치, 그런 일은 결코 일어나지 않을 것이라 체념해 버린 사람처럼.

"공? 혹 다시 아프신 건 아니시지요?"

릴리스가 말을 잃고 선 바이마르를 의아한 듯 빤히 살폈다. 그렇다 답한다면 당장이라도 자리를 비켜 줄 기세였다. 바이마르는 허겁지겁 말을 돌렸다.

"……아닙니다. 아니에요. 그보다, 주무시는 동안 드와이트 영애에게서 서신이 왔습니다. 남부에서만 나는 것이라며 약초 뿌리도 한 움큼 동봉했더군요."

"드와이트 영애가요?"

다행히 릴리스는 새로운 화제에 관심을 보였다. 바이마르는 그 반응에 내심 안도했다. 지금으로서는 이 복잡한 심정을 무어라 설명해야 할지 도무지 자신이 없었던 탓이었다.

"예. 몸이 나아지시면 언제든 기별을 달라 하셨다고…… 시종이 서신과 함께 말을 전하더군요."

"괜찮은 분이에요. 폐하께서도 그렇게 생각하시는 것 같고."

드와이트가는 본래부터 수도에 따로 저택을 둘 만큼 부유한 가문이 아니었다. 편의상이라는 명목하에 예거라트가 친절하게도 궁 한편에 그녀를 위한 거처를 마련해 주었지만, 그 안에 담겨 있는 속뜻을 모르는 이는 거의 없었다.

"공식적으로 사람들 앞에 나서는 것은 아마도 신년 무도회 날이 되겠군요. 반대의 목소리가 높지 않겠습니까?"

"없진 않겠죠. 하지만 별 상관은 없을 거예요. 온 민심이 이미 그녀의 편인 데다가, 오라버니께서는 아테라의 역사상 가장 강력한 황권을 지니고 있는 황제이기도 하니까요."

"하지만……."

바이마르는 그녀의 단언을 납득하지 못하는 얼굴이었다. 릴리스는 그의 의문을 이해했으나 차마 홀로 아는 기억을 들먹일 수 없어 그쯤에서 입을 닫았다.

그러나 평온은 채 일주일을 가지 못했다.

"국경 지대에서 또 분쟁이 일어났다 하더군요."

몸을 낮춘 와트만이 릴리스의 귓가에 나지막이 속삭였다. 릴리스는 엉성한 꽃무늬가 반쯤 수놓인 손수건을 바느질 바구니 안에 쑤셔 넣으며 덩달아 목소리를 낮추었다.

"시녀들이 떠들어 대는 이야기 정도는 나도 들었어. 보다 정확한 근거는?"

"4기사단 중 일부가 변방으로 차출되었다 들었습니다. 신년 연회가 얼마 남지 않았으니 일단은 쉬쉬하고 있는 듯합니다만."

"스파티움은 지금 계승권 다툼으로 바쁜 것 아니었어? 아직도 이쪽을 도발할 병력이 남아 있다는 사실이 훨씬 놀라운걸."

"체자레 왕자는 혈기 넘치는 독립투사이자 정치적인 민족주의자입니다. 지속적인 항거는 속국 백성들의 민심을 끌어모으기 딱 좋은 수단이지요."

체자레는 이를테면 미지의 변수였다. 체스로 따지자면 전진하는 킹과 같다. 어디로 뛰어들어 분탕을 칠지 예측할 수가 없으니, 아테라의 입장에서 보았을 때 그는 상당한 골칫거리가 맞았다.

릴리스는 잠시 고민하다 물었다.

"공께서도 알고 계실까?"

"설마 정말 몰라 물으시는 것은 아닐 것이라 믿겠습니다요."

릴리스는 말을 아꼈다. 와트만이 츳, 작게 혀를 차곤 이어 답했다.

"물론 그러하시겠지요. 마마보다 한참 먼저 알고 계셨을 거라 감히 장담합니다."

부정할 수 없는 말이라 입맛이 썼다. 릴리스는 팔걸이 아래로 힘없이 손을 늘어뜨렸다.

"확신을 하려거든 꼬리를 잡아야지. 정말 아무런 단서가 없어?"

와트만은 대답 대신 어깨를 으쓱였다. 사방에 예거라트의 눈이 널려 있는 황녀궁이다. 믿을 만한 이라고는 단둘뿐인 상황에서, 탐색 범위가 지나치게 넓은 것이 가장 큰 문제였다. 담 밖에 살며 황녀궁을 드나드는 이들만 해도 스무 명이 족히 넘으니, 와트만 홀로 처리하기에는 벅찬 일이 맞을 것이다.

그러다 릴리스는 더 앞서의 과거를 떠올렸다.

이전의 생에서, 성년을 맞이한 바이마르에게 그녀가 건넨 것은 자수정이 박혀 있는 자그마한 브로치였다. 단장에 별 관심이 없다는 것조차 알지 못했던 시절의 일이다. 머리를 기르고, 스스로 치장을 준비하는 지금과는 판이하게 달라 같은 사람이라곤 상상조차 하기 힘들 정도였다.

그러나 전형적인 스파티움의 기사라 불리는 체자레가 동생의 변한 모습을 달가워할지에 대해서는 도무지 확신이—

"공께서는 아직도 연무장에 계신가?"

릴리스는 굳이 불안한 미래를 짐작하지 않기로 했다.

"그렇다고 들었습니다만. 마마, 구태여 지금 같은 시기에 저하를 뵈러 가는 것은……."

발딱 일어선 릴리스가 새초롬한 표정으로 자박자박 방을 가로질렀다. 와트만은 그쯤 입을 다물고는 불퉁한 얼굴로 그녀를 따랐다. 어차피 듣지도 않을 말, 괜히 꺼내 입만 아팠다는 구시렁거림이 바람결에 흩어졌다.

✤ ✤ ✤

아치형 창문들이 달린 기다란 복도를 지난 두 사람은 1층의 홀에 도착해 곧장 오른쪽으로 방향을 틀었다. 평소라면 이대로 회랑을 넘어 곧장 정원으로 나섰을 것이나, 오늘의 목적지는 평소와 조금 달랐다.

"하루, 이틀만 더 마르면 되겠습니다요."

와트만이 텅 비어 있는 바이마르의 개인 연무장을 창 너머로 가리키며 말했다. 릴리스는 주방 옆의 작은 문 앞에 선 채 한 발을 앞으로 뻗으며 고개를 끄덕였다. 계절도 잊고 웃옷을 벗어 던진 인부들이 땀을 뻘뻘 흘리며 질척이는 바닥을 모래로 단단하게 다지고 있었다. 요 며칠 연이어 내린 눈 때문에 벌어진 사달이었다.

"잠시."

그러나 한 발을 땅으로 완전히 내딛기도 전, 앞서 나간 와트만이 손을 들어 올리며 벽에 바짝 붙어 섰다. 덩달아 발소리를 죽인 릴리스도 그를 따라 뻗었던 발을 거둬들이곤 복도 끝의 커다란 기둥 뒤에 몸을 숨겼다. 곧 두런대는 대화 소리가 들려왔다.

"그러니까 사흘 전에 4기사단이 수도를 떠난 게— 그 스파티움 놈들 때문이란 말이지?"

"그렇다고 들었어. 하여간 그놈들 끈질기다니까. 먼저 백기 들고 달려든 게 누군데 이제 와서 다시 깔짝대느냔 말이야."

"자존심 센 걸로는 그놈들 따라갈 자가 없지. 왕자만 해도 봐라. 내가 그 어린놈이 주눅 들어 있는 꼴을 본 적이 없어요, 본 적이."

목소리를 듣자 하니 황녀궁의 기사들이 분명했다. 와트만이 긴장을 풀고 팔짱을 낀 채 편안히 벽에 몸을 기댔다. 릴리스는 숨소리를 한껏 낮추며 침을 꼴깍 삼켰다.

"하긴. 그런 놈들이니 뒤에서 무슨 수작을 부릴지 누가 알겠어?"

점차 커지는 듯싶던 기사들의 발소리가 기둥 근처에서 뚝 멎었다. 신랄한 비아냥거림에 이어 왁자한 웃음이 터져 나왔다.

"입조심해! 잘못했다가는 목 날아가는 수가 있어. 전에 있던 마구간지기가 어떻게 됐는지 다 알면서도 그런 소리가 나와?"

웃음소리가 어느 정도 잦아들었을 무렵. 걸걸한 목소리가 툭 튀어나와 동료를 말렸다. 흥! 먼저 말을 꺼냈던 기사가 그 행동에 코웃음 쳤다.

"알 게 뭐야. 그놈들 때문에 전쟁만 7년을 끌었는데."

"어쨌든 조심하라고. 황녀 마마께서 혹 듣기라도 하시면 필시 처벌을 면치 못할 테니까. 요즘 내내 싸고도시는 걸 몰라서 그래?"

"하여간 여자들이란. 겉만 좀 번지르르하다 싶으면 죄다 정신을 못 차린다니까. 그 까까머리 왕자가 이 정도로 잘나게 변할 줄 누가 알았겠냐고."

"질투하냐? 골백번 다시 태어나도 너 같은 새끼는 발끝도 못 따라갈 얼굴이니 일찌감치 포기해."

푸하하하. 다시 왁자한 웃음이 터졌다. 킬킬대며 영양가 없는 대화를 주고받던 기사들이 이윽고 자리를 뜨려는 듯 부스럭거리는 소리를 내기 시작했다.

"개소리하고 자빠졌네. 됐으니까 교대나 뛰러 가자. 이러다 진짜 늦겠다."

타닥타닥. 근처에서 울리던 발소리가 차츰 멀어지며 인기척이 옅어졌다.

"어흠, 큼."

와트만이 괜한 헛기침을 연발하며 슬금슬금 그녀의 눈치를 살폈다. 릴리스는 그 기색을 모른 척하며 웅크리고 있던 몸을 천천히 폈다.

"가자."

"예?"

"뭘 되물어? 그냥 빨리 가자니까."

성큼 걸어 정원으로 나서자 와트만이 얼떨떨한 표정으로 서둘러 그녀의 뒤를 쫓았다. 별궁 동쪽의 단체 연무장으로 향하는 길이었다.

목적지에 가까워질수록 점차 사람의 수가 많아졌다. 휴식 시간인지 삼삼오오 모여 있던 기사들이 뒤늦게야 그녀를 발견하곤 깜짝 놀라며 흐트러졌던 자세를 바로 했다.

"콩."

바이마르는 널찍한 공터의 한가운데에 마치 외로운 섬처럼 홀로 반듯하게 서 있었다. 두 사람을 발견하곤 환히 웃는 그의 어깨 너머로 불편한 표정을 짓고 있는 기사들이 보였다. 예상보다도 분위기가 더욱 엉망이었다.

"마마, 날이 추운데 어찌 이곳까지 오셨습니까?"

황녀의 등장에 흩어졌던 시선들이 바이마르의 목소리에 약속이나 한 듯 다시 한데 얽혀 들었다. 무례와 허용의 범위를 아슬아슬하게 넘나드는 눈빛들이 태반이었으나 릴리스는 속내를 감추고 태연하게 그들의 노고를 치하했다.

"추운 날에 다들 고생이 많군."

"에이, 이 정도야 이제 아무렇지도 않습니다요."

눈치 빠르게 끼어든 에드몽이 너스레를 떨며 가라앉은 분위기를 한껏 띄웠다. 드문드문 흩어져 서 있던 기사들이 그 목소리에 흠칫 놀란 얼굴로 제각기 하던 일로 돌아갔다.

"황녀 마마."

물만 마셔도 체할 것 같은 불편한 기류가 감도는 가운데, 릴리스의 곁에 바짝 붙어 선 바이마르가 장갑 낀 손등을 가볍게 두들겨 그녀의 관심을 끌었다. 성벽처럼 그들의 뒤에 버티고 선 와트만은 험상궂은 표정으로 내내 기사들을 을러 대는 중이었다.

"그래서, 오늘도 춤 연습을 하실 건가요?"

릴리스는 화제를 돌리며 자연스럽게 바이마르를 연무장에서 끌어내었다. 이윽고, 그들은 정원을 향해 천천히 걷기 시작했다. 적대감이 가득했던 시선들이 차츰 등 뒤로 멀어져 갔다.

"마마를 제대로 보필하려면 그래야지요."

바이마르가 배시시 웃으며 고개를 끄덕였다. 릴리스는 미간을 설풋 좁혔다.

"쉽지 않을 텐데요."

"괜찮습니다. 그날은 반드시 좋은 모습을 보여 드릴 테니 너무 걱정하지 말아 주세요."

신년 무도회의 서막을 여는 춤은 까다롭기로 알려진 아테라의 전통 악곡이었다. 외국인인 바이마르가 쉬이 따라 출 만한 수준이 아닌 탓에 그는 요사이 매일같이 연습에 열중하는 중이었다.

말리고 싶은 마음이야 한결같이 굴뚝같다. 그러나 의욕에 불타는 모습을 보니 막상 할 말이 없어져 릴리스는 그저 맞잡은 손등 위를 가볍게 도닥여 주었다.

가벼운 산책을 마치고 궁으로 돌아갈 때까지도 두 사람은 약속이나 한 듯 연무장에서 있었던 일에 대해 함구했다. 그 화제가 불편했던 릴리스나, 어쩐지 따돌림당하는 모습을 들킨 것 같아 멋쩍었던 바이마르 모두에게 공평하게 좋은 일이었다.

"그런데 말입니다, 마마."

물론 와트만은 그런 염치와는 다소 거리가 먼 인물이었다. 방에 둘만 남자마자 냉큼 입을 여는 꼴이 예상했던 그대로라, 릴리스는 무심코 퉁명스런 목소리로 대꾸했다.

"왜?"

"크흠, 흠. 아닙니다."

거짓말은. 어느 모로 보나 아닌 것이 아닌 얼굴이었다. 릴리스는 뒤적이던 책을 탁자 위에 소리 나게 올려놓았다.

"됐으니까 그냥 말해. 낮에 있었던 일 때문이잖아?"

"이거야 원. 다 알고 계셨습니까?"

"그런 눈으로 보는데 어떻게 몰라? 누군지 찾아내 징계라도 내릴 걸 그랬나 본데. 경이 이렇게 아쉬워하는 걸 보면."

"뭐…… 솔직히 말해 저는 마마께서 곧 비슷한 명을 내리실 것이라 생각했는뎁쇼."

하! 릴리스는 와트만의 너스레에 콧방귀를 뀌었다.

"내가 왜 굳이 나서서 그런 짓을 하겠어? 괜히 긁어 부스럼만 만드는 격이잖아."

"이런, 알고 계셨습니까?"

와트만이 짐짓 진심인 듯 코를 찡긋거렸다. 발끈한 릴리스는 신고 있던 실내용 슬리퍼 한 짝을 벗어 그에게 힘차게 집어 던졌다. 공중에서 가볍게 그것을 낚아챈 와트만이 히죽 웃으며 포획물을 좌우로 흔들었다.

"……됐어. 내가 무슨 세 살 먹은 어린애인 줄 알아?"

"세 살까지는 아니고. 스물넷 먹은 어린애이신 건 맞지요. 아니, 제 나이를 생각해 보십쇼. 당연히 그렇게 보이지 않겠느냐 이 말입니다요."

듣고 보니 퍽 일리 있는 말이었다. 저도 모르게 고개를 주억이던 릴리스는 미간을 찌푸리곤 남은 한 짝의 슬리퍼마저 벗어 앞으로 던져 버렸다. 냉큼 그것을 주워 든 와트만이 슬리퍼 두 쪽을 양손에 각각 끼우곤 보란 듯 탁자 옆을 서성거렸다.

됐다. 누가 신경이나 쓸 줄 알고. 릴리스는 툴툴거리며 의자를 뒤로 물려 그에게서 등을 지고 앉았다. 시선 끝에 벽에 붙어 있는 푸른색 달력이 들어왔다. 날짜를 표시하는 붉은 동그라미가 어느덧 한 달의 반 이상을 빼곡하게 채우고 있었다. 릴리스는 물끄러미 그것을 바라보며 기억 속에 어렴풋이 남아 있는 날을 속으로 헤아려 보았다. 소문이 돌기 시작한 것이 분명 겨울의 끝자락이었던가.

"와트만."

"예에."

"카리알은 아직 조용하다고 했었지?"

"그렇습니다요. 뭘 그렇게 기다리시는지는 모르겠지만. 혹시 땅이라도 들썩이면 바로 말씀드리지요…… 왜 웃으십니까?"

와트만이 피식 웃는 릴리스를 보며 의아한 표정으로 미간을 모았다.

"아냐, 아무것도. 그보다 이걸 좀 전달해 줬으면 좋겠는데."

와트만이야 그저 농담 삼아 한 이야기에 불과하겠으나, 실은 릴리스의 바람 역시 그것과 꼭 같았다. 그녀는 생각을 접으며 대충 휘갈겨 쓴 서신을 머리 위로 흔들었다.

"누구에게 말씀이십니까?"

"발칸 소공."

와트만은 눈을 깜빡였다. 근래 들어 두 사람의 접촉이 제법 잦았다. 대외 활동을 삼가는 편인 릴리스가 유일하게 소통하는 외부 사람이기도 했다. 문득 바이마르가 알게 되면 좋아하지 않을 것이라는 생각이 머리 한구석을 스치고 지나갔다.

"……."

그러나 그게 무슨 상관이란 말인가. 와트만은 종이를 품에 넣으며 생각을 지워 냈다.

✤ ❈ ✤

밤새 내린 함박눈이 황녀궁 정원을 하얗게 덮었다.

삽을 들고 나선 기사들이 아침부터 궁 곳곳에 쌓인 눈을 치우며 요란을 떨어 대었다. 어수선한 분위기에 덩달아 일찍 기상한 릴리스도 시녀들을 재촉해 치장을 서둘렀다. 사용인들이 복도를 오가며 내는 부산한 발소리가 들뜬 분위기에 한층 흥을 돋웠다.

언뜻 평소와 다를 바 없는 아침이었으나 궁 안의 두 사람, 아니, 두 스파티움인들의 사정은 조금 달랐다.

"너무 조용한 것 아닙니까? 설마 오늘이 왕자님 생신인 걸 아무도 모르고 있다거나……."

방문에 귀를 댄 채 바깥 동태를 살피던 시렌이 울상이 된 얼굴로 어깨를 늘어뜨렸다. 불안한 듯 다리를 꼬고 앉은 바이마르가 검지로 톡톡 탁자를 두들기며 한쪽 눈썹을 추켜올렸다.

"그럴 리가. 분명 겨울인 걸 알고 계셨다."

"그럼 최근의 분쟁으로 기분이 상해 모른 척 넘어가기로 하셨다거나? 아니면 혹 정말로 잊어버리셨을 수도 있지요. 바른말로 왕자님 인기가 지금 썩 좋은 편은 아니시지 않습니까."

"대체 무슨 말이 하고 싶은 거야?"

그렇잖아도 오전 내내 같은 소리를 듣느라 귀가 다 따가울 지경이었다. 참다못한 바이마르는 왈칵 성을 내며 책상을 내리쳤다. 시렌이 머쓱한 얼굴로 머리를 긁적였다.

"아니, 저야 저하께서 우울해 보이시니 걱정 되어 드린 말씀이지요. 그냥 그럴 수도 있으니 성에 안 차셔도 좀 이해하시라는 뭐…… 그런?"

"……됐으니 좀 가. 아침부터 방해다."

"아니, 잠시만요, 저하. 정말 안 물어보시렵니까? 궁금하지 않으세요?"

"나더러 마마께 괜한 부담을 드리라는 말이냐? 헛소리 말고 좀 비켜라. 나가야겠어."

벌떡 일어선 바이마르가 시렌을 밀어 내고는 직접 나서 방문을 벌컥 열어젖혔다. 복도를 지나던 사용인들이 놀란 얼굴로 그를 빤히 보다 이내 총총 자리를 떴다.

"아니, 그래도요, 저하! 저하!"

시렌이 목청 높여 그를 불렀다. 바이마르는 그 소리를 무시한 채 한달음에 연무장으로 달려 내려가 누군가 내팽개치고 간 듯한 삽을 주워 들었다. 공사가 끝나 한층 단단해진 연무장 바닥 위에 눈이 제법 두텁게 쌓여 있었다. 이윽고, 허리를 굽히고 선 그가 의연한 얼굴로 푹, 푹. 삽질에 열중하기 시작했다.

그러나 어른스럽게 처신했던 것이 무색하도록 바이마르는 그날 종일 릴리스를 볼 수 없었다. 부를라치면 바쁘다며 난색을 표하고,

만나러 갈라치면 부재중이라며 쫓아내기 급급하니 달리 처신할 도리가 없었던 것이다.

성이 난 주인의 시중을 드느라 신경이 날카로워진 시렌의 마음속에서 황녀는 이미 나라 두엇은 족히 팔아먹은 대역 죄인이었다. 다시 우리 왕자님을 피하려는 모양이지. 그런 생각이 들자 절로 기운이 쭉 빠졌다.

하릴없이 연무장을 떠도는 바이마르의 의기소침한 얼굴은 멀쩡한 기사들의 기세까지 덩달아 꺾이게 만들었다. 전속 시종이란 이유로 종일 욕받이가 된 시렌은 마음속으로 릴리스를 위한 29475번째 처형식을 거행했다.

그리고 저녁 무렵. 일말의 기대를 안고 식당으로 내려간 바이마르는 문이 반쯤 열려 있는 것을 발견하고는 주춤주춤 그 사이로 얼굴을 가져다 대었다. 널찍한 식탁 위에 불 켜진 촛대 두어 개가 놓여 있는 것이 보였다. 식기까지 정갈히 준비되어 있는 것으로 미루어 보건대, 아무래도 먼저 도착한 사람이 있는 모양이었다.

바이마르는 기대감에 부풀어 뛰듯이 식당 안으로 들어섰다. 문에 가려 보이지 않던 식탁의 상석 근처에 릴리스가 그에게 등을 보인 채로 가만히 서 있었다. 이윽고, 그녀가 발소리에 천천히 뒤를 돌았다. 바이마르의 입이 천천히 벌어졌다.

"마마……?"

눈에 익은 옷이었다.

"그…… 어때요? 역시 조금 이상한가요?"

한쪽 어깨에만 천을 둘러 입도록 되어 있는 튜닉 형식의 드레스는 눈에 띄는 화사한 노란색이었다. 부드러운 천은 아래로 떨어지며 겹겹이 예쁜 주름을 만들었고, 금줄을 엮어 만든 가느다란 허리끈이 잘록한 허리를 한껏 부각시켰다. 처음 입어 본 옷이 부끄러운 듯 그를 흘긋거리는 릴리스의 양 볼이 발그레했다.

어쩐지, 입 안에 가뭄이 난 것처럼 목이 탔다. 한동안 멍청하게 서 있던 바이마르는 시렌이 눈을 부라리며 옆구리를 쿡 찌르고 난 뒤에야 허겁지겁 고개를 내저었다.

"아니요! 그럴 리가요. 하지만 이건 분명 스파티움 복식이 아닙니까? 어떻게 마마께서……."

그러다 그는 문득 무언가를 깨달은 듯 주변을 둘러보았다. 그러고 보니 오늘따라 식당이 적막하다. 평소라면 시중을 들기 위해 줄줄이 늘어서 있을 이들이 코빼기 하나 보이지 않는 것도 이상했다.

의심이 확신이 되기 직전, 릴리스가 머쓱한 듯 콧잔등을 찡그리며 입을 열었다.

"생일 축하해요, 공. 실은 좀 더 화려한 연회를 열어 주고 싶었는데. 아무래도 사정이 여의치 않을 것 같아 조촐하게 준비했어요. 너무 서운해하지 않으면 좋겠는데……."

생일. 준비. 바이마르는 귓전을 스치고 지나간 긴 문장 중 단 두 단어만을 정확히 알아들었다. 그마저도 제대로 들은 것인지 확신이 서질 않는다. 종일 마음을 졸였던 것이 마치 아주 오래전 일처럼 느껴졌다.

"저, 마마. 혹시 제가 지금 꿈을 꾸고 있는 중이라면."

"공."

"실은 아까 방으로 돌아가 낮잠을 잤던 것도 같은데…… 아니, 그러니까 그게."

바이마르는 선 채로 마른세수를 거듭하다 두 팔을 아래로 늘어뜨렸다. 횡설수설 이어지던 말이 뚝 멎었다. 꿈이면 어떻고 아니라면 또 어떻단 말인가. 결국 달라질 것은 무엇도 없을 터인데.

바이마르는 생각을 접고 성큼성큼 걸어 두 사람 사이의 거리를 좁혔다. 숨결이 느껴질 정도로 바짝 다가선 그가 물끄러미 턱 아래의 얼굴을 응시했다. 빤한 시선에 흠칫 놀란 릴리스가 만면에 어색한 미소를 띠었다.

"저, 역시 어색한가요? 지금이라도 갈아입는 편이 낫겠죠……?"

무슨 그런 소리를. 바이마르는 얼른 그녀의 말을 부정했다.

"아니요, 절대 아닙니다. 아주 예뻐요. 그저 제가 당황하여 그런 것입니다. 정말로 아주아주아주 잘 어울리시니 절대로 갈아입지 말아 주세요."

당황한 탓인지 '아주' 라는 말이 몇 번이나 반복해서 튀어나왔다. 릴리스가 둥글게 깎인 손톱으로 코끝을 긁었다. 부끄러울 때면 나오곤 하는 그녀의 버릇이었다. 릴리스가 이윽고 고개를 수그린 채 작게 물었다.

"정말요?"

"예, 정말이지요. 게다가 오로지 저를 위해 입어 주신 것 아닙니까? 너무 기뻐 아직도 제 눈을 믿기 어렵습니다."

바이마르는 다급히 그녀의 손을 쥐어 자신의 가슴 위에 올렸다. 쿵, 쿵, 쿵, 쿵. 맥 뛰는 소리가 마치 전장의 북소리처럼 요란하게 들렸다. 부끄러운 듯 손가락을 꼼지락대던 릴리스가 가슴께에 붙들렸던 손을 떨쳐 내고는 이내 그를 식탁 앞으로 이끌었다.

"모국에서 드시던 것보다는 못하겠지만. 그래도 너무 실망하진 말아 주세요. 주방장이 고생을 제법 많이 했거든요."

접시 위에 덮어 두었던 디쉬 돔 손잡이를 살짝 들어 올리자 매운 기가 뒤섞인 김이 식지 않은 음식 위로 모락모락 피어올랐다. 아테라에서는 잘 쓰지 않는 향신료 냄새에 바이마르의 눈이 휘둥그레졌다.

"이건 게미스타가 아닙니까? 그리고 이건 기로스에, 돌마데스까지 있군요. 맙소사."

한껏 신난 목소리가 음식들의 이름을 줄줄 읊었다. 릴리스는 뿌듯한 기분으로 맞장구쳤다.

"스파티움에서 자주 먹는 음식들로 준비해 보라 일렀는데…… 공의 반응을 보니 얼추 맞는 모양입니다."

"맞고말구요. 궁에서도 자주 먹던 음식들입니다. 어찌 이런 생각을 하셨습니까?"

바이마르가 진심으로 감격한 듯 눈을 반짝이며 릴리스를 덥석 끌어안았다.

그러나 잠깐일 것이라 생각했던 포옹은 한참이 지나도 도무지 풀릴 기미가 없어 보였다. 턱을 대고 선 너른 어깨 너머로 차츰 일그러지는 시렌과 와트만의 얼굴이 보였다. 유난이란 기색이 만면에 가득하다. 릴리스는 민망함을 견디다 못해 눈앞의 어깨를 두어 번 두들겼다.

342

"공. 이제 그만 놓아 줘도 되지 않을까요?"

"……싫습니다. 오늘은 제 생일이지 않습니까. 그러니 조금만 더요."

"하지만 음식이 다 식을 텐데……."

릴리스가 중얼거렸다. 못 들은 척 딴청을 피우던 바이마르는 한참 뒤에야 아쉬움이 뚝뚝 떨어지는 얼굴로 팔의 힘을 풀었다. 그러나 릴리스에게는 매우 애석하게도, 생일자의 권력 행사는 아직 끝난 것이 아니었다.

"마마, 이것도 드셔 보세요. 매콤한 게 입맛을 돋워 줍니다."

"이제 배가 제법 부른데요, 공."

"하지만 오늘은 제 생일이지 않습니까. 물론 마마께서 정 못 드시겠다면야 하는 수 없겠지만……."

"……그럼 마지막으로 딱 한 입만 먹을게요."

"알겠습니다. 자, 아— 하세요."

이 정도는 그저 귀여운 수준이었다.

"스파티움에서는 생일을 맞은 사람에게 축하의 의미로 가족들이 노래를 한 소절씩 불러 주곤 합니다. 마마께서도 혹 알고 계신 곡이 있으십니까?"

라든가.

"특별한 날이니 오늘은 먼저 입을 맞추어 주시겠지요?"

같은 말까지 서슴지 않는 지경이 되자 식당 분위기는 이제 걷잡을 수 없이 어색해졌다.

시렌은 붉어진 낯으로 팔에 돋은 닭살을 벅벅 긁어내렸다. 지금

343

눈앞에서 온갖 잔망을 떨어 대는 저 미청년이 그가 평생 모셔 왔던 주군이 맞는지조차 의심이 갔다.

때마침 식사를 마무리한 릴리스가 식기를 내려놓고 자리에서 일어났다. 얼굴이며 목덜미가 발그레한 건 분명 불빛 때문만은 아닐 것이리라. 시렌은 아직 수치를 아는 이가 남아 있었다는 점에 깊은 안도를 느꼈다.

식당을 나선 릴리스와 바이마르는 작은 응접실을 지나 익숙한 중앙 계단을 천천히 올랐다. 헤어지기 싫어 미적대던 바이마르는 릴리스가 이끄는 대로 냉큼 그녀의 침실로 들어섰다. 이제는 제법 익숙하게 느껴지는 곳이었다. 그는 그 새삼스러운 사실에 기뻐하다가, 손목을 당기는 힘에 이끌려 방 안쪽으로 시선을 옮겼다.

"열어 보세요."

커다란 침대 옆. 방 한가운데에 자리한 둥그런 테이블 위에 길쭉한 상자가 하나 놓여 있었다. 바이마르는 두근거리는 마음으로 조심스럽게 걸쇠를 풀어냈다. 그리 단단하게 잠겨 있지 않아 가벼운 힘만으로도 금방 뚜껑이 열렸다.

상자 안에 깔려 있는 검은색 공단 위에, 비슷한 색감의 길쭉하고 검은 것이 단정히 놓여 있었다. 바이마르는 그것을 조심스레 두 손으로 받쳐 들었다.

"이건……."

날카롭게 제련된 검이 빛을 받아 서늘하게 반들거렸다. 검은 날은 마치 거울처럼 매끈했고 작은 루비가 알알이 박혀 있는 손잡이 역시 날만큼이나 새까만 색이었다. 언뜻 보기에도 대단히 공을 들인 작품

임이 분명했다.

"루비는 생의 영원성을 담보한다 하더군요. 이 검이 언젠가 반을 위험에서 지켜 주었으면 해요."

바이마르는 떨리는 손으로 평평한 날을 쓸어 보았다. 이윽고 손잡이를 잡고 일어선 그가 허공에 검을 가볍게 휘둘렀다. 잘 벼려진 날이 공기를 가르며 음산한 울음소리를 냈다.

릴리스는 말없이 검을 내려놓는 그를 조심스러운 눈길로 살폈다. 속마음을 짐작하기 어려운 얼굴이었다. 혹시 마음에 들지 않는 걸까? 걱정과 설렘으로 손바닥에 땀이 솟았다.

"제 몸처럼 소중히 여길 것입니다. 절대 떼어 놓지 않을 거예요."

그러나 다행히도 괜한 걱정이었다. 안도의 숨이 폭 터져 나왔다.

"윽, 공…… 잠깐만요."

뚜껑을 닫고 걸쇠를 도로 채워 놓은 바이마르가 그대로 몸을 돌려 릴리스를 와락 끌어안았다. 가슴이 눌리며 밖으로 새던 숨이 뚝 끊겼다. 목소리가 듣기 싫게 갈라졌지만 바이마르는 신경조차 쓰지 않는 기색이었다.

뾰족한 코끝이 살갗을 연신 긁어 대었다. 어디선가 코를 훌쩍이는 소리가 들린다 싶더니, 이어 목덜미가 축축해졌다. 릴리스는 손을 올려 단정한 뒤통수를 살살 쓸며 그를 달랬다.

"헌데 공, 이리 우시면 아무도 성년이라 생각하지 않을 텐데요."

"……어른도 슬프면 우는 법입니다."

불퉁한 대꾸가 흘러나왔다. 릴리스는 찝찝함도 잊은 채 가볍게 웃음을 터뜨렸다. 쾌활한 그 소리를 따라 목덜미의 맥박이 팔딱팔딱

뛰었다. 바이마르가 심술이라도 난 듯 입술로 아프지 않게 목덜미를 깨물었다.

"반이라 불러 주세요."

"……반."

바이마르가 굽혔던 허리를 쭉 펴며 릴리스를 번쩍 안아 들었다. 최근 들어 부쩍 익숙해진 자세였다.

쪽. 불시에 입술이 붙었다 떨어졌다. 릴리스는 두 팔로 눈앞의 목을 감고 있어 이어지는 습격을 온전히 막아 낼 수 없었다. 의기양양해진 듯 배시시 웃어 보인 바이마르가 방 한가운데에 우뚝 멈춰 선 채 다시 얼굴을 가까이 붙여 왔다. 젖은 소리가 귓가를 웅웅 울렸다.

"읏, 응……."

한번 시작된 입맞춤은 회를 거듭할 때마다 진해져 어느덧 혀를 얽는 수준이 되었다.

입천장을 긁어 대는 뭉툭한 감촉에 눈꺼풀이 떨렸다. 릴리스는 반사적으로 흘러나간 신음 소리에 스스로 놀라 몸을 들썩였다. 그녀는 이어 더운 숨을 할딱이다가, 반사적으로 더한 것을 조르듯 양팔에 힘을 주었다.

그리고 다음 순간이었다. 허공에 둥실 뜬 몸이 앞뒤로 흔들린다 싶더니 등 뒤에 갑작스레 푹신한 것이 닿았다. 시선 끝에 익숙한 천장 무늬가 보였다.

줄을 당겨 휘장을 내린 바이마르가 누워 있는 릴리스의 양어깨 위를 팔꿈치로 단단히 짚은 채 몸을 구부렸다. 그늘진 얼굴에서 오로지 두 눈만이 빛을 뿜었다. 아쿠아마린을 그대로 박아 넣은 듯한, 파

346

랗고 아름다운 눈동자 속에 기대와 열기가 뒤엉켜 넘실거렸다.

"계속해도 되겠지요."

허락을 구하듯 묻기는 했으나, 그는 실은 대답을 들을 정신조차 아닌 듯 보였다. 커다란 손이 드러난 어깨며 목을 연신 부드럽게 쓸어내렸다. 젖은 입술이 귓바퀴를 잘근 물었다.

"허락해 주세요."

나직한 목소리가 수플레보다도 더 달고 부드럽게 느껴졌다. 배 속에서 작은 불길이 이는 듯했다. 릴리스는 대답 대신 그를 졸랐다.

"키스해 줘요."

그래서 바이마르는 그렇게 했다.

성난 것처럼 달려들어 숨을 빼앗는다. 서툴렀던 혀 놀림은 이제 퍽 숙달되어 마치 어르듯 약한 곳만을 살살 문질러 왔다. 그럴 때마다 움찔움찔 어깨가 튀었으나 꼭 맞붙은 몸이 묵직하게 무게를 실어와 튕겨져 나가야 할 열기가 죄다 몸 안에 도로 갇혔다. 차곡차곡 쌓이는 흥분에 발끝이 절로 곱아들었다.

바스락. 옷자락이 움직였다. 바이마르가 위로 뻗어 있는 그녀의 손안으로 얼굴을 한껏 묻었다. 열기로 축축해진 손바닥에 날카로운 콧대와, 춤추듯 흔들리는 속눈썹의 감촉이 느껴졌다. 눈을 감은 것이 실수였다. 보이지 않으니 감각이 한층 예민해져 간지러운 접촉만으로도 몸이 달았다.

허락의 말이 혀끝까지 튀어나왔다가 다음 순간 도로 목구멍 안으로 쏙 들어갔다. 결승선 바로 앞에 서서 발도 뻗지 못하고 있는 꼴이다. 끝을 지키고 있는 것은 당연하게도 개비와 예거라트였다. 어찌 되었건 오늘 밤 일을 숨길 수는 없으리라.

그렇다면 바이마르는 어찌 되는 것인가. 생각하자 치밀었던 열기가 순식간에 식었다.

"릴리스."

바이마르는 그 기색을 기민하게 눈치챘다. 허락이 필요했으나, 나무 아래 가만히 앉아 입만 벌리고 있을 수는 없는 노릇이었다. 흔들기라도 해야 조금이나마 성에 찰 것 같다. 그래서 그는 그렇게 했다.

"잠깐, 반!"

"그럼 조금만, 조금만 만지겠습니다. 예?"

바이마르가 애원하듯 릴리스의 배에 자신의 볼을 비볐다. 따끈한 살갗에 부드러운 머리칼이 닿아 간지러웠다. 릴리스는 말 대신 손가락에 검은 머리칼을 얽어 그를 위로 당겼다.

옷자락이 스칠 때마다 익숙한 향이 풍겼다. 꽃향기 같기도 했고, 이제 막 자라난 풀잎 향 같기도 한 익숙한 향이었다.

한 손을 매트에 밀착된 등 아래로 넣자 가쁜 숨이 비어져 나왔다. 바이마르는 그녀가 이끄는 대로 입맞춤을 이어 가다, 손가락으로 우툴두툴한 척추 위를 가볍게 긁어내렸다.

"공! 더는 안 돼요! 개비가……."

열기가 식었다니, 대단한 착각이었다. 서투른 손길이 닿을 때마다 몸이 팔딱팔딱 튀어 올랐다. 좋아. 더. 릴리스는 한순간 그렇게 생각했다가 무심코 개비의 이름을 입에 올렸다. 툭 솟은 쇄골에 입을 맞추고 있던 바이마르가 시선만 들어 올려 그녀를 빤히 보았다.

"폐하가 두려우십니까?"

닿아 있는 입술 탓에 말을 할 때마다 혀가 사분사분 살갗을 비벼 왔다. 바다색 눈동자가 차갑게 끓어올랐다. 릴리스는 고개를 틀어 그 눈길을 피했다.

"……반이 죽을까 두려워요."

딱 반만큼의 진심이었다.

궁 어디엔가 그의 편이 있을 것이다. 억측이나 심증 따위가 아닌, 직접 몸으로 겪어 아는 진실이었다.

그가 의심스럽다. 그럼에도 한편으론 더 닿고 싶어 안달이 났다. 그녀는 스스로의 이율배반적인 마음에 놀라는 한편, 가지고 있으리라 생각지 못했던 생경한 욕구가 낯설어 고개를 흔들었다.

"제가 못 미더우십니까?"

바이마르가 여전히 입술을 지분대며 물어 왔다. 릴리스는 선뜻 답하지 못했다. 그는 신뢰를 말하고 있었고, 그리고 그건 릴리스에게 가장 어렵고도 낯선 분야였다.

"저 역시 그렇습니다."

축축한 입술이 눈가로 다가와 무언가를 훔쳐 냈다. 눈을 몇 번 깜빡이자 관자놀이를 타고 뜨거운 것이 주르륵 흘러내렸다.

"하지만 아무래도 좋아요."

바이마르는 모든 눈물을 훔쳐 낸 다음에야 다시 입을 열었다.

"아무래도 좋습니다."

그가 반복했다.

"저를 주우셨으니 이제 버리실 수 없습니다. 말도 안 되는 어리광을 받아 주시고, 저를 내내 보호해 주시고, 그리고 제 마음을 가져가셨으면서 왜 이제 와 발을 빼려 하십니까? 안 돼요. 저는 욕심이 많아서 그렇게는 못 합니다. 저를 가져가셨으니 당신을 제게 주세요."

반평생 변방을 떠돌며 자랐다. 그나마 질 나쁜 대우를 피할 수 있었던 것은 타고난 골격과 검 실력 덕이다. 공물 취급을 받으며 끌려오지 않았다면 필시 체자레의 기사가 되었으리라. 그리고 스파티움의 기사에게 포기는 결코 미덕이 아니었다.

바이마르는 다시 말했다.

"어딜 가시더라도 따라갈 겁니다. 떼어 놓을 생각은 하지 마세요."

"……나는 미래를 장담할 수 없는데."

"상관없습니다."

그는 깊이 입 맞추는 대신 가볍게 입술만을 마주 대었다. 짭짜름한 맛이 났다. 눈물 맛이었다.

"그곳이 어디라도 함께 갈 테니까."

입술이 깨물렸다. 아릿한 통증에도 불구하고, 가슴이 간질거리며 웃음이 새어 나왔다. 서툰 오기로 가득한 말이었지만 그 말을 들으니 정말 어찌 되든 상관없을 것만 같았다. 아니, 정말로 그랬으면 싶었다.

"안아 줘요."

그녀는 기어이 충동에 백기를 들었다. 바이마르는 기대하지 않았던 답에 잠시 멈칫했다가, 잽싸게 겹친 손 위로 손가락을 얽었다.

그러나 이 일련의 작업에는 다소 문제가 있었다.

"악, 반! 반!"

흥분이 과해 힘이 세게 들어간 모양이었다. 깍지 낀 손에서부터 욱신거리는 통증이 팔목을 타고 올랐다. 릴리스는 자유로운 한 손으로 급하게 그의 등짝을 찰싹찰싹 때렸다. 원망 섞인 눈이 그녀를 향했다. 한창 좋았는데 왜 그러냐는 듯 불만이 가득한 시선이었다. 어디 그뿐인가.

"릴리스?"

그러고 보니 언제부터인가 마음대로 이름까지 부르고 있다.

'허락한 적도 없는데.'

릴리스는 다소 심술궂은 생각을 하면서도 예쁜 얼굴에서 쉬이 시선을 떼지 못했다. 어쩔 수 없이 한풀 꺾인 목소리가 흘러 나갔다.

"아프단 말이에요. 좀 더 살살……."

"알겠습니다."

그는 마치 서임 시합을 앞둔 기사처럼 진지한 표정이었다. 그 모습이 조금 우습다고 생각한 것도 잠시, 질척이는 감촉에 다시 몸이 달았다.

그녀가 코로 가쁘게 숨을 내쉬는 동안 바이마르는 자유로운 한 손을 움직여 이미 느슨해진 매듭을 완전히 풀어냈다. 왼쪽 어깨에 아슬아슬하게 걸쳐져 있던 튜닉은 가볍게 당기는 것만으로도 쉽게 흐트러졌다.

"……."

생각보다도 훨씬 능숙한 손길이었다. 릴리스는 어쩐지 불쾌한 기분에 그를 추궁하려 잠시 상체를 일으켰다. 그러나 그 알량한 시도는 바이마르가 홀린 듯 말캉한 살덩이에 손을 가져다 대는 순간 빠르게 무산되었다.

"크림처럼 부드럽습니다. 너무……."

굳은살 박인 커다란 손이 예민한 살갗 위를 쓸었다. 뭉툭한 엄지가 봉긋 솟은 가슴 중앙을 가볍게 문질렀다. 반사적으로 흘러나온 신음 소리에 바이마르가 갈급한 사람처럼 그 위로 입술을 가져다 대었다. 습한 감촉에 눈꺼풀이 파르르 떨렸다.

"더 벗겨도 됩니까?"

"아직…… 아직 안 돼요."

"정말로?"

가벼운 입맞춤이 드러난 살갗 위로 비처럼 끊임없이 쏟아져 내렸다. 뜨겁고 단단한 팔이 허리를 강하게 조여 왔다. 척추뼈 위의 움푹 들어간 골을 쓰다듬던 손가락이 차츰 아래로 내려가 판판한 아랫배와 동그란 엉덩이 위를 간지럽혔다. 릴리스는 부끄러움을 참고 고개를 그의 얼굴에 바투 갖다 대었다.

"버, 벗겨……."

채 말을 다 잇기도 전, 바이마르가 반쯤 벗겨져 허리춤에 걸쳐져 있던 튜닉을 단번에 아래로 쑥 끌어당겼다. 릴리스는 자신이 아래 속옷 한 장만 남긴 채 발가벗은 몸이 되었다는 것을 뒤늦게 깨닫고는 몸을 둥글게 말아 그의 시선을 피하려 애썼다.

꿀꺽. 침 넘어가는 소리가 요란했다. 열기에 휩싸인 두 눈이 그녀의 온몸을 훑어 내렸다. 날씬한 배, 곧게 뻗은 다리, 그리고 그 사이의—

"잠시……."

바이마르가 다소 성급한 손길로 그녀의 두 다리를 들어 올렸다. 매끈한 종아리 한쪽을 제 어깨에 걸쳐 두고, 남은 천에 손을 가져다 대던 그가 찰나 머뭇대며 긴 숨을 뱉었다. 릴리스는 그 소리에 덩달아 긴장해 아랫배에 힘을 꽉 주었다. 허벅지 안쪽에 와 닿는 커다란 손에서 선명한 잔떨림이 느껴졌다.

이윽고, 매끈한 손가락이 안으로 들어와 흐트러진 삼각형 모양의 천을 살며시 옆으로 걷어 냈다. 릴리스가 반사적으로 그의 어깨를 밀어 냈지만, 바이마르는 꿈쩍도 않은 채 고개만을 슬쩍 들어 그녀를 마주 보았다. 술 취한 사람처럼 새빨개진 얼굴을 하고 있으면서도, 그는 도무지 물러날 기색이 없어 보였다.

몸을 버둥거리자 바이마르가 달래듯 얼굴 위로 다시 입맞춤을 쏟아붓기 시작했다. 훅 가까워진 새파란 눈동자 안에 전라의 여인이 비쳐 보였다. 흥분으로 붉게 달아오른 눈가, 흐트러진 머리칼과 도톰하게 부어오른 입술이 자신이라고는 믿기 힘들 정도로 유혹적이었다.

기묘한 고양감과 이유 모를 만족감이 연기처럼 몸 안에서 피어올랐다. 릴리스는 주춤거리며 커다란 손을 끌어 허벅지 위에 올렸다. 유혹하듯 양다리를 조이자 즉각 반응이 돌아왔다.

"아……!"

길쭉한 손가락이 질척한 골짜기를 부드럽게 쓸어내렸다. 일순간 목소리가 높이 튀었다. 릴리스는 자신이 낸 소리에 놀라 잠시 뻣뻣하게 굳어 있다가 이어지는 손길에 흐느끼듯 신음했다.

하얀 몸이 단풍이라도 든 것처럼 발긋하게 물들었다. 길쭉한 손가락이 볼록하게 솟은 돌기를 지나, 겹겹이 쌓인 꽃잎 같은 안 쪽을 부드럽게 헤쳤다. 커졌다 작아지는 흐느낌 소리가 오르락내리락 음율을 만들어 내며 귓전을 어지럽혔다.

"아……! 반! 반……!"

아래를 쓸던 손가락 하나가 움푹한 구멍으로 쑥 말려들어 갔다. 근육이 바짝 수축하며 엉덩이가 한껏 오므라들었다. 릴리스는 신음했고 바이마르는 당황했다. 서둘러 손을 빼려 팔을 움직였지만, 그 바람에 도리어 안쪽을 자극하는 꼴이 되고 말았다.

바이마르는 필사적으로 생각을 이어 가려 노력했다. 그러니까 여기가 바로ㅡ

그는 서툴고 거친 손길로 다리를 벌리고 뾰족한 혀끝으로 배를 핥았다. 움푹 들어간 배꼽 안쪽을 꾹 누르자 순간 할딱이는 소리가 났다. 기분이 좋은가 싶어 혀끝에 힘을 주자 손가락이 더듬고 있던 아래쪽에서 울컥 물이 새어 나왔다.

'넓혀야…….'

그는 흐릿한 정신으로 생각했다. 손가락 하나를 더 집어넣기 위해 꽉 다물린 살 주변을 둥글게 문지르자 오므렸다 벌어지는 감촉이 선명하게 느껴졌다.

"아, 아파, 아파요……."

릴리스가 흐느꼈다. 바이마르는 본능적으로 그녀의 얼굴을 살폈다가 아직 광대 근처를 떠돌고 있는 홍조에 안심했다.

"천천히 하겠습니다, 천천히……."

그는 중얼거리며 자세를 조금 틀었다. 한쪽 무릎으로 가느다란 다리를 지그시 눌러놓고는, 커다란 상체를 한껏 수그려 봉긋한 가슴 주변을 빨았다. 자유로운 한 손으로 허리와 옆구리를 쓸어 주자 할 딱이는 소리가 좀 더 커지며 몸이 이완되었다. 뭉툭한 손끝이 안을 긁듯 문지를 때마다 릴리스가 파들파들 몸을 떨었다.

그리고 말하자면, 바이마르는 그때부터 다소 이성을 잃었다. 벗은 여체를 처음 접하는 청년의 혈기가 마지막으로 남아 있던 한 줌의 자제심마저 깡그리 불태워 버린 것이다.

벌떡 일어선 그가 다급하게 셔츠와 바지를 벗어 던졌다.

그리고는 지체할 사이도 없이 다시 침대 위로 달려들었다. 갑작스러운 무게에 매트리스가 출렁였지만 바이마르는 용케도 다시 자세를 잡고 릴리스의 두 다리 사이에 무릎을 꿇고 앉았다.

"여기…… 넣어도 되는 거지요. 된다고 말해 주세요."

그가 한 손으로 빳빳하게 선 것을 훑었다. 선단에서 흘러나온 액 때문에 손을 움직일 때마다 질척이는 소리가 났다. 눈앞에는 꿈에도 그리던 나신이 있었고, 머리는 열기와 긴장으로 몽롱했다. 경험이라고 해 보아야 몽정뿐이었던 그에게는 다소 과한 자극이었다.

릴리스는 침을 꿀꺽 삼켰다. 수려한 사내가 그녀를 보며 수음을 하고 있었다. 결 좋은 단발머리 한쪽은 귀 뒤로 넘긴 채였고, 귓바퀴에서는 익숙한 금귀걸이가 달랑거렸다. 반쯤 걷어 둔 커튼 너머로 희미하게 짓쳐들어온 달빛이 땀에 젖은 얼굴을 보일 듯 말 듯 비추었다. 열기로 이글거리는 눈동자. 젖어 고불거리는 이마 근처의 머리칼, 붉게 달아오른 광대와 그 아래의 도톰한 입술—

"잠깐, 릴리스……!"

릴리스는 그대로 일어나 커다란 몸을 밀어 넘어뜨렸다. 한창 수음 중이던 바이마르는 이렇다 할 힘도 쓰지 못한 채 뒤로 벌렁 넘어갔다. 탄탄한 배 위에 올라앉은 릴리스가 근육이 불거진 가슴 위에 양손을 짚었다.

바이마르는 속절없이 신음했다. 빳빳하게 선 것이 둥그런 엉덩이에 눌려 아팠다. 피가 몰려 잔뜩 부푼 아래쪽에서 두근두근 맥박이 뛰고 있었다. 온몸이 타다 만 불덩어리처럼 뜨거웠다.

"릴리스, 릴리스……."

릴리스는 짧은 숨을 뱉으며 허리를 들었다. 억지로 눕혀져 있던 것이 기다렸다는 듯 기립했다. 후. 그녀는 깊게 심호흡한 뒤 두 손으로 바이마르의 배를 짚고 엉덩이를 한껏 내렸다.

"으……."

그러나 온통 미끌미끌해 도통 조준이 쉽지 않았다. 움직일 때마다 눈앞에 별이 튀었으나 바이마르는 두 주먹을 꽉 쥐고 호흡을 가다듬었다. 집중하고 있는 릴리스를 말리고 싶지 않았다. 그때였다.

개폐를 반복하던 안쪽으로 정확히 볼록한 끝이 빨려 들어갔다. 릴리스가 신음하며 몸을 떨었다. 그 바람에 팔에 힘이 빠져 그녀는 삽시간에 바이마르의 몸 위로 쓰러졌다. 당연하게도 결합은 실패했다.

바이마르는 꼭 쥐고 있던 두 손을 활짝 펴며 생각했다. 더 이상은 안 되겠다.

생각과 동시에 자세가 반대로 뒤집혔다. 그는 처음처럼 릴리스의 얼굴 양옆으로 팔꿈치를 대고 엎드린 채 숨을 몰아쉬며 천천히 몸을 내렸다.

"후⋯⋯."

맙소사. 너무 좋아 죽을 것 같았다.

바이마르는 정신을 차리려 애썼다. 이마에서 땀이 뚝뚝 떨어져 내렸다. 어금니를 한껏 사리문 탓에 양쪽 턱 근육이 볼록하게 솟아났다. 평생 쓸 인내심을 오늘 전부 끌어다 소진하고 있는 기분이었다. 그는 천천히, 그러나 멈추지 않고 다시 몸을 부드럽게 밀어붙였다.

"아⋯⋯!"

날카로운 비명이 터져 나왔다. 릴리스는 난생처음 느끼는 둔통에 끙끙대며 온몸에 힘을 주었다. 온몸이 둘로 쪼개지는 것 같은 느낌이었다. 생경한 질량감에 배 속이 묵직했다. 통제를 잃은 근육이 제멋대로 조였다 풀어지길 반복하고 있었다. 그녀는 도리질 치며 숨을 몰아쉬었다.

"릴리스⋯⋯."

문득, 머리 위에서 낮게 갈라진 목소리가 들려왔다. 새파란 눈동자가 열에 들떠 번들거렸다. 릴리스는 그를 말리듯 손을 뻗어 튼튼한 양팔을 꽉 쥐었다.

"움직이면 안 돼요, 아파⋯⋯."

"하지만 움직여야⋯⋯ 아⋯⋯ 죽을 것 같습니다⋯⋯ 움직이게 해주세요. 제발, 릴리스."

몸을 숙인 바이마르가 혀를 내밀어 입을 맞췄다. 침이 흘러나와 입가를 적셨지만 신경 쓰지 않았다. 어차피 온몸이 땀으로 범벅이었다.

릴리스는 혀를 얽으며 웅, 웅 뭉그러진 소리를 내다 그의 어깨를 손끝으로 살살 문질렀다. 땀이 맺힌 탄탄한 등판이 가벼운 접촉에도 견딜 수 없다는 듯 꿈틀꿈틀 경련을 일으켰다. 그녀의 턱과 어깨 사이에 얼굴을 묻고 엎드린 바이마르의 입 속에서 낮고 거친 신음 소리가 새어 나왔다.

귓불을 깨물고 얼굴을 핥는 진득한 애무보다 흐릿해진 눈동자와 낮아진 목소리가 더욱 흥분을 부채질했다. 그사이 적응이 된 모양인지 통증도 한결 사그라들었다. 릴리스는 조심스럽게 허벅지에 다시 힘을 주었다.

부은 입술을 쉴 새 없이 물고 빨던 바이마르가 기민하게 그 신호를 알아채곤 천천히 몸을 다시 움직이기 시작했다. 젖은 소리가 온 방 안을 울렸다. 묵직한 질량감이 맥박 치며 안으로, 안으로 밀려들었다. 시야가 까무룩 멀어졌다 다시 가까워졌다. 그리고 마침내 더는 안 된다 그를 말리려던 때였다.

아주 살짝, 뒤로 물러났던 바이마르가 앓는 소리를 내며 한 팔로 그녀의 허리를 휘어 감았다. 눈앞에 번쩍 불이 튀더니 이윽고 몸이 멋대로 흔들리기 시작했다. 우릿한 통증과 함께 쾌감이 일었다.

"너무 좋습니다, 너무 좋아…… 좋아요."

헉헉 끊어지는 숨 사이로 말이 섞여 들었다. 총기가 사라진 푸른 눈이 멍했다. 질척한 혀가 귓바퀴를 핥아 대며 선정적인 소리를 냈다. 턱선을 타고 내려가 목 안쪽을 빨던 입술이 샘을 찾듯 다시 얼굴 위로 올라왔다. 와중에도 안을 긁어내리는 감촉에 아랫배가 훅 조여 들었다. 단단한 허벅지에 부딪힌 엉덩이가 아팠으나 제대로 신경 쓸 겨를조차 없었다.

잔뜩 벌어진 다리로 몸을 지탱하기에는 무리가 따랐던 모양인지, 쳐올리는 힘에 몸이 점점 위로 밀려 올라갔다.

그러나 몸보다 엉망인 것은 머릿속이다. 건더기 없는 수프처럼 생각이 줄줄 흘러내렸다. 입 밖으로 나가지 못한 타액과 신음도 함께 뭉쳐져 바닥으로 흘렀다.

맞물린 아래가 불로 지진 듯 뜨겁고 간질거렸다. 핏속에 수백 개의 깃털이 녹아 몸 안을 찔러 대는 듯하다. 짜릿한 감각에 릴리스는 반사적으로 허벅지를 조였다. 눈앞에 별이 튀고 발가락이 곱아든다 생각하는 순간 그녀는 낯선 감각의 파도에 그대로 휩쓸렸다.

"허억……."

바이마르는 커다랗게 신음했다. 부드러운 몸이 그에게 매달려 사출을 종용하고 있었다. 그가 부르르 몸을 떨고는 다시 앞으로 허리를 밀어붙였다.

동시에, 안쪽으로 뜨거운 것이 스멀스멀 퍼져 나갔다. 릴리스는 그를 따라 시선을 올렸다. 뒤로 젖힌 목덜미가 땀에 젖어 아득하게 반짝이는 모습이 보였다. 탄탄한 가슴 근육이 손등의 핏줄과 함께 불뚝 솟아올랐다. 땀방울이 복근의 갈라진 틈을 타고 연신 아래로 흘러내려 그녀의 몸을 적셨다.

"따뜻하고 부드러워요. 부디 이대로 계속……."

바이마르가 한숨처럼 중얼거리며 옆으로 몸을 굴렸다. 순식간에 제 가슴 위로 그녀의 몸을 끌어당겨 올린 그가 후희를 즐기듯, 땀에 젖어 끈적한 팔로 작은 등을 넉넉하게 둘러 안았다.

릴리스는 고개를 조금 틀었다. 벌거벗은 피부 위로 불그림자가 일렁이고 있었다. 굴곡진 어깨 위에 선명히 난 손톱자국이 그 위에서 흉터처럼 한층 새빨갛게 달아올랐다.

그녀는 그것이 자신이 남긴 흔적이라는 것을 불현듯 깨달았다. 민망함에 몸이 절로 움츠러들었다.

그 동작에 배 안쪽이 덩달아 꿈틀거렸다. 맞닿아 있던 몸이 빳빳하게 굳어졌다. 더불어 아직 안에 있던 것까지도. 릴리스는 퍽 당황해 상체를 번쩍 들었다.

"일부러 그런 게 아니에요, 이건 그냥……."

한껏 풀린 악기 현처럼 나른했던 분위기가 순식간에 다시 팽팽해졌다. 바이마르가 난처한 표정으로 그녀를 올려다보았다. 그러면서도 입맛을 다시는 꼴이 영 불안하다.

"잠……!"

그러나 미처 말리고 들 새 조차 없었다. 짤막한 항변이 맞닿은 입 속으로 사라짐과 동시에, 시야가 빙글 돌아가며 몸 위로 다시 묵직한 무게가 실렸다. 벌어진 다리 사이에서 희미한 통증과 함께 실처럼 가느다란 쾌감이 피어올랐다. 생경한 감각에 몸을 뒤치자 허리를 감은 팔에 바짝 힘이 들어갔다.

릴리스는 숨을 빼앗긴 채 도리질 쳤다. 더는 안 될 것 같다고 생각했음에도, 바이마르는 끊임없이 그녀의 안으로 밀려들어 왔다. 마치 그렇게 한다면 더 깊이 그녀의 몸에 자신을 묻을 수 있기라도 하다는 듯이. 마치 그녀만이 유일한 생의 목적이라는 듯.

이윽고 몸이 천천히 흔들리기 시작했다. 휘장을 뚫고 들어온 어스름한 달빛이 검은 머리칼과 판판한 등을 지나 아래로 흐르듯 떨어져 내렸다.

릴리스는 눈을 감고 그 빛에 깊이 잠겼다.

아주 깊이, 아주 오랫동안.

⚜ ⚜ ⚜

다음 날 아침. 릴리스는 당연하게도 늦잠을 잤다. 밤새 만족할 만큼 몸을 움직인 바이마르는 개운한 기분으로 일어나 일찌감치 단장을 마친 뒤였다.

겨우겨우 눈을 뜨기는 했으나 실은 아침이라기보단 점심에 더 가까운 시간이었다. 마침 허락을 받고 방으로 들어서던 개비가 찻잔이 놓인 작은 쟁반을 릴리스의 무릎 위에 올려 주었다. 자리끼를 치우러 들렀을 적 몰래 지시해 둔 것이다. 달튼 백작과 만날 적에는 자주 음용했지만, 그의 죽음 이후로는 한동안 멀리했던 음료였다.

녹아 엉겨 붙은 아교 덩어리처럼 그녀의 곁에 딱 들러붙어 있던 바이마르가 잔 위로 고개를 숙이고 코를 킁킁대었다.

"향이 독특합니다."

그가 고개를 갸웃거렸다. 릴리스는 고개를 주억였다.

"좀 그런 편이겠지요. 아무래도……."

피임을 위한 차니까. 그녀는 무심코 그 말을 뱉으려다 깜짝 놀라 입을 꾹 다물었다. 그러나 이상한 기색을 눈치채지 못한 것인지, 바이마르는 어깨를 으쓱했을 뿐 별다른 말 없이 찻잔을 그녀에게 돌려주었다.

릴리스는 목을 가다듬으며 화제를 돌렸다.

"큼, 흠. 그나저나 이래서야…… 오늘은 종일 쉬어야 할 것 같은걸 요."

"많이 힘드십니까? 허면 오늘은……."

바이마르가 귓불을 붉히며 우물쭈물했다. 오늘? 릴리스는 그 말에 깜짝 놀라 뜨끈한 찻물을 기도로 삼켜 버렸다.

"그걸 지금 말이라고 해…… 쿨럭, 쿨럭!"

가슴 안쪽에서부터 사레들린 기침이 쏟아져 나왔다. 벌떡 일어선 바이마르가 안절부절못하는 얼굴로 그녀의 곁을 맴돌다 쟁반과 찻 잔을 뺏어 들었다. 무슨 일인가 싶어 문을 벌컥 열어젖혔던 와트만 이 혀를 차며 고개를 설레설레 내저었다. 소란한 아침이었다.

바이마르에게는 안 된 일이었으나, 다음 날도 다다음 날도 상황은 그다지 달라지지 않았다. 도리어 불려 온 의사에게 환자를 함부로 다루었다는 조심스러운 타박을 듣기까지 했으니, 은근슬쩍 다시 합 방을 시도하려던 그의 야심 찬 계획이 무참히 무산된 것은 당연한 일이었다.

⚜ ⚜ ⚜

간만의 오찬이었다.

몸살을 앓았다는 소문이 한바탕 돌아서일까. 오늘따라 식당에 유 난히 훈기가 감돌았다. 양고기를 푹 고아 만든 부연 국물로 입가심 을 하고 나자 한결 몸이 가뿐해졌다.

릴리스는 깨끗해진 보울을 왼쪽으로 살짝 밀며 맞은편에 앉아 있는 드와이트 영애를 조심스럽게 관찰했다. 안타깝게도, 푸른빛 드레스에 옅은 미색의 망토를 두르고 있는 그녀의 안색은 스튜 한 단지로도 회복이 어려울 정도로 어둡고 지쳐 보였다. 황제의 사랑을 한 몸에 받으니 필시 더할 나위 없이 행복할 것이라는 세간의 기대를 무참히 부정하는 모습이었다.

"참, 릴리스. 최근 도는 이야기를 알고 있는지 모르겠구나."

마침 '그 황제'가 느닷없이 운을 떼어 릴리스는 그야말로 불에 덴 사람처럼 깜짝 놀라고 말았다. 깨끗한 물로 기름진 입 안을 두어 번 헹구어 낸 예거라트가 냅킨으로 입가를 닦아 내며 다시 말했다.

"최근 스파티움에서 국경을 자주 건드리고 있단다. 기사들이 분투해 주어 다행히 아직까지 큰 피해는 없었다만, 민심이란 것이 워낙 역동적이라 걱정이 되는 것은 어쩔 수가 없더구나."

소리도 없이 다가온 주방장 플립이 트레이 위의 커다란 디쉬 돔 뚜껑을 열어젖혔다. 성인 남자의 머리통 하나 반은 족히 될 법한 커다란 오리통구이가 접시 위에 얌전하게 얹혀 있었다. 바삭하게 구워진 오리 껍질이 빛 아래 갈색으로 반들거렸다. 릴리스는 라즈베리소스에 버터를 듬뿍 섞어 만든 특제 소스와, 양파를 넣어 으깨 만든 매쉬드포테이토를 곁눈으로 훑으며 남몰래 군침을 꿀꺽 삼켰다.

"황녀궁 분위기는 좀 괜찮으냐? 왕자는 잘 지내고 있고?"

길이 잘 든 나이프가 부드러운 고기를 서걱서걱 썰어 냈다. 가장 커다란 살코기를 잘라 예거라트의 앞에 놓아 준 주방장이 이어 작은 접시 두 개에 남은 두 사람의 몫을 담았다.

"썩 좋지 않지요. 물론 기사들의 마음은 이해하지만……."

고소한 버터 향이 물씬 풍겼다. 릴리스는 부드러워 보이는 붉은 고깃덩이 위로 포크를 가져다 대며 슬쩍 말끝을 흐렸다. 예거라트가 빙글빙글 돌리고 있던 물잔을 탁자 위에 소리 나게 올려놓았다.

"그리 생각하니 다행이구나. 비록 왕자가 네 부군이라 하나 너의 본분은 어디까지나 아테라의 황녀라는 사실을 결코 잊어서는 안 될 것이야."

"그럼요. 잊지 않아요, 오라버니."

바이마르를 향한 기사들의 내외야 딱히 어제오늘 일만도 아니었다. 하필, 합방 소식을 들었을 터인 오늘 바로 저런 이야기를 꺼내는 것이 퍽 수상쩍었으나 릴리스는 순순히 그의 당부에 수긍했다.

"그래, 그럼 되었다."

예거라트는 그제야 흡족한 기색이었다.

이윽고 식사가 재개되었다. 오늘따라 기분이 좋은 모양인지, 그는 남부 어디에서인가 공수해 왔다는 귀한 포도주 한 병을 싹 비워 낸 다음에야 느긋하게 식사를 마무리했다.

릴리스가 일찌감치 자리를 뜬 탓에, 이제 식당에 남은 것은 오로지 두 남녀뿐이었다. 한 마디 말도 없이 그림처럼 앉아 있던 드와이트 영애가 천천히 제자리를 정돈하며 자세를 바로 했다.

"메리엔 드와이트."

"……예, 폐하."

부름에 이어 다소곳한 목소리가 들려왔다. 예거라트는 빈 잔을 소리 나게 식탁 위에 올려놓고는, 손바닥으로 턱을 괴며 그녀를 돌아보았다. 오찬 내내 한 번도 닿지 않았던 눈길이었다.

"이제 궁에는 조금 익숙해졌는가?"

"……염려해 주신 덕에 잘 지내고 있습니다."

여상하게 묻자 단정한 대답이 돌아왔다. 녹음을 담은 눈이 가늘어졌다.

"앞으로는 이곳이 그대의 집이 될 테니 바라는 것이 있다면 언제든 청을 올려도 좋아. 기사라 들었는데 따로 훈련할 곳은 필요하지 않은가? 왕자도 가진 것을 내 비가 가지지 못할 이유는 없을 터인데."

"감사하오나 괜찮습니다. 궁내에 마련되어 있는 연무장만으로도 충분히 과분합니다."

정중한 거절이 돌아왔다. 예거라트는 미간을 살짝 좁힌 채 드와이트 영애를 찬찬히 뜯어보았다. 자세를 편히 하라는 허락이 없어 내내 몸을 숙이고 있었음에도, 그녀의 동작에는 한 점 흐트러짐이 없었다. 과연 기사다운 끈질김이다.

"그렇다면 된 일이지. 이제 그만 돌아가 보아도 좋소."

축객령이 떨어졌다. 의자 끄는 소리도 없이 자리에서 일어난 드와이트 영애가 식탁을 빙 둘러 걷기 시작했다.

사락사락. 기다랗게 늘어진 드레스 밑단이 바닥에 쓸리며 한숨처럼 희미한 소리를 만들었다. 예거라트는 복도의 초입까지 그 소리를 따라가다 첫 번째 갈림길에서 완전히 몸을 틀어 방향을 바꾸었다. 등 뒤로 걸음 소리가 멀어져 갔다.

"오래 기다리게 해 미안하군, 발칸 후작."

주인도 없는 응접실 안을 서성이고 있던 발칸 후작은 난데없는 목소리에 몹시 놀라 고개를 번쩍 들었다. 어느새 돌아온 예거라트가 막 문간을 넘어서며 그에게 말을 걸고 있었다. 발칸 후작이 손을 내저으며 답했다.

"무슨 말씀을요. 황녀 마마와 오찬을 함께하셨다 들었습니다."

"하하, 그렇다네. 겨울이라 그런지 몸이 영 부실한 듯해 일찍 돌려보내고 오는 길이야. 그대의 식구들은 모두 무탈한가?"

"다행히도 그렇습니다."

"좋군. 자, 이쪽으로 앉게나."

이윽고 마주앉은 두 사람 사이에 따끈한 차 두 잔이 놓였다. 발칸 후작은 찻잔을 기울이며 능청스런 표정을 짓고 있는 황제의 얼굴을 흘금 보았다.

"내 후작에게 긴히 할 말이 있어 불렀소만. 부디 긍정적인 답이 돌아왔으면 좋겠군."

"……말씀하시지요."

점잖아 보이는 태도와 달리, 기실 예거라트는 냉혹한 사내였다. 화려한 외양에 홀려 가까이 다가갔다가는 그대로 말려들어 타 죽기 십상인.

아비를 죽인 파렴치한 자라는 흉한 소문을 황녀 릴리스를 귀애함으로서 무사히 상쇄시켰으며, 수많은 귀족들을 내치고 숙청했음에도 변방의 가문들을 불러 올려 황권을 한층 공고히 다졌다. 어지간한 담력으로 할 수 있는 일이 아니었다.

발칸 후작은 조용히 그의 다음 말을 기다렸다.

"발칸 공자에게 아직 약혼녀가 없다 들었는데 말일세."

"예, 그렇습니다."

"공자가 어릴 적 궁을 드나들던 모습이 아직도 생생히 기억나는 군. 그새 장성해 청년이 되었던데…… 이제 슬슬 정착을 해도 될 나이이지 않은가?"

어쩐지 불길한 예감이 들었다. 그는 다소 급하게 입술을 뗐다.

"그러합니다만, 아직 본인이 생각이 없어……."

"그렇다면 오히려 잘된 일이지. 본래 진짜 인연이란 예기치 않는 순간에 선물처럼 나타나는 법이라 하지 않던가."

항변 사이에 끼어들던 예거라트가 싱긋 웃으며 말을 맺었다. 발칸 후작은 낭패한 기분으로 찻잔을 내려놓았다. 황제가 귀족들의 혼사에 끼어드는 것은 왕왕 있는 일이었으나, 설마하니 후작가를 건드릴 것이라곤 상상조차 하지 못했던 탓이다.

"알기로는 공자가 릴리스의 어린 시절 벗이라던데. 유년기를 함께 보낸 사이는 보다 끈끈한 법이지. 그렇지 않은가?"

그러니까 이것이, 결국은 그의 본론이었다.

⚜ ⚜ ⚜

그 무렵, 릴리스는 소공과 함께 별궁 근방의 미로 정원을 거니는 중이었다.

"오랜만이군, 소공. 기억력은 아직 건재한 모양이야."

"반나절을 꼬박 헤매었던 기억이 선명한데, 설마 그럴 리 있겠습니까. 이 정원쯤이야 이제 제 손바닥 안이지요."

발칸이 짐짓 장난스럽게 한 손을 흔들어 보이며 답했다. 장미 덤불이 아름다운 자그마한 미로 정원은 어릴 적 두 사람이 함께 수없이 헤집고 다니던 곳이었다. 군데군데 심어 놓았던 키 작은 나무들도 어느새 훌쩍 자라 그의 키를 훌쩍 뛰어넘었다. 추억을 더듬듯 입가에 미미한 미소를 띠고 있던 발칸이 이내 걸음을 멈추고는 릴리스에게로 몸을 돌렸다.

"해서, 오늘은 무슨 일이십니까?"

"조금 물어보고 싶은 게 있어 불렀어. 혹 일에 방해가 되었나?"

"그렇지는 않습니다만, 외람되오나 점심시간을 틈타 잠깐 빠져나온 것이라 시간이 넉넉하다고는 말씀드리기 어렵습니다."

릴리스가 그 말에 가볍게 한숨을 내쉬었다.

"그렇다면야 어쩔 수 없는 일이군. 실은…… 최근 스파티움의 상황에 대해 알고 싶네. 소공은 외교부에 속해 있으니 분명 무언가 들은 것이 있겠지."

뜻밖의 말이었다. 발칸은 잠시 생각한 뒤, 여전히 미소 띤 얼굴로 답했다.

"글쎄요……. 제가 맡고 있는 일은 그에 관한 게 아닌지라."

이전 날과 같은 코트를 입고 있는 그의 오른쪽 가슴 위에서 궁 소속 관리임을 나타내는 녹색 배지가 반짝거렸다. 릴리스가 초조한 얼굴로 엄지와 검지를 마주 비볐다.

"그대가 영 갈피를 잡지 못하는 듯하니, 내 친히 범위를 좀 더 좁혀 주겠네."

"……."

"내가 알고 싶은 건 최근 체자레 왕자의 동향이야. 지금 스파티움
에서 한창 벌어지고 있는 후계자 다툼에 대한 것 말이지."

발칸은 한동안 말이 없었다. 그리고 얼마 뒤. 그가 난감한 듯 한
손으로 볼을 문지르며 말했다.

"……솔직히 말씀드리자면, 이건 정말로 예상외입니다. 마마께서
타국의 정치에까지 관심을 기울이실 줄이야."

발칸은 주위를 한 번 둘러본 뒤 릴리스에게로 바짝 다가서 목소리
를 낮추었다.

"제가 오늘 일을 폐하께 고하면 어쩌려고 그러십니까?"

"……황녀가 드디어 남자 때문에 미쳤다 하시겠지."

릴리스는 침을 꿀꺽 삼키며 그와 시선을 마주했다. 대수롭지 않은
척 허세를 부렸으나 딱히 먹힌 것 같지는 않았다. 가만히 그녀를 내
려다보던 발칸이 이내 다시 맨손으로 제 얼굴을 문질렀다. 피곤한
목소리가 흘러나왔다.

"마마께서는 제가 마마께 약하다는 것을 너무 잘 알고 계신 듯합
니다."

릴리스가 입을 딱 벌렸다.

"소공이 나에게 약하다고? 나는 전혀 몰랐는걸."

"……저는 언제나 여동생이 태어나길 바랐습니다. 망아지 같은
남동생이 아니라요."

그녀는 여전히 무슨 영문인지 모르겠다는 듯 멀뚱한 얼굴이었다.

그 모습을 보고 있자니 어쩐지 입맛이 썼다. 수동적이기 그지없던 어린 황녀의 모습이 성숙한 여인의 모습 위로 덧씌워졌다. 발칸은 조심스레 수풀을 헤쳐 릴리스를 보다 깊은 정원 안쪽으로 이끌었다. 근처를 서성이던 와트만이 경계하듯 거리를 한 발짝 좁혀 왔으나, 그는 신경 쓰지 않고 제 할 말을 이어 갔다.

"말씀하신 대로 스파티움의 나리타 지역에서 후계자 쟁탈전이 벌어졌습니다. 벌써 근방의 성이 몇 개 함락되었죠. 물론 체자레 왕자의 손에 말입니다."

"쟁탈전이 끝나기까지는 얼마나 걸릴 것 같은가?"

발칸은 입가의 미소를 지워 냈다.

"……마마께서는 바라는 것이 너무 많으십니다. 모든 정보를 드리고 나면 제게 무슨 득이 있는 겁니까?"

잠시 호흡을 끊어야 할 필요성이 있었다. 마땅찮아하는 기색을 눈치챈 릴리스가 덩달아 평평하던 미간을 찌푸렸다.

"소공의 손해라는 말이 하고 싶은 모양이로군."

"송구합니다."

"마음에도 없는 소리 하지 않아도 돼. 그래도 혹 득을 보고 싶다면……."

목소리가 잦아들었다. 릴리스는 여전히 눈살을 찌푸린 채였다. 불쾌하다기보단, 마치 오래전 기억을 더듬듯 신중한 표정이었다.

이윽고, 평소의 모습으로 돌아온 그녀가 의기양양한 표정으로 제안했다.

"소공에게 신년 무도회에서 나와 춤출 기회를 주지."

"예?"

발칸은 몹시 당황했다. 어찌나 놀랐던지 목소리마저 삐끗하고 말았다. 그를 보던 릴리스가 양어깨를 들썩였다.

"현자의 탑에서 그대에게 관심을 보인다고 들었어. 끈질긴 자들이지만 황족과 얽히는 것을 싫어하니 나와 엮이면 임시방편으로나마 도움이 되겠지."

"허……."

현자의 탑은 대륙의 내로라하는 학자들이 모여 있는 폐쇄적인 집단이었다. 평소에는 그저 괴짜 노인네에 가까운 이들이지만, 마음에 차는 신진 학자라도 나타났다 싶으면 득달같이 달려들어 수단과 방법을 가리지 않고 탑의 일원으로 끌어들이는 것으로 특히나 원성이 자자했다.

명예를 얻으니 되었다 하기에는 탑의 일원으로서 지켜야 할 수칙들이 너무 많았다. 그리고 릴리스는 이전 생의 발칸 소공이 강권에 못 이겨 탑의 명부에 제 이름을 올렸다는 것을 이미 알고 있었다. 그녀는 편안한 마음으로 표정 관리에 철저하다 알려진 훤칠한 사내의 생경한 모습을 지켜보았다.

이윽고 발칸이 솔직하게 감탄했다.

"못 뵈었던 몇 년 사이 완전히 다른 사람이 되신 것 같군요. 그 사실을 대체 어떻게 아신 겁니까?"

"나도 비빌 언덕이 있어야 하지 않겠어?"

릴리스는 의뭉스럽게 말을 눙쳤다. 발칸은 그런 그녀를 미심쩍게 바라보았지만 더 캐묻는 대신 순순히 협정에 동의했다.

"그 약속 꼭 지키시길 바랍니다."

"물론. 연회에서 내 손을 잡을 수 있는 사람은 바이마르 공과 그대 둘뿐일 거야. 아, 황제 폐하까지는 셈에 넣기 힘들겠군."

"됐습니다. 그보다 체자레 왕자 이야기로 돌아가지요."

릴리스는 진지한 얼굴로 돌아간 발칸을 따라 입매를 굳혔다.

"쟁탈전을 벌이는 기간은 길게 잡아 보아야 두 달이 채 되지 않을 겁니다. 그가 실제 태자위에 오르는 데에는 시간이 좀 더 소요되겠지만 지금의 기세라면 금방 세력을 확장하겠지요."

"체자레 왕자는 강경파의 수장이라 들었어. 카리알의 독립에 관해서는 협상의 여지가 전혀 없다고 봐야겠지."

"맞습니다. 그리고…… 바이마르 공은 그의 동생이지요."

"……."

"체자레 왕자가 바이마르 공을 무척 아낀다는 이야기는 저 역시 들었습니다. 혹 공을 걱정하십니까?"

"당연한 것을 묻는군. 공을 이용한다면 스파티움과의 미묘한 여론 몰이를 보다 수월하게 할 수 있지 않겠나."

"……무서운 말씀을 하시는군요. 하지만 틀린 말은 아닙니다. 마마께서 듣기에는 다소 불편한 이야기가 되겠지만."

발칸은 릴리스의 침묵을 수긍으로 받아들였다. 사실 그것 외에는 다른 의미가 없어 보였으므로 그는 더 기다리지 않고 말을 이었다.

"체자레가 왕위를 이을 유력한 후보로 떠오르고 있는 지금, 그가 아테라에 꽤 위협이 되고 있는 것은 사실입니다. 1왕자가 바이마르 공의 신병을 들먹이며 체자레를 끌어내리려 시도할 수도 있겠지요.

물론 폐하의 동의가 선행되어야 할 일이니 마마의 부군임을 먼저 생각하신다면 이 경우는 성립하지 않을 겁니다."

"다른 말로, 폐하께서 윤허하신다면 가능한 일이라는 뜻이겠군."

"또 다른 말로는, 체자레 왕자라면 그전에 바이마르 공의 안전을 보장받으려 시도할 확률이 높다고도 할 수 있겠지요."

"이해했네."

릴리스가 고개를 끄덕였다. 발칸은 그녀의 낯을 살핀 뒤 사견을 덧붙였다.

"외람된 말씀입니다만, 바이마르 공이 체자레 왕자와 어떻게든 연락을 주고받고 있을 거란 의심도 결코 쉬이 거두셔서는 안 됩니다. 혹 그런 징후가 나타난다면 더더욱 경계하셔야 할 일이지요."

"……."

"저는 공이 싫지 않습니다. 허나 그보다는 마마가 염려되는 마음이 더 크다는 것을 부정할 수는 없겠군요."

그의 말에는 무엇도 틀린 것이 없었다. 릴리스는 심란한 마음으로 환궁했다.

✢ ✣ ✢

밤이 깊었을 무렵이었다. 똑똑, 조심스러운 노크 소리와 함께 낯익은 목소리가 희미하게 들려왔다. 까무룩 잠들었던 릴리스는 주섬주섬 근처의 로브를 팔에 꿰고는 졸린 눈으로 문을 열었다.

어둠에 반쯤 잠긴 복도 끄트머리에 와트만이 등을 보인 채 서 있었다. 릴리스는 익숙한 그 뒷모습을 일별하고 다시 문 앞으로 시선을 돌렸다. 커다란 베개를 껴안은 채 멀뚱히 서 있던 바이마르가 시선이 마주치자 기다렸다는 듯 입가에 배시시 웃음을 걸었다.

"반? 이 시간에 왜…… 아니, 일단 들어와요."

순찰을 돌던 기사 하나가 저만치서 아닌 척 두 사람의 대화에 귀를 기울이고 있는 것이 보였다. 릴리스는 서둘러 문을 닫고 바이마르를 방 안쪽으로 이끌었다.

그리고 잠시 뒤. 문을 잠그고 돌아선 그녀는 뜻밖의 광경에 말을 잃었다.

"손만 잡고 자겠습니다."

얌전한 사슴처럼 이불을 덮고 누운 바이마르가 얼굴만 밖으로 빼꼼 내민 채 그녀를 말끄러미 쳐다보고 있었다. 황망한 기분으로 마주 보고 있으려니 재촉하듯 이불 한쪽이 위로 훌쩍 들렸다. 혹 밤을 청할까 걱정했던 것이 무색하게도 말끔한 낯이었다.

릴리스는 주춤주춤 걸어가 그의 곁에 몸을 뉘었다.

"좋은 꿈 꾸십시오, 마마."

바이마르가 그리 말하며 이불 속에서 더듬더듬 그녀의 손을 찾아 쥐었다. 약속대로 할 심산인지 퍽 담백하기까지 한 동작이었다. 어쩐지 가슴이 떨려 눈을 말똥말똥하게 뜨고 있던 릴리스는 양 백서른 마리를 세다 백서른한 마리째를 울타리 밖으로 놓쳐 버리고 곯아떨어졌다…….

"……마! 마마!"

얼마나 잠들었을까. 물먹은 솜처럼 머리가 무거웠다. 누군가 몸을 세차게 뒤흔들고 있었다. 릴리스는 간신히 눈을 떠 두 손을 내저었다. 바이마르가 안도한 듯 크게 숨을 내쉬며 한 손으로 그녀의 얼굴을 쓸어내렸다.

"악몽을 꾸셨나 봅니다."

"······그런가 봐요."

목덜미가 온통 식은땀 범벅이었다. 재빨리 물을 떠 온 바이마르가 찬 기운이 도는 잔을 릴리스의 입가에 가져다 대었다. 잔 가득 채워진 찬물을 세 잔 연거푸 비워 낸 뒤에야 갈빛 눈에 서서히 총기가 돌아왔다.

"황녀 마마. 들어도 되겠습니까?"

때마침 개비의 목소리가 들렸다. 릴리스는 반사적으로 휘장 너머를 슬몃 살폈다. 어둑한 하늘 저편에서 희끄무레한 빛이 떠돌고 있었다. 날이 흐려 해가 보이지 않기는 했으나, 어쨌거나 일어날 시간이 맞았다.

바이마르는 걱정스러운 낯으로 침대를 벗어나 문을 열었다. 우르르 몰려 들어오던 개비와 시녀들이 그를 보곤 놀란 얼굴로 재빨리 길을 비켜 주었다.

"우선은 목욕을 하고 싶은데. 개비, 뜨거운 물을 좀 받아 주겠어?"

릴리스는 어색한 분위기를 타개하기 위해 다소 부자연스럽게 목소리를 높였다. 그제야 번뜩 정신을 차린 시녀들이 부산하게 제 할 일을 찾아 움직이기 시작했다.

"그럼요. 잠시만 기다리세요."

다소 머뭇거리던 개비가 이내 천천히 욕실 안으로 사라졌다. 릴리스는 여전히 미심쩍은 눈빛을 하고 있는 바이마르를 살살 달래 올려 보낸 뒤, 평소보다 오랜 시간을 들여 몸을 씻었다. 뜨거운 물로 몸을 한껏 풀어내고, 데운 향유로 마사지를 하고 나니 기분이 조금은 나아지는 듯했다.

"넬림 자작이 다쳤다고 하는군요."

그러나 와트만이 가져온 소식은 그 모든 수고를 헛되게 만들었다. 그를 흘금 돌아본 개비가 시녀들을 이끌고 미적거리며 방을 나섰다. 릴리스는 문이 닫히고도 한참이 지난 뒤에야 소리를 낮추어 와트만에게 되물었다.

"넬림 자작이라면 4기사단의 부단장이잖아? 스파티움 기사에게 당한 건가?"

"아마 그렇겠지요. 제법 이름을 날렸던 놈이라…… 분위기가 썩 좋지만은 않습니다. 정복 전쟁을 다시 일으켜야 한다는 이야기까지 나오고 있는 모양이더군요."

이제 곧 신년 무도회가 열릴 것이다. 한 해의 시작을 축하하는 자리였지만 불쾌한 일이 일어나지 않으리라는 법은 없었다. 릴리스는 생각을 거듭하며 무심코 손을 들어 올려 목덜미의 흉터를 가볍게 쓸었다. 와트만이 눈썹을 추켜올렸다.

"그러고 보니 그 흉은 대체 어디서 생기신 겁니까? 여태 못 보던 것인데."

"……나도 잘 모르겠어."

대답을 납득하지 못하겠다는 듯 그의 표정이 딱딱해졌다. 릴리스는 설명을 덧붙이는 대신 단장한 차림새 그대로 탁자 위에 풀썩 엎어졌다. 얇은 이불을 끌어다 얼굴을 덮자 천 너머로 새어 들어온 환한 빛이 그대로 얼굴 위로 쏟아져 내렸다. 와트만은 무언가 할 말이 남은 듯 탁자 주변을 조금 더 서성였으나, 결국에는 그녀를 건드리지 않고 방을 나섰다.

릴리스는 문 닫히는 소리를 들으며 가만히 어젯밤 꿈을 되새겼다. 예거라트와 바이마르. 그리고 그 외의 알 듯 모를 듯 한 얼굴들이 머릿속을 스치고 지나갔다.

장면은 궁 안이었다가, 흔들리는 마차 안이었다가 온기 하나 없는 길쭉한 탑의 고립된 방 안에서 끝이 났다. 문간에 서 있던 사내의 얼굴이 어쩐지 기억날 듯 말 듯 흐릿하게 떠올랐으나 뚜렷하게 기억에 남는 것이라곤 밝은 밀빛 머리와, 그의 귓바퀴에 꽂힌 푸른색 깃펜뿐이었다.

"마마. 들어가도 되겠습니까?"

꿈에 대해 생각하다 다시 깜빡 잠이 든 모양이었다. 어느새 아침 훈련을 마치고 온 바이마르가 복도에 선 채 문을 두드리고 있었다. 작은 목소리로 들라 이르자 문이 열리며 수려한 얼굴이 불쑥 드러났다.

"주무시고 계셨나 봅니다."

"깜빡 졸았나 봐요. 씻고 오신 건가요?"

"예. 땀 냄새가 날까 저어되어."

겨울 한복판에 피어난 봄눈처럼 싱그러운 미소였다. 성큼 다가와 옆자리에 앉은 그가 아직 잠기운이 묻어 있는 릴리스의 눈꼬리를 엄지로 부드럽게 쓸어내렸다. 뜨거운 물을 막 맞고 와서인지, 손가락에 아직도 온기가 담뿍 남아 있었다.

"참, 상인들을 불러들이셨다고 들었습니다. 연회 준비를 위함입니까?"

"예. 그렇잖아도 이제 얼추 올 시간이 되었어요. 같이 가실 거지요?"

"물론입니다. 어디든 따라가겠다고 말씀드리지 않았습니까."

눈빛이 마치 그녀를 타박하듯 형형했다. 릴리스는 그 눈에 엉켜 다시 어젯밤 꿈속으로 끌려 들어갔다. 서늘한 탑, 그녀를 돌아보던 냉기 어린 시선, 목을 감싸 쥔 차가운 손과, 그리고 끝내는 죽음을 방관하던—

한 줌 인정을 베풀어 예거라트에게 탄원을 올려 주긴 했다지만, 종국에 그가 선택한 것은 신뢰해 마지않는 그의 형제였다. 선택의 기저에 그녀에 대한 원망이 깔려 있었다 한들, 단지 그것만으로 미래를 바꿀 수 있으리라 대체 누가 장담할 수 있단 말인가. 근간이 변했으니 결과도 다를 거라 생각하는 것 또한 어쩌면 희망적인 망상에 불과할지도 몰랐다.

"그럼 가지요."

그럼에도 믿고 싶어지는 것은 정말이지 참 무지한 일일지도 모른 다는 생각이 들었다.

✤ ❁ ✤

"목걸이가 눈에 확 띄네요. 드레스 장식이 간소해서 다행이에요."

릴리스는 거울 속의 제 모습을 살펴보았다. 묵직한 금줄 때문에 목이 조금 뻐근했으나 그것 외에는 모든 것이 마음에 쏙 들었다.

큼지막한 가넷이 정중앙에 박힌 목걸이는 일주일 전 예거라트가 보내온 것이다. 가만히 두어도 홀로 어찌나 번쩍거리는지, 레이스며 보석 장식이 없는 밋밋한 드레스를 입었음에도 그 덕에 머리끝에서 발끝까지 공들여 꾸민 듯한 화려한 분위기가 풍겼다.

바이마르 역시 그녀와 비슷한 차림이었다. 일견 소박해 보이기까지 하는 아이보리색 정장을 입고, 성년임을 상징하는 붉은색 귀걸이를 달고 나타난 그가 능숙한 듯 한 손을 내밀어 에스코트를 청했다.

"황녀 마마와 바이마르 공께서 드십니다—"

오늘의 무도회는 서쪽 별궁의 커다란 홀에서 열릴 예정이었다. 130년 전, 디아트 왕이 비를 위해 지은 곳이라 전해지는 서쪽 별궁은 본궁보다는 그 규모가 조금 작았으나, 백색 타일로 사방을 마감한 아름다운 중앙 홀이 특히나 아름다워 궁의 방문객들이라면 꼭 한 번씩 들러 보아야 하는 명소로 손꼽혔다.

커다란 문을 지나 연회장으로 들어서자 기다렸다는 듯 따끔한 시선들이 온몸을 찔러 왔다. 단상에 올라 자리에 앉은 이후에도 그들은 끊임없이 두 사람을 흘금거렸다. 어찌 되었건 황족인지라 대놓고 비난하지 못함이 치 떨리게 아쉬운 표정들이었다.

넬림 자작은 그로부터 얼마 지나지 않아 등장했다. 시종의 입에서 그의 이름이 나오는 순간 잠시 침묵에 휩싸였던 연회장 안은 언제 그랬냐는 듯 곧 다시 어수선해지며 냉랭한 분위기가 감돌았다. 팔에 붕대를 감고 서 있는 자작의 주변으로 사람들이 벌 떼처럼 모여들었다.

삼삼오오 뭉쳐 선 이들이 연신 수군대며 서로에게 말을 옮겼다. 화를 내고, 걱정하고, 성토하는 소리가 잦아들었다 커지기를 반복하며 그리 넓지 않은 홀을 꽉 메웠다.

소란은 예거라트가 등장하고 난 뒤에야 다소 수그러들었다.

신년 무도회에는 황제의 축사가 없다. 행여나 있을 말실수로 괜한 불행을 자초하지 말자는 의미의 오래된 관습을 따른 것이다. 대신 무도회의 시작을 알리는 것은 황제 부부의 첫 춤으로, 비가 없는 지금 그것은 자연히 드와이트 영애의 몫이 되었다. 홀을 누비는 두 사람을 보고 있던 바이마르가 뭉툭한 엄지를 이용해 릴리스의 손등을 부드럽게 쓸어내렸다.

"아테라에는 의외로 자잘한 미신이 많은 듯합니다."

"미신이 아니라 전통이겠죠."

릴리스가 어깨를 들썩이며 대꾸했다. 바이마르는 묵묵히 손동작에 집중하며 그가 나고 자란 고국을 떠올렸다.

여러 가지 관습이 넘쳐 나는 아테라에 비해, 스파티움은 상대적으로 정돈된 문화를 가진 곳이었다. 좀 더 감정적으로 표현하자면 삭막하다는 단어를 가져다 붙일 수도 있을 것이다. 무예와 자립심을 강조하는 스파티움 특유의 딱딱한 분위기 또한 그에 많은 영향을 끼쳤으리라.

바이마르는 생각 끝에 짧게 한숨을 내쉬었다. 이해가 짧아 상대를 온전히 이해할 수 없음이 난생처음으로 애석했다. 이럴 줄 알았으면 시렌을 조금 더 닦달해 볼걸. 그러나 이제 와선 때늦은 후회일 뿐이었다.

이런저런 상념에 잠겨 있으려니 어느덧 두 사람의 차례가 돌아왔다. 바이마르는 긴장된 얼굴로 일어서 뚜벅뚜벅 단상을 내려갔다. 작은 손을 붙들고 텅 비어 있는 홀 중앙에 서자 손에서 미지근한 땀이 배어 나왔다. 장갑을 끼고 있어 그나마 다행이었다.

심장이 머릿속에 있는 듯 관자놀이가 쿵쿵 맥동했다. 그는 연습했던 동작과 순서를 잊어버리지 않기 위해 있는 힘껏 최선을 다했다. 그러나 몸이 스칠 때마다 풍겨 오는 익숙한 향기와 따끈하고 몰캉거리는 여체의 감촉에 결국에는 무의식의 힘을 빌려 발을 놀렸다.

"어려운 곡이었을 텐데. 공께서 저보다 춤에 더 능숙하신 듯합니다."

관악기의 웅장한 마무리와 함께 경쾌하게 이어지던 곡이 끝났다. 성의 없는 박수갈채가 두어 번 이어지다 허무하게 잦아들었다. 어색한 적막이 감도는 가운데 릴리스가 작게 속삭이며 그를 홀 바깥으로 이끌었다.

이제 겨우 한 곡이 끝났을 뿐인데도 고된 훈련을 마친 것처럼 갈증이 일었다. 지나가던 시종을 멈춰 세운 바이마르는 그가 들고 있던 쟁반 위에서 제일 커다란 잔을 집어 들었다.

걸쭉한 황금색 액체를 단번에 꿀꺽꿀꺽 비워 내고 있으려니 마침 다가온 발칸이 피식 웃으며 손가락으로 빈 잔을 가리켰다.

"제법 센 술인데요. 괜찮으시겠습니까?"

항변하고 싶었으나 그의 말대로 술은 정말 독했다.

스파티움에서는 술과 음탕함을 지양한다. 금주법이 발령된 것은 아니었으나, 취할 때까지 술을 퍼마시는 이들이 손에 꼽을 정도로 매우 보기 드물었다. 바이마르는 그런 나라의 왕자답게 익숙하지 않은 미각적 충격에 한 손으로 입가를 가리고 콜록콜록 기침을 뱉었다.

발칸 소공은 염치 있는 사람으로서 대놓고 웃음을 흘리지는 않았으나, 재주 부리는 원숭이를 처음 본 사람처럼 흐뭇한 표정을 굳이 감추지도 않았다.

"혼자 있어도 괜찮겠어요?"

릴리스는 걱정스럽다는 듯 그를 살피면서도 발칸의 에스코트를 거절하지 못했다. 바이마르는 애써 태연함을 가장하며 고개를 끄덕였다. 선약에 대해서야 이미 들어 알고 있었음에도, 막상 눈앞에서 그 꼴을 보려니 어쩔 수 없이 뱃속이 뒤틀렸다. 어쩌면 그저 방금 전에 마신 술이 원인일 수도 있을 것이다. 그러나, 뭐든 간에 불쾌하다는 것만은 변치 않는 사실이었다.

"너무 인기가 없으신 것 아닙니까?"

두 사람이 그를 떠나 댄스홀을 누비는 동안, 기둥에 기댄 채 머리를 짚고 있던 바이마르는 낯익은 객의 접근에 조금 놀라 얼굴에 한껏 날을 세웠다.

"예, 예. 그러실 줄 알았습니다요. 저 에드몽입니다, 저하."

평소의 허름하던 차림새와 달리, 오늘의 그는 무척이나 번듯한 모습이었다. 빤한 시선이 부담스러웠는지 한 손으로 목덜미를 문지르던 에드몽이 비밀이라도 폭로하듯 목을 조금 움츠리며 소개를 부연했다.

"워…… 너무 그렇게 놀라시면 민망한뎁쇼. 이래 봬도 귀족이란 말입니다. 황가에 충성을 맹세한 기사들은 서임 즉시 단승 작위가 주어지거든요. 그래 봐야 영지도 없는 일개 남작입니다만, 어쨌거나 저 같은 평민들이 출세하기에는 더할 나위 없이 훌륭한 조건이라."

하하. 말끝에 웃음소리가 따라붙었다. 평소와 다름없는 넉살이 조금 반가운 한편, 따갑게 내리꽂히는 시선이 번거로웠다. 바이마르는 반가이 인사를 되돌리는 대신 미간을 가볍게 찌푸리는 것으로 불편한 심기를 드러냈다.

"……친절한 설명은 그쯤이면 충분하니 경도 이만 물러서는 게 좋겠군. 적국의 왕자에게 굳이 붙어 험한 꼴을 볼 필요가 있나?"

"하지만 장점도 있습니다요. 보세요. 저 숙녀들이 다가올 엄두를 못 내지 않습니까."

그러나 에드몽은 쉬이 떠날 기색이 아니었다. 바이마르는 그 너스레에 픽 웃고는 입을 다문 채 눈을 반쯤 내리깔았다. 어쨌거나 머물기로 결정했다면 그가 나서 왈가불가할 일은 아니었다.

한동안 바이마르의 주변을 서성이던 에드몽은 그가 들고 있던 빈 잔을 뒤늦게야 눈치챘다. 술을 즐기지는 않는 듯했으나 어쨌든 이런 곳에서는 무언가라도 들고 있는 편이 더 구색에 맞을 것이다. 이를테면 보기도 좋고 맛도 좋은 칵테일이라든가.

"어이, 에드몽."

슬금슬금 그에게서 등을 돌려 드링크 바로 다가가기 무섭게, 알고 지내던 기사 몇이 친한 척 어깨동무를 걸어 왔다. 에드몽은 자연스럽게 그 팔을 걷어 내며 흥겨운 척 손 아래의 술잔을 하나 집어 그들과 마주 부딪쳤다.

"스파티움 이야기는 들었지? 요사이 분위기가 흉흉하다던데…… 저 왕자 주변은 어때?"

혹시나가 역시나가 되는 것은 금방이었다. 시답잖은 안부 인사로 시간을 때우던 기사들이 이윽고 본론을 꺼내 들었다. 에드몽은 아무것도 모르는 양 어깨를 으쓱했다.

"뭐, 나야 오며 가며 마주치는 게 전부인걸."

"그렇다면야 다행이지만…… 너도 조심해. 저 왕자가 호시탐탐 아테라의 약점을 찾고 있다는 소문이 궁내에 자자하다고."

기사 하나가 눈을 굴리며 걸걸한 목소리로 소곤거렸다. 뜨거운 입김에서 술 냄새가 훅 끼쳤다. 함께 왔던 동기 하나가 손뼉을 짝 치며 눈을 굴렸다.

"아! 나도 들었어, 그 소문."

"그렇다니까. 넬림 자작이 저 꼴이 난 것도 다 그 때문이라더군. 헌데 이런 자리에 당당히 동석하시다니 황녀 마마께선 대체 무슨 생각이신지……."

"아, 마마께서 왕자를 퍽 총애한다는 사실이야 이미 수도에 짜하게 퍼진 소문 아닌가. 반반한 얼굴에 눈이 멀어 나라 팔아먹는 짓을 그냥 눈감아 주는 것이지."

두 명의 기사가 주거니 받거니 하며 대화를 이어 갔다. 격렬한 기세로 스파티움을 씹어 대고 있는 두 동기들을 앞에 두고 느긋하게 벌일 만한 일은 아니었으나, 에드몽은 간간이 추임새를 넣으면서도 홀로 있을 바이마르가 신경 쓰여 연신 등 뒤로 시선을 넘겼다.

장신의 사내는 그저 묵묵히 서 있음에도 물속의 기름처럼 눈에 띄었다. 과녁이라면 10야드 밖에서도 쉬이 맞출 수 있을 것이리라.

"하필이면 엮인 것이 적국의 사생아라니."

그런 생각을 하는 사이 동기들이 떠나며 썹어뱉듯 한마디를 남겼다. 에드몽은 처음으로 그 말에 동의하는 한편, 솟구치는 짜증에 미간을 좁혔다. 그깟 핏줄이 대체 무슨 문제란 말인가.

그러니까 예컨대, 그의 어미는 아비의 정부였다.

어미가 그를 가진 것은 아비가 전 부인과의 불화로 골머리를 썩고 있을 무렵의 일이다. 실제로 이혼 신청이 받아들여진 것이 에드몽이 태어나기 고작 한 달 전이었으니, 까딱 잘못되어 조산이라도 했다면 꼼짝없이 바이마르와 비슷한 꼴이 되었으리라.

에드몽은 거기까지 생각하다 반쯤 남은 술을 한입에 털어 넣었다.

"왜 또 왔지?"

다시 가까이 다가서자 대번에 날 선 물음이 날아들었다. 에드몽은 바이마르에게 새 잔을 건네며 검지로 어깨 너머를 가리켰다.

"이래 봬도 지금 임무 중이란 말입니다. 저어기 계신 와트만 경이 저하 곁을 떠나지 말라 단단히 으름장을 놓고 가셨다구요. 하여간 단장님도 꼭 이럴 때만 인기가 넘치신다니까."

"……."

공교롭게도 그의 말은 사실이었다.

기실, 남편의 이른 사망이나 이혼 등으로 혼자가 된 젊은 부인들에게 황녀의 하나뿐인 호위 기사는 퍽 괜찮은 먹잇감이었다. 산도적도 맨손으로 때려잡을 수 있을 것처럼 험상궂은 인상과는 조금 다르게 의외로 살뜰한 구석이 있어 이래저래 평판이 좋은 편이기도 했다. 열 번 춤을 신청하면 두 번이나 받아 줄까 말까 했음에도 와트만의 앞에는 언제나 차례를 기다리는 줄이 짧지 않게 늘어섰다.

바이마르는 아무 말도 하지 못했다. 불만스러운 얼굴로 콧잔등을 찌푸리고 있던 그가 이내 술잔에 든 무색 액체를 벌컥벌컥 들이켰다. 익숙하지 않은 알코올 기운에 콜록콜록 기침이 새어 나왔으나 바이마르는 아닌 척 옷소매로 입을 틀어막고 숨을 참았다. 순식간에 얼굴이 시뻘겋게 달아올랐다.

'이것 참.'

그는 와중에도 멀쩡한 듯 보이기 위해 안간힘을 쓰고 있는 기색이었다. 나이답게 아직 반응이 솔직하다. 하긴, 이제야 겨우 성년식을 치르는 이가 아닌가. 에드몽은 못마땅한 기분이 들 때 으레 그러하듯이 손가락으로 탁, 탁 검집을 두들겼다.

황녀의 총애를 받는다는 소문에 한동안은 이런 홀대가 잠잠했을 때도 있었다. 그러나 예거라트가 그를 여태 왕자라 부르며 못마땅해한다는 뒷소문이 암암리에 퍼지고 난 뒤에는 모두가 아닌 척, 릴리스의 앞에서만 눈치를 슬슬 보았다.

차라리 바이마르가 직접 나서 서러운 일들을 죄다 일러바치는 성정이었더라면 상황은 퍽 달라졌을 것이다. 그러나 에드몽이 아는 바로, 이 스파티움의 왕자는 의외의 면에서 고집이 있어 자신의 무르고 부족한 면을 드러내고 싶지 않아 했다. 마치, 그리된다면 황녀의 소심한 애정이 금방이라도 식어 버릴 것이라 생각하는 듯싶었다.

"공, 오래 기다렸나요?"

그러니 황녀라도 그를 아끼지 않았더라면 대체 얼마나 쓸쓸했을 것인지.

에드몽은 때맞춰 나타난 릴리스에게 정중히 인사를 건네면서도 그런 생각을 떨치지 못했다.

"저하! 아니 술은 좀 적당히 드셔야지요. 성년이 되었다고 그렇게 절제 없이 마시다가는 모르는 새 그냥 훅 가시는 수가 있……."

한편 간신히 부인네들을 떨쳐 내고 돌아온 와트만은 바이마르의 시뻘게진 얼굴을 보고 놀람을 감추지 못해 눈을 휘둥그렇게 떴다. 당연한 수순으로, 살뜰한 타박이 이어졌다.

"쿨럭, 쿨럭, 아니 경! 이 냄새는 대체 뭡니까? 설마 향수 냄샌가? 하나도 아니고 둘도 아니고 열댓은 되는 듯한데."

그러나 에드몽이 눈을 비비며 밭은기침을 뱉어 내기 시작하자 언제 그랬냐는 듯 목소리가 푹 수그러들었다. 와트만이 머쓱한 얼굴로 볼을 문지르며 헛기침을 연발했다. 일부러 간 게 아니라는 둥, 채틀렛 부인이 억지로 사람을 끌어내 말릴 수가 없었다는 둥 변명이 이어졌지만 누구도 귀담아듣지 않았다.

어쨌건 간신히 한데 모인 네 사람은 묵묵히 연회장을 가로질렀다. 날 선 시선들이 줄줄이 따라붙어 신경 줄을 날카롭게 만들었으나 팔각형 모양의 연회장 구석 틈새로 나서자 커다란 기둥이 시야를 가리며 그 불쾌한 감각을 걸러 주었다. 에드몽이 마차를 부르러 간 사이, 남은 셋은 제각기 선 채 가쁜 숨을 골랐다.

"홋…… 아……."

그러나 안심하긴 아직 일렀다.

"저, 마마, 지금, 저기, 소, 소리가……."

바이마르가 정원을 떠도는 흐릿한 신음성에 놀라 말을 더듬었다. 릴리스는 귀 끝을 조금 붉히며 모른 척 그에게서 시선을 비꼈다. 연회가 열리는 날 밤의 궁 정원이 비밀스런 연인들의 손꼽히는 밀회 장소라는 사실을 잠시 잊고 있었던 것이다.

한편, 바이마르는 한 손으로 얼굴을 덮어 불룩한 광대 위에 피어오른 홍조를 가렸다. 옷을 겹겹이 껴입어도 살갗이 시린 이 겨울에, 그것도 사람들이 드나드는 개방된 정원에서 나누는 정사라니. 스파티움인으로 나고 자란 그에게는 과하다 못해 다소 지나친 충격이었다.

그리고 무슨 생각을 하는지 내내 얼굴이 하얘졌다 붉어지기를 반복하던 바이마르는 황녀궁에 도착해서도 뻣뻣하기 짝이 없는 걸음걸이를 고수했다. 릴리스는 그 어정쩡한 태도를 다소간 의아하게 여겼으나 곧 의심을 지워 버리고 그를 제 방으로 인도했다.

"눈 뜨지 말아요."

바이마르는 시키는 대로 얌전히 앉아 두 눈을 꼭 감았다. 잠재우려 의식적으로 부단히 노력했음에도 아직 건재함을 자랑하는 다리 사이가 솔기에 꽉 끼어 자꾸만 식은땀이 났다.

그때였다. 싱그러운 향기가 훅 밀려와 코끝을 간지럽혔다. 바이마르는 저도 모르게 숨을 한껏 들이쉬며 물었다.

"이게 무엇입니까?"

"……성년 선물이지요. 반은 또 미신이라 하겠지만 아테라에서는 성년식 날 스무 살이 된 이에게 세 가지 선물을 준답니다. 자, 여기 첫 번째 선물이요."

바이마르는 천천히 감고 있던 눈을 떴다. 손바닥 위에 싱싱하고 커다란 붉은 장미가 놓여 있었다.

"그리고 이건 두 번째 선물."

다음으로 받은 것은 집게손가락만 한 길이의 크리스틸 병이었다. 불투명한 병 안에는 찰랑거리는 연푸른색 액체가 가득 담겨 있었다. 그는 마개를 살짝 열어 향을 맡았다. 첫 향은 청량하고 끝은 그보다 좀 더 달았다. 과거 어느 날인가, 시렌이 쥐여 주었던 향유와도 비슷한 냄새가 났다. 그러다 바이마르는 그날의 오해를 떠올리곤 조금 부끄러워졌다.

또다시 아래쪽이 답답해졌다.

"허면 세 번째 선물은 무엇입니까?"

이대로는 안 될 것 같다. 바이마르는 최대한 빨리 이 순간을 넘기기 위해 다소 급하게 두 손을 모은 채 두 눈을 꼭 감았다. 사륵. 천 자락이 쓸리는 소리가 난다 싶더니, 이내 청량한 숲의 향기가 숨결 사이로 섞여 들었다.

"……세 번째 선물은 입맞춤이래요."

가볍게 닿았다 떨어진 접촉이 감질났다. 바이마르는 앉은 자세 그대로 팔을 뻗어 가는 허리를 끌어당겼다. 맞닿은 입술이 침입자를 환영하듯 천천히 벌어졌다. 혀끝에서 달고 쌉싸름한 샴페인 맛이 났다.

커다란 손이 허리 근방을 다급하게 배회하고 있었다. 릴리스는 커다랗게 숨을 들이쉬었다. 그리 탄탄하게 동여맨 것도 아닌데, 오늘 따라 코르셋이 유난히 답답하게 느껴졌다. 그리고 그 순간, 바이마르가 당혹스러운 듯 눈썹을 아래로 늘어뜨렸다.

"릴리스, 아니, 이게…… 왜……."

그러고 보니 전에는 코르셋을 하지 않았지. 릴리스는 그런 생각을 하다 그만 작게 웃음을 터뜨리고 말았다. 작은 리본 매듭 위로 손을 끌어다 올려 주자 곧 몸통을 죄고 있던 압박감이 줄어들었다.

"아프지 않게 하겠다고 약속해요."

"약속, 약속합니다."

맨살 위로 이제는 익숙해진 온기가 느껴졌다. 열에 들뜬 목소리가 약속이란 말을 거듭 되뇌는 동안, 릴리스는 귓불에서 빛을 내고 있는 자그마한 루비 귀걸이를 손끝으로 쓸어 보았다.

이윽고 달랑이는 보석만큼이나 불그스레하게 달아오른 얼굴이 훌쩍 가까워졌다. 성년의 날 선물이 너무 과한 것은 아닐까. 그런 때늦은 염려가 머리를 스쳤으나 릴리스는 끝내, 그 얼굴을 밀어 내지 못했다.

⚜ ⚜ ⚜

결과적으로, 아프지 않게 하겠다는 바이마르의 장담은 딱 절반의 효력만을 발휘했다. 한층 공을 들인 덕인지 전보다 둔통이 덜하긴 했으나, 밤새 끝도 없이 밀어붙이는 통에 다리며 어깨, 목덜미에 이르기까지 성한 곳이 없었다.

"본궁에서 온 서신이라고?"

"예, 지금 보시겠어요?"

때아닌 근육통에 시달리던 릴리스는 천천히 일어나 개비가 내비는 쟁반을 받아 들었다. 금색 띠를 두 번 둘러 매듭을 지어 놓은 정갈한 겉봉투 위에 메리엔 드와이트라는 이름이 선명히 박혀 있었다. 서신을 받을 일이 따로 있었던가. 릴리스는 고개를 갸웃하며 단단히 묶인 끈을 풀었다. 구불거리는 주홍색 머리를 꼼꼼히 빗어 목 옆으로 땋아 내리고 있던 개비가 궁금한 듯 슬쩍 앞쪽으로 상체를 기울였다.

"무슨 일인지 제가 여쭈어도 될까요, 마마?"

"……별것 아냐. 살롱에 초대할 객들의 명단을 살펴 달라고 하시는걸."

딱히 숨길 만한 이야기도 아니었으므로, 릴리스는 선선히 그녀의 궁금증을 풀어 주었다. 머리 손질을 마친 개비가 한 걸음 물러나며 빗이 든 상자를 멀리 치웠다.

"마마께서 궁의 유일한 꽃으로 지내실 날이 정말 얼마 남지 않은 모양이에요. 아쉬워라."

특정한 장소에서 살롱을 연다는 것은 주최자가 안살림을 책임질 준비가 되었음을 간접적으로 알리는 사교계의 고전적인 방식이었다. 릴리스는 창가 옆 안락의자에 눕듯이 기대어 앉아 명단에 적혀 있는 이름들을 손으로 하나하나 짚으며 읊어 내려가기 시작했다.

"의외로 지방 귀족들을 많이 초대했네. 피드펜, 브라이드, 나울렛, 라올리……."

그러나 평생 모른 채 살던 가문 이름들이 한가득이라, 릴리스는 곧 그 작업에 흥미를 잃고 말았다.

그녀는 종이를 놓고 상체를 바로 세운 뒤, 접어 세우고 있던 무릎을 의자 아래로 죽 뻗었다. 그러나 바로 발끝에 닿아야 할 슬리퍼의 감각이 없어 릴리스는 고개를 갸웃했다. 분명 바로 이 근처에 둔 것 같은데, 그사이에 도대체 어디로 굴러간 것인지 도통 알다가도 모를 일이다.

"개비. 나 슬리퍼 좀…… 개비?"

찾다 못해 개비를 불렀으나 돌아오는 답이 없었다. 릴리스는 무심코 그녀가 서 있던 탁자 근처로 고개를 돌렸다가 그만 화들짝 놀라고 말았다.

찻잔에서 물이 철철 넘쳐흐르고 있었다. 그것을 아는지 모르는지, 개비는 여전히 찻주전자를 기울여 멍하니 물을 따르고 있을 뿐이었다. 탁자 다리를 타고 바닥으로 흘러내린 말간 찻물이 카펫 위에 고여 주먹만 한 웅덩이를 만들었다.

"개비!"

릴리스는 재차 개비의 이름을 불렀다. 먼 곳을 보듯 허공에 꽂혀 있던 시선이 차츰 돌아와 다시 릴리스를 향했다. 아주 느린 속도였고, 그러는 동안 찻주전자 주둥이에서 흘러나오던 물은 이제 거의 동났는지 똑, 똑 규칙적인 리듬으로 작은 물방울만을 떨어뜨리고 있었다.

개비가 눈을 껌뻑이며 릴리스를 응시했다.

"마마? 왜 그러시…… 어머나, 이런."

뒤늦게 정신을 차린 개비가 낭패한 기색으로 입을 가렸다. 릴리스는 고개를 젓고는 물에 젖은 부분을 피해 바닥에 조심히 발을 디뎠다.

놀랐던 것이 무색하게도 상황은 빠르게 정돈되었다. 젖어 버린 카펫 대신 보송한 양털 러그를 새로 깔고, 젖은 탁자를 마른 걸레로 몇 번 훔치고 나자 방은 다시 처음처럼 말끔해졌다.

개비가 저만치 날아가 있던 슬리퍼를 찾아와 그녀의 발치에 놓아 주었다. 릴리스는 서신을 곱게 접어 책상 서랍 속에 쑤셔 넣은 뒤, 거울 앞에 서서 흐트러진 매무새를 다듬었다. 곧 바이마르의 오전 훈련이 끝나는 시간이었다. 아침나절, 방을 떠나지 않으려는 그를 달래어 보냈던 기억을 떠올리자 피곤한데도 슬몃 웃음이 새어 나왔다.

"몸이 안 좋으면 오늘은 이만 가서 쉬는 게 어때?"

그러나 밤새 혹사당한 그녀보다 지금 개비의 낯빛이 훨씬 더 창백해 보여, 릴리스는 조심스레 그녀에게 휴식을 권했다.

"아니에요. 그저 잠시 생각할 것이 있어서……."

개비가 설레설레 고개를 내저었다. 릴리스는 더 말을 잇는 대신 빈 잔에 차를 따라 그녀에게 건넸다.

"그럼 이거라도 좀 마셔. 명이니 싫다 하지는 말고."

"감사히 받겠습니다."

얼핏 주저하는 듯 보이던 개비는 명이라는 말에 어쩔 수 없다는 얼굴로 웃으며 잔을 받아 들었다. 오른손으로 찻잔을 쥐고 왼손으로 가볍게 밑을 받친다. 소리도 없이 몇 모금을 넘긴 그녀가 곧 잔을 조심히 내려놓았다. 일련의 동작들이 마치 물 흐르듯 자연스러웠다.

대단히 새삼스러운 광경이었다.

"개비."

"예?"

"……아니, 아니야."

다도는 모든 아테라 귀족의 기본 소양이다.

족보 있는 가문에서 태어난 모든 아이들은 숟가락 들 힘이 생길 때부터 찻잔 쥐는 법을 함께 배웠다. 손가락의 올바른 위치, 소리 내지 않고 차를 마시는 법, 잔을 들어 올리고, 내려놓을 때 취해야 하는 올바른 태도와 팔의 각도 등. 처음에는 어색하기 짝이 없지만 수년 동안 훈련을 거치면 모든 동작이 몸에 밴 듯 익숙해지기 마련이었다.

"개비. 혹시…… 이 중에 아는 이름이 있어?"

그리고 릴리스는 평생 그런 이들을 보며 자라 온 사람이었다. 잘 교육받은 평민과 행동이 어설프더라도 귀족인 자들의 다도에는 단순히 노력만으로는 극복하기 어려운 극명한 차이가 존재하기 마련이다. 각 가문마다 고유의 특징이 있다고는 하지만, 기본적인 틀은 아테라 황실의 전통 예법에서 크게 벗어나지 않았다.

"설마 그럴 리가요. 수도의 귀족가에 대해서라면 시녀들 사이에 오가는 이야기들이 제법 많지만, 지방의 사정까지야 제가 알 리 만무하지요."

"……하긴, 그렇겠지? 아쉽지만 바라시는 조언은 해 드릴 수가 없겠어."

헌데 개비의 몸짓이 딱 그와 같은 건 대체 어째서일까.

그녀는 20년 전에 입궁하여 내내 궁에 적을 두었다. 그토록 오랜 세월을 함께했으면서도, 성조차 들어 본 일이 없어 평민일 것이라 짐작했었다. 가족도 휴일도 없이 매해를 꼬박 궁에서 보내는 이이니, 당연히 그럴 것이라 미루어 착각했다.

릴리스는 티스푼을 들어 말간 찻물을 둥글게 휘저었다. 잔 바닥에 가라앉아 있던 네모난 각설탕이 둥그런 쇳덩이에 눌려 이리저리 흩어지다 이내 흔적도 없이 전부 물속으로 녹아들었다.

마음 한구석도 마치 그처럼 녹아 뻥 뚫려 버린 듯 속이 허했다. 잎이 떨어져 가지만 남은 앙상한 나무들처럼 마음이 서글펐다.

"입궁 전의 행적이라니…… 갑자기 그건 또 왜 조사하시려는 겁니까? 부디 무슨 문제라도 생긴 건 아니라고 말해 주십쇼."

와트만은 새로운 명을 썩 납득하지 못하는 기색이었다. 릴리스는 자세한 설명을 덧붙이는 대신 어설픈 변명으로 그의 불만을 잠재웠다.

"아직은 아니야. 그냥 조금, 마음에 걸리는 게 있어서. 혹시 많이 곤란한 일인가? 시간은 얼마나 필요할 것 같아?"

"어렵다고 말하기에는 조금 애매하지요. 시간은…… 글쎄요. 그건 제가 결정하는 게 아닌지라 확답이 어렵습니다. 최대한 서둘러 달라 부탁은 해 보겠지만……."

갑자기 개비를 들먹이는 것은 또 무슨 이유일까. 궁금증이 일었으나 굳게 닫힌 입은 답해 줄 의사가 전혀 없어 보였다. 와트만은 어쩔 수 없이 말끝을 흐리며 천천히 물러났다. 릴리스는 그사이 혼자만의 생각에 깊이 잠겨 그의 인사를 받는 둥 마는 둥 말을 아낄 뿐이었다.

그러나 의문스럽다 한들 이미 받은 명이었다. 와트만은 보초를 서며 머릿속으로 쓸 만한 정보원들을 하나둘 골라냈다. 변방을 구르며 맺은 인맥들이 최근 쏠쏠하게 도움이 되고 있었다. 돈에 몸을 파는 놈들이니 다소 위험을 감수해야 한다는 점이 아쉬웠지만 그래도 뭐든, 없는 것보다는 나은 법이었다.

✤ ✥ ✤

살롱은 그로부터 한 달 후에 개최되었다.

예비 황후가 주관하는 첫 행사인 만큼 릴리스 또한 반드시 참석해 객들에게 얼굴을 비쳐야 했다. 최근 다소 구설수에 올랐다곤 하지만, 그녀에게는 아직 하나뿐인 황녀라는 나름의 상징성이 남아 있었다. 그런 이가 모습을 드러내지 않는다면 영애에 대한 세간의 평가에도 분명 메우기 힘든 금이 갈 것이다.

살롱이 열리는 장소는 본궁의 가장 커다란 응접실로, 보통은 '백합 홀'이라 불리는 한적한 곳이었다. 궁의 서쪽 끝에 위치해 있어 인적이 드문 편이었지만 오히려 그 때문에 사적인 모임을 개최하기에 적절하다는 평이 많았다.

"황녀 마마."

릴리스는 부러 분위기가 한창 무르익었을 때쯤 모습을 드러냈다. 연회색빛 머메이드 드레스를 입고, 우아하게 머리를 틀어 올린 황녀에게 한껏 멋을 낸 아가씨들이 일제히 무릎을 굽혀 인사를 올렸다. 릴리스는 가볍게 손을 흔들어 인사를 받아넘긴 뒤 구석 자리의 의자를 찾아 앉아 조용히 관망하는 태도를 취했다. 눈치를 보던 이들이 삼삼오오 무리 지어 이야기를 나누기 시작했을 무렵 드와이트 영애가 다가와 그녀의 옆자리에 앉았다.

"와 주시어 감사드립니다, 황녀 마마."

드와이트 영애는 오늘의 주인공답게 이 자리의 누구보다도 화려한 차림을 하고 있었다. 러플이 풍성하게 달린 황금색 드레스와 머리 위에 얹혀 있는 손바닥만 한 티아라가 샹들리에 불빛 아래 눈부시게 빛났다. 릴리스는 고개를 흔들었다.

"당연히 해야 할 일인걸요. 영애야말로 준비하느라 고생이 많았으리라 생각해요. 듣기 불편한 이야기일지 모르나, 먼 곳에서 올라와 혹 텃세에 마음이 상하지 않았을까 걱정이 많았답니다."

드와이트 영애는 다소 난처한 표정이었다. 릴리스는 팔을 뻗어 그녀의 흰 손등을 도닥이며 말을 이었다.

"나 역시 한때는 변방에서 유년기를 보냈었지요……. 혹 영애도 아는 이야기일까요?"

"물론 알고 있습니다, 마마. 한때 모두가 마마의 무사 입궁을 축하하지 않았습니까."

드와이트 영애가 고개를 숙였다. 릴리스는 판에 박힌 그녀의 대답에 조금 웃고 말았다. 아무리 바깥 사정을 모르는 그녀일지라도 그 무렵 대다수가 난데없는 황녀의 등장에 의문을 품었다는 것 정도는 들은 바가 있었던 것이다.

"그래요…… 아, 그보다 보아하니 초대객의 반이 지방 영지에 적을 둔 이들인 듯싶더군요. 현명한 선택이에요."

"……다 폐하의 조언 덕이지요. 마마께서 기꺼워하셨다는 것을 알면 필시 폐하께서도 기뻐하실 겁니다."

예거라트가 그런 것을 명했단 말인가. 릴리스는 순간적으로 멈칫했다가, 아무렇지도 않은 듯 의례적인 인사를 건넸다.

"……어쨌든 도움이 되었다니 다행이군요. 폐하께서 미래의 비를 많이 아끼시나 봅니다."

문득, 드와이트 영애가 그녀를 빤히 쳐다보았다.

릴리스는 그 눈빛에 떠밀리듯 입술을 달싹였다. 그러나 곧 다른 객들이 다가와 두 사람의 독대는 그쯤에서 끝이 났다.

한 무리가 우르르 몰려왔다 빠지고 나면 또 다른 무리가 잽싸게 그 자리를 차지했다. 미래의 황후와 친분을 쌓으려는 이들이 있는 한편, 그간 모습을 잘 드러내지 않았던 릴리스에 대한 호기심을 표하는 이들도 제법 되어 그녀는 곧 몹시 바빠졌다.

"마마, 늦었지만 혼인을 축하드립니다."

"고맙네. 내가 이름을 물어도 괜찮겠는가?"

"물론이지요! 나가 영지에서 올라온 에리얼이라고 합니다."

분홍색 드레스를 차려입은 나가 영애는 연갈색 곱슬머리를 가진 발랄한 소녀였다. 그녀의 소개를 시작으로 곁에 서 있던 영애들이 하나둘씩 차례로 제 이름을 밝혔다. 릴리스는 상냥하게 화답했다.

"모두 치장이 아름답구나. 수도에 올라와 보니 기분이 어떠한가?"

"신기한 것이 많아 무척 즐겁습니다. 도로도 굉장히 넓고, 상점가도 번화해 구경하느라 시간이 가는 줄을 모를 지경이에요."

"저는 어제 거리를 구경하다 매우 아름다운 깃털 모자를 샀답니다."

"깃털 모자라니 듣는 것만으로도 너무 예쁠 것 같아요! 전 그만한 물건은 발견하지 못했지만 대신 드레인산 비단으로 만든 드레스를 구입했지요."

"그런 것은 대체 어디서 사는 건가요? 저는 고작 루비 귀걸이밖에 찾지 못했는데."

"오, 그렇지만 루비 귀걸이도 충분히 좋은 물건인걸요."

"그건 그렇죠. 하지만 저는 저희 영지에서는 절대 구할 수 없는 그런 물건을 사고 싶어요. 수도에서 유행하는 물건들로 치장하고 나타나면 모두가 깜짝 놀랄 게 분명하니까요."

물꼬를 터 주자 기다렸다는 듯 말들이 종알종알 터져 나왔다. 발그레한 얼굴과 반짝이는 눈빛에서 때 묻지 않아 풋풋한 생기가 느껴졌다. 아직 성년이 지나지 않은 듯한 자그마한 영애들도 지지 않고 대화에 끼어들어 수다를 떠는 모양새가 우습고도 귀여웠다.

"헌데 그대들은 모두 미혼인가? 약혼식을 치른 영애들도 있을 듯 보이는데."

어느 정도 열기가 수그러들었을 무렵, 릴리스는 다른 화제를 꺼내 들었다. 덥석 떡밥을 문 영애들이 또다시 지지배배 지저귀기 시작했다. 그리 재미있는 이야기도 아닐 터인데, 그저 황녀가 먼저 말을 걸어 주었다는 것이 기쁜 듯 여기저기서 말이 터져 나왔다.

"저는 올해 밀란 자작가의 영식과 식을 올릴 예정이랍니다."

"어머나, 밀란 자작가라면 호우튼 산맥 근방에 위치한 곳이 아닌 가요? 저희 가문 별장이 바로 그 근처에 있어 가 본 적이 있답니다."

"호우튼 산맥은 서부에 있는 곳이지요? 저는 동부 맥갈란 백작가 의 아드님과 혼인 약조를 했어요. 비록 최근 몇 달간은 만나지 못했 지만 봄이 되면 영지에 방문하겠다는 서신을 받았답니다."

"세상에! 부러워요. 저는 아직 마음을 나눈 정인이 없답니다. 얼마 전에 만나던 영식과 헤어진 뒤로는 아직 새로운 짝을 만나지 못하 여……."

"걱정 말아요! 세상에 남자는 많은 법이니까요. 금방 다시 영애의 마음에 쏙 드는 연인을 만들 수 있을 거예요."

"그렇고말구요. 하물며 황녀 마마께서도 다소 늦게 식을 올리지 않으셨던가요?"

릴리스는 퍼뜩 정신을 차렸다. 여섯 쌍의 시선이 강렬하게 그녀의 답을 갈구하고 있었다. 악의라곤 한 점도 보이지 않는, 순박하기 짝 이 없는 얼굴들이었다.

"그대의 말이 맞네."

"거봐요. 그러니 너무 상심 말라니까요."

에리얼이 의기양양한 얼굴로 말했다. 그러나 사귀는 이가 없다던, 다소 창백한 인상의 키 큰 영애는 그 말에도 좀처럼 얼굴을 펴지 못 했다.

"하지만 마마께도 약혼자는 있으셨잖아요! 지금의 저는 그마저도 없는걸요. 게다가 아버지께서는 오히려 잘되었다며 평생 같이 살자 는 말씀까지 꺼내고 계시다구요! 이러다 정말 평생을 성에 매여 살겠어요."

"걱정 말아요. 백작님께서 영애를 너무 사랑하시어 아쉬운 마음에 그리 말씀하셨을 테니까요."

"그럼요. 황제 폐하께서도 결국 마마를 보내 주셨잖아요? 하도 소식이 없어 저와 제 친구들은 혹 폐하께서 누이를 평생 혼인시키지 않으시려 하는 게 아닐까 하는 착각까지 했지 뭐예요."

"저도 실은 그랬답니다. 폐하의 총애야 이미 유명한 일이니까요. 하지만 봐요! 결국 이렇게 되었잖아요. 게다가 듣기로는—"

조잘대던 영애가 목소리를 낮추었다. 바삐 움직이던 분홍빛 부리들이 그 말에 동작을 뚝 멈추고 다음 말을 기다렸다.

"드와이트 영애께서 직접 저희 혼사에 줄을 대어 주실 거란 이야기가 있었어요. 수도의 귀족들끼리만 연을 맺는 것을 방지하고자 함이라던데……."

목소리는 이제 한층 낮아져 숨소리와 거의 구분조차 가지 않을 정도였다. 극적인 효과를 바라는 듯 잠시 침묵하던 영애가 검지로 입술을 꾹 누르며 말을 맺었다.

"아무튼 이건 우리만의 비밀이에요. 올라오기 전 어머니께서 몰래 말씀해 주셨답니다."

그러나 비밀이란 말이 무색하게도, 분위기는 곧장 다시 떠들썩해졌다.

"세상에, 실은 저도 그 이야기를 들어 본 적이 있어요. 설레발일까 걱정이 되어 말하고 싶은 걸 꾹 참고 있었답니다. 헌데 영애의 어머니께서 벌써 그리 확신하셨다면 역시 소문으로 끝나지만은 않을 모양이지요!"

"그게 정말인가요? 동생이 이 소식을 들으면 무척 기뻐할 텐데…… 함께 오지 못한 것이 너무나 아쉽네요."

"수도의 영식들이라면 분명 영지의 사내들보다 훤칠하겠지요? 저희 성내의 기사들은 영 꾸밈에 관심이 없어서 마음이 가질 않는답니다. 그에 비해 이곳의 남자들은 사용인들마저 낯이 멀끔해 자꾸만 눈길을 끈다니까요."

심지어 에리얼은 발갛게 달아오른 두 뺨을 숨길 생각조차 없는 듯했다. 릴리스는 흥미로운 눈길로 영애들을 둘러보았다.

그때였다. 밀란 영식과 식을 올릴 예정이라던 입술이 도톰한 녹색 눈의 영애가 침울한 낯을 하고 있는 제 곁의 영애를 돌아보며 덩달아 쾌활한 목소리를 냈다.

"잘됐네요, 영애도 들었죠? 그러니 이제 너무 상심 말아요. 대신 내일 시간이 나면 기분도 전환할 겸 함께 예쁜 드레스를 고르러 가자구요. 곧 새 남자가 생길지 누가 알아요?"

"고마워요."

"세상에 너무 멋진 계획이에요! 저도 동행해도 될까요?"

"안 될 게 뭐가 있겠어요? 다 함께 가요."

폭풍 같은 대화였다. 몇 분 사이 약속 장소와 시간까지 정하고 난 영애들이 릴리스를 향해 지지배배 인사를 올렸다.

"그럼, 마마. 저희는 이만 물러가 보겠습니다."

"만나서 반가웠네."

특별히 한 것도 없었지만, 어쨌든 영애들은 대화에 퍽 만족한 듯 보였다. 릴리스는 뒤이어 자리를 털고 일어나 사람들을 피해 한적한 휴게실을 찾아 들었다.

바깥에는 눈이 펑펑 내리는 중이었다. 낮이라 얇은 로브만 챙겨 온 것이 후회스러울 정도의 폭설이다. 릴리스는 시종을 불러 개비에게 말을 전달하라 이른 뒤 텅 빈 휴게실의 벽난로 앞에 의자를 끌어다 앉았다.

드와이트 영애에게는 입에 발린 소리를 했으나, 솔직한 말로 오늘 열린 살롱은 완벽한 실패였다. 수도 귀족은 수도 귀족끼리, 지방 귀족은 지방 귀족끼리 무리 지어 있는 꼴이란 어떻게 잘 포장해도 '좋다'는 평을 내리기 힘들었던 것이다.

수도 귀족을 견제하고자 하는 예거라트의 의도는 오늘 참석한 객들의 면면으로 한층 뚜렷하게 전달되었다. 그 과정에서 예비 황후의 첫 살롱 개최가 엉망이 되는 것쯤이야 그저 사소한 일에 불과했으리라. 새삼 느끼는 그 무심함에 입맛이 찝찝했다.

그러나 마음에 걸리는 것은 그뿐만이 아니었다.

'혹 폐하께서 누이를 평생 혼인시키지 않으시려 하는 게 아닐까 하는 착각까지 했지 뭐예요.'

릴리스는 따뜻한 불가에 앉아 내내 머릿속을 맴돌던 한 문장을 곱씹었다. 어쩐지, 생각하는 것만으로도 혀끝이 까끌까끌한 느낌이었다.

"마마."

문득 노크 소리가 들렸다. 릴리스는 어둑해진 창밖을 확인하고 자리에서 일어났다. 개비가 담비 털 망토를 들고 문가에 우두커니 서 있었다.

"뭘 직접 오기까지 했어. 전하라 시키기만 하면 될걸."

"그야, 이게 제 일인걸요."

추위 탓인지 마주한 얼굴이 유독 하얗게 질려 있었다. 릴리스는 망토를 받아 들다 개비의 어깨 너머, 복도 저 끝에 서 있는 작은 인영을 발견하고는 고개를 옆으로 살짝 틀었다. 몸은 벽 뒤에 두고 고개만이 비죽 나와 있는 모양새라 보지 않으려 해도 자꾸만 눈에 띄었다.

시선이 마주치자 몸이 파드득 튀어 오른다. 놀란 모양인지 한 손으로 가슴 한복판을 꾹 누른 채였다. 그러면서도 주춤주춤. 떠날 듯 떠나지 않을 듯 자리를 맴도는 모습이 꼭 할 말이 남아 있는 것처럼 보여 릴리스는 손짓으로 그녀를 가까이 불렀다.

"그대는 누구지?"

"아, 저, 저는…… 저는 라올리 영지에서 온…… 아자렛 라올리라 하, 하옵니다."

내키지 않는 듯 발을 끌며 다가온 라올리 영애가 허리를 깊게 숙여 릴리스에게 인사를 올렸다. 다소 높은 목소리가 가늘게 떨렸다. 드레스 자락을 꼭 쥐고 있는 양손이 핏기 없이 하얗게 질려 있는 것이 보였다.

"일어나게."

"감사……합니다."

인사를 마친 라올리 영애가 흘긋 시선을 올려 릴리스와 개비를 번갈아 보았다. 몹시 마른 데다 키도 또래에 비해 작은 편이라, 발발 떠는 모습이 마치 포식자를 앞에 둔 어린 동물 같았다.

영지에서 '올라왔' 다는 표현을 썼으니 살롱에 참가하기 위해 올라온 객들 중의 하나임이 분명했다. 릴리스는 목소리를 최대한 부드럽게 가다듬었다.

"내게 무언가 할 말이 있나?"

"아, 아뇨, 아닙니다. 저는 그저……."

말끝을 흐린 라올리 영애의 시선이 다시 살짝 위로 올라왔다 수그러들었다. 단지 황녀를 앞에 두고 있어서라 하기에는 그녀가 품고 있는 긴장이 지나쳤다. 릴리스의 얼굴에 차츰 의구심이 깃들었다.

그때였다.

"마마, 라올리 아가씨께서 방금 전 저를 휴게실까지 안내해 주셨답니다. 갑작스레 마마를 뵈어 긴장하신 듯하니 이제 그만 놓아주시지요."

조심스레 둘 사이에 끼어든 개비가 릴리스의 망토를 여며 주며 말을 걸었다. 불편한 심기를 눈치챘는지 내내 고개를 조아리고 있으면서도, 선처를 바라는 기색이 온 얼굴에 역력했다.

어쩐지 묘한 위화감이 들었다. 계속되는 침묵에 라올리 영애의 낯이 한층 창백해졌다. 어찌나 겁을 먹었던지, 양 볼에 시퍼런 핏줄이 돋아난 것이 눈에 훤히 보일 지경이었다. 릴리스는 무심결에 한숨을 내쉬었다.

순간 망토를 여미던 손길이 파르르 떨리다 미끄러졌다. 그녀답지 않은 손놀림이다. 그것을 내려다보던 릴리스는 문득, 찌르듯 강렬한 시선에 무심코 앞을 보았다.

물기 어린 까만 눈이 물끄러미 두 사람을 지켜보고 있었다. 그리고 다음 순간. 그녀와 눈이 마주친 라올리 영애가 흠칫 놀라며 다시 고개를 떨구었다.

"……그래, 그게 좋겠어."

마침내 제 일을 마친 개비가 한 걸음 물러서 두 사람과 거리를 벌렸다. 릴리스는 눈앞에서 벌벌 떨고 있는 어깨에 한 손을 얹으려다 곧 포기하곤 팔을 거두어들였다. 자칫하다 복도에서 까무러치기라도 한다면 큰일이었다.

"용건이 없다면 그만 돌아가 보는 게 좋을 듯한데. 길도 잘 모르는 이가 우물쭈물하다 궁에 갇히면 안 될 일이 아닌가."

"예? 아, 예. 그리하겠습니다."

라올리 영애가 허둥지둥 대답했다. 도망치듯 자리를 뜨는 그녀의 걸음 뒤로 흰 손수건이 팔랑거리며 떨어졌다. 어찌나 서둘렀는지, 이름을 부르려 입을 벌렸을 즈음에는 이미 저만치 멀어져 뒷모습마저 식별하기 어려울 지경이었다.

"제가 전해 주고 오겠습니다."

물끄러미 그녀가 사라진 방향을 보고 있던 개비가 문득 허리를 굽혀 바닥에 떨어진 손수건을 주워 들었다. 흰 손수건은 모슬린 천으로 만든 평범한 기성품이었다. 곳곳에 낡은 흔적이 보이는 것으로 미루어 보건대 제법 오랜 기간 지니고 있었던 물건인 듯싶었다.

"개비가 직접?"

"방금 저쪽으로 가셨으니 그리 오래 걸리지는 않을 거예요. 전해 주고 돌아갈 테니 마마께서는 먼저 돌아가 계셔요."

일리 있는 말임에도 묘하게 꺼림칙한 기분이 들었다. 그러나 딱히 말릴 이유가 생각나지 않아, 릴리스는 고민 끝에 결국 홀로 궁을 나섰다. 계단 앞에 서자 기다리고 있던 마부가 달려 나와 마차 문을 열어 주었다.

그대로 궁을 떠나려던 릴리스는 출발 직전, 오늘의 주최자에게 작별 인사를 하지 않았음을 뒤늦게 떠올렸다. 하마터면 큰 실례를 할 뻔했다. 다행히 아직은 살롱을 닫을 시간이 아니었다.

남 보기에 퍽 친근한 인사를 마치고 복도를 되짚어 다시 밖으로 나서던 중이었다. 릴리스는 어둠 속에 반쯤 묻힌 낯익은 뒷모습에 걸음을 멈추었다. 길고 어두운 복도. 빛도 잘 들지 않는 구석진 공간에 마주 보고 서 있는 두 사람이 보였다. 개비와 라올리 영애가 틀림없었다. 릴리스가 오늘 개비의 옷차림을 기억하고 있지 않았더라면 모르고 지나쳤어도 이상하지 않을 만큼 그늘진 곳이었다.

그러나 개비를 소리쳐 부르려던 릴리스는 다음 순간 그 시도를 멈췄다. 고개를 숙인 라올리 영애가 울고 있는 듯했기 때문이었다. 그리고 다음 순간. 개비가 손을 뻗어 손수건으로 그녀의 눈물을 닦아주는 광경이 보였다. 이상한 일이었다.

그러나 그보다 더 이상한 일은 그 이후에 벌어졌다. 라올리 영애가, 손수건을 쥐어뜯듯 잡아채고는 개비의 품에 안긴 것이다.

"……."

릴리스는 눈을 의심하며 몸을 돌렸다. 그리고 잠시 그대로 서 있다가 다시 천천히 고개를 틀어 멀찌감치 서 있는 두 사람을 눈에 담았다. 개비의 손이 뻗어 나갔다가, 다시 돌아왔다가, 그리고 마침내 결심한 듯 라올리 영애의 등을 쓸어내리는 것을 전부 다.

얼핏 애절하기까지 한 광경이었다.

릴리스는 뛰듯이 걸어 그 자리를 벗어났다. 마차에 올라 길을 달리기 시작해서야 심장이 과하게 뛰고 있다는 것을 알았다. 정말 이상한 일이었다.

✤ ✿ ✤

이해, 아테라에는 드물게도 함박눈이 펑펑 내렸다. 일꾼들이 다닥다닥 달라붙어 종일 곳곳을 치우고 나면 밤새 다시 눈이 내려 전날 해 놓은 작업을 소용없게 만드는 날이 계속되었다. 지루한 겨울이었다.

그사이 체자레는 유력한 왕위 계승 후보로서 마침내 공공연히 두각을 드러냈다. 이에 발끈한 1왕자가 본격적인 탈환전을 위해 병력을 수도에 집중시켰으나, 독립을 외치는 체자레의 기세에 감화된 민심은 이미 스파티움 본국을 넘어 아테라의 분위기마저 진창으로 만드는 중이었다.

그리고 여기, 그만큼이나 속이 진창이 된 사내가 하나 더 있었다.

"아니, 저하. 대체 언제까지 이곳에 머무실 생각이십니까. 체자레 저하께서 이제 기틀을 말끔하게 다져 두셨으니 다시 돌아간다 하셔도 누구 하나 감히 불만을 품지 못할 텐데요."

"헛소리. 내가 정말 그깟 비난을 두려워한다고 생각해? 다 알면서 떠보는 짓은 그만둬라, 보기 흉해."

"그럼 제가 여기서! 기어이! 황녀 마마를 입에 올려야 속이 시원하시겠습니까? 예?"

시렌이 가슴을 퍽퍽 치다 제풀에 지쳐 탁자 위에 엎어졌다. 바이마르는 입을 꾹 다문 채 제 손에 들려 있는 편지를 쏘아보았다. 흰 종이 위에 검은 글씨가 빼곡하다. 힘 있고 강렬한 필체가 주인의 성정을 쉬이 짐작케 했다.

시렌이 틈을 타 다시 그를 재촉했다.

"지금 답신을 보내셔도, 한 달은 되어야 겨우 본국에 도착할 겁니다. 답이 오기까지는 다시 그만큼의 시간이 걸리겠지요. 그사이 체자레 저하께서 정말 태자위에 오르시기라도 한다면 황제가 저하를 가만둘 것 같습니까?"

"나도 안다지 않아!"

바이마르는 기어코 벌떡 일어서 방 안을 서성이기 시작했다. 틀린 조언이 아님을 알아서인지 더욱 듣기가 불편하게 여겨졌다. 와중에도 못마땅한 기색을 지우지 못한 시렌이 그를 쫓아 방 안을 돌며 툴툴거렸다.

"제가 그걸 어찌 믿습니까? 정말 알고 계신다면 절대 이리 안일하게……."

바이마르는 홱 돌아서 두 눈을 부라렸다. 찔끔한 시렌이 어깨를 움츠리곤 그를 올려다보았다.

"허면, 나더러 이대로 마마께 아무런 말도 없이 아테라를 뜨란 말이냐?"

"……."

"그럴 수는 없어. 적당한 때를 틈타 말씀을 올릴 테니 조금만 더 인내심을 가져 봐라."

"……."

무언의 항의가 이어졌다. 서성이던 것을 멈추고 근처의 의자를 끌어다 앉은 바이마르가 피곤한 듯 한 손으로 얼굴을 쓸어내렸다.

"……알아. 길게는 끌지 않겠다고 약속하마."

성의 없는 답이었으나, 시렌은 일단 그것만으로도 만족한 눈치였다.

"정말이시지요? 무르시기 없깁니다. 예?"

"시끄럽다, 목소리나 낮춰. 누가 들으면 어쩌려고 그래?"

"아이고, 왕자님께서나 몸 좀 사리세요. 체자레 저하께서 아주 속이 팍팍 타들어 간다 하시지 않습니까요."

바이마르는 대답 대신 신경질적으로 들고 있던 편지를 구겨 벽난로를 향해 던졌다. 순식간에 불이 붙은 종이가 화르륵 타올라 재가 되어 사방으로 흩어졌다. 그는 기세 좋게 타는 불꽃을 원수처럼 노려보다 깊게 숨을 들이쉬었다. 시렌이 어느새 귀를 덮을 정도로 자란 머리를 신경질적으로 쓸어 넘기며 말했다.

"알겠습니다, 알겠어요. 이제 더 말 안 하겠습니다만, 그래도 늘 안위에 신경은 쓰셔야 합니다요. 어째 요즘 황녀궁 기사 놈들 동태가 영 심상찮단 말입니다. 시중든답시고 내내 붙어 있어서인지 이제는 저까지 수상하게 본다니까요."

바이마르가 그 말에 픽 웃었다.

"수상한 놈이니 수상하게 보겠지. 이제 보니 아테라 기사들이 일을 꽤 잘하는군."

"아, 왕자님! 아니, 저하!"

시렌은 울상이 되어 목소리를 높였다가, 혹여나 밖의 기사들이 들었을까 싶어 재바르게 호칭을 바꾸었다. 저하라는 말을 하루에도 몇 번씩 입에 올린 탓인지 평생 쓰던 왕자란 말이 이제 도리어 어색하게 느껴졌다. 이래서야 스파티움에 돌아가서도 말버릇을 고치지 못할 듯해 마음이 심란하다.

본디 저하가 격식에 맞는 표현이긴 했으나, 시렌을 포함한 몇몇 이들은 아직도 종종 왕자라는 호칭을 입에 올리곤 했다. 유년 시절부터 바이마르를 보필해 오며 자연스레 입에 붙어 버린 습관이었다. 비하의 뜻이 아님을 알아서인지 체자레 역시 이에 대해서는 별다른 말이 없었다. 헌데 그런 것을 이런 식으로 뜯어고치게 될 줄이야.

'잘된 일이지 뭐.'

시렌은 서운한 마음을 애써 다잡았다. 이제 정말 그 시절은 가고 없는 것이다. 훌쩍 자란 바이마르를 새삼스런 눈으로 바라보고 있으려니 그가 반듯한 미간을 한껏 좁히며 벌떡 자리에서 일어섰다.

"됐으니 나가 봐. 나는 마마께 가 보아야겠다."

"그러니까 그것도 좀 어떻게⋯⋯."

"나가 봐."

퍽 엄중한 목소리였다. 표정 또한 그와 별반 다르지 않다. 시렌은 그 명에 결국 고개를 아래로 푹 수그렸다. 이럴 때의 바이마르에게는 어떤 얘기도 통하지 않는다.

그는 입술을 깨물며 돌아섰다. 덜 익은 사과처럼 별것 없는 풋사랑이라 생각했건만. 젊은 시절의 치기에 불과하다 가볍게 여겼던 지난날의 안일함이 뒤늦게 후회되었다.

"마마, 들어가도 되겠습니까?"

시렌을 떨쳐 낸 바이마르는 방을 나서 천천히 복도를 거닐었다. 이제는 익숙한 풍경을 눈에 담으며 따라 한 층을 내려서자 문 앞을 지키고 서 있던 와트만이 고개를 까딱여 가벼운 인사를 건넸다.

막 외출 준비를 마친 듯, 방 안은 다소 부산한 분위기였다. 서툰 손놀림으로 목도리를 둘러매고 있던 릴리스가 그를 발견하곤 반가운 듯 밝게 미소했다.

"마침 잘 왔어요. 그렇잖아도 산책이나 나가 볼까 하던 참이었는데."

"마음이 통했군요. 헌데…… 그런 차림으로 나가시렵니까?"

릴리스는 고개를 갸웃하곤 시선을 내려 제 모습을 다시 한번 점검했다. 얼굴을 다 덮고도 남을 듯한 커다란 모자에, 털이 복슬복슬한 두툼한 목도리. 걸치고 있는 붉은 로브는 산양의 가죽으로 만든 것이고, 어깨에는 그가 주었던 담비 털 망토까지 야무지게 얹은 채다. 겨울나기에 더할 나위 없이 완벽한 차림이었다.

바이마르는 영문 모를 얼굴을 하고 있는 릴리스를 끌어 침대 발치에 곱게 앉혔다. 시녀를 불러 털양말을 가져오라 이른 그가 이내 몸을 낮추어 릴리스의 발을 반쯤 세운 무릎 위에 얹었다.

"마마께서는 발이 답답한 걸 싫어하시더군요."

날씨와 어울리지 않는 얇은 실크 양말을 벗겨 내자 하얗고 보드라운 발이 드러났다. 이럴 줄 알았다는 눈으로 물끄러미 쳐다보니 릴리스가 딴청을 부리며 시선을 피했다.

"발이 따뜻해야 몸이 춥지 않지요."

"그건 저도 알아요."

"아시는 분이 이 추위에 이렇게 얇은 양말을 신으셨습니까?"

덩치에 비례하듯 커다란 손이 작은 발을 소중히 감싸 쥐었다. 시녀가 가져온 털양말을 조심히 신기는 모양새가 꼭 새끼 보듬는 어미곰을 연상케 했다.

그 모습을 보자 불쑥 장난기가 일었다. 릴리스는 얌전히 제 차례를 기다리고 있는, 그러니까 바이마르가 허벅지 위에 소중히 올려두고 있던 다른 쪽 발을 살짝 들어 올려 간지럽히듯 그의 몸을 가볍게 건드렸다.

툭.

"마마. 그만두세요."

나직한 타이름이 새었다. 두툼한 양말 덕에 복슬복슬해진 발을 제 어깨 위에 가볍게 얹어 놓은 바이마르가 새 양말을 집어 들곤 팔을 뻗었다. 릴리스는 앉은 채로 요리조리 다리를 움직여 그의 손길을 모두 피했다. 그리고 다시 툭.

"마마."

어깨에 얹힌 발이 꼼지락거리며 목덜미를 간지럽히자 단정하던 미간에 보란 듯 옅은 주름이 졌다.

툭.

"그만—"

자그마한 발이 커다란 손에 들려 달랑이고 있던 양말을 공놀이하듯 두어 번 가볍게 건드렸다. 짜증 섞인 한숨 소리가 크게 울렸다. 기대 이상의 반응에 만족한 릴리스가 막 새로운 시도에 골몰하던 때였다.

　투─욱─

　"─좀 하세요!"

　닿을락 말락. 허공에 뻗어 있던 다리를 바이마르가 솜씨 좋은 사냥꾼처럼 잽싸게 잡아챘다. 씩 웃어 보인 그가 붙든 발목을 쭉 당기자 버둥거리던 릴리스의 상체가 반동에 의해 뒤로 휙 넘어갔다. 순식간에 그 몸 위로 올라탄 바이마르가 의기양양한 표정으로 빨갛게 상기된 볼에 입을 맞췄다.

　"제가 그만하라고 말씀드렸지요?"

　"……반이 나보다 힘이 세니 이건 반칙이에요."

　애초부터 경쟁한 적조차 없었으니 릴리스의 말은 턱도 없는 우김에 불과했다. 그러나 바이마르는 반박 대신 영 엉뚱한 말을 꺼냈다.

　"그럼, 다른 것으로 승부를 낼까요?"

　그의 입가에 짓궂은 미소가 떠올랐다.

　릴리스가 대답을 고민하는 사이, 바이마르는 아까처럼 바닥에 꿇어앉아 남은 한 발에 마저 털양말을 신겼다. 무릎까지 오는 따뜻한 부츠 끈을 단단히 동여매고, 비뚤어진 모자를 다시 바로 쓰고 나자 마침내 길었던 외출 준비가 끝났다. 만족스러운 표정으로 릴리스의 차림새를 꼼꼼히 뜯어보던 바이마르가 이내 그녀를 번쩍 안아 들어 문 앞에 세워 주었다.

　"스파티움에서는 눈이 올 적마다 성 쌓기 대회가 열립니다. 방어에 가장 특화된 성 모형을 만들어야 하는 것이 주된 과제라, 실제로는 전술 훈련과도 연관이 있지요."

과연 유흥을 모르는 스파티움인들다운 고지식한 발상이었으나—

"그래서, 이겨 본 적 있어요?"

물론, 입 밖으로 내어 할 이야기는 아니었다. 릴리스는 말을 돌리며 천천히 계단을 내려섰다. 옷을 어찌나 많이 껴입었는지 한 걸음 내디딜 때마다 오뚝이처럼 몸이 좌우로 흔들렸다.

"어릴 적 한 번뿐입니다. 아마 나이를 감안해 후한 점수를 주지 않았나 싶은데. 설마 마마께서도 그러지는 않으시겠지요."

"하긴, 반도 이제는 성년이 지났으니 다 컸다 봐야겠어요."

"놀리지 마십시오, 마마."

바이마르가 입을 비죽이며 정원으로 통하는 응접실 문을 열어젖혔다. 릴리스는 뒤뚱거리며 그를 따라 눈밭을 거닐었다. 앞이 잘 보이지 않아 발을 헛디딜 때마다 뒤에서 푸흡, 하는 걸걸한 웃음소리가 터졌다. 와트만이었다.

"와."

릴리스는 그 소리에 응답하는 대신, 온통 눈으로 뒤덮인 새하얀 정원에 온 신경을 빼앗겼다. 아무리 겨울이라고 해도, 남부에서 흔히 볼 수 있는 광경은 아니었던 탓이다.

오늘의 승부처는 눈이 평평하게 쌓여 있는 계단 옆 공터였다.

릴리스는 저만치 보이는 향나무 숲을 등 뒤에 둔 채 어설프게 쪼그려 앉아 두 손으로 무작정 쌓인 눈을 걷어 냈다. 열 걸음쯤 떨어진 곳에 자리를 잡은 바이마르도 어느새 진지한 표정으로 눈을 뭉치며 성벽 엇비슷한 모양을 만드는 중이었다.

"……경, 뭐 좋은 생각 없어?"

초심자인 릴리스를 고려하여 와트만이 보조 역할을 자청했다. 그리고 잠시 뒤, 자못 진지한 눈빛으로 눈 더미를 쏘아보고 있던 그가 이렇다 할 설명도 없이 눈을 위로 척척 쌓아 올리기 시작했다.

푹신한 눈은 습기가 없어 몹시 버석거렸다. 와트만은 눈가루를 두 손 가득 그러모아 손아귀에 양껏 힘을 주었다. 그럭저럭 뭉쳐진 눈 뭉치를 성벽 곳곳의 빈 곳에 욱여넣자 금방이라도 무너질 듯 흔들리던 벽이 그제야 중심을 잡은 듯 반듯해졌다.

둥글게 쌓아 올린 성벽 아래에 해자를 만들고, 얼추 성가퀴 모양을 잡고 나자 이번에는 허술한 본성 쪽이 눈에 걸렸다. 와트만은 오리걸음으로 주섬주섬 자리를 옮겨 앉으며 양팔을 넓게 펼쳐 양옆으로 휘저었다.

"아, 마마. 좀 비켜 보십쇼."

"……."

멀뚱히 앉아 있던 릴리스는 졸지에 성에서 쫓겨나는 신세가 되었다. 내 성인데. 그녀가 작게 투덜거렸다.

"경."

"……."

"경."

"심심하시면 거기 나무나 좀 심어 주십쇼."

그러나 와트만은 그 투정을 귀담아들을 정신이 없는 듯, 심지어 귀찮은 내색을 숨기지도 않은 채 간만의 눈 장난에 열중할 뿐이었다. 릴리스는 곧 다시 방치되었다.

"잠시만요, 단장님. 그쪽은 성벽이 좀 더 높아야 하는 것 아닙니까?"

구경꾼이 등장한 것은 그로부터 시간이 제법 흘렀을 무렵이었다. 쪼그려 앉아 심심하게 시간을 죽이던 릴리스는 문득 등 뒤에서 들려오는 목소리에 놀라 자리에서 벌떡 일어섰다. 눈이라도 치우고 오는 길인지, 저마다 손에 삽이며 갈퀴 같은 것들을 들고 있던 기사들이 그녀에게 인사하며 시끌벅적하게 세 사람을 둘러쌌다.

"시끄러워. 훈수 두지 마라. 난 정당하게 승부할 거야."

"아니 그래도 단장님……."

"쯧, 시끄럽대도."

와트만이 뒤쪽을 향해 커다란 눈을 부라렸다. 시끌시끌하던 소리가 일시에 멎었다가 다시 공처럼 튀어 올랐다.

"아니, 그래도 성문을 먼저 방비해야지."

"줄 타고 올라오면 끝이야, 인마. 위를 막아야지, 위를."

"이 멍청한 것들. 뒷문은 누가 지키냐?"

저마다 한마디씩 덧붙이기 시작하자 고즈넉하던 공터가 순식간에 시장 바닥처럼 소란해졌다. 릴리스는 말끄러미 그들을 번갈아 보다 다시 작게 투덜거렸다.

"저거 내 성인데."

그러나 아무도 듣지 않았다. 때마침, 저편에서 식사 시간을 알리는 종소리가 크게 울렸다. 한창 목청을 높이던 기사들이 약속이나 한 듯 입을 굳게 다물더니 이윽고 그쪽을 향해 우르르 떼를 지어 몰려갔다. 언제 떠들썩했었냐는 듯, 이윽고 다시 사위가 고요해졌다.

그사이 어느덧 두 남자의 가짜 성도 제법 그럴듯한 모양새를 갖추어 가고 있었다. 즐거워 보이니 다행이긴 했으나, 하릴없이 끝나기를 기다리고 있으려니 영 지루해 자꾸만 하품이 났다. 릴리스는 잠시 고민하다 장갑 낀 손으로 눈을 뭉쳐 낸 뒤 그것을 바이마르 몰래 그의 성 쪽으로 슬쩍 튕겼다.

"……."

그러나 분명 명중한 것을 보았음에도 성은 견고하게 제 모양을 지키며 서 있을 따름이었다.

릴리스는 조금 더 크게 눈을 뭉쳐 다시 툭, 그의 성을 향해 던져 보았다. 눈덩이가 퍽 터지며 하얀 가루가 우수수 아래로 떨어져 내렸다.

"……."

흠집 하나 없는 것을 보고 있자니 어쩐지 이유 모를 오기가 마구 솟았다. 릴리스는 작게 뭉친 눈덩이를 발치에 한 아름 쌓아 두고는, 그것들을 연이어 앞을 향해 툭툭 던지기 시작했다. 몇 발짝 떨어진 곳에서 신중한 얼굴로 도랑 위에 다리를 놓고 있던 바이마르가 깜짝 놀란 얼굴로 잽싸게 몸을 틀어 성벽 앞을 가로막았다.

퍽. 요란한 소리와 함께 주먹만 한 눈덩이가 그의 가슴팍에 명중했다. 그리고 순간, 중심을 잃고 바닥에 나동그라진 바이마르의 오른손이 굳건하던 성벽을 정확히 반으로 가르며 지나갔다.

"……."

금세 울적한 얼굴이 된 바이마르가 주섬주섬 몸을 일으키며 작게 한숨을 뱉었다. 풀 죽은 모습에 덩달아 그의 눈치를 살피던 릴리스는 처참히 무너진 성벽 잔해를 보곤 곧 숙연한 표정이 되어 큼, 목소리를 가다듬었다.

"음, 저, 반."

"……."

"미안해요. 이렇게 될 줄은 몰랐는데."

"……."

"다시 만들어 줄까요?"

바이마르가 팔을 흔들어 소매에 묻은 눈을 털어 냈다. 릴리스는 슬금슬금 후퇴해 본래의 위치로 자리를 옮겼다. 조용히 한 발을 들어 올리고 있으려니, 와트만이 이어질 사태를 직감한 듯 격하게 고개를 가로저었다.

"안 됩니다! 마마!"

퍽. 과일 터지듯 단단한 소리와 함께 하얀 눈가루가 사방에 흩날렸다. 와트만이 허망한 표정으로 뭉개진 눈 더미를 내려다보았다.

"이제 막 문짝을 달아 주려던 참이었는데……."

"미안, 잘못 밟았네."

"그걸 지금 말이라고 하십니까?"

건성인 티가 역력한 사과에 와트만이 팔짱을 끼곤 불경하게 눈썹을 추켜올렸다.

"이번 성 쌓기는 무승부야, 와트만. 그리고 저건 내 성이란 말이야."

내 거니까 내 맘이지. 릴리스가 덧붙였다. 와트만은 그 억지에 더 상대할 의지마저 잃어버린 얼굴로 아직 형태를 유지하고 있는 성의 반쪽을 한 손으로 거칠게 흐트러뜨려 버렸다. 높이 쌓여 있던 것들이 바닥으로 쓰러지며 눈바람이 풀썩 일었다.

그때였다. 바이마르가 그녀를 내려다보며 당당하게 선언했다.

"무승부는 아니지요. 마마께서 남의 성에 먼저 손을 대셨으니 이번 판은 명백히 저의 승리입니다."

뜻밖의 승부욕을 마주한 릴리스는 황망한 얼굴로 침묵을 지켰다. 와트만이 낄낄대며 배를 부여잡았다. 릴리스는 옆을 슬쩍 돌아본 뒤, 눈덩이를 들고 멀찌감치 물러서 아직도 웃고 있는 그를 향해 힘차게 오른 팔을 휘둘렀다.

"컥!"

"와!"

명중이었다. 얼굴에 정통으로 눈덩이를 얻어맞은 와트만이 얼굴을 일그러뜨리더니 입에서 녹은 물을 퉤 뱉어 냈다.

"……이렇게 나오시면 저도 그냥은 못 넘어갑니다, 마마."

그러나 기사가 주군을 공격할 수는 없는 법이라, 그는 릴리스 대신 바이마르를 노리며 기습적으로 눈을 던졌다. 졸지에 공격 대상이 된 바이마르도 그에 질세라 맞서 공격을 시도했다. 릴리스는 두 사람 사이에 끼어드는 대신 제자리에 쪼그려 앉아 눈덩이를 만드는 일에 열중했다. 만들면 가져가고, 또다시 만들면 가져가는 통에 양손이 무척 바빴다.

하지만 평온도 잠시였다. 한참 서로에게 눈덩이를 던져 대던 두 남자가 의기투합해 릴리스를 노리기 시작한 것이다. 그래도 황녀가 상대인지라 부산하게 싸라기눈을 뿌려 대는 것이 공격의 전부였지만, 건장한 두 남자가 퍼부어 대는 눈 세례에는 생각보다 더한 위력이 있었다.

이윽고, 버티다 못한 릴리스가 커다란 눈덩이 두 개를 양손에 쥐고는 정원을 가로질러 달리기 시작했다. 그녀에 비해 키가 훌쩍 큰 바이마르는 손쉽게 거리를 좁힐 수 있었음에도 부러 천천히 발을 놀리며 릴리스를 뒤쫓았다.

"악, 반 항복! 항복!"

추격전은 얼마 가지 않아 끝이 났다. 제풀에 지쳐 헉헉대며 멈춰 선 릴리스에게 눈 세례가 마구 쏟아졌다. 어푸, 어푸. 손을 휘저어 시야를 확보한 릴리스가 두 팔을 어정쩡하게 들어 올렸다. 바이마르는 커다랗게 웃음을 터뜨리며 불퉁한 표정의 릴리스를 꽉 끌어안았다.

"제가 이겼지요?"

"네, 이겼어요, 이겼다구요. 치사해. 숨 한 번 안 헐떡이는 게 어디 있어요?"

바이마르가 다시 웃음을 터뜨렸다. 릴리스는 가만히 그의 품 안에서 숨을 골랐다. 공기가 들고 날 때마다 가슴이 들썩였다. 눈에 젖어 온통 축축했지만 쿵쿵 뛰는 심장 소리가 듣기 좋았다.

눈이 마주치자 약속이나 한 듯 얼굴이 내려왔다. 후후 입김을 불어 눈썹에 붙은 눈가루를 털어 낸 바이마르가 이내 그녀의 눈꼬리에 입을 맞췄다. 사랑스러워 견딜 수 없는 것을 보듯 다정한 눈빛이었다.

그러다, 릴리스는 무언가에 깜짝 놀란 사람처럼 바이마르에게서 몸을 떼어 내 조심스레 주변을 둘러보았다. 멀리 떨어진 곳에서 딴 청을 피우고 있는 와트만 외에는 다행히도 눈에 띄는 이가 없었다.

"불안하십니까?"

바이마르는 움찔거리며 굳어지는 몸을 다시 와락 끌어당겨 품 안에 넣은 뒤 복슬복슬한 모자 위로 얼굴을 묻었다.

어쩌면 지금이 기다려 마지않던 그 '때'일지 몰랐다. 체자레와, 스파티움과, 그리고 편지에 대해 털어놓을 적합한 시기.

그러나 릴리스는 제국의 황녀였다. 아무리 예거라트를 두려워한들, 호시탐탐 칼을 겨눌 기회만 엿보는 적국으로 혈혈단신 따라와 줄 거란 보장이 없다.

그리고 실은, 배신감으로 물든 그 얼굴을 보는 것이 무엇보다 두려웠다. 구차한 변명이라 비난한들 어쩔 수 없다. 바이마르는 생각 끝에 결국 입을 떼지 못했다.

"세상에, 마마!"

푹 젖은 두 사람의 몰골에 시녀들이 법석을 떨어 대었다. 마른 수건으로 몸의 물기를 대강 훔쳐 내고, 축축한 머리를 열심히 털고 있으려니 문득 나직한 노크 소리가 들렸다.

"마마. 이걸 좀 보셔야겠습니다."

들어선 이는 와트만이었다. 그사이 옷을 갈아입었는지 차림새가 말쑥했으나, 표정은 방금 눈보라를 뚫고 온 사람처럼 어둡게만 보였다.

어쩐지 불길한 예감이 들었다. 릴리스는 시녀들에게 방해하지 말라 단단히 이른 뒤 와트만을 따라 복도 끄트머리에 위치한 작은 서재로 들어섰다. 그가 돌아서며 말했다.

"전에 요청하신 시녀장에 대한 정보입니다. 직접 읽어 보시지요."

종이를 건네받는 손이 떨렸다. 릴리스는 침을 꿀꺽 삼키고 안의 내용을 읽어 내렸다. 개버딘 가브리엘. 입에 선 이름이 가장 먼저 보였다. 개버딘. 개비. 가브리엘. 릴리스는 그 이름을 입 속으로 두어 번 읊어 보았다. 와트만이 딱딱한 얼굴로 설명을 이었다.

"시녀장의 본명입니다. 가브리엘 남작가에서 태어나 라올리 백작과 결혼했으나 채 몇 달도 가지 않아 이혼당했습니다. 이유는 가브리엘 남작, 그러니까 아비의 반역 모의……입니다만 당연하게도 그가 주축은 아니었겠지요. 아마 선황 폐하께서 한창 반대파를 축출하시던 시기인 것 같습니다."

선황제는 옥좌에 오른 뒤 엄청난 기세로 권력을 다졌다. 끔찍했던 쟁탈전이 되풀이될까 싶어 모두가 한껏 숨을 죽였던 때이기도 했다. 그 당시 얽혀 들어 목숨을 잃은 자들만 해도 수십은 훌쩍 넘었으리라.

"그럼, 라올리 영애가 개비의 딸이란 말이야?"

"아마도 그럴 것이라 생각합니다. 들기로는 지금의 백작 부인이 재혼하며 데리고 온 딸이라지만, 두 사람이 전혀 닮지 않아 여전히 모두 그 말을 믿지는 않는다고 하더군요."

"……닮지 않은 모녀일 수도 있잖아."

그러나 릴리스는 스스로도 제 말에 확신을 갖지 못하는 얼굴이었다.

"그녀가 가문에 편입되면서 백작가의 재산이 두 배 이상으로 불어났다고 들었습니다. 그리고 마마. 라올리 백작 부인, 그러니까 나이브 라올리는—"

덜컹덜컹 창문이 흔들렸다. 다시 눈이 내리고 있었다. 와트만은 곱게 접어 처음처럼 납작해진 종이를 미련 없이 화로에 던져 넣었다.

그는 종이가 완전히 숯덩이로 변하는 것을 확인한 뒤 말을 맺었다.

"본래 황태자궁의 시녀였다 하더군요."

✦ ❁ ✦

열두 살의 겨울. 꼭 오늘처럼 눈이 펑펑 내리던 날 그녀는 개비와 처음 만났다.

평생 남의 집을 전전하다 겨우 발 붙여 들어온 궁이었다. 제 자식 돌보듯 살뜰히 챙겨 주는 것에 속절없이 이끌렸다. 마음을 주지 않을 수 없었다.

떨리던 손, 울고 있던 라올리 영애, 망토 끈을 묶어 주던 개비의 손길과, 그 모습을 물끄러미 보고 있던 형형한 눈길을 떠올리자 어쩐지 울컥 서러움이 복받쳐 올랐다. 어미의 손길을 빼앗아 간 황녀가 죽도록 미웠을 테지만. 정말로 울고 싶은 사람은 비단 그녀뿐이 아니었다.

"마마."

제 생각을 하고 있는 것을 알기라도 하듯, 때마침 방을 찾은 개비가 사뿐히 쟁반을 내려놓고 그녀를 불렀다. 황금색 꽃장식이 눈에 띄는 분홍색 찻잔은 릴리스가 가장 좋아하는 것이었다.

"무슨 생각을 그리 하세요?"

평소와 다름없는 그녀의 얼굴 위로 얼마 전의 창백하던 낯이 덧씌워졌다. 릴리스는 가만히 찻잔을 만지작거리며 살롱이 개최되던 날 목격했던 생경한 포옹을 떠올렸다. 닮은 듯 닮지 않은 두 사람이 부둥켜안고 있던 모습이 그날 이후 시시때때로 떠올라 이처럼 마음을 불편하게 만들곤 했다.

"……있지, 개비. 듣자 하니 폐하께서 변방에서 올라온 영애들의 혼인을 주선하려 하신다던데."

테이블 매트를 깔던 개비의 손이 잠시 멈칫하더니 다시 하던 일을 이어 갔다.

"글쎄요. 그런 이야기를 듣기는 했지요. 하지만 그건 폐하가 아니라 드와이트 영애께서 관여하시는 일이 아닌가요? 비슷한 처지의 또래들이 많아지면 궁에 맘 붙이기가 한결 수월해지실 테니……."

"……전에 보았던 라올리 영애 말이야."

릴리스는 찻잔을 다소 거칠게 내려놓았다. 덜그럭거리는 듣기 싫은 소리가 귀를 어지럽혔다.

"그럼 그녀도 수도에서 식을 올리게 될까?"

개비는 이번에야말로 눈에 띄게 굳은 채 말을 잇지 못했다. 그날 밤처럼 하얗게 질린 얼굴이 마치 딱딱하게 굳은 밀랍을 보는 듯했다.

한참 뒤 개비가 답했다.

"……아마 그렇지 않을까요? 라올리 영애…… 역시 아직 수도에 머물고 있으니까요."

"하긴, 기왕 온 것이니 빨리 돌아가고 싶지는 않을 거야."

"그럴 거예요."

쥐어짜 내기라도 한 듯 목소리가 자그마했다. 릴리스는 입술을 잘근 깨물었다. 눈앞이 희부옇게 변했다가 다시 선명해졌다. 그녀는 졸린 척 눈가를 비비며 커다란 안락의자 위에 앉아 한껏 몸을 웅크렸다.

"그 영애들도 좋은 남편을 만나게 되겠지? 나처럼 말이야."

고개를 조금 틀어 무릎 위에 볼을 올리자, 시선이 자연스레 협탁 위에 놓여 있는 관에 닿았다. 좋은 남편. 릴리스는 그 말을 입 속에서 다시 웅얼거려 보았다. 어쩐지 입 안이 까끌까끌했다.

"……분명 그렇게 되겠지요. 좋은 남편을 만나, 행복하게 살 거예요."

개비가 말하며 차를 따랐다. 혼잣말 같기도 하고, 마치 이곳에 없는 누군가를 위한 다짐 같기도 했다. 릴리스는 고개도 들지 않고 팔을 뻗어 잔 손잡이를 쥐었다. 눈가가 뜨끈했다. 아마도 벽난로의 열기 때문이리라.

꿀을 듬뿍 넣은 달콤한 찻물이 식도를 타고 넘어갔다. 뜨끈한 기운에 온몸이 나른해졌다. 코앞에서 타오르고 있는 불꽃의 열기가 몸을 훅 덮쳐 오는 듯한 기분이 들었다.

"개비…… 나……."

문득 잠기운이 몰려왔다. 든든히 먹은 점심 때문인지, 아침부터 눈밭을 굴렀기 때문인지 이유를 알 수 없었다. 릴리스는 느리게 눈을 껌뻑이다 몸을 틀었다. 느릿한 동작이었다. 흐릿한 시야 너머로 탁자 앞에 서 있는 개비가 두 손에 얼굴을 묻고 있는 게 보였다. 적막한 방 안에 훌쩍이는 소리가 희미하게 울렸다.

"죄송해요, 마마. 죄송해요……."

울고 있는 개비의 얼굴 위로 그 밤, 마차에 오르라 그녀를 이끌던 이전 생의 낯익은 모습이 겹쳤다.

그러나 더 생각할 겨를조차 없었다. 수마에 휩쓸려 눈꺼풀이 무겁게 내려앉았다. 힘 빠진 손에서 떨어진 찻잔이 뭉툭한 소리를 내며 카펫 위를 굴렀다.

릴리스는 꿈도 없는 잠에 빠져들었다.

5장

황녀가 쓰러졌다.

궁의 의사들 중에서도 원로 중의 원로인 펠릭스 우만은 한가롭게 티타임을 즐기던 중 그 난데없는 급보를 들었다. 마침 자리를 비운 젊은 것들을 대신해, 그는 화급히 가방을 챙겨 들곤 황녀궁을 향해 달렸다. 근자에 하도 드나들어 제 방처럼 익숙해진 황녀의 침실 안에는 이미 선객 세 명이 들어 그를 기다리고 있었다.

험상궂은 인상의 덩치 큰 기사가 눈을 부라리며 진찰 과정을 면밀히 관찰했다. 그 빤한 시선에 식은땀이 등골을 타고 줄줄 흘렀다. 그렇잖아도 나이 든 심장이 마치 곧 멎을 것처럼 펄떡거렸다.

"다행히 독에 당하신 것은 아닌 듯합니다. 가장 의심이 가는 것은 맹그로우의 뿌리 즙인데…… 과한 양을 쓰면 치명적인 문제가 되지만 적당량을 쓰면 그저 깊은 잠에 빠져들게 되지요."

"그래서 언제 깨어나신다는 말인가?"

황제가 보냈다는 본궁의 시종장은 기사와 달리 시종일관 평온한 얼굴이었다. 펠릭스는 고개를 더욱 깊이 조아렸다.

"그것은 저도 알 수가 없사옵니다. 다행히 양을 섬세하게 조절해 몸에 해가 가지는 않을 듯하나…… 약효가 다 빠지기 전까지는 계속 잠을 주무실 터이니 정확히 날을 장담하기는 다소 어려울 것 같습니다."

빠드득. 와트만은 이를 사리물었다.

"알겠으니 나가시오."

한참 제자리를 지키고 서 있던 그가 이내 방 안을 둘러보며 딱딱한 목소리로 축객령을 내렸다. 모두가 와트만을 돌아보았다.

"마마께서 쉬셔야 하니 다 나가라 했소."

재차 재촉이 이어졌다. 그를 물끄러미 바라보던 시종장이 천천히 고개를 끄덕이곤 이내 몸을 돌렸다. 눈치를 보며 떠날 기회만을 엿보던 펠릭스도 시종장의 뒤를 따라 급하게 방을 나섰다. 혹 붙잡히기라도 할세라 서두르는 모습이었다.

곧 소리도 없이 문이 닫혔다. 와트만은 핏발 선 눈으로 옆을 쏘아보았다.

"그대는 왜 가지 않나?"

두 손을 공손히 모은 채, 창백한 얼굴로 서 있던 개비의 시선이 릴리스의 얼굴 위를 끈질기게 배회했다. 그녀가 말했다.

"저는 마마를 돌보아야……."

"염치도 좋군."

와트만은 하릴없이 이어지려는 변명을 일축했다. 흔들리는 눈이 그를 빤히 바라보았다. 와트만은 그 눈동자 속에서 잔뜩 일그러진 얼굴을 하고 있는 퀭한 모습의 사내를 발견하고 다시 이를 사리물었다.

그러나 과한 경계는 쓸데없는 의심을 불러일으킬 수 있어 늘 주의가 필요했다. 예거라트에게 괜한 빌미를 줄 수는 없는 일이라, 그는 애써 태연한 척 의자를 끌어다 침대가에 앉았다.

릴리스는 죽은 듯 잠을 자고 있었다. 코 아래 느껴지는 얕은 숨결과, 아주 작게 들썩이는 가슴이 아니었다면 인형이라고 해도 믿길 만치 얌전한 모양새다.

"저, 시녀장님."

문밖에서 작은 소리가 났다. 개비는 그 소리를 듣고서도 얼마간 머뭇거리다, 바깥에서 한 번 더 그녀를 부른 뒤에야 어쩔 수 없다는 듯 자리를 떴다. 와트만은 멀어지는 그녀의 기척을 느끼며 입 속으로 혀를 찼다. 지독한 여자 같으니라고.

그는 이미 꼼꼼히 덮여 있는 이불을 괜히 한 번 더 매만져 보았다. 턱 끝까지 이불을 바짝 끌어당겨 덮어 준 뒤, 장작 두어 개를 난로 안으로 툭 던져 넣고 나자 화르륵 불길이 일며 얼굴까지 후끈한 열기가 끼쳤다.

"……좀 더우시려나."

멀뚱히 앉아 있으려니 뒤늦게야 그런 걱정이 불쑥 들었다. 그러다, 그는 잠든 사람이 그런 걸 느낄 수는 없으리라는 것을 확신한 뒤 고민 끝에 장작 하나를 더 집어 벽난로 안으로 던져 넣었다.

그때였다.

"단장님! 급합니다, 좀 나와 보십쇼!"

쾅쾅, 문 두들기는 소리가 요란하게 울리다 아차 싶었는지 곧 잠잠해졌다. 와트만은 거칠게 문을 열어젖히고 잔소리를 쏟아부었다.

"너 이 새끼, 내가 조용히 하라고—"

"아, 그— 본궁에서 사람이 왔다니까요!"

에드몽이 멱살을 잡힌 채로 컥컥대며 중앙 계단을 가리켰다. 와트만은 말이 끊긴 것도 잊고 즉시 입을 다물었다. 과연, 에드몽의 말대로였다.

와트만은 칼라 깃을 틀어쥔 손을 놓지 않은 채, 에드몽을 자루처럼 질질 끌며 계단을 두 칸씩 뛰어올랐다.

개비가 쓰러진 황녀를 붙든 채 바깥에 그 사실을 알렸을 무렵. 본궁의 기사들은 '우연찮게도' 황녀궁 가까운 곳을 순찰하던 중이었다. 그들은 와트만이 그녀를 안아 올리고, 급하게 의사를 찾음과 거의 동시에 마치 기다렸다는 듯 들이닥쳐 방 안의 모든 이들을 포박했다. 실로 놀라운 순발력이었다.

당연하게도, 개비와 와트만은 반나절간의 심문 아닌 심문을 받은 뒤 무사히 풀려났다. 유력한 용의자가 새로이 발견되었기 때문이다. 황녀의 부군, 스파티움의 왕족이자 체자레의 동생인 바이마르 갈바르가 바로 그 주인공이었다.

"잠시 좀 멈춰 주십쇼!"

와트만이 고함쳤다. 복도를 쩌렁하게 울리는 괄괄한 목청에 앞서 가던 기사들이 일제히 뒤를 돌아보았다. 대충 세어 보아도 대여섯은 족히 넘는 수였다.

와트만은 걸음을 보다 빨리해 이내 완전히 복도 끝에 올라섰다. 낯선 침입자를 말리려는 듯, 흉흉한 기세로 그들과 대치 중이던 황녀궁의 기사들이 그를 발견하곤 서로에게 눈짓하며 조금씩 틈을 벌려 길을 내어 주었다.

"하, 하. 안녕하십니까. 안녕하세요."

짐짝처럼 질질 끌려가던 에드몽이 눈이 마주치는 기사들에게 손을 흔들며 어색한 인사를 흘렸다. 그러나 와트만은 등 뒤의 사정에는 신경조차 쓰지 않은 채, 무리의 가장 앞까지 거침없이 걸어 나가 방문 앞에 우뚝 멈추어 섰다. 선두에 있던 기사 하나가 그를 보며 와락 얼굴을 일그러뜨렸다.

와트만은 덩달아 미간을 찌푸리며 상대의 전신을 보란 듯 아래위로 천천히 훑었다. 얼굴에서 가슴, 가슴에서 다리까지 내려갔던 시선이 다시 올라와 판판한 가슴팍에 고정되었다. 왼쪽 가슴. 심장 바로 위에 꽂혀 있는 매끄러워 보이는 검은 깃털이 유난히도 눈에 띄었다. 황제의 친위대임을 뜻하는 상징이다.

"무슨 일입니까?"

시선이 깃털에 꽂힌 것을 눈치챘는지, 기사는 다소 의기양양한 기색이었다. 와트만이 흥, 커다랗게 코웃음 쳤다.

"거, 남의 궁에 들어왔으면 우선 신고를 하셔야지요. 이렇게 막무가내로 밀고 나가시면 피차 후일이 곤란하지 않겠습니까?"

기사가 제 귀를 의심하는 양 콧잔등을 찡그렸다. 그러나 그도 잠시, 곧 본래의 오만한 얼굴로 돌아온 그가 느긋하게 가슴 앞으로 팔짱을 끼었다.

"황녀궁이라 해도 결국은 폐하의 소속이 아닙니까. 폐하께서 직접 바이마르 왕자를 심문하라 명을 내리셨으니 방해 말고 비키는 게 좋을 겁니다. 한데 엮여 몹쓸 꼴이라도 당하고 싶다면야 말리지는 않겠습니다만."

말끝에 선명한 웃음기가 매달렸다. 업신여김이 명백히 드러나는 어조에 황녀궁 기사들이 웅성대며 분통을 터뜨렸다.

"단장!"

"친위대면 답니까? 단장님께 그따위 무례한 발언을 삼가시오!"

삽시간에 등 뒤가 소란해졌다. 와트만은 의기양양하게 턱을 치켜들고 서 있는 본궁 기사들을 차례로 훑어보다 커다랗게 웃음을 터뜨렸다.

"푸하하! 좋습니다."

난데없는 웃음소리에 드잡이질이라도 하려는 듯 손을 내뻗고 있던 기사들이 머쓱한 얼굴로 서로를 돌아보았다. 와트만은 그들을 일별한 뒤 어깨를 들썩였다.

"그렇다면야 더더욱 동석해야겠군. 황녀 마마께서 훗날 이 일을 아신다면 마음 상해 하실 것이 분명하니 내가 직접 보고 판단을 내리는 편이 낫지 않겠소."

"바이마르 왕자는 황녀를 독살하려 했던 죄로 심문을 받는 거요. 뭔가 착각하고 있는 건 그대 같은데."

"착각은 개나 주라지."

"뭐요?"

기사가 눈썹을 추켜올렸다. 와트만은 침을 뱉듯 입을 크게 비죽였다.

"착각은 개나 주라 했는데. 젊으신 분이 벌써 가는귀가 먹었나 봅니다. 그리고 폐하께서 뭐라 하셨건 아직까지 이 궁의 보안 책임자는 나요. 그래도 자신 있다면 어디 한번 계속 그렇게 뻗대 보시지."

히익. 에드몽에게서 목이 졸린 듯한 소리가 새어 나왔다. 와트만은 그제서야 그가 아직까지 에드몽의 멱살을 틀어쥐고 있다는 것을 깨닫고 손의 힘을 풀어냈다. 그대로 바닥에 나동그라진 에드몽이 기침을 연발하며 와트만의 바짓가랑이를 잡아끌었다.

"콜, 록! 콜록! 아니, 단장님. 꼭 그렇게까지 말씀하셔야─"

"멱살잡이가 여간 좋았나 보지?"

"아니, 아닙니다. 아니고말고요."

격한 부정이 돌아왔다. 두 사람을 번갈아 보던 기사가 짜증스럽다는 듯 긴 한숨을 뱉었다. 와트만은 그 기색에서 포기를 읽어 내곤 속으로 회심의 미소를 지었다.

"좋소. 하지만 어디까지나 질문은 내가 한다는 것, 잊지 마시오."

그리고 곧 문이 열렸다.

"왕자."

바이마르는 마치 곧은 묘목처럼 어두컴컴한 방 안에 서 있었다.

"앉으시지요."

거듭된 부름에도 창가의 그림자는 미동조차 없었다. 반응 없는 침묵에 서늘한 분위기가 감돌았다. 기사의 얼굴이 천천히 굳어지며 검이 매달린 허리춤에서 덜걱이는 소리가 들려왔다. 와트만은 분개한 기사가 막 언성을 높이려 들기 직전, 냉큼 끼어들어 순서를 가로챘다.

"저하."

생각지도 못한 호칭이 불쾌했는지, 기사가 성급하게 눈을 홉떴다. 그리고 다음 순간, 바이마르가 천천히 몸을 틀어 두 사람을 마주 보았다.

와트만은 눈을 가늘게 떴다. 생기 넘치던 청년의 모습이 3일 사이 바싹 마른 관목처럼 변해 있었다. 채 다 맞물리지 못한 커튼 틈 사이로 희미한 빛이 새어 들어와 머리를 묶고 서 있는 커다란 청년의 모습을 덧그렸다.

"……앉으시지요."

씨근덕거리며 서 있던 기사가 짜증이 역력한 목소리로 다시금 착석을 채근했다. 푸른 눈동자가 그와 와트만 사이를 천천히 오갔다. 와트만은 천천히 기사의 말을 반복해 전했다.

"저하, 앉으시지요."

대번에 흉흉한 눈길이 쏘아져 왔다. 와트만은 그 뾰족한 시선을 모른 체하며 묵묵히 바이마르의 답을 기다렸다.

이윽고, 천천히 거리를 좁혀 온 바이마르가 냉랭한 얼굴로 천천히 의자를 빼내 탁자를 사이에 두고 그들과 마주 앉았다.

기사가 못마땅한 얼굴로 본론을 꺼내 들었다.

"왕자님께서는 현재 황녀 마마 독살 건의 유일무이한 피의자이십니다. 고로, 이 시간 이후부터는 그에 맞게 응대할 것을 미리 고지드

435

리는 바입니다. 그럼 시작하겠습니다."

"……."

"사흘 전. 황녀 마마께서 쓰러지셨다. 황제 폐하 및 궁의 심문관들은 황녀 마마의 독살범으로 그대를 의심하고 있는 바, 이에 대해 아는 바를 전부 고하라."

"……맙소사, 궁이 미쳐 돌아가는군."

하대라니 가도 너무 간 것이 아닌가. 근본도 없는 무례에 기가 차절로 빈정거림이 튀어나왔다. 그러나 기사는 그 목소리를 듣지 못한양 와트만을 말끔히 무시한 채 말을 이었다.

"시녀장의 증언으로는 그대가 맹그로우의 뿌리에 관심을 보였다고 하더군. 이에 대해 할 말이 있나?"

"……그것은 폐하께서 내린 약재 틈에 끼어 있던 것이네. 벌써 며칠째 같은 질문에 답을 했는데. 구태여 다시 묻는 이유를 모르겠군."

바이마르가 씹어뱉듯 대꾸했다. 새파란 눈동자에서 불꽃이 튀었다. 기사는 그 기세에 잠시 흠칫했으나 물러서지 않고 준비했던 말들을 읊었다.

"황녀 마마를 독살하려 했던 자를 찾는 일이다. 신중을 기해 나쁠것은 없지. 다시 묻겠다. 이에 대해 할 말이 있는가?"

"범인을 찾아 직접 치죄하고 싶다는 것 외엔 딱히."

"그 말은 혐의를 부인한다는 것인가?"

"내가 대체 무슨 연유로 마마를 해하려 들겠나?"

"본국의 상황을 알면서도 발뺌하는가? 체자레 왕자가 그대에게황녀 마마를 해하라는 명령을 내리지 않았다는 걸 어떻게 증명할 수 있지?"

바이마르가 헛웃음을 뱉었다.

"내가 증거를 내놓으면 믿을 텐가?"

정적이 흘렀다.

심문은 그것으로 끝이었다. 자리에서 벌떡 일어선 기사가 발자국 소리도 요란하게 방을 가로질렀다. 와트만은 그를 따라 비스듬히 일어선 채 말없이 바이마르와 시선을 마주했다. 동화책 속에서나 나올 법한 미형의 얼굴 위로 날것 그대로의 분노와 노도 같은 서글픔이 교차했다.

와트만은 주먹을 꾹 쥐었다. 바이마르의 방을 지키고 있는 것은 모두가 본궁의 인력들이다. 친위대와는 그 성질이 조금 다르다 하나, 어쨌거나 모두가 황제의 눈인 것은 매한가지였다.

"마마께선 아직 주무십니다."

"……."

"많이 피곤하셨던 모양이니 깨어나시면 말씀드리지요."

와트만은 그 말을 전한 뒤에야 천천히 물러났다. 문이 쾅 소리를 내며 닫혔다. 그는 참고 있던 숨을 길게 뿜으며 앞을 보았다. 여전히 못마땅한 얼굴로 대치 중이던 친위대 기사들이 사내의 뒤를 따라 차례차례 황녀궁을 떠나고 있었다.

"아니, 본궁 놈들로도 모자라 친위대라뇨. 나 참…… 이래서야 우릴 전부 한통속으로 보는 것 아닙니까."

에드몽이 툴툴거렸다. 실제 이번 일로 기사들 사이에서도 불만이 많았다. 우리가 설마 본궁의 기사들보다 황녀 마마를 못 모시겠냐느니, 나라 팔아먹는 짓을 나서서 할 리가 있겠냐느니 등등. 그리고 결국, 불만들의 종착지는 언제나 바이마르에 대한 원망과 비난이었다.

마른세수를 거듭하던 와트만이 에드몽을 돌아보았다.

"시녀장은 어디 있지?"

"글쎄요. 아까 응접실 근처를 서성이는 걸 봤던 기억이 있는데. 불러올까요?"

"아니 됐다."

와트만은 고개를 흔들었다. 에드몽이 머리를 긁적이며 그의 눈치를 살폈다.

"그보다 단장님도 좀 주무시지 그러십니까. 벌써 닷새째 밤을 새고 계시다구요."

"어제 좀 잤어."

"두 시간요?"

"……."

"가서 좀 쉬십쇼. 황녀님 방에는 제가 가 있겠습니다."

에드몽이 와트만의 팔을 끌었다. 내키지는 않았지만 그와는 별개로 피곤한 것도 사실이었다. 와트만은 터덜터덜 계단을 내려섰다.

1층의 커다란 홀을 가로질러 현관 옆으로 난 회랑을 지나던 그는 마침 반대편에서 걸어오고 있던 시렌과 정면으로 마주쳤다. 두 손으로 힘겹게 받쳐 든 커다란 쟁반 위에 뚜껑 덮인 접시들이 두어 개 놓여 있었다.

"저하께 가는 길인가?"

"예."

"······너도 제법 고초가 많군."

와트만이 쓰게 웃으며 그에게 말을 걸었다. 시렌은 대답 대신 무심코 눈살을 찌푸렸다. 내리 독방에 갇혀 보냈던 사흘이 불쑥 떠올랐던 탓이었다.

본래라면 전속 시종인 그가 더한 뭇매를 맞아야 하겠으나, 상대가 상대인 만큼 시렌은 아홉 끼니를 꼬박 건너뛰었다는 것 외에는 별다른 고초 없이 감금에서 풀려났다. 혐의를 벗어난 것을 그저 다행이라 해야 할지. 그를 대신해 험한 일을 겪는 이가 다름 아닌 바이마르라는 것을 통탄해 해야 할지 도무지 분간이 되질 않아 헛웃음이 새었다.

"먼저 가 보겠습니다."

시렌은 복잡한 심경으로 걸음을 재촉했다. 급히 계단을 올라 복도로 접어드니 둘씩 붙어 경비를 서고 있던 기사들이 눈을 굴려 그를 빤히 쳐다보았다. 낯이 선 것을 보아하니 본궁의 기사들이 틀림없었다.

"들어가."

보란 듯 문 앞을 서성이고 있으려니, 콧수염을 길게 기른 기사 하나가 문을 빼꼼 열어 주며 안쪽을 향해 턱짓했다. 내키지 않는다는 기색이 역력했다.

"이제 나와."

그러나 말 한마디 건넬 틈조차 없었다. 음식물이 담긴 그릇을 내려놓기 무섭게 나오라는 재촉이 이어졌다. 시렌은 문밖으로 향하며 슬쩍 뒤를 돌아보았다. 창살 없는 감옥이 따로 없다는 것을 깨닫고 나니 또다시 마음속에 울분이 차올랐다.

끌려가던 순간, 충분히 저항할 수 있었던 바이마르가 얌전히 포박을 받아들인 것은 오로지 잠들어 있는 황녀를 염려함이었다. 일찌감치 체자레의 말을 들어 도망했다면 벌어지지 않았을 일이이기도 했다.

시렌은 멍청히 선 채 두 주먹을 꽉 쥐었다. 그까짓 감정이 대체 무어라고 이렇게까지 하는 것인지…….

결국은 이 또한 황제의 계략에 불과할 것이리라. 가진 것이라곤 고작 심증뿐이었음에도, 판단이 서는 것은 금방이었다.

이번 일은 필시 황제의 계략일 것이리라. 판단이 서는 데에는 그리 오랜 시간이 필요하지 않았다.

"안 나오나?"

날 선 목소리가 다시 그를 불렀다. 시렌은 느릿느릿 걸음을 옮겼다. 여길 떠나면 다시는 아테라 땅에 발도 들여놓지 않으리라. 그는 미동도 없이 서 있는 바이마르를 일별하며 재차 다짐했다.

✤ ✤ ✤

스파티움의 왕자가 황녀를 독살하려 했다는 소문은 온 아테라를 삽시간에 들썩이게 만들었다. 그럴 줄 알았다는 코웃음부터 시작해 설마 정말 그리 했겠느냐는 부정과 의문까지. 여러 가지 의견이 뒤섞여 사방이 소란하기 짝이 없었다.

"폐하. 부디 한 번만 더 생각해 주십시오."

"나는 이미 후작에게 시간을 많이 주었다 생각하는데. 그보다 좀 들어 보게나. 향이 아주 좋은걸."

예거라트는 느긋하게 다리까지 꼬고 앉아 갓 우려낸 장미차를 홀짝거렸다. 그와 마주 앉아 있던 발칸 후작이 벼락 맞은 표정인 것과는 완연히 대조되는 모습이었다.

"황녀의 부군 자리일세. 후작가에도 독이 되는 이야기는 아니지 않나?"

"……."

"듣자 하니 최근 두 사람이 종종 만나 그간의 회포를 풀곤 한다지. 내 선택이 틀리지만은 않은 것 같아 심히 기쁘다네."

"하오나 폐하."

발칸 후작은 한 번 더 간청했다. 그러나 이미 끝난 이야기였다. 예거라트가 잔을 들고 있지 않은 손을 휘저어 이만 나가 보라는 뜻을 전했다.

발칸 후작은 어쩔 수 없이 자리에서 일어났다. 벽에 붙어 선 채 부름을 기다리고 있던 시종장이 먼저 나서 정중히 문을 열어 주었다. 발칸 후작은 그를 등지고 앉아 있는 예거라트를 마지막으로 흘금 돌아본 뒤, 문밖으로 천천히 한 걸음을 떼었다.

"이거, 발칸 후작이 아니신가."

알현실 앞의 긴 복도에는 초목을 연상시키는 녹빛 융단이 두텁게 깔려 있었다. 발칸 후작은 그 복도를 내리 걷다 탁 트인 회랑 끝에서 결코 반갑지 않은 손님을 만났다.

"……스타렉 공작님."

"폐하를 뵙고 오는 길인가 보아. 혹 발칸 공자의 일인가?"

스타렉 공작이 다 안다는 듯 입가에 의뭉스러운 미소를 띠었다. 발칸 후작은 수다스러운 늙은이처럼 말을 쏟아 내기 시작한 스타렉 공작을 따라 회랑의 난간 근처로 자리를 옮겼다.

"채 왕자에 대한 처분이 결정되기도 전이 아닌가. 황녀 마마께서도 마음을 추스를 시간이 필요하실 터인데…… 그사이를 못 참고 새 부군을 들이려 하시다니. 폐하께서도 참 귀애가 지나치신 감이 있어. 그렇지 않은가?"

"……글쎄요. 그렇게 말씀하시는 것치고는 이 상황이 무척 즐거우신 듯 보입니다만."

불편한 화제였으나 언제고 한 번은 거쳐야 할 과정인 것도 맞았다. 발칸 후작은 목젖까지 치밀어 오른 짜증을 애써 꾹꾹 눌러 삼켰다. 황제의 입에서 직접 말이 나온 이상, 앞으로 서너 달은 마주치는 사람마다 이 이야기로 말문을 틀 것이 빤했다.

그렇게 생각하자면 차라리 지금 스타렉 공작을 만난 것이 다행이라 볼 수도 있을 터였다. 적어도 앞으로 이보다 더한 능구렁이를 만날 일은 없을 테니까.

"본래 늙은이가 되면 모든 일이 다 즐거운 법이라네. 자네 나이대야 꼭 그렇지만도 않겠지만 말이야."

"……."

"어쨌든 후작저도 슬슬 분주해지겠어. 상대가 황족이니 그만한 예우를 갖춰야 하지 않겠는가. 아, 첫 번째 남편이 아니니 어느 정도는 감안해 주실는지도 모르겠네만."

그러나 이런 모욕까지 감내해야 할 이유는 결코 없었다. 발칸 후작은 얼굴을 딱딱하게 굳히곤 목소리를 내리깔았다.

"그만하시지요. 이미 충분히 머리가 아픕니다."

"허허, 내 눈치도 없이 심란한 사람을 들쑤셨군그래."

"……."

"그래도 긍정적으로 생각하게나. 이로써 황가의 핏줄에 발칸의 피가 섞일 확률이 한층 더 높아진 것 아닌가. 물론 늘 그렇듯이, 항상 조심에 조심을 거듭해야겠지만 말이야."

"……이만 가 보겠습니다."

더 이상은 안 되겠다. 발칸 후작은 성급한 인사만을 남긴 채 스타렉 공작을 지나쳐 성큼성큼 앞으로 걸어 나갔다. 차마 입 밖으로 내지 못한 욕설들이 뒤늦게야 방언처럼 줄줄 터져 나왔다.

너구리 같은 영감. 제 자식을 그리 보내 놓고도 그런 소리를 할 수 있나? 하물며 황가의 핏줄이라니. 발칸 후작은 걷다 말고 회랑 한중간에 잠시 멈춰 서서 가쁜 숨을 가다듬었다.

기실 황제가 처음 이 일로 그를 불렀을 때. 발칸 후작은 그의 제안을 그저 뼈아픈 농담쯤으로 치부했었다. 친선을 위해 성사시킨 결혼이건만, 상대가 이제 와 턱밑까지 칼을 들이밀고 있으니 우려하는 마음에 한번 꺼내어 본 말이라 가볍게 여겼던 것이다.

그러나 진심이라 한들 그 또한 문제였다. 여태 눈도 뜨지 못하고 있는 사람을 두고 정녕 그런 장난질이 하고 싶은 것인가? 다시 생각해도 이가 갈리는 이야기가 아닐 수 없었다.

"뭐? 이것들이 대체 어디서 그런 미친 소리를 듣고 온 거야?"

험험한 소문에 이를 갈아붙이는 사람은 여기에도 있었다.

때는 화기애애한 저녁 식사 시간이었다. 종일 흙바닥을 구르던 기사들이 비로소 편안한 휴식을 꿈꾸며 서로에게 애정 가득한 욕설을 날리고 있을 무렵. 신입들이 떠들어 대는 난데없는 소문에 와트만이 빵을 집어 던지며 벌떡 일어섰다.

"하, 하지만 듣기로는 발칸 공자님과 황녀 마마께서 어릴 적부터 정을 나누셨다고……."

"그, 그렇습니다! 저도 들었어요! 본궁에 있는 놈이 들려준 이야기이니 아마 출처는 확실할 겁니다요! 그렇지? 너도 들었지?"

"예! 예! 그렇고말구요! 지어낸 게 아니에요! 맹세합니다, 단장님!"

박력 있게 걸어오는 단장의 모습에 기가 죽은 청년들이 낑낑대며 변명을 지껄였다.

"아니 이 미친……."

황제 새끼가. 와트만은 절로 튀어나오려는 험한 언사를 억지로 혀 아래로 꾹꾹 밀어 넣었다. 흉흉한 낌새를 눈치채고 사색이 되어 두 손을 내젓던 에드몽이 그제야 맥이 풀린 얼굴로 탁자 위에 철퍼덕 엎어졌다.

와트만은 식사도 중단한 채 날듯이 뛰어 황녀궁으로 달려 들어갔다. 누구라도 탈탈 털어 자백을 받아 내지 못하면 영영 분이 풀리지 않을 것만 같았다.

"경? 무슨 일인가요?"

그러나 막상 눈앞에 상대를 놓고 보니 어쩐지 입이 선뜻 떨어지질 않았다. 열이 잔뜩 올랐던 머리에 바가지로 얼음물을 양껏 퍼부은 듯 정신이 번쩍 들었다. 와트만은 느릿하게 고개를 내저었다.

"……아무것도. 마마께선? 아직이신가?"

"예, 아직……."

개비가 말하며 물에 적신 수건을 비틀어 짰다. 둥그런 눈동자에 걱정스러운 기색이 완연했다. 뒷사정을 이미 모조리 알고 있음에도 일순간 저 염려가 진심이란 착각이 들 만치 절절한 표정이었다. 그래도 제까짓 게 사람이긴 했던 모양이지. 와트만은 입술을 안으로 말아 물며 신경질적으로 돌아섰다. 머리가 복잡했다.

어느덧 해가 서편으로 뉘엿뉘엿 떨어지고 있었다. 와트만은 창가 근처의 의자에 앉아 여상하게 검을 손질하기 시작했다. 그를 등지고 앉은 개비 역시 말없이 하던 일에 열중했다. 누구도 먼저 입을 열지 않는 가운데, 불편한 침묵이 방 안을 에워쌌다.

참방참방 물 떨어지는 소리가 적막을 깨뜨렸다. 개비는 가냘픈 팔을 한 손으로 가볍게 받쳐 들고 소매 아래 드러난 하얀 살갗을 따뜻한 수건으로 살살 쓸었다. 헐렁한 소매를 걷자 살집 없는 손목이 그대로 드러났다. 여전히 마르고 작은 몸은 무얼 먹여도 살이 붙지 않을 것처럼 무척이나 가늘었다.

개비는 아주 잠시, 눈을 감고 있는 릴리스의 얼굴 위로 어렸던 릴리스를 덧씌워 보다 다시 천천히 손을 움직이기 시작했다. 한 치의 의심도 없이 자신을 따르던 어린아이를 떠올리면 언제나 가슴 한구석이 체한 듯 답답했다. 그럼에도 선뜻 용서를 구할 수 없는 이유는, 시간을 돌린대도 같은 선택을 할 자신을 이미 알고 있기 때문이었다.

그 순간이었다. 음울한 생각을 읽어 내기라도 했다는 듯, 한 손에 그러쥐고 있던 가느다란 손목이 파르르 떨리며 약한 경련을 일으켰다. 소스라치게 놀란 개비가 허겁지겁 자리를 박차고 일어섰다. 의자가 쓰러지며 우당탕탕, 요란한 소리가 울려 퍼졌다.

"뭐, 무슨 일이야?"

선잠에 빠져 있던 와트만이 그 소란에 눈을 번쩍 뜨고는 흥분한 말처럼 침대맡으로 뛰어들었다. 움질거리는 손가락을 빤히 보고 있던 그가 이윽고 야단법석을 떨며 문을 벌컥 열여젖혔다.

"의사! 의사를 불러와. 마마께서 깨어나셨다!"

깜짝 놀란 사용인들이 서로를 마주 보다 약속이나 한 듯 활짝 열린 황녀의 침실 문 안쪽을 흘금거렸다. 열흘 만의 낭보였다.

"마마, 마마께서 깨어나셨습니다!"

헉헉대며 달려온 더벅머리 시종이 숨을 몰아쉬며 기쁜 소식을 전했다. 간만의 오수에 빠져 있던 원로 의사 펠릭스는 황급히 일어나 늙은 몸을 이끌고 황녀궁을 향해 달렸다. 조금이라도 지체했다간 극성맞기 짝이 없는 황녀의 호위기사가 또 무슨 잔소리를 쏟아부을지 모를 일이다. 생각만으로도 벌써부터 긴장이 되어 이마에 땀이 솟았다.

"약 기운이 거의 가신 듯하니 오늘 밤만 지나면 곧 다시 눈을 뜨실 겁니다."

다행히도 오늘은 무사히 넘어가려는 모양이었다. 와트만이 만면에 웃음을 띤 채 펠릭스의 어깨를 친근한 척 팡팡 두어 번 두들겼다. 사납기 짝이 없던 사내의 이유 있는 돌변에 펠릭스가 사색이 된 얼굴로 뒷걸음질 쳤다.

"오늘 밤엔 내가 있을 테니 들어가 보게."

그러거나 말거나, 와트만은 침대를 향해 돌아서며 툭 말을 던졌다. 창백해진 얼굴로 서 있던 개비가 이내 수긍한 듯 천천히 물러났다. 와트만은 침대에 드리워진 휘장 너머에 커다란 안락의자를 끌어다 놓고는, 커다란 몸을 억지로 구긴 채 불편한 자세로 잠을 청했다.

바이마르가 이 사실을 안다면 참 기뻐할 텐데. 문득 그런 생각이 들었으나 곧 그마저도 까무룩 사라졌다. 며칠 만에 맞는 평온한 밤이었다.

✠ ❈ ✠

갈증이 일었다. 목구멍은 마치 여름 내내 햇빛에 달구어진 사막의 모래처럼 버석거렸고 사지는 물먹은 솜처럼 늘어져 힘이 들어가질 않았다.

익숙한 풍경에 그나마 마음이 조금 놓였다. 불길이 활활 타오르는 창가의 벽난로와, 길게 늘어진 브라운색 커튼. 그러나 무엇보다 안도감을 불러일으키는 것은 휘장 너머로 언뜻 비치는 낯설지 않은 그림자였다.

"……겨."

릴리스는 힘겹게 목소리를 짜냈다. 당연하게도 바람 소리가 절반을 차지했으나, 릴리스는 포기하는 대신 시도를 거듭했다.

"……겨……엉, 경."

그래도 이번에는 제대로 된 단어였다.

"경."

한 번 더.

"경…… 경!"

여전히 쇳소리에 가까운 듯했으나 처음에 비한다면 어쨌거나 장족의 발전이었다. 문득, 말라붙은 목구멍 안쪽에서 비릿한 철 맛이 느껴졌다. 릴리스는 찌릿한 통증을 무시하곤 한 번 더 숨을 크게 들이쉬었다.

"경!"

"예? 예? 무슨 일이십니까?"

다행히 여러 번 같은 시도를 반복할 필요는 없었다. 용케도 소음을 잡아챈 와트만이 헐레벌떡 뛰어와 휘장 밖을 서성였다. 타의 반자의 반으로 침묵을 지키고 있으려니 큼, 흠, 하는 헛기침 소리가 공백을 메워 왔다.

"저, 그럼, 걷겠습니다."

용케도 그것을 긍정으로 알아들은 와트만이 불쑥 안으로 손을 넣어 불투명한 베일을 위로 들췄다.

"마마, 드디어……."

그는 퍽 감격한 표정이었다. 며칠이 흘렀는지 가늠하긴 어려웠으나, 해쓱해진 몰골을 보아하니 적어도 사나흘 이상은 사경을 헤맨 듯했다. 릴리스는 자꾸만 감기려는 눈을 애써 부릅뜨며 남은 힘을 짜내어 침대 옆의 협탁을 눈짓했다. 와트만이 고개를 갸웃하며 되물었다.

"예?"

"무⋯⋯."

"무, 무가 뭡니까?"

아까의 눈치는 어디에 가져다 팔아먹은 것인지, 그는 평소답지 않게 굼뜬 기색으로 연신 어리둥절한 표정을 짓고 있을 뿐이었다.

"물이요, 물. 물 여기 있습니다."

무언의 실랑이는 그로부터도 얼마간의 시간이 더 흐른 뒤에야 겨우 마무리되었다. 겨드랑이 사이에 손을 넣어 몸을 일으키고, 허리 뒤에 베개를 받친 그가 입가에 조심스럽게 잔을 대어 주었다. 릴리스는 힘겹게 물 몇 모금을 삼키곤 겨우 제정신을 차렸다. 갈라진 논바닥이 물을 흡수하듯 몸이 게걸스럽게 수분을 갈구했으나, 몸이 생각을 따라 주질 않으니 갈증을 해소하는 것마저 여의치가 않았다.

"경⋯⋯ 나, 몸이 안⋯⋯ 움직⋯⋯여."

"당연하지요. 일주일 동안 내리 잠만 주무셨습니다. 깨어나신 것만 해도 어찌나 다행인지."

"나⋯⋯ 개비⋯⋯ 차 마셨⋯⋯."

콜록. 말끝에 기침이 따라붙었다.

"압니다. 시녀장이 차에 무언가를 탔겠죠, 그렇죠?"

"으…… 그……런데 보지는 못……했어."

"그것도 압니다. 그리고 지금 이런 이야기를 해도 되는지 모르겠습니다마는."

콜록. 릴리스는 다시 기침을 터뜨렸다. 와트만이 주변의 기척을 주의 깊게 살피고는 그녀의 귓가에 입술을 가까이 했다. 릴리스는 눈살을 찌푸렸다.

"뭐……!"

쉿소리가 산발적으로 터져 나왔다. 마침 처방을 위해 궁을 찾았던 펠릭스가 그 모습을 목격하곤 기겁하며 그녀를 뜯어말렸다.

"물을 많이 마시고, 될 수 있는 한 말씀도 하지 않으셔야 합니다. 무리하게 소리를 높이다가는 성대에 상처가 날 수도 있어요. 당분간은 음식 섭취에도 신경을 쓰셔야 할 테니 수프 같은 부드러운 유동식을 하루에 여러 번 나누어 드시는 것이 좋겠습니다."

받아 적기라도 할 기세로 진지하게 그 말을 듣고 있던 와트만이 자못 심각한 목소리로 물었다.

"움직이는 건? 문제가 없나?"

"이론상으로는 그렇습니다만, 근육이 약해져 있을 테니 당분간은 뛰기보단 걷는 것을 권해 드리고 싶습니다."

진단에 따라 급히 음식이 준비되었다. 건더기라고는 잘게 썰린 당근뿐인 밍밍한 수프였다. 릴리스는 절반을 억지로 비워 내곤 질린 얼굴로 그릇이 담긴 쟁반을 밀어 냈다.

"경, 그래서 반…… 바이마르…… 공은?"

몇 시간이 지났으나 아직도 말 사이에 틈이 있었다. 그릇을 문밖으로 내어놓은 와트만이 말없이 검지를 세워 천장을 가리켰다.

"……."

순간 울컥, 분이 목 끝까지 차올랐으나 릴리스는 현명하게 그것을 가라앉혔다. 누구라도 적국의 왕자보다야 공정한 황제와 충실한 시녀를 믿을 것이니. 아쉽지만 이 또한 넘어야 할 산에 불과하리라.

"……마마. 들어도 되겠습니까?"

때맞춰 익숙한 목소리가 방문을 청했다. 와트만이 그녀를 빤히 보다 천천히 문고리를 당겼다. 열린 문을 넘어 사뿐히 방 안으로 걸어 들어온 개비가 차분한 목소리로 인사를 올렸다.

"마마. 깨어나셔서 정말…… 다행입니다."

개비는 여전히 허리를 굽힌 채였다. 릴리스는 말없이 시선을 내려 이불만을 노려보았다. 분명 화가 났었는데. 아주 많이 났었는데. 그러나 막상 그리웠던 목소리를 다시 들으니 우습게도 눈시울이 먼저 시큰해졌다. 마치 돌아와 처음 그녀를 마주했던 순간처럼, 그렇게.

"……개……비가, 나빴어."

정을 떼려 무던히도 노력했던 반년이었다. 이제는 제법 매몰차게 굴 수도 있을 거라 생각했건만. 그간 쌓아 왔던 마음을 갈무리하기엔 그마저도 턱없이 부족한 시간이었나 보다.

"바……이마르 공……이 약을 주었……다고."

릴리스는 입술을 짓씹었다. 와트만이 눈치껏 문을 닫고 방을 나서자, 한결 무거워진 공기가 양어깨를 짓눌러 오는 듯했다.

"아니잖……아."

"마마……."

451

개비는 두 손을 꼭 쥐었다. 목소리가 절로 벌벌 떨렸다. 일주일간 단 하루도 마음 편히 자 본 적이 없다. 멀쩡한 모습에 한결 마음이 놓였으나 아직, 그녀에겐 마무리해야 할 일이 남아 있었다.

"바이마르…… 저하에게 보낸 체자레 왕자의 서신입니다. 전령이 도중에 목숨을 잃어 확실한 꼬리를 잡지는 못했으나, 분명 왕자 본인의 필체라 들었습니다."

바닥에 무릎을 꿇고 앉은 개비가 앞주머니를 뒤져 작은 쪽지를 조심스레 꺼내 들었다. 머리를 조아리고 몸을 웅송그린다. 릴리스는 묵묵히 그 광경을 내려다보았다. 지금껏 한 번도 눈여겨본 적 없던 희끗해진 정수리가 오늘따라 이상하게 눈에 밟혔다.

"믿고 싶지 않으심을 압니다. 그저 황녀님께서도 알아 두셨으면 하는 마음에…… 주제넘게 먼저 말을 꺼냈습니다. 용서하여 주세요."

개비가 다시 고개를 조아렸다. 릴리스는 두 눈을 질끈 감고 숨을 깊게 들이쉬었다. 그녀가 깨어난 지 하루도 채 지나지 않은 지금. 굳이 개비를 불러 저것을 전달하라 일렀을 예거라트의 치밀함에 새삼 소름이 오싹 끼쳤다.

"이걸…… 왜…… 나에게 줘……?"

릴리스는 치밀어 오르려는 불안감을 애써 억누르며 아래를 쏘아보았다. 어느새 시선을 들어 가만히 그녀를 올려다보고 있던 개비가 울 것처럼 얼굴을 일그러뜨리며 띄엄띄엄 말을 뱉었다.

"저는 마마께서 살아 주셨으면 합니다. 가능하면 오래, 가능하다면 행복하게, 기쁘게. 그게 안 된다면 적어도 목숨이라도……."

흐느낌 소리가 이어졌다. 연기라면 깜빡 속을 만치 능숙했고, 진심이라면 그것대로 서글픈 말이었다. 릴리스는 문득, 개비와 함께였던 아테라에서의 마지막 날을 상기했다. 자신을 마차에 태워 보내던 날. 그 어두웠던 밤의 숲속에서도 개비는 저런 생각을 하고 있었던 걸까.

"그래…… 알겠어. 개……비도 이제 그만…… 돌아가 봐. 당분간……은 보고 싶지 않……아."

그렇다면 조금만 더 나를 위해 울어 주었으면 좋았을 텐데.

"마마……."

릴리스는 손에 꾹 쥐고 있던 종을 어렵사리 두어 번 작게 울렸다. 기다렸다는 듯 문을 벌컥 열어젖힌 와트만이 꿇어앉아 있던 개비를 다소 거칠게 일으켜 세웠다. 황녀가 깨어나 측근에게 직접 벌을 내리는 모양새이니, 상식적으로도 충분히 있을 법한 일이었다.

"마마. 이게 혹시…… 아니, 그런데 이걸 시녀장이 주었단 말입니까?"

문을 닫고 돌아서던 와트만은 바닥에 떨어져 있는 쪽지를 발견하곤 얼굴을 와그작 일그러뜨렸다. 머리를 헝클어뜨리며 무어라 알아들을 수 없는 욕설을 걸쭉하게 토해 낸 그가 이내 쪽지를 주워 들어 조심스레 릴리스의 베개 아래 넣어 주었다.

릴리스는 그 감촉을 느끼듯 머리를 조금 더 뒤로 젖혔다. 피곤에 찌든 몸이 금세 나른해졌다. 그녀는 고단한 몸을 이끌고 익숙한 꿈 한가운데에 섰다.

'릴리스 반 모라 아테라.'

탑 꼭대기의 자그마한 방은 여전히 춥고 황량해 몸이 떨렸다. 눈앞에 서 있는 검은 머리의 사내가 그녀의 이름을 딱딱하게 읊었다. 각진 턱, 커다란 체구, 그리고 여전히 험악한 분위기까지. 어느 것 하나 기억과 다르지 않다.

'체자레.'

릴리스는 그의 이름을 먼저 나서 입에 올렸다. 그럴 법한 일이라 생각했는지, 체자레는 놀라는 기색 없이 방 안을 둘러보았다. 이 또한 눈에 익은 광경이었다.

릴리스는 이어지는 체자레의 목소리를 흘려들으며 추위에 딱딱하게 굳은 몸을 움츠렸다. 덧창 없는 둥그런 창문 틈으로 찬 바람이 송곳처럼 파고들었다.

그리고 다음 순간, 그녀는 몇 걸음 나서다 말고 제자리에 멈춰 섰다. 날카로운 검 끝이 목덜미를 겨누고 있었던 탓이다. 처음 겪는 일이 아니었음에도 날에 살갗이 베이는 감각만은 여전히 선득해 등줄기를 타고 소름이 내달렸다.

뜨끈한 액체가 천을 적시며 아래로 흘러내렸다. 릴리스는 꼿꼿이 선 채로 시선을 비껴 체자레의 어깨 너머를 물끄러미 응시했다. 강건한 몸과 험상궂은 얼굴 뒤편. 그간 제 몸 추스르기에 바빠 신경조차 쓰지 못했던 생경한 풍경이 문득 선명히 눈에 박혔다.

방을 등진 채 서 있는 기사의 머리칼은 약간 칙칙한 금발이었다. 얼굴을 볼 수 없어 다소 아쉬웠으나, 체자레와 비슷한 검은 철갑옷을 입고 있는 것을 보건대 그를 따르는 측근이 분명한 듯싶었다.

릴리스는 그대로 시선을 살짝 왼쪽으로 흘렸다. 기사의 바로 옆. 깃펜을 귀에 꽂고 반듯하게 서 있는 사내의 옆얼굴이 보였다. 횃불 하나 없는 탑 계단의 어스름이 그의 얼굴 반을 완전히 좀먹고 있었다.

'……너.'

그 얼굴을 시선으로 덧그리던 릴리스는 다음 순간 돌처럼 쩡하니 굳어 버렸다. 벼락이라도 맞은 듯 얼떨떨한 기분이었다.

그러다 문득, 기척도 없이 사내가 이쪽을 돌아보았다. 얼굴에 가려 보이지 않았던 오른쪽 귀에 푸른색 깃펜을 꽂고, 손에는 단단한 석판을 든 채로.

푸른 깃펜. 릴리스는 이제야 흐릿하던 기시감의 정체를 깨달았다.

시렌이었다.

✦ ✾ ✦

릴리스는 그로부터 꼬박 이틀을 더 요양한 뒤에야 침대 밖으로의 짧은 외출을 허락받았다. 발칸이 병문안을 빙자한 방문 의사를 밝혀 온 것은 그로부터도 일주일가량이 더 흐른 뒤의 일이었다. 세간의 이목을 의식한 듯 시간 또한 애매하기 짝이 없었다.

"그래서 이게 저를 위한 두 번째 방편입니까? 정말 감사하군요. 덕분에 현자의 탑에서 오던 서신이 하루아침에 뚝 끊겼습니다."

퍽 다정한 내용과 달리, 그는 보지 못한 한 달 새 유난히도 해쓱해진 몰골이었다. 릴리스는 눈을 가늘게 떴다.

"그대가 이렇게 인상을 쓰는 모습은 어릴 적 이후로 처음 보는 것 같아. 내가 멋대로 나무를 타고 올라갔을 때 말이야. 어찌나 내려오라 소리를 질러 대던지, 고막이 다 찢어질 지경이었다니까."

"소리는 시녀장이 더 크게 질렀었지요. 헌데……."

발칸 소공이 사방을 두리번대며 목소리를 낮춰 물었다. 눈 아래에 검게 진 그늘 탓에 어쩐지 음산하게까지 느껴지는 어조였다.

"그녀는 어디 있습니까? 어째 오늘따라 얼굴이 보이질 않는군요."

"방에."

"근신입니까? 폐하께서 허하시던가요?"

릴리스는 대답 대신 양어깨를 으쓱했다. 발칸 소공은 잠시 그대로 앉아 허공을 쏘아보다가, 허탈한 표정으로 마른세수를 거듭했다.

"기왕이면 이번 일에 그런 정성을 보여 주지 그러셨습니까. 설마 정말 이대로 저와 새 식을 올리실 심산은 아니시겠지요."

"왜? 두 번째 남편은 싫어?"

"농담 아닙니다, 마마."

"나도 아니야."

잠시간 그 말을 알아듣지 못한 듯, 멍청하게 앉아 있던 발칸이 제 자리에서 펄쩍 뛰어오르며 무엄하게도 언성을 높였다.

"마마! 진심이십니까?"

"누구도 그걸 중요하게 생각하지 않는 것 같던데. 그나마 소공은 물어라도 주니 그것만으로도 기쁘군그래. 감사의 의미로 그렇다고 해 주지."

자신도 모르게 빈정거림이 튀어 나갔다. 이렇게 신랄하게 굴 생각은 아니었는데. 릴리스는 당황스러움을 감추려 애쓰며 발칸의 눈을 피했다. 벌떡 일어서서 방 안을 서성이던 그가 이윽고 길게 한숨을 내뱉으며 도로 제자리를 찾아 앉았다.

"……마마께 그런 말을 들으리라곤 생각지도 못했습니다. 본래 그런 말도 하실 줄 아는 분이셨습니까?"

"그런가 보지."

발칸은 그로서는 드물게도 대화의 갈피를 잡지 못하는 얼굴이었다. 릴리스는 잽싸게 제 몫의 찻잔을 비워 내고는 태연한 척하며 그에게 축객령을 내렸다. 곧, 그는 엉덩이를 걷어차인 삽살개처럼 엉거주춤하며 방 밖으로 쫓겨났다.

"안녕히 가십쇼."

문을 나서자 낯익은 얼굴의 기사가 제법 살갑게 인사를 건네 왔다. 나가는 길은 저쪽이라며 등까지 떠밀어 주는 친절에 그는 지체할 새도 없이 복도 저편으로 밀려났다. 혼인을 물러 달라 청하려 했던 당초의 목적은 달성은커녕 꺼내 보지조차 못한 채였다.

'설마.'

정말 새 남편을 들이실 생각은 아니시겠지. 그런 생각으로 비척비척 걸음을 떼고 있으려니 뒤쪽에서 기사가 한 번 더 '조심히 돌아가십쇼! 길이 미끄럽습니다!' 따위의 친절한 충고를 건네 왔다. 발칸 소공은 그 소리를 듣는 둥 마는 둥 하며 터덜터덜 걸어가다 정원에서 정말로 엉덩방아를 찧을 뻔했다.

"그러게 조심하라고 말씀드렸는데."

방 안으로 들어가 창 너머를 살피던 와트만이 쯧쯧거리며 연방 커다랗게 혀를 찼다. 릴리스는 고개를 갸웃했다.

"왜? 소공이 넘어지기라도 했어?"

"아쉽게도 그건 아닙니다요. 그보다…….

와트만이 흘금 등 뒤를 돌아보며 말을 이었다.

"지금 가 보시렵니까? 곧 휴식 시간이라 아마 인적이 드물 텐데요."

"……그래. 지금."

몸을 일으키던 릴리스는 한순간 중심을 잡지 못해 휘청이며 한 손으로 등받이를 짚고 섰다. 와트만이 걱정스러운 낯으로 그녀를 부축했다.

얼마간 그대로 서 있던 두 사람은 천천히 걸어 복도 끝의 계단을 올랐다. 릴리스가 어릴 적 종종 찾아들어 놀곤 하던 꼭대기 층의 자그마한 다락방은 사흘에 한 번, 청소를 담당하는 시녀 외에는 누구도 들어갈 수 없는 비밀스런 곳이었다.

그곳에 시렌이 있었다.

적막하던 복도에 자박이는 발소리가 울려 퍼졌다. 포박된 채 바닥에 꿇어앉아 있던 시렌은 기다렸다는 듯 고개를 쳐들며 형형한 눈길로 불청객들을 쏘아보았다. 지척까지 다가와 그를 물끄러미 응시하던 황녀가 이윽고 옆을 지키고 있는 기사를 돌아보며 눈살을 찌푸렸다.

"좀 잘 대해 주지 그랬어, 와트만."

"괘씸해서 저도 모르게 손이 먼저 나갔지 뭡니까."

기사, 와트만이 툴툴거리며 그를 흘금 돌아보았다. 얻어맞아 퉁퉁 부어오른 오른쪽 볼이 아직도 얼얼하건만, 도리어 **뻔뻔하게** 구는 꼴을 보자 머리끝까지 열이 올랐다.

"……저하께서 하신 일이 아닙니다!"

그러나 지금은 소소한 시비를 가릴 만큼 여유로운 상황이 못 되었다. 하물며 황녀가 바이마르를 의심하는 것만큼은 도무지 그냥 두고 볼 수 없는 일이라, 시렌은 분기에 가득 차 이어 나올 말을 기다렸다.

"알아."

하지만 이런 답은 예상외였다. 시렌은 눈을 가늘게 뜬 채 속 모를 얼굴로 서 있는 눈앞의 두 아테라인을 살폈다.

당최 무슨 속셈인지 알 길이 없었다. 갑자기 들이닥쳐 끌고 가기에 이제 정말로 죽겠구나 싶었는데, 심문은커녕 몸 성히 모셔 두고—물론 그 과정에서 얼굴을 몇 대 얻어맞긴 했으나— 있는 꼴을 보자니 어찌 되었건 최악의 상황만은 면한 듯도 해 불안감과 안도감이 동시에 들었다.

"내 그대의 얼굴이 왜 익숙한지 계속 궁금했었는데."

생각에 잠겨 있는 사이 황녀가 먼저 운을 떼었다. 개암처럼 동그란 갈빛 눈동자가 마치 거울처럼 시렌의 모습을 비쳐 내었다.

그녀가 이어 말했다.

"이제야 그 이유를 알게 되었군."

"……저를 아십니까?"

"안다고 할 수도 있겠지."

흐릿한 긍정이었다. 대체 어디서 꼬리를 밟힌 것인지 알 길이 없었으나, 시렌은 일단 침묵하는 편을 택했다.

"그대가 체자레 왕자의 아래 있었다는 걸 알아."

릴리스는 미적지근한 반응에도 아랑곳하지 않고 구겨진 쪽지 하나를 꺼내 그의 눈앞에 들이밀었다. 눈에 익은 필체였다. 시렌은 탄식을 뱉지 않기 위해 입 안쪽 살을 힘주어 깨물었다.

"좀 더 빨리 눈치챘어야 했는데."

그러나 배신감에 치를 떨 거란 그의 예상과는 다르게, 황녀는 그저 대단히 피곤한 낯을 하고 서 있을 뿐이었다. 시렌은 일단 발뺌을 시도했다.

"……저는 모르는 일입니다."

물론 릴리스는 듣지 않았다.

"체자레 왕자에게 지금 상황을 고했나?"

"저는 저하…… 아니, 그를 모릅니다."

시렌은 가까스로 의심을 부인했다. 손을 꼽으며 날을 세던 릴리스가 그를 내려다보며 고개를 갸웃했다.

"그가 반을 무척 아꼈다고 들었는데. 사랑하는 동생을 이리 방치해 둘 리가 없으니…… 지금쯤이면 기사들을 보냈을지도 모르겠어. 스파티움으로 가는 길이 넉넉잡아 스무 날 정도인가?"

"……."

"맞나 본데. 더 빠르다면 보름?"

다시 아니라는 답이 나올 차례였으나, 시렌은 입을 뗄 기회조차 얻지 못했다. 손을 뻗어 그의 턱을 자신 쪽으로 고정시킨 릴리스가 빤히 그를 보다 확신하듯 결론 내렸다.

"맞나 보군."

이쯤 되면 무작정 모른 체할 수만도 없는 일이다. 시렌은 눈으로 쪽지의 내용을 빠르게 훑어 내린 뒤 체념한 듯 눈을 아래로 내리깔았다.

"……어찌 아셨습니까?"

"그럴 거라 생각했거든."

퍽 묘한 답이었다. 본 것도 아니고, 들은 것도 아니라 그저 생각이라니? 그러나 의문을 더 품을 새도 없이 결연한 말이 떨어졌다.

"반은 이곳을 떠나야 해."

스파티움의 상황은 현재 퍽 급박하게 돌아가고 있었다. 점령전이 막바지로 치달아 가는 지금, 체자레에게 남은 방해라곤 이제 오로지 산테아의 작은 성 하나뿐이다. 모든 것이 마무리되고 나면 스파티움의 후계자는 명실공히 그가 될 것이리라.

그리고, 지금의 릴리스는 마치 그것을 온전히 이해하고 있는 사람처럼 보였다.

"예? 지금, 대체 뭐라고……."

시렌은 이번에야말로 정말 놀라 벌떡 일어서다가 그만 바닥으로 풀썩 고꾸라지고 말았다. 묶여 있는 다리를 생각지 못했던 탓이었다. 그 모습을 보고 있던 릴리스가 조금 웃다가 다시 피로한 낯으로 고개를 흔들었다.

시렌의 양쪽 귀 끝이 수치심으로 새빨갛게 달아올랐다. 그는 어떻게든 널브러진 자세를 수습하려다 도리어 그 꼴이 더 우스꽝스럽다는 것을 깨닫고 홀로 욕설을 중얼거렸다. 빌어먹을.

"젠장할. 그래서 이런 일은 다른 사람한테 맡기시라니까. 하여간 체자레 저하……."

"스파티움의 문화는 어떤지 모르겠다만, 아테라의 황족 앞에서 그런 말을 썼다가는 삼 일 밤낮을 기둥에 매여 있어야 할지도 모른단다."

"……."

"나는 와트만 덕에 이미 익숙해졌으니 걱정 말렴."

지금 날 놀리는 건가. 시렌은 멍하니 두 눈을 깜빡이다 다시 꾸물꾸물 몸을 움직여 겨우 바닥에 다시 무릎을 대고 앉았다. 맥이 풀려 헛숨이 절로 터져 나왔다. 뻣뻣하게 긴장하고 있던 어깨가 축 처져 흐물흐물 힘을 잃었다.

어쨌거나 더 이상 추궁할 생각은 없는 모양이었다. 시렌은 큼, 헛기침하곤 슬금슬금 릴리스의 눈치를 살폈다.

"그, 아직도 많이 피곤해 보이십니다."

"갑자기 친한 척할 필요까진 없어. 그대는 나를 싫어하지 않나."

정곡을 찔렸다. 시렌은 차마 아니라 답하지 못해 아래위로 눈을 굴렸다.

"……그 정도까진 아닙니다."

"그렇게 말해 주니 기쁘군. 그리고 앞으로 그대가 해야 할 일도 분명 무척 기쁜 일이 될 것이라고 생각하는 바일세."

"무슨 말씀이신지 모르겠습니다."

릴리스는 대답 대신 와트만을 돌아보았다. 눈치 빠르게 나선 그가 단도를 꺼내 묶여 있던 팔다리를 풀어 주었다. 시렌은 영문을 알 수 없어 어리둥절해하며 저린 팔을 주물렀다. 릴리스가 그런 그를 빤히 내려다보며 말했다.

"반을 데리고 도망쳐야 할 거야."

"……."

"그리고 그건 분명 그대가 바라던 일이겠지."

✢ ✤ ✢

릴리스는 계단을 올라 각 잡힌 자세로 서 있는 기사들을 천천히 지나쳤다. 고작 며칠 들르지 않았을 뿐인데도 낯선 곳에 도달한 사람처럼 자꾸만 어색한 기분이 들었다. 복도에 늘어선 낯선 얼굴들 때문이리라.

문 앞에 도착하자 흑색 갑옷을 입은 기사가 정중히 경례를 붙였다. 릴리스는 그에게 눈길조차 주지 않고 말했다.

"열어라."

"마마. 외람되오나 폐하께옵서……."

"열어."

"송구합니다."

"안다니 다행이군. 그러니 열어라."

기사는 낭패한 얼굴로 입을 꾹 다물었다. 고저 없는 목소리가 그를 책하듯 푹 숙인 고개 위로 우수수 떨어졌다.

"폐하께서 내게 주신 궁이 아니냐. 주인이 객에게 명하는데 따르지 못하겠다니 기가 차 웃음도 나오질 않는구나."

"하지만 황녀 마마, 바이마르 왕자는 명백한 죄인입니다. 폐하께옵서 식사를 들일 때를 제외하고는 누구도 출입하지 못하게 하라 엄명을 내리셨습니다."

"그리고 그 폐하께서는 나를 무척 귀애하시지."

"……."

"잘 생각하는 것이 좋아. 폐하께서 나와 경 중 누구의 손을 들어주실 것 같은가?"

찰나의 침묵 뒤 천천히 문이 열렸다. 릴리스는 내심 안도하며 방 안으로 들어섰다. 예거라트의 무미건조한 애정이 오늘만큼은 퍽 기껍게 느껴져 그 점이 조금 우스울 따름이었다.

바깥에서 나누는 이야기 소리를 듣고 있었던 듯, 바이마르는 이미 방 한가운데 우두커니 선 채 그녀를 기다리고 있었다.

"닫아라."

릴리스는 뒤도 돌아보지 않고 명했다. 난감한 듯 웅얼대는 소리가 들려왔으나 그녀는 더 듣지 않고 몸을 틀어 제 손으로 문을 쾅 닫아버렸다.

드디어 사위가 조용해졌다. 릴리스는 크지 않은 보폭으로 몇 걸음을 더 나아가 비뚤게 놓여 있던 타원형의 탁자 옆에 섰다.

"마마."

물끄러미 그녀를 응시하던 바이마르가 이윽고 구르듯 급하게 다가왔다. 차마 손댈 수 없다는 듯, 초조한 얼굴로 못하고 주변을 맴돌기만 하던 그가 이내 두 손을 조심스레 들어 올려 릴리스의 어깨를 살짝 쓸어내렸다.

"너무…… 마르셨습니다."

살집이 없어 앙상하게 튀어나온 어깨뼈가 손바닥을 아프게 간지럽혔다. 바이마르는 입술을 꾹 물었다. 쓰러졌단 이야기를 듣기만 했을 뿐, 그 즉시 방으로 끌려와 내내 갇혀 있었던 탓에 그가 릴리스의 얼굴을 마주하는 것은 오늘로서 꼭 보름 만이었다.

순식간에 눈앞이 부옇게 흐려졌다.

"저는 괜찮아요, 반."

"마……마. 릴리스, 저는…… 저는…… 마마께서 잘못되실까 봐…… 얼마나……."

바이마르는 결국 울음을 터뜨렸다. 흐느낌 소리만이 간간이 이어지며 적막을 가로지르는 가운데, 그는 릴리스의 한 손을 소중하게 감싸 안고 보드라운 손등에 축축해진 볼을 비볐다.

"……폐하께서 저의 새로운 혼처를 찾으셨더군요. 발칸 소공이지요."

그러나 이어지는 청천벽력 같은 말에 끊어질 듯 이어지던 가느다란 울음소리가 뚝 멎었다. 바이마르는 마치, 방금 눈앞에서 누군가 죽는 것을 목격한 사람처럼 창백한 낯이 되어 두 눈을 부릅떴다. 제 두 귀로 들은 말이 정말 옳은 것인지 확신조차 하지 못하는 모양새였다.

릴리스는 붙잡혀 있지 않은 손을 들어 눈물로 젖어 있는 얼굴을 쓸어 주었다. 그새 내려앉은 볼살 탓에 얼굴이 해쓱했다. 바이마르는 가만히 그 쓰다듬을 받고 있다가 혼잣말처럼 웅얼웅얼 되물었다.

"새…… 남편이라뇨."

"반이 제 차에 약을 탔으니—"

"제가 아닙니다, 마마!"

바이마르가 발작하듯 목소리를 높였다. 파리한 얼굴에 형형한 분노가 어렸다. 바다처럼 푸르른 눈동자 안쪽에서 넘실거리던 서러움과 울분이 기어코 물이 되어 뚝뚝 밖으로 흘러넘쳤다.

릴리스는 이를 악다물곤 가볍게 눈앞의 어깨를 밀었다. 새털처럼 가벼운 손짓이었을 뿐인데도 커다란 몸은 맥없이 저 뒤로 밀려났다. 릴리스는 그의 얼굴을 쓸던 손을 아래로 내려 펜던트처럼 목에 걸고 있던 작은 병을 품속에서 당겨 빼냈다.

"마마, 아닙니다, 이건……!"

병 속에 돌돌 말려 있던 쪽지를 꺼내어 손에 꼭 쥐어 주자 바이마르가 다급히 헛숨을 들이켰다. 릴리스는 그 당황을 모른 체하며 틈을 놓치지 않고 그를 몰아붙였다.

"언제 말해 줄 생각이었나요? 한 달? 아니면 두 달 뒤?"

바이마르의 얼굴이 사정없이 일그러졌다. 방금 전까지만 해도 처연함을 풀풀 풍기던 낯은 이제 명백히 낭패한 빛을 띠고 있었다. 릴리스는 그에게서 시선을 비껴 빈 벽을 물끄러미 응시하며 물었다.

"그것도 아니라면…… 혹 내게는 영영 알리지 않을 생각이었던 건가요?"

커다란 몸이 둔중한 망치로 거세게 가격당한 듯 비틀거렸다. 바이마르는 몇 번 헛되이 입을 달싹이다 겨우겨우 잠긴 목소리로 변명했다.

"아닙니다. 결코 그런 게 아니에요! 몇 번이나 생각했습니다. 단지 오해를 살까 두려워 일찍 털어놓지 못했을 뿐입니다. 맹세컨대 마마를 속이려던 것은 아니었어요……. 그럴 생각조차 없었습니다, 정말이에요."

"그런 말은 누구나 할 수 있어요."

날 선 말이 잘도 튀어 나갔다. 한번 입을 여니 제어가 되지 않았다. 이러려고 온 것이 아니었는데. 때늦은 후회를 거듭하며 서 있는 사이 바이마르가 결국 한 손으로 제 얼굴을 가렸다. 손가락 사이로 눈물이 끊임없이 흘러내려 볼과 손을 축축이 적셨다. 릴리스는 한 걸음 물러서며 앞서 했던 말을 반복했다.

"……그런 말은 누구나 할 수 있어요."

분명 간자가 있을 거라 짐작했었다. 그러나 이미 알고 있으니 상처받지 않으리라 여겼던 것은 실로 무서운 오판이었다. 머릿속으론 그가 한 일이 아니라는 걸 이해하고 있음에도, 한번 싹을 틔우기 시작한 불안과 불신은 손쓸 틈도 없이 무럭무럭 자라 마음속에 기다란 넝쿨을 뻗었다.

"저는, 결코, 저는 절대 당신을 해칠 수 없습니다. 손끝 하나 댈 수 없어요……. 안 됩니다. 도저히 그럴 수 없어요."

바이마르가 두서없이 주절거렸다. 강건하던 어깨가 축 처져 애처롭게 파르르 떨렸다.

"알아주지 않으셔도 됩니다. 곁에만 있게 해 주세요."

“반.”

“다른 남자 이야기도 안 됩니다. 하지 말아 주세요, 듣고 싶지 않습니다…….”

왜 이렇게 되었지. 바이마르는 이성적으로 생각하려 갖은 애를 쓰면서도 스스로를 책하는 것을 그만두지 못했다. 너무 투정을 부린 걸까, 아니면 그저 너무 매달린 탓일까. 혹 그 모든 것이 이유가 아니라면 역시나 고국이 문제인 걸까.

“……공의 처분은 폐하께서 결정하실 거예요. 저는 그저 따를 뿐이지요.”

릴리스는 몇 걸음 물러나며 고개를 흔들었다. 엉덩이에 단단하고 무딘 탁자의 상판 가장자리가 살짝 닿았다. 멀어지는 거리에 바이마르가 그녀를 애달프게 불렀다.

“거짓말, 거짓말입니다. 분명 버리지 않겠다고 약조하지 않으셨습니까……!”

“이런 일이 없었다면, 그랬겠지요.”

“제 탓이라…… 생각하십니까?”

릴리스는 선뜻 아니라 말하지 못했다. 예거라트의 기사가 아직도 밖에 있으니, 필시 방 안의 대화를 전부 귀담아듣고 있을 것이리라.

침묵이 길어지자 바이마르의 눈이 흔들렸다. 그가 성큼 다가서며 릴리스를 탁자 뒤편의 널찍한 벽 쪽으로 밀어붙였다. 지금껏 보지 못했던 사나운 기세였다.

“말씀해 보세요. 저를 다시 의심하십니까? 제가 스파티움인이기 때문에? 제 핏줄이 이 나라를 건드렸기 때문에? 대답해 주세요. 말씀을—"

푸른 눈 안에 파르라니 섰던 날이 한순간 봄 맞은 서리처럼 흔적
도 없이 녹아내렸다. 넘치게 차오른 눈물이 아래로 뚝뚝 떨어져 내
렸다. 릴리스는 가만히 그 말을 듣고 있다 팔을 들어 올려 판판한 손
바닥으로 다급히 바이마르의 입을 막았다. 반사적인 행동이었다. 곤
두선 신경이 온통 문밖으로 쏠려 심장이 두근거렸다.

한편, 막대 과자처럼 딱딱하게 굳어 있던 바이마르는 코를 간질이
는 익숙한 향기에 한 박자 늦게 정신을 차렸다. 그는 릴리스의 손을
조심히 떼어 내 빠져나가지 못하도록 손가락을 사이사이 끼워 넣어
단단히 얽었다.

"입 맞춰도 된다고 말해 주세요."

멍청하다 욕해도 어쩔 수가 없다. 이 순간조차도 좀 더 닿고 싶어
몸이 달았다. 바이마르는 충동을 누르지 않고 그녀에게 달려들었다.
서러움과 분노를 그대로 쏟아 내듯 처음부터 결합이 깊었다.

맞닿은 입술 표면이 무척이나 거칠었다. 거스러미가 일어나 거슬
거슬한 입술에서는 눈물의 짠맛과 더불어 씁쓰레한 차향이 났다. 그
의 얼굴에서 떨어진 눈물이 릴리스의 얼굴을 타고 흘렀다.

맞닿아 있는 입술 사이로 더운 숨이 오갔다. 새파란 두 눈이 넘실
대는 불꽃처럼 강렬하게 일렁였다. 계속 보고 있어도 질리지 않을
만큼 아름다웠다.

"……마마께서 거짓말에 능하시다는 것은 이미 알고 있었지
만……."

바이마르가 미련이 뚝뚝 떨어지는 얼굴로 젖은 입술을 떼어 냈다.

기세 좋게 밀어붙이던 모습은 어느새 온데간데없이 사라져 버린 뒤다. 커다란 손이 어쩔 줄 모르겠다는 듯 연신 그녀의 등을 쓸어내렸다. 릴리스는 붉어진 눈가를 숨기려 고개를 숙였다.

곧 두툼하고 기다란 손가락이 따라와 조심히 턱을 들어 올렸다. 물에 흠뻑 젖은 수련처럼 애처로운 얼굴이 시야를 온통 메웠다.

"……저는 소공과 결혼할 거예요."

릴리스는 말에 힘을 주려 노력했다. 바이마르가 대답 대신 다시 입을 맞췄다. 방금 전과는 달리 부드러워 녹아 버릴 것 같은 키스가 이어졌다.

"괜찮습니다. 마마께서는 계속 그리 거짓말을 하세요."

그가 코끝을 맞붙인 채 속삭였다.

"그게 뭐든, 저는 계속 속는 척해 드릴 테니."

✤ ✤ ✤

방으로 돌아온 릴리스는 그로부터 반나절을 꼬박 잠들었다 깨어났다. 아직 회복이 덜 된 몸이 조금만 움직여도 무리를 호소했던 탓이다.

일어난 그녀에게 다가온 알레나가 잠든 사이 예거라트의 방문이 있었음을 알렸다. 벌써 여러 번 찾아왔으나 번번이 얼굴을 보지 못한 참이다. 외출 준비를 하라 이르자 알레나가 만면에 걱정스런 기색을 띠었다.

"하지만 조금 더 쉬시지 않구요."

"폐하께서 여러 번 헛걸음하셨으니 이제 내가 가 보아야 하지 않겠니."

"그야 그렇지만……."

"개비가 없으니 네 도움을 많이 받아야겠구나. 부탁할게."

부드러운 목소리에 알레나가 한숨을 쉬며 빗과 거울을 손에 들었다. 릴리스는 치장을 하는 동안 또 깜빡 선잠에 들었다가, 겨우 깨어나 몽롱한 정신으로 마차에 몸을 실었다.

죽다 살아났다는 허황된 소문이라도 돌았던 모양인지, 본궁의 사용인들은 마치 귀신이라도 본 듯한 얼굴로 그녀를 맞이했다. 조금 멋쩍은 기분으로 집무실에 들어서자 예거라트가 반색하며 일어나 자리를 권했다.

"예까지 와도 정말 괜찮은 게냐?"

"그럼요. 혹 바쁘신 것은 아니지요?"

"바쁘다 해도 너보다 우선일 리가. 연초부터 큰일을 겪은 듯해 마음이 좋지 않구나. 듣자 하니 어제는 발칸 공자가 궁에 다녀갔다던데…… 오랜 벗이 마음을 잘 달래 주더냐?"

예거라트가 의뭉스레 말을 건넸다. 릴리스는 그가 앉아 있는 기다란 소파 맞은편에 엉덩이를 대고 앉아 설핏 얼굴을 굳혔다.

"소공과는 언제나 이야기가 잘 통하지요. 헌데 오라버니, 그가 어제 퍽 의아한 이야기를 들려주던데……."

"이런, 벌써 소문이 거기까지 퍼졌더냐? 내 입단속을 좀 해야겠구나. 두 사람 사이가 제법 돈독한 듯해 심중에 담아 두었던 말을 몇에게 털어놓았을 뿐이거늘."

손바닥으로 하늘을 가린다고 한들 이보다는 덜 우스우리라. 그러나 싫다 하여 계획을 무를 예거라트가 아니었다. 릴리스는 순종하는 척 고개를 조아리며 며칠 내내 고심했던 청을 꺼내 들었다.

"그리 말씀해 주시니 마음이 놓입니다. 헌데 바이마르 공이 아직 아테라에 머물고 있으니 낯이 뜨거워……. 그렇잖아도 그와 시녀장에 대한 이야기로 연일 귀가 따갑습니다. 해서 한 가지, 오라버니께 청을 드리고 싶어요."

"말해 보거라. 이리 건강해진 모습을 보니 무엇이든 해 주고 싶구나."

"개비를…… 황녀궁의 시녀장을 내쳤으면 합니다."

릴리스는 차마 예거라트를 마주 보지 못해 두 눈을 질끈 감고 말았다. 심장이 너무도 쿵쾅거려 밖으로 소리가 다 들릴 것만 같았다. 예거라트는 고심하듯 눈을 가늘게 떴다.

"그렇잖아도 내 비슷한 생각을 하고 있었다. 헌데, 너는 정말 괜찮겠느냐? 그래도 제법 오랜 세월 함께 지낸 이가 아니냐."

"……저 역시 내키지 않아요. 다만 궁내의 시종들이 처분에 의아함을 표하여……."

꽉 쥔 손 아래서 드레스가 형편없이 주름졌다. 예거라트는 그 모습을 바라보며 길쭉한 포도주잔을 손 안에서 빙글빙글 돌렸다. 그간 들인 공이 아깝기는 했으나, 이제 슬슬 물을 갈 때도 되었다.

"그러자꾸나. 내 본궁에서 괜찮은 시녀장을 뽑아 보내 주도록 하마."

릴리스는 한결 안심한 표정으로 물러났다. 문이 소리도 없이 열렸다 닫히고, 복도를 서성이고 있던 시종장이 조용히 들어와 그림처럼 벽에 기대어 섰다. 예거라트는 남은 잔을 마저 비우며 홀로 커다랗게 웃음을 터뜨렸다. 매사 고분고분하기 짝이 없던 릴리스가 아닌가. 드물게도 당돌하게 구는 모습이 우습고도 신선했다.

"이러니저러니 해도 결국 황제의 핏줄이란 것이지. 그렇지 않은가?"

애초 답을 바란 질문이 아니었다. 시종장이 침묵을 지키며 조용히 곁을 지키는 가운데 예거라트는 아주 잠시, 이제는 죽고 없는 그의 아비를 추억했다.

"드와이트 영애를 불러라."

이윽고 빈 잔을 내려놓은 그가 명을 내리곤 등받이에 편히 몸을 기대었다. 창밖의 바람 소리가 어제보다 한층 매서운 것을 보니 곧 눈이라도 내리려는 모양이었다.

얼마나 그렇게 앉아 있었을까. 희미한 노크 소리가 윙윙 울리는 바람 소리 사이로 섞여 들었다.

"폐하."

살구색 드레스를 차려입은 드와이트 영애가 입매를 굳히고 인사를 올렸다. 예거라트는 손등에 턱을 괴고 앉아 건성으로 한 손을 휘휘 내저었다.

"인사는 되었으니 이만 앉게. 그나저나…… 그대는 여전히 재미없는 얼굴이로군그래."

"……송구합니다."

"그 반응도 재미가 없어."

"……."

"쯧, 됐소."

기사 출신이라 하여 모두가 이렇지는 않을 터인데. 예거라트는 생각하며 내심 혀를 찼다. 욕심 없고 뚝뚝한 성정이 마음에 들어 선택한 것은 맞으나, 막상 앞에 두고 보니 다소 아쉬운 감이 있는 것도 사실이다.

"수도에 머물고 있는 영애들의 혼인 건은 어떻게 되어 가고 있는가?"

그러나 권력과 부를 탐하는 수도의 승냥이 떼들보다야 백 번 천 번 나은 선택임에는 그의 측근 중 누구도 이견이 없었다. 예거라트는 생각을 접고 본래 하고자 했던 물음을 던졌다.

"……아직 혼담이 오가는 가문이 몇 없어 말씀드리기 저어됩니다."

드와이트 영애는 조심히 답하며 고개를 조아렸다. 괴고 있던 턱을 풀고 몸을 앞으로 바싹 기울인 예거라트가 탐색이라도 하듯 그녀를 빤히 응시해 왔다. 코끝에서 톡 쏘는 듯한 시원한향이 났다. 필시 황제의 것일 터였다.

"서두를수록 좋은 일이니 이 점 유념하게나."

잠시 뒤, 그가 못마땅한 얼굴로 몸을 뒤로 물렸다. 코끝을 아리게 하던 특유의 향기도 이내 공기 중으로 흩어졌다. 아직도 낯설기만 한 이 궁만큼이나 생경하기 짝이 없는 향이었다.

"말씀 받들겠습니다."

"그리고 한 가지 더."

예거라트가 검지로 의자 팔걸이를 툭툭 치며 말을 이었다.

"혹 개중에 라올리 백작의 여식이 있다면 그대가 알아서 목록에서 제하도록 해. 수도는 곤란하니 근방의 적당한 귀족 자제와 엮어 주는 것이 낫겠지. 상대의 평판은 딱히 신경 쓸 필요 없네."

드와이트 영애는 뜻밖의 명에 놀라 고개를 퍼뜩 들어 올렸다가, 마치 돌덩이를 보듯 냉한 시선에 흠칫 놀랐다. 어째서, 라는 의문이 머릿속을 스쳤다.

예거라트는 그 기색을 기민하게 눈치채고 그린 듯 미소했다.

"이제야 조금 재미있는 얼굴이 되었군."

"······."

"분한가? 허나 어쩔 수 없어. 제 욕심에 누이를 이 먼 곳으로 보낸 것은 결국 그대의 핏줄이 아닌가. 비록 내 그가 바라는 대로 외척 행세를 하는 것을 그냥 두고 보지는 않겠으나, 어찌 되었건 족보에 이름 한 줄 올리는 것만으로도 무한한 영광이라 여겨야겠지."

드와이트 남작가의 첫째 아들은 유흥을 즐기는 성향 탓에 지방에서도 평판이 썩 좋지 않았다. 때문에 많은 이들이 여동생이 대신 가문을 이어받을 것이라 짐작했으나, 그녀의 수도 입성에 따라 자연히 남작위는 본래의 순서대로 첫째에게 돌아가게 되었다. 누군가에게는 불운이요, 다른 이에게는 행운이었다.

"······폐하의 말씀이 옳사옵니다"

"그리 생각한다니 퍽 다행이이 아닌가. 적어도 내 아이를 갖는 데 이견은 없을 터이니. 썩 가지고 싶은 아이도 아니지만, 그래도 하나쯤은 있어야 시끄러운 것들이 입을 닥칠 테지."

예거라트는 아까와 달리 사납게 웃었다. 그까짓 핏줄 따위 애초 귀족들의 성토가 아니었다면 가질 생각조차 하지 않았으리라. 있어 보아야 별 쓸모도 없는 핏줄이니, 언젠가는 쳐 내어야 할지도 모를 일이다. 그러나 아직은 먼 미래의 일일 뿐이라, 그는 생각을 지워 내곤 다시 언제나와 같이 그린 듯 미소했다.

⚜ ⚜ ⚜

황녀궁은 무척 어수선한 분위기였다. 시녀들이 막 문을 들어서던 릴리스를 향해 한달음에 달려와 '마마, 마마!'를 외쳐 대었다. 릴리스는 그들을 따라 서둘러 계단을 올라 복도 끄트머리에 발을 디뎠다.

문 앞에 서서 씩씩대고 있던 시렌이 분개한 표정으로 그녀를 돌아보았다. 본궁의 기사들에게 흠씬 얻어맞기라도 한 모양인지, 색이 제법 옅어졌던 멍 위에 다시 푸르뎅뎅한 자국이 올라 있었다.

릴리스는 그를 따라 열려 있는 문 안으로 들어섰다. 주인 잃은 방이 몹시도 휑뎅그렁했다.

"반이 본궁으로 끌려갔다고 들었는데."

"본궁은 무슨. 기사들 말로는 지하 감옥이라 하더군요. 세상에, 맙소사! 체자레 저하께서 아신다면 분명 제 목을 조르려 드실 겁니다."

시렌이 닫힌 방문 너머를 흘금거리며 목소리를 낮추었다. 릴리스는 빈 의자에 털썩 주저앉아 그를 바라보았다.

"하지만 왜 이렇게 갑자기? 폐하께서는 아무 말씀도 없으셨는데."

476

"체자레 저하께서 곧 왕위에 오르실 거란 소문이 퍼지고 있습니다. 선왕 전하께서 갑작스레 망명을 결정하시어 군주 자리가 비었으니 머지않은 시일 안에 책봉식이 치러지겠지요. 바이마르 왕자님의 목숨이라면 체자레 저하를 회유하는 데 충분한 미끼가 될 겁니다."

릴리스는 당황을 숨기지 못했다. 모든 것이 생각보다 너무 빨라 섣불리 앞일을 짐작하기 어려웠다. 이 또한 자신이 달라졌기 때문이리라. 그녀는 잠시간 생각하다 다시 물었다.

"탈출을 도울 이들은?"

"이미 수도에 입성한 지 오랩니다. 신호하면 언제든 움직일 준비가 되어 있어요."

"체자레 왕자에게 지금 상황에 대해 고했나? 반이 끌려간 뒤에 말이야."

"예, 뭐…… 아마도 지금쯤 서신을 받으셨을 테니, 분명 제자리에서 펄펄 뛰고 계시겠군요. 성질을 못 이기고 찢어 버리지나 않으시면 다행이겠습니다."

시렌이 몸을 부르르 떨며 먼 산을 바라보았다. 차마 부인할 수 없는 걱정이라, 릴리스는 그저 말을 아꼈다.

밤.

자정을 갓 넘겼을 무렵이었다. 크고 작은 그림자 둘이 황녀궁 정원을 살금살금 가로지르다 커다란 나무 그림자 아래로 잽싸게 숨어들었다. 물 탄 우유처럼 희부연 달빛 아래 약한 눈보라가 쉴 새 없이 휘몰아치며 작은 소용돌이를 만들었다.

"이봐."

와트만은 어깨에 쌓인 눈을 털어 내며 아치형의 커다란 철문 앞에 섰다. 반구를 직각으로 세워 바닥에 박아 놓은 듯한 괴상한 모양의 커다란 입구는 흡사 수면 위로 드러난 상어의 지느러미처럼 흉흉한 기운을 풍겼다.

"아이고, 우리 단장님. 진짜로 오셨네."

경비를 서고 있던 두 기사 중 하나가 난처한 얼굴로 머리를 긁적였다. 와트만이 이죽거리며 그의 말을 따라했다.

"그럼 가짜로 오랴? 잔말 말고 문이나 열어. 약속한 시간은 안 넘길 테니 괜한 걱정도 말고."

"아니, 그래도요. 저 이거 들키면 진짜 모가지 날아갑니다. 친위대 기사 놈들이 허튼짓은 꿈도 꾸지 말라며 아주 신신당부를 하고 갔다니까요. 그러니까 단장님도 일단 진정하시고 생각을 좀 더……."

기사가 옆의 동료를 돌아보며 하하 어색한 웃음을 흘렸다. 와트만을 모르는 듯, 멀뚱하니 두 사람을 번갈아 보고 있던 동료 기사가 이윽고 알아서 하라는 듯 양어깨를 들썩였다. 와트만이 투덜거렸다.

"아, 내 밑에 있었던 게 적게 잡아도 족히 십 년 전인데, 낯간지럽게 뭘 아직도 단장 타령이야? 이왕 그럴 거면 대접이라도 좀 맞게 해 주던가. 이거야 원."

"아 한번 단장은 영원한 단장입죠! 그리고 이건, 큼. 아무리 그래도 이건 좀 그렇습니다요. 친위대 놈들 성질 아시잖아요. 들켰다간 정말로 사지 절단 나는 수가 있다니까요."

기사가 눈치를 살피며 목소리를 한껏 죽였다. 와트만이 한심하다는 눈초리로 그를 보며 입매를 비틀었다.

"어련하시겠어. 술 퍼마시고 보초도 제대로 못 서서 적군 기습 조에게 성문도 활짝 열어 주더니, 엘미라에서는 꽃뱀한테 홀랑 빠져 판돈에 군량미까지 전부 다 날려 주셨지, 아마? 블라스비에선 또 어땠더라. 내가 목숨 구해 준 것만 해도 족히 열 번은……."

"아, 잠깐만요, 잠깐만요! 그거 기밀입니다, 발설하시는 게 어디 있어요!"

어느새 멀찌감치 거리를 벌려 선 동료가 상종 못 할 도박꾼을 보듯 딱한 눈빛으로 기사를 훑어보았다. 와트만이 방방 뛰는 기사를 보며 히죽 웃었다.

"여기 있다, 새끼야. 아직 부족해? 뭐, 그럼 남은 이야기도 한참이니 어디 오늘 밤새 한번……."

"아, 알겠습니다. 알겠어요! 하지만 명심하십쇼. 열어 드릴 테니 부르면 바로 나와 주셔야 합니다요."

힘주어 철문을 밀어 젖히자, 마치 고막을 찢을 듯 날카로운 소리가 났다. 흘금 뒤를 돌아본 와트만이 나무 그늘을 향해 가볍게 고개를 주억였다. 왜 저러나 싶어 의아한 듯 그를 보던 두 기사는 어둠 속에서 걸어 나오는 황녀의 얼굴을 확인하곤 기겁해 정수리가 땅에 닿을 듯 허리를 수그렸다.

"고맙네."

릴리스는 그들을 지나치며 나직하게 감사 인사를 건넸다. 와트만은 고개도 들지 못한 채 굳어 있는 두 사람 틈새를 비집고 들어가 철문에 바짝 몸을 붙어 섰다.

그가 밖에서 망을 보는 동안 릴리스는 홀로 죽 뻗은 계단을 밟아 아래로 내려섰다. 갇힌 이가 바이마르 하나뿐이라 부릴 수 있는 객기였다. 사방이 깜깜했지만 반쯤 사그라든 횃불 덕에 그나마 발 딛을 곳을 식별할 정도는 되었다.

“마마?”

그녀는 천천히 더러운 철창 안을 살피며 조심조심 걸음을 뗐다. 길지 않은 통로를 얼마나 걸었을까. 오른쪽 맨 끝. 다섯 개의 방 중 가장 구석진 곳에서 부스럭대는 소리가 들려왔다.

가구라곤 낡아 빠진 널빤지 침대뿐인 네모진 돌감옥은 얼핏 밖이라 착각할 만큼 공기가 냉했다. 릴리스는 흰 김을 뿜으며 소리가 들린 쪽을 향해 천천히 몸을 틀었다.

“맙소사, 마마. 대체 여긴 어쩐 일이십니까? 이런 곳은 오실 데가 못 됩니다.”

어둠 속에서도 용케 그녀를 알아본 바이마르가 듬성듬성한 창살 틈으로 팔을 길게 내었다. 릴리스는 그의 손을 머뭇머뭇 마주잡으며 고개를 흔들었다.

“반도 있는걸요.”

“저와는 다르지요……. 하지만 염치없게도 기분이 좋습니다. 마마께서 직접 저를 보러 와 주시다니요.”

거칠어진 손끝이 말랑한 살갗 위를 조심스레 매만졌다. 그는 눈에 띄게 수척해진 몰골이었다. 빛이 들지 않는 그늘에 묻혀 있는 탓인지, 얼핏 침울해 보이는 표정에 자꾸만 마음이 쓰였다.

"헌데 정말 어찌 오셨습니까? 전에는 영영 저를 보지 않을 것처럼 구시어 속상했는데."

"⋯⋯체자레 왕자가 점령전에서 승리할 것이라 하더군요. 그 이야기를 전해 주러 왔어요."

"벌써 그리되었군요. 형님이시라면 능히 해내실 수 있을 거라 생각했습니다."

생기 어린 푸른 눈이 별처럼 반짝반짝 빛을 발했다. 저도 모르게 그 눈가를 매만져 주려던 릴리스는 흠칫 놀라 뻗었던 손을 거두어들이며 어영부영 말을 돌렸다. 사위가 어두워 정말이지 다행이었다.

"직접 축하해 줄 수 있다면 더 기쁠 테지요. 곧 여기서 나와 형님을 만나러 갈 수 있을 거예요."

그러나 바이마르는 그 말이 썩 와닿지 않는 듯, 금세 도로 울적한 표정이 되어 눈을 내리깔았다.

"허나 나와서 봐야 하는 것이 마마의 두 번째 혼인식이라면⋯⋯ 썩 내키는 이야기는 아니로군요."

평소라면 아무렇지 않게 넘겼을 이야기였다. 그러나—

릴리스는 울컥하는 감정을 다스리지 못해 결국은 잡혀 있던 손을 다소 거칠게 뿌리치고 말았다. 내쳐진 손을 물끄러미 내려다보던 바이마르가 다시 천천히 창살 틈으로 팔을 내뻗었다. 마치 방금 전의 거부는 아랑곳없다는 듯이.

그 모습에 다시 마음이 흐물흐물 녹아내렸다. 당황인지 기쁨인지. 순간 심장이 꾹 조여들어 말이 뚝뚝 끊어졌다. 릴리스는 한 손을 욱신거리는 가슴 위에 얹어 놓은 채, 기울어지고 있던 몸을 천천히 바로 세웠다.

"말도, 말도 안 되는 소리 말아요. 여기 있으면 목숨을 보장하지 못할 텐데."

"같이 가 주시겠다고 약조하신다면 흔쾌히 마마의 말을 따르지요."

바이마르가 고집스레 의견을 피력했다. 릴리스는 그리하겠다고 말하고 싶은 것을 꾹 눌러 참으며 말을 골랐다.

"폐하께서 분명 추격대를 보내실 거예요. 이곳에 남아 명을 따른다면 저에겐 쉬이 손대지 못하실 테니…… 떠나야 하는 건 내가 아니라 반이에요."

과거, 체자레는 예거라트를 도발하기 위해 국경 지역의 영지 한 곳을 격파했다. 그리 괄목할 만한 승리는 아니었으나, 십수 년이 넘도록 평화에 젖어 향락을 즐기던 아테라인들의 마음속에 공포의 씨앗을 심기에는 차고도 넘칠 만한 성과였다.

민심은 끝도 없이 술렁거렸다. 가뜩이나 흉흉한 분위기를 타고, 궁에 머물고 있는 스파티움의 왕자에게 모든 혐의가 집중되었다. 흥분을 가라앉힐 제물이 필요했던 예거라트와 동생이 필요했던 체자레가 껄끄러운 협약을 맺은 것은 그즈음이었다.

"그래서 저를 데리고 도망치라 시렌에게 명하신 것입니까? 마마를 이 숨 막히는 궁에 홀로 두고서?"

적국의 젊은 왕은 공세를 멈추는 대가로 동생의 안전한 송환을 요구했다. 예거라트는 그 조항에 동의하는 한편, 조건 하나를 더 달아

답신을 보냈다.

적국 왕자와 내통해 나라를 혼란하게 만든 죄로 황녀 릴리스를 보내니,
한 달이 다 차기 전에 효수할 것.

"⋯⋯나는 괜찮을 거예요. 발칸 후작가는 제법 위세 있는 가문인
데다 후작 내외도—"

마음에도 없는 말을 지어내려니 속이 마구 뒤틀렸다. 숨이 가빠
잠시 말이 끊긴 틈을 타, 바이마르가 제 팔을 거두어들이며 고개를
흔들었다.

"발칸 공자 이야기는 그만두어 주세요."

"반."

"듣고 싶지 않습니다. 그런 말을 나누고 싶은 것이 아니에요⋯⋯!
저는 그저, 앞으로의 삶을 논하고 싶습니다. 마마와 함께요."

천장 근처, 높이 매달린 횃불에 비쳐 벽 아래로 어스름한 그림자
가 졌다. 흐릿한 불길이 일렁일 때마다 두 사람의 창백한 얼굴이 서
로에게 절반씩 드러났다.

"이 궁 안에서 마마를 진심으로 염려하는 이가 몇이나 될 거라고
생각하십니까? 그걸 뻔히 아는 제게 마마를 두고 떠나라니 어찌—"

바이마르는 마치 방금 둥지에서 쫓겨난 새끼처럼 상처 입은 얼굴
을 하고 있었다. 어둠에 묻혀 새까맣게 그을린 눈동자가 왈칵 일그
러지며 사정없이 흔들렸다.

"이곳에⋯⋯ 남겠다는 이야기인가요?"

저도 모르게 목소리에 기대감이 섞였다. 릴리스는 말한 뒤 스스로 흠칫 놀라 양손으로 제 입을 틀어막았다. 바이마르가 물기 어린 눈으로 그녀를 물끄러미 응시해 왔다. 체통도 없이 말끝이 바르르 떨렸다.

"마마를 홀로 남겨 두고 싶지 않다는 이야깁니다. 그렇게 하고 싶지 않아요."

"하지만 말, 했, 말했잖아요. 여기에 있다가는……."

"마마께서 다른 이와 혼인하는 것을 볼 바에야 차라리 그게 낫겠습니다."

바이마르가 얼굴을 딱딱하게 굳히곤 대꾸했다. 릴리스는 잠시 망연한 표정으로 그를 마주 보았다. 거침없는 단언이 기꺼운 한편, 두려움과 거부가 손톱 밑 가시처럼 비죽 솟아 불편하게 마음을 찔러 왔다. 릴리스는 스스로의 이중적인 마음에 환멸을 느끼면서도 죽음을 함부로 입에 담는 바이마르가 미워졌다.

"……죽으면 아무것도 할 수 없는데. 어떻게 그런 말을 입에 담나요?"

목소리가 형편없이 갈라졌다. 그녀는 마치 두 손을 어디 둬야 할지 모르는 사람처럼 초조하게 몸을 움직였다. 두 손으로 로브 앞섶을 움켜쥐었다가, 소매를 뜯듯 비틀었다가, 종국에는 제 두 손을 꽉 마주 잡았다. 얼마나 힘을 주었는지 피가 통하지 않아 손가락이 죄다 허옇게 질렸다.

"내가…… 내가 무슨 생각으로 발칸 소공과의 소문을 부정하지 않았을 것 같은가요? 대체 뭘 위해서?"

아테라는 분명 이혼이 흠이 되지 않는 나라였으나, 그렇다고 하여 황녀의 재혼을 경사로 삼을 만큼 개방적인 나라 또한 아니었다.

그럼에도 릴리스는 이곳을 찾기 전 이미 마음을 정한 바가 있었다. 평생토록 쏟아지는 눈총을 감내해야 할 것이나, 낯선 땅에서 비참하게 죽지는 않게 되었으니 이만하면 다 잘된 것이라고. 이제 와 무언가를 더 바라는 것은 욕심이라고.

"마마! 제가 잘못했습니다, 부디 울지 마세요⋯⋯."

바이마르가 다급히 창살 앞에 붙어 섰다. 몸에 밀린 철창이 사정없이 흔들리며 덜컹이는 소리가 요란하게 울려 퍼졌다. 릴리스는 그 말을 듣고서야 자신이 울고 있음을 깨달았다. 볼을 타고 흘러내려 턱 끝으로 모여든 눈물방울이 투둑투둑 떨어져 돌바닥에 차게 고였다.

"내가 왜⋯⋯."

릴리스는 그 작은 웅덩이를 내려다보며 쥐어 짜내듯 웅얼거렸다. 사실은 그의 잘못이 아니라는 것을 알았다. 이런 투정도 부려서는 안 된다.

"⋯⋯미안해요, 이런 말을⋯⋯ 하려던⋯⋯ 게 아니었는데⋯⋯."

말 사이에 헐떡임이 섞였다. 릴리스는 스르륵 주저앉아 두 손으로 얼굴을 가렸다. 눈두덩이가 찢어질 듯 아팠다. 꾹꾹 눌러 담아 두었던 어둑한 것이 터진 둑을 타고 흐르는 물줄기처럼 거침없이 흘러넘쳤다.

"이러려던 게⋯⋯."

하루에도 몇 번씩 마음이 오락가락 뒤바뀌었다. 함께 가고 싶었다가, 다음 순간에는 그러고 싶지 않아졌다가, 또 어느 순간에는 그저 흔적도 없이 사라지고 싶었다. 놀라운 변덕이었다.

그러다 어느 순간, 릴리스는 그녀가 두려워하는 것이 비단 자신의 죽음뿐이 아님을 알았다.

"마마, 제발 울지 마세요. 이곳에서는 제가 달래어 드릴 수가 없습니다, 제가 잘못했어요. 죽지 않겠습니다. 그러니 혼자 울지 말아요……."

기사 무리에 자격 없는 덤 하나가 끼는 것은 이동하는 데 엄청난 차이를 만들었다. 열흘이면 충분할 여정이 사람 하나로 인해 짧게는 보름에서 길게는 스무 날까지 늘어질 수 있는 것이다. 추격에 취약한 것이 당연했다.

그녀는 차선보다 최선을 선택했을 뿐이었다. 그래야 할 것이라 생각했다. 보지 않으면 잊힐 거라 생각했는데.

키기긱. 돌바닥에 철문이 긁히며 날카로운 소음을 흩뿌렸다. 열린 문틈으로 밀려들어 온 차디찬 눈바람에 계단참에서 일렁이던 횃불이 차례로 꺼지며 사위가 캄캄해졌다. 마치 방금 전의 일은 그저 꿈이었다는 양, 그러니 어서 깨어나라는 듯이.

"황녀 마마! 이제 시간이 다 되었어…… 마마?"

계단을 빠르게 내려서던 와트만이 훌쩍이는 울음소리를 듣고는 기함한 얼굴로 자리에 우뚝 멈춰 섰다. 릴리스는 웅크려 앉아 두 팔 위로 얼굴을 묻어 눈물로 얼룩진 표정을 숨겼다.

와트만의 말이 맞았다. 그녀는 어쩌면 이미 바이마르를 좋아하고 있었던가 보다. 좋아서, 다치게 하고 싶지 않아서, 무섭지만 남아야 한다고 스스로를 다그쳤었다. 내내 외면하고 있던 의식의 흐름을 자각하고 나자 다시 그가 원망스러워졌다.

그러니까, 이만큼 마음을 준 것도 다 그의 탓이었다.

⚜ ⚜ ⚜

다음 날 오전, 황녀궁에 일대 파란이 일었다. 황녀가 시녀장을 내친다는 소문이 파다하게 퍼져 나가 조용한 아침을 들썩이게 만들었다. 알고 보니 시녀장이 왕자와 한패였다더라, 황녀 마마께서 모른 척 숨죽여 오셨다더라 하는 온갖 뜬소문까지 흘러넘쳐 온 곳이 마치 김에 들썩이는 주전자 뚜껑처럼 소란스러웠다.

"……개비. 아니, 개버딘이라고 불러야 할까."

릴리스는 물끄러미 시선을 내렸다. 꿇어앉아 있던 개비가 화들짝 놀란 얼굴로 그녀를 올려다보았다. 마치, 결코 들킬 일 없으리라 생각한 사람처럼 황망한 눈길이었다. 릴리스는 그 얼굴을 마주 보며 무심결에 픽 웃고 말았다. 충분히 일리 있는 추측이었다. 예전의 그녀가 분명 그러하였으므로.

"라올리 백작이 그대 딸의 아비인가?"

개비는 답이 없었다. 릴리스는 그 침묵을 모른 체 말을 이었다.

"신혼인 아내를 바로 내칠 정도였으니, 그대의 부모가 선황 폐하의 심기를 꽤나 거슬렀던 모양이야."

"……"

"황태자 시절 폐하께서 그대를 찾아 대체 무어라 하시던가? 남작이 아이를 맡아 키우게 해 주겠다, 그리 듣기 좋은 말로 그대를 불러 올리셨던가?"

개비의 자리에 제 사람을 보내고, 라올리 백작을 포섭해 아이를 들먹였을 것이다. 그것이 벌써 십여 년도 더 전의 일이니, 예거라트가 실제 황위를 바라 온 세월은 그보다도 훨씬 길고 지난했으리라. 릴리스는 그 인내와 집착에 내심 순수하게 감탄했다.

"……전부…… 전부 오해이십니다, 마마."

개비가 몸을 떨며 어깨를 움츠렸다. 릴리스는 느릿하게 고개를 기울였다.

"정말 그렇다면 내가 라올리 영애를 좋을 대로 이용해도 상관없는 문제겠지. 수도에 올라와 살고 싶다 했다던가? 방탕하지만 돈 많은 가주가 여럿 있으니 두 번째 부인이라 해도 별 불만은 없을 거야."

개비는 제가 들은 말을 믿을 수가 없어 고개를 쳐들었다. 릴리스가 무감한 시선으로 그녀를 살피고 있었다. 권력을 휘두를 줄 아는 자의 눈이었다. 그녀는 그 눈을 보며 자연스레 황제를 떠올렸다가, 퍼뜩 놀라 고개를 좌우로 내저었다. 그것만은 이 아이에게 해서는 안 될 짓이 아닌가.

"마마. 부디 용서해 주세요……. 그 애는 아무런 잘못이 없습니다."

눈물이 볼을 타고 뚝뚝 흘러내렸다. 개비는 그것이 딸아이의 이름을 들었기 때문인지, 아니면 제 손으로 키워 온 이를 이렇게 잃게 되는 것이 슬퍼서인지 온전히 분간할 수 없었다.

"……알아. 내게 아무런 죄가 없듯, 라올리 영애도 마찬가지겠지.

폐하께서 그녀를 보호해 주겠다고 약조하셨나?"

"……."

"헌데 참 이상한 일이지. 결국은 그 폐하께서도 내 청을 거절하지 않으셨으니 말이야."

릴리스가 와트만을 향해 턱짓했다. 성큼 나선 그가 미리 꾸려 두었던 작은 짐 꾸러미를 개비의 앞에 내려놓았다. 제법 묵직한 듯 쿵 하는 소리가 났다.

"그대는 이 길로 궁을 떠나."

"마마……."

"그대가 한 짓이라는 걸 알아. 교수형에 처해도 모자랄 일을…… 이렇게 넘기는 건 그간의 정 때문이라는 것을 명심하도록. 덧붙여, 혹 폐하께 내 말을 고할 생각이라면—"

릴리스는 침을 꿀꺽 삼켜 바싹 마른 입을 축였다.

"나도 더 이상은 라올리 영애의 미래를 보장할 수 없겠지."

울음소리가 터져 나왔다. 훌쩍거리던 방금 전까지와는 다르게 제법 격한 울음이었다. 릴리스는 입 안쪽 여린 살을 깨물었다. 따끔한 통증이 느껴졌다. 그녀는 흔들리려는 마음을 다잡고 종을 울렸다.

문이 벌컥 열렸다. 험상궂은 표정을 한 기사들이 들어와 개비의 양어깨를 잡고 밖으로 끌고 나갔다. 그 와중에도 울며 정신을 차리지 못하는 그녀의 치마폭 위로 누군가 커다란 짐 꾸러미를 던졌다.

릴리스는 그 모습을 끝까지 보려 애썼다. 앞으로 개비는 평생 서부의 척박한 산골을 벗어나지 못할 것이다. 눈시울이 시큰거렸다.

"개비, 하나만 물어보고 싶어. 혹 내가, 나를……."

그러나 애쓴 보람도 없이 무심코 말이 튀어 나갔다. 기사들이 일제히 동작을 멈췄다. 개비가 젖은 얼굴로 그녀를 물끄러미 응시했다.

"……아니다, 끌고 가."

릴리스는 고개를 돌렸다. 그것으로 끝이었다.

⚜

그로부터 사흘 뒤. 릴리스는 다시 예거라트의 부름을 받았다. 혹시 그날의 일이 들통났나 싶어 덜덜 떨며 알현실에 들어섰지만 예거라트는 새로운 시녀장이라며 낯선 얼굴을 그녀에게 소개했을 뿐이었다.

"폐하, 칼릴 경께서 알현을 청하였습니다."

불편한 티타임을 보내고 있을 무렵, 시종장이 새로운 객의 등장을 알렸다. 예거라트의 허락이 떨어졌다.

성큼 안으로 들어온 기사는 가슴팍에 검은 깃털을 꽂고 있었다. 친위대 단장 칼릴이었다. 날카로운 눈길로 방 안을 둘러보던 그가 릴리스를 발견하곤 딱딱한 표정으로 두 사람에게 인사를 올렸다.

"폐하. 스파티움의 일로 드릴 말씀이 있습니다."

칼릴 경이 흘긋 릴리스를 곁눈질하며 말했다. 그녀는 재빨리 자리에서 일어섰다. 그렇지 않아도 불편한 자리였다.

"정사를 논하시는 데 끼어들 수는 없는 일이니 저는 이만 나가 볼 게요."

예거라트는 그녀를 막지 않았다. 릴리스는 사뿐히 방을 나서며 등 뒤의 대화에 신경을 기울였다.

"국경 지대가 무너져…… 불안이…… 주민……."

몇몇 단어가 띄엄띄엄 들리다 곧 완전히 끊겼다. 릴리스는 닫힌 문을 잠시간 빤히 보고 있다가, 아쉬움을 안고 천천히 걸어 본궁을 나섰다.

오늘따라 볕이 무척 좋았다. 한동안 펑펑 내리던 눈이 멎고 파란 하늘이 얼굴을 드러냈다. 릴리스는 양지 바른 곳에 놓인 둥그런 벤치 위에 앉아 잠시 휴식을 취했다. 요 며칠 숙면을 취하지 못해 머리가 지끈거렸다.

그때였다.

"마마, 혹 괜찮으시다면……."

지나가던 시종 하나가 그녀를 발견하곤 주춤거리며 다가와 들고 있던 담요를 내밀었다. 빨아서 말려 두었던 것을 걷어 왔는지 도톰한 천에서 햇빛 냄새가 물씬 풍겼다.

"마마. 정무 회의가 끝났나 봅니다."

얼마나 그렇게 앉아 있었을까. 묵묵히 곁을 지키던 와트만이 그녀의 어깨를 툭툭 치며 고갯짓으로 제 어깨 너머를 가리켰다. 본궁의 동문에서 사람들이 쏟아져 나오고 있었다. 한 달에 두 번 열리는 정무 회의는 백작 이상의 작위를 가진 이들이라면 누구든 자유롭게 참석할 수 있어 출석률이 제법 높았다. 릴리스는 바삐 걷는 사람들을 무감한 눈으로 훑어보았다.

가장 늦게 모습을 드러낸 스타렉 공작은 마치 광합성을 하듯 계단 아래 가만히 선 채 온몸으로 햇빛을 받았다. 마침 저편에서 걸어오던 이가 공작을 발견하곤 걸음을 빨리해 그의 앞에 다가서 고개를 조아렸다. 방금 전, 담요를 건네주었던 바로 그 시종이었다.

이윽고, 느른하게 돌아간 시선이 정확히 릴리스에게로 와 닿았다. 느긋하게 거리를 좁혀 온 스타렉 공작이 허리를 굽혀 예를 표했다.

"황녀 마마를 뵙습니다."

"되었으니 일어나게. 이런 곳에서 보다니 대단한 우연이군."

"본래 세상만사가 다 그런 법이지요. 하지만 오늘의 만남은 그런 것이 아닙니다, 마마."

속 좋은 노인처럼 허허 웃던 스타렉 공작이 순식간에 미소를 싹 지워 내고는 의뭉스러운 얼굴로 눈을 가늘게 떴다.

"시종 아이 몇에게 마마의 행방을 알려 달라 부탁했지요. 요 며칠은 눈에 뜨이시질 않아 걱정했습니다만, 인내하니 이렇게 기회가 오는군요."

스타렉 공작이 에스코트하듯 그녀에게 한쪽 팔을 내밀며 속삭였다.

두 사람은 눈이 채 녹지 않은 정원 귀퉁이 앞까지 걸어가 인적 드문 나무그늘 아래에서 멈춰 섰다. 먼저 운을 뗀 것은 공작이었다.

"무례임은 알고 있으나, 시간이 많지 않으니 직접적으로 여쭙겠습니다, 마마. 혹, 진실로 발칸 공자와 혼인하실 생각이십니까?"

릴리스는 양미간을 좁혔다.

"공작이 상관할 바는 아니지 않나."

"꼭 그렇다고만은 할 수 없겠지요. 황실의 경사에 귀족 된 도리로 어찌 관심을 기울이지 않을 수 있겠습니까."

"충신이로군. 폐하께서 아신다면 분명 크게 기뻐하실 걸세."

절로 빈정거림이 튀어 나갔다. 그러나 스타렉 공작은 기분 나빠하는 기색도 없이, 도리어 재미있다는 듯 빤히 그녀의 얼굴을 들여다볼 뿐이었다. 그가 말했다.

"정말 그리 생각하십니까? 안타까운 일이로군요. 도망을 제안드리려 했는데. 새 혼인을 기꺼워하신다니 제 수고가 무용하게 생겼습니다."

릴리스는 그대로 굳고 말았다. 목소리를 한껏 낮춘 스타렉 공작이 주변을 살피는 척, 흘금 옆을 돌아보곤 다시 물었다.

"선황 폐하께서는 본래 황위에 관심이 없는 분이셨습니다. 그런 분이 왜 갑자기 황위 쟁탈전에 뛰어드셨는지 마마께선 혹시 알고 계십니까?"

물론 알고 있을 리가 없었다. 답을 기대하지 않았던 질문인지 스타렉 공작은 틈을 주지 않고 말을 이었다.

"대단히 사소하면서도 확실한 이유였지요. 그래서는 안 될 사람을 마음에 품었기 때문입니다."

'죽음은 삶을 피폐하게 만들지. 그가 애도했던 건 단 한 명뿐이야.'

문득 예거라트의 말이 떠올랐다.

"보르엔 후작의 여식이었지요⋯⋯. 그러나 당시 3황자의 편에 서 있던 보르엔 후작은 딸을 선황제였던 4황자가 아닌 3황자에게 보냈습니다. 당시 황위를 노려 볼 만한 이는 그분 하나뿐이었으니 말입니다."

"……보르엔이라면 지금은 백작가가 아닌가?"

릴리스는 호기심을 숨기지 못하고 되묻고 말았다. 순간 아차 싶었으나 스타렉 공작은 이미 속내를 파악했다는 얼굴로 느물거리는 미소를 입가에 매달았을 뿐이었다.

"그렇지요. 3황자 전하께서는 4황자 전하를 끌어들여 세력을 확장하셨고, 격분하신 당시의 황태자 전하께서 보르엔 후작가를 참살하셨습니다. 대낮에 병사들이 들이닥쳐 온 저택을 뒤집어엎었습니다. 비할 바 없이 끔찍한 일이었지요."

"허면, 영애는……."

"보르엔 영애는 3황자의 아이를 가진 채로 후작가에 머물고 있었습니다. 안타깝게도 그녀 역시 이 습격에 목숨을 잃었지요. 방계들만으로는 작위를 유지할 수 없어 지금은 이렇게 쇠락하고 말았습니다만…… 욕심의 대가가 생각보다 가혹했던 것만은 사실입니다. 퍽 안타까운 일이지요."

"……."

"어쨌거나, 그 습격이 모든 일의 발단이었습니다. 선황 폐하께서 황위 다툼에 본격적으로 머리를 들이밀기 시작하신 게지요. 모든 게 본인이 황좌에 가까이 있지 못한 탓이라 생각하셨던 모양입니다. 2황자 전하 역시 이 시기를 버티지 못하고 암살당하셨으니 어찌 보면 황태자 전하께서 모든 일을 촉발시켰다 볼 수도 있는 일 아니겠습니까."

릴리스는 침을 삼켜 말라붙은 목을 축였다. 긴장에 절로 입술이
바싹 말랐다. 황실의 비사를 스타렉 공작 같은 이가 생각 없이 그녀
에게 털어놓을 리 없으니, 분명 상응하는 대가를 바랄 것이다.

"……이야기는 잘 들었네, 공작. 헌데 내게 구태여 이런 이야기를
꺼내 놓는 이유가 무엇이지?"

"폐하께서는 마마를 버릴 패로 보십니다."

그러나 이런 말은 정말이지 뜻밖이었다.

릴리스는 예상치 못한 말에 눈에 띄게 당황했다. 스타렉 공작은
그러나, 그녀에겐 관심조차 없는 얼굴로 먼 곳을 바라보았다.

"왜 굳이 마마를 스파티움 왕자와 맺어 주었다 생각하십니까?"

"……."

"그가 외세를 조종할 수 있는 제법 괜찮은 패이자 마마를 옭아맬
수 있는 좋은 도구이기 때문이지요. 이미 눈치채셨으리라 믿습니다
만."

"……모욕적인 언사로군. 그래서, 공작도 내가 도구가 되기를 바
라나?"

릴리스는 입술을 깨물었다. 스타렉 공작이 껄껄 너털웃음을 터뜨
렸다.

"저희는 모두 폐하의 도구입니다. 판을 짜는 것은 언제나 폐하이
시지요."

"그런 이가 내게 도망을 말하는군."

"못 할 것은 또 무엇입니까? 폐하께서 민심을 선동하고 계십니다.

수도 백성의 십분지 아홉이 마마의 음독을 바이마르 왕자의 탓이라 믿고 있지요. 스파티움의 도발이 이어지면서 왕자를 처벌하라는 목소리도 점차 높아지는 추세입니다. 일촉즉발의 상황이 아니겠습니까."

"……."

"폐하의 황권을 지탱해 주는 것은 확고한 민심과 든든한 군사력입니다. 노련한 분이시지요. 마마께서 도망치시면 그 혼란은 곧 분노가 되어 폐하께 향할 겁니다."

"반역이라도 저지를 셈인가?"

스타렉 공작은 의미를 알 수 없는 눈빛으로 릴리스를 보았다. 그녀는 새삼 그의 눈가에 진 주름이 무척 깊다는 것을 깨달았다. 늘 정정해 보여 여태껏 딱히 늙었다고 느껴 본 일이 없었건만 오늘만큼은 세상의 풍파를 다 겪은 노인 같았다.

"그런 마음은 딸이 죽은 옛적에 버렸습니다. 하지만 시간이 흘렀다고 해서 기억을 모두 덮을 수 있는 것은 아니더군요. 저는 작금의 황실이 싫습니다. 기회만 된다면 뿌리째 뽑아 버리고 싶은 것이 본심입니다만, 그럴 수 없으니 소소한 심술이라도 부려 보려 하는 것이지요."

"……내가 폐하께 이 일을 고할 것이라고는 생각지 않는가?"

"우문이십니다. 폐하께서 제 마음을 모르실 것이라 생각하십니까? 모순되지만, 아마 누구보다 저를 잘 이해하시는 분 역시 폐하이실 겁니다."

스타렉 공작이 후, 긴 숨을 뿜어냈다. 허공에 맺힌 흰 김이 뿌옇게 몽글대다 사방으로 흩어졌다.

그는 비뚜름히 웃으며 황녀의 얼굴을 찬찬히 뜯어보았다. 움푹 팬 눈과 그 아래로 그늘진 옅은 그림자. 매끈하나 살짝 각진 듯한 유려한 턱선과 인상을 찌푸릴 때면 두 줄로 주름이 생기는 도톰한 미간까지.

하나같이 핏줄을 증명하는 것들이었다.

"선황 폐하께서 마마를 궁으로 데려오셨단 이야기를 들었을 때, 솔직히 저는 그것을 의미 없는 변덕이라 여겼습니다. 아무리 정이 가는 조카라 한들 구태여 살려 예까지 들이실 이유가 없다 생각했지요. 하지만 얼마 지나지 않아 납득이 되더군요. 마마의 그 머리색을 보고 말입니다."

"……."

"보르엔 후작 영애 역시 비슷한 머리색을 가졌었지요."

릴리스는 말이 없었다. 스타렉 공작은 후련한 얼굴로 돌아서며 말을 흘렸다.

"국경까지 모셔다드릴 수는 없으나 궁을 무사히 빠져나가시도록 도와드릴 수는 있을 겁니다. 이후의 일은 마마의 몫이겠지요."

"……."

"어느 쪽을 선택하시건 목숨을 잘 건사하시길 빕니다. 딸만 한 아이가 또 궁에서 죽어 나는 꼴을 보고 싶지는 않으니까요."

ꝥ ꙮ ꝥ

"어찌하실 생각이십니까?"

벌써 며칠째 반복되고 있는 채근이었다. 릴리스는 따끈한 찻잔을 두 손으로 문지르며 입술을 잘근거렸다. 물끄러미 그녀를 보고 있던 와트만이 긴 한숨을 뿜으며 어깨를 들썩였다.

"가고 싶으시면 그냥 가십쇼. 대체 뭘 그리 어렵게 생각하십니까?"

"⋯⋯그렇게 쉬우면 진작 떠났지."

릴리스가 눈꼬리를 뾰족 세웠다. 와트만은 먹이 뺏긴 참새 같은 그 어설픈 위협을 모른 체하며 눈썹 끝을 추켜올렸다.

"스타렉 공작은 궁내의 여러 곳에 연줄이 닿아 있는 자입니다. 그가 돕는다면 궁을 빠져나가는 일쯤이야 문제 될 것이 없겠지요. 국경까지 가는 길이 물론 쉽지는 않겠습니다만⋯⋯ 마마께서 내내 이렇게 죽상을 하고 계시는 꼴은 저도 더 못 보겠습니다."

"그런 적 없어."

"말하고 계신 지금도 죽상이신뎁쇼."

"⋯⋯."

"세상 모든 사람이 시녀장이나 폐하와 같을 거라고 생각하지 마십쇼. 떨어질 꿀 한 방울 없는데도 마마 곁에 붙어 있는 저도 있잖습니까."

릴리스는 난롯가로 자리를 옮겨 부지깽이로 장작을 괜히 꾹꾹 밀어 넣었다. 불길이 커지며 타오르는 열기에 얼굴이 홧홧해졌다. 눈가가 뜨거워져 고개를 들어 올리자 시선 끝에 비의 관이 닿았다.

자연스레 바이마르의 얼굴이 떠올랐다. 단단하고 두꺼운 손, 다소 뜨겁게 느껴지던 더운 체온과, 다정한 눈길, 달콤한 목소리와—

"반이…… 후에 나를 싫어하게 되면 어떻게 해?"

"싫어하지 않게 잘하시면 되지요."

와트만이 심드렁한 얼굴로 대꾸했다. 릴리스는 손을 꼼지락대며 입을 비죽였다.

"……그때 그렇게 화를 냈는데…… 이제 내게 정이 떨어졌을지도 몰라."

참새는 이제 시무룩한 표정으로 부리를 비쭉 내민 채였다. 와트만은 웃음을 참기 위해 큼, 헛기침하며 목청을 가다듬고 말했다.

"그러지 않을 거라는 데 제 오른팔을 걸 수도 있습니다."

릴리스가 화들짝 놀라 일어서며 외쳤다.

"그런 말은 하지 마!"

둥그런 갈색 눈동자 안에 선명한 두려움이 도사리고 있었다. 와트만은 영문도 모른 채 그저 다급히 그녀를 안심시켰다. 릴리스는 그가 몇 번이나 조심하겠다는 다짐을 거듭하고서야 제법 안심한 얼굴로 벽난로 앞에서 고롱거리며 잠이 들었다.

그리고 밤. 와트만은 전과 달리 홀로 지하 감옥을 찾았다. 간수는 전과 다른 기사로, 그의 얼굴을 모르는 신출내기였지만 옆구리에 두둑한 뇌물을 찔러 주니 주저하면서도 바라는 대로 길을 비켜 주었다. 어차피 이런 날을 위해 모아 둔 금품들이 아닌가. 와트만은 홀가분한 마음으로 가벼워진 두 손을 탈탈 털었다.

지하 감옥은 전과 다름없이 음산하고 추웠으며 습기가 가득했다. 와트만은 부러 소리 내어 계단을 밟아 내려가 바이마르가 갇혀 있는 옥문 앞에 섰다.

"우리 마마님 안 버리실 거라고 약조하십쇼."

제자리에 선 채 한참 동안 침묵을 지키던 그는 기다리다 지친 바이마르가 두어 번 말을 재촉하고 나서야 천천히 입을 떼었다.

"뭐?"

"고국에 돌아가시면 예쁘고, 가문도 좋은 데다 출신까지 같은 조건 좋은 미인들이 저하 앞에 무더기로 모여들어 줄을 설 텐데. 새로운 부인이랍시고 애면 여자라도 옆에 끼고 물고 빨고 하시면 마마 꼴이 대체 어떻게 되겠습니까."

"……."

"그러니 우리 황녀님 안 버리시겠다고 맹세라도 하십쇼. 그런 약조라도 있어야 제가 저하를 믿고 마마를 모셔 가지요."

농담인지 진담인지 도통 알기 힘든 말이었다. 바이마르는 일순간 제 귀를 의심했으나, 어슴푸레한 불빛 아래 드러난 얼굴이 실로 진지하기 짝이 없어 이내 그 생각을 접었다. 어디 그뿐인가. 아니라고 한다면 흡사 이 자리에서 칼을 빼 들 기세였다.

일단 충심이 지극하다는 것은 알겠다. 그러나…….

바이마르는 눈을 가늘게 떴다. 대체 그를 어떻게 봤으면 여기까지 찾아와 저런 소리를 할 수 있단 말인가. 버리지 말아 달라 애원하며 벌벌 기는 꼴까지 보였는데. 이제 와 진위 여부를 가늠하려 드는 것은 대체 무슨 예의인지.

"……나야말로 묻고 싶은데. 경은 내가 정말 그럴 수 있을 거라 믿나?"

"도둑놈이 자기소개를 성실하게 하지는 않는 법입죠. 저도 바쁘니 우선은 대답이나 해 주십쇼. 정말로 안 버리실 거지요?"

바이마르는 한숨을 뱉었다.

"그럴 일 없다."

"그럼 참말이라 믿고 가겠습니다."

내용은 신뢰이건만 어조는 엄연한 협박이었다. 바이마르는 부리나케 멀어지는 와트만의 뒷모습을 눈으로 좇으며 고개를 기울였다.

그렇지 않아도 머잖아 그를 떠볼 생각이었으니, 실은 먼저 찾아와 준 것이 외려 다행이었다. 혹여나 릴리스가 끝까지 아테라에 머무르려 들지는 않을까 싶어, 모른 척 꼬여 내어 함께 떠날 생각까지 이미 만만이었더랬다.

미움받는대도 달리 어쩔 도리가 없었다. 곁에 두고 달래며 빌다 보면 언젠가는 눈길 한 자락이라도 주지 않겠는가 싶어 나름의 각오도 며칠째 거듭 다져 두었다. 이대로 놓고 도망가 평생을 후회하느니 차라리 그 편이 백번은 나을 것이리라.

헌데 난데없이 꺼내어 놓는 말이 저 따위 의심이라니. 한시름 덜어 마음이 기쁜 한편, 느닷없이 당한 난봉꾼 취급에 기분이 묘했다.

"……."

기실 그의 입장에서 보았을 때, 와트만에 대한 릴리스의 믿음은 다소 맹목적인 면이 있었다. 과장을 조금 보태어 그가 가고일이 채식을 한다는 둥의 말 같지도 않은 소릴 한대도 릴리스는 의심은커녕 그 말을 철석같이 믿을 것이 빤했다. 물론, 그녀의 처지를 고려한다면야 충분히 이해 가능한 범주였으며, 바이마르는 자신이 결코 그런 모범적인 관계에까지 질투를 불태우는 저열한 사내가 아닐 거라 생각했지만……

"……."

그는 이쯤에서 생각을 접기로 했다. 어쨌든 이 빌어먹을 아테라를 벗어날 수만 있다면 당장은 무엇이든 그저 족했으므로.

✤ ✿ ✤

아직 이른 새벽이었다.

릴리스는 빵빵하게 채운 배낭 안쪽에 붉은색 공단으로 소중히 감싸 두었던 작은 관을 조심스레 밀어 넣었다. 긴장 탓인지, 손바닥에 땀이 솟아 자꾸만 헛손질이 이어졌다.

"너무 걱정 마십쇼. 어쨌든 다 잘될 겁니다."

두툼한 털장갑 한 쌍을 벌어진 배낭 주둥이에 억지로 욱여넣고, 긴 끈을 당겨 매듭을 짓고 나자 마침내 준비가 전부 끝났다. 망을 보며 그녀를 돕고 있던 와트만이 건성인 듯 위로의 말을 흘렸다.

"마마, 들어도 되겠습니까?"

때마침 나직한 목소리가 방에 들 것을 청했다. 시렌이었다.

"들라."

허락이 떨어지기 무섭게 방문이 벌컥 열렸다. 바삐 들어와 탁자 위에 지도를 펼쳐 놓은 시렌이 두 사람을 돌아보며 손가락으로 가늘게 뻗은 산길 위를 짚었다. 와트만이 콧잔등을 찌푸리며 검지로 툭

툭 검대를 두들겼다.

"여긴 산짐승들이 제법 많은 곳인데."

"무리를 둘로 나눌 생각입니다. 부러 마을마다 들러 모습을 보이게 하면 머지않아 입소문이 퍼지겠지요. 우리는 그 틈에 최대한 빨리 움직여 추격대와 거리를 벌려 두어야 합니다. 물론 다소 힘든 여정이 되겠습니다만······."

시렌이 말하며 릴리스를 흘긋 돌아보았다. 와트만은 눈을 세모꼴로 만들고는 탁자를 탕탕 치며 한 손으로 그의 얼굴을 힘주어 밀어 냈다.

"이봐, 그딴 눈빛으로 우리 황녀님 기죽이지 마라."

시렌이 코웃음을 치며 벌어진 손가락 사이로 마주 눈을 치떴다.

"내 눈 가지고 내가 보겠다는데 뭔 상관입니까? 두 사람 몫은 거뜬히 하셔야 할 테니 부디 경 눈이나 잘 챙기시길 빕니다."

"헛소리도 풍년이군. 내가 왜 두 사람 몫을 하나? 바이마르 저하께서 알아서 하실 테니 난 걱정 안 한다."

발끈한 시렌이 와트만의 손을 쳐 내며 투덜거렸다.

"아니 거기 왜 우리 왕자 저하를 끼워 넣습니까?"

"같이 가자며 울고불고 매달린 게 누군데. 이제 와 입 싹 닦겠다는 건 대체 무슨 심보야?"

"뭐요?"

릴리스는 서로를 쏘아보는 두 남자 사이에 낀 채로 묵묵히 제 두 발을 내려다보았다. 부드러운 공단 양말과 푹신한 슬리퍼에 익숙해져 있는 하얗고 무른 발은 확실히, 산길을 걷기에는 몹시도 부적합해 보였다.

"어쨌든 마마. 오늘 밤입니다. 잊지 말고 나오셔야 해요."

그사이 설전을 끝낸 것인지, 시렌이 그녀를 돌아보며 단호한 목소리로 당부를 건넸다. 릴리스는 방을 나서는 그의 등을 일별하며 홀로 가볍게 고개를 주억였다. 오늘 밤. 그녀는 그 말을 되풀이하며 땀에 젖은 두 손을 꼭 쥐었다.

"밤새 움직여야 하니 오늘은 내내 푹 쉬어 두시는 편이 좋을 겁니다."

와트만이 배낭을 침대 아래로 밀어 넣으며 흐트러져 있던 커튼을 힘껏 당겨 단단히 매듭지었다. 그러는 본인은 쉬지 않아도 괜찮은 걸까. 릴리스는 잠시 그를 걱정하다 꾸물꾸물 도로 이불 속으로 기어들어 가 푹신한 솜 안에 얼굴을 파묻었다.

어느덧 다시 하루가 밝아 오고 있었다. 릴리스는 누운 채 가만히 두 귀를 쫑긋 세웠다. 어수선한 소음들이 짙은 안개처럼 밤새 황녀궁에 깔려 있던 적막을 흐트러뜨렸다.

저 멀리서 들려오는 기사들의 고함 소리, 복도를 지나다니는 사람들의 자박이는 발걸음 소리, 윙윙 울리는 커다란 바람 소리와, 그 사이로 섞여 드는 두런거리는 이야기 소리.

릴리스는 익숙한 그 소리들에 떠밀려 아주 천천히 잠들었다.

⚜ ⚜ ⚜

자정이 가까워진 시각. 릴리스는 준비해 두었던 옷을 입고 거울 앞에 선 채 한 바퀴 빙그르르 돌며 제 모습을 비춰 보았다. 평소 입던 것보다 조금 헐렁한 밋밋한 승마복은 다소 질긴 천으로 만들어져 움직일 때마다 살갗이 쓸려 간지러웠다. 그녀는 두툼하게 접어 놓은 소매 끝을 매만지다 때마침 들려오는 노크 소리에 퍼뜩 놀라 숨을 죽였다.

그때였다. 다시 누군가 똑똑. 문을 두들기곤 가벼운 헛기침 소리를 냈다. 릴리스는 배낭을 메고 살금살금 방을 가로질러 평평한 문 뒤에 귀를 바짝 대곤 쪼그려 앉았다. 똑똑똑. 이내 다시 노크 소리가 세 번 울리더니 살짝 열린 문틈으로 낯익은 얼굴이 빼꼼 모습을 드러냈다. 와트만이었다.

그는 평소와 다를 바 없는 가벼운 갑옷 차림이었다. 릴리스는 뒤 꿈치를 들어 올려 발소리를 한껏 죽이며 살금살금 침실을 빠져나왔다. 어찌나 긴장이 되었던지, 뻣뻣하게 굳어진 다리가 자꾸만 발을 헛디뎌 몸이 넘어질 듯 휘청거렸다.

"꼭대기 층이라고 하셨습니까?"

앞서 가던 와트만이 계단 앞에 선 채로 그녀를 돌아보며 물었다. 릴리스는 고개를 끄덕이곤 그의 뒤에 딱 붙어 조심스레 눈을 굴렸다.

바이마르의 부재로 텅 비어 버린 3층과, 본래 공실이 많았던 4층은 상시 자리를 지키는 보초병 대신 시간마다 순찰을 도는 기사들을 두어 침입자를 경계했다. 매일 교대 시간을 바꾸어 적은 인원으로도 효율적인 방비를 꾀할 수 있다는 것이 큰 장점 중 하나였으나, 오늘 처럼 내부인이 협력자일 경우 그마저도 속수무책일 위험이 높다는 것을 릴리스는 새삼스레 깨닫게 되었다.

"저쪽인 것 같은데."

어쨌든, 두 사람은 마침내 목적했던 꼭대기 층에 도착했다. 인기척 없는 복도는 마치 버려진 저택처럼 을씨년스러웠다. 휑한 복도를 두리번거리던 릴리스는 어렴풋한 기억을 되짚어 벽에 걸려 있는 커다란 초상화 앞에서 걸음을 멈추었다. 뾰족한 턱의 사내가 책하듯 엄중한 눈길로 그녀를 빤히 쏘아보고 있었다. 릴리스는 반사적으로 양어깨를 슬쩍 움츠렸다가, 문득 들려오는 저벅이는 발소리에 화들짝 놀라 급하게 근처에 있던 커다란 화병 뒤로 몸을 숨겼다.

"단장님?"

그리고 거의 동시에, 계단 끄트머리에서부터 낯익은 얼굴이 불쑥 튀어나와 그들 쪽을 빤히 쳐다보았다. 와트만은 커다란 몸으로 릴리스를 가리고 선 채로 아무렇지 않은 척 그에게 먼저 말을 걸었다.

"순찰 중인가 보군."

"아, 예! 맞습니다. 그런데…… 단장님께선 이 시간에 왜 여기 계십니까? 황녀 마마께서는요?"

오래 신은 티가 나는 투박한 부츠 한 쌍이 차츰차츰 가까워지더니 마침내 와트만의 바로 앞에 멈추어 섰다. 릴리스는 몸을 한껏 말아 고개를 무릎 위로 파묻었다. 목덜미를 타고 식은땀 한 줄기가 주르륵 흘러내렸다. 걸걸한 목소리가 다시 들렸다.

"피곤하시다며 일찍 잠자리에 드신 지 오래야. 위층에서 이상한 소리가 나는 것 같아 잠시 들러 봤는데, 다행히도 걱정할 만한 일은 없는 것 같군."

"하긴 깨어나신 지 얼마 되지 않으셨으니 피곤하실 만도 하지요……. 그나저나 소리요? 저는 아무런 낌새도 못 느꼈는뎁쇼."

기사가 주변을 흘금대며 말했다. 와트만은 그의 어깨를 잡아 자신에게로 시선을 고정시키곤 느긋한 척 어깨를 들썩이며 고개를 내저었다.

"그러니까 잘못 들었던 것 같다니까. 뭐, 어쨌든. 내가 한 바퀴 더 돌아보면 될 일이니 너는 내려가서 아래층이나 다시 한번 꼼꼼히 살펴봐."

"알겠습니다."

"오늘 밤은 황녀님 방에 있을 테니 아침부터 억지로 깨우지도 말고."

"그렇게 전달하겠습니다. 수고하십쇼."

"그래라."

기사가 몸을 돌려 그대로 계단을 밟아 내려가기 시작했다. 와트만은 발소리가 멀어져 완전히 사라지고 난 뒤에야 긴장을 풀어내곤 천천히 뒤를 살폈다. 여전히 화병 뒤에 웅크려 앉은 채 멍하니 그를 마주 보던 릴리스가 이내 한 손을 들어 제 머리 위를 가리켰다.

"그 통로 말이야. 내 기억으론 이 그림 뒤인데……."

말이 채 끝나기도 전, 와트만이 팔을 번쩍 들어 올려 벽에 걸린 커다란 액자를 떼어 내었다. 릴리스는 저린 다리를 주무르며 일어나 한 손으로 매끈한 돌벽 위를 더듬었다.

미색의 돌을 곱게 깎아 짜 맞추어 만든 높다란 벽 표면에 씨실과 날실이 교차하듯 규칙적인 홈이 흐릿하게 패어 있었다. 위에서 셋, 왼쪽에서 다섯. 어렴풋한 기억을 더듬어 가며 손끝에 신경을 집중하고 있으려니 문득 뭉툭한 손톱 아래에 이질적인 것이 걸렸다.

얼핏 성의 없는 낙서처럼 보일 수도 있겠으나, 릴리스는 끈질기게 그 주변을 탐색해 마침내 바라던 결과를 얻어 냈다. 뾰족하게 뻗은 뿔과 둥그런 잔의 입구, 그리고 유려한 곡선을 타고 떨어지는 길쭉한 잔 손잡이까지. 어떻게 보건 분명 아테라의 상징이 맞았다.

"찾으신 겁니까?"

눈치 빠른 와트만이 기대에 찬 목소리로 물어왔다. 릴리스는 말없이 손끝에 살짝 힘을 주었다. 고요한 복도에 두 사람분의 침 삼키는 소리가 요란하게 울려 퍼졌다.

"……."

그러나 아무 일도 일어나지 않았다. 혹시 몰라 얼마간을 더 기다렸으나 야속한 벽은 여전히 처음처럼 굳건하게 서 있을 뿐이었다. 보다 못한 와트만이 성큼 나서 홈 위에 제 손을 가져다 대었다. 섬세하지 못한 손길로 벽을 더듬거리던 그가 이내 둥그런 술잔의 손잡이 아랫부분을 엄지로 힘껏 눌렀다.

"……와트만, 이거……."

그리고 다음 순간, 릴리스는 화들짝 놀라 벽에 몸을 바싹 대었다. 한쪽 귀를 딱 붙인 채 숨을 죽이고 있으려니 벽 안쪽에서부터 구구궁— 하는 희미한 소리가 울려 퍼졌다. 동시에 발치의 벽돌 너덧 개가 덜컹거리며 벽의 아랫부분이 좌우로 벌어졌다. 잠시 후, 그곳엔 무릎 높이의 자그마한 구멍이 생겨났다.

걸어서는 도무지 들어갈 수가 없었으므로 두 사람은 바닥에 납작 엎드려 네 발로 기듯이 구멍을 통과해야 했다. 와트만은 액자를 근처의 빈 방에 대강 숨겨 놓은 뒤, 술잔 손잡이를 다시 꾹 누르고는 재빨리 몸을 구부려 벽 너머로 몸을 들이밀었다. 아슬아슬하게 발까지 밀어 넣음과 거의 동시에 빛이 사라지며 다시 벽이 복구되었다. 사방이 다시 적막해진 가운데 그들은 캄캄한 어둠 속에 남겨졌다.

"……내가 살아생전 이 길을 지나게 될 거라곤 정말로 상상조차 해 본 적이 없었는데. 선황 폐하께서 아셨다면 그야말로 기함해 뒤로 넘어가셨을 거야."

본디, 궁내의 비밀 통로는 직계 혈통들에게만 구전으로 전해지는 기밀 중의 기밀이었다. 방계 혈족에 불과한 릴리스는 알 수 없었으며, 또한 알아서도 안 되는 극비로 취급되는 만큼, 선황제는 그녀에게 몰래 이 길을 일러 주면서도 예거라트에게는 비밀로 할 것을 거듭 다짐케 했다.

릴리스는 잠시 그대로 서 있다가 천천히 앞으로 한 발을 내디뎠다. 토끼 굴처럼 뚫어 놓은 좁은 통로는 한 사람이 몸을 한껏 웅크려야 겨우 지나갈 수 있을 정도로 공간이 협소했다. 와트만이 축축한 벽을 짚으며 투덜거렸다.

"저는 그 반대라 확신하는뎁쇼. 바로 이런 상황에서 사용하라고 일러 주신 것이겠지요. 궁에 살면서 이보다 더한 위급 상황이 대체 어디 있겠습니까?"

릴리스는 그 말에 동의하는 한편, 이유 모를 찝찝함에 혀를 내어 바싹 마른 입술을 축였다.

실은 곱씹어 볼수록 의아한 일이었다. 선황제가 자격도 없는 그녀에게 굳이 비밀을 알릴 이유가 없음은 물론이요, 와트만의 말처럼 이런 사태를 염려했을 리는 더더욱 만무했으므로. 혹여나 그렇다면 일찍이 이 반목을 예견했단 전제가 따라 붙어야 할 판이니, 오히려 그편이 더욱 말이 되지 않는다.

물론, 평소 그가 베풀던 호의 또한 다소 과분한 구석이 있었던 게 사실이지만—

"……."

릴리스는 생각에 잠겨 잠시 걷는 것을 멈추었다.

"마마?"

황태자인 예거라트보다 조카를 더 귀애한단 이야기가 수도에 파다할 만큼, 선황제의 아낌에는 확실히 조금 유별난 구석이 있었다.

그러니까 마치, 모든 것이 제 핏줄을 대하듯—

"마마! 어디 아프십니까?"

와트만이 재차 그녀를 불렀다. 낮은 굴에 우렁우렁 목소리가 울려 퍼졌다. 릴리스는 퍼뜩 놀라 반사적으로 고개를 흔들었다. 아니다. 그 무슨 말도 안 되는.

"아냐, 그냥 잠시…… 조금 피곤했나 봐."

제대로 잠을 자지 못해서일까. 그만 허튼 상상을 하고 말았다. 릴리스는 생각을 접으며 다시 걸음을 재촉했다. 어쨌거나 호의로 일러 준 것을 이제 와 적국으로 도망하는 데에 쓰고 있으니 떳떳하게 굴 수 있을 리가 없었다. 두 사람은 다시 묵묵히 좁은 길을 따라 걷기 시작했다.

"저기인가 봅니다."

시간이 얼마나 흘렀을까. 와트만의 목소리가 멍하던 정신을 일깨웠다.

출구가 바깥과 연결되어 있는 것인지, 갈수록 바람이 거세어져 눈을 뜨고 있기조차 힘들었다. 두 사람은 바닥에 한껏 배를 붙여 무릎까지 오는 작은 구멍을 통과했다. 커다란 조각상의 받침대로 앞을 가려 놓은 출구는 알던 이가 아니라면 존재조차 알기 힘들 정도로 교묘한 곳에 위치해 있어 다행히도 들킬 위험이 적었다.

와트만이 주변을 살피며 한 발 앞서서 길을 텄다.

그때였다.

"쉿."

문득 두런거리는 대화 소리가 들려왔다. 릴리스는 황급히 커다란 나무 뒤에 몸을 숨겼다. 말소리가 점점 커지며 사람의 기척이 차츰 가까워졌다. 쿵쿵쿵쿵. 심장이 세차게 뛰었다. 어찌나 요란한지, 소리가 밖으로 들리지는 않을까 걱정이 될 정도였다.

점점 커지던 소리는 그들이 나무 근처에 도달했을 때 정점을 찍었다가, 커졌던 만큼 아주 천천히 작아졌다. 와트만은 기사들이 멀리 떨어진 것을 확인한 뒤에야 조용히 몸을 움직여 나무 그림자 아래를 벗어났다.

"얌전히 도움을 받았다면 일이 훨씬 쉬워졌을 텐데 말입니다."

그가 푸념하며 몸을 한껏 수그렸다. 이곳에서야 나는 새도 떨어뜨린다는 권력을 행사하는 스타렉 공작이었지만, 타국인의 개입을 탐탁지 않아 하는 적국의 기사들 앞에서는 그조차도 한낱 의심스러운 아테라 귀족에 불과할 뿐이었다.

"마마!"

두 사람은 몇 번의 고비를 어렵게 넘기며 마침내 접선 장소에 이르렀다. 먼저 도착해 발을 동동 구르고 있던 바이마르가 한달음에 달려와 그녀를 와락 끌어안았다. 코끝에 닿는 옷깃에서 차가운 겨울 바람 냄새가 났다.

"용케도 잘 빠져나오셨군요."

순찰 경로를 미리 알려 주기는 했다지만, 지하 감옥을 빠져나오는 것부터가 필시 녹록지 않은 일이었을 것이다. 와트만은 내심 감탄하며 맞은편에 서 있는 녹색 머리의 훤칠한 사내를 물끄러미 훑어보았다.

"마마, 루카스 말고 이쪽을 보셔야지요. 오랜만에 뵈었는데 저는 반갑지도 않으십니까?"

릴리스마저 그를 따라 낯선 이에게 관심을 돌리고 나니 이번에는 바이마르가 못마땅한 눈초리로 입을 비죽이기 시작했다. 난데없이 인기인이 되어 버린 루카스가 난감한 기색으로 헛웃음을 뱉는 사이, 시렌이 인상을 찌푸리며 검으로 바닥을 탁탁 쳐 일행의 관심을 끌었다.

"재회의 감동은 나중에 나누시지요. 이제 그만 움직여야 합니다."

와트만은 지체하지 않고 일행의 맨 앞으로 나섰다.

"와트만이다."

"……루카스라 한다, 아니, 합니다."

격식 없는 인사가 어색하게 오고 갔다.

짧은 휴식이 끝나고, 그들은 다시 움직이기 시작했다. 두 번째 약속 장소인 제1서문 근처에는 시장이 있어 사용인들이 주로 들나들었기에 경비가 다소 허술한 감이 있었다. 와트만은 나무 그늘을 골라 가며 일행을 인적 드문 성벽 쪽으로 안내했다.

"오랜만이군, 아로프 자작."

문 옆의 성벽에 기대어 있던 남자는 그들과 같은 검은 로브 차림이었다. 시렌은 목소리 대신 턱짓으로 대답을 갈음했다. 릴리스는 사내의 발치에 널브러져 있는 병사 둘─아테라인 경비병이 분명했다─을 흘금거리다, 처음 듣는 호칭에 놀라 시렌을 돌아보았다.

"가시지요, 마마."

그사이 남자가 먼저 나서 문을 활짝 열어젖혔다. 릴리스는 바이마르가 이끄는 대로 주춤주춤 그 앞으로 다가가 물끄러미 바닥을 내려다보았다.

발 앞에 희미한 선이 있었다. 묵직한 무게대로 문이 바닥에 긁히며 생긴 자국이었다. 여기서부터가 밖이라며 세월의 때가 묻은 금이 그녀에게 말을 걸었다. 릴리스는 발끝으로 그 선을 툭 건드렸다가, 그다음 발을 조금 내밀어 그 선을 밟았다가, 그리고 다시 강하게 몸을 당기는 힘에 이끌려 꼭 세 걸음을 앞으로 끌려 나갔다.

"괜찮습니다."

바이마르가 말하며 그녀의 어깨를 쓸어 주었다. 릴리스는 등 뒤에서 들리는 덜컹이는 소리에 저도 모르게 뒷걸음질을 치다가, 단단한 철문에 가로막혀 그대로 멈춰 서고 말았다.

막혔다.

그것은 퍽 생경한 기분이었다. 릴리스는 닫힌 문을 손끝으로 잠시 어루만져 보다, 이번에는 앞으로 뛰어나가 물끄러미 뒤를 돌아보았

다. 거대한 성벽과 그보다 더 높이 솟은 둥근 지붕이 흐릿한 달빛 아
래 선명하게 보였다.

비로소 궁 밖이었다.

6장

일행은 지체하지 않고 말을 달렸다.

아직 수도에 머물고 있을 첫 번째 유인 무리는 동이 트자마자 움직이기 시작할 예정이었다. 서두른다면 추격이 따라붙기 전 좀 더 거리를 벌릴 수도 있으리란 계 하에 모두가 바짝 긴장한 채 고삐를 바투 쥐었다.

"이리로 내려가야 한다…… 합니다."

습관처럼 반말을 꺼내 놓던 사내가 뒤늦게야 릴리스를 의식한 듯 어설프게 말을 높였다. 릴리스는 그 기색을 모른 체하며 그저 곧게 앞만을 응시했다. 불편한 침묵이 이어지는 가운데 천천히 여명이 밝아 왔다.

공터를 찾아 잠시 멈춰 선 사이, 바이마르가 릴리스에게로 다가와 말을 붙였다.

"피곤하시지요. 조금만 더 참으시면 곧 쉴 수 있을 겁니다."

"괜찮아요. 얼마 달리지도 않았는걸요."

엉덩이가 쓰리고 긴장해 굳은 등이 뻣뻣했지만 릴리스는 태연을 가장하며 그가 내미는 물통을 받아 들었다. 말라붙은 목구멍을 타고 넘어가는 맹물이 마치 꿀물처럼 다디달게 느껴졌다.

"이제 됐으니 어서들 나와."

여행자들이 쉬어 가곤 하는 곳인지, 바닥 이곳저곳에 모닥불을 피운 흔적이 지저분하게 남아 있었다. 그사이 비탈 아래로 내려선 사내가 허공을 향해 혼잣말을 중얼거리는 듯싶더니, 이내 말고삐를 쥔 채 공터 한가운데에 멀뚱히 멈춰 섰다. 의아한 듯 그를 살피던 릴리스는 어디선가 튀어나와 어슬렁어슬렁 모여들기 시작한 이들을 보곤 깜짝 놀라 바이마르의 뒤에 몸을 숨겼다.

"이 길을 쭉 따라가면 동남쪽 국경이다. 멈추지 말고 될 수 있는 한 계속 달려."

"아, 글쎄 다들 알고 있다니까요. 그런데, 루카스 경. 혹시 저분이 그……."

키가 껑충 큰 사내가 루카스에게 말을 걸며 흘금 바이마르의 어깨 너머를 곁눈질했다. 아닌 척 느긋하게 주변을 정찰하던 기사들이 약속이나 한 듯 일제히 그들을 향해 시선을 던졌다. 바이마르는 눈살을 찌푸리곤 루카스에게서 고삐를 낚아채어 맞은편의 사내를 향해 던졌다.

"쓸데없는 소리 말고 빨리 가라, 스쿼드."

졸지에 가죽끈으로 가슴팍을 얻어맞은 스쿼드가 툴툴대며 발뒤꿈치를 한껏 올렸다. 바이마르의 어깨 뒤로 빼꼼 나온 검은 로브를 발견한 그가 싱긋 웃으며 목소리를 한층 키웠다.

"아니, 왕자님. 너무 딱딱하게 그러지 마시고요. 제가 무슨 나쁜 짓을 하려는 것도 아니고……. 안녕하십니까, 황녀 저하?"

선뜻 답을 하지 못하고 있으려니 누군가 끼어들어 스쿼드를 타박하기 시작했다. 순식간에 공터가 소란해지며 이곳저곳에서 웃음소리가 터져 나왔다.

"야, 이 멍청한 놈아! 호칭이 틀렸잖냐. 마마라고 불러 드렸어야지. 네놈이 얼빠지게 구니 영 대답을 망설이시는 것 아니야!"

"아, 저하나 마마나 그게 그거지. 넌 또 뭘 그렇게 잘 안다고 유세를 떨어? 아침부터 시비 거냐? 아, 그리고 마마. 죄송합니다. 제가 교양하고는 담을 쌓은 놈이라."

그러나 스쿼드는 아무렇지 않은 듯 넉살을 떨며 그 통박을 넘겨 버렸다. 다른 기사들이 꺼림칙한 기색으로 다가오지 않는 것과는 대조되는 모습이었다.

그러나 더 이상 지체할 시간이 없었다. 곧 다시 만나자는 우렁찬 인사와 함께 바닥에 뿌연 흙먼지가 일었다.

릴리스는 어느새 멀어져 보이지 않는 말들의 뒤꽁무니를 호기심 어린 눈으로 좇았다. 다소 시끄럽기는 했지만 활기가 넘쳐 싫지는 않았다. 스쿼드……는 그녀가 그의 행동을 무례하게 생각해 불쾌해한다고 짐작하는 모양이었으나, 기실 릴리스는 아테라 기사들과는 다른 그의 자유분방함에 조금 놀랐을 뿐이었다.

"저치들은 그대로 국경까지 달릴 겁니다. 저희의 흔적을 좇아온 이들을 자신들 쪽으로 유인하려는 거지요. 지금부터는 길이 없는 숲을 걸어야 하니 조심하셔야 합니다."

와트만이 장갑을 고쳐 끼며 수풀 속을 가리켰다. 릴리스는 그를 따라 차림새를 점검하며 가방끈을 다시 한번 단단히 조여 매었다.

성문을 열어 주었던 검은 로브의 사내가 다시 일행의 머리에 섰다. 거칠고 굵은 목소리를 가진 사내의 눈동자는 짙은 고동색으로, 표정이며 눈매가 몹시도 날카로워 일견 독수리를 연상케 했다.

"그럼, 가시지요."

사내가 앞서 나가며 검을 크게 휘둘러 길을 내기 시작했다. 릴리스는 그를 힘겹게 뒤따르며 양팔을 엉성하게 흔들었다. 아무리 겨울이라지만 버석하게 자란 풀들이 꽤 길게 자라 있어 손을 사용하지 않고서는 앞으로 나아가기가 쉽지 않았다.

"마마, 잠시만요."

바로 앞에서 걷고 있던 바이마르가 문득 손을 뻗어 그녀를 뒤로 반보 밀어 내었다. 깜짝 놀라 돌아보니 눈 바로 근처에 앙상한 나뭇가지가 삐죽 튀어 나와 있는 것이 보였다. 걷기에 바빠 미처 살피지 못했던 모양이다.

"고마워요."

"별말씀을요."

바이마르가 달게 웃으며 눈을 마주쳐 왔다. 이어, 다정한 손길이 당연한 수순처럼 흐트러진 머리카락을 매만졌다.

이동하는 데 집중하느라 붙어 있을 시간이 턱없이 부족했음에도, 바이마르는 그간 쌓였던 그리움을 죄다 녹여내려는 듯 틈만 나면 그녀에게 붙어 볼이며 이마에 입맞춤을 퍼부었다. 스파티움에서 온 두 기사는 이 낯선 광경에 몹시도 민망해했으나 와트만과 시렌은 익숙하게 그 광경을 모른 체했다.

"여기서 조금 쉬었다 가겠습니다."

어느덧 해가 중천에 떠올랐을 무렵이었다. 남자가 걸음을 멈추고 주변을 둘러보더니 바닥에 털썩 주저앉아 물통 뚜껑을 땄다. 릴리스는 반쯤 잘려 나간 나무 등걸에 걸터앉아 바이마르가 어깨에 얹어 주는 망토를 단단히 둘러매었다.

"배는 고프지 않으십니까, 마마?"

"조금? 긴장해서 그런가. 아직은 버틸 만해."

"그럼 다행입니다만, 아마도 오늘 밤에 피로가 한꺼번에 몰려오실 겁니다. 체력을 잘 비축해 두세요."

시렌이 작게 자른 가죽처럼 거무튀튀한 무언가를 그녀에게 건네주었다. 붉은색과 갈색을 불투명하게 섞어 놓은 듯한 그것은 조금 미끌미끌하고 짭짤한 냄새가 났다.

"……고기를 말려 만든 육포입니다."

먹지 않고 보고만 있으려니 녹색 머리의 남자가 조심스럽게 설명을 덧붙였다. 루카스였다.

"……."

그러나 마음 놓고 이름을 부르기엔 분위기가 아직 조금 어색했다. 그녀는 더 이상의 대화를 피하기 위해 육포를 얼른 입에 물었다. 가늘하듯 아래로 반쯤 감겨 있던 두 눈이 곧 휘둥그레졌다. 짠맛이 날 거란 예상과 달리 육포는 매우 고소하고 쫄깃해 절로 입 안에 군침이 돌았다. 여러 번 씹은 뒤 꿀떡 삼키자 혀끝에 진한 고기 맛이 남았다. 릴리스는 게 눈 감추듯 세 개를 먹어 치워 버리고는 무심코 두어 번 입맛을 다셨다.

"……풋."

어쩐지 주변이 조용하다 싶더니만. 맞은편에서 묘하게 꺼림칙한 웃음소리가 들려왔다. 릴리스는 눈을 가늘게 뜬 채 둘러앉은 이들의 면면을 살폈다.

"……."

맞은편에 앉은 시렌의 입꼬리가 가늘게 떨리고 있는 것이 보였다. 독수리…… 아니, 독수리를 닮은 짧은 머리의 기사가 몸을 숙인 채 바닥을 뚫어져라 쳐다보며 양 볼을 씰룩였다.

"큭큭큭…… 푸하하하!"

시간이 얼마나 흘렀을까. 기어이 격렬한 웃음소리가 터져 나왔다. 시렌이 어깨를 들썩이며 배를 부여잡곤 숨을 헉헉 몰아쉬었다. 릴리스는 머쓱한 기분으로 흘긋 시선을 옆으로 옮겼다. 그러고 보니 어째 와트만의 입가에도 아까부터 웃음기가 만만이었다.

"……."

다행히 스파티움의 두 기사들은 그들처럼 크게 웃지 못했다. 서먹한 사이가 불편하다 여겼던 아까 전의 아쉬움이 삽시간에 싹 가시는 기분이었다. 릴리스는 꿈틀거리는 입가를 못 본 척 스스로를 위안했다.

"앞으로 자주 드셔야 할 텐데. 입맛에 맞으시는 듯해 다행입니다."

520

탄탄한 팔이 뒤에서 불쑥 튀어나와 그녀의 허리를 든든하게 휘감았다. 겨울바람 냄새가 다시 훅 끼쳐 왔다. 바이마르가 웃으며 육포를 한 개 더 손에 꼭 쥐여 주었다. 릴리스는 잠시간 그것을 원수처럼 쏘아보다가, 결국 포기하곤 쥔 것을 한입에 전부 털어 넣었다.

이제 와 체통을 운운하는 것도 우습다. 고픈 배를 채우려 주는 족족 먹어 치우다 보니 어느덧 할당된 양이 모두 동났다. 릴리스는 물로 입을 대충 헹구어 내고 바이마르의 귀에 입을 가까이 하여 속삭였다.

"저, 그런데 반. 소개는 더 이상 안 해 줄 건가요?"

"이런…… 죄송합니다, 마마. 도망하는 데 마음이 바빠 그만 불편하실 것을 고려치 못했어요."

바이마르는 그 물음에 몹시 놀란 얼굴이 되었다. 마치 생각지도 못한 소리를 들었다는 양 낯빛이 허옇게 질리기까지 했다.

"다시 소개하지요. 이미 알고 계실 테지만 이쪽은 시렌입니다. 저기 녹색 머리는 루카스, 갈색 머리는 둘베트라고 하지요. 발음하기 힘드시면 그냥 쉽게 둘이라 부르셔도 괜찮습니다."

바이마르는 아쉬운 표정으로 두 기사의 이름을 소개했다. 말 사이에 스파티움 특유의 발음이 여러 번 섞였다. 둘, 둘, 둘베트. 릴리스는 그를 따라 하며 입술을 열심히 오므렸다 펴 보았다.

음절 사이사이 입술이 비죽 나왔다가 도로 들어가기를 여러 번 반복했다. 끈질긴 연습 끝에 마침내 제대로 된 발음이 나오자 릴리스는 조금 의기양양한 기분으로 바이마르를 돌아보았다. 눈을 떼지 않고 그녀를 지켜보던 그가 활짝 웃으며 동그란 이마에 짧게 입을 맞쳤다.

다시 가던 길을 재촉하던 그들은 숲의 끝자락에 어스름이 깔릴 무렵이 되어서야 야영지를 찾아 짐을 풀었다. 평평한 바닥에 모포를 깔고 모닥불을 피워 물을 끓이자 김이 모락모락 피어오르며 사방에 훈기가 감돌았다.

"마마. 다리를 좀 뻗어 보세요."

바이마르는 릴리스를 모포 위에 앉히고 두 손으로 그녀의 다리를 주물렀다. 한 손에 쏙 들어오는 발목을 정성스레 매만지고, 알이 배 단단해진 종아리를 꾹꾹 힘주어 주무르자 릴리스의 입에서 끙끙거리는 신음이 새어 나왔다.

"……저하. 저녁입니다."

냄비에 물과 육포, 말려서 납작하게 만든 빵 덩어리를 넣고 젓던 둘베트가 묽은 스튜 한 사발을 바이마르에게 건넸다. 어쩐지 팔을 뻗고 있는 그의 목덜미가 유독 붉었다. 불길 때문인가. 릴리스는 의아해하다 곧 그에게서 시선을 거두었다.

단출한 식사를 마친 일행은 비로소 잘 채비를 시작했다. 불을 피운 채 자는 것은 위치가 발각될 수 있어 위험했지만 추위에 동사하는 것보다는 훨씬 나은 선택이었다.

릴리스는 모닥불 근처의 커다란 모포 위에 일단 조심히 발을 디뎌 보았다. 잔뜩 모아 아래에 수북하게 깔아 둔 나뭇잎들 덕인지, 잠자리는 걱정했던 것에 비한다면 퍽 안락하게 느껴졌다.

어느새 그녀를 졸졸 따라온 바이마르가 먼저 누워 말똥말똥한 눈으로 릴리스를 올려다보았다. 어서 눕지 않고 뭐하고 있냐는 듯, 재촉하는 기색이 역력했다. 릴리스는 그에게서 멀찌감치 떨어진 곳에 조심스럽게 자리를 잡으려다가, 탄탄한 팔뚝이 허리를 휘감아 눕히는 힘에 그만 속수무책으로 휩쓸리고 말았다.

"저기, 반. 굳이 이렇게 잘 필요가 있을까요?"

릴리스는 누운 채 옆으로 눈동자를 굴렸다. 나란히 선 스파티움 기사 셋이 형용하기 힘든 표정으로 두 사람을 보고 있었다. 볼이 화끈 달아올랐다.

"굳이라니 무슨 말씀이십니까. 저희는 이미 부부가 아닙니까. 이렇게 자지 않으면 대체 어떻게 주무시려구요."

그러나 정작 바이마르는 태연한 얼굴이었다. 릴리스는 다시 항변을 시도했다.

"그래도 이건 좀……"

"그간 내내 저를 방치해 놓으시고선……. 이제 이 정도도 안 된다 하시는 겁니까?"

시무룩한 목소리가 흘러나왔다. 아래로 기울어진 고개를 따라 결좋은 머리칼이 사르륵 흩어졌다. 어찌나 정성 들여 관리했는지, 종일 숲속을 헤맸음에도 정수리에서부터 머리칼 끝까지 반드르르한 윤기가 흘렀다. 릴리스는 묘하게 흐뭇한 표정을 짓고 있는 시렌을 일별하며 밤하늘에 시선을 고정했다.

"정말 따로 누우실 생각이십니까?"

불퉁한 목소리가 다시 귓전을 간지럽혔다.

"그게, 다른 사람들도 있고."

"괜찮으니 이리 오세요. 저놈들은 그냥 없는 셈 치시면 됩니다."

대답도 듣지 않고 그녀의 몸을 돌려 눕힌 바이마르가 이내 있는 힘껏 등을 껴안아 왔다. 허리춤에 두터운 팔을 두른 뒤 다리를 얽고 나자 대단히 민망한 자세가 되었다.

"……우리도 잡시다."

"그러죠, 흠, 흠."

나머지 세 명의 기사는 그 모습을 보지 못한 척 부산스럽게 자리를 깔았다. 첫 번째 불침번을 맡은 와트만만이 눈을 말똥하게 뜬 채 검을 쥐고 바닥에 주저앉았다.

릴리스는 그대로 고개를 살짝 틀어 하늘을 올려다보았다. 별들이 무척 많았고 구름은 매우 커다랗고 두꺼워 보였다. 그 구름들은 아주 천천히 흐르다가, 어딘가에서 갈라진 듯 흐려졌다가 다시 선명해지며 제멋대로 모양을 바꾸었다. 그녀는 그 광경을 하염없이 감상하다 어느 순간 곯아떨어졌다.

"아로프 자작, 아니, 시렌. 저 꼴…… 아니, 저런 광경이 얼마나 흔한가?"

새근대는 숨소리가 들렸다. 둘베트는 아테라 황녀가 깊은 잠에 빠졌음을 확신한 뒤에야 시렌에게 조심스레 질문을 던졌다. 루카스도 안 듣는 체하며 두 사람의 대화에 귀를 쫑긋 세웠다. 무언가를 세는 듯 손가락을 하나둘 꼽아 보던 시렌이 곧 명쾌한 답을 내어 놓았다.

"하루 동안을 기준으로 잡는다면……. 아마 둘베트 경이 손을 씻고 싶다는 충동을 느끼는 횟수만큼이나 빈번하다고 생각하시면 됩니다."

"그렇게 따지면 너무 자주인데."

"그거야 경이 결벽증 환자이니 그렇죠. 아무튼 그렇게 알고 하루 빨리 익숙해지시는 게 좋을 겁니다."

둘베트가 인상을 찌푸렸다. 루카스도 덩달아 한숨을 내쉬었다.

두 사람의 눈이 약속이나 한 듯 와트만에게 닿았다 떨어졌다. 고작 하루가 지났을 뿐인데도 바이마르의 절제 없는 애정 행각에 온몸이 근지러웠다. 스파티움 길거리에서 저런 짓을 했다가는 대번에 세간의 눈총을 받았을 것이나, 반년 새 다소곳한 단발머리 미청년이 되어 나타난 바이마르 왕자는 그런 사정은 전혀 모르는 사람처럼 황녀에게 연신 들러붙어 애정 공세를 퍼부었다.

그러나 대단한 것으로 따지자면 무심한 얼굴로 그 공세를 전부 받아 주는 황녀 또한 다르지 않았다. 생긴 것은 꼭 갓 빚어낸 자기 인형 같으면서, 의외로 대범한 면이 있는지도 모른다.

둘베트는 그런 생각을 하다 어느 순간 코를 골며 잠들었다. 꿈에서 커다란 도자기 인형이 나와 흙발로 그를 꾹꾹 밟아 대었다. 그는 꿈속에서 비명을 지르며 세면대를 찾아 헤맸다. 더러운 손은 질색이었다.

⚜ ⚜ ⚜

밤새 흠씬 두들겨 맞은 듯 온몸이 뻐근했다. 한 걸음 내디딜 때마다 근육들이 처참한 비명 소리를 내질렀지만, 릴리스는 아픔을 꾹 참고 의연하게 수풀을 헤쳤다.

등성이를 오를수록 숲은 더 빽빽해졌고 사위는 더 어두워졌다. 릴리스는 흘금 뒤를 돌아보았다. 바싹 마른 나뭇가지들이 서늘한 기운을 풍겨 대며 그들이 지나 온 좁은 길을 도로 꽉꽉 메우고 있었다. 어쩐지 오싹한 광경이었다.

✢ ✣ ✢

숲의 하루는 마치 빛과 어둠뿐인 삭막한 꿈속 같았다. 아침이 이르게 시작되고 나면, 밤과 저녁이 마치 벼르고 있었다는 듯 부리나케 달려와 머리 위로 까만 장막을 드리웠다.

해가 뜨고 다시 저무는 날이 반복되었다. 종일 살갗을 파고드는 추위에 체력이 급격하게 저하되어 나흘째가 넘어가면서부터는 모두 입을 다물고 말을 아꼈다. 릴리스의 안색도 날이 갈수록 창백해졌다.

"조금만 더 가면 마을이 나올 겁니다. 잠시 들렀다 간다면⋯⋯."

온전한 상태로도 벅찼을 산행이다. 아직 회복되지 못한 몸으로 건장한 사내들을 뒤따르려니 기어코 몸에 탈이 나고야 말았다. 궁을 떠나온 지 꼭 6일째 되던 날이었다.

"그렇잖아도 쫓기고 있는 마당이 아닙니까. 전부 내려가는 건 위험합니다. 그러게 왜 안전한 궁에 계시지 않고서는⋯⋯."

루카스가 중얼거렸다. 아침이 밝은 지 오래였으나 일행은 아직 출발조차 하지 못한 채였다. 릴리스의 온몸에서 열이 펄펄 끓고 있었다. 쭈그려 앉아 그녀의 상태를 살피고 있던 와트만이 성난 눈으로 루카스를 노려보았다.

"그 입은 좀 더 조심하는 편이 신상에 이로울 텐데."

"틀린 말은 아니지 않은가. 궁에 계셨다면 이리 앓으실 일도 없었 겠지."

여태껏 가만히 있던 둘베트까지 끼어들어 루카스를 거들자 분위 기는 걷잡을 수 없이 흉흉해졌다.

"이봐, 시렌. 이치들 다 때려눕혀도 되나?"

와트만이 분을 참지 못하고 으르렁댔다. 루카스가 한쪽 눈썹을 꺾 으며 호기롭게 검 손잡이에 한 손을 얹었다. 그렇잖아도 시시때때로 눈에 거슬리던 참이다. 두 사람을 지켜보던 둘베트도 덩달아 얼굴을 굳히며 경계 태세를 취했다.

공터를 꽉 메운 선명한 적대감에 시렌의 낯빛이 희게 질렸을 무렵 나직한 목소리가 날 선 공기를 도려냈다.

"둘베트, 루카스. 둘 다 다물어라."

"하지만—"

"스파티움의 기사들이 언제부터 왕자비를 이리 대했지?"

냉랭한 꾸중에 두 기사가 약속이나 한 듯 시선을 떨구었다. 바이 마르는 땀에 젖어 헝클어진 릴리스의 머리칼을 살살 쓸어 넘기며 목 소리를 낮추었다.

"탐탁지 않다는 건 이해한다. 그러나 마마께선 볼모나 마찬가지인 나를 더할 나위 없이 공정히 대해 주셨어. 은혜를 원수로 갚는 것이 스파티움의 기사도인가?"

루카스는 입술을 깨물었다.

"하지만, 저하. 아테라는 스파티움에게 속국이라는 치욕스러운 상처를 입혔습니다. 저뿐만이 아니라 다른 기사들도 비슷하게 생각할 테지요. 물론 그게 마마의 탓은 아닙니다만 어쨌든 아테라 황족이라 하면 곱게만 볼 수 없는 것도 사실입니다. 체자레 전하께서 이를 아신다면……."

"내가 내 부인을 챙기는 데에도 형님의 눈치를 봐야 한다는 뜻이로군."

바이마르가 신랄히 뇌까렸다. 시렌이 쯧, 다 들리도록 커다랗게 혀를 찼다. 루카스가 화급히 바닥에 한쪽 무릎을 꿇고 앉아 고개를 조아렸다.

"그런 것은 아닙니다. 실언이었습니다."

"……."

"시정하겠습니다."

둘베트도 함께 무릎을 꿇었다. 바이마르는 묵묵히 일어서서 모포에 둘둘 감긴 릴리스를 번쩍 들어 품에 꽉 끌어안았다. 악다물린 턱 아래로 드러난 딱딱한 근육이 불편한 심기를 그대로 드러냈다.

"다시는 이런 일로 언쟁하지 않았으면 하는군. 일어나."

둘베트가 천천히 몸을 일으켰다. 루카스도 침통한 얼굴로 그를 따라 일어섰다. 시렌은 두 사람 가까이 다가가 축 처진 루카스의 어깨에 한 손을 슬쩍 얹었다.

"예까지 왔으니 경들도 이만 선택을 해야지요. 저야 불가항력이었다지만, 저하 옆에 계속 머물 요량이시라면 그만 받아들이시는 쪽이 마음 편할 거라 장담합니다."

"그게 말처럼 쉽다면야 참 좋겠군."

둘베트가 뇌까렸다. 루카스는 어느덧 저만치 멀어진 바이마르의 뒷모습을 바라보며 복잡한 기분으로 머리를 벅벅 긁었다. 시렌이 히죽 웃으며 그의 옆구리를 찔렀다.

"맹세를 후회하시는 표정인데요, 루카스 경."

"그럴 리가. 받아들이는 데 시간이 좀 필요할 뿐이야."

"뭐 그렇게 말씀하신다면야……."

시렌이 어깨를 으쓱했다. 루카스는 얄밉기 짝이 없는 그 얼굴을 모른 체하며 주섬주섬 가방을 뒤졌다. 납작한 지도를 꺼내어 펼쳐 놓기 무섭게, 건들거리며 그들 쪽으로 다가온 와트만이 말도 없이 검지를 내밀며 길 아래쪽의 마을 그림을 꾹 짚었다.

"뭐, 왜."

세 쌍의 시선이 한데 모인 가운데, 그가 눈썹을 추켜올리며 릴리스가 누워 있는 모닥불 근처를 가볍게 턱짓했다. 시선을 주고받던 세 스파티움인들의 얼굴 위로 체념의 기운이 짙게 어렸다.

그들은 곧 흩어져 난잡해진 공터를 정리하기 시작했다. 목적지가 정해졌다.

앞장선 사람은 언제나 그렇듯 둘베트였다. 비탈을 따라 한참을 내려가니 능선 아래로 마을의 윤곽이 흐릿하게 드러났다. 어느덧 점심 때가 가까워진 것인지, 크고 작은 굴뚝에서 연기가 모락모락 솟고 있었다. 허기질 법도 했으나 모두 말없이 걸음에 박차를 가했다.

도착한 마을은 생각보다도 훨씬 작은 규모였다. 여관도 하나. 식당도 하나뿐이다. 그마저도 주인 한 명이 두 곳을 전부 운영해 선택의 여지조차 남아 있지 않았다.

바이마르는 허름한 방 안에 짐을 풀고, 곧바로 주인에게 의원을 불러 줄 것을 청했다. 좁은 마을이라 혹 없다는 답이 돌아올까 내심 걱정했으나 다행히 산파와 의사 일을 겸하고 있다는 늙은 노파가 있어 모두는 그제야 한숨을 돌렸다.

급하게 불려 온 노파가 미심쩍은 눈길로 일행을 훑었다. 이런 구석진 곳에 멀끔한 남자 여럿이 여자 하나를 데리고 나타났으니 의심스럽게 여긴다 한들 딱히 부정할 말이 없었다.

말린 약초 몇 개를 사들인 시렌이 노파에게 보석을 한 움큼 쥐여 주며 검지로 입술 위를 꾹 눌렀다. 처음 보는 귀한 물건에 놀란 노파가 덜덜 떨리는 손으로 묵직한 주머니를 챙겨 들고는 고개를 조아리며 잽싸게 사라졌다.

"뭡니까, 저 수상쩍은 노인네는?"

마을 순찰을 끝내고 돌아온 루카스는 방 안으로 들어서며 뒤를 흘금 돌아보았다. 잔뜩 굽은 허리가 모퉁이를 돌아 계단 아래로 허겁지겁 사라졌다.

꿉꿉한 냄새가 나는 약초 주머니를 물끄러미 들여다보고 있던 시렌이 어깨를 으쓱이며 미간을 좁혔다.

"마을 산파라는데. 자기 말로는 못 고치는 병이 없다니 믿어 봐야지요. 그보다 상황은 좀 어떻습니까?"

"북쪽은 이미 옛적에 끝난 모양입니다. 셋은 도망쳤고, 하나는 잡혔고, 나머지 둘은 행방을 모른다더군요."

북쪽이라면 수도에 머물러 있던 유인 무리를 의미함이다. 공터에서 만난 두 번째 유인 무리는 아직 국경을 향해 달리고 있을 터이니 조금쯤은 여유를 부려도 괜찮으리라. 시렌은 마음속으로 남은 날을 세어 보았다.

"그래도 10일을 넘게 끌어 주었으니 성공한 셈이지요. 다른 쪽은?"

"글쎄. 추격이 붙기는 한 것 같던데…… 말이 없는 걸 보면 아직 잡히지 않은 것 같아. 듣기로는 요 근처 리넥스 마을에서 기사들을 봤다는 이들이 제법 있는 모양이더군. 우리 쪽도 꼬리가 붙었을 가능성이 있어."

"리넥스 마을이라면 제법 많이 따라붙은 것 아닌가."

와트만이 지도를 펼쳐 든 채 말했다. 루카스는 신발을 벗고 침대 위에 걸터앉아 더러워진 웃옷을 벗어 던졌다. 탄탄한 근육으로 다져진 어깨엔 아물다 만 흉터가 그득했다. 그는 가방에서 새 옷을 꺼내 머리에 꿰면서도 투덜거림을 멈추지 않았다.

"젠장, 제국 기사들이 붙으면 지금의 숫자로는 당해 내기가 힘들단 말입니다. 게다가 이쪽은 손쓸 수 없는 인원까지 하나 더 붙어 있단 말이요."

"어차피 감수하고 온 것 아닌가? 거슬리면 죄다 쳐 내면 그만이야."

검을 손질하고 있던 둘베트가 여상히 대꾸했다. 루카스는 넝마가 된 셔츠를 쓰레기통에 처박아 넣고는 피곤한 얼굴로 마른세수를 거듭했다.

"그거야 그렇지만 말입니다. 생각보다 빨리 따라잡혔다 싶어 기분이 묘한 게 어쩐지 좀……."

"어찌 되었건 좋은 정보니 신경 쓰지 마라. 잠이나 자 둬."

무뚝뚝한 명령이 떨어졌다. 둘베트가 이불을 뒤집어쓰고 드러눕는 루카스를 일별하곤 검날을 닦던 수건을 툭, 빈 바구니에 던져 넣으며 말을 이었다.

"……따지고 보자면 마을에 들른 것도 썩 나쁘지만은 않은 선택이었던 것 같군. 이대로 산길을 타고 국경으로 내려갔더라면 꼼짝없이 포위당했을 가능성이 높아."

대상을 지칭하지 않았음에도 모두는 그 말이 겨냥하는 상대를 짐작했다. 와트만이 보고 있던 지도를 내려놓고 팔짱을 끼었다. 루카스도 머리끝까지 덮고 있던 이불을 슥 끌어 내리며 잠에 취한 얼굴을 빼꼼히 드러냈다. 시렌이 들고 있던 수건이 바닥으로 떨어져 툭, 둔탁한 소리를 냈다.

둘베트는 그를 향한 세 쌍의 시선을 모른 척하며 말끔하게 벼려진 검날을 손으로 한 번 쓸어내렸다.

"그렇다고 사과할 생각은 없으니 꿈도 꾸지 말도록."

"……흥, 말도 안 꺼냈는데 지레 겁을 먹는구만그래."

사과는 개뿔. 와트만이 이죽거리며 더러워진 부츠를 벗어 던졌다. 소득 없는 공방전에 흥미를 잃은 것인지, 그새 심드렁한 표정이 된 루카스가 이불을 죽 당겨 올리며 창문 쪽을 향해 몸을 틀어 누웠다. 아직도 퍽 데면데면한 사이이긴 했으나 누구 하나 죽일 것처럼 달려들었던 처음보단 한결 나았다. 시렌은 남몰래 안도의 숨을 뱉으며 떨어진 수건을 도로 주워 무릎 위에 올려놓았다.

누구도 말이 없는 가운데, 방 안은 이내 무덤처럼 적막해졌다.

✤ ✤ ✤

앙상한 가지와 탁 트인 하늘 대신 꽉 막힌 천장이 시야에 가득 찼다. 무늬 하나 없는 민무늬 벽지에는 지저분한 얼룩이 가득했다. 릴리스는 물먹은 솜처럼 축축 늘어지는 몸을 힘겹게 움직여 침대 위에 비스듬히 걸터앉았다.

"마마, 일어나셨습니까?"

발걸음 소리가 들리는가 싶더니 문이 벌컥 열리며 반가운 얼굴이 드러났다. 쟁반을 들고 들어온 바이마르가 반색하며 그녀에게 달려들었다. 탁자 위에 음식이 담긴 접시를 내려놓고 돌아선 그가 이내 릴리스를 번쩍 들어 올려 침대 머리맡의 빈 의자에 조심히 앉혀 주었다.

투박하고 넓적한 그릇 안에는 오리고기를 넣고 푹 끓인 토마토스튜가 담겨 있었다. 흰 김과 함께 새어 나온 고소한 기름 냄새에 위장이 요동치며 민망한 소리를 냈다. 바이마르는 그 소리를 못 들은 체하며 빵 덩어리를 잘게 찢어 스튜에 푹 담갔다. 흐물흐물해진 빵 조각을 한 숟갈 떠 입가에 들이밀자 릴리스가 놀란 듯 두 눈을 휘둥그레 떴다.

"어서 드세요. 종일 굶으셔서 힘이 없으실 겁니다."

"……다른 사람들은요? 제가 오래 누워 있었던가요?"

아픈 와중에도 다른 사람 걱정을 하는 모습에 어쩔 수 없이 마음이 조금 상했다. 바이마르는 설레설레 고개를 내저으며 미간을 찌푸렸다.

"다들 아래층에 있습니다. 고작 하루 누워 계셨으니 너무 걱정 마세요. 적어도 오늘까지는 몸을 푹 쉬게 두셔야 합니다."

"미안해요, 나 때문에."

"마마 탓이 아니지요. 모두 저 때문입니다. 어떻게든 좀 더 편한 길을 찾았어야 했는데."

바이마르가 울적한 낯으로 스튜를 다시 한 숟갈 듬뿍 떠냈다. 릴리스는 잠시간 주저하다 슬쩍 입을 벌려 그것을 받아먹었다. 먹구름 끼인 하늘처럼 우중충하기 짝이 없던 얼굴이 그 모습에 기쁜 듯 아주 조금 밝아졌다.

수저질이 거듭될수록 만개하는 미소에 홀린 듯 한참을 받아먹다 보니 어느덧 그릇이 빈 바닥을 드러냈다. 손 하나 까딱하지 않고 주린 배를 채웠다는 생각에 어쩐지 쑥스러운 기분이 들었다.

그러나 깊게 생각할 겨를이 없었다. 하루 꼬박 누웠다 일어나 더 이상은 자지 못할 것이라 생각했던 것과 달리 포만감이 들자 눈꺼풀이 바로 내려앉았다. 릴리스는 부른 배에 손을 얹고 고개를 꼬박거리다가, 앉은 자세 그대로 곯아떨어졌다.

반나절이나 지났을까. 릴리스는 달도 채 지지 않은 이른 새벽 다시 깨어나 자리를 정돈했다. 먹고 자며 푹 쉰 덕분인지 언제 아팠냐는 듯 몸이 가뿐했다.

식은땀에 푹 젖은 옷을 벗고 수건에 물을 적셔 가볍게 몸을 닦아 내자 미간을 찌푸리게 만들던 시큼한 냄새가 조금 가셨다. 찬 바람을 맞고 잔뜩 터 버린 살갗이 조금 따가웠지만, 새 옷을 입으니 기분이 한결 나아져 그쯤은 신경조차 쓰이지 않았다. 그녀는 거울 앞에 서서 소매를 당기며 홀로 웃었다.

"혈색이 한결 좋아졌어요. 정말 다행입니다."

때마침 문을 열고 들어서던 바이마르가 잔뜩 안도한 얼굴로 달려와 그녀를 와락 끌어안았다. 어디서 가져온 것인지 품 안에 한 아름 안고 있던 털양말과 모자가 그 바람에 후드득 바닥으로 떨어졌다.

민망한 듯 웃으며 포옹을 푼 바이마르가 이내 제가 두르고 있던 두툼한 망토를 벗어 릴리스의 머리 위로 폭 덮어씌웠다. 후드 아래 끈을 당겨 얼굴을 가리고, 목 끝까지 꼼꼼히 단추를 채우고 나니 눈사람이 따로 없을 만큼 퉁퉁한 모양새가 되었다.

바람 한 점 들어오지 않을 것처럼 따뜻했지만, 순식간에 열이 올라 온몸이 후끈거렸다. 릴리스는 뒤뚱거리며 계단을 내려가 와트만이 챙겨 주는 접시를 받아 들었다.

다소 이른 시간이었으나, 주인은 웃돈을 얹어 주겠다는 말에 군말 없이 푸짐한 아침상을 차려 내었다. 뜨끈한 음식들로 배를 채운 일행은 식량을 좀 더 챙긴 뒤 부랴부랴 짐을 싸 출발을 서둘렀다. 어둠조차 걷히지 않은 새벽이었다.

"어떻게 된 거예요? 산을 타야 한다면서……."

한편, 배낭을 끌어안고 여관 건물을 나섰던 릴리스는 담장 너머에 묶여 있는 네 필의 말을 보곤 두 눈을 휘둥그렇게 떴다.

"계획이 조금 바뀌었어요. 여기서부터는 다시 말을 타고 갈 겁니다."

그림자처럼 곁에 붙어 서 있던 바이마르가 커다란 갈색 눈을 가진 얼룩빼기 말 앞으로 그녀를 이끌고 가며 말했다.

"어차피 밟힌 꼬리라면 미적거리느니 속도를 내는 편이 낫겠지요. 참, 이곳은 마을이 작아 말을 네 필밖에 구하지 못했으니 마마께선 저와 함께 타셔야 합니다."

"그럼 나머지는요?"

"알아서들 하겠지요."

바이마르가 흘금 뒤를 돌아보며 말했다. 그를 따라 고개를 틀었던 릴리스는 난데없는 광경에 다음 순간 그만 폭소를 터뜨리고 말았다. 으르렁대며 말 위에 앞뒤로 올라앉은 둘베트와 루카스가 살벌한 얼굴로 서로를 쏘아보고 있었던 것이다.

"아, 좀 떨어지십쇼. 닿는단 말입니다!"

고삐를 쥔 둘베트가 몸을 조금 움직여 자세를 바로잡자, 안장 뒤편에 앉아 있던 루카스가 화들짝 놀라며 엉거주춤 엉덩이를 뒤로 물렸다. 질색하는 표정이 어찌나 적나라한지 각자의 말에 올라 있던 시렌과 와트만마저 덩달아 몸을 움찔했을 정도였다.

"닿긴 닿는군. 네놈 손이 내 허리에 말이야. 스칠 때마다 연무장 일곱 바퀴니 잘 기억해 두도록 해라."

둘베트가 이를 득득 갈며 응수했다. 그러나 영원할 것처럼 이어지던 두 사람의 공방전은 흥미진진하게 그들을 지켜보던 와트만이 콧노래처럼 한마디를 던지며 말을 몰아 그들을 유유히 지나치는 순간 공동의 적을 찾아 자연스레 소강상태에 접어들었다.

"그러게 꽝을 뽑질 말았어야지. 손은 뒀다 어디 쓰나."

일행은 첫날처럼 쉴 새 없이 말을 달렸다. 릴리스는 혀를 깨물지 않으려 애쓰며 달리는 말 위에서 침을 꿀꺽 삼켰다. 몸이 아래위로 들썩일 때마다 딱딱한 안장에 엉덩이뼈가 부딪치며 우릿한 통증이 일었다. 익숙지 않은 자세로 종일을 버티려니 온몸이 쑤시고 아프지 않은 곳이 없었다.

그리고 닷새 뒤. 그들은 다시 마을에 들러 짐을 풀었다. 국경까지 이제 정말로 얼마 남지 않았으니 산을 넘을 채비를 다시 단단히 해 둘 필요가 있었다.

"잠시만 기다리세요, 말을 매어 놓고 오겠습니다."

바이마르가 말하며 여관 뒤쪽으로 사라졌다. 시렌과 와트만, 둘베트도 그를 따라 각자의 말고삐를 잡아끌었다. 며칠 만에야 다시 들른 사람 사는 곳이 어쩐지 퍽 생경하게 느껴져, 릴리스는 멀뚱히 선채 주변을 둘러보았다.

작은 마을의 소담한 풍경은 엽서 속 그림처럼 정겨운 느낌을 풍겼다. 저녁밥을 짓는 것인지 굴뚝마다 온통 흰 연기가 올랐고, 어깨며 등에 바구니와 장작을 이고 진 사람들이 도란도란 대화를 나누며 좁은 길을 메우고 있었다. 낮은 지붕에 겹겹이 쌓여 있는 아직 덜 녹은 눈에 반사된 빛이 사방으로 튕겨져 나갔다. 릴리스는 한 손으로 눈을 가리며 한 걸음 물러섰다.

"저…… 몸은 좀 괜찮으십니까?"

그때였다. 머쓱하게 서 있던 루카스가 큼, 목을 가다듬고는 먼저 말을 걸었다. 릴리스는 내심 놀라 잠시 말 사이에 틈을 두었다. 그렇지 않아도 싫었다 깨어난 이후 냉랭하던 두 기사들의 태도가 눈에 띄게 누그러져 이상하다 생각하고 있던 차였다.

"나쁘지 않다. 도리어 한 번 앓고 나니 한결 몸이 가뿐해진 것 같은걸."

"아뇨, 제 말은 그게 아니라……."

그녀는 최대한 상냥하게 대답했다. 그러나 루카스는 마치 호랑이에게 풀을 먹이라는 소리를 들은 사람처럼 난처한 얼굴을 하고 있었다. 그가 잠시 주변을 살피는 듯하더니 나직하게 웅얼거렸다.

"그, 안장에 오래 앉아 계시어 몸이, 그러니까 걷는 것이 불편하신 듯 보여 여쭈었습니다."

"아."

릴리스는 얼굴을 조금 붉혔다. 그렇지 않아도 걸을 때마다 엉덩이가 욱신거려 자꾸만 신경이 쓰이던 참이다. 체면 때문에 꾹 참고는 있었지만 바닥만 보이면 뛰어내려 드러눕고 싶은 충동이 불쑥불쑥 솟아나니 미칠 노릇이었다.

"저어, 혹시 묵을 만한 여관을 찾으시나요. 기사님?"

어색한 침묵을 깨뜨린 것은 의외의 낭랑한 목소리였다. 어느새 가까워진 네 남자 주변을 마을 처녀 몇이 맴돌고 있었다. 둘 다 커다란 손수건을 곱게 접어 머리띠처럼 이마 근처에 두른 모양새다. 미인까지는 아니었으나 제법 예쁘장한 얼굴이었다.

무리의 꽁무니에 있던 시렌이 질색하는 표정으로 고개를 내저었다.

"아니, 되었다. 숙소는 이미 잡았어."

"하지만 저희 가게가 이 마을에서 음식을 가장 잘하는걸요! 기사님들께서 와 주신다면 특별히 가장 큰 방도 내어 드릴 수 있답니다. 예? 그러니 저희와 함께 가요."

흰 손수건을 두른 여자가 애교스럽게 말꼬리를 늘이며 바이마르의 곁에 틈도 없이 붙어 섰다. 은근슬쩍 몸을 기울인 그녀의 팔이 우연인 척 바이마르의 가슴팍을 스치자, 곁에 서 있던 앳된 얼굴의 여자가 수줍은 듯 바구니로 얼굴을 가리며 몸을 배배 꼬았다. 봉사라도 의도를 알 법한 몸짓이었다.

시렌은 육감적인 몸매를 지닌 검은 머리 소녀의 육탄 공세에 뻣뻣하게 굳은 채 얼굴을 붉혔다. 둘베트의 처지도 썩 다르지는 않아, 그나마 놀아 본 깜냥이 있는 와트만만이 태연하게 그들을 쳐 내며 길을 뚫었다.

봉긋한 가슴이 막 등판에 닿은 순간이었다. 바이마르가 여자들을 뿌리치며 한 걸음 물러섰다. 릴리스는 눈을 가늘게 뜬 채로 추이를 살폈다.

"릴리스!"

때마침 그녀를 발견한 바이마르가 잽싸게 달려왔다. 커다란 손이 추위로 발개진 두 볼을 조심히 감싸며 제 쪽으로 끌어당겼다. 언제나 그렇듯, 주변은 신경조차 쓰지 않는 자연스러운 접촉이었다.

"듣자 하니 저쪽 여관이 식사가 더 잘 나온다고 하더군요. 숙소를 옮길까요?"

릴리스는 바이마르의 어깨 너머를 보며 괜히 눈에 힘을 주었다. 아쉬운 기색으로 주변을 서성이던 여자들이 그녀의 표정을 보곤 입을 비죽이며 몸을 돌렸다. 릴리스는 미적미적 사라지는 여자들을 지켜보다 눈꼬리를 세운 채로 바이마르의 손을 휙 걷어 내었다.

"됐어요."

며칠 내리 숲속을 달렸음에도, 바이마르는 마치 고생 한번 하지 않은 사람처럼 여전히 멀끔한 낯을 하고 있었다. 산행은커녕 산책조차 즐기지 않는 사람처럼 피부가 희다. 릴리스는 눈을 가늘게 뜬 채, 거추장스럽지 않도록 길게 땋아 옆으로 늘어뜨려 놓은 그의 검은 머리를 쏘아보았다. 이럴 줄 알았으면 매일 아침 단장해 주지 말걸. 괜히 나서다 이 사달이 난 듯해 후회가 막심했다.

"정말이십니까? 하지만 기왕이면⋯⋯."

바이마르는 밀려나면서도 여관에 대한 미련을 버리지 못한 듯 재차 이동을 권했다. 다른 이유가 없음은 보아 알고 있었으나 아쉬워하는 꼴을 보자니 어쩐지 짜증이 불쑥 솟았다.

"됐다니까요. 그 여관 제일 싫어!"

릴리스는 휙 돌아서며 쏘아붙였다. 내일부턴 머리도 땋아 주지 않을 테다. 그녀는 다짐하며 여관 문을 잡고 서 있는 둘베트의 앞을 쏜살같이 지나쳤다.

바이마르는 허전한 손을 거두어들이며 고개를 갸웃했다. 갑자기 태도가 변한 이유를 도무지 알 길이 없었던 탓이다. 떨어져 있던 시간이라고 해 보아야 얼마 되지 않았고, 같이 있었던 사람이라고 해 보아야—

"저하!"

그리고 시선이 마주친 순간, 루카스는 이 오해가 지속될 경우 그가 겪게 될 모든 신체적, 정신적 고통을 기민하게 직감하곤 황급히 두 손을 앞으로 내뻗었다.

"뭘 생각하든 전부 다 오해십니다!"

"됐다."

"아니, 저하!"

'잠시만요!' 아련한 외침과 함께 루카스가 바이마르의 바짓가랑이를 붙들고 늘어지기 시작했다. 바이마르는 못마땅한 얼굴로 그를 잠시 쏘아보다가, 다리를 한 번 건성으로 털어 내곤 이내 성큼성큼 여관을 향해 걷기 시작했다.

안으로 들어서자 구수한 음식 냄새와 더불어 싸구려 술 냄새가 코를 찔렀다. 커다란 잔을 두 손으로 감싸 쥔 채 김빠진 맥주를 홀짝거리고 있던 릴리스는 잔을 뺏어 드는 손길에 고개를 들어 올렸다. 바이마르였다. 그가 나무 컵에 담긴 미지근한 액체를 몇 모금 삼키더니, 잔을 내려놓곤 눈살을 찌푸렸다.

"드시지 마세요. 마마께서 즐기실 만한 음식이 아닙니다. 정 드시고 싶으시다면 차라리 제가 어떻게든……."

"아뇨, 됐어요."

가만히 있다간 이 겨울에 포도라도 재배해 올 기세였다. 바이마르가 고개를 끄덕이곤 옆자리에 앉아 몸을 바싹 붙여 왔다. 겨울바람 냄새가 훅 끼치며 시큼한 술 향을 밀어 냈다.

"헌데 마마, 아까는 대체 무슨 이야기를 하셨기에 그리 얼굴이 붉어지셨습니까?"

"……별것 아니었어요."

허겁지겁 바이마르를 따라 들어온 루카스가 다섯 사람이 둘러앉아 있는 커다란 탁자 주변을 엉거주춤 맴돌았다. 눈앞에서 펼쳐지는 하찮은 치정극을 가만히 구경하고 있던 시렌이 따분함이 역력한 얼굴로 주문서를 뒤적이며 둘베트의 옆구리를 쿡쿡 찔렀다.

루카스에게 제 자리를 내어 준 둘베트가 빈 의자를 끌어다 바이마르의 곁에 앉고는 피곤한 듯 미간을 힘주어 문질렀다. 와중에도 추궁은 계속해서 이어졌다.

"하지만 마마, 아니 릴리스. 저와는 하루 종일 붙어 계셔도 그런 얼굴을 보여 주지 않으시면서."

"일단 하루 종일 붙어 있는 게 문제……."

"……."

참다못해 입을 열었던 시렌은 곧바로 날아온 매서운 시선에 곧 절제 없는 주둥이를 닥쳤다.

"그러니 어서 말해 주세요. 제가 없는 사이 저놈이 마마를 배척하던가요? 그도 아니라면 혹 희롱을 일삼았다거나—"

난데없이 범죄자로 오인받은 루카스는 그쯤 되자 정말로 억울해 미칠 지경이었다. 그러나 때마침 여관 주인이 음식이 듬뿍 담긴 커다란 쟁반을 탁자 위에 내려놓는 바람에 그는 항변할 기회마저 놓쳐 버린 채 망연자실했다.

릴리스는 바싹 익힌 감자 하나를 다소 급하게 입 안으로 밀어 넣었다.

"전혀 아니니 오해하지 말아요."

"예. 그럼요. 절대 함부로 오해하지 않습니다. 그저 궁금할 뿐이에요. 그러니 말해 주십시오, 예?"

음식을 씹느라 우물거리는 소리가 났으나, 바이마르는 용케도 그 말을 알아들은 모양이었다. 그가 안심한 표정으로 릴리스의 어깨에 제 볼을 비볐다. 그리고 거의 동시에, 둘베트가 입맛이 싹 달아난 얼굴로 들고 있던 닭 다리를 내려놓았다. 시렌은 꿋꿋이 탁자 위에 고개를 박은 채 스튜 속 건더기들을 철천지원수 대하듯 하나하나씩 꾹꾹 눌러 으깼다. 일행 중 온전히 식사를 즐기는 사람은 와트만뿐이었다.

릴리스는 부끄러움을 이기지 못해 결국 다소 이르게 식사를 끝마쳤다.

"나중에요. 그보다 지금은 우선 좀 씻고 싶은데."

"물을 데워 올리라고 하겠습니다."

흙빛이 된 얼굴로 자리를 지키고 있던 루카스가 기다렸다는 듯 벌떡 일어나 주인을 찾아 나섰다. 둘베트가 반색하며 내려놓았던 닭 다리를 다시 집어 드는 동안 릴리스는 적당히 찬 배를 두드리며 의자를 뒤로 밀었다.

적당히 챙겨 주겠거니 기대했던 것과 달리, 주인은 뚜껑이 달린 커다란 나무 욕조를 두 통이나 욕실로 날라 주었다. 뜨거운 물에서 김이 모락모락 피어오르며 거울에 뿌연 얼룩을 만들었다.

생각지도 못했던 뜻밖의 호사에 입이 떡 벌어졌다. 릴리스는 우선 옷을 홀홀 벗어 던진 뒤, 주저하며 한 발을 물 안에 살짝 담갔다 빼 보았다. 뜨끈한 온도에 그간의 피로가 스르륵 녹아내리는 듯했다. 평생을 매일같이 해 왔던 목욕이건만, 지금만큼은 이마저도 대단한 사치처럼 느껴졌다. 나온 지 대체 며칠이나 되었다고. 릴리스는 그 런 생각을 하다 푸스스 자조 섞인 웃음을 흘렸다.

커다란 욕실에는 특이하게도 문이 이중으로 달려 있었다. 방과 연 결되어 있는 첫 번째 문 안쪽에 작은 세면대와 변기가 자리해 있었 고, 욕조는 두 번째 문을 통과하면 나오는 커다란 공간 한중간에 놓 여 있었다.

릴리스는 세면대에 찬물을 잔뜩 받아 땀에 젖은 옷들을 푹 담가 놓은 뒤, 다시 두 번째 문을 열고 들어가 바가지로 뜨거운 물을 퍼냈 다.

몸에 묻은 먼지며 땟국물을 씻어 내자 비로소 흰 살결이 제 모습 을 드러냈다. 그간의 고생 탓인지 유독 거칠어진 피부가 눈에 띄었 다. 그녀는 걱정스러운 마음으로 전신 거울 앞에 선 채 몸을 요리조 리 비춰 보았다. 전체적으로 살이 조금 내린 듯한 몸 곳곳에 그간 없 었던 크고 작은 멍과 상처들이 울긋불긋 올라 있었다. 안장에 쓸린 허벅지 안쪽의 상처와 내내 걱정하던 엉덩이에 생긴 멍이 특히 심했 다.

그때였다.

“……마! 마마!”

“……?”

"마마!"

부름과 동시에 욕실 문이 벌컥 열렸다. 릴리스는 화들짝 놀라 얼른 두 팔로 몸을 가렸다. 이중문을 전부 닫아 두어 소리를 듣지 못했던 모양이었다.

"……."

바이마르는 두 번째 문 너머에 얼빠진 얼굴로 서 있었다. 곧 쾅 소리와 함께 문이 닫혔다.

"반……?"

그리고 곧바로, 다시 문이 활짝 열리는가 싶더니 성냥의 적린처럼 새빨개진 얼굴을 한 바이마르가 성큼성큼 욕실 안으로 걸어 들어왔다. 욕조 근처에 우뚝 멈춰 선 그가 홀린 듯 새파란 눈을 빛내며 그녀를 뚫어져라 응시해 왔다. 훈기로 그득하던 욕실에 갑자기 바깥의 찬기가 들이쳐 릴리스는 부르르 몸을 떨었다.

뒤늦게 수건을 집어 몸을 가리려는데, 불쑥 뻗어 온 손이 그것을 먼저 가로채었다. 릴리스는 한 걸음 뒤로 물러나려다 도리어 두 걸음 가까워진 바이마르에게 양 손목을 붙들렸다.

"가리지 마세요……."

노골적인 시선이 머리부터 발끝까지 오르내렸다. 벗은 몸을 처음 보이는 것도 아니건만 오늘따라 유난히도 부끄러워져 릴리스는 저도 모르게 발가락을 움찔거렸다. 원망 아닌 원망을 쏟아 낸 뒤 한방에 든 것은 처음이기 때문인지도 몰랐다.

"아……!"

바이마르는 한참을 그렇게 귀와, 목덜미와, 귓불과, 쇄골과, 허벅지와, 꼬물거리는 발가락을 감상하다 기습적으로 몸을 숙여 봉긋한 둔덕 위에 입술을 눌렀다.

식어 있던 몸은 우둘투둘한 감촉에 민감하게 반응했다. 다리에 힘이 풀려 비틀거리자 바이마르가 살짝 무릎을 구부려 그녀의 몸을 받쳐 주었다. 맨살에 옷감이 닿는 감촉이 못 견디게 선정적이었다.

밀어 내지 않는 것을 허락이라 여겼는지, 바이마르는 그녀를 끌어안은 채 원하는 만큼 보드라운 살을 물고 빨았다. 욕실의 더운 기운과 살갗을 간질이는 미끈한 감촉에 머릿속이 젤리처럼 녹아내릴 듯했다. 릴리스는 반사적으로 그의 몸을 끌어당겨 젖지 않은 머리 위에 이마를 마주 대었다.

다소 소극적이던 바이마르의 공세도 그와 동시에 보다 집요해졌다. 향유가 없어 살 내음에 싸구려 비누 향이 섞여 있었지만, 지금은 오히려 그 편이 더 흥분을 돋웠다. 이럴 때가 아니라며 이성이 몇 번이고 고개를 들이밀었지만 그 때문인지 오히려 더 애가 달았다. 가뜩이나 피가 끓는 나이가 아니던가. 강제로 수절 아닌 수절을 해야 했던 지난날들이 마치 아주 옛일처럼 아득하게 느껴졌다. 그간 필사적으로 다져 왔던 절제력이 마치 한순간에 불타 사라져 버린 듯했다.

"안 돼, 반……!"

"하지만 여기, 좋아하시지 않습니까."

아테라도 스파티움도 예거라트도 체자레도 지금 이 순간만큼은 신경 쓰고 싶지 않았다. 릴리스는 반사적으로 아래에 힘을 주었다 풀며 두 팔로 바이마르의 목을 힘껏 끌어안았다. 그녀는 당연한 듯 등을 넉넉하게 둘러 오는 팔에 몸을 맡긴 채 안을 매만지는 섬세한 손길에 신음했다.

"……더…… 해 드릴까요."

"응, 더…….'"

흥분으로 인해 목소리가 잠겨 들었다. 짜릿한 이물감에 힘이 빠진 무릎이 푹 꺾였다. 한껏 실린 무게에 결합이 깊어졌으나 여전히 어설픈 쾌감이 불만족스러워 릴리스는 저도 모르게 허리를 앞뒤로 흔들었다.

부드러운 손길에 맞추어 신음 소리가 커졌다가 작아지길 반복했다. 릴리스는 그러다 퍼뜩 옆방에 있을 기사들을 떠올리곤 한 손으로 급히 제 입을 틀어막았다. 얌전히 씻기만 해도 소리가 방방 뜨는 욕실에서 생각 없이 이런 짓을 벌였으니 모르길 바라는 것이 오히려 더 말도 안 되는 일일 것이리라.

그러나 그도 잠시. 바이마르가 몸을 받치고 있던 손을 떼어 릴리스의 턱을 쥐었다. 워낙 손이 커서인지 단번에 얼굴의 반이 가려졌다.

"릴리스, 차라리 이걸……. 윽…….'"

도리질하던 릴리스는 파르르 떨다 고개를 숙여 눈앞의 어깨에 이를 세웠다. 바이마르가 신음하며 몸을 떨더니 이윽고 한 손으로 마른 등을 쓸며 뼈마디를 하나하나 덧그리듯 짚어 내려가기 시작했다. 단단하고 뜨거운 손이 엉덩이를 가볍게 쥐었다 놓아 주었다. 아랫배가 조여들며 호흡이 가빠졌다.

"안 돼…… 내일도…… 아……!"

바이마르는 그녀가 몸을 뒤로 빼려는 것을 무릎을 얽어 급히 막았다. 욕실의 습기와 땀에 어느덧 옷이 축축이 젖어 있었으나 그는 아랑곳하지 않고 다급히 걸치고 있던 로브를 반쯤 풀어 헤쳤다. 와중에도 이성이 남았는지, 릴리스가 연신 고개를 내저으며 그를 말렸다. 바이마르는 희고 납작한 배에 입을 대고 후후 숨을 뿜어 대며 물었다.

"정말 안 됩니까? 한 번도? 아니면 조금도? 그것도 안 되면 아주 약간만이라도?"

맙소사. 바이마르는 잇새로 신음을 뱉었다. 이런 식으로 상대를 말려 죽이려 하다니. 이게 만약 황제의 음모라 한다면 그는 세상에 다시없을 계략가라 칭송받아도 모자람이 없을 것이다.

하지만 실은 그녀의 말이 옳았다. 내일도 종일 말을 달려야 할 테니 내키는 대로 욕심을 채우는 것은 분명 몸에 적잖은 부담이 될 터였다. 그는 아쉬운 대로 아까 전까지 마음껏 물고 빨았던 부푼 둔덕에 조심스레 입술을 가져다 대었다. 도톰한 살덩이를 엄지로 문지르며 이로 아프지 않게 말캉한 살을 물어 당기자 품에 쏙 들어와 안겨 있는 몸이 순간 뻣뻣하게 굳었다가 흐물흐물 아래로 무너져 내렸다.

"……!"

릴리스의 어깨가 가볍게 경련했다. 뜨거운 것이 등줄기를 타고 오르며 타닥타닥 불꽃을 튀겼다. 그녀는 바이마르의 허리를 두 다리로 감싸 안은 채 얕게 숨을 몰아쉬었다. 통제를 벗어난 내벽이 제멋대로 수축하며 안의 것을 조였다. 아직 빠져나가지 않은 손가락들이 아쉬운 듯 안쪽을 유영하며 벽을 부드럽게 문지르자 짧은 쾌감이 여러 번 휘몰아치다가 이윽고 아주 천천히 사그라들었다.

그러나 진정할 시간조차 없었다. 흥분을 채 가라앉히지 못한 바이마르가 마치 입술을 먹어 치우기라도 할 것 같은 기세로 다시 덤비듯 얼굴을 밀어붙였다. 힘겹게 입맞춤을 받아 내던 릴리스는 문득 그가 아직 옷을 다 벗지 않은 채라는 것을 깨닫곤 얼굴을 물려 슬쩍 시선을 아래로 떨구었다.

단정해 보이는 얼굴과 달리, 아래쪽에 커다랗게 부풀어 있는 것은 어떻게 보아도 그리 좋아 보이는 상태가 아니었다. 릴리스는 손을 내려 그것을 가볍게 감싸 쥐었다. 바이마르가 신음하며 굵은 목을 뒤로 젖혔다. 길쭉한 목 한가운데 툭 튀어나온 목울대가 두드러졌다. 릴리스는 무심코 그 도톰한 것을 혀로 할짝거리다 훅 높아진 시야에 깜짝 놀라 새된 목소리를 냈다.

"반……!"

벌떡 일어선 바이마르는 단 세 걸음 만에 욕조 앞에 도달했다. 그에게 안긴 채로 공중에 붕 떠 있던 릴리스는 다음 순간 다시 뜨거운 물속에 잠겨 양어깨를 부르르 떨었다. 이미 한껏 달아올라 있어서인지, 미지근한 물에 닿는 미미한 자극조차 예민하게 느껴졌다. 살갗 위로 닭살 같은 소름이 오스스 돋아났다.

그러나 정말 놀랄 만한 일은 그다음에 벌어졌다. 망설임도 없이 좁은 욕조 안으로 들어온 바이마르가, 무릎을 꿇고 앉아 그녀의 두 발을 한데 모아 그 사이에 제 것을 가져다 대었던 것이다. 릴리스는 충격에 그저 입을 벌렸다. 그러니까, 이런 것은.

"이것만……. 헉……. 이것만 하겠습니다……."

그러나 말릴 새도 없었다. 물기에 매끄러워진 두 발바닥 사이를 뜨겁고 뭉근한 것이 연신 오가며 부피를 키워 가고 있었다. 맥박이 뛰고 핏줄이 불거진 것이 연약한 살갗을 통해 그대로 느껴졌다. 릴리스는 홀린 듯 눈앞의 광경을 감상했다.

다 쓰고 반쯤 남은 물이 탄탄한 허벅지 근처에서 찰랑였다. 물에 젖어 축 늘어진 검은 머리가 이마며 볼에 들러붙어 청초한 분위기를 자아냈다. 새초롬한 푸른 눈은 반쯤 감겨 아래를 향해 있었고, 허리를 쳐올릴 때마다 물이 거세게 찰박이며 부끄러운 소리를 냈다. 보는 것만으로도 볼이 시뻘겋게 달아올랐다.

물소리가 점점 거세지기 시작했다.

"아, 아…… 흑…… 큭……!"

절제 없이 신음하던 바이마르는 어느 순간 두 손으로 그녀의 두 발을 한껏 죄며 손아귀에 힘을 주었다. 드러난 손등에 핏줄이 불뚝 솟았다. 발꿈치가 닿아 있던 허벅지 근육에 잔뜩 힘이 들어갔다가 부드럽게 풀리는 것이 느껴졌다. 뜨겁고 미끈거리는 것이 발등과 복사뼈, 가는 발목 위로 흩뿌려졌다. 그러고도 몇 번 더 허리를 쳐올리던 바이마르의 아래에서 이내 희뿌연 것이 픽픽 새어 나와 물속으로 섞여 들었다.

숨을 몰아쉬던 바이마르가 물살을 헤치고 다가와 부드럽게 입술을 맞문댔다. 새가 모이를 먹듯 뾰족하게 이어지던 입맞춤이 뱀 꼬리 얽히듯 농밀해지는 것은 금방이었다.

"이대로 있을 수만 있다면 더 바랄 게 없을 텐데……."

바이마르가 속삭였다. 릴리스는 그를 마주 안아 주다가, 아직도 죽지 않고 아랫배를 누르는 감촉에 잠시 뜸을 들였다. 연신 숨을 고르던 바이마르가 이윽고 긴 한숨을 끝으로 그녀를 품에서 떼어 놓았다.

"다시 씻으셔야 합니다. 이대로는 감기에 걸리시겠어요. 저는 내려가 약을 좀 받아 오겠습니다."

"약이요?"

"예……."

바이마르가 손가락으로 몸 이곳저곳에 든 멍들을 가볍게 짚으며 그녀를 마주 보았다. 방금 전까지 무얼 했는지는 벌써 까맣게 잊어버린 듯, 그마저도 부끄러운 듯 금방 손을 떼어 내는 모습이 귀엽고도 우스웠다. 릴리스는 그의 양 볼을 두 손으로 감싸 쥐곤 한 번 더 가볍게 입맞춤을 시도했다.

"씻겨 드리고 싶지만…… 이대로는 제가 도저히……."

그에 열렬히 응하던 바이마르가 시뻘게진 얼굴로 무어라 웅얼대며 아직 열지 않은 새 나무 욕조의 뚜껑을 열었다. 그리고는 그녀를 번쩍 들어 아직 따뜻한 물속으로 옮겨 준 뒤, 더러워진 욕조를 비워 내곤 도망치듯 욕실을 나가 버렸다.

릴리스는 문 닫히는 소리를 들으며 물속으로 얼굴을 푹 담갔다. 머리가 어질거렸다.

⚜ ⚜ ⚜

밤이었다.

잠결에 누군가 그녀의 몸을 가볍게 흔들었다. 릴리스는 눈을 번쩍 뜨고는 나쁜 꿈을 꾼 사람처럼 술을 몰아쉬며 몸을 말았다. 습관처럼 옆에 두었던 가방을 움켜쥐자 누군가 그 위로 제 손을 넉넉하게 덮어 왔다.

"······반?"

"쉿."

절로 잠에 취한 목소리가 흘러 나갔다. 검지로 그녀의 입술 위를 꾹 누른 바이마르가 조용히 하라는 듯 고개를 가볍게 좌우로 흔들었다. 릴리스는 비몽사몽간에 그를 따라 바닥으로 내려서며 주변을 둘러보았다.

반쯤 열린 문 너머로 복도에 서서 망을 보고 있는 둘베트와 와트만의 뒷모습이 보였다.

"발각되기 전에 나가려는 겁니다."

창가 근처에서 달빛에 의지하여 식량을 꾸러미에 나누어 담고 있던 시렌이 그녀를 흘금 돌아보며 부연했다. 때마침 새벽 정찰을 마치고 돌아온 루카스가 창문으로 돌을 던져 출발 시간임을 알렸다. 기민하게 그 소리를 눈치챈 둘베트가 방 안을 들여다보며 일행에게 턱짓했다. 그들은 일렬로 줄을 서서 조용히 여관을 빠져나갔다.

따사로운 햇빛 아래 풍요롭고 정감 있어 보이던 마을은 밤이 되자 마치 죽은 자들의 세상처럼 적막해졌다. 릴리스는 땀으로 축축해진 손바닥을 빳빳한 승마복 천 위에 문질러 닦았다.

"마마, 여기로."

먼저 말에 오른 바이마르가 그녀의 손을 맞잡아 위로 힘껏 끌어당겼다. 아직 멍 자국이 남아 있는 엉덩이가 안장에 안착하기 무섭게 달각이는 발굽 소리가 새벽녘의 고요를 깨뜨렸다. 이윽고 몸이 흔들리며 풍경이 무섭도록 훅훅 멀어지기 시작했다. 새벽바람이 얼굴을 세게 때려 눈이 아팠다.

그로부터 다시 며칠간, 그들은 제대로 된 휴식도 없이 종일 쉬지도 않고 이동에 박차를 가했다. 끼니때가 되면 멀건 수프와 딱딱한 빵으로 허기를 채우고 밤에는 순번을 정해 가며 쪽잠을 청했다. 투덜거림이 일상이던 루카스마저 내내 굳은 얼굴로 주변을 경계했다. 매사 유들유들하게 굴던 이가 진지하게 제 일에 집중하는 모습은 칭찬받아야 마땅했으나, 애석하게도 이런 상황에선 도리어 불안감을 증폭시킬 뿐이었다.

그리고 얼마나 더 말을 달렸을까. 불침번이 아니라 밤새 자고 일어난 릴리스는 눈을 비비다 심상찮은 분위기에 몸을 굳혔다. 둘베트와 와트만, 루카스가 검을 빼 들고 사나운 기세로 숲 안쪽을 노려보고 있었다. 바로 전날 저녁 일행이 거쳐 왔던 방향이었다. 일어나 있는 그녀를 뒤늦게 발견한 바이마르가 황급히 다가와 후드를 정수리부터 꼼꼼히 덮어씌웠다.

그때였다.

"……!"

수풀이 흔들리며 바람 새는 소리가 났다. 그것은 휘파람 소리 같기도 했고 누군가의 숨소리인 것 같기도 했다.

적막이 흐르는 공터에 팽팽한 긴장감이 감돌았다.

자박. 어디선가 풀 밟는 소리가 들려왔다. 릴리스는 반사적으로 소리가 난 쪽을 향해 몸을 틀었다. 동시에, 바이마르가 한 손으로 그녀의 눈을 가리며 발검했다.

챙—

소름 끼치는 소리가 났다. 풀숲에 숨어 있던 기사들이 그와 동시에 일제히 밖으로 뛰쳐나왔다. 챙, 챙, 검날끼리 부딪치는 소리가 고요하던 숲을 살벌하게 헤집었다. 나뭇가지에 앉아 쉬던 이름 모를 새 떼가 기괴한 소음에 놀라 한꺼번에 날아오르며 푸드덕푸드덕 두 날개를 쉴 새 없이 움직였다.

"와트만 경— 그대가 지금 있어야 할 곳이 어디라 생각하나!"

누군가 외쳤다. 카드드득— 날이 맞부딪치며 귀를 찢을 듯한 소음을 냈다. 릴리스를 제 몸으로 덮어 누르며 첫 공격을 막아 낸 바이마르가 무릎을 반쯤 세워 검을 들이대고 있던 기사를 힘주어 밀어 냈다. 횡. 검날이 머리 위를 스치고 지나가는 감촉에 릴리스의 온몸에 소름이 돋아났다. 그녀는 반동에 밀려나 그대로 바닥에 나동그라졌다.

손이 떨어져 나가자 비로소 막혀 있던 시야가 트였다. 그리고 릴리스는 난생처음 보는 눈앞의 풍경에 그대로 꽁꽁 얼어붙고 말았다.

한적했던 숲은 온데간데없이 번쩍이는 갑옷들로 시야가 어지러웠다. 비릿한 냄새가 사방에 가득했고, 번쩍이는 검날이 허공을 가르며 호시탐탐 서로의 틈을 노렸다. 엎어진 상태로 옆을 보고 있는 그녀에게 시렌이 무어라 소리쳤으나, 사방이 워낙 소란해 그 목소리는 귀에 제대로 닿기도 전 싸그리 휘발되었다.

"아악! 으아아악!"

릴리스는 날의 궤적을 따라 생기는 빛무리에 넋을 잃고 있다가, 찢어지는 비명에 화들짝 놀라 제정신을 차렸다.

누군가 바닥을 기고 있었다. 갑옷으로 채 가리지 못한 그의 오른쪽 넓적다리에 날이 넓은 검이 정확히 수직으로 박혀 있었다. 누런 잔디 위로 시뻘건 피가 쏟아져 작은 웅덩이를 만들었다. 황망히 그것을 보고 있는 사이, 날이 뽑혀 나가는가 싶더니 자비 없이 아래로 다시 푹 박혀 들었다.

"아아아악!"

그녀는 고개를 좀 더 들어 올렸다. 뭉툭한 손잡이를 감싸고 있는 기다란 손가락을 지나 갑옷으로 둘러싸인 팔을 따라 시선을 옮기자 그 끝에 익히 알고 있던 얼굴이 보였다.

"이런 게 황실의 기사라니 형편없군."

둘베트가 무심한 얼굴로 뇌까리며 비로소 검을 완전히 뽑아냈다. 그러곤 뒤에서 달려드는 기사를 한쪽 어깨로 받아 넘기며 다시 오른팔을 휘둘러 그의 가슴에 힘 있게 날붙이를 찔러 넣었다. 유려한 몸놀림에 넋을 잃고 있는 사이 컥, 하는 소리가 뒤이어 귀에 박혀 들었다.

릴리스는 엎드린 채 멍하니 그 광경을 지켜보았다.

검에 꿰뚫린 기사의 입에서 핏물이 투두둑 떨어졌다. 부릅뜬 눈과 경직된 몸 너머로 벌건 액체를 뚝뚝 흘리고 있는 뾰족한 날이 보였다.

"젠장할, 황녀 마마!"

뒤늦게 달려온 와트만이 릴리스의 눈을 가렸다. 릴리스는 그의 손을 밀어 내고 바닥을 기듯 몸을 움직여 커다란 나무 아래로 숨어들었다. 속에서부터 신물이 치밀어 올라 웩웩 헛구역질이 튀어 나왔다. 눈치 빠르게 그들을 뒤따라온 루카스가 틈을 놓치지 않고 달려드는 기사를 막아 내며 방패처럼 앞을 지켰다.

황녀의 소재를 파악한 병사들의 시선이 서서히 그들 쪽으로 집중되는 가운데, 루카스가 헉헉 숨을 몰아쉬며 흘러내리는 땀을 거칠게 훔쳐 냈다. 욕설을 짓씹으며 앞으로 달려 나간 와트만이 막 그에게 덤벼들던 기사의 무릎을 왼발로 거침없이 걷어찼다. 릴리스는 두 손으로 간신히 입을 틀어막고 진정하려 애썼다. 벼락이라도 맞은 사람처럼 손발이 덜덜 떨렸다.

"빌어먹을! 대체 몇이나 온 거야!"

쩌렁쩌렁 울리는 고함에 누군가 답했다.

"적어도 네 기대보단 많다고 봐야 하지 않겠나."

퍽 낯익은 목소리였다. 릴리스는 두 손을 꼭 모아 잡은 뒤, 그의 얼굴을 확인하기 위해 나무 뒤에서 살짝 고개를 내밀었다. 와트만과 검을 맞대고 있던 사내가 기다렸다는 듯 고개를 슬쩍 틀어 그녀를 마주 보았다.

순간 소름이 오싹 끼쳤다. 친위대 단장, 칼릴이었다.

"그간 강녕하셨습니까, 마마."

그가 씩 웃으며 팔에 힘을 주었다.

"폐하의 명을 받들어 마마를 모시러 왔습니다. 오래 출타하셨으니 이제 그만 들어가 보셔야지요."

"미친 소리를 참 정성스럽게도 하는군. 이대로 끌려가면 무슨 꼴을 당하게 될 줄 알고?"

와트만이 질세라 그에게 응수하며 사납게 이를 드러냈다. 칼릴이 피식 웃으며 한 걸음 물러서자 기다리고 있었다는 듯 기사 몇이 달려들어 그에게 검을 거세게 휘둘렀다. 실력 차를 떠나, 수적인 열세가 너무도 명확했다.

때마침 왼편에 서 있던 기사 하나가 수평으로 팔을 뻗으며 옆구리를 노려 왔다. 뒤로 한 바퀴 굴러 그 공격을 부드럽게 피해 낸 와트만이 잽싸게 몸을 일으켜 세웠다. 그 찰나를 틈타 릴리스에게 다가온 칼릴이 거칠게 그녀의 한 팔을 잡아당겼다.

"칼릴…… 경! 이것 놔……!"

"그럴 수는 없습니다. 폐하께서 기다리고 계시니 어서 가셔야지요."

칼릴이 맞붙어 싸우는 이들 사이를 산책하듯 가로지르며 여유롭게 그녀를 내려다보았다. 그에게 붙들려 있는 어깨가 마치 당장이라도 끊어질 듯 고통스러웠으나, 릴리스는 포기하지 않고 계속해서 발버둥 쳤다. 비웃듯 그녀를 잠시 내려다보던 칼릴이 이윽고 다시 걷기 시작하며 양어깨를 들썩였다. 아래의 반항 따위는 아랑곳하지 않는 표정이었다.

"이거야 원. 난장판이로군요. 아테라 대 스파티움이라……. 고국을 배반한 감상이 어떠십니까, 마마?"

"놓으라고……!"

"지금 수도가 어떤 상황인지는 알고 계십니까? 적국의 왕자와 도망친 황녀 마마의 불같은 사랑 이야기에 온 백성이 귀를 기울이고 있지요. 졸지에 발칸 공자의 꼴만 아주 우습게 되었습니다. 돌아가시면 아마 그 대가를 톡톡히 치르실 테지요."

"무엄한……! 네가 지금 무슨 소리를 지껄이는지 알고나 있는 게냐? 대가를 치러? 내가?"

통증과 분노, 수치심이 뒤섞여 절로 이가 득득 갈렸다. 그때였다. 몸을 한껏 아래로 수그린 칼릴이 그대로 얼굴을 바짝 들이밀며 릴리스의 눈을 빤히 들여다보았다. 까만 눈동자가 어둠 속에서 마치 잘 닦아 놓은 유리알처럼 번들거렸다.

"설마설마해서 여쭈어보는 것입니다만, 여전히 폐하께서 마마의 편을 들어 주시리라 믿는 것은 아니시겠지요."

"뭐……."

"기르던 개도 주인을 물면 팽당하는 법이지요. 사람이라 하여 무엇이 그리 다르겠습니까. 하물며 원치 않게 집에 들인 것일 따름에야……."

그는 매우 즐거운 표정이었다. 릴리스는 그가 뱉은 말에 잠시 넋을 잃었다. 어떻게, 그가 어떻게 알고 있는 거지.

그녀는 필사적으로 생각을 이어 가려 애썼다. 주변은 여전히 소란했으나 릴리스에게는 그 모든 소리들이 마치 물에 잠긴 채 듣는 것처럼 먹먹하게만 느껴졌다. 오로지 곁에 선 사내의 목소리만이 또렷했다.

"아테라의 백성들 모두가 황녀 마마에 대한 배신감에 치를 떨고 있습니다. 아시다시피 본래 이런 일에는 희생양이 필요한 법이니—"

마치 시간을 붙들어 억지로 늘려 놓은 듯, 장면들이 하나하나 끊어지며 눈 속에 박혀 들었다. 칼릴의 등 너머로 아테라의 병사 하나가 바닥에 나동그라지는 모습이 보였다. 허공을 가르는 날 끝에서 새빨간 피가 튀었다. 몸이 둔중하게 바닥으로 쓰러지며 바싹 마른 누런 잎들이 풀썩풀썩 휘날렸다.

그 모습에 울컥 구역감이 치솟았다. 칼릴이 엎어진 그녀의 몸을 일으키며 끊겼던 말을 이었다.

"뭐, 그래도 너무 걱정은 하지 마십쇼. 설마하니 죽이지는 않으실 테니까요. 벌이라고 한들 기껏해야 평생 유폐당하는 것이 전부일 텐데. 그 정도는 충분히 예상하고 저지른 일이 아니십니까."

릴리스는 다시 질질 끌려가기 시작했다. 두 다리가 바닥에 쓸리며 자잘한 생채기들을 냈으나 미처 통증을 느낄 사이조차 없었다. 그간의 세월 동안 내내 그녀를 어떤 눈으로 보았을 것인지. 곱씹을수록 참을 수 없이 비참한 기분이 들었다.

"그 손 놔라, 칼릴 아만타!"

달려드는 기사들을 뿌리치고 달려온 와트만이 칼릴에게 다시 검을 들이대었다. 칼릴이 칫, 욕설을 뱉고는 릴리스를 거칠게 바닥에 내던졌다. 손이 위로 들린 채 잡혀 있었던 탓에 그녀는 머리부터 땅에 부딪히며 내동댕이쳐졌다. 빙글빙글 도는 시야에 그렇잖아도 메스껍던 속이 기다렸다는 듯 안에 있는 것을 죄다 게워 내었다. 릴리스는 멀건 위액을 손등으로 훔치며 비틀비틀 일어섰다.

와트만의 얼굴이 일그러졌다.

"마마께 손찌검이라니. 네놈이 정말 아테라의 기사가 맞나?"

"그 귀하신 황녀님이 폐하께 어떤 존재인지는 네놈이 더 잘 알고 있었을 텐데 무얼. 내 앞에서 괜히 모르는 척은 말라고, 하이라 백작 나리."

칼릴이 검을 위로 치켜들었다. 찰나 오른쪽으로 몸을 굴려 틈을 벌린 와트만이 검을 횡으로 길게 그어 그 공격을 막아 냈다. 캉—! 검날이 엑스 자를 그리며 사납게 맞붙었다.

"폐하께서 네놈은 다르게 보실 것 같은가? 착각이야 자유라지만 좀 지나친 것 같은데."

"글쎄, 변절자인 네놈 말을 누가 듣기라도 할 것 같나?"

칼릴이 웃으며 피가 흐르는 와트만의 한쪽 다리를 세차게 걷어찼다. 육중한 몸이 앞으로 꺾이며 중심이 무너졌다. 마침 등 뒤에서 날아오는 검격에 와트만이 몸을 비틀며 한 팔을 둥글게 회전시켰다. 캉— 그리고 다음 순간, 칼릴의 검을 따라 시뻘건 핏방울이 허공에 섬뜩한 궤적을 그렸다. 우두둑 무언가 비틀리는 소리가 뒤따랐다.

"크아아악!"

"와트만!"

릴리스는 자신도 모르게 비명을 내질렀다. 왼손으로 오른쪽 어깨를 움켜쥔 와트만이 비틀거리며 뒤로 몇 걸음을 물러났다. 살갗을 꽉 누르고 있는 손가락들 사이로 시뻘건 피가 울컥울컥 새어 나왔다.

과거의 재림이었다.

"마마! 정신 차리셔야 합니다!"

일순 굵직한 목소리가 둔중하게 귓가를 후려쳤다. 릴리스는 핏기 없는 얼굴로 멍하니 서서 두 눈을 깜빡였다. 그사이, 순식간에 거리를 좁혀 온 둘베트가 와트만에게로 향하던 칼릴의 검을 아슬아슬하게 걷어 냈다. 일촉즉발이었다.

"마마! 이쪽으로!"

뒤에서 불쑥 뻗어 나온 손이 허겁지겁 그녀의 손목을 끌어당겼다. 릴리스는 넘어질 듯 휘청거리며 루카스를 뒤따랐다. 흘긋 뒤를 돌아본 그가 이내 허리춤을 뒤져 반쯤 물이 차 있는 가죽 부대를 벌벌 떨리는 손에 단단히 쥐여 주었다. 그녀는 무의식적으로 찬물을 벌컥벌컥 들이켜다 정신을 차리고 와트만을 찾았다.

"와트만, 와트만은?"

"여기 있습니다. 멀쩡하니 걱정 마십쇼."

루카스가 와트만을 나무 등걸 쪽으로 밀어 앉히곤 목청을 돋우며 너스레를 떨었다. 말만큼 낙관적인 상황은 아니었으나 어쨌든 한 팔이 완전히 잘리지는 않은 듯, 와트만은 덜덜 떨고 있는 오른손으로 여전히 검을 단단히 틀어쥔 채였다. 릴리스는 흥분을 억누르며 눈으로 혼란한 공터를 훑었다.

다행히도, 바이마르는 그들과 그리 멀지 않은 곳에 서 있었다. 무섭도록 딱딱하게 굳어 있는 얼굴에는 핏물이 점점이 튀어 흉한 얼룩이 졌다. 그답지 않게 날 선 모습이 마치 낯선 사람을 보는 듯했다.

바이마르의 뒤를 지키는 것은 부리부리한 눈을 치뜬 둘베트다. 겁먹은 듯 자세를 한껏 낮춘 아테라 병사들이 그의 주변을 듬성듬성 에워쌌다. 벌써 몇 분째 이어지고 있는 팽팽한 대치였다.

한편, 시렌은 이미 기절해 바닥에 나동그라진 지 한참이었다. 싸움터 한복판에서 피투성이가 된 채 누워 있는 그의 주변을 아테라 기사들이 무심한 얼굴로 지나치며 킬킬거렸다.

"이거야 원, 아주 미치겠구만⋯⋯!"

캉, 캉! 와중에도 공격은 계속해서 이어졌다. 루카스가 숨을 몰아쉬며 연신 달려드는 기사들을 상대했다. 강건한 스파티움 사내들의 체력에도 슬슬 한계가 오는 모양인지, 모두가 처음에 비해 한층 지쳐 보이는 얼굴이었다.

"뭐야, 벌써 끝인가?"

그 기색을 눈치챘는지, 칼릴이 이죽대며 병사들 한 무리를 이끌고 다가왔다. 휘청휘청 자리를 털고 일어선 와트만이 이를 갈며 달려나가 칼릴에게 다시 검을 들이대었다.

"그으래, 어디 한번 해 보자! 사실 난 네놈이 처음부터 마음에 안 들었단 말이지."

"마찬가지다. 어디서 시정잡배 같은 놈이 굴러들어 와 황실의 녹을 먹어?"

날끼리 맞붙는 소리가 요란했다. 릴리스는 허겁지겁 몸을 일으켜 바닥에 아무렇게나 떨어져 있는 작은 배낭을 주워 들었다. 위로 단단히 묶여 있는 매듭을 풀어내자 위로 삐죽 솟아 있는 활대가 보였다. 그녀는 조심스레 활을 쥐고 살을 하나 꺼내어 시위에 걸어 보았다. 긴장 탓인지 팔이 떨려 자꾸만 손이 미끄러졌다.

"젠장, 빌어먹게도 많잖아!"

루카스가 짜증스럽게 포효하며 검을 바닥에 내리꽂았다. 물밀 듯이 밀려드는 공격 탓에 도무지 쉴 틈이 없었던 탓이다. 릴리스는 주변을 둘러보다 마침 그의 뒤편에서 틈을 노리고 있는 기사를 발견하곤 활 부리를 틀어 활줄을 잡아당겼다.

그러나 쏠 수가 없었다.

사람이다. 짐승이 아닌 사람이었다. 토끼 따위나 겨누어 봤던 시위는 낯선 과녁을 제대로 겨누지 못하고 비스듬히 아래로 떨어졌다. 틈을 타 다시 검을 뽑아 든 루카스가 몸을 틀며 팔을 사선으로 내리그었다. 피가 튀며 커다란 몸이 앞으로 쓰러졌다. 적나라한 광경에 인식할 새도 없이 손에서 스르륵 힘이 빠져나갔다. 느슨해진 활줄을 타고 미끄러진 살이 멋대로 흙바닥에 꽂히며 푸른 꼬리를 파르르 떨었다.

"아로프 자작. 일어나라!"

왼편에 서 있던 둘베트가 소리를 내지르며 상대하고 있던 병사의 머리통을 바닥에 내리꽂았다. 쓰러진 이가 꿈틀거리며 바닥에 쿨럭 피를 토했다.

"갑시다, 가요! 이쪽으로!"

그때였다. 이 순간만을 기다렸다는 듯 불쑥 튀어나온 활기찬 목소리가 바삐 일행을 독촉하기 시작했다. 시렌이었다.

언제 쓰러졌었냐는 듯 쌩쌩한 기세로 벌떡 일어선 그가 재바르게 짐을 챙겨 들곤 싸움터 한복판을 벗어났다. 한두 번 해 본 솜씨가 아닌 듯 제법 능숙한 동작이었다.

"저하! 왼편입니다!"

죽었던 사람이 살아난 모양새에 다들 어안이 벙벙해 있는 사이 바이마르는 릴리스를 번쩍 안아 들고 숲속을 향해 달음박질쳤다. 루카스와 둘베트가 잽싸게 포위망을 빠져나오자, 칼릴을 떨쳐 낸 와트만도 그들을 따라 울창한 덤불 사이로 몸을 던졌다.

"잠시, 잠시만요! 활이!"

비죽 나온 나뭇가지에 걸려 떨어진 활이 바닥에 나뒹굴었다. 손을 뻗었으나 닿지 않는다. 돌아서 주울 틈조차 넉넉하지 않았다. 릴리스는 가방만을 간신히 끌어안은 채 바이마르의 어깨에 겨우겨우 매달려 숨을 골랐다.

"뭐 하나, 멍청이들아! 빨리 쫓아가 잡아들이지 않고!"

칼릴이 내지른 노성이 어둠이 내려앉기 시작한 숲속을 음산하게 떠돌았다.

풀 밟는 소리가 요란했다. 수 개의 발자국 소리가 바짝 따라붙어 일행을 추격했다. 둘베트를 따라 허겁지겁 산을 오르던 루카스가 잇새로 욕을 뱉으며 팔을 털었다. 은빛 갑옷과, 아직도 빼 들고 있는 검의 넓적한 날에서 채 마르지 않은 진득한 피가 뚝뚝 떨어지고 있었다.

"젠장, 좀! 떨어져라! 거머리들아!"

따라잡히는 것은 순식간이었다. 일렬로 늘어선 일행의 꽁무니에 서 있던 루카스가 욕설을 짓씹으며 다시 검을 내질렀다. 가까이 다가섰던 기사가 그것을 피해 바닥을 두어 바퀴 구르며 두툼한 쇠굽으로 와트만의 정강이를 걷어찼다. 앞서가던 시렌이 화급히 몸을 돌려 비틀거리는 와트만을 부축했다.

바싹 마른 겨울의 누런 잔디들이 발아래에서 버석버석 밟혔다. 숲 저 끝에서부터 내려앉기 시작하던 어스름이 어느덧 코앞까지 다다라 시야를 어둡게 했다. 모두의 입에서 헉헉대는 숨소리가 새어 나왔다. 바이마르가 스파티움어로 알 수 없는 말을 중얼거리며 한 손으로 연신 얼굴을 쓸어내렸다.

그나마 밤눈이 밝은 둘베트가 있어 다행이었다. 추격대가 끈질기게 뒤를 쫓아왔지만 그는 아슬아슬하게 방향을 꺾어 가며 일행을 안내했다.

그리고 마침내 까만 밤이 산 위를 온통 뒤덮었을 무렵, 그들은 경사 급한 골짜기와 그 아래 박혀 있는 커다란 바위를 발견했다. 절벽처럼 생긴 높다란 바닥 끝에 나무 몇 그루가 아슬아슬하게 자라 있었다. 구불구불한 뿌리가 기다랗게 자라 집채만 한 바위를 지탱하고 있는 모양새였다.

"올라갑시다. 여기라면 시간을 벌 수 있겠어요."

루카스가 뒤를 흘긋 돌아보며 말했다. 일언반구도 없이 훌쩍 경사 위로 뛰어오른 둘베트가 휘청이는 나무를 한 팔로 감고 섰다. 시렌이 그를 따라 먼저 위로 올라간 뒤, 릴리스는 아래로 내뻗어진 손을 잡고 바위에 대롱대롱 매달리듯 기대었다. 그녀를 받치듯 지탱하며 서 있던 바이마르가 힘을 주어 어깨에 얹힌 몸을 위로 밀어 올렸다.

"빌어먹을……."

얼굴이 시뻘게지도록 팔에 힘을 주던 시렌이 문득 허탈한 듯 욕설을 뱉었다. 어느새 몰려온 아테라의 기사들이 그물처럼 일행 주변을 빙 둘러싸고 있었던 것이다. 와트만과 루카스가 연신 기사들을 쳐냈지만 시시각각 좁혀지는 포위망을 막기란 역부족이었다.

릴리스는 이를 악물고 팔을 더 위로 뻗었다. 허공에 늘어져 있던 발끝에 비죽 튀어나온 돌조각이 겨우 닿았다. 힘을 주어 그것을 밟고 오르자 기다렸다는 듯 몸이 훌쩍 끌려 올라갔다. 릴리스는 간신히 절벽 끄트머리에 상체를 걸친 채 고개를 틀어 골짜기 아래 풍경을 내려다보았다.

문득 시선 끝에 칼릴이 걸렸다. 방금 전 그녀가 떨어뜨린 활을 들고, 다른 한 손으로는 살을 걸어 시위를 단단히 겨눈 채였다. 깊게 생각할 겨를조차 없었다.

"반!"

릴리스는 외침과 동시에 움직였다. 예상치 못하게 어깨를 걷어차인 바이마르가 뒤로 밀려나며 반쯤 턱에 걸쳤던 몸이 다시 아래로 미끄러졌다. 찰나의 순간이었다.

"아악!"

새된 비명 소리가 골짜기를 울렸다. 순식간에 힘이 빠져 늘어진 몸을 둘베트가 두 손을 뻗어 잽싸게 잡아챘다. 드드득, 짧은 손톱이 땅을 긁어내리다 흙바닥에 어설프게 박혀 무게를 지탱했다. 릴리스는 입술을 깨물었다. 밤도 아닌데 눈앞에서 별이 튀었다. 다리에 불이 붙은 듯 허벅지가 화끈거렸다.

"맙소사, 마마!"

"릴리스……! 피가, 피가!"

종아리를 타고 흘러내린 피가 신발 앞코에 모였다가 뚝 뚝 바닥으로 떨어져 내렸다.

약속이나 한 듯 싸늘한 침묵이 일었다. 모두의 시선이 한곳을 향했다. 대롱대롱 늘어진 릴리스의 왼 다리에 화살이 박혀 있었다. 바이마르가 밀려나지 않았다면 정확히 목덜미를 꿰뚫렸을 위치였다. 이글거리는 눈으로 그들을 쏘아보던 칼릴이 곧 목적을 다한 활을 두 손으로 보란 듯 꺾어 던졌다.

"이, 개자식이!"

와트만이 적막을 깨며 커다랗게 포효했다.

"안 됩니다, 지금은 출혈이 너무 많아요!"

당장이라도 뛰어나갈 듯 몸을 앞으로 기울인 그를 시렌이 다급히 소리쳐 말렸다. 어찌나 놀랐는지 목소리가 그 짧은 순간 세 번이나 듣기 싫게 갈라졌다.

당황한 것은 아테라의 기사들도 매한가지였다. 단장이 황녀를 직접 쏘아 맞혔다는 사실에 기사들이 우왕좌왕하며 대열을 흐트러뜨렸다.

그사이, 루카스가 바이마르를 끌고 허겁지겁 경사를 올랐다. 끝까지 남아 후방을 지키던 와트만은 마지막으로 합류해 나무를 밀어 대기 시작한 둘베트의 옆에 바싹 몸을 붙였다.

쿵, 쿵, 쿵. 거구의 사내 둘이 몸을 부딪칠 때마다 굵직한 나무가 마치 갈대처럼 휘청거렸다. '막아!', '피해라!' 하는 성급한 외침이 우왕좌왕 이어지는 가운데, 경사를 오르던 아테라의 병사들이 아래를 겨냥한 루카스의 검격에 낙엽처럼 우수수 굴러떨어졌다.

그리고 마침내 쿵! 요란한 소리와 함께 바닥이 진동했다.

나무가 뽑혀 나가며 얼기설기 얽혀 있던 뿌리들이 땅 위로 툭툭 튀어 올랐다. 쩌적쩌적 지면을 갈라내며 바위가 지나간 길에 금세 야트막한 절벽이 생겨났다. 흙산이라도 쌓지 않는 한 당분간은 오르지 못할 높이임이 분명했다.

그러나 함부로 긴장을 늦출 수는 없는 노릇이었다. 일행은 한참을 더 걸어 울창한 풀숲에 몸을 숨긴 뒤에야 한숨을 돌리곤 흙바닥에 눕듯이 널브러졌다. 릴리스를 다시금 추슬러 안던 바이마르의 손이 피로 질척거리는 옷 위로 미끄러져 상처 위를 슬몃 스쳤다.

"악……!"

새된 비명이 터져 나왔다. 헉, 흐억, 같은 말도 되지 않는 소리들이 잇새로 줄줄 흘렀다. 릴리스는 헉헉 숨을 들이켜며 몸을 마구 뒤틀었다. 발뒤꿈치가 땅을 긁으며 종아리에 절로 힘이 실렸다. 상처가 벌어지며 다시 툭툭 피가 쏟아지기 시작했다.

옷자락이 살갗을 스치는 가벼운 접촉조차 끔찍한 고통이었다. 줄줄 흘러내린 눈물이 먼지와 뒤엉켜 온 얼굴에 들러붙었다. 바이마르는 희게 질린 얼굴로 그녀를 달랬다.

"조금만, 조금만 기다리세요. 금방 나을 겁니다, 곧 괜찮아질 거예요……. 시렌! 물이라도 가져와라. 빨리!"

"예, 예. 여기 있습니다. 물, 물도 여기에……."

시렌은 덜덜 떨리는 손으로 품속을 뒤져 챙겨 온 물과 약을 내밀었다. 약초를 빻아 입 안에 밀어 넣은 뒤 물통 입구를 입가에 가져다 대었지만 릴리스는 신음만 뱉을 뿐 도무지 무언가를 넘길 상태가 아닌 듯했다. 바이마르가 나서 그녀의 코를 움켜잡고 입으로 직접 물을 옮겨 주자, 숨이 막힌 릴리스가 그제야 약을 꿀꺽, 삼켰다.

"지혈이야 그렇다 쳐도…… 이건 지금 당장 빼낼 수가 없습니다. 괜히 건드렸다가 상처가 덧나면 큰일이에요."

반걸음쯤 물러나 찬찬히 상처를 살피던 시렌이 난감한 듯 일행을 둘러보았다. 와트만이 혀를 차며 고개를 흔들었다.

"하지만 이대로는 둘 수 없어."

"그렇지요. 일단은 대만 잘라 내야겠습니다."

시렌이 결연한 목소리로 선언했다. 둘베트가 눈살을 찌푸리며 화살 밑단을 단단히 잡아 고정시켰다. 뾰족한 강철 촉이 다리를 반 이상 꿰뚫고 있었고 삐죽한 돌기들이 살갗을 헤집어 안쪽이 온통 엉망이었다. 바이마르는 스파티움어로 욕설을 짓씹으며 길쭉하게 튀어나온 화살대 윗부분을 강하게 틀어쥐었다.

"안 돼, 아파…… 아파요, 흑…….아파……."

악력에 의해 화살이 고정되자 살이 밀려 통증이 한층 커졌다. 상처 위에 모래를 문질러 생살을 갈아 버리는 듯한 섬뜩한 감각이었다. 릴리스는 기어이 엉엉 울음을 터뜨리고 말았다. 불로 지지는 것 같다고 생각했던 아까의 통증이 차라리 한결 나았다. 바이마르가 울며 발버둥치는 그녀의 상체를 제 몸으로 힘껏 눌러 단단히 고정시켰다.

"아파……."

누구의 것인지 모를 식은땀이 뚝뚝 흘러내렸다. 조심스럽게 단도를 꺼내 든 루카스가 신중한 손놀림으로 반듯하게 서 있는 화살대 끝을 잘라 내기 시작했다. 울다 지친 릴리스가 할딱이며 파르르 몸을 떨었다.

몇 시간 같은 몇 분이 더 흘렀다. 루카스는 비뚜름히 잘린 길쭉한 화살대를 거칠게 바닥으로 내동댕이치며 두어 걸음 물러섰다. 시렌이 릴리스의 입에 물려 두었던 옷자락을 천천히 빼내며 식은땀으로 축축해진 이마를 훔쳤다.

"괜찮습니다, 괜찮아요……."

몸을 일으킨 바이마르가 조심스런 손길로 그녀를 안아 들었다. 지치지도 않고 꿀럭꿀럭 새어 나온 피가 입에 발린 위로를 무색하게 했으나 누구도 그 이야기를 먼저 꺼내어 들지 않았다.

모두가 지쳐 늘어진 가운데, 와트만의 팔에 제 로브를 찢어 감아 주고 있던 시렌이 주변을 둘러보며 나지막하게 제안했다.

"카리알로 가시죠. 그곳에 안가가 있지 않습니까."

"도리어 그곳이 더 위험한 것 아닌가? 황제가 안가의 존재를 모를 리 없지 않나."

둘베트가 컴컴한 하늘을 올려다보며 반박했다. 붕대의 매듭을 짓고 일어선 시렌이 후, 숨을 뱉으며 이마의 땀을 훔쳐 냈다.

"하지만 이대로 국경까진 못 갑니다, 출혈이……."

"국경은……."

그러나 설전은 그쯤에서 끝이 났다.

"됐으니까 어디든 가! 카리알이건, 국경이건 그저 쉴 만한 곳이면 된다. 네가 앞장서라, 둘베트. 이건 명령이야."

바이마르가 핏발 선 눈으로 일행을 독촉했다. 펄펄 끓는 쇠기름마냥 격렬한 어조였다. 핏줄은 핏줄인지 그 모습이 체자레의 어릴 적 모습과 영락없이 닮아 있었다. 시렌은 무심코 떠오르는 좋지 않은 기억들에 잠시 부르르 몸을 떨었다.

그때였다.

"……카리알로 가요."

꺼질 듯 희미한 목소리가 모두의 신경을 건드렸다. 바이마르는 화급히 시선을 내렸다. 미약한 힘이 가슴팍을 긁듯 힘겹게 두들기고 있었다. 가쁜 숨이 색색 흘러나올 때마다 손톱만큼 남은 애가 자꾸만 함께 타들어 갔다.

"마마. 자꾸만 말씀을 하시면……!"

"……와트만……."

그러나 릴리스는 지치지도 않고 입을 뻐끔대었다. 제법 필사적인 그 모습을 물끄러미 응시하고 있던 와트만이 문득 이를 갈며 허겁지겁 제 품속을 뒤졌다.

"그러고 보니 이게 있었어……. 이봐. 우리는 카리알로 간다."

뜬금없는 말에 네 남자가 어리둥절한 얼굴로 서로를 바라보았다. 짧은 침묵 끝에 루카스가 머뭇머뭇 입을 떼었다.

"아니, 경. 그러니까 안가라면 이미 가 봤자 소용이—"

"다른 은신처가 있어."

"……뭐?"

네 쌍의 시선이 한데 꽂혔다. 아까보다 배는 긴 침묵이 이어졌다. 와트만은 창백한 얼굴로 어질거리는 머리를 가볍게 흔들었다. 그는 통증을 무시하며 벌떡 일어서, 후들거리는 팔로 핏자국이 덕지덕지 묻은 종이를 넓게 펼쳤다.

"카리알에 마마의 안가가 있다. 지하에 방이 있으니 들킬 염려도 훨씬 적겠지. 바이마르 저하의 말이 맞아. 마마께서는 치료를 받으셔야 해. 네놈들 사정 따윈 관심 없으니 앞장이나 서라."

사냥꾼 출신이란 과거에 걸맞게 둘베트는 놀랍도록 능숙히 길을 찾았다. 그사이 흙을 쌓아 올라왔는지, 사람 소리와 검을 휘두르는 소리, 풀 헤치는 소리가 한데 뒤섞여 머리 뒤꼭지를 선득하게 잡아당겼다.

바이마르는 릴리스를 품에 안은 채 허리까지 높게 자란 관목 뒤에 몸을 숨겼다. 멀지 않은 곳에서 어른거리던 횃불이 근방을 희미하게 밝히다 이내 반대편으로 천천히 사라졌다. 그는 기진맥진해 늘어져 있는 릴리스의 코 밑에 피로 젖은 손을 살며시 댄 채 속으로 천천히 열을 세었다.

셋, 아니 넷을 겨우 세었을까. 미약한 바람이 검지 끝을 한들한들 간지럽혔다. 안도감에 가슴이 뻐근해졌다. 당장이라도 꺼질 듯 흐릿한 숨이었으나 아직은, 그렇지만 아직은 살아 있었다.

"저하. 가시죠."

시렌이 속삭였다. 바이마르는 다시금 릴리스를 바로 안아 들고는, 루카스를 따라 비탈진 언덕을 천천히 내려섰다. 경사 탓에 어쩔 수 없이 몸이 앞뒤로 흔들렸다. 의식이 없음에도 통증은 느껴지는지 그럴 때마다 품에 안긴 몸이 뒤틀리며 간간이 끙끙 앓는 소리가 새어 나왔다.

그러나 지금은 해 줄 수 있는 일이 아무것도 없었다. 바이마르는 입 안쪽 여린 살을 힘껏 물었다. 무력감에 마음이 천 갈래 만 갈래로 찢기는 듯했다.

"겨우 빠져나왔군요."

"아직은 안심할 수 없어."

일행은 동이 완전히 트기 직전 간신히 숲을 빠져나왔다. 둘베트가 굳은 얼굴로 손때 묻은 지도를 작게 접어 허리춤의 주머니 안으로 밀어 넣었다. 남쪽으로 반나절. 루카스가 중얼거렸다.

"큭……."

뒤이어 품속으로 손을 넣으려던 와트만은 불시에 밀어닥친 통증에 뻣뻣하게 굳어졌다. 시렌에게 눈짓하자 이내 마른 손이 조심조심 뻗어 나와 가슴팍 위로 비죽 나온 흰 종이를 꺼내 펼쳤다. 루카스가 고개를 갸웃하며 물어 왔다.

"전부터 궁금했는데 말입니다…… 실은 이제 와 묻는다는 게 좀 우스운 일인 것도 같은데. 아무튼, 이게 대체 뭡니까?"

"보면 모르나? 저택 지도다. 혹시 몰라 챙겨 온 것이 설마 이 따위로 쓰일 줄은……."

와트만이 욕을 지껄이다 다시 끙 신음을 뱉었다. 둘베트는 지도를 보며 방향을 가늠한 뒤 다시 일행의 선두에 섰다. 밥도 먹지 않고, 잠도 자지 않은 채 하루 반나절을 꼬박 걸으려니 딱 죽을 지경이었으나 누구도 불평하지 않았다.

얼마나 걸었을까. 어느덧 저 멀리 낯익은 카리알의 성벽이 보였다. 이제는 모두 지쳐 말 한마디 꺼낼 힘조차 없었다. 그들은 그대로 몇 시간을 더 묵묵히 앞으로 나아갔다.

"이쪽이다."

그러나 곧 도착할 것이란 예상과 달리, 그들은 이른 오후가 되어서야 예정했던 목적지에 도달했다. 들키지 않도록 길을 빙 둘러 가느라 시간이 한참 지체된 것이다. 바이마르는 그림자 아래 숨어 성벽을 두어 바퀴 정도 돌아본 뒤에야 어릴 적 종종 드나들곤 했던 좁다란 비밀 통로를 찾아냈다. 그간 누구도 사용한 적이 없었던지 갈색으로 빛이 바랜 담쟁이덩굴이 문고리를 사슬처럼 단단히 얽어매고 있었다.

해가 지려면 아직도 한참이 남았으나 마냥 지체할 수만은 없었다. 릴리스의 상태가 심상치 않았던 탓이다. 열이 오르락내리락하더니 몇 시간 전부터는 불덩이처럼 뜨거워진 몸이 전혀 식지를 않고 있었다. 루카스가 멀찍이서 망을 보고 있는 사이 둘베트가 재빨리 덩굴을 잘라 내고 문고리를 비틀었다. 잔뜩 녹슨 문이 끼끼거리는 쇳소리를 내며 힘겹게 열렸다.

그들은 서둘러 성벽 근처의 한적한 골목으로 숨어들었다. 낯선 무리의 등장에 사람들이 웅성이며 길을 비켰다. 시렌은 최대한 고개를 수그린 채 높이 솟은 담벼락의 어둑한 그림자를 따라 걸었다. 산만한 사내 다섯이 피투성이 로브를 뒤집어쓰고 성안을 배회하고 있으니, 실은 잡혀 가지 않는 것만 해도 다행이라 여겨야 할 판이었다.

다행히 인적은 마을을 벗어나 산에 가까워질수록 점차 드물어졌다. 시렌은 걱정스런 눈길로 수척해진 바이마르의 얼굴을 살폈다. 그는 숲에서 나온 이후 한마디도 하지 않은 채 묵묵히 황녀의 수발을 들고 있을 뿐이었다. 루카스와 둘베트가 번갈아 가며 그녀를 안겠다고 청해 보았으나, 바이마르는 고집스럽게 고개를 저으며 묵묵히 홀로 긴 여정을 감내했다. 마치 그것만이 하나 남은 의무인 사람처럼.

그리고 기실 그것은 매사에 별 감흥이 없던 그조차도 마음이 뭉클해질 만큼 절절한 광경이었다. 시렌은 묘한 감상에 젖어 조용히 걸음을 재촉했다.

"여깁니다."

앞서가던 둘베트가 지도를 보며 산 중턱에 멈춰 섰다. 그들이 도착한 허름한 집은 산지기들이 가끔 머물다 가곤 했다던 작은 오두막으로, 이제는 버려진 마을의 변두리에 위치해 있었다. 비좁고 음침한 것이 흠이었으나 그만큼 숨어 지내기에는 더할 나위 없이 좋은 조건이었다.

"다 들어갈 수 있는 겁니까?"

"몸 누일 정도는 될 테지."

시렌은 눈앞의 작고 허름한 집을 의심스런 눈초리로 쏘아보다, 아차 싶어 재빨리 표정을 누그러뜨렸다. 와트만이 어깨를 으쓱하며 먼저 집 안으로 들어섰다. 한참 바깥을 서성이던 둘베트는 꼬리가 붙지 않았음을 확신한 뒤에야 마지막으로 들어와 문을 닫았다.

일행은 작은 거실 한가운데에 옹기종기 모여 섰다. 다시 보아도 허름하기 짝이 없는 곳이었다. 시렌은 값싸 보이는 양탄자와 식어 빠진 벽난로, 낡아 빠진 책들 몇 권이 꽂혀 있는 밤색 책장 등을 한 바퀴 휘둘러보다 발밑에서 느껴지는 미약한 진동에 깜짝 놀라 한 걸음 뒤로 물러섰다.

"겁먹기는."

벽난로 앞에 쪼그려 앉아 있던 와트만이 피식 웃으며 재를 헤치던 손을 탈탈 털었다. 굴뚝 안으로 손을 집어넣어 벽돌 몇 개를 꾹꾹 더듬어 보던 그가, 이내 손자국 위에 다시 꼼꼼히 재를 덮어 두고는 벌떡 일어서 소파 오른쪽에 놓인 책장을 옆으로 힘껏 밀었다.

곧 벽 너머에 문처럼 커다란 구멍이 나타났다. 호기심 어린 눈초리로 발을 동동 구르던 루카스가 성큼 나서 아래로 죽 뻗은 계단을 뛰듯이 밟아 내려갔다. 곧이어 나지막한 탄성이 흘렀다.

"와, 이건 무슨……."

시렌은 그를 따라 지하로 발을 들이며 휘둥그레진 눈으로 사방을 둘러보았다. 거실은 다소 좁은 감이 있었으나, 대신 방 두 개가 딸려 있어 휴식을 취하기엔 한결 나았다. 푹신한 카펫과 충분한 양의 장작, 서늘한 곳에 보관된 빵과 포도주까지. 마치 이런 일이 있으리라는 것을 미리 알고 있었던 것처럼 대비가 철저했다.

"이런 걸 언제 다 준비해 둔 겁니까? 아니, 그보다 대체 무슨 이유로?"

"네가 알 바는 아니지."

와트만이 고개를 홱 돌리며 루카스의 의심을 일축했다. 발끈해 한소리 더 하려던 그를 막아선 것은 내내 침묵하던 바이마르였다.

"소란 떨지 마라, 루카스. 너는 가서 의사를 불러와. 둘베트는 밖에서 망을 봐라. 시렌은 형님께 서신을 보내고. 그리고 와트만 경."

"예."

"경은 조금 쉬는 게 좋겠군. 안색이 나빠."

차마 부정할 수 없는 말이었다. 서로를 마주 보던 세 남자가 이윽고 분주하게 몸을 움직이기 시작했다. 와트만은 오가는 발소리를 들으며 벽에 기대앉은 채 눈을 감았다. 긴장이 풀리자 참을 수 없이 졸음이 쏟아졌다. 그는 팔을 움켜쥐고 그대로 곯아떨어졌다.

⚜ ⚜ ⚜

와트만은 음식 냄새에 다시 눈을 떴다. 며칠 굶은 위장이 요동을 치고 있었다. 그는 일어나며 무심코 다친 팔로 바닥을 짚었다가 찌르르 저려 오는 통증에 신음했다.

"이제야 일어나셨구만. 와서 한입 거드십쇼. 배고플 텐데."

잠든 새 누가 옮기기라도 한 것인지 그는 작은 방 안의 깨끗하고 푹신한 침대에 누워 있었다. 밖으로 나가자 햄이며 치즈 따위를 듬뿍 얹은 빵을 입 속에 욱여넣고 있던 루카스가 손을 크게 흔들며 그를 불렀다.

"마마께서는?"

"아직 주무시고 계신다."

둘베트가 턱짓으로 닫혀 있는 방문을 가리켰다. 와트만은 그에게 눈짓으로 감사를 표하곤 자리에 앉으며 묵묵히 빵 하나를 집어 입 안에 욱여넣었다.

"……하셔야 합니다. 일단 몸이 허해지신 것이 가장 큰 문제이니 우선은 약부터……."

그때였다. 달칵. 문 열리는 소리 위로 나지막한 속삭임이 얹혔다. 와트만은 빵을 씹어 삼키며 문소리가 난 곳을 향해 눈길을 주었다.

머리가 허옇게 센 나이 든 사내 한 명이 묵직해 보이는 네모난 가방을 들고 거실로 걸어 나오고 있었다.

"마침 깨어나셨군요."

잠시 주위를 둘러보던 사내가 그를 발견하곤 반가운 얼굴로 성큼성큼 다가왔다. 희끗한 머리와 어울리지 않게 퍽 정정해 보이는 몸놀림이었다.

"의사인가?"

"예에, 그렇지요."

가방을 바닥에 내려놓은 사내가 몸을 내려 바닥에 무릎을 대고 앉았다. 주름진 손이 와트만의 오른팔을 단단히 붙들고는 붕대를 풀어내며 상처 위에 약초를 짓이겨 바르기 시작했다.

"일단 지혈은 잘 된 것 같아 보이는군요. 통증은 어떻습니까?"

"뭐…… 참을 만은 한데."

"그럼 됐습니다. 다소 깊게 베이긴 했습니다만 겁 못 들까 하는 걱정은 우선 넣어 두시고…… 아무는 데에 시간이 제법 걸릴 듯싶으니 몸 쓰는 일은 알아서 피하시는 게 좋겠습니다. 괜히 나서다 덧나기라도 하면 걷잡을 수 없어질 테니까요."

"알겠네. 헌데 마마…… 아니, 안의 분께서는 어떠신가?"

이어지는 당부를 건성으로 듣고 있던 와트만은 진단이 끝나기 무섭게 성급히 달려들어 릴리스의 안부를 물었다. 잠시간 그를 물끄러미 쳐다보던 의사가 이내 무릎을 털고 일어서며 담담하게 답했다.

"다행히 파상풍은 피했습니다만……. 출혈이 너무 심한 데다가 촉이 하필 신경을 건드려 문제입니다."

"……."

"더군다나 인대까지 파열되었으니 제법 큰일이지요."

고저 없는 목소리가 불길함을 가중시켰다. 부정적인 예후를 암시
하듯 그늘진 얼굴에 모두의 입이 바싹 말랐다. 순식간에 식욕이 뚝
떨어진 와트만이 빵을 내려놓고 벌떡 일어서 멀쩡한 팔로 초조하게
의사를 닦달했다.

"그래서 걸을 수 있다는 거야, 아니라는 거야?"

"순조로운 회복이 무엇보다 우선입니다. 오래 누워 계셨던 만큼,
상처가 아물고 난 뒤엔 더한 노력을 기울이셔야 할 테지만."

"뭐……."

뜬금없는 이야기에 다시 채근이 이어지기 직전, 가방을 챙겨 들며
몸을 바로 세운 의사가 세 남자를 차례로 돌아보았다.

"그래도 너무 걱정은 마십시오. 굳이 두 발이 아니어도, 뛸 수 없
어도, 어떻게든 걸을 수는 있으실 테니까요."

"……."

좁은 거실 바닥 위로 바늘처럼 뾰족한 침묵이 깔렸다. 와트만은
비척비척 자리에 주저앉으며 한 손으로 제 얼굴을 거칠게 쓸어내렸
다. 이런 것을 기대하고 궁에서 나온 것이 아니었는데.

"어, 저, 그……."

루카스가 부자연스럽게 두 눈을 깜빡이며 먹던 것을 내려놓았다.
착잡한 얼굴로 연신 찬물을 들이켜던 둘베트도 이내 커다랗게 혀를
차며 자리를 떴다.

시렌은 조용해진 밖을 바라보다 조심스레 열려 있던 방문을 닫았다. 말소리를 전부 들었을 것임이 분명한데도, 벌써 몇 시간째 침대 아래에 무릎을 꿇고 앉은 바이마르는 마치 아무것도 들리지 않는 사람처럼 묵묵히 간호에 열중할 뿐이었다.

커다란 손이 누워 있는 창백한 얼굴을 연신 깨끗한 물수건으로 닦아 내었다. 식은땀이 솟아난 이마를 부드럽게 쓸어 내고, 늘어진 머리칼을 걷어 내는 손길이 퍽이나 분주했다. 시렌은 손 한번 닿지 않은 채 차게 식어 버린 음식들을 내려다보며 한숨을 내쉬었다.

"저하. 이러다간 정말 쓰러지십니다."

그러나 바이마르는 그런 것은 안중에도 없는 사람 같았다.

"……마마께서 날 원망하실지 몰라."

시렌은 선뜻 그 말을 부정하지 못했다. 걸을 수 '는' 있다던 덤덤한 목소리가 영 마음에 걸렸던 탓이었다.

기실, 머리가 희끗한 늙은 의사는 카리알에서 솜씨 좋기로 제법 정평이 난 사람이었다. 어린 시절, 의외로 잔병치레가 잦았던 바이마르를 내내 제 손으로 돌봐 온 이이기도 했다. 그리고 시렌이 아는한, 그는 지금껏 단 한 번도 오진을 내린 적이 없었다.

"하지만 저하."

"나가라."

바이마르는 두 번 말하지 않았다. 시렌은 축 처진 등을 잠시 바라보다 쟁반을 챙겨 들고 말없이 방을 나섰다.

바이마르는 문 닫히는 소리를 들으며 차게 식어 있는 하얀 손을 주물렀다. 다리를 타고 뚝뚝 떨어지던 뜨끈한 피가 아직도 그의 온

몸에 묻어 있는 듯했다. 지나치게 생생해 도리어 끔찍하게까지 느껴지는 감각이었다.

"지켜 주겠다고 약속했는데……."

어디라도 함께 가겠다고 다짐했었다. 바란다면 맹세도 할 수 있었다. 가슴을 갈라 진심을 보일 수 있다면 수백 번이고 그리 했을 것이리라.

그러나 이제 와 그게 다 무슨 소용이란 말인가. 눈을 감아도 눈을 떠도 오로지 그날의 일만이 머릿속에 떠올랐다. 그 작자가 아주 조금이라도 방향을 틀었더라면, 그랬더라면.

핏기 없는 손이 오그라든 주먹 안에서 아무런 저항 없이 구겨졌다. 평소라면 아프다는 말이 나왔을 순서였다. 저리 가라며 어깨를 밀어 냈을지도 모른다. 그러나 지금의 릴리스는 무엇도 하지 못한 채 가만히 누워 얕은 숨을 뱉고 있을 뿐이었다.

문득 소리도 없이 다시 문이 열렸다. 익숙한 기척이 등 뒤로 가까워지며 약초 냄새가 훅 끼쳤다. 오른팔에 붕대를 감은 릴리스의 단 하나뿐인 기사가 그의 등 뒤에 묵묵히 서 있었다.

바이마르는 긴장하는 한편 마음을 다잡았다. 어떤 비난이라도 달게 받을 것이다. 저자에게는 그럴 자격이 충분했으므로.

"제가 황녀님을 언제 처음 뵈었는지 아십니까?"

그러나 한참 동안 릴리스를 내려다보던 와트만의 입에선 예상과는 전혀 다른 이야기가 흘러나왔다. 그는 마치 바이마르가 보이지 않는다는 듯. 그대로 서서 아주 천천히 말을 이어 갔다.

"기억하기론 열다섯 번째 탄신일 전이었지요. 궁에 들어오신 지

햇수로 5년이 되어가던 해였습니다. 그때의 저는 아직 젊은 기사였고, 혈기를 이기지 못해 때때로 정처 없이 이곳저곳을 떠돌아다니곤 했습죠. 그맘때의 청년들이 다 그렇듯 말입니다."

"……."

"그날도…… 그렇게 다니다 보니 어느새 처음 보는 정원 한복판에 서 있더라 이겁니다. 돌아가야지 싶어서 주변을 둘러보는데, 담벼락 아래 황녀 마마께서 멀뚱히 서 계시더군요. 얼마나 작던지, 처음에는 열 살배기 어린애인 줄 알았습니다."

와트만은 천천히 걸어 카펫의 한쪽에 자리를 잡고 앉았다. 그러곤 다시 과거를 회상하다 피식, 김빠지는 웃음소리를 흘렸다.

"글쎄 나이를 물어보니 열다섯이라는데, 처음에는 도통 믿을 수가 없었습죠. 빼빼 말라서는 살짝만 밀어도 그대로 픽 고꾸라질 것 같았단 말입니다. 어두운 탓에 황녀 마마인 줄은 꿈에도 생각 못 하고, 그저 어느 집 아가씨이겠거니 싶어 급히 주머니를 뒤졌지요. 그랬더니 초콜릿이며 과자며……."

와트만이 멀쩡한 손으로 뒤통수를 긁적였다. 짧아진 초 심지를 물끄러미 응시하고 있던 그가 다리 한쪽을 세워 비스듬히 벽에 기댔다.

"뭐, 성 밖에서 가져온 것들이라 죄다 싸구려이긴 했습니다만……. 아무튼 그걸 모아 건넸더니 눈을 댕그랗게 뜨고서는 저를 한참 동안 바라보기만 하는 겁니다. 결국 집어 간다는 것이 개중에서도 가장 작고 볼품없는 초콜릿 한 봉지더군요. 세상에, 그것 하나 고르는 데도 어찌나 고민을 해 대던지……."

제법 쌀쌀한 바람이 불던 날이었다. 커다란 황색 망토를 두른 채 우두커니 서 있던 뒷모습이 눈에 유독 밟혔던 건 오기 직전 수행했던 토벌 작전에 대한 기억 때문이었을 것이다.

짓밟힌 마을과 버려진 아이들. 변방에서의 삶이란 대개가 그런 식이었다. 먹지도 않는 단것들로 주머니를 반쯤 채우고 다니기 시작했던 것도 그즈음부터였다.

"……왜 다 가져가지 않냐고 물었더니 저를 대단히 의심스러운 눈길로 보시더군요. 억울해서 좀 목소리를 높였더니만 아니 글쎄, 생일도 아닌데 왜 선물을 주느냐며 도리어 고개를 갸웃하십디다. 본래 애들은 가끔 이런 것도 받는 것이다. 그렇게 말씀을 드렸더니만 하나를 더 집어 들며 쑥스러운 듯 웃으시는데. 그게 너무 기뻐 보여서…… 도저히 더 가져가라는 말이 나오지 않았습니다."

바이마르는 그 광경을 상상해 보았다. 작고 마른 어린 릴리스와, 군것질거리가 수북이 쌓인 두 손을 내밀고 있는 와트만. 릴리스는 아마 지금도 가끔 보이곤 하는 주저하는 표정으로 초콜릿을 하나 골라 집었을 것이고, 역시 아마도 눈을 굴리며 영문 모를 얼굴을 했을 것이다.

그가 마음을 내보일 때마다 그녀가 보여 주던, 난처하지만 기뻐 어쩔 줄 몰라 하는 바로 그 표정을 짓고서.

"나중에 황녀 마마이신 것을 알았을 때에는 아주 기가 찼습죠. 이후로도 종종 정원에서 마마를 뵙곤 했습니다만, 그때마다 꼭 하나만 고르시는 것이 실은 조금 의아했습니다. 아마도 다 가져가면 제가 안 올 것 같았나 보지요."

하하. 와트만이 웃었다. 바이마르는 저도 모르게 그 소리를 따라 조금 웃고 말았다.

생각해 보면 그녀는 언제나 그랬다. 먼저 다가와 곁을 맴돌았으면서, 그만큼 다가가면 언제 그랬냐는 듯 훌쩍 멀어져 그를 방관했다. 처음에는 그저 조롱이라 생각했었다. 볼모나 다름없는 속국 왕자를 다루는 그녀만의 방식이라고.

"하지만 정작 언젠가부터 황녀 마마께서 나오지 않으시더군요. 이후론 저도 다시 차출되어 곳곳을 떠도느라 한동안 궁에서의 일을 잊고 지냈었지요……. 뭐, 약혼하셨다는 이야기는 들었습니다만, 그뿐이었습니다. 그리고 또 5년 뒤였나. 우연찮게도 본궁 정원에서 마마와 떡하니 마주친 겁니다. 어찌나 놀랐는지 그땐 정말 귀신이라도 본 기분이었습니다."

와트만이 다치지 않은 왼팔을 들어 커다란 손으로 눈가를 가렸다.

"……막 궁에 돌아온 참이라 환영식 때 받은 꽃다발을 품에 안고 있었지요……. 불쑥 옛날 생각이 나서 들고 있던 것을 쑥 내밀었는데, 한참을 보시더니 개중 딱 한 송이만을 뽑아 드시는 겁니다. 그러고는 웃으며 하시는 말씀이 선물은…… 이걸로 됐다고."

널찍한 어깨가 크게 한 번 들썩였다. 그는 시간이 꽤 흐른 뒤에야 얼굴을 가리고 있던 손을 내리고는 일어섰다.

"그렇지 않아도 전장을 떠도는 삶에 신물이 나던 차였습니다. 그때 처음 생각했습죠. 이분의 기사가 되어야겠다. 남을 베는 검이 아니라, 남을 지키는 검이 되어야겠다고 말입니다."

처음. 바이마르는 그 단어를 혀끝으로 살살 굴려 보았다. 그것은 달콤하고 조금은 짭짤한 맛이었다. 그 역시 모든 것이 처음이었다. 입맞춤도, 그 밤도, 손을 잡고, 울고, 아무렇지도 않게 무릎을 꿇고, 빌고, 매달렸던.

"······가족이 되어 드리겠다고 약속했다."

바이마르는 멍하니 웅얼거렸다.

"압니다. 그러니 제가 저하를 지금 그냥 두는 것 아니겠습니까."

와트만이 여상하게 답했다. 그리고 그는 아주 잠시 동안, 바이마르의 어깨에 손을 얹었다가 내리곤 천천히 몸을 돌렸다.

문 닫히는 소리가 났다. 바이마르는 릴리스의 목 끝까지 꼼꼼히 덮여 있던 이불을 한 번 더 가지런히 정돈해 주고는, 머리맡에 피워 놓은 수면 향을 갈았다. 불에 타들어 가는 가느다란 막대에서는 알싸한 약초 향이 아닌 달콤하고 부드러운 향이 났다.

바이마르는 기왕이면 릴리스도 이만큼 달콤하고 부드러운 꿈을 꾸는 중이었으면 좋겠다고 생각했다. 슬프고 아프고 외로운 그런 꿈이 아니라. 기쁘고 행복하고 사랑하고 사랑받는 그런 꿈을.

그리고 깨어나면 넘치도록 많은 사랑과 보살핌을 손에 쥐어 줄 것이다.

더더더 많이 주어서, 도저히 하나만 고를 수가 없도록.

반드시 그렇게 할 것이라고. 그는 거듭 다짐했다.

외전

"……어나 보거라! 아 좀 일어나 보라니까! 반!"

바이마르는 짜증스러운 기분으로 머리끝까지 덮고 있던 이불을 걷어 냈다. 간만의 황홀한 오수였건만. 침대가에 기세등등하게 버티고 서 있는 체자레는 그의 사정을 봐 줄 생각이 털끝만큼도 없는 듯했다.

"아, 형님…… 좀……."

"좀은 무슨 좀! 대낮부터 드러누워 있지 말고 내 말 좀 들어 보거라. 아마 잠이 확 달아날 게야."

억센 손이 베개에 파묻힌 얼굴을 강제로 들어 올렸다. 어찌나 힘이 센지 뒤통수가 그대로 우그러들 것만 같았다. 바이마르는 두 손을 휘젓는 것으로 어설픈 반항을 시도했지만 체자레는 굳건히 자세를 유지하며 기어이 그를 일으켜 세웠다.

"너 꼴이 대체 왜 이런 거냐? 이래서야 플란데 다리 아래의 꼬마라고 해도 그냥 믿겠어."

체자레가 엉거주춤 침대 맡에 기대어 선 바이마르를 보며 커다랗게 웃음을 터뜨렸다. 배까지 잡고 거듭 손가락질하는 모습에 바이아르의 얼굴이 시뻘겋게 달아올랐다.

하필이면 플란데 다리라니. 그곳은 스파티움에서도 제일가는 빈민가가 아니던가. 바이마르는 꾀죄죄한 몰골로 구걸하는 아이들의 모습을 떠올리곤 얼굴을 구기며 두 주먹을 꽉 움켜쥐었다.

"그래도 그렇지, 형님……!"

"어허, 어딜!"

제법 험악한 기세였으나, 체자레에겐 그저 귀여운 동생의 재롱에 불과했다. 다시 너털웃음을 한바탕 터뜨린 체자레가 능숙하게 바이마르의 목덜미를 잡아채 욕실 안으로 던져 넣었다. 쾅! 요란한 소리와 함께 문이 닫혔다.

"일단 좀 씻은 뒤 얘기하자. 빨리빨리 서둘러!"

바이마르는 두 손으로 귀를 틀어막았다. 목청이 어찌나 좋은지, 문 하나를 사이에 두고 있는데도 우렁우렁 울리는 목소리 때문에 두통이 다 일 지경이었다.

그러나 어쨌든, 지적대로 꼴이 엉망인 것은 사실이었다. 종일 비가 내려 진흙탕이 된 연무장을 뒹굴다 그대로 잠이 들었으니 타박을 들을 만도 했다. 아니, 그래도 플란데 다리는 역시 좀 너무하지 않았나……. 바이마르는 억울한 마음에 홀로 투덜거리며 물이 뚝뚝 흐르는 머리 위로 수건을 덮었다.

"아 좀 빨리 나오라니까."

체자레는 소파에 방만한 자세로 앉아 있었다. 대접하겠다는 말도 꺼내지 않았건만 알아서 과자까지 까먹고 있는 모습이 몹시 아니꼬워 바이마르는 괜히 쿵쿵 소리를 내며 방 안을 가로질렀다.

"대체 무슨 일인데 그러십니까?"

젖은 몸에서 물이 뚝뚝 떨어져 내렸다. 바이마르는 축축해진 수건을 어깨 너머로 휙 던져 버리고는 맨몸 위에 가운을 대충 꿰어 입었다. 체자레는 그새 입맛이 떨어진 얼굴로 먹다 남은 과자 조각을 손 안에서 굴리는 중이었다.

"너. 곧 혼인을 할 것 같더군."

체자레가 말했다.

"예?"

그리고 다음 순간, 덩달아 입맛이 뚝 떨어진 바이마르가 방금 집어 들었던 머핀을 도로 내려놓으며 눈을 위로 치켜떴다.

"뭐라고 하셨습니까, 형님?"

"아테라의 황제에게서 혼담이 들어왔다. 황녀와 너를 맺어 주는 것이 어떻겠냐고 하던걸."

"아테라요?"

"그래. 그 빌어먹을 아테라 말이다, 젠장!"

체자레가 괴성을 지르며 남은 과자를 한꺼번에 입 안에 욱여넣었다. 무시무시한 기세로 그것들을 씹어 대던 체자레가 이내 물로 입을 축이곤 벌떡 방 안을 서성이기 시작했다.

"아버지와 아펠라는 이 제안을 몹시 기꺼워하는 눈치야. 잘되었다는 둥 기쁜 일이라는 둥, 벌써부터 쓸데없는 소리를 지껄여 대는 놈들이 많다 들었다."

스파티움의 원로원을 일컫는 아펠라는 개국 공신이었던 어느 기사의 이름을 그대로 따와 만든 역사 깊은 기구였다. 설립 초기처럼 대단한 권력을 행사하진 못했으나, 나이 든 귀족들 대부분이 명단에 이름을 올리고 있었으므로 왕이라 할지라도 그들을 완전히 무시하고선 나라를 다스릴 수가 없었다.

"하지만 아테라는 우리의 적국이 아닙니까."

바이마르는 다소 황망한 기분으로 되물었다. 체자레가 그 말을 기다렸다는 듯 단숨에 달려와 바이마르의 두 손을 잡아채었다.

"그래! 바로 그거지! 아펠라야말로 스파티움을 작금의 속국으로 만든 진정한 비겁자들이 아니더냐! 헌데 그런 놈들이 염치도 없이 이제 와 너를 적국에 볼모로 팔아 치우려 하고 있단 말이다."

"볼모요?"

"말로는 친선을 도모하기 위함이라고 한다지만, 결국은 속국인 우리의 목줄을 쥐고 싶다는 것 아니겠느냐."

틀린 말은 아니었다. 더운물에 한껏 달궈졌던 몸이 찬 공기에 노출되어 급격하게 식은 듯 그제야 부르르 떨려 왔다. 바이마르는 잡힌 손을 떨쳐 내곤 주눅 든 얼굴로 한 걸음 물러섰다.

"……허면 형님께선…… 반대이십니까?"

자신 없는 목소리에 체자레가 눈살을 찌푸리며 발을 굴렀다.

"나 말이냐? 당연한 소릴. 어찌 너만 홀로 그 먼 곳에 보낼 수 있단 말이냐? 게다가……."

"아테라에서 서자를 좋아할 리 없겠지요."

바이마르는 체자레가 넘긴 말을 억지로 끄집어내곤, 스스로가 꺼낸 말에 퍽 상처 입은 얼굴로 고개를 수그렸다. 체자레가 분한 듯 씩씩거리며 고개를 가로저었다.

"그렇게 말하지 말거라. 아무튼…… 꼭 그게 아니라도 널 이대로 보낼 순 없는 일이야. 일단은 내가 알아서 할 테니 신경 쓰지 말고 있거라. 알겠지?"

퍽 든든한 어조였으나, 실상 그의 당부는 공허한 외침에 불과했다. 성년을 목전에 둔 다 자란 소년이 그 말을 곧이곧대로 들을 리 없었을뿐더러, 이미 짜하게 퍼진 소문부터가 막내 왕자를 가만두지 않았던 탓이었다.

"저, 왕자님. 그래서 얼굴은 확인해 보셨습니까? 제법 화려한 미인이라고들 하던데요."

며칠 뒤 오후였다. 바이마르는 수업을 빌미로 한 시간이나 일찍 들이닥친 시렌을 바람난 아내 보듯 매섭게 노려보았다. 물론 시렌은 전혀 아랑곳하지 않는 기색으로 주절주절 입을 놀렸다.

"시끄러우니 제발 그 입 좀 다물어."

"황제의 사랑을 아주 듬뿍 받고 자랐다던데 안하무인은 아닐지 걱정입니다. 듣자 하니 아테라 남부에서 어린 시절을 보냈다지요?"

짜증이 난 바이마르는 방을 뛰쳐나가려다 바로 일주일 전 체자레에게 뒷덜미를 붙들려 왔던 것을 떠올리곤 도로 자리에 주저앉았다. 문간에 서 있던 둘베트가 그 광경을 보곤 굳은 얼굴로 시렌을 질책했다.

"자중해라, 아로프 자작."

"아, 물론 경사가 아닌 것이야 저도 잘 알고 있지요. 하지만 체자레 저하께서 전하를 설득하고 계신 데다, 어쨌거나 얼굴 정도는 궁금해해도 되는 것 아니겠습니까. 게다가 경, 정말 계속 혼자 이렇게 뻣뻣하게 구실 겁니까? 무려 우리 왕자님의 첫 혼담이라니까요!"

"굳이 따지자면 분명 전에도 한 번……."

둘베트는 세 달 전. 눌스 백작가의 둘째 딸이 바이마르에게 직접 보내왔던 깜찍한 청혼서를 떠올리며 입술을 달싹였다. 체자레가 드레스를 입었다는 소리라도 들었다는 양, 눈이 휘둥그레진 시렌이 득달같이 달려들어 그의 말을 가로채었다.

"아니, 경은 어떻게 그따위 걸 혼담이라고 말씀하신단 말입니까요. 게다가 왕자님께선 그 자리에 나가지도 않으셨잖습니까. 그러니 누가 봐도 이번이 명실공히 첫 혼담입지요. 그런 의미에서, 자!"

흥분한 듯 탁자 주변을 서성이던 시렌이 홱 몸을 틀어 바이마르의 앞으로 얼굴을 들이밀었다.

"간청드리오니 초상화 한 번만 보여 주십쇼. 전하께서 분명 넘겨 주셨잖습니까."

"봐야 무슨 소용이야. 피차 좋은 일로 엮인 것도 아닌 사이에."

바이마르가 툴툴대며 깍지 낀 두 손을 위로 쭉 뻗어 올렸다. 짐짓 관심 없는 척 딴청을 피웠지만 목소리에 은근한 기대가 섞인 것을 모를 두 사내가 아니었다.

"아, 그러니 도리어 봐야 하는 거지요. 이번이 아니면 또 언제 이런 기회가 오겠습니까요."

"……."

"실은 왕자님께서도 궁금해하시는 것 다 압니다. 그러니 딱 한 번만 보시죠. 죄짓는 것도 아니고, 금방 덮으면 될 일 아닙니까. 예?"

"……그럴까?"

결국, 은근한 목소리가 흘러나왔다. 시렌은 바이마르의 짧은 긍정을 용케도 알아먹곤 탁자 위에 나뒹굴던 혼인서를 냉큼 그의 손에 쥐여 주었다. 엊그제, 왕이 혼담을 권하며—실은 그보다는 강요에 가까웠다— 건넨 것이었다. 빙글거리며 웃는 모습이 꼴 보기 싫어 이틀 내내 방치해 두었지만 막상 손안에 넣고 보니 긴장이 되어 절로 입술이 바싹 말랐다.

"……뜯는다."

여태껏 관심 없는 척 굴던 둘베트까지 슬금슬금 다가와 합세하고 나자 금세 자리가 비좁아졌다. 꿀꺽. 침 삼키는 소리가 천둥처럼 커다랗게 세 쌍의 귀를 때렸다.

"좀 조용히 할 순 없나?"

한창 예민할 나이대인 바이마르다. 가뜩이나 속이 편치 않은 마당에 그 기척이 곱게 들릴 리가 없었다. 난데없는 호통에 두 수하가 서로를 마주 보았다.

"죄송합니다만, 방금 전 소리는 맹세코 제가 낸 것이 아닙니다요……."

시렌이 억울한 표정으로 항변했다.

"저도 아닙니다."

단호하기 짝이 없는 부정이었다. 범인을 찾지 못한 바이마르가 못마땅한 낯으로 눈살을 찌푸렸다.

"둘 다 아니라면 대체 누구란 말이야?"

두 쌍의 시선이 곧장 한곳을 향해 꽂혀 들었다. 눈에 띄게 동요하던 바이마르가 결국 고개를 푹 수그리곤 헛기침을 연발했다. 목부터 시작해 이마까지 새빨갛게 달아오른 모양새가 꼭 잘 익은 석류 같았으나 두 수하는 현명하게 말을 아꼈다.

어쨌든 세 사람은 다시 혼인서에 집중하기 시작했다. 미세하게 떨리는 손가락이 의미 없는 종이들을 팔락팔락 뒤로 넘겼다. 그렇게 한 장, 두 장, 세 장을 넘긴 뒤 네 번째 장을 막 들추었을 때, 마침내 기다려 마지않던 얼굴이 나타났다.

바이마르보단 조금 더 성숙한 느낌을 풍기는, 작은 체구의 여자가 어색한 듯 앞을 바라보며 웃고 있었다. 주홍색 머리칼은 마치 햇살을 머금은 가을 단풍 같았고, 입고 있는 미색 드레스는 깃털처럼 가볍고 보드라운 옷감으로 만든 듯 하늘거렸다.

시렌이 먼저 말문을 텄다.

"소문처럼 화려한 미인은 아니신뎁쇼. 그보단 좀 더 뭐랄까……."

"인형 같군."

"……."

예상치 못한 감탄에 두 쌍의 시선이 다시 한데 모였다. 시렌은 웃음이 터지려는 입을 황급히 두 손으로 틀어막았다. 무심코 튀어나온 말이었는지 바이마르조차 생경하게 놀란 표정이었다. 이 사람은 주군이다, 이 사람은 상관이다……. 시렌은 바이마르의 얼굴을 보지 않으려 노력하며 숨을 가다듬었다.

"큼, 저하, 그럼 저는 이만 가 보겠…… 풉, 습니다요. 오늘 수업은 건너뛰는 것으로…… 후, 하지요. 그럼 내일 뵙겠습니다."

힘이 잔뜩 들어간 입꼬리가 자꾸만 부들거렸다. 웃음소리가 비어져 나오려는 것을 억지로 눌러 삼킨 시렌은 말을 맺자마자 제 짐을 챙겨 들곤 후다닥 방을 뛰쳐나갔다.

"경!"

쾅. 요란한 소리와 함께 닫혔던 문이 곧바로 다시 벌컥 열렸다. 문 틈으로 불쑥 튀어나온 손이 멍청히 서 있던 둘베트의 팔을 잡아끌었다.

쾅. 그리고 다시 문이 닫혔다.

"……."

적막해진 방이 수치심을 부추겼다. 탁자의 유리 위로 새빨개진 얼굴이 그대로 비춰 보여 바이마르는 결국 벌떡 일어나 한동안 방 안을 서성이며 마음을 가라앉혔다.

한참을 그렇게 있으려니 열 오른 볼이 조금 식는 듯했다. 그는 조금 고민하다 탁자에 올려 두었던 초상화를 조심히 챙겨 들곤 침대 위로 자리를 옮겨 다시 그것을 펼쳐 보았다.

해가 드는 곳에서 다시 본 얼굴은 아까보다 조금 더 앳된 느낌이었다. 살짝 접힌 눈꼬리와 오뚝한 콧대, 갸름한 턱선과 입가에 아주 옅게 피어난 보조개가 빛 아래 선명히 드러났다. 해사한 얼굴이 마치 그를 보며 웃고 있는 듯했다.

결코 그럴 리 없다는 것을 알고 있었음에도 그 착각은 가라앉아 있던 기분을 아주 조금 들뜨게 만들었다. 적국의 황녀라 한들, 어쨌든 장차 부부의 연을 맺을 이가 아닌가. 시렌은 체자레를 대단히 믿고 있는 듯했으나 바이마르는 왕이 결코 이 혼담을 무르지 않을 것임을 이미 반쯤 확신하고 있었다.

'짐승의 머리가 두 개일 수는 없는 법이지.'

왕이 혼담과 함께 그에게 건넸던 말이었다.

아펠라의 절반은 이미 왕의 편이다. 투쟁과 자립보단 복종과 평온을 중히 여기는 이번 대의 원로들은 스파티움인답지 않은 현왕의 유순한 성정을 특히나 더 마음에 들어 했다. 바이마르는 거기까지 생각하다 입술을 잘근 물었다.

'하필.'

오랜 세월 스파티움을 지탱해 왔던 거대 가문의 원로들이 하필 약속이라도 한 듯 앞다투어 세상을 떠나면서, 현재 원로원의 과반수를 차지하고 있는 것은 대개가 옆 섬나라인 아나토리아의 핏줄들이었다. 현왕이 아나토리아의 공주와 혼인하며 그녀와 함께 들어와 정착한 가신들이 앞다투어 아펠라의 명단에 이름을 올렸던 탓이다.

망명자라 한들 본질은 타국인에 불과했기에 아펠라는 현왕의 치세 내내 교묘하게 스파티움의 자존심을 깎아내렸다. 왕을 부추겨 아테라에 백기를 들게 만든 것 또한 아펠라의 원로들이다. 침략을 일상으로 여기는 북쪽의 테바이와 제국 아테라의 위협에서 고국 아나토리아를 보호하기 위해서는 '적당한 국력을 지닌' 스파티움의 존재가 필수불가결이었으므로, 실은 이 역시 반쯤은 예견된 결과였다.

이런 상황에 아펠라에서 체자레의 인기가 좋을 리 만무했다. 내심 자신을 닮아 순종적인 1왕자를 후계로 밀고 있는 현왕 또한 원로들의 이런 성향을 십분 이용해 체자레를 경계했다. 하필 이런 시기에 테바이 토벌을 명분 삼을 것이 무어란 말인가. 젊은 기사들이 대거 수도 밖으로 출정하면서 강경파의 세력이 약화된 것은 당연지사였다.

체자레마저 이런 취급일진대, 하물며 공주 소생도 아닌 자신의 취급이야 더 말할 필요조차 없었다.

"……."

바이마르는 울적해지려는 마음을 애써 달랬다. 한두 번 겪는 일도 아니지 않은가. 게다가 어쩌면, 생각만큼 최악의 상황은 아닐지도 몰랐다. 평생 폴리스와 카리알을 오가며 애매하게 떠돌기보단 적국이라 한들 어딘가에 소속되는 것이 훨씬 나은 일일지도. 일부일처를 고집한다고 들었으니 시답잖은 이유로는 감히 그를 쫓아낼 수 없을 것이다.

또한 어쩌면. 그러니까 정말 어쩌면. 황녀가 그를 마음에 들어 한다면.

바이마르는 생각하다 말고 다시 초상화를 들여다보았다. 이 얼굴이 그를 똑바로 보고 미소 지어 준다면. 이 눈에 그를 담아 준다면. 그를 가족으로 받아들여 내치지 않아 준다면—

"……."

그러나 아직은 모든 것이 가정일 뿐이었다.

세간에서 2왕자 체자레는 강철 늑대라 불리우곤 했다. 백성들의 존경과 애정이 담뿍 담긴 애칭이었다. 기사들 역시 경외심을 담아 그 칭호를 입에 올렸으나 기실 그들 사이에서 보다 유명한 별칭은 따로 있었다.

"하지만, 전하! 바이마르는 아직 어리지 않습니까. 홀로 타국에 보낼 만큼 스파티움의 사정이 급한 것도 아닐진대 어찌 그 제안을 덥석 받아들이고자 하십니까?"

그리고 그 별칭답게, 체자레는 오늘도 한껏 열을 뿜어 대는 중이었다.

'누가 불 늑대 아니랄까 봐……'

모군은 잔뜩 성을 내고 있는 체자레의 등 뒤에 숨어든 채, 귀머거리인 체하며 눈앞에서 오가는 설전을 무시했다. 성질 더러운 2왕자의 보좌관으로 7년을 넘게 구르다 보면 이 정도 고성쯤이야 음악 소리처럼 감미롭게 여길 수 있게 되는 법이다.

때마침, 단 위의 옥좌에 앉아 있던 왕이 노한 듯 거세게 팔걸이를 두드리며 일갈했다.

"지금의 평화를 어찌 얻었다고 생각하느냐? 다소의 희생은 어쩔 수 없는 일이야. 게다가 그 애 역시 스파티움의 사내가 아니냐. 그렇게 싸고돌 정도로 약하지 않아!"

체자레와는 그다지 닮지 않은 외양이었다. 부자가 이렇게까지 다를 수 있다는 것을 몸소 보여 주기라도 하듯, 왕이 퉁퉁한 몸을 이끌고 힘겹게 일어서 단 아래를 물끄러미 내려다보았다. 체자레는 얼굴을 일그러뜨렸다.

"그래서 그 어린애를 모른 척 카리알에 처박아 두셨습니까? 스파티움의 사내라서? 홀로 강건히 자라야 하기 때문에?"

"네 이놈!"

"아버지께서 전쟁을 꺼려 하신다는 건 익히 알고 있습니다만, 아들까지 팔아 가며 알량한 눈속임을 지속하려 하실 거라곤 미처 생각지 못했습니다, 제 불찰이군요."

"……다 그 애를 위한 것이다."

"출생조차 불분명한 황녀를 정혼자라고 들이대는 것이 말입니까?"

"말이 심하구나, 체자레."

체자레는 옆으로 홱 고개를 돌렸다. 왕을 꼭 닮은 그의 형님이 제법 노한 얼굴로 그를 쏘아보고 있었다.

"그것은 이미 어제 아펠라에서 끝난 이야기가 아니더냐. 이제는 아테라의 그 누구도 황녀의 핏줄을 의심하지 않아."

웃기는 소리. 체자레는 코웃음 쳤다.

"증명해 줄 놈들조차 죄다 죽어 살아남은 이가 없으니……. 당연한 결과 아니겠습니까."

"어허! 네가 그래도!"

노성이 알현실을 쩌렁하게 울렸다. 누구도 함부로 나서 입을 열지 않는 가운데, 왕이 숨을 몰아쉬며 힘겹게 다시 옥좌에 앉아 목소리를 가다듬었다. 한참 뒤 보다 나긋한 타이름이 이어졌다.

"어쨌든 그 이야기는 이 이상 입 밖으로 꺼내 들지 말거라. 설사 의심이 간다 한들, 황제의 총애가 확실한 지금 구태여 허튼소리로 척을 질 필요까진 없는 법이지."

체자레는 대답 대신 신경질적으로 머리를 흐트러뜨렸다. 틈을 놓치지 않고 말 사이에 끼어든 모군이 목소리를 한껏 낮추어 그를 불렀다.

"저하. 이제 그만 나가시는 것이……."

체자레는 스파티움의 몇 안 되는 젊은 영웅이었다. 다섯 살배기 아이들마저도 가장 용맹한 이로 그를 꼽을 정도다. 아펠라의 원로들이 눈엣가시 같은 2왕자를 함부로 쳐 내지 못하는 것도, 체자레가 부왕 앞에서 이렇게 길길이 뛸 수 있는 것도 다 그 덕이라고 해야 할 것이었다.

'실은 그냥 성질머리가 더러워서일지도.'

모군은 불경한 생각을 품은 사람답지 않게 다시 조심스레 체자레의 옷깃을 당겼다. 새카만 눈이 그를 흘긋 돌아보았다가 다시 천천히 앞을 향했다.

"……반을 걱정하시는 전하의 생각은 아주 잘— 알겠습니다. 제가 반드시 그대로 전하도록 하지요."

체자레는 인사도 없이 몸을 돌려 그대로 알현실을 나섰다. 흡사 악귀처럼 흉흉한 기세를 뿜어 대는 2왕자의 모습에 복도를 지나던 이들이 목을 자라처럼 움츠리며 슬금슬금 그를 피했다.

"반!"

체자레는 곧장 아껴 마지않는 막내의 방으로 직행했다. 문 앞을 지키고 있던 경비병이 화들짝 놀라며 한 걸음 물러섰다. 쾅쾅! 쾅쾅쾅! 문짝이 부서져라 노크하던 그가 결국 참지 못하고 손잡이를 힘차게 비틀었다.

달칵.

"……?"

그러나 열리리라 기대했던 것과 달리, 문은 안쪽에서 잠근 듯 굳건히 닫혀 있을 뿐이었다. 지금껏 없던 일이다. 한순간 뇌리를 스치는 온갖 불길한 상상에 체자레의 동공이 거세게 흔들렸다. 그가 경비병을 돌아보며 물었다.

"반에게 무슨 일이 있나?"

"예? 아뇨. 분명 아까 들어가신 뒤에는 아무도……."

"반! 반! 문 좀 열어 보거라, 반!"

쾅쾅쾅. 나무판을 부술 듯 두들기는 힘에 문짝이 미친 듯이 덜컹거렸다. 어느새 삼삼오오 모여든 시종들이 까치발을 든 채 주변을 기웃대다가, 소란의 장본임이 체자레임을 알아차리곤 김샜다는 표정을 하며 사방으로 흩어졌다. 한두 번 있는 일도 아니라는 듯 여상한 태도들이었다.

"……."

모군은 주군의 하찮은 취급을 수치스럽게 여기지 않기 위해 애써 마음을 가다듬었다.

"형님?"

그리고 다음 순간. 아무 일도 없었다는 듯 문이 벌컥 열렸다. 앞으로 넘어가려던 몸을 잽싸게 바로 세운 체자레가 바이마르의 양어깨를 강하게 붙들었다.

"너, 무슨 일이 있느냐?"

"예?"

"무슨 일이기에 문을 잠갔어? 응? 혹시 누가 괴롭히기라도 한 것이냐? 아니, 잠깐. 그러고 보니 얼굴이 조금 붉은데, 어디 아픈 것은 아니고?"

"……전부 아닙니다. 일단 들어오세요."

그새 다시 불어난 구경꾼 수에 모군의 얼굴이 흙빛으로 변했다. 바이마르는 그를 흘금 곁눈질한 뒤, 여전히 부산하게 굴고 있는 체자레를 급히 방 안으로 끌어당겼다.

탁. 문이 닫히며 소음이 저만치로 밀려났다.

"큼, 흠. 잠깐 졸았나 보구나."

구겨진 이불을 발견한 체자레의 목소리가 그제야 조금 누그러졌다. 바이마르는 달아오른 볼을 숨기기 위해 한 손으로 슬쩍 얼굴을 가리며 고개를 끄덕였다.

"예, 조금."

"낮부터 잠을 자다니. 너답지 않은 일이야. 역시 혼인 때문에 마음이 심란한 것이냐? 내 오늘 다시 전하를 찾아뵈었다만……."

체자레가 말하다 말고 분한 얼굴로 눈썹을 꺾었다.

"그래도 너무 걱정은 말거라. 내가 어떻게든 널 그곳에서 무사히 빼내 올 테니."

"알고 있습니다."

바이마르는 선선히 고개를 주억였다. 체자레가 바란다면 분명 그리 될 것임을 믿어 의심치 않았으므로.

"그래, 헌데 혼인서는? 이미 받았다고 들었다만, 황녀의 얼굴은 보았더냐?"

불쑥 물음이 날아왔다. 곧장 대답하지 못하고 흠칫 놀라는 바이마르를 체자레가 미심쩍은 눈으로 흘겨보았다.

"뭐냐, 너 혹시……"

"아니. 아닙니다!"

바이마르는 벌에 쏘인 사람처럼 벌떡 일어섰다. 그것으로도 모자라 손까지 휘휘 젓는 품새에 체자레가 쯧, 커다랗게 혀를 찼다.

"그렇게까지 박색이더냐? 하긴, 본래 소문난 무도회에 볼 것이 없는 법이지. 그래도 조금만 참거라. 괜히 투덜대지 말고."

"……"

"헌데 너 왜 그리 귓바퀴가 빨간 게냐?"

맥이 탁 풀리는 기분이었다. 바이마르는 뜨거워진 귓가를 문지르며 엉거주춤 다시 자리를 찾아 앉았다. 호위를 위해 함께 방에 들었던 둘베트가 괜스레 천장을 노려보며 입가를 비죽였다. 바이마르는 축축해진 손바닥을 허벅지에 문지르며 괜히 퉁명스럽게 축객령을 내렸다.

"어쨌든 심란하니 나가 주세요. 혼자 있고 싶습니다."

말하고 나니 반항기 있는 세 살배기 같았지만 다행히도 투정의 효과는 확실했다.

"응? 어, 그래! 그래라. 아무렴. 혹시 필요한 게 생기면 바로 말하고."

극성도 이런 극성이 없었다. 검은 눈에서 미련이 뚝뚝 떨어졌으나 바이마르는 단호하게 체자레를 내보낸 뒤 다시 조심히 방문을 잠갔다.

"어디 있더라."

이불 속으로 손을 뻗자 감춰 두었던 초상화가 금세 손에 잡혔다. 얼마나 긴장했던지. 체자레의 말도 안 되는 착각이 아니었더라면 들켰을지도 모를 일이다.

"아니 그래도 박색이라니."

바이마르는 저도 모르게 미간을 찌푸렸다. 아무리 불쾌한 혼담이라지만 아닌 것은 아닌 것이다. 물론 그를 팔아 치우려는 부왕의 행태를 생각하면 여전히 화가 치솟았지만,

"큼……."

애꿎은 이에게 화풀이하는 것은 결코 바람직한 태도라 할 수 없었다. 아테라가 스파티움의 적국인 것이 이 황녀의 탓은 아니지 않은가.

"릴리스 반 모라 아테라."

바이마르는 침대에 누운 채 황녀의 이름을 읊어 보았다. 아테라식 발음이 덜 익어 퍼석한 옥수수 알처럼 입 안에서 데굴데굴 굴러다녔다. 그는 다시 그 이름을 천천히 곱씹어 목 뒤로 꿀꺽 삼켰다.

체자레가 안다면 길길이 날뛸 일이 분명했으나, 솔직한 심정으로 바이마르는 아주 조금, 황녀를 만나는 날이 기다려졌다. 기대인지 설렘인지, 두려움인지 긴장인지 도무지 제 마음을 뜯어볼 겨를이 없었으나, 그 얼굴을 떠올릴 때마다 마음 한 자락이 훈풍 맞은 옷자락처럼 팔랑이는 것만은 도무지 자제할 길이 없었다.

"마마!"

그래서였을 것이다. 눈앞에서 뒤돌아선 황녀의 작은 등이 그토록 멀고 높은 성벽처럼 보였던 것은.

바이마르는 문 앞에 버려진 가구처럼 덩그러니 남겨졌다. 수군거리는 소리들이 바늘처럼 따갑게 귀 안쪽을 찔러 왔다. 그는 눈을 꾹 감은 채 홀로 그 시간을 감내했다.

역시 모든 것이 가정일 뿐이었다.

〈2권에서 계속〉

1판 1쇄 찍음 2019년 10월 7일
1판 1쇄 펴냄 2019년 10월 17일

지은이 해 말
펴낸이 정 필
펴낸곳 (주)뿔미디어

기획 · 편집 심은지, 이영은, 문지현
표지 디자인 우 물

출판등록 2002년 9월 11일 (제1081-1-132호)
주소 경기도 부천시 소향로 17, 303(두성프라자)
전화 032)651-6513 팩스 032)651-6094
E-mail bbulmedia@hanmail.net
비북스 http://b-books.co.kr

ISBN 979-11-90379-15-1 04810
ISBN 979-11-90379-14-4 04810 (SET)